〈충렬사 본전〉

〈천곡기념관〉

〈충렬묘(수의동)〉

〈충렬공 신도비(수의동)〉

〈청주 신항서원〉

〈충렬공이 親庭에 올린 글: 君臣義重父子恩輕〉

〈충렬공의 묘소(중앙), 열녀 금섬의 묘(전면 우측), 이양녀의 지단(전면 좌측)〉

〈도광(道光) 12년 치제문〉

〈泉谷의 血扇詩(七代孫 尙輝書)와 屏溪 尹鳳九의 跋文〉

〈충렬공 송상현 선생상(부산 동래)〉

〈강희(康熙) 56년 치제문〉

教旨

贈資憲大夫吏書判書兼知
經筵春秋館成均館事弘文
館大提學藝文館大提學贈
謚忠烈公宋象賢贈崇政大
夫議政府左贊成兼判義禁
府事知經筵事弘文館大提
學藝文館大提學知春秋館
成均館事者

辛酉五月 日

判下

教旨

貞夫人李
氏贈貞敬
夫人者

辛酉五月十九日

贈崇政大夫議政府左贊成兼判義禁府事
知經筵事弘文館大提學藝文館大提學
知春秋館成...宋象賢妻依大典從夫
職

教旨

贈崇政大夫議政府
左贊成兼判義禁府
事知經筵事弘文館
大提學藝文館大提
學知春秋館成均館
事行通政大夫東萊
都護府使東萊鎮兵
馬僉節制使宋象賢
者

<교지>

〈천곡수필 원본 표지〉

〈천곡수필 원본〉

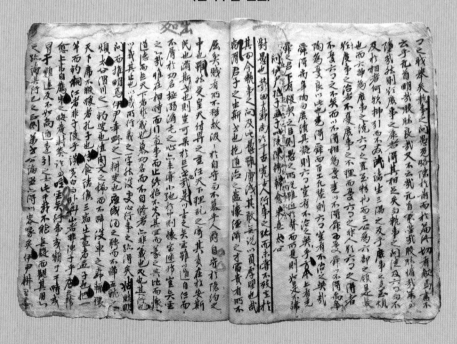

譯註 泉谷手筆

曺永任 · 徐大源 · 李永男 共譯

譯註 泉谷手筆

曺永任 · 徐大源 · 李永男 共譯

국학자료원

번역후기

　이 책은 천곡 송상현(宋象賢, 1551~1592)의 『천곡수필(泉谷手筆)』을 우리말로 옮긴 것이다. 송상현은 조선 중기의 문신으로 경성판관(鏡城判官), 사헌부 지평(司憲府 持平)을 지내고, 호조·예조·공조의 정랑(正郎) 등을 거쳐 동래부사(東萊府使)가 되었다. 그는 임진왜란 당시 동래부사로서 '죽기는 쉬우나 길을 비키기는 어렵다(戰死易假道難)'는 글을 내걸고 왜적과 맞서 굳게 싸우다가 의연히 순절하였다. 송상현이 보여준 견위수명(見危授命)의 정신은 오늘을 사는 현대인들에게 귀감이 되고 있음은 물론이다.

　이 번역본의 저본이 되는 『천곡수필(泉谷手筆)』은 천곡 문중에서 가전되는 유필(遺筆)로 전체 50장(張) 1책(册)으로 된 필사본이다. 이것은 육경(六卿), 출처(出處), 장략(將略), 도(道), 장(將), 은일(隱逸), 군정(軍政), 과거(科擧), 이적(夷狄), 육폐(六弊), 성현사업(聖賢事業), 역대홍망(歷代興亡), 환시(宦侍), 귀신(鬼神), 천도(天道), 조수솔성(鳥獸率性), 인재(人材) 등의 17개의 주제를 가지고 여러 인물과 묻고 답변한 대책문(對策問)을 기록한 것이다. 대책문이란 과거 시험을 보는 한 형식으로 시무책(時務策)이라고도 한다. (대책문의 이해를 돕기 위해 대책문에 관한 일반적인 내용을 부록으로 실었다.) 이 책은 임진왜란에 순절하여 많은 자료가 남아 있지 않은 송상현의 학문과 철학을 이해하는데 큰 도움이 될 것이다.

　이 번역본은 충북대학교 서대원 교수, 광서사범대학 이영남 교수와 공동으로 작업하였다. 두 분의 번역진 외에 많은 분들의 도움을 받았다. 청주 지역의 대표적인 한학자이신 석촌(石村) 이두희(李斗熙) 선생님, 충북대학교 명예교수이신 고산(古山) 한석수(韓碩洙) 선생님 그리고 보은 회인서당의 홍정(弘庭) 이상규(李相奎) 훈장님께서 원문 확인에서부터 번역본을 꼼꼼하게 읽고 유익한 의견을 주셨다. 세 분의 도움으로 오역을 크게 줄일 수 있게 되었다. 그리고 송지현 후배가 여러 궂은일을 마다하지 않고 도와주었다. 이 자리를 빌어 여러 선생님들과 후배에게 깊은 감사를 드린다. 또한 천곡 송상현의 고귀한 정신을 널리 선양하고 기리기 위해, 귀중한 자료를 선뜻 내어주고 후원을 아끼지 않은 여산송씨(礪山宋氏) 지신공파(知申公派) 충렬공(忠烈公) 천곡종중(泉谷宗中)에 깊은 감사를 드린다.

끝으로 이 책의 발간으로 천곡 송상현을 깊이 있게 이해하고 연구하는데 조금의 도움이 되기를 바라는 마음 간절하다.

2016년 11월
번역자 조영임

일러두기

이 책은 다음과 같은 요령으로 엮었다.

1. 이 책의 국역 대본은 가장(家藏)『천곡수필(泉谷手筆)』을 저본으로 하였다.

2. 원문은 영인 첨부하였다.

3. 주석은 간단한 내용인 경우에는 간주(間註)하고, 긴 경우에는 각주(脚註)하였다.

4. 한자는 필요한 경우 이해를 돕기 위하여 넣었으며, 필요한 경우 원문을 병기하였다.

5. 원문 목차는 따로 만들지 않고 번역문 차례에 함께 넣었다.

6. 맞춤법과 띄어쓰기는 한글 맞춤법과 표준어 규정을 따르는 것을 원칙으로 하였다.

7. 원문에 나오는 인명, 지명, 서명, 연호 등은 가독성을 높이기 위해 밑줄을 그어 표시하였다.

8. 이 책에 사용된 부호는 다음과 같다.

　( ) : 번역문과 음이 같은 한자를 묶는다.

　[ ] : 번역문과 뜻은 같으나 음이 다른 한자를 묶는다.

　" " : 대화 등의 인용문을 묶는다.

　' ' : " " 안의 재인용, 또는 강조 부분을 묶는다.

　「」 : 책명이 아닌 편명, 혹은 시제를 묶는다.

　『 』 : 책명 및 각주의 전거(典據)를 묶는다.

　■ : 글자의 마모가 심해 판독이 불가능한 것을 표시한다.

　□ : 원문에 공란으로 된 글자를 표시한다.

9. 번역을 하면서 <한국고전번역원>에서 제공한 각주를 많이 참고하였음을 밝힌다.

차 례

천곡수필 번역문

*1)

서문

이 책은 선조 충렬공께서 손수 쓰신 것이다. 종가에 전해 오던 것으로 알고 있는데 자취를 감추어 유전되다가 여기에 이르렀으니, (유품을) 간수하는데 종손, 지손을 어찌 구별하리오? 11대 증손 만섭이 이미 보고서 (서문을) 청하는데 내가 무슨 말로 핑계대고서 사양하리오? 좇아서 글로 화답하고 항상 가슴에 새겨 잘 지켜서 잃지 않음이 지당하고 지당하다.

해는 숭정 4년 임신 7월 초 6일. 17촌 지숙(支叔) 수일(秀一).

차례

---

1) 본서의 첫 장에는 "이 글을 쓰신 분. 선조 임진왜란 시 동래부사로서 왜군과 싸우신 송상현 선생님의 글씨이다. 이 글을 가지고 계신 분. 청원군 강서면 송용준씨."라는 한글이 쓰여 있다.

2) 조희(趙徽): 조선 선조 때 문관. 자(字)는 자미(子美). 선조 때 문과에 급제하여 현감을 지냈다.

3) 김억령(金億岭): 1529~1589. 자(字)는 중노(仲老). 벼슬은 승정원 좌승지 지제교를 거쳐 강원도와 황해도 충청도의 관찰사를 역임하였고 이조판서 겸양관대 제학(吏曹判書兼兩館大提學)에 추증 되었다.

4) 이준도(李遵道): 1532~1584. 조선 중기의 문신. 본관은 전주. 자는 택중(擇中). 귀손(貴孫)의 증손으로, 할아버지는 풍무령 계손(繼孫)이고, 아버지는 풍산령 감(瑊)이며, 어머니는 승정원관교 최호(崔灝)의 딸이다. 학문이 깊고 무예에도 능하여 인재로서 주목되었으나, 벼슬은 대구도호부사에 이르러 임지에서 순직하였다. 청렴결백하여 뒤에 청백리에 책록되었다.

민충원(閔忠元)⁵⁾ 도(道)

박욱(朴郁)⁶⁾ 장(將)

김명원(金命元)⁷⁾ 은일(隱逸)

민충원(閔忠元) 군정(軍政)

황대수(黃大受)⁸⁾ 과거(科擧)

김명원(金命元) 이적(夷狄)

앞과 같음(同前) 육폐(六弊)

김득지(金得地)⁹⁾ 성현사업(聖賢事業)

최계훈(崔繼勳)¹⁰⁾ 역대흥망(歷代興亡)

서엄(徐崦)¹¹⁾ 환시(宦寺)

---

5) 민충원(閔忠元): 1541~?. 조선 중기의 문신. 본관은 여흥. 자는 서초(恕初). 할아버지는 계정(季精)이고, 아버지는 사성(思誠)이며, 어머니는 안숭복(安崇福)의 딸이다. 1566년 형조정랑이 되었고, 1571년(선조 4) 성균관사예를 거쳐, 이듬해 정언(正言)이 되었다가 남양부사에 임명되었다. 1573년 다시 소환되어 장령이 되었다가 곧 사성(司成)이 되었다. 이 해 김효원(金孝元)·김우옹(金宇顒)·허봉(許篈)·최경창(崔慶昌)·홍적(洪迪) 등과 같이 독서당에 간택되었다. 이듬해 헌납을 거쳐 집의가 되었다.

6) 박욱(朴郁): 1527~?. 본관은 고성. 자는 문로(文老). 명종19년(1564) 갑자 식년시 진사 2등에 합격하였다.

7) 김명원(金命元): 1534~1602. 본관은 경주. 자는 응순(應順). 호는 주은(酒隱). 시호는 충익(忠翼). 승지 만균(萬鈞)의 아들. 이황의 문인. 1589년 정여립의 난을 수습한 공으로 평난공신 3등에 책록, 경림군에 봉해졌다. 임진왜란 때 순검사가 되고, 이어 팔도도원수로서 임진강방어전을 전개하여 적의 침공을 지연시켰다. 평양이 함락된 뒤 순안에 주둔, 행재소 경비에 힘썼다. 이듬해 명나라 원병이 오자 장수들의 자문에 응하였고, 그 뒤 신병으로 원수직을 사직, 호조·예조·공조판서를 역임하였다. 1597년 정유재란 때 병조판서로서 유도대장을 겸임하고 좌찬성·이조판서·우의정을 거쳐, 1601년 부원군에 진봉되고 좌의정에 이르렀다. 유학에 조예가 깊었으며, 병서·궁마에도 능하였다.

8) 황대수(黃大受): 1534~1571. 승문원 권지정자, 주서 등을 역임하였다. 영남의 정차관으로 부임하는 도중에 37세의 나이로 세상을 떠났다. 1613년에 아들 황신이 위성공신에 책훈됨에 따라 창원부원군으로 추증되었고, 1773년에는 선조의 즉위 공로가 인정되어 우의정에 추증되었다.

9) 김득지(金得地): 1531~?. 본관은 경주. 자는 천성(天成). 명종10년(1555) 을묘 식년시 진사 2등에 합격하였다.

10) 최계훈(崔繼勳): 1601~1657. 조선 중기의 문신. 본관은 전주. 자는 덕회(德會). 조부는 병조정랑 최철견(崔鐵堅)이고, 생부는 최행(崔行)이며, 최구(崔衢)에게 입양되었다. 양모친은 심우단(沈友端)의 딸이다. 1637년(인조 15) 사헌부정언·장령·헌납, 1639년(인조 17)에는 지제교를 지냈다. 그 뒤 1644년(인조 22)에는 청나라의 천도 송축을 위해 서정관으로서 중국에 다녀왔다. 청주목사를 지낼 때에는 지나친 전세 수취에 대하여 사헌부의 조사 보고가 있었으나, 왕은 토호들로부터 전세를 빠짐없이 받아 국곡(國穀)을 확충하려는 의도였다고 판단하였다. 당시 그는 선정을 베풀고 목민관으로서도 표창되었다.

11) 서엄(徐崦): 1529~1573. 조선 중기의 문신. 본관은 대구. 자는 진지(鎭之), 호는 춘헌(春軒). 이황의 문인.

안몽득(安夢得)12) 귀신(鬼神)

윤천민(尹天民)13) 천도(天道)

구봉령(具鳳岭)14) 조수솔성(鳥獸率性)

강극성(姜克誠)15) 인재(人材)16)

12) 안몽득(安夢得): 미상.

13) 윤천민(尹天民): 1533~?. 본관은 무송. 자는 겸제(兼濟). 명종10년(1555) 을묘 식년시 진사 2등에 합격하였다.

14) 구봉령(具鳳岭): 1526~1586. 본관은 능성. 자는 경서(景瑞). 호는 백담(栢潭). 시호는 문단(文端). 수찬에 임명
되고 병조좌랑을 거쳐, 1567년 사가독서를 하였다. 이조참의와 충청도관찰사를 거쳐 대사간 · 부제학 · 대사성
· 이조참판을 역임하고 대사헌에 이르러 병으로 사임하였다. 1583년(선조 16) 전라도관찰사를 지냈고, 다시
대사헌 · 부제학을 지냈다. 당시 동서의 당쟁이 시작되던 무렵이었으나, 중립을 지키기에 힘썼으며 시문에 뛰
어났다. 사후 만년에 학도들과 함께 경사를 토론하던 집의 동쪽에 학도묘가 세워졌다. 문집에『백담집(栢潭集)』
이 있다.

15) 강극성(姜克誠): 1526~1576. 본관은 진주. 자는 백실(伯實). 호는 취죽(醉竹). 강희맹(姜希孟)의 4대손. 1555
년 이량(李樑) 등과 함께 사가독서하였다. 1556년 중시에 을과로 급제, 부수찬에 올랐다. 이어 문학 · 지평 ·
부교리 · 교리 · 부응교 · 장령 · 사간 등 청요직을 거쳐 1563년 군자감정에 올랐다. 1564년 그의 정치적 배
경인물로 꼽혀온 권신 이량이 축출되자, 대간의 탄핵으로 파직되어 고향으로 돌아갔다. 1574년(선조 7) 과거
급제자인 점이 고려되어 제용감정에 재기용되고 이어 장단도호부사를 지냈다. 사가독서 때 지어 바친 시로
명종으로부터 찬탄과 함께 말 한 필을 하사받았다.

16) 이 아래에는 다음과 같은 시와 해설이 첨부되어 있다. 아마도 당시 널리 알려진 시화(詩話)를 기억하기 위해
적어 놓은 것으로 보이는데 본문의 내용과 무관하다.

새벽빛 처음으로 옥전(玉殿) 봄에 열리는데,
그 위치가 용호(龍虎 문관과 무관)로 나뉘어 뜰을 끼고 벌려 있네.
중관(中官 환관)이 궁중의 술을 주기를 마치니,
이슬에 젖은 궁중 꽃이 머리 가득 새롭네.

이상(貳相 좌우찬성(左右贊成)) 정응두(丁應斗 1508~1572. 조선 중기의 문신)가 아직 과거에 급제하기 전에
꿈속에서 지은 것인데, 장원으로 급제하였다.

육경

문제[17]

[18]육경(六卿)[19]이 설치된 것은 어느 시대에 시작되었는가? 부서를 설치하고 직무를 분담하여 각각 담당하게 하면서 굳이 여섯[六]으로 나누어 (전체를) 통괄하게 한 것은 무엇 때문인가? 이 육경(六卿) 중에 경중(輕重)과 완급(緩急)의 구별이 있는가? 성명(聖明)한 제왕들이 육경을 설치하여 책임을 지게 하였지만 시대에 따라 (그 구체적인 내용이) 각각 같지 않으면서도 각자 자기의 직분을 공손히 수행하여 임금을 좌우에서 보필하였다. 그 중 기록할 만한 공적과 실효에 대해 낱낱이 가리켜서 말할 수 있겠는가? 한·당 이래로 육부의 명칭은 옛날과 같았으나 그 치화(治化)가 (옛날과) 같지 않은 것은 무슨 이유에서인가?

아조(我朝)[20]는 성신(聖神)이 개승(開承)하면서 융성했던 고대의 법제를 한결같이 따라서 여러 사무와 모든 직위를 육조로 총괄하게 하였으니, 임무를 부과하여 성과를 내게 하는 점은 참으로 일사분란하였다고 말할 수 있다. 그럼에도 선정신(先正臣)[21]이 그 직분을 다하여 시서(詩書)에서 말한 바대로 실행하여 얻은 자가 있다는 소리를 듣지 못하였고, 타성에 젖어

---

17) 본 글은 모두 대책문에 대한 예상 답안 혹은 모범답안들이다. 대책문이란, 과거 시험을 보는 한 가지 형식으로 본래 책(策)이라는 죽간(竹簡)에 문제를 내면 그 책(策)에 대(對)해 답변을 제출하는 것이다. 그래서 대책문(對策文)이라 부른다. 현재의 입장에서 보면 일종의 논술 시험이라 할 수 있다. 그래서 문장을 크게 보면 "問 …….對 …….".라는 형식을 갖추고 있다. 여기에서 "問 …….".은 책문(策問)을 의미한다. 즉 책에 쓰인 문제이다. 그리고 "對 …….".는 이 문제 즉 책문(策問)에 대한 대답이다. 여기에서는 일률적으로 [문제(問題)] [답변(答辯)]으로 의역한다. 처음 번역 이외에는 한자를 빼고 [문제]와 [답변]이라 번역한다.

18) 問 이하로부터 將以今日之策卜之까지의 전문은 김효원(金孝元)의 『성암유고(省菴遺稿)』에 실려 있는 「육경진직(六卿盡職)」의 내용과 동일하다. 김효원(1542~1590)은 조선 중기의 학자이며 문신으로 자는 인백(仁伯)이고 호는 성암(省庵)이다. 이황과 조식의 문인이다.

19) 육경(六卿): 육관(六官)의 장관들로서, 총재(冢宰)·사도(司徒)·종백(宗伯)·사마(司馬)·사구(司寇)·사공(司空)을 말한다.

20) 아조(我朝): 조선시대를 지칭한다.

21) 문제를 제출한 사람의 선배 명신들을 지칭하나, 내용상 조선시대 관료들을 지칭한다고 볼 수 있다.

허송세월[瘝曠][22]하는 폐단 때문에 예전에도 부끄러운 점이 있었는데 지금에 이르러서는 더욱 심하다.

(예를 들면) 전형을 맡은 자[23]는 청탁(請托)만을 보아서 편안하게 앉아 뇌물을 주고받는 지름길을 열어주고, 탁지(度支)[24]를 주관하는 자는 세렴(稅斂)만을 급하게 여겨서 유민을 도랑과 구렁으로 몰아세우고 있다.[25] 사치하고 참람하며 남을 능멸하고 업신여기는 풍속이 날로 심해져서 예의는 공허한 글이 되고, 침탈하고 할박[侵漁割剝][26]하는 해로움이 달마다 심해져서 병적(兵籍)이 빈 장부가 되었다. 또 권세에 얽매여 감옥에는 모두 억울하고 지체되는 송사뿐이며, 말리(末利 상업이익)에 분주히 치달리어 시정(市井)에는 죄다 법도를 지키지 않는 교묘한 공품(工品)들 뿐이다.

육경의 폐단이 이 지경에까지 이른 것은 유독 무슨 이유인가? 어쩌면 점점 젖어들어 버릇이 되어서 잘못되었다는 것을 자각하지 못해서인가? 고질병이 이미 깊어서 비록 치료하고자 하나 마땅한 방법이 없어서인가? 아니면 변할 수 있는 길과 개혁할 수 있는 기미가 있음에도 불구하고 책임을 맡은 자가 그 사이에서 노력하지 않아서인가? 사람을 공도(公道)로 써서 백성이 모두 생업을 편안하게 여기고, 계급이 문란하지 않아 항오(行伍)[27]가 충분히 갖춰져 있고, 억울한 일이 모두 깨끗하게 해결되며, 공인(工人)이 이익을 탐하지 않아 백공(百工)이 참으로 잘 다스려지게 되어 모든 실적이 바람직하게 이루어지기를 바란다면[庶績其熙][28], 장

---

22) 원문의 '환광(瘝曠)'은 '광관(曠瘝)'이라고도 쓰며 혹은 '광관(曠官)'이라고도 한다. 출처는 『서경(書經)』의 "非人其吉, 惟貨其吉, 若時瘝厥官"에서 유래하였다. 이 부분에 대해 채침은 "단지 뇌물을 받은 것을 좋은 점으로 여겨 그 자리를 병들게 한다."라고 설명하고 있다. 후일 이 용어는 주로 "어떤 지위에 거하여 자기의 직분을 다하지 않거나 못하면서 허송세월을 보내다."라는 의미로 사용한다. 특히 조선에서는 혹은 문책의 의미로 혹은 자기에 대한 겸사의 의미로 자주 사용되었다.

23) 이조(吏曹)를 지칭한다.

24) 탁지(度支): 호조(戶曹)를 지칭한다.

25) 육조 가운데 이조와 호조를 대표적으로 예를 든 것으로 육조가 모두 타성에 젖어 업무를 제대로 보지 못하는 폐단이 있음을 의미한다.

26) 여기에서 '침(侵)'은 백성의 재산을 침략하는 것을 의미하며, '어(漁)'는 백성을 물고기로 여겨 잡는 것을 의미하며, '할(割)'은 백성의 살을 베어 먹는 것을 의미하고, '박(剝)'은 백성의 재산 등을 벗겨 먹는 것을 의미한다. 결국 백성의 재산과 권익을 침탈하는 것을 의미한다.

27) 항오(行伍): 군대를 지칭한다.

28) 『서경(書經)』「고요모(皐陶謨)」에 "사계절에 따라 할 일을 모두 제대로 함으로써 모든 일이 바람직하게 이루어질 것이다.[撫于五辰, 庶績其凝.]"라고 하였다.

차 어떻게 닦아야 이에 이를 수가 있겠는가?

제생(諸生)29)들은 당세에 뜻을 두고 있어 평소 마음속에 쌓아둔 것을 실현해 보고자 한 지 오래되었을 것이다. (위에서 열거한 여러 의심스러운 것들은) 다른 날 (벼슬길에 올라) 사업을 경륜할 내용들이니 이제 오늘 책문을 통해 (위에서 열거한 의심스러운 것들에 대해) 이를 판단해 보시오.

답변

제가 태학에 머물면서 한나라 때를 열심히 공부할 적에 크게 탄식할 만한 것이 여섯 번이 었습니다. 지금 집사 선생30)께서 사방의 인재에 대해 책문(策問)31)을 하실 적에 육경의 직책을 문제로 들어서 당시의 현실을 슬퍼하고 옛날을 생각하여 폐단을 구제할 방책을 질문하셨으니, 정말로 시의적절한 것으로서 바로 (시험에 참가한) 제생들이 가슴 속의 것을 토로할 좋은 기회입니다.

개인적으로 다음과 같이 생각합니다. 주공이 관제를 정하여 천지(天地)와 춘하추동(春夏秋冬)의 의리를 밝히고32), 성왕(成王)이 백관을 가르쳐서 치(治)·교(敎)·예(禮)·정(政)·금(禁)·토(土)33)의 명을 내리셨으니, 그렇다면 육경은 나라를 다스리는 자가 폐할 수 없는 것입니다. 대저 (통치자인 왕은) 일신의 존귀함으로 억조창생(億兆蒼生)의 위에 거(居)하시나 만백성이 지극히 많고 만기(萬機)34)가 지극히 넓어서 한 사람이 다스릴 수가 없습니다. (이는) 강유(綱維)35)가 펼쳐지지 않고 체통(體統)이 세워지지 않으며 또한 모든 일을 다스림에

---

29) 제생(諸生): 시험에 참가한 사람들을 말한다.
30) 원문은 "執事先生"이다. "執事"는 어떤 일을 담당하고 있는 사람이란 의미이고 선생은 존칭이다. 여기에서는 책문 출제자를 지칭한다. 그 사람을 구체적으로 알 수 없으니 "執事先生"이라 칭한 것이다.
31) 대책의 방식으로 문제를 낸다는 의미이다.
32) 전통적인 입장에 의하면, 주공(周公)이 관제(官制)를 만들 적에 분관(分官)을 360으로 하여 일 년에 맞추고 이 것을 다시 육부로 나누었다한다. 즉 천부(天部: 전체를 총괄하는 업무와 왕실), 지부(地部: 민정교화), 춘부(春部: 제사와 예약), 하부(夏部: 군사와 전쟁), 추부(秋部: 사법부), 동부(冬部: 국토건설)이다. 이 여섯 가지로 통치를 하였는데 이것이 바로 관제를 통해 천지춘하추동의 의미를 밝힌 것이다.
33) 여기에서 치(治)는 천부, 교(敎)는 지부, 예(禮)는 춘부, 정(政)은 하부, 금(禁)은 추부, 토(土)는 동부의 내용을 지칭한다. 즉 '육부'를 의미한다.
34) 만기(萬機): 정치상의 온갖 중요한 기틀.
35) 강유(綱維): 삼강(三綱)과 사유(四維). 삼강은 군신·부자·부부, 사유는 예(禮)·의(義)·염(廉)·치(恥)이다.

통기(統紀)36)가 없을 수가 없기 때문입니다.

이에 나라의 정치와 나라의 교화가 행하여지지 않을까 두려워하여 총재(冢宰)와 사도(司徒)에게 명하여 관장하게 하고, 나라의 예와 나라의 정치가 거행되지 않을까 두려워하여 종백(宗伯)과 사마(司馬)를 두어 (그 업무를) 위임하고, 나라의 법과 나라의 정사(政事)가 거행되지 않을까 두려워하여 사구(司寇)와 사도(司徒)를 설치하여 주관하게 하였습니다. 그 책임이 지극히 무겁고 임무가 지극히 크니, 그렇다면 현능한 사람이어야 지극히 큰 임무를 거행할 수 있고 지극히 막중한 책임을 다할 수 있습니다. 만일 그와 같이 현능하지 않은데, 그릇은 작으나 책임이 무겁다거나 덕이 부족하나 맡은 바 임무가 버겁게 되면, 그 임무를 수행하지 못하여 정치에 폐단이 없을 수 없게 됩니다.

이러한 까닭으로 '사람을 기다려서 다스린다.' 함은 양웅(揚雄)37)씨가 말한 것이요, '사람이 있으면 정사가 거행된다.'38)함은 우리 부자39)께서 말씀하신 것입니다. 진실로 그 마땅한 사람을 얻어서 육경의 직위에 거하게 하면 육경의 직이 거행될 것이니, 폐단의 원인이 무엇 때문에 일어나겠습니까? '정사는 사람을 따라 그릇된다.'함은 유향(劉向)40)의 말이며, '고르게 다스리지 못했으니 말해 무엇하겠는가[不平謂何]'는41) 소아(小雅)의 시입니다. 진실로 그 적임자가 아닌데 육경의 책임을 주관하면 육경의 직(職)이 폐하여질 것이니, 폐단의 원인은 이로 말미암아 일어나는 것입니다. (이는) 이미 지나간 자취를 살펴서 앞으로 생길 폐단을 구제하는 것이니, 어찌 그 근본을 돌이키지 않을 수 있겠습니까?

청컨대 밝게 하문하신 데 대하여 말씀드리겠습니다. 태계(泰階)42) 육부(六符)43)의 반열에 응하여 백세가 흘러도 고치기 어려운 관직을 정하였으니 훌륭합니다, 육경을 설치함이여!

---

36) 통기(統紀): 기본적인 국가 통치 조직.
37) 양웅(揚雄): 후한 성도 사람으로 문장으로 세상에 이름이 알려졌다.
38) 『중용』에 "문무의 정사가 방책에 실려 있으니, 그 사람이 있으면 그 정사가 거행된다.[文武之政, 布在方策, 其人存則其政舉.]"고 한 데서 온 말이다.
39) 부자: 공자를 지칭한다.
40) 유향(劉向): 한나라 때의 문장가로 『열녀전(列女傳)』의 저자이다.
41) 『시경』「절남산(節南山)」은 가보(家父)라는 주나라 대부가 태사 윤씨를 풍자한 시인데, 그중에 "빛나고 빛나는 태사 윤씨여, 고르게 다스리지 못했으니 일러 무엇 하겠는가?[赫赫師尹, 不平謂何?]"라는 말이 나온다.
42) 태계(泰階): 세 단계의 별로 천자로부터 서인까지를 일컫는다. 『한서(漢書)』.
43) 육부(六符): 삼태(三台) 육성(六星)의 부험(符驗)이라는 뜻으로, 조정 혹은 보신(輔臣)을 칭송하는 말로 흔히 쓰인다.

사악(四岳)⁴⁴⁾의 직분과 백규(百揆)⁴⁵⁾의 관직은 처음 당·우에서 보이는데, (그 보이는 내용 중) 사도(司徒)와 전악(典樂)⁴⁶⁾ 또한 육경의 하나입니다. 이때에 그것이 창설되어『주례(周 禮)』에 실려 있고,『주관(周官)』⁴⁷⁾에 기록되어지고 성주(成周)⁴⁸⁾에서 크게 갖추어졌습니다. 그러니 모든 집사(執事)⁴⁹⁾가 위로 육경이 총괄함을 펴게 되었으니 그 상세함이 이에서 비롯 되었습니다. 일에 따라 관직을 세워 각기 그 정사를 두게 되는 경우, 관직은 지극히 많고 업 무는 지극히 번거로워서, 만일 총괄하여 거느릴 만한 곳이 없다면 산만하고 흩어져 찾기 어 려워 자잘한 일들이 통일되지 않을 것이기에, 부득불 여섯으로써 통기(統紀)를 삼지 않을 수 없습니다. 여섯 가지에서 하나라도 빠진다면⁵⁰⁾ 마치 천지의 봄만 있고 여름이 없으며, 여름 만 있고 가을이 없는 것과 같습니다. 이것이 통기를 세움에 반드시 여섯으로써 한 까닭입니 다. 하늘이 있은 뒤에 땅이 그 질서를 얻고, 천지가 있은 뒤에 춘하추동이 각각 그 차례에 따 라 나타나며 공효가 있는 것과 같습니다. 사람이 경중완급의 차례를 나누는 것에 대해서는, 하늘을 본받아 이름을 설정할 적에 주공(周公)이 상세하게 정하였으며 성왕(成王)이 분명하 게 가르쳤으니, 우리가 어찌 그 사이에 이의를 제기하겠습니까? 또한 어찌 반드시 하문하신 본의를 버리고 번거롭게 '니고(泥古)⁵¹⁾의 주장을 하겠습니까?⁵²⁾

삼대 이상은 위로는 성명(聖明)한 제왕이 있고 아래로는 현철(賢哲)한 신하가 있어서, 인군

---

44) 사악(四岳): 사방 제후를 다스리던 요(堯) 임금 때의 대신(大臣)이다.『서경(書經)』<순전(舜典)>에 "사악에 게 자문을 구하며 사방의 문을 활짝 열어 놓아 사방의 눈으로 자신의 눈을 밝게 하고 사방의 귀로 자신의 귀 를 통하게 하였다.[詢于四岳, 闢四門, 明四目, 達四聰.]"라는 말이 나온다.
45) 백규(百揆): 서정(庶政)을 총괄하는 관직으로, 주나라 때의 총재와 같은 직임을 말한다. 우리나라에서는 흔히 의정을 뜻하는 말로 쓰인다.
46) 사도(司徒)와 전악(典樂): 사도는 순 임금 때 백성의 교화를 관장했던 장관이며, 전악은 음악을 관장하였다.
47) 주관(周官):『주례』의 별칭.
48) 성주(成周): 본래 지금 낙양 지역을 지칭하는 옛 지명이다.『서경(書經)』「낙고(洛誥)」에 "召公既相宅, 周公往 營成周"라는 말이 보인다. 또한 주공(周公)이 성왕(成王)을 보필하였던 시기를 지칭하기도 한다. 이 시기에 주 공이 예와 악을 제정하였다고 한다. 이 당시를 보통 '성주지성(成周之盛)'이라 부른다.
49) 집사(執事): 모든 관리 즉 백관의 의미이다.
50) 이 부분은 본 글이 잔결되어 판독할 수 없다. 단지 뒤의 내용을 근거로 추측하여 위와 같이 번역해 둔다.
51) 니고(泥古): 옛것에 얽매이고 집착하여 융통성이 없는 것을 말한다.
52) 주공이 천지춘하추동을 본받아 국가통치체계를 만든 것이 바로 "体天設名" 즉 "하늘을 본받아 이름을 설정 함"이다. 여기에서 이름은 춘관, 추관과 같은 관명을 말한다. 즉『주례』에 경중완급 등에 관한 자세한 설명이 보인다는 의미이다. 이미『주례』에 자세한 설명이 보이는데 여기에서 굳이 다시 옛 학설을 반복하여 주장하 거나 이의를 제기할 필요가 없다는 내용이다.

이 책임지고 신하가 업무를 맡아서 수행하였습니다. 백관을 통솔하고 사해를 균형 있게 한 것은 그 마땅한 사람을 얻어서이며, 오교(五教)⁵³⁾를 펴고 억조창생을 길들여 순하게 한 것은 그 마땅한 사람을 얻어서입니다. 마땅한 사람을 얻으면 귀신과 사람이 다스러지고⁵⁴⁾ 상하가 화합하며, 마땅한 사람을 얻으면 육사(六師)⁵⁵⁾가 통솔되고 나라가 태평합니다. 간특한 것을 힐문하고 난폭한 것을 형벌하는 데에는 사구(司寇 형조판서)가 적임자이며, 천시에 순응하여 지리를 일으키고⁵⁶⁾ 사민을 살게 하는 것은 사공(司空)⁵⁷⁾이 적임자입니다. (그러니) 당시에 '너의 직위를 공손히 하고[靖共爾位]⁵⁸⁾ 임금을 좌우에서 보필한다'는 것이 어떠하였겠습니까? 시옹(時雍)⁵⁹⁾의 공적으로, 아! 변화하는 공효가 높고 높아 그 이상 더할 수가 없었습니다. 그 후 역대로 내려오면 오직 한·당만을 칭찬할 만하다 할 것입니다. (그럼에도) 육부의 명칭은 오히려 삼대와 같았습니다만 단지 이름만 있고 적임자를 등용하지 못했습니다.

승상(丞相)의 직책은 이부(吏部)의 책임을 겸하게 하였는데 곡학(曲學)을 한 손홍(孫弘)⁶⁰⁾이 나라를 다스리는 중요한 도리를 알지 못하였고, 내사(內史)⁶¹⁾의 관직은 옛적 종백(宗伯)⁶²⁾의 임무였는데 고지식한 왕규(王珪)⁶³⁾는 황실 집안 내의 부끄러운 행실을 바로잡지 못

---

53) 오교(五教): 군신, 부자, 부부, 장유, 붕우 등 다섯 가지의 가르침을 말한다.
54) 고대에는 전염병이나 비바람 등은 귀신과 관련이 있다고 생각하였다. 올바른 사람을 등용하면 귀신도 돕는다는 의미이다.
55) 육사(六師): 천자(天子)의 군대를 말한다. 육군(六軍)이라고도 한다. 고대 주(周)나라의 군대 편제에서 비롯하였다. '사(師)'와 '군(軍)'은 모두 군사의 단위로, 다섯 사람이 '오(伍)'가 되고 5오가 '양(兩)'이 되고 4양이 '졸(卒)'이 되고 5졸이 '여(旅)'가 되고 5려가 '사(師)'가 되고 5사가 '군(軍)'이 되므로 1군은 1만 2500명이고 6군은 7만 5000명이 된다. 또한 천자는 6군을 거느리고, 큰 나라는 3군을 거느리고, 작은 나라는 2군을 거느리고, 아주 작은 나라는 1군을 거느린다.『주례주소(周禮注疏)』卷28.
56)『서경』「주관(周官)」에 "사공은 나라의 땅을 관장하니, 사민을 살게 하고, 천시에 순응하여 지리를 일으킨다.[司空, 掌邦土, 居四民, 時地利.]"라고 한 데서 온 말이다.
57) 사공(司空): 중국 고대의 벼슬 이름. 삼공(三公)의 하나로, 토지와 민사(民事)를 맡아보았다.
58)『서경』「소명(小明)」에 이르기를, "너의 직위를 공손히 하여 정직한 사람을 도와주면, 신이 너의 소원을 들어주어 복록을 너에게 주리라.[靖共爾位, 正直是與, 神之聽之, 式穀以女.]" 하였다.
59) 시옹(時雍): 성군의 화평한 정치를 말한다.『서경』「요전(堯典)」에 "백성들이 성군의 덕에 크게 감화된 나머지 온 누리에 화평한 기운이 감돌았다.[黎民於變時雍]"라는 말이 나온다.
60) 곡학은 자신의 학술을 왜곡하여 세상에 아부한다는 곡학아세(曲學阿世)의 준말로, 한나라 경제(景帝) 때 강직하기로 이름난 원고(轅固)라는 학자가 엉큼하고 비열한 공손홍이라는 학자에게 "배운 것을 굽혀 세상에 아부하는 일이 없도록 하게."라고 충고한 고사에서 비롯된 말이다.『사기(史記)』「유림열전(儒林列傳)」
61) 내사(內史): 국가의 법전을 맡아보던 벼슬이다.
62) 종백(宗伯): 주나라 때 육관의 하나. 예악과 제사를 맡아보았다.

하여 그 덕화의 융성함이 제왕의 일단(一端)과 같을 수가 없었습니다. 그렇다면 세상을 경륜하고 백성에게 은택을 입히는 것에 뜻을 두고 있는 사람이 차마 당시를 위해 (삼대 이후 본받을 만하지 못한 것들을) 말할 수 있겠습니까?

삼가 생각하건대, 아조의 성조(聖祖)가 터를 열고 신손(神孫)이 왕통을 이어서 하나의 작은 정령(政令)이라도 삼대가 아니면 표준으로 삼지 않았으며, 어떤 제도의 정립도 오직 당·우(唐虞)만을 법식으로 하였습니다. 육경의 관직을 설치하고, 백사(百司)의 통기(統紀)를 확립하여 모든 임무를 여기에서 총괄하였으며, 모든 직책을 여기에 매어 있게 하였으니, 그 위임(委任)은 일사불란하다고 말할 수 있으며 책임을 지우는 것이 엄중하였다고 말할 수 있습니다. 다스림은 당·우(唐虞: 요순(堯舜))보다 앞서고, 아름다움은 상주(商周)를 능가함이 당연한데, 어찌하여 한 선정(先正)의 신하도 직분상 당연히 해야 할 일을 다하여 『시경(詩經)』과 『서경(書經)』에서 말한 대로 아름다움을 함께하고 본질을 같이하였다는 말을 듣지 못하는 것입니까? 어쩌면 (그런 분이) 있는데 제가 듣지 못한 것입니까? 성조(聖祖)의 태평한 시대를 만나 타성에 젖어 허송세월하는 폐단 때문에 융성하던 그 옛날에 비해 부끄러워하지 않을 수가 없는데, 하물며 지금의 시국(時局)은 어떠한 시국입니까?

현능(賢能)한 자를 진용(進用)하고 인재를 권장하는 것은 이부의 책임이나, 공심(公心)이 구름 걷히듯 하고 사의(私意)가 성화같이 달립니다. (그래서) 왕가의 친척들이라든지 문벌의 자제들은 아직 (나이가 어려) 입에서 젖내가 가시지 않았는데도 지위가 조랑(曹郞)[64]의 반열에 오르며, 머리터럭이 겨우 말랐는데도 주현(州縣)에 취임을 하게 됩니다. (그리고) 돈이 많으면 시정배라도 동서반[65]에 발탁이 되고, 재물이 많으면 암렬(暗劣)한 사람이라도 청현(淸顯)의 지위에 오를 수가 있습니다. 조정에서 굴지(屈指)의 인물과 눈에 가득한 고급관원들 중

---

63) 왕규(王珪): 당초 사대(四大) 명재상 중 한 사람이다. 자는 우옥(禹玉), 시호는 문공(文恭)이다. 본래 수나라에 벼슬을 하였으나 친척의 역모가 실패하자 연좌제를 피해 종남산에 은거하다가 당나라가 수립되자 다시 벼슬길에 오르게 되었다. 무덕(武德) 연간에 태자였던 이건성(李建成)과 이세민의 관계가 극도로 악화되자 당고조는 왕규가 태자를 잘못 인도한다고 여겨 현재 사천 지방으로 유배를 보낸다. 물론 그 이후 다시 조정에 복귀되어 요직을 담당하게 된다. 이 글에서 나오는 "不能正閨門之慚德(집안 내의 부끄러운 행실을 바로잡지 못하다.)"라는 것은 형제간의 불화를 바로잡지 못했다는 것을 의미한다.

64) 조랑(曹郞): 조선 시대 때 육조의 정5품 벼슬인 정랑과 정6품인 좌랑을 아울러 이르던 말.

65) 동서반: 문반(文班)을 동반이라 하고, 무반을 서반이라 함. 궁중의 조회 때 문관은 동쪽에, 무관은 서쪽에 벌여 선 데서 나온 말이다.

에 권세 있는 가문이 아니라면 뇌물청탁을 한 사람입니다. (벼슬길을 위해) 분주하게 달리는 [奔競]66) 지름길이 이루어졌다고 말할 수 있을 것입니다.

세금을 가볍게 부과하여 상하가 서로 의뢰하는 것은 호부(戶部)의 책임입니다만, 법이 조철(助徹)67)을 따르지 않아 춘추시대에 명분 없이 함부로 세금을 거둔 때보다 심합니다. 법 이외에 사적으로 거두어 들여 세금을 재촉하고 징발하기를 성화(星火)68)보다도 급히 하고, 약탈하기를 남김없이 하여 그 해로움이 닭과 돼지 같은 짐승에게도 미치고 있습니다. 가난한 자는 항심(恒心)69)이 없어서 도로에 줄줄이 연해 있고, 부자마저 침탈을 당하여 장차 손을 잡고 이끌어주어야 하는 지경에 이르렀으니, 보는 자는 가슴이 서늘하고 듣는 자는 가슴아파 합니다. 그러니 사람이 정협(鄭俠)70)의 충심이 아닌 다음에야 누가 유민도(流民圖)를 그려 유민이 언덕과 구렁에 이미 넘쳐 나는 것을 아뢰겠습니까?

춘관(春官)71)의 직책은 상하를 밝히고 귀천을 차례 매기는데 있음에도, 창우(倡優)72)나 천첩(賤妾)이 후비(後妃)의 복식과 대우를 받고,73) 시정의 무리들이 왕손(王孫)의 교만함과 귀함을 다투어 숭상하고 있습니다. 아랫사람이 되어서 윗사람을 능멸하고 어린 자가 어른을

---

66) 분경[奔競]: 벼슬을 청탁하기 위하여 세력 있는 집에 분주히 왕래하는 것이다.

67) 조철(助徹): 조는 은나라 조세법으로, 6백 30묘(畝)의 토지를 70묘씩 9등분하여 주위 8구(區)는 8가(家)가 각각 분배받아 경작하고, 중앙 1구는 공전으로 정하여 이를 8가가 조력(助力) 경작, 그 소출만을 조세로 바치는 것을 말한다. 철은 주나라 조세법으로 한 농부마다 1백 묘씩 분배받아 경작하여 거기서 수확한 10분의 1을 조세로 바치는 것을 말한다.

68) 성화(星火): 떨어지는 유성의 불빛을 말한다. 즉 매우 빠름을 말한다.

69) 항심(恒心): 맹자가 말하기를, "보통 사람은 일정한 산업[恒産]이 있어야 일정한 마음[恒心]이 있다." 하였다.

70) 정협(鄭俠): 송(宋)나라 복청(福淸) 사람. 자(字)는 개부(介夫). 그는 여러 차례 왕안석에게 서찰을 보내 신법이 백성들에게 해를 입힌다고 말하였으나 받아들여지지 않았다. 얼마 지나서 그는 안상문(安上門) 감문관이 되었다. 이때 큰 가뭄이 들어 유민(流民)이 길을 메웠는데, 입지도 먹지도 못하여 수척한 모습에다, 심지어 차꼬를 차고 옹기와 나무를 져다가 팔아서 관아에 바치기까지 하였다. 정협은 이들의 모습을 그려 소장과 함께 신종(神宗)에게 바쳤는데, 이 그림을 유민도(流民圖)라 하였다. 신종은 그림을 보고 몹시 탄식하다가, 이튿날 청묘(靑苗), 면역(免役) 등의 신법을 혁파하였다. 『송사(宋史)』「정협열전(鄭俠列傳)」 참조.

71) 춘관(春官): 예조의 별칭. 원래 춘관은 중국 주대의 육관의 하나로서 예법·제사의 일을 맡았으며, 춘관의 장(長)을 대종백(大宗伯)이라고 하였다.

72) 창우(倡優): 악공이나 기인(伎人) 등을 가리킨다.

73) 한 문제(漢文帝)에게 올린 가의(賈誼)의 <상소(上疏)>에, "지금 서인(庶人)의 옥벽(屋壁)에는 황제의 의복이 걸려 있고, 창우(倡優) 같은 하천(下賤)들은 황후의 복식을 하고 있으니, 그러고도 천하에 재력(財力)이 궁핍해지지 않을 수는 없다."라고 한 말이 보인다.

업신여기되 이렇게 익숙해져서 점점 자라게 되면 첩의 신분으로 (본부인을 무시하고) 그 남편을 도모하게 될 것이고, 아우가 되어서 그 형을 죽이는 데 이르게 될 것입니다. 그렇다면 지금의 예법은 비단 허문(虛文)74)이 될 뿐만이 아닙니다.

하관(夏官)75)의 직책은 군대를 어루만지고 국가를 진무하는 데 있는데, 복무하는 군병이 하급관리의 침탈에 곤란을 겪고, 유방(留防 머물러 있으면서 적을 방비함)의 군사가 주장(主將 우두머리가 되는 장수)의 침탈 때문에 피폐해져서 의식(衣食)이 이어지지 못하고 유망(流亡)하는 사람들이 잇따라 있습니다. 이 뿐만이 아니라 억지로 관장(管莊)의 의탁처를 만들어 노약자들을 (거기에) 머물게 하고, 오래도록 주현(州縣)의 일에 노역하게 하고 농삿일에 붙여두지 않습니다. 그러니 오늘의 군대는 공적(空籍 빈 문서)이 될 뿐 아니라, 권세가 곡진히 비호하여 송사의 시비를 살피지 아니하고, 뇌물[苞苴]76)이 공공연히 행해져서 옥사의 원왕(冤枉 사실이 없는 원통한 죄)을 분별하지 아니하여 무고한 원망을 하늘에 호소하고 원망의 소리가 땅을 진동시킵니다. 심지어 천지의 조화를 상하게 하여 수재 한재를 불러일으킴이 심합니다.

형관(刑官)이 잘 다스려지지 않으면, 억울함을 풀어주고 폭란을 금하는 의리가 어떻게 되겠습니까? 말단의 이익에 치달려서 서로 도와주는 옛 도를 볼 수 없으며, 기교만을 다투어 숭상하여 가격을 폭등하게 하는 기이한 기술에만 힘쓰며, 무익한 일을 날마다 일삼고 유용한 일을 하는 것을 아직 본 적이 없습니다. 심지어 왕자의 저택은 구름에 닿을 듯 짓고, 상방(尙方)은 아로새기고 공중에 치솟도록 쪼아 올려 공사의 온갖 폐단을 일으키고 재용의 사치를 초래하니, 통탄스럽습니다. 공조(工曹)에 제대로 된 사람이 없으니, 본말을 억제하고 사민(四民)77)을 잘 살게 하는 도리에 대해 어떻게 할 수 있겠습니까?

아, 육자(六者)의 폐단이 이보다 심한 적이 있습니까? 사람을 쓰는 공도(公道)가 어찌 옛날 이부에만 행해지고 오늘의 이부에는 행해지지 않는 것입니까? 안집(安集)78)의 교화가 어찌

---

74) 허문(虛文): 실상이 없는 법제.
75) 하관(夏官): 병부의 별칭.
76) 뇌물[苞苴]: 포저(苞苴)는 물건을 싸는 것과 물건 밑에 까는 것이라는 뜻으로 뇌물로 보내는 물건을 이르던 말이다.
77) 사민(四民): 사(士)·농(農)·공(工)·상(商)을 말한다.
78) 안집(安集): 평안하고 화목하게 함.

옛날의 호부에만 행해지고 지금의 호부에는 행해지지 않습니까? 옛날의 계급은 어찌 닦아서 문란하지 않았으며, 지금의 계급은 무슨 이유로 문란한 것입니까? 옛날의 군대는 어떻게 하여 젊은 장사로 채워졌는데 지금의 군대는 무슨 이유로 허약한 사람으로 채워진 것입니까? 원왕(冤枉: 누명을 씀)은 어찌 닦아서 옛날에는 깨끗하게 해결할 수 있었던 것이며, 무엇 때문에 지금은 깨끗하게 해결되지 못하는 것입니까? 이익을 추구함에 있어 어떤 방법으로 해서 옛날에는 도를 잃지 않았으며, 지금에는 무슨 일로 보이지 않는 것입니까?

저는 일찍이 거듭 생각해 보았으나 그 까닭을 알지 못하겠습니다. 다만 모르겠습니다만, 지금의 이부(吏部)는 옛날의 천관(天官)과 같습니까? 지금의 호부(戶部)는 옛날의 지관(地官)과 같습니까? 지금의 예관(禮官)을 맡은 자는 옛날의 종백(宗伯)이 된 자와 같습니까? 지금의 병관(兵官)을 맡은 자는 옛날의 사마(司馬)를 맡은 자와 같습니까? 지금의 형관(刑官)은 또한 옛날의 형관과 같습니까? 지금의 공부(工部)는 옛날의 공부와 같습니까? 만일 지금의 육경이 옛날의 육경과 같지 아니하면 부득불 그것을 거론해야 할 것이지만, 만일 옛날의 육경이 지금의 육경이라면 토포악발(吐哺握髮)[79]의 사람을 얻어서 전선(銓選 인사행정)의 책임을 맡기게 되면 등용된 자가 모두 재능이 있어서 도리(桃李)를 권문세가에 심지 않을 것입니다.[80] 절약해 쓰고 백성을 사랑하는[節用愛民]하는 사람을 얻어서 탁지(度支)[81]의 사람으로 임명하게 되면 장차 공사가 모두 족하여 곡식이 물이나 불처럼 흔하게 될 것입니다.

춘관(春官)을 맡은 자가 '공경히 오륜의 가르침을 펴되 너그럽게 하는[敷敎在寬]'[82] 사람을 얻으면, 질서 정연한 예(禮)가 상하 모든 사람에게 행해지게 될 것입니다. 하관(夏官)[83]을

---

79) 토포악발(吐哺握髮): 주공의 아들 백금(伯禽)이 노나라에 봉해지자, 주공이 백금을 경계하여 이르기를 "네가 노나라에 가거든 노나라 임금이란 것으로 선비들에게 교만을 부리지 말라. 나는 문왕의 아들이요, 무왕의 아우요, 성왕의 숙부로서 천하에 재상이 되었음에도, 머리 한 번 감을 때 세 번씩 머리털을 거머쥐고 나가고, 밥 한 번 먹을 때 세 번씩 밥을 뱉고 나가서[一沐三握髮, 一飯三吐哺.] 선비를 만나면서도 오히려 천하의 선비를 놓칠까 염려했었다."라고 한 데서 온 말이다. 『한시외전(韓詩外傳)』.
80) 도리(桃李)는 곧 훌륭한 인재를 지칭하는 것이니, 국가의 중요한 인재들이 사가에서 썩지 않을 것이라는 의미이다.
81) 탁지(度支): 국가 재정을 맡은 호조(戶曹)를 가리킨다.
82) 『서경』「순전(舜典)」에 "설이여, 백성이 친목하지 않고 오륜이 제대로 펴지지 못하고 있기에 내가 그대를 사도의 직책에 임명하노니, 엄숙히 다섯 가지 가르침을 행하되 관대한 방향으로 하라.[契, 百姓不親, 五品不遜, 汝作司徒, 敬敷五敎, 在寬.]"라는 순 임금의 말이 나온다.
83) 하관(夏官): 중국 주대의 6관의 하나로서 군사(軍事)를 관장하였다.

맡은 자가 유명극윤(惟明克允)[84]의 사람을 얻으면, 간구(奸寇)한 무리가 교화 가운데에 간섭할 수 없을 것입니다. 공경하고 긍휼히 여기는 사람이[85] 형부에 있게 되면, 형조(刑措)를 쓰지 않게 되어[86] 감옥에 죄수가 하나도 없게 될 것입니다. 무익한 일을 하지 않는 사람이 공조에 있게 되면 각기 기예를 가지고 간쟁하게 되어[執藝相諫][87] 백공이 다스려질 것입니다. 변할 수 있는 기미가 여기에 있고 개혁할 수 있는 길이 여기에 있는데, 어찌 많은 말이 필요하겠습니까?

　제가 생각하기에, 지금 (현재) 육경의 직에 있는 사람들이 잘못된 사람들이라고 비난하는 것이 아닙니다. 지금 임금이 성명(聖明)한 자질을 가지고 사람을 가려 뽑는 도리를 다한다면, 그 직책에 있는 자는 그 직분에 맞는 사람 아님이 없을 것입니다. 우려되는 것은 오직 흔쾌히 최선을 다하지 않을까 하는 것이지, 고질병이 이미 깊어서 고치기 어려운 것이라 여기는 것도 아니며, 치료할 기술이 없다고 말을 돌려서 하는 것도 아닙니다. 점차로 현실과 타협해서 길들여지는 잘못이 없이 진심진력하는 충심이 있으면, 사람을 바꾸지 않더라도 육경의 직책이 거행될 것입니다.

　집사의 질문에 저는 이미 앞에서 대략 진술하였으나 글의 끝에 간곡하게 올릴 말씀이 있습니다. 『서경』에 "원수(元首: 영도자를 지칭)가 현명하면 고굉(股肱:신하를 지칭)이 어질다."[88]라고 말하지 않았습니까? 또 이르지 않았습니까. "원수((元首: 영도자를 지칭)가 (큰 뜻이 없이) 잘기만 하면 고굉이 나태하고 만사가 무너질 것이다."[89] 라고 하였으니, 그렇다면 모든 일이 편안하게 행해지기를 바란다면 훌륭한 정승을 얻는 것으로 충분합니다.

---

84) 유명극윤(惟明克允): 밝게 살펴야만 백성들이 믿게 된다는 뜻으로 『서경』「순전(舜典)」의 내용이다.
85) 『서경』「순전(舜典)」의 "공경하고 또 공경하는 마음으로 불쌍히 여기며 신중하게 형벌을 행한다.(欽哉欽哉, 惟刑之恤哉)"라는 말이 나온다.
86) 형법(刑法)은 갖추어 놓았으나 민중이 잘 교화되어 쓸 필요가 없게 되었다는 말이다. 주(周)나라 성왕(成王) · 강왕(康王) 시대에 천하가 태평하여 40년 동안 형벌을 쓰지 않았다고 한다.
87) 『서경』「윤정(胤征)」에 "관사들은 서로 바로잡고, 백공(百工)은 각자 맡은 기예의 일을 가지고 임금을 간하라. 혹시라도 공경히 하지 않으면, 거기에 해당하는 나라의 법이 있을 것이다.[官師相規, 工執藝事以諫, 其或不恭, 邦有常刑.]"라는 말이 있다.
88) 『서경』「익직(益稷)」에 "원수가 현명하면 고굉이 어질어서 모든 일이 편안할 것입니다.[元首明哉, 股肱良哉, 庶事康哉.]"라고 하였다.
89) 『서경』「익직(益稷)」에 나온다.

그런데 집사의 질문이 다만 육경만 언급하고 정승을 언급하지 않는 것은 무슨 이유입니까? 인이불발(引而不發)⁹⁰⁾을 하여서 제생에게 삼우지반(三隅之反)⁹¹⁾을 할 수 있는지 시험하는 것입니까? 모든 일이 대체로 지극히 번거로우나 육부(六部)는 모든 일의 통기(統紀)가 되며 육경의 설치는 지극히 정미롭지만 삼공(三公)이 육부의 우두머리가 됩니다.

이 때문에 장차 일이 잘 다스려지기를 헤아리고자 하는 사람은, 모든 일이 다스려지지 못함을 근심하지 않고 (오히려) 육경에 그 적임자가 아닌가 하는 점을 근심하며, 장차 육경이 잘되게 하고자 하는 사람은 육경에 어질지 않은 사람이 있을까 근심하지 않고 (오히려) 제대로 된 정승을 얻지 못함을 근심합니다. 요 임금이 천하를 다스릴 적에는 순 임금을 얻지 못함을 근심하였고, 순 임금이 천하를 다스릴 적에도 우(禹)와 고요(皐陶)를 얻지 못함을 근심한 것은 진실로 이것 때문입니다. 요 임금이 순 임금을 얻어서 백공(百工)이 잘 다스려졌으니, 그렇다면 육경에 어찌 불치(不治)의 폐단이 있었겠습니까? 순임금이 우(禹)와 고요(皐陶)를 얻어서 모든 치적이 모였으니, 육경에 어찌 불치(不治)의 폐단이 있었겠습니까? 바야흐로 지금 위에 요·순의 임금이 있고 아래에 직설(稷契)⁹²⁾ 같은 신하가 있다면, 제가 말하는 것이 비록 부질없는 발언에 가깝겠지만 소견이 이와 같기에 숨기지 않고 진술합니다.

---

90) 인이불발(引而不發): 『맹자(孟子)』 「진심장(盡心章)」에 나오는 말로, 화살을 끼우고 활시위만 잡아당길 뿐 활을 쏘지 않는다는 뜻인데, 즉 남에게 학문을 가르침에 있어서 단지 공부하는 방법만 가르치고 묘처(妙處)를 말하지 않아 학습하는 이로 하여금 궁리하여 스스로 깨닫게 하는 것을 말한다.
91) 삼우지반(三隅之反): 한 모퉁이를 들어 세 모퉁이를 반증한다는 말로, 곧 하나를 말해 주면 기타 유사한 것은 미루어 안다는 뜻이다. 『논어(論語)』 「술이(述而)」.
92) 직설(稷契): 순 임금 때 후직으로서 농업을 담당한 직(稷)과 사도의 직책을 관장한 설(契)을 가리킨다. 명신의 대명사이다.

출처

문제

93)이윤(伊尹)94) · 공자(孔子) · 맹자(孟子) · 자릉(子陵)95) · 진단(陳摶)96) · 한유(韓愈)97) · 주희(朱熹)98) · 태공(太公)99)(에 대해 논하여라.)100)

---

93) 이 옆에는 "당시의 일을 거리낌 없이 진언하였던 소철(蘇轍)은 특별 등용되었고, 군주의 과실을 직언하였던 유분(劉蕡)은 낙방하였습니다. 이에 대해서는 집사께서 취사선택을 하시기 바랍니다.[時事, 蘇轍擢用, 直言君過, 劉蕡下第, 此則惟執事取舍.]"의 구절이 가필되어 있다. 송 인종(宋仁宗)이 친히 궁정에서 선비들을 시험보일 때 소철(蘇轍)이 득실에 대해 극구 말하자, 고관이 불손하다는 이유로 물리치기를 청하니 인종이 말하기를 '직언으로 사람을 불러서 직언 때문에 버린다면 천하가 나를 두고 뭐라고 하겠는가.'라 하고 4등으로 뽑았다. 또한 당나라 문종이 직접 대책의 문제를 내어 시험을 보았는데 유분(劉蕡)이 당시 환관들의 문제를 직언하였다. 그의 문장이 매우 훌륭하였으나 심사들이 환관들을 두려워해 그를 낙방시킨 일이 있다.
94) 이윤(伊尹): 상나라의 명 재상으로, 탕 임금을 도와 하나라 걸왕을 멸망시키고 선정을 베풀었다.
95) 자릉(子陵): 엄광(嚴光)의 자가 자릉. 후한 때의 은사. 한 광무가 제위에 오르기 전에 함께 공부하던 사이였는데, 광무가 즉위하자 변성명을 하고 숨어 나타나지 않다가 광무가 물색 끝에 찾아 간의대부를 제수하였으나 받지 않고 부춘산에 숨어 밭 갈고 고기 낚으며 여생을 마쳤다.
96) 진단(陳摶) : 북송 때의 도사로 화산(華山)에 은거했고 희이선생(希夷先生)이라 불렸다. 소옹이 그의 학문을 전수받아『주역』을 설명하면서 복희의 역을 선천, 문왕의 역을 후천이라 하였으며, 「복희선천괘위도(伏羲先天卦位圖)」를 만들었다.
97) 한유(韓愈): 당송 팔대가의 한 사람으로, 자는 퇴지(退之), 호는 창려(昌黎). 시호(諡號)는 문공(文公)이다.
98) 주희(朱熹): 남송의 철학자. 송나라 때에 시작된 신유학인 송학의 대성자. 자는 원회(元晦). 호는 회암(晦菴), 회옹(晦翁).
99) 태공(太公): 태공은 여상(呂尚)을 가리킨다. 그는 위수 물가의 반계에서 낚시질하다가 문왕을 처음 만나 사부로 추대되었고, 뒤에 문왕의 아들인 무왕을 도와서 은나라를 멸망시키고 천하를 평정하였다.
100) 이것은 문제의 전체를 기록한 것이 아니라 그 대의만 요약한 것으로 보인다. 아마 당시 일반적으로 알려진 문제였을 것이다. 이것은 문제의 서술 방식이 일반적인 대책문과 다르다는 것에서도 알 수 있으며 또 답안을 보아도 알 수 있다. 답안에 "집사께서 글의 끝에 또 말씀하시기를 "제생은 모두 도덕에 뜻을 두어서 근심하고 일을 행함에 마땅히 본받아야 할 사람은 누구인가?"[執事於篇終, 又敎之日 : '諸生皆有志於道德, 憂心行事, 當取法者, 何人歟?']"라는 글이 보인다. 여기에서 편종(篇終)이란 책문의 끝부분을 말한다. 즉 위의 내용도 책문의 내용의 일부이다. 그러나 문제는 이 내용이 보이지 않는다. 이런 점으로 보아 이 문제가 그 대의만 요약하였다는 것을 알 수 있다.

답변

저는 십 년간 독서를 하며[101] 위로 천고(千古)의 역사를 논하고 옛날 인물들이 행한 자취를 궁구하면서 그 천고역사의 인물들 사이에 주의를 기울이지 않은 적이 없습니다. 그런데 지금 집사의 물음이 여기에 미치시니, 제가 비록 식견이 천박하지만 감히 말하지 않음으로써 집사의 두터운 기대를 저버릴 수가 있겠습니까?

개인적으로 다음과 같이 생각합니다. 군자(君子)는 이 세상에 태어나 심오한 도덕을 지니고 경세제민(經世濟民)[102]의 재주를 가슴 속에 품어, 부귀에도 굴하지 아니하고 빈천에도 뜻을 변하지 않는 바가 있습니다. 그러므로 스스로를 지키는 데 급급하여 인작(人爵)[103]을 사모하지 않아, 고생하고 곤궁한 중에 자기를 지키는 것입니다. 비록 그렇기는 하지만 황천(皇天)이 부여해준 소중한 것[104]을 받아 천하의 치란을 맡았으니, 그 책무는 백성을 편안하게 하며 세상을 구제하는 데 있습니다. 그러니 어찌 과감하게 세상을 잊고 사는 것이 옳겠습니까? 이러한 까닭으로 옛날의 성현은 도를 자임(自任)하고 공명(功名)을 달갑게 여기지 않았으나, 증닉(拯溺)[105]과 험난한 세상을 구제하는[濟屯][106] 마음이 (그 가슴) 속에서는 또한 조금도 느슨한 적이 없었습니다. 그렇다면 마음속에 훌륭한 보물을 품고서 나라를 구제하지 않은 것이[107] 어찌 성현의 마음이겠습니까?

생각건대, 때를 잘 살펴서 행하고 사태를 생각하여 멈추어, 처음부터 끝까지 그 마땅함을 잃지 않고 의(義)를 따를 뿐입니다. 그리고 도덕을 가슴에 품고서 천하를 망각하는 것은 의(義)가 아니며, 공명을 사모하여 자신을 수양하지 않은 것도 의(義)가 아닙니다. 반드시 행하

---

101) 원문은 형창(螢窓)이다. 진나라 때 차윤이 밤에 개똥불을 모아서 그 빛을 이용하여 글을 읽으며 고학하였던 고사에서 온 말이다. 즉 발분독서함을 의미한다.

102) 경세제민(經世濟民): 세상을 경영하고 만민을 구제한다는 의미이다.

103) 인작(人爵): 맹자의 말에, "인의충신은 하늘 벼슬[天爵]이요, 공경대부는 사람 벼슬[人爵]이다."하였다.

104) 일반적으로 하늘이 준 착한 성(性)을 지칭한다.

105) 증닉(拯溺): 물에 빠진 사람을 구원한다는 뜻으로, 위급한 상황을 타개하는 것을 말한다.

106) 험난한 세상을 구제하는[濟屯]: '둔(屯)'은 『주역(周易)』의 괘 이름으로 구름 밑에 비와 우레가 있는 형국이며, 험난하여 나아가기 힘든 어지러운 세상을 의미한다.

107) 노나라 계씨의 가신인 양화(陽貨)가 일찍이 길에서 공자를 만나서 말하기를 "도덕을 속에 품고 어지러운 나라를 그대로 두는 것이 인하다고 이를 수 있겠는가?······해와 달이 쉬지 않고 흘러가서 세월이 나를 기다려주지 않느니라.[懷其寶而迷其邦, 可謂仁乎?······日月逝矣, 歲不我與.]"고 했던 데서 온 말이다. 『논어(論語)』 「양화(陽貨)」.

는 것도 의(義)로써 하고, 그침도 의(義)로써 해야 하니, 의(義)라는 한 글자를 행한 연후에 마음가짐과 한 일의 결과들이 제대로 될 수 있습니다.

우선 밝게 하문하신 것에 대해 추론해 보겠습니다. 이윤은 신야에서 밭 갈던 한 늙은이였으나 성탕(成湯)의 부름에 응하여 다섯 번 나아가는 번거로움을108) 꺼리지 않았으며, 태공은 위수 가에서 낚시하던 한 늙은이였으나 주문왕이 사냥할 때 만나 수레에 태우고 돌아오는 것을109) 사양하지 않았습니다. 천하를 두루 다니느라 자리가 따뜻해질 겨를이 없었던110) 분은 공자이며, '전식제후(傳食諸侯)'111)와 '삼숙출주(三宿出晝)'112)한 것은 맹자입니다. 낚싯대 잡고 동강(桐江)에서 낚시한 사람은 자릉(子陵)113)이 아닙니까? 황백술114)을 논하고 화산(華山)에 누운 사람은 진자(陳子)115)가 아닙니까? 당나라의 한유는 스스로를 천거하는 글을 올렸으며, 송나라의 회암116)은 봉사(封事)117)를 올려 시사를 논하였습니다.

아! 성현(聖賢)의 행사(行事)는 어떤 경우에는 세상에 영합하여 같은 유(類)이기도 하고,

---

108) 맹자가 이르기를 "다섯 번 탕에게 나가고 다섯 번 걸에게 나간 사람은 이윤이다.[五就湯五就桀者 伊尹也.]" 한 데서 온 말인데, 이윤이 걸에게 다섯 번 나갔던 것은 곧 탕 임금이 그의 어짊을 알고 그를 정중히 초빙하여 당시 천자인 걸을 보좌하도록 걸에게 바쳤던 것이나, 걸이 그를 쓰지 않음으로써 다섯 번이나 갔다가 되돌아오곤 하다가, 마침내 탕 임금을 보좌하여 천하를 통일하게 되었던 것이다. 『맹자(孟子)』「고자 하(告子 下)」.

109) 주나라 문왕이 사냥을 나서기 전 점을 쳤더니 "잡을 것은 범도 곰도 아니고[匪熊] 왕패(王霸)를 보좌할 인물이다."라는 괘가 나왔는데, 드디어 사냥을 나갔다가 위수에서 강태공 여상(呂尙)을 만나 수레에 태우고 함께 돌아왔다는 고사가 있다. 『사기(史記)』「제태공세가(齊太公世家)」.

110) 한유(韓愈)의 쟁신론(爭臣論)에, "공자는 자리가 따뜻해질 겨를이 없었다.[孔席不暇暖]" 하였는바, 이는 공자가 자주 돌아다녀 자리가 따뜻해질 겨를이 없었음을 말한 것이다.

111) 맹자의 제자 팽경(彭更)이 "수레 수십 대와 종자 수백 명을 이끌고 제후에게 얻어먹는 것이 너무 지나치지 않느냐.[後車數十乘, 從者數百人, 以傳食於諸侯, 不以泰乎.]"라고 묻자, 맹자가 도리에 어긋나면 밥 한 그릇도 받으면 안 되지만 도리에 맞으면 천하를 받아도 지나치지 않다고 대답한 말이 『맹자』「등문공 하(滕文公下)」에 나온다.

112) 삼숙출주(三宿出晝): 『맹자』「공손추 하」에 나오는데, 맹자가 제 선왕(齊宣王)을 만나러 왔다가 뜻이 맞지 않아 떠나가면서 사흘을 유숙한 뒤에 주(晝) 땅을 출발하였다.

113) 한나라 엄광(嚴光)은 한나라를 중흥한 임금 광무제와 같이 공부하던 친구였다. 뒤에 광무제가 황제가 되어서 여러 번 불렀으나 나오지 아니하고 동강 강가에서 낚시질로 세상을 마쳤다고 한다.

114) 원문은 "황백(黃白)"이다. 이것은 황백술(黃白術)을 지칭한다. 일종의 연금법이다. 당시 도교의 학설 중 일부이다.

115) 오대(五代) 송나라 초기 진단(陳摶)을 말한다. 도술로 이름이 높았다. 무당산(武當山)의 구실암(九室巖)과 화산(華山)의 운대관(雲臺觀) 등지에서 은거하며 문을 닫고 혼자 누워 있는 때가 많았는데, 한번 잠자리에 들면 수개월 동안 일어나지 않았다 한다. 『송명신언행록(宋名臣言行錄)』卷10「진단(陳摶)」.

116) 회암: 중국 송대의 유학자인 주희의 호이다.

117) 봉사(封事): 밀봉하여 임금에게 올리던 글을 말한다. 주자의 봉사는 매우 유명하다.

어떤 경우에는 동류가 나가는 방향의 반대로 하기도 하여, 오히려 은둔하여 세속을 멀리 떠난 사류만 못한 경우가 있으니, 이 점은 천년 동안 의심이 없을 수 없습니다. 그러나 용심(用心)의 자취를 보고 행실의 바름을 논한다면 (이것에 대해서) 만세의 공론이 있으니, 저 역시 말씀드릴 것이 있습니다.

이윤이 유신(有莘)에서 밭을 갈면서 요순의 도를 즐겼고118), 태공이 위수 가에서 낚시하며119) 당·우(唐虞)의 덕을 사모하였으니, 진실로 인이 아니면 천하를 돌아보지 않았고, 진실로 도가 아니면 천사(千駟)120)를 보지 않았으니, 그렇다면 두 사람의 마음은 과연 공명에 뜻을 두었던 것입니까? 걸(桀)의 죄악은 고쳐지지 않고 상(商)나라의 죄악이 가득한 시기를 만나121), 천하의 탁란(濁亂)을 슬프게 여기고 백성이 도탄에 빠진 것을 걱정하여 한 사람은 성탕(成湯)의 초빙에 응하고, 한 사람은 문왕의 사냥을 만나서 상(商)과 주(周)의 천하에 요순의 도가 행해지게 하였으니, 그 공업의 성대함과 행실의 바름을 어찌 한갓 그 몸만을 깨끗이 [潔其身]122) 하는 무리와 비견하겠습니까?

공자는 하늘이 낸 성인이었으나 주나라 왕실이 쇠란(衰亂)한 때를 만났고, 맹자는 아성(亞聖)의 자질이 있었으나 전국 풍우(風雨)의 시대를 만났으니, 천리는 멸절(滅絶)하였고 인심은 두패(斁敗)된 상황이었습니다. 진실로 세상을 구제할 뜻이 아니라면 어찌 하늘이 성현을 낼 뜻이 있었겠습니까? 하물며 천하에 아무 것도 할 수 없는 시대는 없으며, 또한 교화할 수 없는 사람도 없으니, 이 점이 성현께서 도를 행하고 세상을 구제할 마음에 급급하셨던 까닭입니다. 그러니 어찌 녹록(碌碌)한 무리들이 과감히 세상을 잊은 것을 본받겠습니까?

자릉이 별자리를 움직이고는 부춘(富春)으로 돌아가고123), 진단(陳摶)이 나귀에서 떨어져

---

118)『맹자(孟子)』「만장 상(萬章上)」에 "이윤은 유신의 들판에서 밭 갈면서도 요순의 도를 즐겼다.[伊尹耕於有莘之野, 而樂堯舜之道焉.]" 하였다.

119) 위수 가[渭濱]: 주나라의 문왕이 여상, 즉 강태공을 만난 곳이 섬서성에 있는 위하(渭河)의 가라는 말이다.

120) 천사(千駟): 말 4000필을 말한다. 공자가 이르기를 "제 경공은 천사의 말을 가졌으나, 그가 죽은 날에 백성이 그에게 덕이 있었다고 칭하는 자가 없었다.[齊景公有馬千駟, 死之日, 民無德而稱焉.]"라고 한 데서 온 말로, 큰 부(富)를 의미한다.『논어(論語)』「계씨(季氏)」.

121) 옛말에 '죄악관영(罪惡貫盈)'이란 말이 있는데, 이것은 죄악이 찰 대로 가득 차서 마치 돈이 꿰미의 마지막까지 가득 찬 것에 비유한 것이다.

122)『논어』「미자(微子)」에 "자기 몸을 깨끗이 하려고 하여 인간의 큰 윤리를 어지럽히고 만다.[欲潔其身, 而亂大倫.]"라고 은자를 비평한 말이 나온다.

서 화산으로 돌아갔습니다.124) (그런데) (엄자릉이) 동강에서 낚싯대를 드리운 것은 이미 한나라에 도움이 되지 않았으며, (진단의) 신선술이나 황백술은 끝내 우리 도에 부끄러움이 있습니다. 그렇다면 성현의 '가한 것도 없고 불가한 것도 없는'125) 덕과 어찌 함께 논할 수 있겠습니까?

한창려(韓昌黎)는 시대를 구제할 마음이 절실하였고, 주회암(朱晦菴)은 성군을 만들 뜻이 전일하였습니다. 그래서 한창려는 사장(詞章)을 권문에 세 번 올렸고126), 주회암은 상소문을 구중궁궐에 여러 번 올렸습니다. 대저 이 몇 분은 도를 행하고 세상을 제도할 마음 아님이 없었으니, 글을 올린 것이 어찌 세상에 영합하려는 자와 같은 유(類)이며, 상소문을 쓴 것이 어찌 모진(冒進)127)하는 자와 동일하겠습니까? 그러나 한유의 도덕은 이미 진선(盡善)하지는 못하였으니, 그 처심(處心)과 행사(行事)한 도리가 과연 몇 성현에게 부끄러움이 없겠습니까? 참으로 어렵습니다. 군자가 이 세상을 살아감에 도덕이 즐길 만한 것임을 알지 못하고 한갓 공명만이 좋아할 만한 것임을 안다면 틀림없이 모진(冒進)에 이를 것이요, 세상을 구제하는 것이 의로움이 됨을 알지 못하고 한갓 일신을 깨끗하게 하는 것만이 아름답다고 여긴다면 틀림없이 난속(亂俗 풍속을 어지럽히는 것)에 이를 것입니다. 그러므로 옛날의 성현은 이미 도(道)를 한 몸에 닦고 또한 도(道)를 천하에 행하여, 크게는 만세에 드리울 수 있었으며

---

123) 자릉은 후한 때의 은사 엄광(嚴光)의 자이다. 당시 광무제가 엄자릉이 현명하다는 것을 알고 그를 등용하고 자 하였으나 엄자릉은 이에 응하지 않았다. 어느날 광무제는 엄자릉을 불러 그로부터 치국의 방책을 듣고는 그와 함께 잠을 자기를 청했다. 그런데 둘이 자다가 엄자릉이 발을 광무제 몸에 올렸는데 광무제는 그를 놀라지 않게 하기 위해 조심스럽게 있어 제대로 잠을 자지 못하였다. 그런데 그 다음날 흠천태감(欽天太監)이 놀라 들어와 다음과 같이 아뢰었다. "어제 천문을 보니 객성(客星)이 제왕의 자리를 범하였습니다. 아마 황제에게 불리한 일이 있을 것 같아 특별히 들어와 아뢰옵니다." 광무제는 이 말을 듣고 어제 잠자리에서의 사건을 말하는 것임을 깨닫는다. 즉 성상(星象)을 움직이고 부춘(富春)으로 돌아갔다는 것은 황제로부터 이와 같은 총애를 받고도 부귀를 버리고 강호에 은거했다는 것을 의미한다.

124) 진단(陳搏)이 일찍이 흰 나귀를 타고 변중(汴中)으로 들어가려다가 송 태조가 등극했다는 말을 듣고 크게 웃고 나귀에서 떨어지며 말하기를, "천하가 이제야 정해졌군."하였다.

125) 『논어(論語)』 「미자(微子)」에 "나는 이와 달라서, 가한 것도 없고 불가한 것도 없다.[無可無不可]"는 공자의 말이 실려 있다.

126) 한유는 당 덕종(唐德宗) 정원(貞元) 8년(792)에 진사에 급제했으나, 그 후 벼슬길이 여의치 않자, 정원 11년 (795)에 당시의 재상에게 구관(求官)의 목적으로 자천(自薦)의 글을 세 차례 올렸던 일이 있다.

127) 모진(冒進): 전후를 살피지 않고 무턱대고 전진한다는 뜻이다. 한유(韓愈)의 <쟁신론(諍臣論)>에 "함부로 나아가면 환난이 생겨나 관직을 태만히 한다는 비난이 일어났다.[冒進之患生曠官之刺興]" 하였다.

작게는 한 시대를 밝힐 수가 있었습니다. 그렇다면 군자가 된 자가 어찌 은둔하고 자취를 감추어 세상과 백성을 구제할 책무를 생각하지 않을 수 있겠습니까?

　그러므로 이윤, 태공, 공자, 맹자는 (자신의 몸에) 도덕을 갖추었고 또한 도덕을 후세에 베풀었으니 이 점에 대해 많은 것이 합치된 분들이라고 할 수 있을 것입니다. 다만 공자와 맹자 같은 성인으로도 끝내 세상에 쓰이지 못한 것이 안타까울 뿐입니다. (공맹이) (때로는) 서서(栖栖)[128]하시고, (때로는) 급급(汲汲)[129]하신 이유는 그 어느 것도 이 도(道) 아님이 없기 때문입니다.

　주자와 한유는 그 도덕이 비록 혹 심천이 같지 않음이 있으나 또한 시대를 근심하고 도를 상심하는 마음 아님이 없건마는, 시대가 어둡고 그 임금 또한 어두워서 용납되지 못하였으니, 참으로 애석합니다! 진희이(陳希夷)[130]와 엄자릉(嚴子陵)[131]은 비록 시중(時中)[132]의 군자는 아니지만, 그 마음에 또한 둔세(遁世)의 뜻이 있었으니, 그렇다면 망세(忘世)의 선비와 비교하여도 차이가 있습니다.

　집사께서 글의 끝에 또 "제생이 모두 도덕에 뜻을 둘 경우 처심(處心)과 행사(行事)에 있어 마땅히 본받아야 할 사람은 누구인가?"라고 말씀하셨습니다. 저는 집사의 질문에 감동하여 이렇게 말씀드립니다. "이윤(伊尹)은 상(商)나라의 어진 신하요, 태공(太公)은 주(周)나라의 어진 보필이니, 군신이 서로 만나서 지극한 교화를 함께 이루어 은덕이 당시의 천하에까지 미쳤고, 공덕이 만세의 백성에게 드리웠으며, 공업의 성대함은 천고에 우뚝하였으니, 선비

---

128) 서서(栖栖): 마음이 안정되지 못하고 항상 일에 바쁜 모양을 말한다. 『논어(論語)』「헌문(憲問)」편에, 미생묘(微生畝)란 사람이 일찍이 공자를 보고 말하기를 "구는 어찌하여 그렇게 허둥지둥하는가, 아당을 부리는 것이 아닌가.[丘何爲其栖栖者與, 無乃爲佞乎?]"라고 한 말이 있다. 여기서 허둥댄다는 것은 공자(孔子)가 도(道)를 행하기 위해서 매우 애썼던 일을 가리킨다.

129) 『법언(法言)』「학행(學行)」에 "요, 순, 우, 탕, 문왕, 무왕은 급급하였고, 중니는 황황했는데, 그 시절이 이미 오래되었다.[堯舜禹湯文武汲汲, 仲尼遑遑, 其已久矣.]"라는 글이 보인다. 여기서도 도를 행하기 위해 애썼다는 의미이다.

130) 사호(賜號)가 희이 선생(希夷先生)인 송나라 진단(陳摶)을 가리킨다. 한(漢)나라 위백양(魏伯陽)이 만든 태극도가 그에게 전수되고, 다시 여러 사람을 거쳐 주돈이에게 전해졌다고 한다.

131) 자릉은 동한의 은자인 엄광의 자이다.

132) 시중(時中): 출처와 거취를 시의에 맞게 하여 과불급이 없게 하는 것을 말한다. 『맹자(孟子)』「만장 하(萬章下)」에 "빨리 떠나야 할 경우에는 빨리 떠나고 천천히 떠나야 할 경우에는 천천히 떠나며, 있을 만하면 있고 벼슬할 만하면 벼슬한 분은 공자이시다."라고 한 말이 공자의 시중을 설명한 것이다.

중의 현달한 자들입니다. 맹자는 생지(生知)[133]의 성인으로 나라를 경륜할 지략을 가슴에 품고 오도(吾道)[134]를 펼치고 사설(邪說)[135]을 막았으나 한 시대에 도를 행하지 못했습니다. 주자는 상지(上智)[136]의 자질로 세상을 제도할 마음을 품고서 우리 유도(儒道)를 붙잡아주고 정론(正論)을 펼쳤으나 끝내 유배를 당하였으니 선비 중에 궁한 자입니다.

대저 이윤의 공업(功業)이 이미 이와 같고 맹자·주자의 도덕이 또 이와 같으니, 사군자가 이 세상에 태어나거든 마땅히 뛰어난 군자가 될 것을 스스로 기필하여야 할 것입니다. 비록 그러하나 안연이 말하기를 "우러러볼수록 더욱 높고 뚫을수록 더욱 견고하다."[137]라고 하였으며, 맹자가 말하기를 "인류가 생긴 이래로 공자보다 위대한 분은 아직 없었다."[138]라고 하였으니, 제가 원하는 것은 공자를 배우는 것입니다.

삼가 이상과 같이 답변 드리는 바입니다.

---

133) 생지(生知): 생이지지(生而知之)의 준말로, 태어나면서부터 사람의 도리를 저절로 아는 것을 일컫는다. 「중용장구」에 "어떤 이는 태어나면서부터 알고 어떤 이는 배워서 알고 어떤 이는 애를 태운 뒤에 알기도 하나, 그 앎에 미쳐서는 똑같다.[或生而知之, 或學而知之, 或困而知之, 及其知之, 一也.]" 하였는데, 태어나면서부터 저절로 아는 것은 성인만이 가능하다 하였다.

134) 오도(吾道): 유학을 지칭한다.

135) 사설(邪說): 잘못된 주장들을 말한다.

136) 『논어』「양화(陽貨)」에 "오직 상지와 하우는 변화시킬 수 없다.[唯上智與下愚不移]"라 하였다. 여기서 말하는 상지는 가장 지혜로운 사람이고, 하우는 아주 어리석고 못난 사람을 말한다.

137) 이 글은 『논어』「자한(子罕)」편에 보인다.

138) 이 글은 『맹자(孟子)』「공손추 상(公孫丑上)」편에 보인다.

장략

문제

장략을 말하라.

답변

바다에서 수영을 하는 사람은 바다의 깊이를 알고, 산에 오르는 사람은 산의 고후(高厚)를 압니다. 저는 향사를 배운[俎豆]¹³⁹⁾ 한 더벅머리 선비일 뿐, 시서는 대강 익혔고 군대는 여태 배우지 못했습니다. 그런데 지금 집사의 물음이 우연히 장략의 동이(同異)에 대하여 미치니, 이는 바다에서 수영해 보지 않은 자가 깊이를 말하고, 산에 가보지 않은 자가 고하를 묻는 것과 같으니 어찌 충분히 알 수 있겠습니까? 그러나 '도적을 막음에 이롭다'¹⁴⁰⁾는 것은 주역에 기록되어 있고, '부자께서 삼군을 행한다'¹⁴¹⁾는 말은 논어에 실려 있으니, 이는 진실로 유자가 당연히 해야 할 일이니, 감히 구정(求正 바로잡아주기를 요청하다)으로써 즐겨 고하지 않을 수 있겠습니까?

가만히 생각해보면, 백만의 목숨을 제어함이 한 사람의 몸에 매어 있는 것은 장수입니다. 그렇다면 국가에 있어서의 장수가 어찌 대단하지 않겠습니까? 군대의 사명(司命)¹⁴²⁾이고 나라의 정간(楨幹)¹⁴³⁾이 됩니다. 그래서 안에서는 임금의 조아(爪牙)¹⁴⁴⁾가 되어 한위(捍衛)¹⁴⁵⁾

---

139) 조두(俎豆)는 제사를 지낼 때 쓰는 제기이니, 제사 지내는 예는 알고 있다는 말이다. 『논어(論語)』「위령공(衛靈公)」.

140) 『주역』의 <몽(蒙)>괘에 나온다.

141) 『논어』「술이(述而)」편에, "자로가 묻기를 "부자께서 삼군을 인솔하고 전장에 나가시게 된다면 누구와 함께 가시겠습니까?"라고 하니, 공자가 이르기를 "범을 맨손으로 잡으려 하고 하수를 맨몸으로 건너려다가 죽어도 뉘우침이 없는 자와는 나는 함께하지 않을 것이다.[子路曰子行三軍則誰與? 子曰暴虎馮河, 死而無悔者吾不與也.]"라고 한 말이 보인다.

142) 사명(司命): 사람의 생명을 말함.

143) 정간(楨幹): 담을 쌓을 때 양쪽으로 세우는 기둥. 『서경(書經)』「비서(費誓)」에, "峙楨幹"이라 보이는데, 즉

의 공이 있을 것이며, 밖에서는 천리에 무력을 갖추고서 굳게 방어를 할 것입니다. 그러므로 예로부터 나라를 다스리는 사람은 진실로 그 선택을 중히 여겨서 반드시 적당한 사람을 가린 연후에 대장으로 추대하여[推轂]¹⁴⁶⁾ 군대[閫外]를 마음대로 처리하게 했고, 부월을 주어서 사방 정토(征討)하는 일을 전담하게 하였습니다. 국가에 대해 (어떤 일을) 할 수 있는지 없는지를 아는 자이니 이미 그 중함이 이와 같다면 그 마음에 임기응변하는 것을 또한 살피지 않을 수가 없습니다. 그러므로 원융(元戎)¹⁴⁷⁾을 가려 뽑아서 나라의 위엄을 기르는 것은 임금에게 달려 있고, 작전 계획을 세워서 적개심을 불태우는 것은 장군에게 달려 있습니다. 장군의 모략은 진실로 적과 싸워 이기는 큰 단서가 되며, 더욱이 중책을 담당함에 가벼이 여길 수가 없는 것입니다.

이러한 까닭으로 지혜와 책략은 남이 예측할 수 없는 것을 내고, 임기응변은 남이 설복시키지 못하는 것을 만들어내며, 때에 따라 책략을 달리하고 같은 때라도 책략이 같지 않으며, 실패를 바꾸어 성공으로 만들고, 위난을 구조하여 살아나게 하며, 변화가 귀신같아 그 단서를 알 수가 없으며, 부절처럼 딱 맞아떨어져서 털끝만큼도 틀리지 아니합니다. 장막 가운데에서 위엄을 세워 천리 먼 곳의 사람을 제압하고, 준조(樽俎)¹⁴⁸⁾ 사이에서 담소를 나누고, 산하의 밖에서 적의 예기를 꺾어버리며, 적국의 명(命: 天命)이 우리 계략에서 나오고, 승부의 형세가 우리의 꾀에서 나타납니다. 그렇다면 모략 가운데에 진실로 쉽게 전할 수 없고 쉽게 형용할 수 없는 묘책이 말하지 않는 사이에 있어서 천근(淺近)한 자가 견줄 수 있는 바가 아닙니다. 비록 그러하나 부정한 방법으로 짐승을 잡고, 법도에 맞게 수레를 몰아서[範我馳驅]¹⁴⁹⁾ 짐승을 잡지 못하였다면 권모술수로 이긴 것입니다. 비록 한 때의 성공을 훔칠 수 있

국가의 방어를 할 만한 인물이라는 비유.

144) 조아(爪牙): 맹수는 발톱과 어금니로 무기를 삼으므로, 국가의 무사를 나라의 조아(爪牙)라고 한다.

145) 한위(捍衛): 막아서 지킴.

146) 퇴곡(推轂): 옛날에 제왕이 장수를 파견할 때에 바퀴통을 밀어 주면서 "곤내(閫內)는 과인이 제어할 테니 곤외(閫外)의 일은 그대가 제어하라."고 하며 전권(全權)을 위임했던 것을 말한다. 『사기(史記)』 「풍당열전(馮唐列傳)」.

147) 원융(元戎): 군대의 선봉을 맡은 통솔자를 가리킨다. 『시경』 「유월」의 "원융 십승으로 먼저 길을 떠난다. [元戎十乘, 以先啓行.]"라는 구절이 있다.

148) 준조(樽俎): 연회에 차리는 술병과 고기 담은 도마를 말하는데, 여기서는 외적에 대하여 연회석상에서 담판을 하여 침략을 방지한다는 말이다.

어도 인의를 행하는 장수에게 부끄러운 일이니, 이것은 진실로 왕이 된 자의 행동이 아닙니다. 그러므로 그 공은 비록 귀하나 방법은 숭상할 것이 못됨이 분명합니다.

이러한 까닭으로 옛날의 성현은 성심을 가지고 남을 감복시켰으며, 성명(聖明)한 제왕은 싸우지 않고도 사람들을 굴복시켰으니, (이것이) 어찌 문덕(文德)을 베풀어서 원수들조차도 한 집안처럼 만들었고 인의를 닦아서 천하 사람들을 다투지 않게 하였다는 것이 아니겠습니까! 아! 전쟁에서는 (화살이) 과녁을 뚫은 것을 숭상하지만 덕은 진(陳)을 잘 치는 것에서 쇠퇴합니다.[150] 성과 토지를 다투어 사람을 죽인 것이 들과 성에 가득하더라도 병사가 칼날에 피를 묻히지 아니하고도 사람들이 절로 귀복(歸服)하게 되는 경우가 있다면, 오히려 저것이 이것보다 낫습니다. (이것이) 어찌 병가에서 권모로 형세를 제압하는 장책이 아니겠습니까? 그러니 백성의 윗사람이 되어서 군국의 병권을 잡은 자가 어찌 또한 이것을 살피지 않을 수 있겠습니까?

청컨대 밝게 하문하신 것에 대해 말씀드리겠습니다. 요순의 읍손(揖遜)이 사라지고 탕무(湯武)의 정벌(征伐)이 일어나자, 백성들은 병란으로 내몰리고 세상은 전쟁터가 되었습니다. 이에 육도삼략이 태공(太公)에서[151] 나오고 병법이 손오(孫吳)[152]에서 시작하여 각기 그 지혜와 모략을 다투어서, 선성(先聖)에 감화되어 성채를 들어 항복한 교화가[153] 거의 없어진 듯 했습니다. 그런즉 저서(著書)와 입언(立言)으로써 기이한 공적을 후세에 전가함을 알만합니다.

진실로 사적에 근거하여 성공을 살펴보면, 모략은 같은 것임에도 변화는 헤아릴 수 없는

---

149) 『맹자』「공손추」 상에 "어떤 사람이 증서(曾西)에게 그대와 자로를 비교하면 누가 더 훌륭한지 묻자, 자로는 우리 선자인 증자도 두려워한 분이라고 추존하였고, 관중과 비교하면 누가 더 훌륭한지 묻자, 패도를 행한 관중을 자신과 비교하는 것을 수치스럽게 여겼다."라는 내용이 나오는데, 그 주에 양씨가 자로와 관중을 말 모는 사람에 비교하기를 "자로는 자신이 말 모는 것을 법대로 해서 짐승을 잡지 못한 것이요, 관중은 부정한 방법으로 짐승을 만나서 잡았을 뿐이다.[子路則範我馳驅而不獲者也, 管仲之功, 詭遇而獲禽耳.]"라고 하였다.
150) '과녁을 뚫는다'는 것은 살생을 하기 위한 훈련으로 화살이 깊게 들어가도록 하는 것을 의미하고 '진을 잘 친다'는 것은 전쟁 등 살상을 도구로 사용하는 것을 말한다.
151) 육도(六韜): 태공이 지은 병서. 용도(龍韜), 무도(武韜) 등 여섯 가지 편명이 있고, 한나라 유흠(劉歆)이 모든 서적을 간추려서 칠략(七略)을 만들었는데, 육예략(六藝略)·병서략(兵書略) 등 일곱 가지가 있다.
152) 손오(孫吳): 춘추 시대 제나라 손무와 전국 시대 위나라 오기의 병칭으로, 병법가를 대표적으로 일컫는 말이다.
153) 『좌전』僖公 19년조에 "문왕이 숭(崇)나라를 정벌할 때 30일이 지나도록 항복하지 않자, 물러나서 덕(德)을 닦고 다시 정벌하였더니 성채를 들어 항복하였다.[文王伐崇, 三旬不降, 退修敎而復伐之, 因壘而降.]"라 한 것이 참조된다.

것이 있는데, 과연 고인이 전하지 않은 묘책을 얻을 수 있겠습니까? 위세를 세우는 것으로 말하자면 반드시 신분이 귀하고 임금 가까이에 있는 신하로부터 합니다.

처음에 장가(莊賈)는 제경공이 총애하는 신하였고, 양저(穰苴)는 가깝지 않고 신분이 낮은 신하였습니다. 가깝지 않고 낮은 신분으로 총신의 지위에 올랐으나 법에 반드시 막히는 바가 있었을 것입니다. 그 때문에 장가가 한번 그 시간을 어기자 특별히 형벌을 내린 것이니[154] 군법이 비록 엄하였으나 혐의를 멀리하지 않을 수가 없었던 것입니다. 위청(衛靑)[155]은 천한 신분에서 기용되어 하루아침에 군국(軍國)의 병권을 잡았는데 (병권을) 잡자마자 다른 사람들에게 사사롭게 못된 짓을 저지르며 자기의 분노를 풀었으니 많은 사람들의 마음에 (그를) 꺼리거나 누를 수가 없었습니다. 그래서 소건(蘇建)[156]이 법률을 어긴 잘못이 있었으나 사형을 시키지 않은 것입니다.[157] 사람들이 악행을 할 적에는 반드시 의지하는 것이 있으니 의지하는 것이 제거된다면 악을 감행할 수 없을 것입니다.

대부 황보문이란 자는 바로 고준(高峻)의 우익(羽翼)이며, 이우(李佑)란 자는 바로 원제(元濟)[158]의 주모자입니다. 그러므로 구순(寇恂)이 황보문(皇甫文)을 죽여 그 우익을 처단함으로써 반역자를 없애고 줄였으며[159], 이소(李愬)[160]가 이우(李佑)를 풀어주었을 적에, 그가 신

---

154) 양저는 춘추 시대 제 경공의 장수로 성은 전씨인데 사마 벼슬을 하였으므로 사마양저라고도 한다. 양저는 진과 연이 침입했을 때 경공의 명을 받아 출정하면서 감군(監軍) 장가(莊賈)가 회기를 어기자 그가 존귀한 신분이었지만 독단으로 참수하여 군령을 엄하게 했다.

155) 위청(衛靑): 그는 현리(縣吏) 정계(鄭季)의 창기 소생이었으며 처음에는 평양공주(平陽公主)의 가노로 양을 쳤던 사람이었으나 나중에 대장군의 지위에 이르렀다.

156) 소건(蘇建): 전한 경조(京兆) 두릉(杜陵) 사람. 소무(蘇武)의 아버지다. 위청을 따라 정양으로 출전하여 흉노를 공격하다가 실패해 참수형을 당해야 했는데, 속전(贖錢)하고 서인이 되었다.

157) 위청은 대장군이 되어 한 무제의 명으로 흉노를 치러 나갔을 때 우장군 소건(蘇建)이 단독으로 적진에 들어갔다가 중과부적으로 패하고 단신 도망해오자, 위청은 제멋대로 처단할 수 없다 하여 소건을 잡아 행재소로 보내니 다른 사람들이 잘 처리했다고 했다.

158) 오원제(吳元濟): 당 헌종 때 채주(蔡州)를 근거지로 삼아 반란을 일으킨 역신이다. 이때 승상 배도(裴度)의 지휘 아래 장군 이소가 폭설이 내린 밤에 채주를 습격하여 오원제를 사로잡고, 그 공으로 산남동도 절도사에 임명되고 양국공에 봉해진 고사가 전한다.

159) 외효(隗囂)의 장수 고준(高峻)이 오래도록 항복하지 않았으므로 황제가 구순(寇恂)으로 하여금 새서(璽書)를 받들고 가게 하였다. 고준이 군사(軍師) 황보문(皇甫文)을 내보내어 배알하게 하였는데, 황보문이 예를 행할 때에 자신을 낮추지 않자 구순이 목을 베어 버렸다. 그리고 그 부관(副官)을 고준에게 보내어 말하기를, "군사가 무례하기에 죽여 버렸소." 하니, 고준이 그날로 즉시 성을 열고 항복하였다. 여러 장수들이 그 까닭을 묻자 구순이 말하기를, "황보문은 고준의 심복이다. 그런데 이번에 왔을 때 자신을 낮추어 말하지 않

임한 사람을 잡음으로써 회땅을 평정하는데 성공하였습니다. 난을 평정시킨 공을 원수에게 간략히 표를 올리고 여러 사람을 무마하여 서로 바라보며 즐기자 육자(陸子)는 술을 마셔서 의심을 끊었으며, 분양(汾陽)[161) 대인은 단기(單騎)로 오랑캐 땅에 이르러 팔짱을 끼고 그 장막에 들어가 적심(赤心)을 미루었습니다.[162) 그러자 삼국이 솥발처럼 대치하여 전쟁이 그치지 아니하자 양자(羊子)가 신의로써 사람을 대하여 일국의 백성을 힘써 편히 하였고, 화문(花門)[163)에서 언약을 저버리고 무리를 이끌고 국경을 침범하였으니, 곽공이 정성을 다해 오랑캐를 질책한 것은 수화(水火)[164)에서 백성을 구제하기로 한 맹세를 지키기 위함이었습니다.

　제갈공명이 출사함에 호령이 정명(精明: 정미롭고 분명함)하고 중원의 형세가 승승장구하였습니다. 오장원(五丈原)에서 출정하자 진실로 사마의가 두려워하는 바였으나 도리어 아무 일도 없었다는 말을 하였으니[165), 이는 제장의 두려워하는 마음을 편안하게 하기 위해서였습니다. 관우가 행군함에 손오(孫吳)[166)와 (그 위세가) 방불하여 도리어 형주의 요해처를 점거하였습니다. (이는) 실로 노숙이 꺼리는 바였으나 결국 강릉과 하담의 중심지역을 진압하였으니, 이것은 대저 적을 제압하고 그 요해처를 먼저 점거한 것입니다. 이좌거(李左車)의 말을 진여(陳餘)가 듣고서 용납하였다면[167) 한신이 비록 지혜롭고 용감하더라도 반드시 조나

　　았으니 필시 항복할 뜻이 없는 것이었다. 그를 온전히 돌려보내면 황보문이 계책을 강구할 수 있을 것이지만, 죽이면 고준은 믿었던 심복을 잃어버리는 것이 된다. 이 때문에 항복한 것이다." 라고 하였다.

160) 이소(李愬): 당나라 성기(成紀) 사람으로 자는 원직(元直), 시호는 무(武)이다. 지략이 있고 말을 잘 타며 활을 잘 쏘았다. 오원제(吳元濟)가 반란을 일으킬 때 이소는 절도사로서 그를 토벌하여 회서(淮西)를 평정하고 그 공으로 양국공(凉國公)에 봉해졌으며, 여러 벼슬을 거쳐서 태자소보(太子少保)에 이르렀다.『당서(唐書)』.

161) 당 숙종 때 안사의 난을 평정하고 분양왕에 봉해진 곽자의(郭子儀)를 가리킨다. 안녹산의 난이 일어나자 중원의 반란군을 토벌했고 위구르의 원군을 얻어 창안과 뤄양을 수복했다. 토번(티베트)이 창안을 치려 하자 위구르를 회유(懷柔)하고 토번을 무찔렀다. 그는 덕종 때부터 상보(尙父)의 호를 하사받았으며, 무려 20년 동안 천하의 안위를 한 몸에 짊어진 불세출의 명장이다.『신당서(新唐書)』「곽자의열전(郭子儀列傳)」.

162) 부모가 어린 자식을 성심으로 보살피듯 천자의 나라에서 만백성을 성심으로 대한다는 뜻이다.

163) 화문(花門): 거연해(居延海)에서 북쪽으로 300리 되는 곳에 있는 산 이름으로, 당나라 초기에 보루를 설치하고서 오랑캐의 침입을 막았는데, 천보 연간에 회흘(回紇)에게 점령당하였다. 뒤에는 이로 인해 회흘의 대칭으로 쓰이게 되었다.

164) 홍수나 화재와 같은 재난이나 전쟁을 의미한다.

165) 제갈량이 오장원에서 위나라의 사마의와 대전하다가 병사하였는데, 죽음을 감추고 싸웠더니 사마의가 겁에 질려 도망쳐버렸다.

166) 춘추 시대의 손무와 전국 시대의 오기인데, 모두 고대의 병가이다. 손무는『병법』13편을 저술하고 오기는『오자』48편을 지었다.

라를 깨뜨리고 회식을 하지는 못했을 것입니다. 군대를 사용할 적에는 기이한 계책을 쓰는 것을 귀하게 여기는 법이니, 서도복(徐道覆)168)의 계획을 노둔(盧循)이 써서 행하였다면169), 유유(劉裕)170)가 비록 강하고 군졸이 많았어도 또한 마음대로 응하여 가지는 못하였을 것입니다.

　장략은 유자(儒者)가 힘쓸 바가 아니나 적당한 때를 만나면 또한 그 지혜를 쓰지 않을 수 없기 때문에 희문(希文)171)이 원호(元昊)를 추격하였을 때에 구설로써 부월을 대신하였으며172), 백순(伯純)173)이 리불(離不)174)을 물리칠 때에 충분(忠憤)으로써 굳센 적을 제압하였으니, 지려(智慮)의 장점과 모계의 훌륭함은 고인 중에 장략을 가진 이에 부끄럽지 않았습니다. 협곡의 회합175)에 오랑캐가 난을 일으키려함에176), 공자가 그것을 보고서 한 마디로 꺾

167) 이좌거(李左車): 조(趙)나라 장수인데 한나라의 한신과 장이(張耳)가 조나라를 치자 막을 계책을 진여(陳餘)에게 말했으나 용납되지 않고 진여는 전사하였다. 한신이 좌거를 얻어 스승으로 모시고 그의 계책을 써서 연,제의 여러 성을 항복받았다.

168) 서도복(徐道覆): 후위(後魏)의 신하.

169) 노순(盧循): 동진 때의 사람으로, 신정(新亭)을 공격하자는 서도복의 제안을 뿌리치고 채주에 정박하고 기다리다가 유유(劉裕)의 공격을 받아 대패하였다. 『남사(南史)』.

170) 유유(劉裕): 남조(南朝)의 송 무제(宋武帝)이다.

171) 희문: 중국 북송 때의 정치가이자 학자인 범중엄(范仲淹)의 자이다. 인종 때에 참지정사(參知政事)가 되어 개혁하여야 할 정치상의 10개 조를 상소하였으나 반대파 때문에 실패하였다. 작품에 「악양루기(岳陽樓記)」, 문집 『범문정공집(范文正公集)』이 있다.

172) 범중엄이 토벌에 나섰을 때, 원호(元昊)의 반란군들이 "뱃속에 수만의 갑병이 들어 있다.[腹中自有數萬甲兵]"고 하면서 무서워했다고 한다. 『명신전(名臣傳)』「범중엄(范仲淹)」.

173) 백순(伯純): 송나라 하남 사람인 범옹(范雍)의 자이다. 진종(眞宗) 함평(咸平) 3년(1000) 진사가 되고, 낙양현 주부를 거쳐 하남통판에 올랐다.

174) 알리불(斡離不): 금 태조의 아들로 알로보(斡魯補)라고도 하는데, 점한(粘罕)과 함께 송나라의 변경(汴京)을 쳐서 함락시키고 휘종(徽宗)과 흠종(欽宗)을 사로잡아 갔다.

175) 춘추 시대 노나라 정공이 제나라 경공과 협곡에서 회합할 적에 공자가 "신이 듣건대, 문과 관계된 일을 할 때에도 반드시 무의 대비가 있어야 하고, 무와 관계된 일을 할 때에도 반드시 문의 대비가 있어야 한다고 하였습니다. 옛날에 제후가 국경 밖으로 나갈 적에는 반드시 관원을 갖춰 수행하게 하였으니, 청컨대 좌우 사마를 갖추도록 하소서.[臣聞有文事者, 必有武備, 有武事者, 必有文備, 古者諸侯出疆, 必具官以從, 請具左右司馬.]"라고 하여 정공이 그대로 따른 고사가 전한다. 이 협곡의 회합은 원래 제나라가 노나라를 얕보고서 망신을 주려고 주선한 것이었으나, 이처럼 공자가 미리 무위(武威)를 갖추고 기지를 발휘한 결과, 제나라가 오히려 낭패를 당하여 점령하고 있던 노나라 땅을 돌려주며 사과하기에 이르렀다. 『춘추좌씨전(春秋左氏傳)』 정공(定公)10年.

176) 『춘추좌씨전(春秋左氏傳)』에 "여름에 정공이 제나라 임금과 축기에서 회합했는데 바로 지금의 협곡에서였다. 공자가 노나라 정공을 도와 따라갔다. 제나라 대부인 이미(犂彌)가 제나라 임금에게 말하길 "공자는 비록 예절을 알지만 용기가 없는 사람입니다. 만일 래(萊) 사람에게 무기를 주어 노나라 임금을 위협하면 꼭 우리 생각대로 될 것입니다."라고 했다. 제나라 임금은 그의 말대로 따르기로 했다. 공자는 정공을 따라 물

었으니 '의리의 용기'라 하겠습니다. 오랑캐가 호남을 침범하였을 때에 회옹(晦翁)[177]이 진무하여 온 족속이 귀순한 것은 인은(仁恩)에 교화되어서입니다. 또한 이보다 더 큰 것이 있으니 제왕의 군대입니다. 천명을 받들고 죄 있는 자를 토벌함은 천리(天理)이므로 범할 수 없는 것이기 때문입니다. 그러므로 걸왕(桀王)[178]이 혹독한 고통을 주자 성탕[179]의 군대가 이(陑)으로부터 올라갔으며[180], 상신(商辛)[181]이 포악한 정치를 하자 무왕의 군대가 목야(牧野)에 모였으니[182], 성인이 폭군을 정벌하고 백성을 구제한 뜻을 알 수 있습니다.

아! 군대의 규율을 밝히지 않고 군정을 강론하지 않으면, 임금이 되어서 장수를 쓰는 도리를 알지 못하고 신하가 되어서 적을 제압하는 장략을 알지 못하게 되어, 크게 들이면 크게 패하고 작게 들이면 작게 패하여 결국 나라가 망하고 임금이 도망가며, 심지어는 군사에 대한 이야기는 입에도 내지 않는 일이 종종 있게 됩니다. 아, 안타깝습니다. 저들이 장략의 단서에 대하여 들어보지 못하였다면, 하물며 제왕과 인의의 군대에 대해서이겠습니까!

아, 이것은 모두 이미 지나간 일로 실지로 씀에 절실함이 없습니다. 그런데 집사의 질문은

러나와 말하기를 "군사들로 하여금 래(萊) 사람들을 치게 하십시오. 두 나라 임금께서 우호를 맺는 자리에 먼 지방의 오랑캐의 포로가 무기를 들고 문란하게 하다니, 이는 제나라 임금이 제후들에게 명할 바가 못 됩니다. 먼 곳 사람은 중원을 도모하지 못하고 오랑캐는 중화를 문란하게 하지 못하며, 포로는 동맹을 맺는 데 간섭하지 못하고, 무기는 우호를 맺는 자리에 가까이 이르면 안 됩니다. 이런 것은 천지신명께 상서롭지 못한 것이고 도덕상에 있어서는 의에 어긋나는 것이며, 사람에 있어서는 예의를 잃는 것입니다. 그러므로 제나라 임금이 반드시 그렇게 시킨 것은 아닐 것입니다.[會于夾谷, 孔丘相, 犁彌言於齊侯, 曰"孔丘知禮而無勇, 若使萊人以兵刦魯侯, 必得志焉, 齊侯從之. 孔丘以公退曰兩君合好, 而裔夷之俘, 以兵亂之, 非齊君所以命諸侯也. 裔不謀夏, 夷不亂華, 俘不干盟, 兵不偪好, 於神爲不祥, 於德爲愆義, 於人爲失禮, 君必不然.]"라고 했다. 여기서 말하는 예이(裔夷)는 하화(夏華) 이외의 이민족을 일컫는다. 또한 래(萊)가 제나라에 의해 멸망하였기 때문에 '예이지부(裔夷之俘)'라고 하는 것이다.

177) 회옹(晦翁): 송나라의 대학자 주희를 가리킨다.
178) 걸왕(桀王): 중국 고대 하왕조 최후의 왕. 포악하고 사치한 임금으로 알려져 있다.『사기(史記)』에는 그가 "부도덕하고 은나라 탕왕의 토벌을 받고 도망하다 죽었다"고 기록하고 있다.
179) 탕(湯): 은나라의 창시자로 이름은 리(履)이다. 하나라의 마지막 왕 걸은 포학한 정치를 해 인심은 하로부터 멀어져 있었다. 하의 신하인 탕은 명신 이윤의 보좌를 받아 걸을 공격해 멸망시켰다.
180) 『서경』「탕서(湯誓)」 서문에 "이윤이 탕을 도와 걸을 정벌하려고, 이로부터 올라와 드디어 명조의 들에서 걸과 싸우고, 탕서를 지었다.[伊尹相湯伐桀, 升自陑, 遂與桀戰于鳴條之野, 作湯誓.]"라고 한 구절이 있다.
181) 상신(商辛): 신은 상(商)의 끝 임금 주(紂)의 이름.
182) 목야(牧野): 은나라의 교외. 여기에 무왕을 중심으로 제후의 군대가 주를 치기 위해 모였다. 『서경』「무성(武成)」에 "주 무왕이 은나라 주왕을 정벌하여 목야에서 싸울 적에 피가 흘러서 절굿공이를 떠내려가게 했다."라는 글이 보인다.

어찌하여 옛일에는 상세하고 지금은 소홀한 것입니까? 장차 제생에게 옛 것을 근거로 하여 오늘날의 일에 힘쓰는 계책을 보여주시려 해서입니까? 지금의 장수된 자는 고인에게 부끄러움이 없다고 이를 만합니까? (그들은) 눈으로는 임기응변의 책을 알지 못하고 귀로는 금고(金鼓) 소리에[183] 익숙하지 않습니다. 평소에는 녹봉을 후하게 받고 큰 상을 받아서 처자를 양육하고 교만하고 거만한 마음을 키우기에 족하지만, 적을 대하면 머리를 들고 놀란 사슴처럼 하여 적에게 수모를 당하고 나라의 위엄을 잃기에 충분합니다. 세상일이 모두 다 이러하니 지난 을묘년의 변고[184]를 알만합니다.

하늘이 우리나라를 도우서서 삼방에 전쟁이 없고, 섬과 산의 오랑캐가 보화를 짊어지고 와 복종하여 신복(臣僕)이 되자 상하가 서로 경하하며 태평성대로 여겼습니다. 그러므로 장재(將才)가 나라에 크게 관계됨을 알지 못하고 유희(遊戲)하는 곳에 방치하였습니다. 혹 변방에 난리가 나면 강한 변방으로부터 일어나는데, 이와 같은 장수를 전쟁터[矢石之間]에 둔다면, 그 장수가 멀리서 바라보기만 하여도 투항할 겨를이 없을 것이니, 누가 창을 잡고서 몸소 먼저 나라를 위해서 사수(死綏)[185]할 수 있겠습니까?

제가 일찍이 그 원인을 깊이 생각하여보니 이것은 비단 장수의 죄뿐만이 아닙니다. 당(唐)나라 채수(債帥)[186]의 기롱이 지금 한층 더 심하니, 그렇다면 위에서 독려하여 골라 쓰는 자는 과연 옛 사람이 장수를 쓰는 도리에 부합되게 하는 것입니까? 지금 계책은 모두 지금의 실수를 돌이키는데 불과하니 옛날의 법으로 돌아가는 것이 옳습니다. 그렇다면 이른바 '고법'이라는 것은 무엇입니까? 밝게 사람을 골라 그를 신임할 뿐입니다. 이미 간택하기를 밝게 하면 그 사람은 사사로운 것을 구하지 않을 것이고, 믿고 임용하면 그 사람은 지혜를 다할 것입니다. 이른 바 "옛날(과 같은) 명장을 반드시 얻을 수 있을 것이며 (그 명장은 임무를) 수행할 적에 응당 상황을 대처하며 용맹을 떨칠 것"입니다.

글의 끝에 또 올릴 말씀이 있습니다. 책사께서 장차 계략을 취하여 옛일을 논하고 지금의 폐단을 고치고자 하는 것이라면 집사의 질문에 대한 답은 옛날에 이미 상세하게 갖추어져

---

183) 금고(金鼓): 군중에서는 북을 치면 전진하고 쇠[金]를 치면 퇴각하는 것이다.
184) 조선 명종 10년(1555)에 전라남도 해남군에 있는 달량포에 왜선 60여 척이 쳐들어온 을묘왜변을 말한다.
185) 사수(死綏): 군대가 퇴각하면 장군이 그 책임을 지고 죽는 것을 말한다.
186) 채수(債帥) : 빚을 내서라도 뇌물을 바쳐 장수가 된 뒤 백성들에게 가렴주구하여 빚을 상환하는 장수를 이른다.

있습니다. 어리석은 제가 오늘의 폐단을 고치는 것을 어찌 소홀히 할 수 있겠습니까? 또한 오늘의 일로써 아뢰노니, 아! 병(兵)은 백성에서 나오고 장수는 병민(兵民)의 목숨을 관리하는 것입니다.

우리나라 백성의 초췌함이 지금보다 심한 적이 없으니, 기근으로 직업을 잃고 병화로 거주지를 잃어 언덕과 골짜기에 넘어지고 사방에 유리되었습니다. 마땅히 군대를 마음대로 처리하는 자는 백성을 불쌍히 여기고 긍휼히 여겨 인은(仁恩)으로 백성들을 길러야 합니다. 그런데 지금은 계책조차 나오지 않고 있으니, 이 혹독한 할박(割剝)[187]에 백성들이 몇이나 궤산(潰散)[188]하는 데까지 이르지 않을 수 있겠습니까? 그렇다면 백성을 편안히 하는 것은 오늘날 구급(救急)의 책략이며, 장수를 간택함은 실로 백성을 구제하는 책략이 되는 것입니다. 그러니 마땅히 급히 하고 우선시해야 하는 것은 나라의 근본을 견고히 하고 장수를 간택하는 데 있는 것이 아니겠습니까? 장수가 될 재목감을 이미 얻으면 백성들도 아울러 그 혜택을 받아 투료(投醪)[189]의 은혜를 즐거워하여 임금을 위해 목숨을 바칠 마음이[190] 생길 것이며, 전거(奠居)[191]의 즐거움을 편안히 여겨 병거(並倨)의 뜻을 가질 것입니다.

저의 말이 비록 유자(儒者)의 어리석은 이야기에 가까우나, 실제는 오늘의 폐단에 절실히 필요한 것입니다. 만약 제가 드린 말씀이 위에 알려져, 우리나라의 백성으로 하여금 지치(至治)의 은택을 입게 한다면, 이는 집사께서 임금을 바른 길로 인도하는 실제가 되는 것이요, 임금을 바로잡는 효험이 될 것입니다. 동관(童觀)[192]의 보잘 것 없는 선비로서 태평성대에 한 말씀을 바치게 되니 장행(壯行)[193]의 뜻에 부끄럽지 않다고 말할 수 있습니다. 집사께서 나아가서 가르쳐 주십시오.

이상과 같이 삼가 답변 드립니다.

---

187) 할박(割剝): 탐관오리가 백성의 재물을 약탈하는 것.

188) 궤산(潰散): 무너져서 흩어진다는 뜻.

189) 투료(投醪): 군민(軍民)과 동고동락하는 것을 말한다. 월왕(越王)이 막걸리를 강물에 풀어 많은 백성과 함께 마셨던 고사에서 유래한 것이다. 『여씨춘추(呂氏春秋)』「순민(順民)」.

190) 『맹자(孟子)』「양혜왕 하(梁惠王下)」에, "임금께서 인정을 행하시면 백성들이 윗사람을 친근하게 여기면서 자기 어른을 위해 기꺼이 목숨을 바치게 될 것이다.[君行仁政, 斯民親其上, 死其長矣.]라는 말이 보인다.

191) 전거(奠居): 머물러서 살 만한 곳을 정함.

192) 『주역(周易)』「관괘(觀卦)」의 "초육은 동관이니 소인은 허물이 없고 군자는 수치스럽다."에서 나온 것으로, 소인은 무식한 백성을 말하고 동관은 식견이 얕아 어린아이와 같다는 것이다.

193) 『맹자(孟子)』「양혜왕 하(梁惠王下)」에 "사람이 어려서 배우는 것은 장성하여 행하고자 해서이다.[夫人幼而學之, 壯而欲行之.]" 하였으니, 학문을 하여 세상에 포부를 펴려던 뜻을 말한다.

도덕

문제

천하에 있는 오도(吾道)가 일찍이 하루도 없어진 적이 없지만, 오직 사람에게 의탁하여 있던 것이 간혹 끊어지기도 하고 이어지기도 하였다. 그렇기 때문에 세상에 행해질 때에 밝게 드러나기도 하고 감추어지기도 하였으니, 위로는 순(舜), 우(禹) 임금이 주고받은 이후로부터 아래로는 공·맹(孔孟)이 전수하는 데에 이르렀으니, 그 도를 밝힘은 한결같았다. 우하(虞夏)의 다스림은 무위(無爲)에 이르렀고, 공·맹(孔孟)의 덕은 마침내 도를 펴려고 주유하다가 늙었으니[194], 그 까닭은 어째서인가? 한나라와 당나라 때는 오도를 자기의 책무로 삼은 자들이 어느 시대에나 있었으나, 모두 순후하지 않다는 말이 있음을 면하지 못하였으니, 이른바 '순후하지 않다'는 것은 어떤 것을 가리켜서 말하는 것인가?

송(宋)나라 때의 염·락·관·민(濂洛關閩)[195]의 여러 군자들이 오성(五星)이 규성(奎星)에 모여드는[196] 상서로움에 응하여 천년 동안 전해지지 못했던 실마리를 이어서, 오도(吾道)를 찬란하게 다시 세상에 밝게 하였다. 그러므로 치치(致治)의 공효는 마땅히 당우(唐虞) 삼대와 더불어 다를 것이 없는데 오히려 미치지 못하는 것은 무엇 때문인가? 우리 동방은 평소 문헌의 땅이라고 칭하여 문장으로써 세상을 울린 자가 비록 적지 않았으나 진유(眞儒)로서 저명한 자는 누구인가? 아조(我朝)[197]로 말하자면, 성조가 개국하고 신손(神孫)[198]이 수성

---

194) 한유(韓愈)의 「진학해(進學解)」에, "맹자는 변론을 좋아하여 공자의 도를 밝혔으되, 수레를 타고 천하를 돌아다니다 끝내 길에서 늙었다.[孟軻好辯, 孔道以明, 轍環天下, 卒老于行.]" 한 데서 온 말이다.

195) 염락관민(濂洛關閩): 염계(濂溪)의 주돈이(周敦頤), 낙양(洛陽)의 정호(程顥)와 정이(程頤) 형제, 관중(關中)의 장재(張載), 민중(閩中)의 주희(朱熹)를 말한다.

196) 금(金), 목(木), 수(水), 화(火), 토(土)의 다섯 별이 문운(文運)을 관장하는 별인 규성(奎星)에 모인 것으로, 문운이 크게 번창할 것임을 예시한다.

197) 아조(我朝): 조선시대를 말한다.

198) 신손(神孫): 왕위를 계승하는 자손을 높여서 성자(聖子)·신손(神孫)이라 칭한다.

(守成)199)함에, 유지하고 익혀서 밝힌 것은 오직 오도(吾道) 뿐이다. 마땅히 진유 중에 오도로써 자임(自任)200)한 자가 울연(蔚然)히 배출되었어야 하는데 성균관에[首善之地]201) 격치성정(格致誠正)202)하는 선비가 없으며, 조정에 명체적용(明體適用)203)하는 사람이 적은 것은 어째서인가? 어찌하면 진유(眞儒)가 나와서 오도가 행해지고 교화가 밝아져서 풍속이 바르게 되겠는가? 제생은 '어려서 배워 장년에 행하려는[幼學壯行]'204)뜻을 가진 지 오래되었을 것이니 그것을 다 글로 나타내어 보라.

답변

저는 남건(濫巾)205)의 유생으로 외람되이 우상(虞庠)206)에 거처하면서 묵은 서책을 엿보아서 자신을 바로잡았으며[扞格]207), 대로(大路)를 추구하였으나208) (맹인처럼) 헤매고 있었습니다. 그러다가 개연히 "화훈(華勛)209)은 아득하고, 희사(姬姒)210)는 머니 도가 행해지지 않은 지가 오래 되었구나!"라고 탄식하였습니다.

---

199) 수성(守成): 선대가 이루어 놓은 왕업을 계승하여 지키는 것이다.
200) 자임(自任): 스스로 자기의 책무로 삼는 것.
201) 수선지지(首善之地): 서울을 말함. 『한서(漢書)』 「유림전(儒林傳)」에, "교화를 행할 때 수선(首善)을 서울에 세워야 된다."고 하였는데, 수선은 교화의 근원을 말한다.
202) 격치성정(格致誠正): 『대학(大學)』의 팔조목(八條目) 중 격물(格物)·치지(致知)·성의(誠意)·정심(正心)이다.
203) 명체적용(明體適用): 본체에 밝고 실용에 알맞다는 뜻으로, 경사(經史)를 박람하고 시무에 통달한 것을 말한다. 『근사록(近思錄)』 권10의 주(註)에 "호안정(胡安定)이 학자를 가르칠 때 경술에 통달하고 시무를 익혀서 명체적용하도록 했기 때문에 그의 문인들이 모두 계고(稽古)와 애민(愛民)을 일삼았으니, 계고는 위정(爲政)의 법이요 애민은 위정의 근본이다." 하였다.
204) 『맹자(孟子)』 「양혜왕 하(梁惠王下)」에 "사람이 어려서 배우는 것은 장성하여 실행하고자 해서이다.[夫人幼而學之, 壯而欲行之.] 하였다.
205) 남건(濫巾): 함부로 은사를 흉내 내어 은사의 두건을 쓴다는 뜻으로, 은사가 아니면서 은사인 체하는 것을 이른 말이다.
206) 우상(虞庠): 학교를 뜻한다. 『예기(禮記)』 「왕제(王制)」에 "주인(周人)은 국로(國老)를 동교(東膠)에서 기르고, 서로(庶老)를 우상(虞庠)에서 기르는데, 우상은 주(周)의 서교(西郊)에 있다." 하였고, 그 주에 "우상도 역시 소학(小學)이다." 하였다.
207) 한격(扞格): 격물(格物)의 뜻으로 보아야 할 듯하다. 일찍이 육구연(陸九淵)이 격물(格物)의 격(格)을 한격(扞格 막음)의 격으로 보았다고 한 바 있다.
208) 『시경(詩經)』 「준대로(遵大路)」에 "큰길을 따라가, 그대의 소매를 잡노라.[遵大路兮, 摻執子之袪兮.]" 하였는데, 군자를 그리워하는 내용이다. 여기서는 성인군자를 따른다는 뜻이다.
209) 화훈(華勛): 순 임금과 요 임금의 호인 중화(重華)와 방훈(放勳)의 병칭이다.
210) 희사(姬姒): 주 문왕(文王)의 아내이며, 유신씨의 딸이다.

지금 밝게 하문하심을 받들어 이에 말씀드립니다. 오도가 밝지 않은 것은 오늘부터 밝을 것이며, 우리 유자가 흥기하지 않은 것도 오늘부터 흥기할 것입니다. 아, 여름벌레는 얼음에 대하여 말할 수 없고, 우물 안의 개구리는 바다에 대해 말할 수 없는 것과 같이[211], 제가 어찌 감히 대대(大對 임금의 물음에 대답함)를 받들 수 있겠습니까?

비록 그러하나 하문하는데 대답하지 않는 것은 예의가 아니기에 농고(聾瞽)[212]의 설을 진달하여 우러러 명문의 뜻을 더럽히며 아룁니다.

"도는 상현(上玄: 하늘)과 하황(下黃: 땅)의 시초에 근원하여 그 체(體)가 성립되었습니다. 체가 비록 성립되었으나 날마다 상용하는 이치는 은미하여 밖으로 드러나지 않고 온축되어 보이지 않아, 마치 천지가 비로소 열렸으나 맑은 기운이 아직 스며들지 않은 것 같고, 마치 해와 달이 막 떠올랐으나 맑은 빛이 침식되지 않은 것 같고, 마치 물이 땅에 있는 듯 나무가 산에 있는 듯 했습니다. 그러므로 성인이 만물에 으뜸으로 나와[213] 초연히 홀로 서서 천지간을 관찰하고 원근에서 사물의 이치를 구해 취하고, 한 사람의 마음을 미루어 만고에 호유(戶牖)[214]하고 일신에 행하여 백대에 흘렀습니다. 그렇다면 도가 그냥 행해지는 것이 아니라 사람을 기다려 행해지고, 도가 사람을 크게 할 수 있는 것이 아니라 사람이 도를 크게 할 수 있는 것입니다.[215] 그러므로 그러한 사람이 있으면 교화가 밝고 융성하여서 하늘에서 낸 사람이[出天者] 사도(斯道)를 밝혀 마치 일월이 만고의 긴 밤을 밝히듯이 하고 이목이 당시 사람들의 귀머거리와 장님을 밝게 하듯이 합니다. 만약 그러한 사람이 없으면 도가 어둡고 학문이 침식되어 하늘이 낸 사람이[出天者] 호유(戶牖)를 혼폐하게 하여 해와 별이 어둡지 않더

---

211) 견문이 좁아서 사리에 어두움을 비유한 말, 『장자(莊子)』「추수(秋水)」에 "여름 벌레는 얼음에 대하여 말할 수 없다."라고 한 데서 온 말이다.
212) 농고(聾瞽): 귀머거리와 소경. 곧 무지함을 가리킨다.
213) 『주역』「단전(彖傳)」에 "만물에 으뜸으로 나오매 만국이 모두 편안하게 되었다.[首出庶物, 萬國咸寧.]" 하였는데, 이는 성인(聖人)이 으뜸으로 나와 세상을 다스림을 뜻한다.
214) 호유(戶牖): 봉호옹유(蓬戶甕牖)의 준말로, 선비의 거처를 형용한 말이다. 『예기』「유행(儒行)」에 "선비는 일묘의 담장과 환도의 실에다 대를 쪼개어 엮은 문을 달고 문 옆에 작은 문을 내며, 쑥대로 엮은 출입문과 옹기로 들창을 달고, 옷을 번갈아 입고 나오고 이틀에 하루치의 음식을 먹는다.[儒有一畝之宮, 環堵之室, 篳門圭窬, 蓬戶甕牖, 易衣而出, 幷日而食.]" 하였다.
215) 『논어』「위령공(衛靈公)」에 "사람이 도를 크게 할 수 있는 것이지, 도가 사람을 크게 할 수 있는 것이 아니다.[人能弘道, 非道弘人.]"라는 말이 나온다.

라도 볼 수 없는 것과 같습니다. 대저 이와 같기에 하늘이 사람에게 의탁한 것이 혹 이어지기도 하고 혹 끊어지기도 하므로 도(道)가 세상에 행해지는 것이 밝기도 하고 어둡기도 합니다. 그러나 근원을 깊이하면 물줄기가 반드시 장구해지고, 뿌리를 잘 배양하면 가지가 반드시 무성해지듯이, 풍화(風化)[216]의 근원을 전이시키고 사도(斯道 유학)의 기틀을 천명하는 것은 진실로 윗사람에게 달려 있을 따름입니다.

이에 옛날의 성명제왕(聖帝明王)이 세상을 다스리고 사물에 응함에, 임금이 다스리고 스승이 밝히며 몸소 행하고 마음으로 터득하여, 아득히 말하지 않은 가운데 천운이 운행하게 되고, 심원하게도 움직이지 않는 위에서 신묘하게 교화되었습니다. 오도(吾道 유학)의 행함은 온 천지에 초연히 백대의 본보기가 되었으며, 교화의 밝음은 바람이 불고 바다가 흘러가듯이 구위(九圍)[217]의 안에 널리 퍼졌습니다. 천지사물의 이치와 날마다 쓰는 인륜의 도가 찬연히 크게 빛나고 정연(井然 조리가 있는 모양)하여 문란하지 않았습니다.

아! 융성했던 세대가 멀어지고 성인이 별세하여 그러한 사람이 존재하지 않기 때문에 그 이치도 밝지 않게 되었으며, 그 체(體)가 바로 서지 않기 때문에 그 용(用)도 행해지지 않게 되었습니다. 경전이 없어지고 교육이 해이해져 천륜을 저버리고 금수가 되고, 도에 어둡고 학문에 어두워 인륜을 저버리고 짐승이 되었습니다. 이것은 도가 멀리 있지 않은데도 사람이 스스로 살피지 아니하여 그런 것이니, 마치 나귀를 타고 나귀를 찾는 격이며[218], 자식을 업고서 자식을 찾는 격입니다. 인심은 이미 잘못되고, 세도는 날마다 어그러졌는데 교화를 무슨 수로 다시 밝힐 것이며, 치도(治道)를 무슨 수로 복고(復古)할 것입니까?

그러나 나무가 곧게 자라기를 바라는 자는 반드시 그 뿌리를 단단히 하는 법입니다. 그렇다면 남의 윗자리에 있으면서 교화를 책임진 자가 어찌 세상이 말세가 되고 풍속이 어지럽다는 것을 핑계 삼아 그 구제할 방법을 생각하지 않을 수 있겠습니까? 도(道)라는 것은 만세토록 폐단이 없는 것이니 도가 그렇게 만든 것이 아니라 사람 스스로 따르지 않아서입니다.

---

216) 풍화(風化): 덕화(德化) 혹은 교화를 의미한다.

217) 구위(九圍): 구주(九州)와 같다. 옛날 중국 전역을 9주로 나눴던 데에서 나온 말이다.

218) 본디 자기가 갖고 있는 것을 도리어 외부에서 찾는 것을 비유한 말이다. 이는 『경덕전등록(景德傳燈錄)』「지공화상대승찬(志公和尙大乘贊)」에 "마음이 바로 부처라는 것을 알지 못하는 것은 참으로 나귀 위에 타고서 나귀를 찾는 것과 같다.[不解卽心卽佛, 眞似騎驢覓驢.]"라고 한 데서 온 말이다.

진실로 능히 명교(名敎)219)하여 진작시키고 교화하여 고무시켜, 한때의 마음을 바로잡고 한 시대의 학문을 새롭게 한다면, 치세(治世)가 위에서 융성하고 풍속이 아래에서 아름답게 되어 참된 선비가 울연히(蔚然)히 나오고 대도(大道)가 찬란히 밝아져서, 문명한 세상이 되고 다스리는 도가 고무될 것입니다. 그리하면 후세에 예스럽지 못한 도를 당겨서 예스럽게 만들고, 후세에 순정하지 않은 도를 변화시켜 순정하게 할 수 있는데, 시군(時君)과 세주(世主)는 어찌 그 근본을 돌이키지 않으십니까?

　　제가 선정(先正)의 말씀을 들으니 "나라를 다스리면서 삼대를 법도로 삼지 않으면 끝내는 구차하게 될 뿐이다."220)라고 하였으니, 청컨대 삼대의 다스림과 공·맹의 도를 들어서 말한 연후에 아래로 한·당(韓唐) 이하의 일까지 말하겠습니다. 중화(重華)221)의 순임금은 '유정유일(惟精惟一)'222)을 말씀하시고, 지덕(祇德)223)의 우임금은 '극근극검(克勤克儉)224)'을 말씀하셨으니, 두 성현께서 전수한 도(道)가 큽니다. 하늘이 낸 성인225)과 아성(亞聖)226)의 현인이 서로 하나의 도를 전하고, 서로 일통(一統)을 주어서, 공·맹이 주고받은 도가 밝아졌습니다. 위로는 임금이 되었기 때문에 우하(虞夏)의 다스림이 바람처럼 사방을 감동시키고 상하를 바로잡았으며, 아래로는 신하가 되었기 때문에 공·맹의 덕이 천지에 다 하였으나 시골 마을을 돌아다니면서 다만 천고에 격동시키기만 하였으니, 이는 사문이 크게 슬퍼하는 바입니다.

　　이 뒤로부터 학문이 끊어지고 도(道)가 폐하여져서 선치(善治)가 회복되지 아니하였으며, 시대가 어지럽고 세상이 말세가 되어 성현의 도가 행해지지 않게 되었습니다. 임금에게는

---

219) 명교(名敎): 인륜을 밝히는 유가를 말함.

220) 송나라 신종(神宗)이 치도(治道)에 대해서 묻자 장재(張載)가 대답한 말인데, 참고로 정확한 원문은 "爲治不法三代, 終苟道也."이다

221) 중화(重華): 순(舜)을 찬양한 말. 화(華)는 광화의 뜻이니, 순(舜)이 거듭 광화(光華)한 바가 요(堯)와 같다는 말.

222) 『서경』 「대우모(大禹謨)」에 "인심은 위태하고 도심은 미세하니, 오직 정밀하고 일관되게 하여 그 중도(中道)를 진실로 잡아야 한다.[人心惟危, 道心惟微, 惟精惟一, 允執厥中.]"라는 말이 나온다. 이것은 순 임금이 우 임금에게 선위하면서 남긴 말이다.

223) 지덕(祇德): 우(禹) 임금이 "나의 덕을 공경하여 앞장을 서니, 나의 행함을 거역하는 자가 없었다.[祇台德先, 不距朕行.]"라고 한 말이 『서경』 「우공(禹貢)」 말미에 나온다.

224) 극근극검(克勤克儉): 『서경』 「대우모(大禹謨)」에, 순 임금이 우(禹)에게 "나랏일에 부지런하고 집에 검소하여 자만하고 자대하지 않음은 너의 어짊이다.[克勤于邦, 克儉于家, 不自滿假, 惟汝賢.]"라고 하였다.

225) 하늘이 낸 성인: 공자를 가리킨다.

226) 아성(亞聖): 맹자를 가리킨다.

정일(精一)227)의 학문이 없어지고 신하는 조회(繰繪)의 기술만 있게 되어, 천고에 전수한 학문은 적막하게 한 줄기도 계승된 것이 없으니 참으로 애석합니다. 그러나 천지에 가득한 도(道)는 형체가 없이 드넓어서 세상 여하에 따라 손익이 없습니다.

그러므로 한나라의 동중서(董仲舒)228)는 삼년 동안 장막을 내리고 성현의 글을 연구하여서229) 이미 끊어진 학문을 계승하고 이미 어두워진 도를 밝게 하였고, 순정한 학문으로써 천인의 이치를 밝혀서 오도(吾道)에 공이 있는 듯하였습니다. 그러나 재이(災異)의 설이 마침내 유망(謬妄)230)한데로 귀결되었으니 어찌 족히 취할 만하겠습니까?

당나라의 한유(韓愈)는 호걸한 재능으로 유학이 끊어진 뒤에 태어나 홀로 여러 이치를 두루 찾고 멀리 이어서 장차 회란장천(回瀾障川)하고231), 문장은 팔대의 쇠미함을 일으키고, 도(道)는 이단에 빠진 천하를 구제하고232), 오묘한 이치를 펼쳐서 밝혀 놓았고, 이단을 배척하고 물리쳐서233) 오도(吾道)에 공이 있는 듯하였습니다. 그러나 「원도(原道)」234) 한 편은

---

227) 정일(精一): 정밀하게 이치를 살피고 전일(專一)하게 실행을 한다는 뜻으로,『서경(書經)』「대우모(大禹謨)」에 "인심은 위태롭고 도심은 은미하니, 오직 정밀하고 전일하여야 진실로 그 중을 잡으리라.[人心惟危, 道心惟微, 惟精惟一, 允執厥中.]" 한 데서 온 말이다.

228) 동중서(董仲舒): 한나라 무제 때 유신. 무제에게 건의하여 유학을 국교로 삼도록 하였다. 강도상에 봉해졌으며『춘추번로(春秋繁露)』・『동자문집(董子文集)』을 남겼다.

229) 동중서(董仲舒)가 장막을 내리고 강송(講誦)하였으므로 제자들도 그의 얼굴을 볼 수가 없었으며, 정원과 채마 밭이 있어도 3년 동안이나 방에서 나와 살펴본 적이 없을 정도로 학문에 매진했다는 고사가 있다.『한서(漢書)』「동중서전(董仲舒傳)」.

230) 유망(謬妄): 이치나 도리에 맞지 아니하여 종잡을 수 없음을 뜻한다.

231) 회란 장천(回瀾障川): 회광란 장백천(回狂瀾障百川)의 준말로, 미친 듯이 함부로 흐르는 물결을 정상으로 돌리고, 모든 내를 다스려 동쪽으로 흐르게 한다는 뜻. 세태의 변천을 바로 잡고 좋지 못한 유행을 막는다는 뜻으로 전용하기도 한다. 한유의『진학해』에 나온다.

232) 소식(蘇軾)이 "문장은 팔대의 쇠미함을 일으키고 도는 이단에 빠진 천하를 구제하였다.[文起八代之衰, 道濟天下之溺.]"라는 글로 한유가 문단과 유학에서 이룩한 공적을 칭송하였다. 여기서 팔대란 후한(後漢)・위(魏)・진(晉)・송(宋)・제(齊)・양(梁)・진(陳)・수(隋)의 여덟 왕조로, 그동안 나약하고 화려하기만 한 변려문(騈儷文) 일색의 문풍을 한유가 고문(古文)으로 바꾸어 놓은 것을 말한다.『고문진보(古文眞寶)』「조주한문공묘비(潮州韓文公廟碑)」.

233) 한유(韓愈)의 진학해(進學解)에 "이단을 배척하여 불로의 도를 물리치고, 틈 새는 곳을 땜질하고, 오묘한 이치를 넓혀 밝혔다.[觝排異端, 攘斥佛老, 補苴罅漏, 張皇幽眇.]"라고 한 데서 온 말이다.

234) 「원도(原道)」: 도의 본원을 논하고, 인간을 사회적 질서체 안에 존재하는 것으로 봄으로써 유가의 인의의 도(道)를 고취하고, 몰사회적인 불가와 도가의 설을 배척하였다. 논문에서『대학』과『중용』을 인용하고, 또 이른바 도통(道統)을 주장하여, 송대의 유교 부흥의 선구적 역할을 한 것으로 평가되고 있다.

격정(格正)의 공부가 빠져 있으니, 그가 강론한 것은 문장과 언어의 사이에 불과합니다. 잡박하여 논의할 만한 것이 없으니 불순(不醇)하다는 기롱을 어찌 면할 수 있겠습니까?

다행히도 사문(斯文)이 하늘에서 없어지지 아니하고 도(道)가 땅에 떨어지지 아니하여, 만고(萬古) 사문의 계통이 조송(趙宋)[235]의 융성한 시대를 만나 오대(五代)[236]의 혼란을 씻어내고 사문에 큰 운수가 열렸습니다. 이에 염·락·관·민(濂洛關閩)의 여러 선비들이 배출되어 성명(性命)의 근원을 궁구하고 도서(圖書)의 오묘함을 열었습니다. 그리하여 몽매지간에도 요·순(堯舜)에 읍하고 강론하는 여가에 공·맹(孔孟)을 생각하여 육경(六經)[237]을 계제로 하고 천성(千聖 모든 성인)을 우익으로 하였습니다. 천년토록 서로 전하는 계통이 그 종지를 잃지 않았고 백왕(百王)이 서로 전수한 말이 미혹한 데로 돌아가지 아니하여, 운무에 있어서의 백일(白日)과 먼지와 때에 있어서의 밝은 거울처럼 우하(虞夏)의 다스림을 나란히 하고 가지런히 할 수 있었습니다. 그런 사람들은 지위가 높지 않았는데 누가 시켜서 그렇게 한 것이겠습니까? 가령 큰일을 할 수 있는 상황을 통해 한 시대에 뜻을 펼친다면 모든 백성이 화목하게 변화되는 방법이[238] 요순시대의 시절에만 빛을 발하겠으며, 교화에 의해 변화되는 것이 삼대(三代)의 우주에서만 시행되겠습니까? 그런데 애석하게도 (오늘) 군자의 도가 점차 쇠미해지는 때를 만나서 군자는 혹 당고(黨錮)[239]로 지목되기도 하고 혹은 위학(僞學)으로[240] 지목되기도 하여, (천하를) 경륜할 큰 뜻을 펼칠 수 없게 합니다. 그러니 말함에 참으로 한탄스럽습니다.

아! 당풍(唐風)을 읊는 사람도 요임금의 지극한 덕을 사모하는데, 하물며 그 나라 사람이

---

235) 조송(趙宋): 조광윤이 세운 송나라를 뜻한다.
236) 오대(五代): 당 말의 후량(後梁)·후당(後唐)·후진(後晉)·후한(後漢)·후주(後周)를 말한다.
237) 육경(六經): 『시경(詩經)』, 『서경(書經)』, 『역경(易經)』, 『춘추(春秋)』, 『예기(禮記)』, 『악경(樂經)』을 말한다.
238) 원문의 오변(於變)은 『서경』 「요전(堯典)」의 "만방을 화합하여 융화하게 하시니, 백성들이 아! 변하여 이에 화목해졌다.[協和萬方, 黎民於變時雍.]"라고 한 구절에서 온 말로, 모든 백성이 화합함을 뜻한다.
239) 당고(黨錮): 후한의 환제 때 진번(陣蕃)·이응(李膺) 등 우국지사가 환관의 발호를 미워하여 대학생들을 거느리고 환관을 공격하니, 환관들이 조정을 반대하는 당인(黨人)이라고 도리어 몰아 이들 자식들을 옥에 가두고 그 사진(仕進)의 길을 막았으며, 영제 때 두무(竇武)·진번(陣蕃) 등이 환관 등을 죽이려 하다가 일이 누설되어 그와 뜻을 같이하는 1백여 명과 함께 피살당한 사건이 있다.
240) 송 영종(宋寧宗) 때 한탁주(韓侂冑)가 정권을 잡고 자기에게 반대하는 자들을 제거하려고 하면서 도학을 인정에 어긋나는 위학(僞學)으로 지목하여 금지시키고, 도학의 주요 인물인 주희의 관작을 삭탈하고, 채원정(蔡元定)을 좌천시키는 등 조정의 정사들을 모두 축출시켰던 사건을 가리킨다.

되어서 그 나라의 일을 알지 못하는 것이 옳습니까? 생각건대 우리 대동은 문명의 다스림과 예의의 소리가 천하에 울린 지 오래되었습니다. 명인괴사(名人魁士)가 서로 잇달아 일어나 다투어 아름다운 비단을 찢어241), 서로 일월을 잡고 높이 만물의 표상을 보며, 웅장히 백대의 아래에 솟았습니다. 문장 하는 선비가 비록 혹 적지 않았으나 참 선비로서 저명한 자는 문창(文昌)242)이 앞에서 주창하고, 목은(牧隱)243)·양촌(陽村)244)이 뒤에서 빛을 내어 한때 이학(理學)의 종주가 되었습니다. 그러나 입신(立身)과 사업(事業)이 저와 같이 비루하니 선비로되 참 선비가 아니며 도(道) 역시 진짜가 아니니, 어찌 족히 그 사이에서 대등하게 말할 수 있겠습니까?

우리나라는 성조(聖祖)가 창건하여 신손(神孫)이 계승하고 소명(昭明)을 이어받아 앞뒤로 계승하였습니다. (그리하여) 도성 안으로는 성균관과 사학(四學)245)을 설치하였으며, 밖으로는 주군(州郡)에 향교를246) 설치하여서 태학[首善之地]247)을 중시하고 빈흥(賓興)248)의 선비를 격려하였습니다. 옥을 품고249) 난초를 찬 자는250) 요천(堯天)251) 요 임금 때와 같은 성세)에서 북치고 춤을 추며, 도덕을 온축하여 품은 자는 순임금의 시대에 함영하여, 참 선비가

---

241) 이름이 역사책에 실렸다는 의미인 듯하다.
242) 최치원(崔致遠): 통일신라 말기의 학자. 자(字)는 고운(孤雲), 해운(海雲) 또는 해부(海夫). 고려 현종(顯宗) 때인 1023년(현종 14년)에 내사령(內史令)으로 추증되었으며, 문묘에 배향되었으며 시호는 '문창후(文昌侯)'이다.
243) 목은(牧隱): 고려 말기의 문신이자 학자인 이색(李穡)의 호. 자는 영숙(穎叔). 중국 원나라에 가서 과거에 급제하고, 귀국하여 우대언(右代言)과 대사성 등을 지냈다.
244) 양촌(陽村): 고려 말에서 조선 초의 문신·학자인 권근(權近)의 호. 자는 가원(可遠). 성리학자이면서 문장에도 뛰어났으며, 왕명으로 하륜 등과 함께 『동국사략』을 편찬하였다.
245) 사학(四學): 나라에서 인재를 기르기 위해 서울의 네 곳에 세운 교육 기관, 즉 중학(中學), 동학(東學), 남학(南學), 서학(西學)을 이른다.
246) 향교는 각 지방관청의 관할하에 두어 부(府)·대도호부(大都護府)·목(牧)에는 각 90명, 도호부에는 70명, 군(郡)에는 50명, 현(縣)에는 30명의 학생을 수용하도록 하고, 종6품의 교수와 정9품의 훈도(訓導)를 두도록 규정하였다.
247) 태학[首善之地]: 태학은 선비를 양성하는 곳이므로 어질기로 으뜸가는 곳이라 한다.
248) 빈흥(賓興): 선비를 높이 대접하고 천거하는 일.
249) 훌륭한 자질을 지녔음을 뜻한다. 『초사(楚辭)』「회사(懷沙)」에 "옷 속에 옥을 품고 손에 옥 지녔어도, 고달픈 처지라 보여줄 길 전혀 없네.[懷瑾握瑜兮, 窮不知所示.]" 하였다.
250) 속세를 피해 살면서 지취(志趣)를 고상하게 하는 것을 뜻한다. 『초사(楚辭)』「이소(離騷)」에, "강리와 벽지 같은 향풀을 몸에 두르고, 가을 난초 엮어서 허리 장식 삼았네.[扈江離與辟芷兮, 紉秋蘭以爲佩.]" 하였다.
251) 요천(堯天): 요 임금 때와 같은 태평성세를 말한다.

배출되어 세상을 울리고 대도(大道)가 행하여져 찬란하게 빛났습니다.

이조(二祖)[252]의 작성(作成)을 거쳐 팔종(八宗)[253]의 배식을 계승하고 성상의 중광(重光)[254]에 이르러서, 깊은 궁궐 은밀한 좌석에서 강명한 것은 도를 밝히는 요체 아님이 없으며, 넓은 집 좋은 털방석[廣廈細氊][255] 위에서 토론한 것은 세상을 깨우치는 꾀 아님이 없었습니다. 이미 밝힌 도는 지난날보다 더욱 밝고, 이미 실행에 옮긴 가르침은 전날보다 행해진 것이 분명하였습니다. 참 선비들이 배출되어 사도(斯道)를 일신의 책무로 여겼으며, 풍교와 교화가 절로 맑아져 한 세상을 문명으로 끌어올렸습니다. 그런데 어찌하여 격치성정(格致誠正)의 선비가 성균관에 보이지 않으며, 명체적용(明體適用)[256]의 사람이 조정에 드물게 보이는 것입니까? 만약에 도를 밝히는 것이, 그 때를 얻지 못하여 그런 것이라고 한다면 성상(聖上)이 밝혀야 하는 까닭이 이와 같습니다. 아니면 교화를 일으키는 것이 그 요체를 얻지 못하여서 그런 것이라면 성상이 행해야 하는 까닭이 이와 같습니다. 저는 무슨 까닭으로 이와 같이 되었는지를 모르겠습니다!

저는 봉필(蓬蓽)[257]에 있으면서 적이 크게 의심을 하였습니다. 그래서 비루한 가슴에 품은 바를 가지고 고비(皐比)[258]의 아래에서 우러러 여쭙고 싶은 지 오래 되었기에, 이에 감히 참람되이 말씀드립니다.

"도를 밝히는 요체와 교화의 방책이 비록 지극하다 하더라도, 이미 이루어진 문교(文敎)가 갑자기 땅에 떨어지고 자신에게 있는 학술을 몸소 힘쓰지 아니하며, 사풍(士風)이 맑지 않고 유도(儒道)가 날로 더러워져서, (그리하여) 면장(面牆)[259]을 달게 여기면서 석사(夕死)[260]의

---

252) 이조(二祖): 조선의 세조(世祖)와 선조(宣祖) 두 임금을 말한다.
253) 팔종(八宗): 조선의 정종, 태종, 세종, 문종, 단종, 예종, 성종, 중종 등 여덟 임금을 말한다.
254) 중광(重光): 부자간에 왕위를 계승하는 일을 말한다. 『서경(書經)』「고명(顧命)」의 "옛 임금인 문왕과 무왕께서 거듭 빛을 펼치셨다.[昔君文王武王, 宣重光.]"라는 말에서 유래한 것이다.
255) 여기서는 좋은 자리라는 뜻으로 궁궐을 말한다.
256) 명체적용(明體適用): 고금의 일에 밝아 쓰기에 적절함을 뜻한다.
257) 봉필(蓬蓽): 오두막의 사립문을 뜻하는 봉문필호(蓬門蓽戶)의 준말.
258) 고비: 호랑이 가죽. 송나라의 장재(張載)가 항상 호랑이 가죽을 깔고 앉아서 『주역』을 강론했는데, 후세에 와서는 강학하는 자리를 고비라 이르게 되었다.
259) 면장(面牆): 장면(牆面)과 같은 뜻으로, 이치를 몰라 담장을 마주하고 선 것처럼 앞이 캄캄한 것을 가리킨다. 공자가 아들 백어(伯魚)에게 "너는 『시경』의 「주남(周南)」과 「소남(召南)」을 배웠느냐? 사람으로서 「주남(周南)」과 「소남(召南)」을 배우지 않으면 바로 담장을 마주하고 선 것과 같다." 한 것에서 유래하였다. 『논

교훈을 생각하지 아니하고, 소에 옷을 입힌 격이어서[261] 백발에 성공하려는 뜻이 없습니다. 겨우 더벅머리만을 면한 채 청자(靑紫)[262]의 마음을 품으며, 겨우 강보를 면하고서 과정(科程 과거 시험)의 일을 익히고 있습니다. 장구(章句)를 잘라서 이미 가초(檟楚)[263]의 벌을 면하고, 큰 것을 버리고 작은 것을 택하여 점등(占等 등급을 점친다)의 매개로 삼으니, 그 연원의 뜻과 심오한 의리는 노무(鹵莽)[264]하고 멸렬(滅裂)[265]할 뿐입니다.

서로 뺨을 돛대처럼 하며 얼굴에 밀납을 칠한 듯이 하고[桅顔而蠟面][266] 요순처럼 나아간다 하더라도 격치(格致)[267]의 도(道)는 빠져 없고, 정수(正修)의 학문은 씻은 듯이 없어질 것입니다. 그러니 조정에서는 경명행수(經明行修)[268]하는 선비가 없게 될 것이니 명체(明體)의 학문이 무슨 수로 나올 것이며 적용(適用)될 인재가 무슨 수로 흥기하겠습니까? 풍진(風塵)이 아득하고 나쁜 풍속이 나날이 기울어져서 도를 구하는 것이 이와 같다면 출천자(出天者)를 알만 하며, 출천자(出天者)가 이와 같다면 세도(世道)를 역시 알 만합니다. 궁하여 아랫자리에 있으면서 어찌 강론하고 사숙할 수 있을 것이며, 현달하여 윗자리에 있으면서 어찌 베풀어서 나라를 발전시킬 수 있겠습니까?

대저 이와 같다면 태학에서 성정격치(誠正格致)를 들을 수 없는 것이 이상한 일이 아니며, 조정에서 명체적용(明體適用)을 들을 수 없게 되어도 이상할 것이 없습니다. 장차 시대가 말세가 되는 것은 절로 그 운수가 있어서 돌이킬 수 없는 것입니까? 아니면 경전이 없어지고 교육이 해이해져서 스스로 그 때를 만나도 변화시킬 수 없는 것입니까? 성상(聖上)께서 지탱하고 북돋아주는 것은 지극하고 극진합니다만, (이러한 원인을) 사습(士習 선비의 풍습)의 잘못에서 찾는다면 이것은 성치(聖治)의 모습과 크게 다릅니다. 이란(理亂)의 기틀과 안위(安

어(論語)』「양화(陽貨)」.

260) 『논어』「이인(里仁)」편의 "아침에 도를 들으면 저녁에 죽어도 괜찮다.[朝聞道, 夕死可矣.]"에서 나온 말이다.

261) 한유(韓愈)의「부독서성남(符讀書城南)」시에, "사람이 못 배워서 고금을 통하지 못하면, 마소에 사람 옷 입혀 놓은 것과 같다.[人不通古今, 馬牛而襟裾.]" 한 데서 온 말이다.

262) 청자(靑紫): 한대에 구경(九卿)은 푸른 인끈을, 공후는 자주 인끈을 썼으므로, 공경의 지위를 이른다.

263) 오동나무와 싸리나무 채로 만든 형구. 태형에 썼다.

264) 노무(鹵莽): 소홀하고 거칠다는 뜻.

265) 멸렬(滅裂): 소루하고 흩어지다는 뜻.

266) 서로 겉과 속이 다르다는 뜻이다.

267) 격치(格致): 격물치지(格物致知)의 뜻이다. 실제 사물의 이치를 연구하여 지식을 완전하게 한다는 의미.

268) 경명행수(經明行修): 경학에 밝고 행실을 닦음을 말한다.

危)의 잘못이 이에 달려 있는데, 선생께서는 어찌하여 하문(下問)에 드러내어 이를 바로잡는 대책을 듣고자 하지 않으십니까? 그릇된 계획이 위에 있다고 여겨서 군사(君師 임금과 스승)의 책임을 맡은 자가 두려워하여 교화시킬 것을 생각하지 않을 수 있겠습니까? 천하의 일은, 그 폐단에 대하여 근심하지 말고 오직 구제하기가 어려울 것에 대하여 근심할 것이며, 구제하기 어려울 것에 대하여 근심하지 말고 오히려 구제하되 그 요체를 얻지 못할까 근심할 뿐이니, 만일 그 도를 얻고자 한다면 교화를 하지 않고서 어떻게 하겠습니까?

주역에 이르기를 "백성의 풍속을 관찰하여 교화를 베풀었다.[觀民設教]"269)고 하였고, 서경에 이르기를 "오교를 펴되 너그럽게 하라.[敬敷五教]"270)고 하였습니다. 진실로 교육이 위에서 밝아지면 교화가 아래에서 이루어지고, 교화가 아래에서 이루어지면 사람들이 다투어 경서를 연구할 것입니다. 그리하여 선비는 모두 도를 구하고 인심은 절로 맑아져서, 세상의 도가 절로 순박하여 물욕에 얽매이지 아니하고 의리의 즐거움을 깊이 알 것입니다. 모두 심학(心學)271)이 마땅히 힘써야 할 것임을 알아서 한유(漢儒)272)의 순정하지 않음을 가슴 아파하고, 송조(宋朝)의 문명을 흠모하며, 주 · 정(周程)273)을 배워서 거경(居敬)274)하며, 주 · 장(朱張)275)을 스승으로 하여 이치를 궁구하여 존양성찰하고 극기복례를 할 것입니다. 사물에 응하고 나라에서 베푸는 것이 격치(格致)의 도(道) 아님이 없으며, 적용(適用)의 학문 아님이 없을 것입니다.

제가 비루한 시골 사람의 말로 대략 이와 같이 진술하고, 또한 유의(遺意)을 뽑아서 첨부합니다. "임금은 소반[槃]이니, 소반이 둥글면 물[水]이 둥글다. 임금은 사발이니, 사발이 모나면 물이 모난다."276)라고 하였으니 군주가 선창하지 않는데 누가 이에 호응하겠습니까?

---

269) 『주역(周易)』 「관괘(觀卦)」 상사(象辭)에 나온다.

270) 『서경(書經)』 「고도모(皐陶謨)」 편에 나온다.

271) 심학(心學): 마음을 닦는 학문의 뜻으로 '성리학'을 일컫는다.

272) 한유(漢儒): 한대(漢代)의 유학자를 총칭한다.

273) 주정(周程): 주자(周子) 염계(濂溪), 이름은 돈이(敦頤)와 양 정자(程子)를 말함인데, 이는 태극설과 이기설을 써서 송대 유학의 실마리를 열었다.

274) 거경(居敬): 마음의 잡념을 없애고 몸을 바르게 가지는 것이다. 『논어』 「옹야(雍也)」에 "경에 처해 있으면서 간략함을 행한다.[居敬而行簡]" 하였다.

275) 주장(朱張): 주희(朱熹)와 장식(張栻)을 말한다.

276) 『순자(荀子)』의 「군도(君道)」 편에 나온다.

군주가 인도하지 않는데 누가 추종하겠습니까? 군주가 반드시 인도하고 선창한 연후에야 호응하고 추종할 것이니 창도(倡導)하는 일을 어찌 아랫사람이 할 수 있는 것이겠습니까? 반드시 마음에 진실로 구하고 자신에게 돌이키고, 그 본체(本體)를 밝히어 활용에 맞게 하며, 몸을 닦고 마음을 바르게 하여서 명교(明教)와 교화(施化)의 근저로 삼고 또한 좇아서 고무시키고 진작시킨다면, 바람이 불면 풀이 쏠리고[277], 상하의 사람들이 북소리[桴鼓][278]같이 응하여서 절로 그만 둘 수 없게 됩니다. 그러니 어찌 '위에서 무엇을 좋아하면 아래에서는 더 좋아하는 경향이 있게 마련'[279]이지 않겠습니까?

   삼가 생각건대, 주상전하께서 구오(九五)[280]의 높은 지위에 계시면서[垂拱][281] 천고의 옛사람을 벗 삼아[282] 성학의 지결(旨訣; 가르침)을 강명하지 않음이 없으면, 귀로는 개미소리까지 다 듣고 눈으로는 연못의 물고기까지 환히 볼 수 있을 것입니다. 그러나 하루 동안 부지런하면 하루의 요·순(堯舜)이 되는 것이요, 하루 동안 나태하면 하루의 걸·주(桀紂)가 되는 것이니, 어찌 요순의 학문으로 '문왕집희(文王緝熙)'[283]의 공을 더하지 않겠습니까? 가령 마음속에 지닌 것이 터럭만큼도 잡박함이 없어서 덕이 성인이시며[284], 밖으로 드러난 것이 광

---

277) 바람이 불면 풀이 쏠리듯이 윗사람이 인도하면 아랫사람이 따른다는 말이다. 계강자(季康子)가 정치에 대해 묻자, 공자가 "군자의 덕은 바람과 같고 소인의 덕은 풀과 같다. 풀 위에 바람이 불면 반드시 눕는다.[君子之德風, 小人之德草, 草上之風, 必偃.]" 하였다. 『논어(論語)』「안연(顏淵)」.

278) 북소리(桴鼓): 북채와 북. 한나라 때 저자 거리에 북을 설치하여 도적이 나타나면 북을 두드려 여러 사람에게 경보를 알렸다.

279) 공자의 말을 맹자가 인용하여 "위에서 무엇을 좋아함이 있으면 아래에는 반드시 그보다 더 심함이 있다. 위정자(爲政者)의 덕은 비유하면 바람이요, 백성의 덕은 풀이니, 풀 위에 바람이 불면 풀은 반드시 바람의 방향 따라 쏠린다.[上有好者, 下必有甚焉者矣. 君子之德風也, 小人之德草也, 草尚之風必偃.]"라고 하였다. 『맹자』「등문공 상」.

280) 구오(九五): 주역에서 오효(五爻)는 임금의 자리를 상징한다.

281) 수공(垂拱): 『서경(書經)』「무성(武成)」에 나오는 말로, 성군이 옷을 늘어뜨리고 팔짱을 낀 채 아무 일도 하지 않으면서도 세상이 잘 다스려지게 하는 무위지치(無爲之治)를 뜻하는 말이다.

282) 『맹자』「만장(萬章)」에 "이 세상의 훌륭한 선비와 벗하는 것으로 충분하지 못하면 다시 옛 시대로 올라가서 옛사람을 논한다. 그의 시를 낭송하고 그의 글을 읽으면서도 그가 어떤 사람인지 모른대서야 말이 되겠는가. 그렇기 때문에 당시의 그의 삶을 논하게 되는 것이니, 이것이 바로 옛 시대로 올라가서 벗하는 것이다.[以友天下之善士爲未足, 又尚論古之人, 頌其詩讀其書, 不知其人可乎, 是以論其世也, 是尚友也.]"라는 말이 나온다.

283) 『시경』「문왕(文王)」에 "심원하도다, 우리 문왕이시여. 아, 실로 계속해서 공경하는 덕을 밝히셨도다.[穆穆文王, 於緝熙敬止.]"라고 문왕의 덕을 칭송한 말이 나온다.

284) 공자께서 말씀하시기를 "순은 위대한 효자시도다. 덕은 성인이고, 존귀함은 천자이고, 부유함은 천하를 다 소유하시어, 종묘에서 향사를 받들고, 자손이 오래도록 보호를 받게 되었다. 그러므로 큰 덕을 지닌 분은 반

풍(光風)의 교화와 효용을 밝혀서 조사(造士)[285]로 지치(至治)를 이루게 한다면, 선비의 마음이 바르게 되어 사악함을 좇지 아니하고 학술 또한 순정하여 사설(邪說)이 섞이지 않을 것입니다.

　무릇 이와 같이 한다면 도학이 반드시 세상에 회복되어 역복(棫樸)[286]의 인재가 오늘날 많고 많을 것이니, 하필 문왕을 기다렸다가 흥기할 필요가 있겠습니까? 진유(眞儒)가 쏟아져 나와 당·우(唐虞)시대로 점점 들어갈 것이고, 대도(大道)가 다시 밝게 되어 삼대로 나아갈 것입니다. 이와 같이 하는데 오도가 밝지 아니하고 교화가 행하여지지 않는다는 말을 저는 듣지 못했으며 저는 보지 못하였습니다. 봉문(蓬門)[287]에서 간직하고 있는 생각이 마땅히 여기에 그치지 않으나, 바람 부는 처마 끝에 시간이 없어[風簷寸晷][288] 많이 빼먹고 하나만 걸어둡니다.

　삼가 이상과 같이 답변드리는 바입니다.

　드시 그 지위를 얻고, 반드시 그 녹을 얻고, 반드시 명예를 얻고, 반드시 그 수명을 누린다.[舜其大孝也與! 德爲聖人, 尊爲天子, 富有四海之內, 宗廟饗之, 子孫保之, 故大德必得其位, 必得其祿, 必得其名, 必得其壽.]"라고 하였다.『중용장구』.

285) 조사(造士): 선왕(先王)의 시(詩)·서(書)·예(禮)·악(樂) 등의 학업을 성취한 사자(士子)를 말한다.『예기』「왕제(王制)」.

286) 역복(棫樸):『시경』「대아(大雅)」의 편명으로, 현명한 사람이 많으면 국가에서 그들을 등용하여 번창하게 한다는 내용이다.

287) 봉문(蓬門): 오두막의 사립문을 뜻하는 봉문필호(蓬門蓽戶)의 준말이다.

288) 풍첨촌구(風簷寸晷): 풍첨은 썰렁한 과거장을 가리킨 말이고, 촌구는 짧은 시간을 이른 말이다. '풍첨'이란 말은, 송나라의 충신 문천상(文天祥)이 원(元)나라에 잡혀가 옥중에서 지은 '정기가(正氣歌)'의 맨 마지막에 "바람 부는 처마에서 책을 펼치고 읽노라니, 옛날 어른들 행한 도가 나의 얼굴을 비춰 주네.[風簷展書讀古道照顔色]"라는 구절에 나온다.

장수

문제

장수에 대하여 묻노라.

답변

저는 후미진 시골에 곤궁하게 지내며 『사기(史記)』 한 질을 명산대처의 기괴하고 장엄한 곳에 두고서는 (그 책을 읽으며 그 속에서) 훌륭한 곳에 올라가 돌아보면서 옛날 사람들이 지키고 전쟁하였던 흔적을 어루만졌으며, (외교무대의) 연회에서[289] 만나고 인사하며 천리 밖에서 (국가 간의 업무를) 절충하는 것을 고민하였습니다. (그러면서) 비분강개하여 지낸 지가 또한 여러 해가 되었습니다.

지금 집사선생의 질문을 받들어 아룁니다. 국가가 한가할 때에 음우(陰雨)를 단속하여 경계하고[290], 전대(前代)의 장재(將材)를 낱낱이 들추어내어 마침내 오늘의 환란에 이르렀습니다. 혼란이 싹트기 전에 미리 염려하고, 위태로워지기 전에 나라를 보전함은[291] 군대를 잘 다스리는 성의(盛意)입니다. 제가 비록 군대의 일을 익히지 않았으나 감히 한번 가슴 속의 기이한 착상을 말씀드리지 않을 수 없습니다.

제가 생각하기에 병(兵)은 천하의 흉기이며, 전쟁은 천하의 위험한 일입니다. 천하의 흉기를 잡고서 천하의 위험한 일을 행하는데, 일개 조아(爪牙)[292]의 몸으로 온갖 고초를 겪은 간

---

289) 원문의 준조(樽俎)는 제사 때에 술을 담는 '준(樽)'과 고기를 담는 '조(俎)'를 아울러 이르는 말이다. 또한 예절을 갖추어 하는 공식적인 잔치를 말하기도 한다.

290) 어떤 사태에 대비하여 미리 경계하는 것. 『시경(詩經)』 「빈풍(豳風)」 「저오(鴟鴞)」에 "장맛비 오기 전에 뽕나무 뿌리 가져다가 창과 문을 단속한다면 너희 낮은 백성이 감히 나를 넘보랴.[迨天之未陰雨 徹彼桑土, 綢繆牖戶, 今女下民, 或敢侮予.]" 하였다.

291) 『서경(書經)』 「주관(周官)」의 "혼란하지 않을 때에 다스림을 마련하고, 위태롭기 전에 나라를 보전하라.[制治於未亂, 保邦於未厄]"라고 한 데서 나온 말이다.

과(干戈)[293]의 땅에 서 있으면서 사직의 안위를 말 위에서 보존하고 삼군(三軍)의 승패를 척검(尺劍)에 결정짓는다면, 장군 된 자의 도리가 또한 어려운 일 아니겠습니까? 이 때문에 군사를 부리고 군대를 쓰게 되면 기이한 모책과 비밀스런 계책이 만 번 변하여도 같지 아니하며, 적을 대면하고 적진을 마주하면 숨 쉬는 사이에도 우레가 치고 바람이 부니, 이것은 임기응변이 신출귀몰하고 무궁하기 때문입니다. 진실로 웅위(雄偉)하거나 범상한 자가 아니라면 신명(神明)과 같이 응대할 수 있겠습니까?

대저 이와 같기 때문에 병(兵)은 멀리 헤아리기가 어렵고, 전쟁에는 중복된 술법이 따로 없어서 기정(奇正)[294]이 서로 돕고 신묘하여 예측하지 못합니다. 그리하여 혹은 여유가 있어도 부족한 것처럼 보이고, 혹 싸우지 않고도 적병(賊兵)을 굴복시키는 것은 재주와 지략이 출중한 자입니다. 또한 적을 가볍게 여기고서 승리하여 의리를 내세우고 무리를 복종시키는 것은 충성과 용맹이 남보다 뛰어난 자입니다. 너그러운 것과 엄한 것이 같지 않으나 성공은 똑같으며 지혜와 용맹이 다르나 임기응변은 똑같으니, 이것은 운용의 묘법이 일신(一身)에 있기 때문입니다. 만 가지 변화에 응하는 것은 재주와 지혜에 불과할 따름입니다. 고인이 말하기를 "상장(上將)은 먼저 전략이 있어야 한다."고 하였고, 또 말하기를 "심전(心戰)이 상책이고, 병전(兵戰)은 하책이다."[295] 라고 하였으니, 어찌 믿지 않겠습니까? 그렇다면 재주와 지략이 없는 장수는 그 적합한 장수가 아니니, 장수를 가리는 방법 또한 상상할 수 있습니다.

청컨대 집사의 하문하심으로 인하여 말씀드리겠습니다. 대저 남양(南陽)[296]의 와룡(臥龍)[297]같은 이는 바로 삼대(三代)[298]의 인물로 왕을 보좌할 재주를 품었습니다. 팔진법[299]

---

292) 조아(爪牙): 맹수는 발톱과 어금니로 무기를 삼으므로, 국가의 무사를 나라의 조아(爪牙)라고 한다.

293) 간과(干戈): 전쟁을 의미한다.

294) 기정(奇正): 병가의 용어로, 고대에 전쟁을 할 때 서로가 정정당당하게 맞서서 싸우는 것을 정(正)이라 하고, 요격하거나 습격하는 것을 기(奇)라고 한다.

295) 삼국 시대 촉한의 장수 마속(馬謖)이 제갈량 앞에서 심전론(心戰論)을 주장하였다. 그는 "용병의 도는 마음을 공격하는 것이 상책이고 성을 치는 것은 하책이며, 심전이 상책이고 병전은 하책이니, 공은 그들의 마음을 복종시키기 바랍니다.[用兵之道, 攻心爲上, 攻城爲下, 心戰爲上, 兵戰爲下, 願公服其心.]" 하였다.『자치통감강목(資治通鑑綱目)』.

296) 제갈량이 남양(南陽)의 초당에 은거하였기에 제갈량을 말한다.

297) 와룡(臥龍): 제갈량의 별호.

298) 삼대(三代): 하(夏)·은(殷)·주(周)의 시대를 말한다.

299) 팔진(八陣): 제갈공명이 창안한 진법.

의 좋은 계책은 태공의 육도(六韜)300)와 암암리에 부합되었고, 목우유마(木牛流馬)301)는 조물주의 신묘한 변화를 묘하게 가져다가 장차 중원을 평정하고 한나라 왕실을 회복하려 하였습니다. 그는 사마중달302) 보기를, 마치 건국(巾幗)303)을 한 부인과 같아서 촉나라를 두려워하기를 호랑이같이 한다고 기롱하였습니다. 군영에 별이 이미 떨어지자304) 또 '죽은 제갈량이 산 사마의를 도망치게 했다'305)라는 말이 있었습니다. 맹획(孟獲)306)의 무리는 왕개미가 나무를 흔드는 격에307) 비유할 수 있으니, 칠금 칠종(七擒七縱)은308) 다만 하나의 장난일 뿐입니다. 이러한즉 재주와 지혜가 출중한 장수는 하늘이 내는 것이지 인력(人力)으로 되는 것이 아닙니다.

이·곽(李郭)309)이 회은(懷恩)에310) 대하여 혹은 집사(集事)로서 의지하고 혹은 법에 의거하여 처리하였으니, 그 장수를 대신함에 벽루(壁壘)311)와 정기(旌旗)가 새로이 정채를 발하

---

300) 육도(六韜): 주(周)나라 여상(呂尙)이 지었다는 『육도(六韜)』라는 병서 중의 한 권이다.
301) 목우유마(木牛流馬): 제갈량이 군량을 운반하기 위해 나무로 만든 우마 모양의 독륜거(獨輪車)와 사륜거(四輪車)를 말한다.
302) 사마중달(司馬仲達): 삼국 시대 위나라의 장수 사마의(司馬懿)의 자. 제갈공명의 적수로 지략이 뛰어났다.
303) 건국(巾幗): 부인의 의복으로, 사내가 못나서 부인처럼 되었다는 경멸의 말이다. 한나라 제갈량이 위의 장수 사마의와 대진하였을 때에 제갈량이 싸움을 청하여도 사마의가 나오지 아니하므로 그에게 건국을 보내어 모욕한 일이 있다.
304) 한나라의 군영은 제갈량의 군영으로, 제갈량이 죽었다는 뜻이다.
305) 삼국 시대 촉한의 제갈량이 오장원(五丈原)의 진중에서 죽자, 부하인 강유(姜維) 등이 제갈량의 죽음을 비밀로 하고 군대를 인솔하여 퇴각할 적에 위의 사마의가 촉군의 퇴각 소식을 듣고 추격해오다가 촉군이 응전(應戰)하는 자세로 퇴각하는 것을 보고는, 제갈량의 죽음을 알지 못한 그는 제갈량을 두려워하여 후퇴하였으므로, 이때 백성들이 사마의를 겁쟁이로 여겨 "죽은 제갈량이 산 사마의를 도망치게 했다."고 한 고사에서 온 말이다. 『삼국지(三國志)』.
306) 맹획(孟獲): 중국 삼국 시대 촉한 건녕(建寧) 사람.
307) 당나라의 한유(韓愈)가 장적(張籍)을 조롱한 시에, "개미가 큰 나무를 흔들려고 하니, 자기 역량 모르는 게 가소롭구나.[蚍蜉撼大樹, 可笑不自量.]"라고 한 데서 온 말이다.
308) 삼국 시대 촉나라 후주 건흥(建興) 3년(225)에 제갈량이 남중(南中)을 평정하여 4개 군을 재정비할 적에, 추장 맹획을 7번 놓아 주고 7번 생포하여 자발적으로 복종하게 한 고사를 말한다. 『삼국지(三國志)』.
309) 이곽(李郭): 당나라의 명장 이광필(李光弼)과 곽자의(郭子儀)를 가리킨다.
310) 곽자의는 안사(安史)의 난을 평정하여 일등공신에 봉해졌으며, 대종(代宗) 영태(永泰) 원년에 복고(僕固)와 회은(懷恩)이 토번(吐蕃), 회흘(回紇), 당항(黨項) 등의 종족을 꾀어 침입해 오자, 수십 기(騎)만을 거느린 채 회흘의 군사가 주둔해 있는 곳으로 갔다. 그러고는 성을 굳게 지키면서 싸우지 않은 채 단기(單騎)로 말을 몰아 오랑캐 진영으로 가서 의리를 가지고 깨우쳐 다시금 우호 관계를 맺어 물러가게 하였다. 『신당서(新唐書)』.
311) 벽루(壁壘): 성벽과 진지를 말한다.

였습니다. 이러한즉 군대를 다스림에 너그러움과 엄함의 차이가 있긴 하지만 당실(唐室)을 중흥한 것으로 말하자면 크게 공훈을 이룩한 것에서는 똑같습니다. 그러나 광필(光弼)³¹²⁾의 시기와 괴팍함은 마침내 통분을 이기지 못하여 병이 되었으니, 곽분양³¹³⁾이 마음을 열고 기미를 살피며 싸우지 않고도 인병을 굴복시키고 충성이 일월을 꿰뚫는 것과 비교해 보면, 시기심이 많고 잔인하며 모략을 꾸미는 것에 있어서는 동일하다고 말할 수 없습니다.

이성(李晟)³¹⁴⁾이 비단 모자를 쓰고 적을 대적한 것과 한세충³¹⁵⁾이 총마를 버리고 출진한 것으로 말하자면, 어찌 한갓 포호빙하(暴虎馮河)³¹⁶⁾의 용맹이라고 할 수 있겠습니까? 그 충의로운 마음은 위로는 국가의 위급한 일을 구제하기에 충분하였고, 그 몸을 떨쳐 자별(自別)함은 아래로는 장사(將士)의 마음을 격동시키기에 충분하였으니, 이것이 바로 '큰일을 당해도 절개를 빼앗을 수 없는 자'³¹⁷⁾가 아니겠습니까? 악무목³¹⁸⁾에 이르러서는 평생의 대절이 다만 네 글자 '폭풍이 불듯 번개가 치듯[風行電邁]'에 있어서, 향하는 곳마다 당할 자가 없었으니 연운(燕雲)³¹⁹⁾의 영토를 회복할 것을 기약하였고, 천성(天聲)이 북쪽 변방을 진동시켰습니다.[動天聲於北陬]³²⁰⁾ 그러므로 소수의 병력으로 많은 적을 공격하여 적과 싸운 것이

---

312) 이광필(李光弼): 당나라의 명장. 거란인 곽자의(郭子儀)와 함께 안사(安史)의 난을 평정하여 그 전공으로 말미암아 중흥 제일로 일컬어졌으며, 뒤에 곽자의를 대신해 삭방(朔方)을 맡으면서 천하 병마도원수(天下兵馬都元帥)로 명성을 떨쳤다. 『당사(唐史)』.

313) 곽분양(郭汾陽): 이름은 자의(子儀)로, 당나라 현종·숙종 때 사람. 그는 덕종 때부터 상보(尙父)의 호를 하사받았으며, 무려 20년 동안 천하의 안위를 한 몸에 짊어진 불세출의 명장이다. 벼슬이 태위 중서령에 이르렀고 분양군왕(汾陽群王)을 봉하여 세상에서 곽분양(郭汾陽)이라 명칭한다.

314) 이성(李晟): 당 덕종(唐德宗) 때의 장군. 당시에 주자(朱泚)가 요영언(姚令言)의 난군(亂軍)과 합세하여 반란을 일으켜, 국호를 대진(大秦)이라 일컬으면서 서울을 장악하였는데, 서쪽으로 쫓겨 갔던 덕종이 이성을 시켜 정벌하게 하여 서울을 수복, 사직을 보전하였다. 『당서(唐書)』.

315) 한세충(韓世忠): 남송 고종 때 8천 군사로 금나라의 10만 군대를 물리쳐 중흥의 무공 제일로 꼽혔으며, 황제로부터 충용(忠勇) 두 글자를 새긴 깃발을 받을 정도로 충의롭고 용맹이 과인했던 명장으로, 누차 왕후에 봉해지고 고종의 묘정에 배향되었다.

316) 포호빙하(暴虎憑河): 혈기가 지나쳐 무모한 행동을 감행하는 것을 말한다. 포호는 맨손으로 호랑이를 쳐 죽이는 것이고, 빙하는 배도 없이 맨몸으로 황하를 건너가는 것을 말한다. 『논어(論語)』 「술이(述而)」.

317) 『논어(論語)』 「태백(泰伯)」에 "육척의 어린 임금을 부탁할 만하고, 제후국의 정치를 맡길 만하며, 생사의 큰일에 당해서도 그 뜻을 뺏을 수 없다면, 군자다운 사람인가, 군자다운 사람이다.[可以託六尺之孤, 可以寄百里之命, 臨大節而不可奪也, 君子人與? 君子人也.]"라는 증자(曾子)의 말이 나온다.

318) 악무목(岳武穆): 송나라의 장수 악비(岳飛)이다. 이성의 난리에 선봉이 되어 크게 무찔러 강회(江淮)를 평정하고, 금나라를 정벌하여 공을 세웠으나, 진회에게 죽임을 당하였다. 뒤에 악왕(鄂王)에 추봉되었다.

319) 연운(燕雲): 연주(燕州)와 운주(雲州)의 병칭으로, 화북(華北) 지방을 가리킨다.

같지 않았으니, 이는 그 충성스러운 울분이 이에 격동되어 천고에 우뚝 솟아났기 때문입니다. 경감(耿弇)[321]의 충성은 적을 군부(君父)에게 남겨주지 않고[322] 군(郡)을 평정하고 성을 도륙한 공을 이루었으나, 이는 다만 한 행마(行馬)[323]의 형세 때문이니, 어찌 감히 악왕의 신묘한 계책에 양보하지 않겠습니까? 하물며 위예(韋叡)[324]가 양무제의 장수가 됨에 있어서이 겠습니까! 비록 한 때 승리하여 그 공렬이 저와 같지만, 그 비열함은 필부의 용맹에 불과한 것이니, 어찌 오늘날 도(道)로 삼기에 충분하겠습니까?

우리나라는 북쪽으로 견양(犬羊)[325]의 경계와 인접해 있고, 동쪽으로 도왜(島倭 대마도와 왜인)와 닿아있어서 열성조 이래로 여진족에 예의를 익히도록 하고 남만(南蠻)과도 제항(梯航)[326]하여서, 강에는 노마(虜馬)의 울음소리가 끊어지고 바다에는 고래[327] 물결이 잠잠하여 백성들이 수역(壽域)[328]에서 높이 베개 베고 쉬며 전쟁으로 사방에서 놀라지 않은 지가 지금 수백 년이 되었습니다. 어쩌다가 세상에 태평한 날이 오래되자 안일한 것이 버릇이 되어, 바다 건너 왜구가 꿈틀거리고 동남쪽의 진을 들이쳐서 만고의 무궁한 욕을 당하게 되었습니다. 또 서북 오랑캐가 때때로 몰래 엿보는 계략을 꾸며서, 성상께 소간(宵旰)[329]의 근심

---

320) 악무목이 북벌하러 가는 장자암(張紫岩)을 전송하며 손수 써준 글에 "號令雷霆迅, 天聲動北陬"란 구절이 보인다.

321) 경감(耿弇): 후한 광무제의 중흥 사업을 도와 동마(銅馬)·적미(赤眉) 등의 제적(諸賊)을 격파한 명장.

322) 경감이 장보(張步)와 싸우고 있을 때 광무제가 경감이 있는 곳으로 구원하러 온다고 하였다. 이때 경감의 군사가 적보다 약하였으므로 진준(陳俊)이 경감에게 이르기를, "적병들의 기세가 몹시 왕성하니 군사들을 쉬게 하고서 황제께서 구원하러 오시기를 기다리는 것이 옳다." 하였다. 그러자 경감은 "황제께서 오신다고 하니 신하로서는 소를 잡고 술을 걸러서 백관들을 맞이하여야 마땅하다. 그런데 도리어 적들을 황제에게 남겨 주려고 한단 말인가?" 하고는, 출격하여 크게 무찔렀다. 『후한서(後漢書)』「경엄열전(耿弇列傳)」.

323) 행마(行馬): 귀인의 집이나 관서(官署)의 문 앞에 설치하는, 말을 매어두는 제구를 이르는데, 사람의 출입을 금하는 데도 이것을 사용했다고 한다.

324) 위예(韋叡): 남조 시기 양나라의 무장으로 일찍이 상용태수를 지냈는데, 제나라 말기에 소연(蕭衍)을 따라 병사를 일으켰다. 505년에 북위 소현성을 공격하여 합비로 진군하여 위병(魏兵)을 크게 물리쳤다. 다음 해에 종리(鍾離)의 포위를 풀게 하여 그 공으로 우위장군(右衛將軍)이 되었다.

325) 견양(犬羊): 오랑캐 등 외적을 멸시하여 부르는 칭호이다.

326) 제항(梯航): 제산항해(梯山航海)의 준말로, 육지와 바닷길로 통행하는 것을 뜻한다.

327) 고래[鯨鯢]: 거대한 고래의 수컷과 암컷을 경예라고 하는데 모두 작은 물고기들을 잡아먹으므로 악인의 괴수로 비유된다.

328) 수역(壽域): 인수지역(仁壽之域)의 준말로, 천수(天壽)를 다하며 살 수 있는 태평성대를 가리킨다. 『한서(漢書)』 권22 「예악지(禮樂志)」의 "한 세상의 백성들을 몰아서 인수의 지역으로 인도한다면, 풍속이 어찌 성강 때처럼 되지 않을 것이며, 수명이 어찌 고종 때처럼 되지 않겠는가.[驅一世之民, 濟之仁壽之域, 則俗何以不若成康, 壽何以不若高宗.]"라는 말에서 나온 것이다.

을 끼쳐서 모신은 유악(帷幄 국정을 의논하는 깊은 곳)에서 편안히 잠들지 못하고, 수졸(戍卒)은 변방에서 갑옷도 벗지 못하고 있습니다. 이에 유식한 선비들이 한심하게 여기나 감히 말을 못하고 있으니, 이는 마땅히 집사가 염려할 바요, 구제책을 서둘러 돌아보아야 할 것입니다.

아아! 묘당(廟堂)330)과 유악(帷幄)331)에서 적을 제압할 방책과 방비할 계책을 다하지 않을 수가 없습니다. 그러나 명철한 사람도 보이지 않은 곳에서는 도모하기가 어렵습니다. 지혜로운 사람은 아직 그러지 않을 때에 변화를 살펴야 하는데, 구구한 호령으로써 근본을 헤아리지 못하고 지엽만을 다스린다면[不揣其本而齊其末]332) 저는 그것이 옳은지 모르겠습니다. 지금의 계책은, 나라를 대등하게 함으로써 외구(外懼)의 밑천으로 삼고 내정을 닦음으로써 강성하게 하는 것 만한 것이 없습니다. 엄하게 유실무형(有實無形)의 입장에서 자신을 닦고, 만전을 기해 환란이 없도록 적을 대응한다면 서북쪽 오랑캐가 일어날 염려와 동남쪽의 근심은 군대를 번거롭게 하지 않아도 저절로 평정될 것이고, 한 장수에게 맡겨도 평정될 것입니다. 또 어찌 장차 인병을 얻지 못해서 적을 막지 못하는 근심이 있겠습니까?

글의 끝에 또 올릴 말씀이 있습니다. 용병(用兵)의 도는 비록 마땅한 장수를 얻는데 달려 있지만, 장수를 임명하는 도는 인주(人主)가 밝게 살피고 정성스럽게 구하는 데에 달려있습니다. 예컨대, 주나라 선왕(宣王)이 방숙(方叔)과 소호(召虎)333)에게 책임을 맡기자 숲속의 무부들이 진력을 다하였고, 공후(公侯)의 간성(干城)334)과 양계(兩階)의 간우(干羽)로335) 또한 완고한 묘족(苗族)이 돌아오게 하였으니, 어찌 파·목(頗牧)336)이 대궐에 있지 않음을 알겠

---

329) 소간(宵旰): 소의간식(宵衣旰食)의 약어로 임금이 새벽에 일어나고 밤늦게 밥을 먹는다는 뜻으로 임금이 정치에 부지런한 것을 말한다.

330) 묘당(廟堂): 의정부를 말한다.

331) 유악(帷幄): 국정을 의논하는 깊은 곳.

332) 『맹자』「고자 하」에 "그 근본을 헤아리지 않고 그 끝만을 가지런히 한다면, 한 치 되는 나무를 높은 누대보다 더 높게 할 수 있다.[不揣其本而齊其末, 方寸之木, 可使高於岑樓]"라는 내용이 보인다.

333) 주나라 선왕 때의 현신인 방숙(方叔)과 소호(召虎)를 가리킨다. 방숙은 형만(荊蠻)을 평정하였고, 소호는 회이(淮夷)를 정벌하였다.

334) 간성(干城): 방패나 성과 같은 사람으로 나라를 지키는 믿음직한 장군을 말한다. 『시경』에 "씩씩한 무사여, 공후의 간성이로다.[赳赳武夫, 公侯干城.]"라고 한 것이 있다.

335) 우순씨가 문덕을 크게 발휘하여 양 섬돌 사이에서 무무(武舞)인 간무(干舞)와 문무(文舞)인 우무(羽舞)를 춤추니 70일째 되는 날 유묘(有苗)가 감화되어 귀의했다고 한다. 『서경』「대우모(大禹謨)」.

336) 파목(頗牧): 전국 시대 조나라의 명장이었던 염파(廉頗), 이목(李牧)의 합칭이다. 한 문제가 일찍이 풍당(馮唐)으로부터 염파, 이목의 장재가 같은 조나라의 장수 이제(李齊)보다 훨씬 훌륭했다는 말을 듣고는 매우 기

습니까? 한번 앞의 젓가락을 빌린다면337) 가슴 속의 경위(經緯)가 여기에서 그치지 않을 것입니다.

삼가 이상과 같이 답변 드리는 바입니다.

뼈하여 무릎을 치면서 이르기를 "아, 나는 다만 염파, 이목이 지금에 나지 못해서 그들을 장수로 삼지 못했
을 뿐이다. 그런 사람을 장수로 삼는다면 어찌 흉노를 걱정하리오.[嗟乎! 吾獨不得廉頗李牧時爲吾將, 吾豈
憂匈奴哉.]"라고 한 데서 온 말이다. 『사기』「풍당열전」.

337) 『한서』「장량전」에 "신이 청컨대 앞의 젓가락을 빌려서 헤아려 보겠습니다.[臣請借前箸以籌之]"라는 말이
있는데, 장안(張晏)이 주석하기를 "음식 먹는 젓가락을 빌려 붓 대신 그으면서 계획을 이야기하는 것이다."
라고 하였다. 이는 계획을 세운다는 의미이다. 한나라 고조가 항우와 천하를 다툴 때 형양(滎陽)에서 항우에
게 포위를 당하였다. 고조가 대단히 우려하여 역이기에게 초나라의 힘을 약화시키는 방책을 묻자, 역이기
가 6국의 후를 세우면 된다고 건의하였다. 이 계획에 대하여 고조가 장량에게 물어보았다. 그런데 이때 마
침 고조가 식사를 하는 도중이었으므로, 장량이 "청컨대 앞의 젓가락을 빌려서 헤아려 보고 싶습니다."라고
대답하였다.

은일

문제

은일에 대하여 말하라.

답변

제가 듣건대, 노교(魯郊)의 새를 태뢰(大牢)의 음식으로 대접했으나 죽음을 보았고[338] 우물 안 개구리가 동해 소리를 듣고 갔다고[339] 하는데, 이것이 어찌 융숭한 대접이 편안히 여기는 바와 달라서가 아니며 들은 바가 직접 본 것과 달라서 놀라 그런 것이 아니겠습니까? 제가 당세(當世)의 사업에 뜻을 두고 사민(斯民)에 관심을 두었는데, 집사 선생께서 갑자기 고인의 고둔(高遯 고결한 은둔)을 물으시니, 이 어찌 안조(鷃鳥)를 즐겁게 하기 위해 종고를 울리는 격이요, 수레와 말에 생쥐를 태우는 격과 다르겠습니까?[340] 이것은 노교(魯郊)의 새가 놀란 것은 형편이 그러하였기 때문이니, 우물 안 개구리처럼 놀란 것을 어찌 면할 수 있겠습니까? 비록 그러하나 질문에 대답하지 않음은 예가 아니므로 광부(狂夫)의 헌언(獻言)을 취택한다면, 감히 산야에서 경위(涇渭)[341]로써 미루어 말씀드리겠습니다. 주역의 쾌괘(夬卦)

---

338) 『장자』 「지락」에 이르기를 "옛날에 바닷새가 노(魯)나라의 교외에 날아와 앉았는데, 노나라 임금이 그 새를 맞이하여 종묘로 가서 잔치를 베풀고 구소(九韶)의 음악을 연주하면서 쇠고기, 양고기, 돼지고기를 안주로 주었으나, 그 새는 눈을 멍하니 뜬 채 걱정하고 슬퍼하면서 한 조각의 고기도 먹지 않고 한 잔의 술도 마시지 않다가 사흘 만에 죽어 버렸다. 이는 사람인 자신을 기르던 방법으로 새를 기르려고 하고, 새를 기르는 방법으로 새를 기르지 않았기 때문에 그렇게 된 것이다." 하였다.

339) 『장자』 「추수」에 "우물 안에 사는 개구리가 어느 날 동해에 사는 자라에게 자신이 사는 우물 안이 아주 크다고 자랑하면서 자라를 우물 안으로 초청하였는데, 자라가 우물에 가서 한쪽 발을 넣기도 전에 비좁아 다리가 걸리고 말았다. 이에 자라가 밖으로 나와서는 개구리에게 동해 바다의 큼에 대해서 말해 주자, 자라의 말을 듣고는 개구리가 소스라치게 놀라 멍해졌다."라는 내용이 나온다.

340) 『남화경』 「달생」 참고.

341) 경위(涇渭): 옳고 그름과 청탁에 대한 분별이 엄격함을 이르는 말이다. 원래 중국 섬서성에 있는 두 물 이름인데, 경수(涇水)는 물이 탁하고 위수(渭水)는 맑기 때문에 비유한 것이다.

단전에 이르기를 '왕정(王庭)에서 이름을 날린다'342) 고 하였으며, 고(蠱)괘의 상구(上九)에 '그 뜻을 고상하게 갖는다'343)라고 하였으니, 어찌 세상을 돕고 백성을 자라게 하는 것이344) 진실로 평소의 소망에서 나온 것이 아니며, 세속의 일에서 훌쩍 벗어나는 것이 또한 일절(一節)345)이라 칭하지 아니하겠습니까?

이러한 까닭으로 옛날의 군자는 세상을 도울만한 자질을 가지고 있음에도 초야에 잠룡(潛龍)으로 있었으며, 장차 크게 쓰일 그릇이나 시골에서 몸을 움츠리고[蠖屈]346)있으면서, 깊이 은둔하여 세상에 나오지 아니하고 미록(麋鹿) 사이에 기거하며 고요하고 고결하게 지내어, 짐승들과 더불어 살았습니다. 그러나 세상을 은둔하는 까닭은 결단코 망세(忘世)에 있는 것이 아닙니다. 혹 시절이 그렇게 하도록 해서 나온 것이기도 하고 혹 뜻이 발하여 그렇게 하기도 한 것입니다. 그러나 처해진 때는 이해(利害)가 같지 아니하고, 뜻은 고하(高下)가 일치하지 않으므로 세상을 버리고 군왕을 피하는 자가 있기도 하였고, 비록 은둔하였으나 난세를 구하고자 하는 자가 있기도 하였습니다. 한 국면을 미루어 혹 그 우익(羽翼)347)을 만들기도 하고, 초려(草廬)에서 일어나 혹 몸을 내던져 싸움터를 돌아다니기도 하고, 대부(大夫)의 지위를 달갑게 여기지 아니하여 풍도와 절개를 세우기도 하였습니다. 그러다가 번연히 북문(北門)에서 속된 세상을 벗어나 암혈을 빌려 기거하면 이름을 훔쳤다는 기롱을 면하지 못하고, 방외(方外)348)에 의탁하면 끝내 부정하다는 꾸지람을 받습니다. (이처럼) 분분한 이해득

---

342) 『주역』「쾌괘(夬卦)」괘사에 "왕의 조정에서 드러내어 정성껏 호소하면서도 위태롭게 여길 줄 알아야 한다.[揚于王庭, 孚號有厲.]"라고 하였고, 그 <단(彖)>에 "쾌는 결단을 내리는 것이다.[夬, 決也.]"라고 하였다.

343) 『주역』「고괘(蠱卦)」에 "상구는 왕후를 섬기지 않고 자기가 하고 있는 일을 고상하게 갖는다.[上九 不事王侯, 高尙其事.]"라고 한 데서 온 말로, 곧 현인군자가 때를 만나지 못하여 자기 몸만 고결하게 지킬 뿐 세상일은 전혀 관여하지 않는다는 것을 말한다.

344) 『맹자』「공손추 하(公孫丑下)」에 "천하에 달존이 세 가지가 있다. 관작이 하나요, 연치가 하나요, 덕이 하나이다. 조정에는 관작만 한 것이 없고, 향당에는 연치만 한 것이 없으며, 세상을 돕고 백성을 자라게 하는 데는 덕만 한 것이 없으니, 어찌 그 한 가지를 소유하고서 둘을 가진 사람을 만홀히 할 수 있겠는가.[天下有達尊三, 爵一, 齒一, 德一, 朝廷莫如爵, 鄕黨莫如齒, 輔世長民莫如德, 惡得有其一以慢其二哉.]"라는 내용이 보인다.

345) 일절(一節): 절조만 지켜 융통성이 없는 사람을 뜻한다.

346) 몸을 움츠리고[蠖屈]: 『주역』「계사전 하(繫辭傳下)」에 "자벌레가 몸을 굽혀 움츠리는 것은 장차 몸을 펴기 위함이요, 용과 뱀이 숨는 것은 자신의 몸을 보전하기 위함이다.[尺蠖之屈, 以求信也, 龍蛇之蟄, 以存身也.]"라는 말이 나온다.

347) 우익(羽翼): 윗사람을 도와서 일하는 사람. 보좌하는 일.

348) 방외(方外): 보통 불가(佛家)와 도가(道家)에 속하는 사람처럼 세속의 법도에 얽매이지 않는 것을 지칭한다.

실에 각각 심천이 있는 것은 어찌 때가 그렇게 하도록 만들고 뜻이 발해서가 아님이 아니겠습니까?

비록 그러하나, 초야에 유능한 이가 남아 있지 않게 된 것은 진실로 성치(聖治)의 모습이요[349], 바위에 숨은 난초가 있는 것은 애초 국가의 복이 아닙니다. 홀로 서서 두려워하지 않는 자는 입산(入山)의 깊이를 들어서 알기 때문이며, 비둔(肥遯)[350]하여 스스로 절교한 자는 그 입산의 은밀함을 따라 알기 때문이니, (인재를) 그물질하여 끌어들인[羅而致之][351]까닭을 생각하지 않을 수 있겠습니까? 성신(星辰)은 스스로 높을 수가 없으니 끌어서 높게 하는 것은 하늘이며, 성현은 스스로 쓰일 수가 없으니 등용하여 쓰는 자는 임금인 것입니다. 그러므로 은거하는 곳의 즐거움이 비록 지극하지만 현사를 구하고 은사를 찾는 임금이 그를 회유하는 것이며, 구반(扣槃)[352]의 뜻이 비록 어질더라도 덕을 높이고 도를 즐기는 임금이 그를 초빙하는 것입니다.

그렇다면 임금이 되어서 기나무 잎으로 오이를 싸고자[353] 하는 자에게는 몸을 굽히는 예를 더하고 측석(側席)[354]의 정성을 다하여서, 서하(棲霞)의 고요한 즐거움을 돌이키고 산 속에 누워 있는 깨끗한 뜻을 빼앗지 않을 수 있겠습니까.

---

349) 『서경』 「대우모(大禹謨)」의 "진실로 이와 같이 하면 훌륭한 말이 숨어 있지 않게 될 것이며, 초야에 유능한 이가 남아 있지 않게 되어 만국이 모두 안정될 것이다.[允若玆, 嘉言罔攸伏, 野無遺賢, 萬邦咸寧.]"라는 말에서 나온 것이다.

350) 비둔(肥遯): 여유 있는 은둔이란 뜻이다. 『주역』 「둔괘(遯卦)」 상구(上九)의 효사(爻辭)에 "여유 있는 은둔이니 이롭지 않음이 없다.[肥遯无不利]" 하였다.

351) 그물질하여 끌어들인[羅而致之]: 한유(韓愈)의 「송온조처사서(送溫造處士序)」에 "대부 오공이 부월을 갖고 하양 절도사로 부임한 지 석 달 만에 석생을 인재로 여기고 예를 그물로 삼아 그물질하여 자기 막하로 끌어들이고, 또 몇 달도 안 되어 온생을 인재로 여기고 이번에는 석생을 중개자로 삼고 다시 예를 그물로 삼아 또 그물질하여 자기 막하로 끌어들였다.[大夫烏公以鈇鉞, 鎭河陽之三月, 以石生爲才, 以禮爲羅, 羅而致之幕下, 未數月也, 以溫生爲才, 於是以石生爲媒, 以禮爲羅, 又羅而致之幕下.]"라고 한 데서 온 말로, 전하여 인재를 예(禮)로써 선발 등용하는 것을 의미한다.

352) 구반문촉(扣槃捫燭): 소식의 '일유(日喩)'에, "태어나면서부터 맹인인 어떤 사람이 태양을 알지 못하여 눈이 성한 사람에게 태양이 어떻게 생겼느냐고 물어보았다. 이에 한 사람이 태양의 모양은 구리 쟁반처럼 생겼다고 대답하며 쟁반을 두드려 그 소리를 들려주자, 맹인은 훗날 종소리를 들으면서 그것이 태양이라고 생각했다. 다른 한 사람이 태양의 빛은 촛불처럼 밝다고 대답하며 초를 만져 그 모양을 알려 주자, 맹인은 훗날 피리를 만지면서 그것이 태양이라고 생각하였다."라는 이야기가 있다. 이는 사물의 실체를 제대로 모르면서 단편적인 지식을 가지고 자의적으로 사물을 이해하는 것을 풍자한 것이다.

353) 『주역』 「구괘(姤卦)」 구오(九五)에 "기(杞)나무 잎으로 오이를 싸는 것이니, 아름다움을 감추고 있어서 하늘로부터 떨어지는 것이 있으리라.[以杞包瓜, 含章, 有隕自天.]" 하였다.

354) 측석(側席): 현자를 기다리는 마음이 초조하여 편히 앉아 있지 못한다는 말로 좌불안석의 뜻이다.

청컨대 밝게 하문하심으로 인하여 말씀드립니다. 백성들이 밝게 되자 (그 덕이) 하늘에까지 이르러 당우(唐虞)의 교화가 지극하였는데도 소·허(巢許)가 귀를 씻었고,[355] 천명과 인심이 한 군데로 돌아가 팔백 명의 제후가 모두 같은 마음이 되어 삼대의 정치가 융성하였는데도 이·제(夷齊)가 고사리를 캔 것은[356] 무엇 때문입니까? 요의 천하는 순 임금이 아니면 담당할 수가 없었으며 (허유는) 자신을 돌아보아 부족하다고 여겼으니[357] (천하를) 받을 수가 있었겠습니까? 기산에서 표주박을 버린 것이[358] 어찌 다른 뜻이 있어서이겠습니까? 군신의 의리가 만고에 밝게 걸려서 내 몸이 부지할 수 있는데 어찌 그만둘 수 있겠습니까? 수양산에서 아사함은 뜻이 다른 데에 있었으며, 주지육림[酒池之牛飮][359]이 지극하자 성인이 박(亳)으로부터 일어났으며, 포락(炮烙)의 형벌[360]이 가혹하자 천리(天吏)[361]가 서쪽에서[362] 일어나 폭란을 제거하였습니다. 이때에는 백성을 위로하고 죄지은 임금을 벌하는 일 또한 엄하게 하였으니, 유신(有莘)[363]에서 쟁기를 잡던 이가 어찌 끝내 초야에 있을 것이며, 위수

---

355) 소허(巢許): 요 임금 때의 은사인 소보(巢父)와 허유(許由)를 합칭한 말이다. 요 임금이 일찍이 허유에게 천하를 양여하였으나 이를 거절하고 기산에 들어가 은거하였고, 또 뒤에 요 임금이 그를 불러서 구주의 장으로 삼겠다고 했을 적에는 그가 그런 말을 들어서 귀를 더럽혔다 하여 영수(潁水)에 가서 귀를 씻었는데, 이때 마침 소보는 송아지에게 물을 먹이려고 나왔다가 허유가 귀를 씻는 것을 보고는 그 물조차 더럽다고 여겨 송아지에게도 그 물을 먹이지 않고 상류로 올라가서 물을 먹였다고 한다.

356) 은나라 때 고죽군의 아들인 백이(伯夷)와 숙제(叔齊)를 가리킨다. 주 무왕이 은나라를 치려고 할 때 간하여도 듣지 않으므로, 주나라 곡식 먹기를 부끄럽게 여기고 수양산에 숨어서 고사리를 캐먹다가 굶어 죽었다.

357) 『장자』「소요유(逍遙遊)」에 요 임금이 은사 허유에게 "나는 스스로 부족하다고 생각되니, 천하를 그대에게 양도하게 해달라.[我自視缺然, 請致天下.]"고 하였다.

358) 요임금 때의 은사 허유가 일찍이 기산 아래 영수 북쪽에 은거하면서 손수 농사를 지어 먹고 손으로 물을 움켜 마셨는데, 어떤 사람이 표주박 하나를 주어 그것을 나무에 걸어 두었더니, 바람이 불 때마다 덜그럭거리는 소리가 나자, 마침내 그 표주박을 내버렸다는 고사가 있다.

359) 주지육림[酒池之牛飮]: 『한시외전(韓詩外傳)』에 "걸 임금은 술로 못을 만들어 배도 띄울 만하였고, 술지게미 언덕은 높기가 10리를 바라볼 만하였는데, 소처럼 둘러서서 술을 마시는 자가 3천 명이나 되었다.[桀爲酒池, 可以運舟, 糟丘足以望十里, 而牛飮者三千人.]"라고 하였다.

360) 포락(炮烙)의 형벌 : 형벌 이름으로, 주(紂)가 구리쇠 기둥[銅柱]을 세워 기름을 바르고 그 밑에 숯불을 피운 다음 죄인을 그 기둥에 올려 보내 숯불에 떨어져 타 죽게 하던 형벌이다.

361) 천리(天吏): 『맹자』「공손추 상(公孫丑上)」에 "천하에 그를 대적할 자가 없는 것이 천리(天吏)이다.[無敵於天下者, 天吏也.]"라고 하였다. 천명을 받들어 왕도정치를 행하는 군주를 가리킨다.

362) 여기서 서쪽은 서백을 말한다. 『맹자』「이루 상(離婁上)」 주자의 주에 의하면, 서백은 바로 문왕으로, 주(紂)가 문왕을 서방 제후의 우두머리로 삼아 정벌을 마음대로 할 수 있게 하였기 때문에 서백이라고 한 것이다.

363) 유신(有莘): 중국의 옛 땅 이름으로, 이윤이 유신의 땅에서 밭을 갈았다고 한다.

가에서 낚시하던 자가 어찌 낚싯줄에만 마음을 두겠습니까? 요탕(要湯)364)의 이야기는 호사자(好事者)들의 말이고, 주나라를 낚았다는365) 기롱은 터무니없는 소리입니다. 상안사노(商顏四老)366)는 진나라의 분서갱유(焚書坑儒)367)를 피해서 높이 자지가(紫芝歌)368)를 불러 인간 세상에는 뜻이 없었으나 세자가 부르는 학서(鶴書)가 산언덕을 넘어오자[鶴書之赴隴]369) 마음을 바꿔서 기꺼이 왔습니다. 남양(南陽)의 늙은이370)는 난세에 자취를 감추고 양보음(梁甫吟)371)을 길이 읊조리며 영달하기를 구하지 않았으나 삼고초려(三顧草廬)372)의 은근함을 만나 개연히 일어났습니다. 국저(國儲: 태자)가 장차 폐하여지려하고 천하의 일이 위급하게 되려는데 유후(留侯)373)의 계책을 논할 겨를이 없었습니다. 염조(炎祚)374)가 고하기

---

364) 『사기』에 의하면, 이윤이 탕왕을 성군으로 만들고 싶어도 방법이 없자 유신씨(有莘氏)의 잉신(媵臣)이 된 뒤에 "솥과 도마를 지고 찾아가서 음식 요리를 가지고 탕왕을 설득하여 왕도에 이르게 했다.[負鼎俎, 以滋味說湯, 致于王道.]"라고 하였는데, 『맹자』「만장 상(萬章上)」에는 "이윤이 요순의 도를 가지고 탕왕에게 요구했다는 말은 들었지만, 음식 요리를 가지고 요구했다는 말은 듣지 못했다.[聞其以堯舜之道要湯, 未聞以割烹也.]"라고 맹자가 반박한 말이 나온다.

365) 주(周)나라 때 강태공이 위천에서 낚시질을 하고 있다가 문왕(文王)을 만나서 세상에 나왔고, 또 무왕을 도와 천하를 평정하였다.

366) 상안사노(商顏四老): 진나라 말기에 전란을 피해 진령의 지맥인 상산(商山)에 들어가서 은거했던 4인의 백발노인, 즉 동원공(東園公), 기리계(綺里季), 하황공(夏黃公), 녹리선생(甪里先生)의 상산사호(商山四皓)를 가리킨다. 이들은 한 고조가 초빙할 때에는 전혀 응하지 않다가 나중에 장량의 권유를 받고 나와서 태자로 있던 혜제(惠帝)를 보필했던 고사가 있다. 상안(商顏)은 사람의 얼굴 형태와 비슷한 모양의 상산이라는 뜻으로, 보통 상산의 별칭으로 쓰인다. 『사기(史記)』「유후세가(留侯世家)」.

367) 진시황 때에 선비들의 비방을 막기 위하여 시서를 불사르고 유생들을 구덩이에 묻어 죽인 고사이다.

368) 상산사호(商山四皓)가 산에 은거하여 피세의 뜻을 담은 <자지가(紫芝歌)>를 부르면서 세상에 나오지 않았다 한다.

369) 남조 제(南朝齊)의 공치규(孔稚珪)가 지은 「북산이문(北山移文)」에 "사자를 태운 말이 울음소리를 내면서 골짜기에 들어오고, 은자를 조정에 부르는 학서가 산언덕을 넘어왔다.[鳴騶入谷, 鶴書赴隴.]"는 말이 나온다. 이에 대한 주(注)에 "한(漢)나라 때 선비를 초빙하는 편지를 마치 학의 머리처럼 쓰는 전자체(篆字體)를 이용한 까닭에 그 편지 명칭을 학두서(鶴頭書)라 했다." 하였다.

370) 남양(南陽)의 늙은이: 제갈량을 말한다.

371) 촉한의 승상 제갈량은 그가 출사하기 전 남양에서 몸소 농사를 지을 때 <양보음(梁甫吟)>이란 노래를 지어 매일 새벽과 저녁이면 무릎을 감싸 안은 채 길게 불렀다 한다. 포슬(抱膝)은 무릎을 감싸 안는다는 뜻이다. 포슬음은 고인과 지사의 시를 뜻한다.

372) 후한 말에 제갈량이 남양 융중(隆中) 땅에서 초옥을 짓고 농사지으며 은거하고 있다가, 세 번이나 그곳을 찾아온 유비의 정성에 감동하여 세상에 나왔다는 고사를 삼고초려(三顧草廬)라고 한다. 『삼국지』.

373) 한 고조가 개국공신 장량을 유후(留侯)에 봉하였기에 여기서는 장량을 말한다.

374) 염조는 오행가들이 화덕(火德)으로 왕이 된 유방의 한나라를 가리킨 말이다.

를 마치자 대의(大義)가 우뚝 솟으니 설능(薛能)375)의 책망은 틀렸다고 할 수 있습니다.

동도(東都)376)는 이미 말세가 되고 투미(偸靡)377)의 습속이 이미 굳어져서 간웅이 나라를 차지하였지만 위기일발의 상황에서 풍절을 수립하여 오늘의 큰 기회를 만났는데, 엄광(嚴光)378)이 광무제에게 다리를 올려놓은 것은 뜻이 다른 데 있는 것이 아닙니다. 오대(五代)에는 전쟁이 횡행하는 환란이 끊이지 않았고, 소연(蕭衍)379)이 나라를 방비하였으나 혼란이 점점 이미 드러나서, 기미를 보고 색거(色擧)380)함에 하루가 끝나기를 기다리지 않았습니다. 그렇다면 홍경(弘景)381)이 관을 벗어서 걸어놓은 것은382) 용퇴(勇退)라고 할 수 있으나, 재상의 칭함이 끝내 산중에 미쳤으니 어찌 족히 취할 만하겠습니까? 자취는 종고(鍾皐)를 빌리었으나 마음에는 좋은 벼슬을 노렸으며, 우는 말이 골짜기로 들어가서[鳴驪入谷]383) 갓끈을 매고 수레에 올라서 원숭이와 학을 원망케 하고 봉만(峯巒)의 꾸지람을 찬하였으니384) 언륜

---

375) 설능(薛能): 당나라 분주 사람으로, 자가 대졸(大拙)이며, 공부상서를 지냈는데, 시를 잘 지었다. 그의 시에 '당시에 제갈이 무슨 일을 이루었나, 와룡으로 일생 마쳤으면 좋았을 것을.[當時諸葛成何事 只合終身作臥龍]'이라는 시구가 있으니, 제갈량이 위나라를 정벌하러 출전한 것을 조롱하였다.

376) 동도(東都): 후한(後漢)을 의미함.

377) 투미(偸靡) : 투박하고 사치스럽다.

378) 엄광(嚴光): 한나라 광무제와 동학한 사이였는데, 광무제가 황제가 된 뒤에 변성명하고서 숨어 살았다. 광무제가 엄광을 찾아내어 조정으로 불렀으나 오지 않다가 세 번을 부른 다음에야 겨우 나왔다. 광무제와 엄광이 함께 잠을 자던 중에 엄광이 광무제의 배에 다리를 올려놓았다. 그 다음 날 태사가 아뢰기를, "객성이 어좌(御座)를 범하였습니다." 하니, 광무제가 웃으면서, "짐이 옛 친구인 엄자릉과 함께 잤을 뿐이다." 하였다. 그 뒤 광무제가 조정에 머물러 있기를 권하였으나, 엄광은 절강성에 있는 부춘산으로 들어가 물가에서 낚시질을 하며 지냈다.『후한서(後漢書)』「일민열전(逸民列傳)」.

379) 소연(蕭衍): 중국 남조 양나라의 임금. 제(齊)나라를 이어받아 황제가 되어 양나라를 세웠으나 불교에 현혹되어 망했다.『양서(梁書)』.

380) 색거(色擧): 색사거의(色斯擧矣)의 준말로, 사람이 어떤 기미를 보고서 신속하게 행동을 취해 자신의 안전을 도모하는 것을 말한다.『논어』「향당(鄉黨)」의 "새가 사람의 기색이 좋지 않은 것을 보면 날아올라 빙빙 돌며 살펴보고 나서 내려앉는다.[色斯擧矣, 翔而後集.]"라는 말에서 유래한 것이다.

381) 홍경(弘景): 남북조 시대 송나라와 양나라 사이의 이름 난 의약학자(醫藥學者)이자 도가이다. 자는 통명(通明)이고 화양은거(華陽隱居)라 자호하였다.

382) 남조 때 도홍경이 관복을 벗어서 신무문(神武門)에 걸어 놓고 사직소를 남긴 뒤에 고향으로 떠나갔던 고사가 있다.『남사(南史)』「은일열전(隱逸列傳)」.

383) 조서가 내려와 은거하는 사람을 불렀다는 뜻이다. 공치규의 <북산이문>에서, 산속에서 은자로 개결한 삶을 살다가 지조를 바꾸어 벼슬길에 나아간 주옹(周顒)이란 사람을 꾸짖으면서 "우는 말이 골짜기에 들어오고 학두서가 산언덕을 넘어오자 맞이하러 달려가느라 정신이 없으며 뜻과 정신이 동요되고 말았다.[及其鳴驪入谷, 鶴書赴隴, 形馳魄散, 志變神動.]" 하였다.

384) 원학(猿鶴)은 은둔할 때 함께했던 원숭이와 학을 말한다. 공치규의 「북산이문」에 "혜장(蕙帳)이 텅 비어 밤

(彦倫)385)의 뜻을 알만합니다. 몸은 종남산에 있으나 생각은 명리를 좇았으며, 조정의 명령이 골짜기에 미치자 관복을 입고 비굴하게 명리를 추구하였으니, (출세의) 첩경이라는 기롱을 불러일으켰고 간학(澗壑)의 부끄러움을 초치하였으니386) 노장용(盧藏用)387)의 뜻을 또한 알 수 있습니다. 처음엔 깨끗했지만 뒤에는 더러워졌으니 어찌 한 때의 비웃음을 면할 수 있겠습니까? 진단(陳摶)388)은 태조와 더불어 중원의 뜻을 구치하였으나 (태조가) 하루아침에 진교역에서 황포를 입고389) 돌아가자, 나귀에서 떨어지고390) 속세를 떠나 문득 방외의 선비가 되었습니다. 충방(种放)391)은 일사(逸士 은거하는 사람)의 이름을 빌려서 천자의 은총을 입었으나 탐악하고 사치를 좋아하여392) 장차 시의에 용납되지 못할 듯하자 분기하여 다시 산으로 돌아갔으니 비루하다고 말할 수 있습니다. 거위처럼 목을 빼고 자라처럼 움츠러들어서 구하지 않았으니, 어찌 말할 만한 뜻이 있었겠습니까?

학이 원망하고, 산인(山人)이 떠나가서 새벽 원숭이가 놀란다." 하였다.

385) 언륜(彦倫): 남조 때의 제나라 사람인 주옹의 자이다. 종남산에 숨었다가 임금의 명에 응해 북제(北齊)에서 벼슬을 살아 해염현령(海鹽縣令)이 되었다. 제나라에 들어 중서랑으로 옮기고, 국자박사 겸 저작이 되었다. 언사가 뛰어나 나오는 대로 문장이 되었다. 백가를 두루 섭렵했는데, 불리에 정통했다. 서예에도 일가를 이루었고, 음운에도 뛰어났다. 저서에『삼종론(三宗論)』과『사성절운(四聲切韻)』이 있다.

386) 당나라 때 노장용(盧藏用)이 종남산에 은거하자, 세상 사람들이 그를 경모하여 그의 이름이 높이 알려져서 벼슬길이 열리게 되었다. 이를 인해서 후대에는 종남산에 있는 것이 벼슬길의 첩경이 된다는 뜻으로 썼다.『구당서(舊唐書)』「노장용열전(盧藏用列傳)」.

387) 노장용(盧藏用): 당나라 유주 범양 사람. 자는 자잠(子潛). 진사가 되었지만 임용되지 못하자 종남산에 은둔해 기를 수양하며 벽곡(辟穀)했다. 후에 좌습유가 되었다. 전례에 뛰어났고, 거문고와 바둑을 좋아해서 당시 다능지사(多能之士)라는 소리를 들었다. 처음 산중에 은거했을 때 속세에 관심이 많아 사람들이 수가은사(隨駕隱士)라고 꼬집었다. 입조하여 궤변과 듣기 좋은 말로 권세가들에 빌붙어 세상의 조롱거리가 되었다. 문집에『춘추후어(春秋後語)』와『자서요략(子書要略)』,『노자주(老子注)』등이 있다.

388) 진단(陳摶): 송나라 사람으로, 사호가 희이선생이다. 한나라 위백양이 만든 태극도가 그에게 전수되고, 다시 여러 사람을 거쳐 주돈이에게 전해졌다고 한다.

389) 주 공제 7년에 북한이 거란과 연합하여 공격하자, 주 공제가 군사를 보내어 방어하게 하였는데 진교역(陳橋驛)에 이르렀을 때 군사들이 태위 조광윤에게 황포(黃袍)를 입혀 천자로 옹립한 일이 있다.『송사(宋史)』「태조기(太祖紀)」.

390) 사서에 전하기로, 송 태조가 천하를 얻었다는 소식을 듣고 진단이 웃으며 '천하가 이제부터는 안정될 것이다.' 하고는 기쁜 나머지 자기도 모르게 나귀에서 떨어졌다고 한다.

391) 충방(种放): 송나라 낙양 사람으로, 자는 명일(名逸)이고 호는 운계취후(雲溪醉侯)이다. 종남산에서 몸소 농사를 짓고 생활하다가 진종 때 좌사간으로 발탁되었다. 어머니의 부름으로 산으로 다시 돌아와서 그동안 저술한 것을 다 태우고 술을 마시다 죽었다.『송사(宋史)』「충방열전(种放列傳)」.

392)『송사(宋史)』에 따르면, 충방이 만년에 장안에 양전(良田)을 사들이고 관리하여 해마다 이득이 많았다고 기록하였다.

아! 고인은 이미 떠났으니 말한들 무익합니다. 마땅히 자세히 말하고 극언할 바는 지금인 것입니다. 삼가 생각하건대, 우리 조정은 여러 성군이 서로 이어서 현사를 초빙하여 정치를 함에, 바위 밑에 이미 문을 닫아 건 사람이 없고, 해변 가에는 이미 낚싯줄을 드리운 사람이393) 끊어졌으니, 이는 사람을 얻어서 교화한 것이 지극하다고 할 수 있습니다. 우리 성상께서 큰 왕업을 이어받아 정성을 다해 정치에 힘쓰고, 고굉지신(股肱之臣)394)이 되는 신하는 모두 순후한 노인들이며, 이목의 관리[耳目之官]395)는 모두 정직한 사람들이므로 많은 사람들이 아름답고 심원한 뜻을 펼쳐서 장차 융고(隆古 고대의 전성기)에 양보하지 않을 것입니다. 그리하여 숨은 구슬이 창해에 있고396) 남은 기(杞) 나무가 산에 있는 것을 염려하여, 자기를 굽혀 (현인을) 구하기를 소한(宵旰)397)사이에서 부지런히 하고, 인재를 초빙하려는[側席]398) 마음을 천하를 경륜하는 사이에 드러내시면, 마땅히 수레를 내버린 자가399) 한 장의 척서(尺書 글월)에 탄관(彈冠)400)할 것이며, 곤괘의 주머니를 맨 자는401) 속백(束帛 폐백)에 무리지어 갈[彙征]402) 것입니다. 그런데 어찌하여 간곡한 당부가 자주 내려도 서하(棲

---

393) 후한 초기의 고사인 엄광은 소년 시절 동문수학한 광무제 유수가 황제가 되어 간의대부로 불렸으나 끝내 세상에 나가 벼슬하지 않고 부춘산에 은둔하여 낚시질로 세월을 보냈는바, 이것은 엄광에 비유하여 다시 낚시질할 은사가 없을 정도로 치세가 이루어졌음을 말한 것이다.

394) 고굉지신(股肱之臣): 다리와 팔뚝에 비길 만한 신하라는 뜻으로, 임금이 가장 신임하는 중신을 이르는 말이다.

395) 이목의 관리[耳目之官]: 임금의 눈과 귀가 되어 국가의 치안을 보호하고 감찰하는 벼슬, 곧 어사대부를 지칭한다.

396) 당나라 적인걸(狄人傑)이 변주 참군(汴州參軍)이 되니 염입본(閻立本)은 그의 높은 재주를 사랑하여 "그대는 바다에 숨은 구슬이라 할 수 있다.[可謂滄海遺珠]" 하였다. 『신당서(新唐書)』「적인걸전(狄仁傑傳)」.

397) 소간(宵旰): 소의간식(宵衣旰食). 날이 밝기도 전에 옷을 입고 저물어서야 밥을 먹는다는 뜻으로, 임금이 정치에 골몰하여 여가가 없음을 이르는 말.

398) 측석(側席): 어진 이를 존대하기 위하여 상석을 비워 놓고 옆 자리에 앉는 것을 말한다.

399) 『주역』「비괘(賁卦)」초구(初九)에, "발을 꾸밈이니 수레를 버리고 걸어서 간다.[賁其趾, 舍車而徒.]"라고 하였는데, 이에 대한 전(傳)에, "이는 강명(剛明)한 덕을 지닌 군자가 지위가 없는 자리에 있어서 천하에 덕을 베풀지 못하고 오직 스스로 자신이 행하는 바를 꾸밀 뿐이다."라고 하였으니, 물러나 살면서 자신의 행실을 닦는다는 뜻이다.

400) 탄관(彈冠): 갓의 먼지를 턴다는 뜻으로, 의기투합하는 친구의 손을 잡고 벼슬길에 나설 준비를 한다는 말이다. 서한 왕길(王吉)이 관직에 임명되자 친구 공우(貢禹)도 덩달아 갓의 먼지를 털고 벼슬길에 나설 준비를 했다는 '왕양재위 공공탄관(王陽在位, 貢公彈冠.)'이란 말이 『한서』「왕길전(王吉傳)」에 나온다.

401) 『주역』「곤괘」64효사(爻辭)에, "주머니를 맴이니, 허물도 없고 명예도 없으리라.[六四, 括囊, 无咎无譽.]" 하였고 소(疏)에, "그 아는 것을 감추고 쓰지 않음이니, 그런고로 가로되 '주머니를 맺는다' 함이다." 하였다.

402) 『주역』의 「태괘(泰卦)」는 하늘과 땅이 서로 자리를 바꾸어 사귀는 형상인데, 그 초구 효사에 "띠풀을 뽑음이라 그 무리로써 가는 것이니 길하다.[拔茅茹, 以其彙征, 吉.]" 하여, 군자(君子)가 벗들과 함께 나아감을 말

霞)403)에 은둔한 자가 벌떡 일어나는 것이 보이지를 않고, 정성스런 뜻이 날로 내려져도 구름에 누운 자가 인재를 구한다는 말을 듣지 못하여, 애타는 성상의 정성을 저버리고 불차(不次 순서를 무시하고 특별히 발탁함)로 등용하려는 조정의 뜻을 피하는 것입니까? 만약 성상이 구하는 방식이 지성에 미치지 못한다고 한다면 무엇 때문에 대우하는 것이 그와 같으며, 성상이 구하는 방식이 지성에서 다 나온 것이라 여긴다면 일사(一士)조차도 부명(赴命)404) 하지 않은 것은, 어째서입니까?

저는 봉필(蓬蓽)405)에서 내심 크게 의심한 것이 있었는데, 이에 좁은 식견을[管穴之見]406) 좌우에 알리고자 한 지가 오래되었기에 이에 감히 참람된 말을 아룁니다. 선비가 이 세상에 태어나 큰 포부를 가지고 있으니, 누군들 치군택민(致君澤民)407)의 뜻과 제세행도(濟世行道)408)의 마음이 없겠습니까? 그가 초췌한 모습으로 산림 속에서 지내면서 일찍이 절조를 굽히거나 뜻을 낮추지 아니한 것은, 비록 말하기를 '뜻이 다른 데 있어서'라고 하지만, 그 마음이 즐거운 바와 그 몸이 편안한 바가 어찌 다른 사람과 다를 것이 있겠습니까? 진실로 세상 사람들과 더불어 어울리지 않았기 때문에 자절(自絕 스스로 관계를 끊음)을 달갑게 여기고 후회하지 않았습니다. 이 때문에 현인을 좋아하고 선을 즐거한 옛 임금은 그러함을 알고 그 이유를 살펴서 저 사람이 기꺼이 오지 않는다고 말하지 않고, 오직 내가 구하는 것이 정성스럽지 못할 것을 근심하였으며, 저가 나에게 오지 않은 것에 노여워하지 않고 오직 내가 예의를 다하지 못할까를 걱정하였습니다. 열심히 구하고 부지런히 마음을 써서 반드시 산골에 있는 자를 일으키고 산야에 있는 자를 불러서, 불세출의 큰 업적을 드리우고 전에 없던 훌륭한 공훈을 드러내었으니, (이것은) 옛적에도 징험할 수 있고 지금에도 배울 수가 있습니다.

진실로 능히 이미 다한 정성을 더하고 이미 표한 예를 곡진하게 하고서, 한 가지 일이라도

하였다. 선류(善類)가 많이 등용되었음을 뜻한다.

403) 서하(棲霞): 산 이름. 옛날 은사가 수도하던 곳으로 알려져 있다.

404) 부명(赴命): 명령을 받아 앞으로 나아가다.

405) 봉필(蓬蓽): 오두막의 사립문을 뜻하는 봉문필호(蓬門蓽戶)의 준말로, 가난한 집을 말한다.

406) 『장자』「추수(秋水)」에 "이는 곧 가느다란 대롱 구멍으로 하늘을 보고 송곳으로 땅을 가리키는 격이니, 또한 작지 아니한가.[是直用管窺天, 用錐指地也, 不亦小乎.]"라고 한 데서 온 말로, 전하여 견식이 아주 협착한 것을 의미한다.

407) 치군택민(致君澤民): 임금을 요순 같은 성군으로 만들고 백성에게 은택을 끼치는 것을 말한다.

408) 제세행도(濟世行道): 세상을 구제하고 도를 행한다는 뜻이다.

허문(虛文)에 관계되면 힘써 제거해야 하며, 하나의 명령이라도 진실한 뜻에 부합되면 힘써 반드시 다해야 합니다. 질박하고 솔직한 말을 넉넉히 수용하여 한 마디 언사가 미흡하다는 이유로 물리치지 아니하고, 소원한 말을 널리 받아들여서 하나의 계획이 미진하다는 이유로 물리치지 않아야 합니다. 지도하여 올바른 도를 행하도록 하고 인도하여 올바른 학문을 펴도록 하여 향촌에서 뜻을 돈독하게 갖도록 하고 백성들이 마음을 개명(開明)하게 되도록 노력을 아끼지 않으며 방문하여 의견을 청취하되 허탄한 것을 시행하지 않는다면, 초야에 은둔하여 빛을 감춘 자가 다투어 나올 것이고409) 산림에 이름을 감춘 자가 궐하(闕下)에 나아가기를 원하여 천석(泉石)의 자취로써 벼슬길에 나아가게 되고, 연하(煙霞)의 자질로써 채소 먹던 생활을 떠나서 신을 벗고[離蔬釋屩]410), 곤궁하지만 도를 지키는 뜻을 펼치고, 현달하여 포부를 펼칠 학문을 행하여 나라의 형세를 흔들리지 않는 반석에 올려놓고 후세에 무궁하게 큰 업적을 빛낼 것입니다.[熙鴻號於無窮]411) 그러니 어찌 '부상기불(婦喪其茀)'412)이 '여탈기복(輿脫其輹)'413)을 염려하는 걱정이 있겠습니까? 현인을 좋아하고 선을 보호함이 이전보다도 온전히 아름다울 뿐만 아니라 원숭이나 사슴 따위와 사절하나 또한 장차 후세에 이름을 남길 것입니다.414) 그렇게 된다면 우리 성상께서 은의를 구하는 정성과 대우하는 예가 극진하여 남음이 없다고 말할 수 있습니다.

저같이 불녕(不佞)415)한 자는 감히 이것으로써 힘쓰는 자이되, 성인의 자반지덕(自反之德)416)으로써 성상께 앙망하는 바입니다. 저 역시 산림에서 나와서 일찍이 세상일을 연마하

---

409) 옆에 부기된 "遯草野, 韜光者爭出"을 번역한 것이다.

410) 은둔을 버리고 처음 벼슬 생활을 시작함을 말한다.

411) 한유(韓愈)의 「쟁신론(爭臣論)」에 "우리 임금을 요순과 같이 만들어 무궁한 후세에 큰 이름 빛낸다.[致吾君於堯舜, 熙鴻號於無窮也]" 하였다.

412) 『주역』의 「기제(旣濟)」괘 육이(六二)에 "지어미가 그 포장을 잃음이니 좇지 않으면 7일 만에 얻으리라.[婦喪其茀, 勿逐, 七日得.]"라는 구절이 있다.

413) '여탈기복(輿脫其輹)': 주역의 '소축(小畜)'괘 구삼(九三)에 "수레의 바퀴살을 벗김이니, 부부가 반목한다.[輿脫其輹, 夫妻反目]"이라 하였다.

414) 옆에 부기된 "賢保善, 不獨全美於前, 而辭猿謝鹿, 亦將流聲於後矣"을 번역한 것이다.

415) 불녕(不佞): 재주가 없다는 뜻이다.

416) 『맹자』 「공손추」에 "증자가 자양(子襄)에게 '그대는 용기를 좋아하는가? 내 일찍이 선생님께 큰 용기에 대해 들었으니, '스스로 돌이켜서 정직하지 못하면 비록 갈관박이라도 내 두려워하지 않겠는가. 그러나 스스로 돌이켜서 정직하다면 비록 천만 명이 있더라도 내가 가서 대적할 수 있다.' 하셨다.[子好勇乎, 吾嘗聞大勇於夫子矣. 自反而不縮, 雖褐寬博吾不惴焉, 自反而縮, 雖千萬人吾往矣.]"라고 하였다.

지 않아 붓을 쥐고 말함에 기휘(忌諱)에 저촉되지 않음을 보장할 수 없습니다. 앞에서 거칠게 아뢴 것은 참으로 놀랄 만한 것인데, 또 망녕되이 글의 끝에 아룁니다. 시경에 이르기를 "끝까지 잘 하는 자는 드물다.417)"라고 하였고, 역경에 이르기를 "시작이 있으면 끝이 있다."418) 고 하였으니, 이것은 시작이 있는 자가 끝맺음을 보장하기 어려우며, 시작을 잘 한 자가 끝맺음을 잘 하기가 어렵다는 말이 아니겠습니까?

지금 현인을 구하기를 이와 같이 하고, 뛰어난 인재를 초빙하기를 이와 같이 한다면 그 시초가 있고 그 시작을 잘했다고 할 수 있습니다. 그러나 인심의 잡고 놓음은[人心操舍]419) 일정함이 없어서 한번 생각을 태만하게 하는 것은 두려운 일이니 일기(一紀: 열 두 해)에라도 치치(致治: 좋은 정치를 이루는 것)의 수고로움을 이룰 것을 염원하며, 만사 힘써 조심[臨履]420)할 것을 생각하고, 오늘 은사를 찾는 정성을 미루어서 영원히 지속하고, 오늘 현인을 구하는 예를 장차 무강(無疆)하게 하고, 보고 난 뒤에는 항상 미처 보지 못한 정성으로 하고, 이미 신하로 부린 후에는 또한 아직 신하로 삼지 않았을 때의 마음과 같이 한다면, 신야에 어찌 쟁기를 잡는 늙은이421)가 있을 것이며, 맑은 위수 가에 낚시하는 노인422)이 있겠습니까? 모두 나라의 휘황한 빛을 볼 수 있고423) 세상의 도를 귀하게 여겨서 그 직임을 다하고 그 포부를 펼쳐서 국가의 이기(利器)가 되지 않음이 없을 것이니, 밝은 성치(盛治 훌륭한 정치)를

---

417) 『시경』「탕」에 "처음이야 잘하지 않는 이 없으랴마는, 끝까지 잘하는 이는 혼치 않다.[靡不有初 鮮克有終]" 라는 구절이 있다.

418) 『논어』「자장」에, "자하의 문인과 소자는 청소하고 대답하고 나아가고 물러가는 것은 잘 한다. 그러나 그것은 말단이다. 근본이 없으니, 어떻게 하겠는가? 자하가 듣고 말했다. '아! 자유의 말이 지나치구나. 군자의 도를, 무엇을 먼저 전하고 무엇을 뒤로 미루어 게을리 하겠는가? 초목에 비교해도 선후가 자연히 구별이 되는데, 군자의 도를 어찌 속이겠는가. 처음이 있고 마무리가 있는 사람이 오직 성인이로고![子游曰: 子夏之門人小子, 當洒掃應對進退則可矣. 抑末也, 本之則無, 如之何? 子夏聞之曰: 噫! 言游過矣. 君子之道, 孰先傳焉? 孰後倦焉? 譬諸草木, 區以別矣. 君子之道, 焉可誣也? 有始有卒者, 其惟聖人乎.]"라 하였다.

419) 공자가 이르기를 "잡으면 존재하고 놓아두면 없어지며, 나가고 들어옴이 때가 없어, 그 향방을 알 수 없는 것은 오직 마음을 두고 하는 말일진저.[操則存, 舍則亡, 出入無時, 莫知其鄕, 惟心之謂與.]" 하였다. 『맹자』 「고자 상」.

420) 항상 두려워하는 자세로 조심하는 것을 뜻한다. 『시경』「소민」에 "매우 두려워하고 조심하여 깊은 못에 임한 듯, 얇은 얼음을 밟는 듯이 한다.[戰戰兢兢, 如臨深淵, 如履薄冰.]" 하였다.

421) 이윤을 말한다.

422) 여상을 말한다.

423) 『주역』「관괘(觀卦)」 육사(六四)>에 "나라의 휘황한 빛을 봄이니, 왕에게 나아가 손님 노릇을 하며 벼슬하는 것이 이롭다.[觀國之光, 利用賓于王.]"라는 말이 나온다.

청합니다. 저 몇 사람의 무리 중에 둔세(遁世)에 힘쓰기만 하고 일과 공효에 능하지 못한 자를 어찌 족히 말할 게 있겠습니까?

대궐 문이 천 리 먼 길이라 포의의 말을 전달할 길이 없으니 상주(敷奏)의 계책과 헌체(獻替)[424]의 지혜를 감히 밝으신 집사께 앙망하지 않을 수 없습니다. 엎드려 원하옵건대 집사께서는 참람됨을 용서해 주십시오.

삼가 이상과 같이 답변 드리는 바입니다.

---

424) 헌체(獻替): 헌가체부(獻可替否)의 준말로, 군왕의 입장에서 행해야 할 것은 진헌하고, 행해서는 안 될 것은 폐기토록 하는 것을 말한다.

군정

문제

치세는 혼란에서 생기고 위란(危亂)은 안락에서 생기는 것이니, 군정을 닦는 것은 편안할 때 위급함을 잊지 않으려는[安不忘危]⁴²⁵⁾ 것이다. 삼대(三代) 이상은 말할 것도 없고 한·당(漢唐) 이후로 군정을 닦는데 유의(有意)한 것은 그 득실을 낱낱이 말할 수 있다. 우리 동방은 바다 한쪽에 치우쳐 있어 삼국이 솥발같이 대치하였을 때에 온갖 힘이 나뉘고 세력이 약한 듯하였으나 수(隋)나라의 부강함으로써도 오히려 살수에서 전군(全軍)이 패망하였으며⁴²⁶⁾, 당(唐)나라의 왕성한 무력을 가지고도 안시성에서 성 하나조차도 빼앗지 못하였다.⁴²⁷⁾ 그때 군정을 닦은 일에 대해서는 상세히 들었을 것이다. 고려가 '닭을 잡고 오리를 잡아서[操鷄搏鴨]'⁴²⁸⁾ 통일의 성공을 이루었으니, 땅이 크고 사마(士馬)가 성대하여 마땅히 전보다 백 배나 되어야 하거늘, 중엽이후로 혹 거란에게 침략을 당하거나 혹은 홍건족에 쫓기게 되어 도읍을 지키지 못하고 피난하여 안정되지 못하였으니, 이것은 무엇 때문인가? 삼가 생각하건대, 우리 조정의 여러 성군이 서로 계승하여 위태로워지기 전에 나라를 보전하고 혼란하지 않을

---

425) 안불망위(安不忘危):『주역』「계사전 하」에 "이 때문에 군자는 편안할 때에도 위태함을 잊지 않고, 보존될 때에도 망하는 일을 잊지 않고, 잘 다스려질 때에도 어지러워지는 일을 잊지 않으니, 이런 까닭에 몸이 안전해지고 국가가 보존될 수 있는 것이다.[是故君子安而不忘危, 存而不忘亡, 治而不忘亂, 是以身安而國家可保也.]"라는 말이 나온다.

426) 살수대첩으로 612년(영양왕 23) 고구려가 중국 수나라의 군대를 살수(薩水 : 지금의 청천강)에서 크게 격파한 싸움이다.

427) 안시성싸움으로 645년(고구려 보장왕 4) 안시성에서 고구려와 당나라 군대 사이에 벌어졌던 치열한 공방전(攻防戰).

428) 신라가 망하고 고려가 흥한다는 뜻이다. 저잣거리에서 이인(異人)이 고경(古鏡)을 팔고 있기에 당(唐)나라 상인 왕창근(王昌瑾)이 구입해서 보니 그 거울에 글이 새겨져 있었는데, 그중에 "먼저 닭을 잡고 뒤에 오리를 잡는다.[先操鷄後搏鴨]"라는 말이 있었다고 한다. 이 말은 먼저 계림을 장악한 뒤에 영토를 압록강까지 넓힌다는 뜻으로, 고려의 왕건이 신라를 멸하고 새 왕조를 세우는 것을 예언한 것이라고 한다.『조선사략(朝鮮史略)』,『어정전당시(御定全唐詩)』,「고려경문(高麗鏡文)」에 이 내용이 실려 있다.

때에 잘 다스려서[429] 군정을 닦는 데에 있어서 한 가지 일도 진실로 별다른 법이 없었다. 지난날 왜변(倭變)이후로부터 군정을 강구(講究)하는 데 힘을 쏟고 정령을 거듭 계획하여 이미 지극하지 않은 것이 없다. 그리고 오늘 새로 과조(科條)를 만들어서 무릇 활을 잡을 수 있는 자를 무리에서 뽑아 권징(勸懲)하고, 아울러 각기 궁시 창검(弓矢 槍釼)을 갖추고서 마을의 대소민(大小民)으로 하여금 때때로 익히게 하면 과연 실행함에 폐단이 없을 것이다. 가령 군정이 닦아지고 폐단이 백성에게 미치지 않으면 그 도(道)는 무엇 때문인가? 원컨대 그 말을 듣고 싶다.

답변

제가 듣기로 주공(周公)이 "너의 군사를 잘 다스리라"[430]라고 한 훈계와 소공이 "육사(六師)를 널리 베풀어 놓아라"[431] 라고 한 말은 군사가 나라에 있어서 큰일이라는 것입니다. 생각건대 다스려지고 어지러워지는 연유를 살피고 본말의 마땅함을 살펴야 더불어 군대의 일을 논할 수 있습니다.

지금 집사 선생께서는 특별히 군정의 한 가지 일을 들어서 옛날을 거슬러 올라가고 지금에 이르러서 구폐(救弊)할 계책을 듣고자 하십니다. 아! 이는 실로 녹을 받고 있는 신하도 난처해하는 바이거늘, 대저 어찌 문장을 하는 선비가 의논할 바이겠습니까? 비록 그러하나 질문하는데 대답하지 않는 것은 예가 아니며, 광부(狂夫)가 드리는 말도 가려 쓸 만한 것이 있으니 무지한 논설을 감히 아뢰어 밝게 물으시는 뜻을 우러러 더럽히려 합니다.

---

429) 『서경』「주관」에 "옛날 대도가 행해지던 세상에는 혼란하지 않을 때 잘 다스리고 위태하지 않을 때 나라를 보전했다.[若昔大猷, 制治于未亂, 保邦于未危.]" 하였다.

430) 평상시에 무비를 닦는 의미에서 사냥을 하는 일도 물론 필요하겠지만, 농사일로 대표되는 백성의 고달픈 생활에도 관심을 갖고 보살펴 주어야 한다는 말이다. 『서경』「입정(立政)」에 "너의 갑옷과 병기를 사전에 제대로 닦아 두어야 한다.[其克詰爾戎兵]"는 말이 나오고, 『맹자』「양혜왕」하에 "봄에는 밭갈이가 잘 되었는지 살펴보고 부족한 것이 있으면 보충해 주고, 가을에는 수확이 잘 되었는지 살펴보고 부족한 것이 있으면 도와준다. 그래서 하나라 속담에도 '우리 왕이 나들이하지 않으면 우리가 어떻게 쉬며, 우리 왕이 즐기지 않으면 우리가 어떻게 도움을 받으리요.'라는 말이 있는 것이다.[春省耕而補不足, 秋省斂而助不給, 夏諺曰 吾王不遊, 吾何以休, 吾王不豫, 吾何以助?]"라는 말이 나온다.

431) 『서경』「강왕지고편(康王之誥篇)」에 "육군을 크게 유지하여 우리 높은 할아버지들의 얻기 힘든 명을 깨뜨리지 마십시오.[張皇六師, 無壞我高祖寡命.]"라고 했다. 육군은 천자의 군대이다. 일사(一師)는 2500명이다.

다스림은 족히 믿을 것이 못 되니 다스려지는 때가 있기도 하고 혹 어지러운 때가 있기도 한 것이며, 편안함도 족히 믿을 것이 못 되니 편안한 때도 있고 혹 위태로운 때도 있습니다. 이 때문에 제왕이 천하를 다스릴 적에 나라를 방어하는 도를 세워서 아직 일어나지 않은 일을 제어하고, 군려(軍旅)의 정치를 닦아서 아직 위태롭지 않은 나라를 보호하였습니다. 그러니 나라의 큰 일이 어찌 여기에서 벗어나겠습니까? 치란(治亂)의 기미도 여기에 있고 안위(安危)의 결정도 여기에 있으니, 외구(外寇)의 난략(亂略)을 그것으로 막을 수 있고, 관방의 요처도 그것으로 지킬 수 있습니다. 대저 이와 같기에 군정을 닦는 것은 이미 어지러워진 뒤에 하는 것이 아니라 아직 어지럽기 전에 먼저 하는 것이며, 이미 위태로워진 뒤에 하는 것이 아니라 아직 위태로워지기 전에 먼저 하는 것입니다. 환란을 제거하고 분란을 해결함은 반드시 이에 근거하여야 하며, 변고가 났을 때에 응졸(應卒)하는 것도[432] 반드시 이에 근거하는 것이니, 그렇다면 어찌 시절이 편안하다는 것으로써 이것을 닦는 것을 잊을 수 있겠습니까? 그것을 닦는 방법도 근본이 있고 말단이 있습니다. 준양시회(遵養時晦)[433]의 도를 밝히고, 좌작진퇴(坐作進退)[434]의 절차를 다 하는 것이 근본이요, 한때의 고식지계(姑息之計)[435]를 따라서 사어(射禦)와 격자(擊刺 치고 찌름)만을 엄히 하는 것은 일의 말단입니다. 진실로 혹 근본을 먼저 하지 아니하고 말단을 먼저하며, 실지에 먼저 하지 아니하고 이름을 앞세운다면, 이미 다스려진 천하가 점차 어지럽게 될 것이며, 이미 편안한 천하가 점점 위태롭게 될 것입니다. 반드시 효제충신(孝悌忠信)의 도로써 교육하며, 예의인정(禮義仁政)의 교화를 미루어서 양육한 연후에야 안을 지키고 밖의 적을 막을 수 있으며, 공손하고 훌륭하여 충분히 먹고 충분히 잘 입으면 윗사람을 친애하며 장자를 위해 죽을 수 있습니다.[親上而死長][436] 그렇게 하면 나라는 그것으로써 당당하고 군사는 그것으로써 질서정연하여, 이미 어지러운

---

432) 응졸(應卒): 갑작스럽게 닥치는 위급한 상황에 잘 대처하는 것이다. 『묵자』「칠환」에 "마음에 준비하는 생각이 없으면 응졸할 수 없다.[心無備慮, 無以應卒.]" 하였다.

433) 준양시회(遵養時晦): 『시경』「작(酌)」의 "아, 성대한 왕의 군대여, 도를 따라 힘을 기르며 때로 감춘다.[於鑠王師, 遵養時晦.]"라는 말에서 나온 것이다. 시세에 순응하며 역량을 축적한 군대라는 뜻이다.

434) 좌작진퇴(坐作進退): 군사들이 훈련할 때, 앉고 서고 나아가고 물러섬을 이르는 말.

435) 고식지계(姑息之計): 우선 당장 편한 것만을 택하는 계책이나 방법을 이른다.

436) 『맹자』「양혜왕 하(梁惠王下)」에, "임금께서 인정을 행하시면 백성들이 윗사람을 친근하게 여기면서 자기 어른을 위해 기꺼이 목숨을 바치게 될 것이다.[君行仁政, 斯民親其上, 死其長矣.]라는 말이 보인다.

천하는 다스려질 것이며 이미 위태로운 천하는 안정될 것입니다. 진실로 혹 근본을 마땅히 먼저 하고 말단이 되는 일을 뒤에 하여, 선발하는 방법을 세세하게 하고 연습하는 방법을 간절하게 하는데도 그 소득이 없는 것을 보지 못하였습니다. 아! 시군세주(時君世主)가 어찌 그 근본을 돌이키지 않으십니까?

청컨대 명문(明問)의 절목을 조목조목 아룁니다. 당·우(唐虞)[437]가 성대하고 삼대(三代)[438]가 융성할 때에 병정(兵政)은 농정(農政)에 붙이어 있었고, 농정(農政)은 병정(兵政)에 붙이어 있어서 군정과 농정이 상보(相保)가 되어 효과가 지극하게 되었으니, 당시의 정치를 진실로 상상할 수 있습니다. 세상이 이미 말세가 되고, 세대가 이미 내려옴에 한(漢)나라에는 재관(材官)으로서 발로 쇠뇌의 줄을 당긴[蹶張][439] 무사가 있었고, 당나라에는 부병위병(府兵衛兵)[440]의 제도가 있었으며, 송나라에는 전직(殿直)[441] 방추(防秋)[442]의 법이 있었습니다. 그런데 한나라에서 나뉘고 당나라 때 세 번 변하고, 송나라에 이르러 경쟁하지 아니하게 되었습니다. 이것은 모두 군정이 닦아지지 않음에 기인한 것이니 그 득실의 연유를 알 수 있습니다.

생각건대 우리 동국은 한 모퉁이에 나라를 차지하고 있어서 단군기자의 시대와 멀어지자 삼국이 솥발같이 대치하여 힘이 나뉘고 세력이 약해지면서 천하가 쪼개지고 갈라졌습니다. 그러나 수양제가 부강한 사업을 석권하였으면서도 전군이 살수에서 다 죽었고, 당태종이 성대한 위무(威武)를 가지고 있었음에도 안시성에서 승리하지 못하였으니, 어찌 그렇게 된 까닭이 있지 않겠습니까? 임기응변하였으나 실책(失策)을 한 자는 문덕(文德)이 있는 장수요,

---

437) 당·우(唐虞): 요와 순이 다스리던 시대

438) 삼대(三代): 하(夏)·은(殷)·주(周) 세 왕조.

439) 『한서(漢書)』「신도가열전(申屠嘉列傳)」에 "신도가가 무졸(武卒)인 재관으로서 발로 쇠뇌의 줄을 당기었다.[申屠嘉, 以材官蹶張.]" 하였는데, 이에 대한 주(註)에 "재관의 무사들은 힘이 세어서 능히 발로 강한 쇠뇌의 줄을 당길 수 있었다. 그러므로 궐장(蹶張)이라고 한 것이다." 하였다.

440) 부병위병(府兵衛兵): 부병제를 말한다. 부병 제도는 각 고을에서 농한기를 이용하여 군사를 훈련하였다가 나라에 변란이 있으면 출정시키던 제도. 부병의 시초는 서위 때 『주례』를 본떠 전국에 6군(軍)을 두고, 6군을 다시 1백 부(府)로 나누어 낭장(郎將)으로 거느리게 하였다. 당나라는 전국 10도(道)에 6백 34부를 두었다.

441) 전직은 내전(內殿)을 지키는 무사를 이른다. 『송사(宋史)』「병지(兵志)」를 보면 내전직(內殿直)으로 좌반과 우반 넷이 있었는데, 건덕(乾德) 3년 촉 지방을 평정한 다음 재주와 모습이 걸출하고 기사(騎射)를 잘하는 자 총 128명을 뽑아 추가로 내전직에 임명하였다.

442) 방추(防秋): 중국의 북방 유목 민족들이 천고마비(天高馬肥)의 가을철에 자주 남침(南侵)을 하였으므로, 중국의 변방에서 특별 경계를 펼치고 방어하던 것을 말한다.

성을 온전히 하고 굳게 지킨 자는 대인의 충성입니다. 그렇다면 군정을 닦는 일을 대체로 논할 만합니다.

고려 왕씨가 개국하고 혼란한 때에 닭을 잡고 오리를 쳐서[443] 통일하는 공을 이루어 우리 나라를 다시금 굳게 만들어서 오백년의 기틀을 세웠습니다. 천성(天聲)이 어두운 바다에 크게 떨쳤으며, 임금의 위령이 멀리 낯선 땅에까지 미치어 커다란 국토는 기름지고 성대한 사마(士馬)는 은은(殷殷)[444]하였습니다. 마땅히 이전보다 백배나 발전하여 지난날보다 중히 여기게 되었으나, 세상이 중엽으로 되면서 무비(武備)[445]가 점점 해이해져 거란족이 침략하여 참담하게도 파천하는 화를 입었고, 홍건족에게 유린당하여 승승장구하는 형세를 막을 수가 없어서 사람들이 이미 흩어져서 다시 모을 수가 없었으며, 나라는 이미 패망하여 다시 거둘 수 없게 되었습니다. 아, 썩은 나무에 벌레가 생기고 빈 구멍에 바람이 불어오니[空穴來風][446], 거란의 침략과 홍건족의 난리는 후손이 실덕(失德)해서입니다. 천고에 주먹 불끈 쥐고 화를 내며 터무니없이 말한들 무슨 보탬이 있겠습니까? 우선 아조(我朝)[447]의 일을 가지고 말하는 것이 옳겠습니다.

삼가 생각건대, 아조(我朝)가 중희누흡(重熙累洽)[448]의 정치가 계속되고 이백년을 지내옴에 사람들은 전쟁을 알지 못하고, 십성(十聖)[449]이 대대로 전하여 세상에 실덕(失德)한 이가 없었습니다. 게다가 성상께서 마음을 보존하고 반석처럼 더하였으니, 포상(苞桑)[450]을 생각하여 깊은 궁 밀실에서 강명하는 바는 군대를 다스리는 규례 아님이 없으며, 넓은 집 좋은 털

---

443) 태봉(泰封) 말년에 당상(唐商) 왕창근(王昌瑾)이 궁예에게 바친 옛 거울에 새겨 있었다는 도참문(圖讖文) 중의 일절. 먼저 닭을 잡고 뒤에 오리를 친다는 것은 고려 태조 왕건이 먼저 계림을 정복하고 뒤에 압록강을 취하게 될 것을 예언한 것이다.

444) 은은(殷殷): 소리가 크고 요란함.

445) 무비(武備): 모든 군사 시설이나 장비를 말한다.

446) 공혈래풍(空穴來風): 송옥(宋玉)의 <풍부(風賦)>에 "굽은 가시나무에 새가 와서 둥지를 틀고, 빈 문구멍으로 바람이 들어온다.[枳句來巢, 孔穴來風]"에서 온 말로, 유언비어가 틈을 타고 들어온다는 뜻으로 쓰인다.

447) 아조(我朝): 조선을 말한다.

448) 중희누흡(重熙累洽): 임금이 대대로 현명하여 태평성대가 계속 이어짐.

449) 십성(十聖): 조선의 이조(二祖)인 세조·선조와 팔종(八宗)인 정종·태종·세종·문종·단종·예종·성종·중종 등을 합하여 십성이라 한다.

450) 근본을 단단히 한다는 뜻이다. 포(苞)는 밑동을 뜻하는 말로, 뽕나무는 본래 밑동이 깊이 박혀 있어 무척 견고하므로 무슨 물건을 매어 놓아도 든든하다고 한다. 『주역』<비괘(否卦)>에 이르기를 "나라가 망할까 망할까 염려하면서 뽕나무 밑동에 매어 두라.[其亡其亡, 繫于苞桑]" 하였다.

방석[細氈]451) 위에서 토론하는 것은 나라를 보호하는 방도 아님이 없었습니다. 그리고 사방에 현송(絃誦)452)이 있고 백리에 상마(桑麻)가 풍족하며, 풍속은 이미 예악에 홍하고, 백성은 간과(干戈 전쟁)에 놀라지 아니하며, 늠름한 장수와 정돈된 형세는 진실로 결루(缺漏)453)의 근심이 없었습니다. 의당 강건한 병사들이 무리를 이루고 맹수 같은 장수들이 숲을 이루게 될 것이며, 피리 소리에 (훈련하러 떠나기 위해) 이별하는 노래 소리가 들어 있고 (우리의) 군인 앞에 (적군이 우리에게) 쏠리게 되는 상황이 될 것입니다.454) 지난날 동이(東夷)가 트집을 잡아 남방에서 변고가 일어나자, 장군은 굳게 성을 지키다가 죽었고 사졸들은 창에 기대어 절로 곤궁하였습니다.

이 뒤로부터 조정은 이미 지난 잘못을 깊이 경계하고 갑자기 닥칠 위급함을 생각하여 힘써 강구하였으며, 정령을 거듭 계획하고 이로 인하여 규정을 정하고, 막힌 것을 일으키고 폐단을 보충하고, 빠진 것을 규명하고 흩어진 것을 모았습니다. 이것이 비록 토끼를 발견하고 나서 사냥개를 찾는 격이요455), 소 잃고 외양간 고치는 격에456) 가깝지만 실로 (이것이야말로) 만세 영장(靈長)의 계책입니다. 지금 과조(科條)를 신설하여 항식(恒式 일정한 예)으로 삼는데, 대저 활을 잡은 자는 다 점가(占家)에서 선발하였고, 적당한 사람을 뽑아 시끄럽게 활과 화살을 준비하였다가 뜻하지 않은 변란에 방비하는 자는 모두가 미천한 여염집의 종들이며, 또 창검을 가지고 불시의 수용[不時之需]에 대비하는 자는 역시 촌항(村巷)의 어리석은 사람들이니, 이로써 권징(勸懲 선을 권하고 악을 경계하는 것)하고 이로써 연습하여, 후환에 대비하는 염려가 지극하고 음우(陰雨)의 경계457)를 다했습니다. 그러나 정치에는 폐단이 없

---

451) 세전(細氈): 궁전 바닥에 까는 고운 융단을 이르는데, 전하여 어전을 뜻한다.

452) 현송(絃誦): 현가(絃歌)와 같은 말이다. 즉 금슬을 연주하며 노래하는 것으로, 예악의 교화를 뜻한다. 공자의 제자 자유(子遊)가 무성(武城)이란 고을의 읍재로 있으면서 현가로 백성을 교화하는 수단을 삼았다. 『논어(論語)』「양화(陽貨)」.

453) 결루(缺漏): 새어서 없어지는 것.

454) 참고로 두보(杜甫)의 시에 "삼 년 동안 피리 소리 속에 관산의 달은 떴다 지고, 온 나라의 병사들 앞에 초목이 바람에 흩날리누나.[三年笛裡關山月, 萬國兵前草木風.]"라는 구절이 있다. 『두소릉시집(杜少陵詩集)』「세병행(洗兵行)」. 이는 전쟁이 한창이라는 말이다.

455) 이것은 토끼를 발견한 후에 사냥개를 놓아서 잡게 한다는 뜻으로, 사태의 진전을 관망한 후에 응하여도 좋다는 말인 견토방구(見兔放狗)와 같은 의미이다.

456) 어떤 일이 이미 실패한 뒤에는 뉘우쳐 보아야 소용이 없음을 이르는 말이다.

457) 음우(陰雨)의 경계: 위험스러운 사태를 미연에 방비하라고 경계하는 것을 말한다. 『시경』「치악(鴟鴞)」에

을 수가 없으며 폐단은 구제하지 않을 수가 없으니, 어리석은 소견으로 선생을 위해 계책을 말씀드리겠습니다.

제가 일찍이 들으니, 삼대의 군사는 제때에 내리는 비와 같아서 인심(仁心)으로써 인정(仁政)을 행하였다고 합니다. 일찍이 들으니 백성을 교육하지 않고 전쟁을 하게 하는 것은 '백성을 해치는 것[殃民]'이라 하였으니, 백성을 가르쳐 기르고 군대를 양성해야 함을 이른 것입니다. 진실로 어루만지고 기르는 방법을 다하고 훈련의 기술을 다한다면, 절충어모(折衝禦侮)[458] 할 수 있고 변방에 위세를 세워 환란을 예방할 수 있습니다. 때를 맞추어 연습하여 칼날을 예리하게 하는 방법을 다하고 병졸을 지휘하고 형명(刑名)[459]의 절목을 밝히면, 군대의 모습은 엄숙하게 되고 군대의 규율은 질서정연해질 것입니다. 그리하면 왕실에는 간성(干城)이 되고, 방가(邦家)에는 병풍과 같은 존재가 되어 혜선(惠鮮)[460]의 교화를 우러르고 사수(死綏)[461]의 뜻을 정할 수 있습니다. 군정을 날마다 닦아서 군사의 숫자가 날로 늘어나고, 내외가 서로 유지되고 피차가 서로 보존 되어, 마치 자제가 부형을 보호하는 것 같고 수족이 머리와 눈을 방어하는 것[462] 같이 될 것입니다. 비록 병민(兵民)이 서로 겸궐(鶼蟨)[463]의 기세가 있고 절로 구폐(救弊)의 단서가 없더라도, 이에 보충하면 보장(保障)의 힘이 더욱 견고해질 것이니 윤탁(尹鐸)의 호수(戶數)[464]가 하필 감해지겠습니까? 이것은 제가 근본으로 여기

이르기를 "하늘이 비를 내리지 않을 적에, 저 뽕나무 뿌리를 주워다가 틈과 구멍 튼튼히 얽어매라.[迨天之未陰雨, 徹彼桑土, 綢繆牖戶.]" 하였다.

458) 절충어모(折衝禦侮): 적의 침입을 격파하여 모욕당하지 않게 한다는 말이다.

459) 형명(刑名): 유가의 인의와는 달리 강력한 형법으로써 국가를 다스리려는 정치의 이론.

460) 혜선(惠鮮): 문왕의 덕을 찬양한 말로『서경』「무일(無逸)」에 "아름답게 부드럽고 공손히 하여 백성을 보호하고 홀아비와 과부를 아껴 한낮과 저녁이 되도록 밥 먹을 겨를도 없이 만민을 화하게 하였다.[徽柔懿恭, 懷保小民, 惠鮮鰥寡, 自朝至于日中昃, 不遑暇食, 用咸和萬民.]" 하였다.

461) 사수(死綏): 군대가 퇴각하면 장군이 그 책임을 지고 죽는 것을 말한다.『사마법』에 "將軍死綏"라는 말이 있다.

462)『순자』「의병(議兵)」에 "어진 사람이 임금과 신하가 되어 모든 장수가 마음을 하나로 뭉치고 삼군이 단결하면, 신하가 임금에 대해 아랫사람이 윗사람에 대해 마치 자식이 부모를 섬기는 듯하고, 아우가 형을 섬기는 듯하고, 손과 발이 머리와 눈을 보호하고 가슴과 배를 방어하는 것과 같다.[若手臂之捍頭目, 而覆胸腹也.]" 라고 한 데서 온 말이다.

463) 겸궐(鶼蟨): 겸은 비익조(比翼鳥)를 가리키는데 이 새는 눈 하나와 날개 하나만 있기 때문에 두 마리가 서로 나란히 해야만 비로소 두 날개를 이루어 날 수 있다고 하며, 궐이라는 짐승은 앞발은 짧고 뒷발만 길어서 잘 달리지 못하므로 하루에 천 리를 달릴 수 있는 공공거허(蛩蛩巨虛)라는 짐승이 좋아하는 감초(甘草)를 가져다 그에게 먹여 주고 위급한 때를 당하면 공공거허의 등에 업혀서 위기를 면하곤 한다는 고사에서 온 말이다.

464) 전국 시대 조간자(趙簡子)가 윤탁을 진양 태수로 임명하면서, "세금을 많이 걷겠는가, 아니면 백성을 안정시

는 바입니다. 검마(釰馬)하는 기술을 대충 뽑고 사어(射禦)하는 무리를 유초(類抄)하여, 동쪽에서 뽑아 서쪽에 보충하고 안을 비워두고 바깥을 일삼는 것은, 기수(氣數 길흉화복의 운수)의 말단일 뿐입니다. 근본을 버리고 말단을 쫓으면 일이 비록 하잘 것 없으나 이치는 실로 어긋나는 것이니, 그렇다면 천하가 어찌 여기에 있겠습니까? 대저 이와 같다면 어찌 근본을 먼저하고 말단을 뒤로 하며, 중한 곳에 거하고 가벼운 것을 막지 않는 것입니까? 말단의 일이 진실로 자리 잡히면 군정의 도는 차례차례로 가지가 무성하게 되어서 구구한 나머지의 말단은 비록 누수를 더하는 틈이 있더라도 모두 이로 말미암아 저것을 견제할 수가 있는 것입니다.

저는 이미 시골 촌부의 계책으로 대략 말씀드렸습니다. 또한 집사 선생께서 하신 말씀을 뽑아 끝부분에 말씀드립니다. 복희 주역의 효사에 '장자가 군대를 거느린다.'465)라고 하였으니, 대저 장수란 삼군의 사명(司命)과 관계가 있으며, 사직의 안위와 관련됩니다. 진실로 장차 그 마땅한 사람을 얻어서 그에게 군사를 교육시키고 군사를 기르는 요체를 맡겨 준다면, 군대를 총괄하는 사람 또한 병사를 기르는 것을 자신의 임무로 삼고 병사를 교육시키는 것을 자기의 책무로 여길 것입니다. 저잣거리의 조세를 가지고 군대를 먹임에 어찌 이목(李牧)466)을 기다릴 것이며, 은으로 과녁을 만들어 활쏘기를 시킴에 어찌 충세형(种世衡)467)을 기다리겠습니까? 군사를 기르고 가르쳐서 군정을 닦을 수 있으며, 군사를 보살펴주어 폐단이 백성에게 미치지 않을 것입니다. 혹 미치광이의 말이 전하여 상께 전달되면 어찌 양산독해(壤山瀆海)468)의 도움이 아니겠습니까?

켜 나라의 보장(保障)이 되게 하겠는가?" 하고 물었을 때, 보장이 되게 하겠다고 대답하였는데, 그 뒤 조간자의 아들 조양자(趙襄子) 때에 지백(智伯)이 침입해 오자, 진양으로 피신해서 지백의 군대를 대파했다는 고사가 있다. 『국어(國語)』「진어(晉語)」.

465) 『주역(周易)』「사괘(師卦)」 육오(六五)에 "믿음직한 맏아들에게 군대를 거느리게 해야 할 것이니, 만약 작은 아들에게 시키면 시체를 수레에 싣고 돌아올 것이다.[長子帥師, 弟子輿尸.]" 하였다.

466) 이목(李牧) : 중국 전국 시대 조(趙) 나라 북변의 어진 장수. 이목이 흉노를 방비할 적에 저자의 조세를 모두 군사들에게 먹이고 전투와 수비를 자유로이 하여 결국 흉노를 대파하였다.

467) 충세형(种世衡): 송 인종(宋仁宗) 때 사람으로 자는 중평(仲平)이다. 벼슬은 환경로 병마금할(環慶路兵馬鈐轄)에 이르렀다. 그가 청간성(靑澗城)을 지킬 때에 아전들과 백성들에게 은으로 과녁을 만들고 활쏘기를 익히게 하고 그에 따라 상벌을 시행하였는데, 그것을 가지고 부역을 지우고 속죄도 시켰을 뿐만 아니라, 명중일 경우 상으로 은을 주며 고무하기도 하였다고 한다. 『송사』「충세형열전(种世衡列傳)」.

468) 양산독해(壤山瀆海): 산도 한 줌의 흙이 모여서 된 것이고 바다도 도랑물이 모여서 된 것이라는 뜻이다.

과거

문제

　인재를 취하는 방법은 과거에 달렸는데, 과거가 생긴 것은 언제부터인가? 과거시험에 설치된 과목은 시대마다 서로 달랐는데, 이를 시대별로 일일이 짚어가며 헤아려볼 수 있는가? 인재를 등용하는 법이 득실이 있다고 말할 수 있는가? 융고(隆古)[469]시대에는 과거를 통하지 않고도 현명한 인재들이 배출되어 울연히 세상에 쓰였는데, 무슨 이유로 그러하였는가? 후세에 이르러 공도(公道)가 행해지지 않음을 염려하여 과거를 설치하였으니, 인재를 선발하는 규범이 지극히 공정한데서 나왔다. 그러나 시험을 담당한 자가 사사로움을 따르는 염려가 없지 않으며, 사자(士子)들은 술수를 쓰는 폐단이 없지 않으니, 이것은 무엇 때문인가?

　우리나라는 조종조(祖宗朝) 때부터 지금에 이르기까지 전장(典章)[470]을 따르지 않음이 없었으니, 인재를 등용하는 방법이 지극히 공정하였으며, 인재를 얻은 아름다움이 이때에 성대하였다. 그런데 어찌하여 근년 이래로 간사하고 위선적인 자들이 날로 많아지고 교사(巧詐)가 끊임없이 나타나, 술수를 써 요행으로 얻는 자들이 넘쳐나며 법을 어겨 죄를 받은 자들이 앞뒤로 서로 마주보게 되어, 청명(淸明)의 치세를 병들게 하는가? 인재를 등용하는 방법이 대공지정(大公至正)하여, 위에서는 사사로움을 따르지 않게 하고 아래에서는 술법을 쓰지 않게 하여, 인재를 얻는 융성함이 전고(前古)에 부끄럽지 않게 하려면, 그 방법이 어떠해야 하겠는가? 제생은 수기치인의 학문에 대하여 평소에 강구한 바 있거든 그 각각을 자세히 진술하라.

---

469) 융고(隆古): 고대의 전성기.
470) 전장(典章): 한 나라의 제도와 문물.

답변

몽둥이를 들고 개를 부르는데 개가 오지 않는 것은 이상한 일이 아니며, 활을 들어 닭을 다그치는데 닭이 오지 않는 것은 이상한 일이 아닙니다. 잠긴 물고기는 연못을 택하여 노닐고, 높이 나는 새는 나뭇가지를 기다리는 법입니다. 그렇다면 선비를 등용함에 성의가 없고 인재를 등용함에 도리가 없으며, 공과 사가 분명하지 않고, 사악함과 정의가 뒤섞이게 되면 어떻게 인재를 얻는 방법을 얻었다고 할 수 있겠습니까?

지금 집사 선생께서는 예악471)이 바람을 타고 나는 때를 당하고, 장붕(莊鵬)472)이 바다를 나는 때에 처해 있어서, 특별히 과거의 권여(權輿)473)를 들어서 고금의 득실을 듣고자 하십니다. 그러나 아궁이 속 오동나무[爨下桐]474)는 악기를 만들어 튕길 수 없고, 도랑 속의 나무[溝中之木]475)는 쓸모가 없는 법입니다. 쓸데없고 뜬소문 같은 말들이 한갓 눈과 귀를 더럽힐 뿐만 아니라 과거의 폐단에 대하여 또한 귀로 듣고 눈으로 보았으니, 감히 아는 바를 다 드러내어 말하지 않을 수 있겠습니까?476)

---

471) 본문의 예악(鷖鶚)은 독수리와 같은 예형(禰衡)이란 뜻으로, 출중한 인물을 비유하는 말이다. 후한(後漢) 공융(孔融)이 예형을 조정에 추천하면서 "사나운 새가 수백 마리 있어도 한 마리의 독수리보다 못하니, 예형을 조정에 세우면 필시 볼 만한 점이 있을 것이다.[鷙鳥累百, 不如一鶚, 使衡立朝, 必有可觀.]"라고 말한 고사가 전한다. 『후한서(後漢書)』「예형(禰衡)」.

472) 장(莊)은 곧 『장자』를 가리킨 것으로, 『장자』「소요유(逍遙遊)」에 "붕새가 남쪽 바다로 옮겨 갈 때에는 물결을 치는 것이 삼 천 리요, 회오리바람을 타고 구만 리를 올라가 여섯 달을 가서야 쉰다.[鵬之徙於南冥也, 水擊三千里, 搏扶搖而上者九萬里, 去以六月息者也.]" 한 데서 온 말인데, 전하여 영웅호걸이 웅대한 포부를 펴는 데에 비유한다.

473) 권여(權輿): 사물의 시초를 뜻함. 저울을 만들 때는 저울대[權]를 먼저 만들고 수레를 만들 때는 수레의 판자[輿]부터 먼저 만드는 것에서 유래한 말이다.

474) 아궁이 속 오동나무[爨下桐]:『후한서(後漢書)』「채옹열전(蔡邕列傳)」에, "오(吳)나라 사람이 오동나무를 아궁이에다 때고 있었는데, 채옹이 불타는 소리가 맹렬한 것을 듣고는 그것이 좋은 나무인 줄 알았다. 이에 그 나무를 얻어다가 금(琴)을 만들자, 과연 아름다운 소리가 났다. 그런데 금의 끝 부분에는 불탄 자리가 그대로 남아 있었으므로 당시 사람들이 초미금이라고 불렀다." 하였다.

475) 도랑 속의 나무[溝中之木]: 조정에 등용되지 못하고 버려진 사람을 말한다. 『장자』「천지(天地)」에, "백 년 묵은 큰 나무 가운데에서 한 토막을 취하여 소의 형상을 새겨 제기(祭器)를 만든 다음 청색과 황색의 무늬를 그려 넣고, 그 나머지 나무는 시궁창 속에 버리는데, 제기로 만들어진 나무와 시궁창 속에 버려진 나무를 비교해 볼 때 아름답고 추한 차이는 크나, 나무의 본성을 잃기는 마찬가지이다." 하였다.

476) 한유(韓愈)의 「답두수재서(答竇秀才書)」에 "가령 옛날의 군자 중에, 도덕을 쌓아 속에 간직하고서 그 빛을 숨겨 드러내지 않게 하고, 그 입을 다물어 전해지지 않게 하는 자가 있다 하더라도, 족하의 간절하기 그지없는 청을 들으면, 그래도 곳간에 채운 양곡을 모두 털어 내어 나열해서 말해 주려고 할 터이니, 나처럼 어리

가만히 생각건대, 천리(天理)에서 발한 것은 공적인 것이요, 인욕(人慾)에서 나온 것은 사적인 것입니다. 천리의 공변됨은 인심의 고유한 데서 근본하고, 인욕의 사사로움은 물아가 구분되는 데서 생겨나는 것이니, 혹 간격이 없게 하는 것이 공심(公心)이요, 혹 공정하지 못하게 하는 것은 사의(私意)인 것입니다. 사람이 이미 자립하지 않으면 형해가 있어도 피차의 구별이 있고, 물아의 구분이 없게 되면 이웃 간이라도 변방의 담장 같은 간격이 있는 것입니다. 가는 실과 같이 작은 것을 살피지 아니하면 호(胡)와 월(越)처럼 다를 것이며[477], 털끝만큼이라도 차질이 있으면 천양지차로 어긋날 것입니다.

이 때문에 문명한 세상에서는 공(公)으로 사(私)를 멸하기 때문에 일은 마땅함을 얻고 정치는 바름을 얻지만, 어두운 세상에서는 사(私)가 공(公)을 이기기 때문에 일은 마땅함을 잃고 정치는 바름을 잃습니다. 그러니 정치하는 군주가 천리(天理)의 공변됨을 보존하고 인욕(人慾)의 사사로움을 억제하지 않아서야 되겠습니까? 저울질을 한 연후에는 경중을 속일 수 없는 것이니 이것이 바로 공평함이며, 먹줄을 대면 곡직(曲直)을 속일 수 없으니, 이것이 바로 공정함입니다. 옛날에는 어떻게 (훌륭한) 통치를 하였나 하는 것을 본받고자 하신다면 반드시 우선적으로 공도(公道)가 어떻게 시행되었는지를 본받아야 할 것이며, 현재의 폐단이 발생하는 연유를 제거하고자 하신다면 반드시 우선적으로 사의(私意)가 발생되는 연유를 제거하여야 하옵니다. 이와 같이 하면 인재를 선발하는 것이 공도(公道)로 될 것이고, 사람을 등용하는 것도 공도(公道)로 하여서, 선비들이 진퇴를 공도(公道)로 하여 사사로움을 따르고 공을 해치는 폐단이 거의 없게 될 것입니다.

청컨대 지금 밝게 하문하심을 받들어 이에 말씀드립니다. 팔원팔개(八元八凱)[478]의 등용

석고 불초한 자가 또 어떻게 감히 그대에게 아끼려고 하겠는가.[雖使古之君子, 積道藏德, 遁其光而不曜, 膠其口而不傳者, 遇足下之請懇懇, 猶將倒廩傾囷 羅列而進也, 若愈之愚不肖, 又安敢有愛於左右哉.]"라는 표현이 나온다.

477) 호월은 호와 월의 땅이 각각 북방과 남방에 있기 때문에 서로 멀리 떨어진 것을 비유하는 말로 쓰인다. 『회남자(淮南子)』「숙진훈(俶眞訓)」에 "다르다는 관점에서 보면 간담도 호월이 되고, 같다는 시각에서 보면 만물이 한 울타리 안에 있다.[自其異者視之, 肝膽胡越, 自其同者視之, 萬物一圈也.]"라는 말이 나온다.

478) 팔원팔개(八元八凱): 원개(元凱)라고도 한다. 중국 전설상의 임금인 고신씨(高辛氏)에게 재능 있는 아들 여덟 명이 있었는데, 이들을 팔원(八元)이라고 하였고, 고양씨(高陽氏)에게 재능 있는 아들 여덟 명이 있었는데, 이들을 팔개(八愷)라고 하였다. 이들의 후손들이 그 명성을 이어가자, 순(舜) 임금이 요(堯) 임금에게 이들을 천거하여 등용하였는데, 훌륭한 통치로 이름을 떨쳤다.

과 삼택삼준(三宅三俊)[479]의 등진(登進), 부암의 공사 현장에서 일하던 노인을 몽매간에 얻은 일과[480] 신야(莘野)에서 밭 갈던 늙은이가 탕왕의 간절한 초빙으로 일어난 것은[481], 벗이 와서 모이고[簪盍][482] 인재들이 다 함께 세상에 나온[拔茅彙征][483] 것이니, 어찌 현인이 때를 만나고 어진 자가 세상과 화합하는 것이 아니겠습니까. 과거라는 이름이 삼대(三代) 이전에 있었다는 말을 아직 듣지 못했습니다.

주나라의 문물이 찬란[郁郁][484]하고 제도가 갖추어져서 사도(司徒)가 삼물(三物)[485]을 가르쳐서 빈흥(賓興)의 예로 대우하였으며, 사마(司馬)가 관재(官材)를 가진 자를 가려 뽑아 그 논의를 정하였으니[486], 주나라의 인재등용은 이때에 가장 성대하였습니다. 한나라 때에는 효제(孝悌)·역전(力田)[487]·현량(賢良)·방정(方正)[488]과 덕행(德行)·명경(明經)·명법(明

---

479) 삼택삼준(三宅三俊): 삼택은 목민관의 장인 상백(常伯)과 정무(政務)를 담당하는 상임(常任)과 법을 맡은 준인(準人)이고, 삼준은 삼택이 될 만한 재덕(才德)이 있는 사람이다. 『서경(書經)』「입정(立政)」.

480) 고종 무정(武丁)이 꿈에 성인을 보고 부암의 공사 현장에서 일하던 부열을 발탁하여 재상을 삼은 일을 말한다. 『서경(書經)』「열명 상(說命上)」.

481) 신야(莘野): 유신국(有莘國)의 들로 옛날 이윤(伊尹)이 이곳에서 농사짓다가 탕왕(湯王)이 세 차례 정중하게 초빙하자 세상에 나와 상(商)나라를 일으켰다. 『맹자(孟子)』「만장 상(萬章上)」.

482) 『주역』「예(豫)」에, "붕합잠(朋盍簪)이라." 하였고, 그 주석에, "합(盍)은 회합의 뜻이요, 잠(簪)은 빠르다는 뜻이니, 여러 친구들이 빨리 와서 회합하는 것을 이름이라하였다." 하였다. 그래서 친구들이 집합하는 말로 쓰인다.

483) 『주역(周易)』에 "현인을 쓰면, 띠 뿌리를 뽑을 때 여러 뿌리가 한꺼번에 따라 일어나듯 여러 현인이 무리를 지어 나아간다.[拔茅彙征]" 하였다.

484) 『논어』에, "주(周) 나라는 2대[夏商]의 예(禮)를 보고 만들었으니, 욱욱(郁郁)히 문채롭다." 하였다.

485) 사도는 육경(六卿)의 하나로 나라의 교육에 대한 책임을 맡은 벼슬. 삼물(三物)은 육덕(六德)·육행(六行)·육예(六藝)로 지(知)·인(仁)·성(聖)·의(義)·충(忠)·화(和)는 육덕이고, 효(孝)·우(友)·목(睦)·인(婣)·임(任)·휼(恤)은 육행이고, 예(禮)·악(樂)·사(射)·어(御)·서(書)·수(數)는 육예이다.

486) 주대(周代)에 관리를 뽑는 방식을 보면, "향에서 수사(秀士)를 논하여 사도(司徒)에게 올리는 자를 선사(選士)라 하고 사도가 선사 중의 우수한 자를 논하여 학에 올리는 자를 준사(俊士)라 하며, 사도에게 올린 자는 향의 요역(徭役)을 면제하고, 학에 올린 자는 사도의 요역을 면제하는데 이를 조사(造士)라 한다. 대악정(大樂正)이 조사 중에서 우수한 자를 논하여 왕에게 고하고, 사마(司馬)에게 올려 관리의 후보를 충당하는데 이들을 진사(進士)라 하여 사마가 진사 주에서 관재(官材)를 가려 어진 자를 왕에게 고하여 벼슬을 제수한다. 이런 제도를 향거이선(鄕擧里選)이라 한다."하였다. 『예기(禮記)』「왕제(王制)」.

487) 효제(孝悌)·역전(力田): 한 문제(漢文帝) 때 효제와 역전이라는 두 과목으로 나눠서 사람을 채용한 제도. 효제는 부모를 잘 섬기고 청렴한 행실이 있는 자를 군국(郡國)에서 천거하게 하여 등용하였다. 역전(力田)은 농사에 힘쓰고 풍교(風敎)를 조성할 자를 선거하여 향관(鄕官)에 등용하였다. 『한서(漢書)』.

488) 현량(賢良)·방정(方正): 관리를 등용하는 하나의 방법으로, 책문을 통해 직언과 극간(極諫)을 잘하는 사람을 뽑았다. 현량문학(賢良文學)이라고도 한다. 『한서(漢書)』.

法)·임사(任事)의 과목이 있었으며, 당나라 때는 생도(生徒)·향공(鄕貢)[489]·굉사(宏詞)·
박학(博學)[490]과 명법(明法)·명등(明算)·일사(一史)·삼사(三史)[491] 등의 과목이 있었으
며, 송나라 때는 진사·준사·행의·절조가 있는 자를 천거하여 울연히 인재가 흥기하였고
찬란히 현사가 성행하자, 묘당에는 고관들이 사림에는 영수가 많아졌습니다.

하지만 선거(選擧)가 공정하지 않고 등용에 사심을 따른다면, 한갓 선거 제도라는 이름만
있고 도리어 선거의 실지를 잃게 됩니다. 옛적 진탕(陳湯)[492]은 수재로 추천받았지만 부친상
을 당하고도 집에 가지 않았다는 이유로 처벌을 받았으며, 서숙(徐淑)[493]은 효렴(孝廉)[494]으
로 천거되었으나 나이를 속였다는 견책을 면하지 못했습니다[495]. 효렴은 동한 때에 설치되
어 인재를 뽑았으나 효렴이 진흙처럼 탁하다는 견책이 있었으며, 중정과(中正科)[496]는 조위
(曹魏)[497] 때 설치되어 이름은 중정했으나 실제는 부정하다는 기롱이 있었습니다. 창려(昌
黎)[498]는 명유로 세 번이나 예부상서에 이르렀고, 하번(何蕃)[499]은 석사인데도 종신토록 급

---

489) 향공(鄕貢): 당대(唐代)에서 인재를 뽑던 과목의 하나. 인재를 뽑는 데는 대개 세 가지 길이 있는데, 학관(學館)
　　을 통해 뽑는 것은 생도(生徒), 주현(州縣)을 통해 뽑는 것은 향공, 임금이 직접 뽑는 것은 제거(制擧)라 하였다.
490) 당대(唐代)에 하급 관원이 일정한 기한이 차기 전에 더 높은 지위로 오르려 할 때 응시했던 이부(吏部) 주관
　　의 과목선(科目選) 시험을 말하는데, 시(詩)·부(賦)·논(論)의 3편을 작성하여 우수작으로 뽑히면 기한에
　　구애받지 않고 바로 관직을 제수받았다. 굉사과(宏辭科)라고도 한다.
491) 삼사(三史):『사기(史記)』,『한서(漢書)』,『후한서(後漢書)』를 가리킨다.
492) 진탕(陳湯): 한 원제(漢元帝) 때에 외국 사신으로 나가 질지 선우(郅支單于)의 목을 베고 관내후(關內侯)에
　　봉해졌다.『한서(漢書)』.
493) 서숙(徐淑): 후한(後漢) 때 사람.
494) 효렴(孝廉): 중국 한 무제 때부터 생긴 과시(科試)의 일종이다. 지방관이 그 지방에 효성 있고 청한한 사람을
　　중앙에 추천하여 등용하는 제도가 있었는데, 이에 추천된 자를 효렴이라 통칭하였다.
495) 한 순제(漢順帝) 때 상서령(尙書令) 좌웅(左雄)이 건의하기를, "효렴(孝廉)에 대하여는 나이가 만 40세가 못
　　되면 천거할 자격을 얻지 못 하되 만약 훌륭한 재주와 특이한 행실이 있다면 꼭 나이에 구애되지 않도록 해
　　야 할 것입니다."고 하였는데, 광릉(廣陵)에서 천거된 서숙(徐淑)의 나이가 만 40이 못 되었으므로 대랑(臺
　　郞)이 힐책하자, 그는 대답하기를, "조서(詔書)에 안회(顏回)와 자기(子奇) 같은 이가 있다면 나이에 구애되
　　지 않는다고 하였기에 본군(本郡)에서 신(臣)을 선발하여 충당한 것이다." 하니, 대랑은 더 말을 못했다. 좌
　　웅이 힐책하기를, "안회 같은 이는 하나를 들으면 열을 알았는데 효렴은 하나를 들으면 몇이나 아는가?" 하
　　자, 서숙이 대답할 바를 몰랐다. 그래서 마침내 파하여 물리쳐 버렸다.
496) 중정과(中正科): 위(魏)나라 때 각 주군(州郡)에 중정관(中正官)을 설치하였는데, 그 고을 인재의 품덕을 살펴
　　서 9등으로 나누어 관리로 선임하는 근거를 만드는 일을 담당하였다.『통전(通典)』「직관(職官)」.
497) 조위(曹魏): 조조(曹操)가 세운 위나라라는 뜻.
498) 한유(韓愈): 당나라의 문인. 자는 퇴지(退之), 호는 창려(昌黎). 시호(諡號)는 문공(文公). 당송팔대가의 제일
　　인자로 일컫는다.

제하지 못하였고, 제고(齊皥)500)는 귀한 신분으로도 등용되지 못하였으며, 왕삼원(王參元)501)은 부자인데도 과거에 합격하지 못하였습니다. 전휘(錢徽)502)는 과거를 책임지는 관직에 있으면서 사사로이 이종민(李宗閔)503)의 친한 자를 발탁시켰으며504), 달해순(達奚珣)505)이 과거제도를 담당하였을 때는 몰래 양국(楊國)의 아들을 등용하였습니다. 소동파(蘇東坡)506)는 오히려 이천(李薦)507)을 잃었고, 구양수(歐陽脩)508)는 유장(劉璋)509)을 잘못 등용하였습니다. 여혜경(呂惠卿)510)은 자기 뜻대로 책문을 본 사람을 발탁하였고, 왕개보(王介甫)511)는 사학(私學)을 통해 인재를 선발하였습니다. 예백공지(曳白空紙)512)의 풍자, 황모백

---

499) 하번(何蕃): 당나라 중기 회남(淮南) 사람. 한유의「태학생하번전(太學生何蕃傳)」에 의하면, 당시 태학생 중에 학문과 덕행이 뛰어났던 하번이 마침 늙은 부모를 봉양하기 위해 고향으로 돌아가려고 할 때, 양성이 좨주(祭酒)의 자리를 비워 놓고 그를 만류하려고 노력했으나, 이윽고 양성 자신이 도주 자사(道州刺史)로 폄척되어 나가게 되어 끝내 만류하지 못했다.

500) 제고(齊皥): 명경의 자제라고 하나 자세하지 않다.

501) 왕삼원(王參元): 당나라의 진사. 고인의 글을 읽어 문장이 훌륭하고 소학에 밝았다. 당세에 이름이 있었으니, 이하(李賀)와 친구였다. 유종원의「하진사왕삼원실화서(賀進士王參元失火書)」라는 글이 있다.

502) 전휘(錢徽): 당(唐)나라 오군(吳郡) 사람으로 자는 울장(蔚章). 벼슬은 강주 자사(江州刺史)·화주 자사(華州刺史) 등을 거쳐 문종(文宗) 즉위와 함께 상서 좌승(尙書左丞)에 올랐다.『당서(唐書)』.

503) 이종민(李宗閔): 당나라 때 우이(牛李) 당쟁의 주인공.

504)『구당서』에 "당 목종(唐穆宗) 때 전휘(錢徽)가 시험관이 되자, 재상 단문창과 한림학사 이신(李紳)이 각각 거자(擧子)를 천거하는 글을 보내 급제시켜 달라고 부탁하였는데, 이들이 모두 낙제하자 목종에게 참소하여 전휘를 강주 자사(江州刺史)로 좌천시켰다."라는 기사가 보인다.

505) 달해순(達奚珣): 당나라 현종 때의 사람. 안사의 난이 있기 전에 이부시랑을 역임하고, 안사의 난에 하남윤의 신분으로 반란군과 맞서다가 포로가 되었다가 나중에 항복하였다. 안녹산이 괴뢰국을 세우자 달해순이 정승을 하였다. 그러다가 안사의 난이 평정되자 괴뢰국을 따랐다는 죄명으로 피살되었다.

506) 소동파(蘇東坡): 북송 때의 문인이자 정치가인 소식(蘇軾)의 호. 자는 자첨(子瞻). 아버지 소순(蘇洵), 동생 소철(蘇轍)과 함께 3소(三蘇)라고 일컬어지며, 이들은 모두 당송팔대가에 속한다.

507) 이천(李薦): 북송시기 문인. 자는 방숙(方叔). 어린 시절부터 학문에 뛰어나 향리에서 이름이 났고, 황주(黃州)에서 소식을 알게 되었다. 그러나 소식이 조정에 천거했음에도 불구하고 뜻을 얻지 못했다. 중년이 되자 벼슬에의 뜻을 버리고 장사(長社, 河南 長葛縣)에 거처를 정했다. 원래 문집『제남집(濟南集)』20권이 있었지만 지금은 사라졌고, 현재는 청나라 때의 집일본이 전해진다.

508) 구양수(歐陽脩): 중국 송나라의 정치가 겸 문인. 자는 영숙이며, 육일거사(六一居士)라고 불린다. 송나라 초기의 미문조(美文調) 시문인 서곤체(西崑體)를 개혁하고, 당나라의 한유를 모범으로 하는 시문을 지었다. 당송팔대가의 한 사람이었으며, 후배들에게 많은 영향을 주었다. 주요 저서에는『구양문충공집』등이 있다.

509) 유장(劉璋): 송대의 학자로, 저서에『가례보주(家禮補註)』가 있다.

510) 여혜경(呂惠卿): 송(宋)나라 사람. 자는 길보(吉甫). 그는 처음 왕안석과 의기상합, 온갖 아첨을 부리다가 안석이 실권하자, 그의 복귀를 적극 방해한 소인이었다.

511) 왕안석(王安石): 북송 사람, 자는 개보(介甫). 신종 때에 정승으로 있으면서 청묘법·보갑법 등 새 법을 제정

위(黃茅白葦)513)의 습성이 아울러 생겨남에, 왕 문정공514)이 과거장의 조관(條貫 조리)을 들어서 땅에 버리고 취하지 않은 것은 마땅하였습니다.

우리나라의 금과옥조(金科玉條)515)는 성신(聖神)이 제창한 것으로 인재를 선발하는 방법과 인재를 등용하는 도리가 각각 조목이 있어서 상세하지 않음이 없었습니다. 자묘오유(子卯午酉)516)의 해에 과거가 있어서 경술과 사장517)을 나란히 실시하였으니 봉황이 미처 깃들 겨를도 없이, 용이 미처 엎드릴 여가가 없이, 검 날이 예리하고 거울이 밝게 빛나는 것처럼, 큰 산 깊은 골짜기에 (결문으로 해석 불가) 있는 무리 가운데에서 갓의 먼지를 털고[彈冠]518) 일어나 소매를 높이 들고 나가서 향곡의 영재들과 이름을 나란히 하여 회성(會省)의 과거시험에 참여하였습니다. 시골에서 과거에 합격하여 울연히 간택하는 데 참여하니 그 몇 사람인가는 염려할 것이 없습니다.

어찌하여 근년 이래로 공도(公道)가 없어지고 사의(私意)가 성화처럼 달려들어, 규법이 엄

하여 부국강병을 꾀했으나 사마광 등 보수파가 반대하여 실패로 돌아갔다. 문장이 훌륭하여 당송팔대가의 한 사람이다.

512) 예백공지(曳白空紙): 한 글자도 기록하지 못한 시험 답안지를 예백(曳白)이라고 한다. 아무것도 쓰지 않은 빈 종이를 공지(空紙)라고 한다. 당 현종이 이미 등과한 사람들을 대상으로 다시 친시(親試)를 베풀었는데, 어사중승(御史中丞) 장의(張倚)의 아들인 석(奭)이 하루 종일 답안지에 한 글자도 쓰지 못하자, 당시 사자(士子)들이 그를 '예백(曳白)'이라고 부르면서 조롱했다는 고사가 전한다. 『구당서』.

513) 황모백위(黃茅白葦) : 누런 띠 풀과 흰 갈대꽃이라는 뜻으로, 하찮은 학문이나 문장 따위를 비유한 말이다. 소식(蘇軾)이 일찍이 장문잠(張文潛)에게 답한 편지에 "왕씨는 자기 학문을 가지고 온 천하를 똑같게 하려고 하지만, 비옥한 땅은 물건을 생산하는 것은 같으나 생산되는 물건은 같지 않은 것이요, 오직 거칠고 척박한 땅만이 눈앞에 아득히 펼쳐진 것은 모두 흰 갈대꽃이나 누런 띠 풀일 뿐인 것이니, 이것이 곧 왕씨가 천하를 똑같게 하려는 데에 해당한 것이다.[王氏欲以其學同天下, 地之美者, 同於生物, 不同於所生, 惟荒瘠斥鹵之地, 彌望皆黃茅白葦, 此則王氏之同也.]"라고 한 데서 온 말이다. 왕씨는 곧 왕안석(王安石)을 가리킨다. 『동파전집』.

514) 왕 문정공: 북송 때의 대신 왕단(王旦)이다. 진종(眞宗) 함평(咸平) 때 동지추밀원사(同知樞密院使)와 참지정사(參知政事)를 지냈다. 거란(契丹)이 침범하자 진종을 따라 단주(澶州)에 이르렀는데, 동경유수(東京留守) 옹왕(雍王)이 갑자기 병에 걸려 급히 돌아가자 유수의 직책을 대행했다. 일찍이 진종에게 조종의 법을 시행하고 개혁을 신중하게 하라고 권했다. 사람을 잘 보아 중용된 인사를 많이 천거했다. 사후 태사(太師)가 추증되고, 시호는 문정(文正)이다.

515) 금과옥조(金科玉條): 법령을 말하는데 여기서는 규식과 범례를 뜻한다. 금과 옥은 귀중함을 비유한 것이다.

516) 자묘오유(子卯午酉): 자묘오유의 해가 3년마다 한 번씩 돌아오는데, 이때 정기적으로 과거를 보았다. 그래서 식년시라는 이름도 생겼다.

517) 경술(經術)은 경서(經書)에 관한 학술을 말한다면, 사장(詞章)은 문장과 시가를 일컫는다.

518) 탄관(彈冠): 갓의 먼지를 턴다는 뜻으로, 의기투합하는 친구의 손을 잡고 벼슬길에 나설 준비를 한다는 말이다.

하고 혹독하여 다투어 간구(奸宄)한 낭탁(囊橐)519)을 만들고, 과목이 번잡하고 규율이 분분하여 교사(巧詐)의 효시가 되었으며, 시험관은 비고(批考)하는 것을 조롱하고 오직 상하 차례의 경중에만 뜻을 두고 친소를 중시하며, 사자(士子)는 분주히 반부(攀附)520)하여 부정한 방법으로 득실을 구하고 하리(下吏)에게 뇌물을 주어서 몰래 과거시험의 고저를 기획하며, 과거장이 아직 설치되지 않았는데도 갑자(장원)를 먼저 헤아리고, 방(榜)이 아직 나오지도 않았는데 을자를 미리 알 수 있으며, 권문세도가에 의지하여 합격하는 자도 있고, 시험 보는 사람과 좋은 친분을 맺어 장원한 자도 있고, 돈이 많은 자는 과거에 급제하기가 쉬우며, 마음이 교묘한 자는 높은 점수로 급제할 것을 도모할 수가 있어서, 중외가 모두 이런 방법을 쓰고 문무가 모두 그러하여, 간교한 술법을 부리고 사곡(邪曲)한 꾀를 멋대로 부려서, 조종의 금석지전(金石之典)521)을 범하고, 조정의 청명한 교화를 병들게 한 것이 연달아 일어나게 되었습니까?

　제가 밤중에 일어나서 거듭 생각해보니, 우리나라의 국법은 대저 모두가 문구(文具 규례만 따름)만 있고 한갓 이름만 있을 뿐입니다. 사정(私情)은 법을 이겨서는 안 되는데 사정으로 법을 폐함이 있고, 사의(私意)는 공도(公道)를 이겨서는 안 되는데 사의로 공도를 멸하는 일이 있습니다. 문관의 시종자는 고사(考士)의 책임을 내부에 맡기고, 수령 중의 강명(剛明)한 자는 시인(試人)의 권력을 외부에 맡겨, 조종의 아름다운 법전이 지극히 상세하고 지극히 정밀하였습니다. 그런데 근래에는 시관(試官)을 맡은 자가 대부분 용잡(冗雜)한 데서 나와서, 해당 부서에 직접 가서 의논할 때에도 인원을 채운 것과 궐원을 채운 것을 같이 처리하고, 감사가 사무를 보는 사이에 경수(涇水)는 흐리고 위수(渭水)는 맑음을522) 구별하지 못하여, 보고도 끝내 일오색(日五色)을 구분 못한다는[過眼終迷日五色]523) 탄식이 있습니다. (그러니)

---

519) 낭탁(囊橐): 자루와 전대 등을 가리키는 말로, 사리사욕을 채운다는 의미이다.

520) 반부(攀附): 반룡부봉(攀龍附鳳)의 준말로, 제왕 혹은 명사에게 몸을 의탁해서 이름을 이루는 것을 말한다. 한(漢)나라 양웅(揚雄)이 지은 『법언(法言)』「연건(淵騫)」의 "용의 비늘을 끌어 잡고 봉의 날개에 붙는다.[攀龍鱗 附鳳翼]"라는 말에서 유래한 것이다.

521) 금석지전(金石之典): 금석처럼 변함이 없는 굳건한 법, 즉 국법을 뜻한다.

522) 경수(涇水)와 위수(渭水)는 모두 강물 이름이다. 경수는 하류에서 위수(渭水)와 합하는데 경수는 흐리고, 위수는 맑다.

523) 일오색(日五色)은 당나라 때 이정(李程)이 지은 「일오색부(日五色賦)」를 가리킨다. 이정이 「일오색부」를 지었으나 과거에 낙방하고 말았는데, 양오릉(楊於陵)이 이 글을 가지고 가서 고시관에게 보이니, 고시관은 훌륭한 문장이라고 극구 칭찬하였다. 양오릉이 "만약 지금 과장에서 이러한 부를 짓는 자가 있으면 대감은 어

문득 친정(親情)이 지공(至公 지공무사)을 팔았다는 한숨이 장차 어느 때에나 그치겠습니까?

옛날 송백(宋白)524)이 춘관(春官)을 맡았을 때 소식과 왕안석이 과거에 급제하였고, 정우(程羽)525)가 선거를 담당하였을 때 장구(張·寇)526)가 나란히 이름이 알려졌습니다. 이들은 모두 일대 인재의 융성함을 이루어 수세 동안 크게 쓰이도록 구비되었습니다. 방평(方平)이 문(文)을 맡자 부(賦)는 전요(典要)527)함을 숭상하였고, 구양수가 문형을 잡자 문체가 혼아(渾雅)하게 변하였습니다. 인재의 성쇠와 문장의 미악(美惡)은 모두 주사(主司)가 어떠하느냐에 달려 있을 뿐입니다. 그런즉 과거의 폐단을 막으려면 과거를 맡은 관리를 신중하게 선발하여 하나같이 대공지정(大公至正)한 자로 그 책임을 맡기고, 사심을 따르고 사정에 이끌리는 자가 권력을 멋대로 하게 하지 말아야 합니다. 이와 같이 된 연후에 시험관은 바르지 못한 도로써 출척(黜陟)528) 당하는 일이 없을 것이고, 사자(士子)는 약삭빠른 덕에 요행으로 등용되는 일이 생기지 않을 것입니다. 그러면 두목(杜牧)529)이 어찌 두 번이나 좌천될 것이며, 원결(元結)530)이 반드시 예랑(禮郎)531)을 등한시했겠습니까? 그렇지 않으면 비록 날마다 사목(事目)을 새로이 하고 달마다 법령을 내려도 이미 사의에 힘쓰는 인심에 도움이 되지 않습니다.

집사의 질문에 저는 이미 대략 이와 같이 아뢰었습니다. 글의 끝에 또 올릴 말씀이 있습니

떻게 하겠습니까."라고 물으니, 그는 "이러한 문장을 짓는 자는 당연히 장원이 되어야 한다."라고 대답하였다. 이에 양오릉이 이 글을 지은 사람이 낙방하였음을 지적하여 마침내 이정이 장원으로 뽑히게 되었다. 이것은 고시관의 우두머리가 되어서 훌륭한 문장을 알아보지 못한 부끄러운 심정을 나타낸 것이다.

524) 송백(宋白): 송 태종(宋太宗) 때 문신으로 자는 태소(太素). 이방(李昉)과 함께 『문원영화(文苑英華)』천여 권을 편찬하였다.

525) 정우(程羽): 자는 중원(仲遠)이고, 하북성 심현(深縣)사람이다. 소년시기부터 열심히 공부했으며, 문장에 능했고, 후에 진사를 지냈다.

526) 장·구(張寇): 미상

527) 전요(典要): 불변의 준칙(準則)을 뜻하는 말이다.

528) 출척(黜陟): 출(黜)은 벼슬자리를 좌천 또는 파면하는 것이고 척(陟)은 승진하는 것을 말한다.

529) 두목(杜牧): 만당 시인. 자는 목지(牧之), 호 번천(樊川). 이상은(李商隱)과 더불어 이두(李杜)로 불리며, 또 작품이 두보와 비슷하다 하여 소두(小杜)로 불린다. 26세 때 진사에 급제하여, 굉문관교서랑(宏文館校書郎)이 되고, 황주(黃州)·지주(池州)·목주(睦州) 등의 자사(刺史:지방장관)를 역임한 후, 벼슬이 중서사인(中書舍人)까지 올랐다.

530) 원결(元結): 당나라 사람. 자는 차산(次山), 호는 의간자(猗玕子). 벼슬은 용관경략사(容管經略史). 고문(古文) 부흥의 선구자.

531) 예랑(禮郎): 조선시대에 예악(禮樂)·제사(祭祀)·연향(宴享) 등의 업무를 담당했던 예조의 당하관 품계를 통틀어 이른 명칭으로, 정5품 정랑, 정6품 좌랑 등이 이에 속한다.

다. 저는 일찍이 용인(用人)의 길은 하나이며, 취사(取士)의 길도 같다고 생각하였습니다. 문음(門蔭 조상의 공덕)이 공정하지 않음은 과거의 폐단보다 심합니다. 집사의 질문이 이러한 뜻에 미치지 못한 것은 장차 하나를 들어서 셋을 알리려는[擧一而反三]532) 것입니까? 중요한 것을 취하고 가벼운 것을 버리려는 것입니까? '아침에 초나라 벽옥을 잡고 울다가 저녁에 진나라 비파를 친다'는 말이 있으니, 옛사람이 풍자한 것을 지금에서도 또한 볼 수 있습니다. '공정에 머리를 들고 왕문에서 소매를 끈다'는 말은 식자들이 기롱하는 것으로 지금까지도 또한 있는 일이니, 어찌 개탄스러운 일이 아니겠습니까? 국가가 보거(保擧)533)의 제도를 설치하고 공천(公薦)의 방법을 사용하여서 인재를 구하는 방법을 지극히 하였으나, 지금에 이르러서는 공도(公道)가 문란하고 사의가 성행하여, 주정(奏政)하는 날에 (결문으로 해석 불가) 또한 인사와 관련된 시절에 청첩장 (등이) 공공연히 횡행합니다. 과거 때를 살펴보아도 그러하고 음관을 뽑을 때도 그러합니다. (이점이 바로 제대로 된) 선비가 진출하기 어려운 이유입니다. 저와 같은 자는 십년 동안 공부하면서[雞窓]534) 단계(丹桂)535)의 한을 품었으며 반평생 푸른 등을 마주하고 벽도(碧桃)536)의 한을 품었습니다. 속에 있는 억울함을 펴고 미친 사람처럼 입을 함부로 열어서, 더러운 세상을 배척하고자하여 대궐을 향해 울부짖을 것을 생각한 지가 오래되었습니다. 오늘 선생의 물음에 힘입어 감히 평소에 품은 뜻을 토로하지 못하고, 삼가 이렇게 답변 드립니다.

---

532) 이 말은 『논어』 「술이」 편에서 인용된 말로, 네모로 된 것을 한 모서리만을 들어 말하여도 듣는 자는 이를 미루어 세 모서리를 알아야 한다는 뜻. 본문은 "擧一隅, 不以三隅反, 則不復也."이다.

533) 보거(保擧) : 천거하는 사람이 그의 신분을 보증하여, 후일에 천거 받은 자가 죄를 지으면 천거한 사람이 책임을 지는 것이다.

534) 본문의 계창(鷄窓)은 학자의 서창을 말한다. 진(晉)나라 때 연주 자사 송처종(宋處宗)이 일찍이 잘 우는 닭 한 마리를 사서 애지중지 길렀다. 늘 창문에 놓아두었더니 뒤에 닭이 사람 말을 할 줄 알아 처종과 담론을 나누었는데, 지극히 현치(玄致)가 있었다. 처종의 공업이 이로부터 크게 진보했다. 『몽구(蒙求)』.

535) 진 무제 때에 극선(郤詵)이 현량 대책(賢良對策)에서 천하제일로 뽑혔는데, 소감을 묻는 무제의 질문에 "계수나무 숲의 나뭇가지 하나를 잡아 꺾고, 곤륜산의 옥돌 한 조각을 손에 쥔 것과 같다.[桂林之一枝, 崑山之片玉.]"라고 답변한 고사가 전한다. 『진서(晉書)』. 여기서는 아직 과거에 급제하지 못하였음을 말한다.

536) 벽도(碧桃): 반도(蟠桃)로, 전설 속에 나오는 신선들이 먹는 복숭아인데, 3천 년에 한 번 열매를 맺는다고 한다. 좀처럼 오지 않는 기회를 말함인 듯하다.

이적

질문

군주가 오랑캐를 대하는 방법은 정벌(征伐)과 화친(和親)뿐이다. 옛날을 상고해보면, 고종(高宗)[537]이 귀방(鬼方)을, 선왕(宣王)[538]이 험윤(玁狁)[539]을, 한나라 광무제(漢光武)[540]가 교지(交趾)를, 당태종(唐太宗)[541]이 돌궐(突闕)[542]을 모두 정벌함으로써 흥성하였다. 반면에 주나라 목왕(穆王)[543]이 견융(犬戎)을[544], 진시황이 북호(北胡)를, 남송이 금원(金元)을 모두 정벌함으로써 쇠망했다. 대왕(大王)이 훈육(薰鬻)[545], 문왕이 곤이(昆夷), 한고조가 흉노(匈奴), 송나라 진종이 거란(契丹)[546]과 모두 강화를 함으로써 지치(至治)를 이룩하였다. 반면에 진무제가 강족(羌族)과 선비족(鮮卑族), 당나라 덕종이 토번(吐藩)[547], 송나라 휘종과 흠종[548]이 여진(女眞)과 모두 강화함으로써 나라가 어지럽게 되었다. 정벌은 하나같이 같았으나 흥망이 다르고, 화친도 하나같이 같았으나 치란이 같지 않은 것은 무엇 때문인가? 대저 정벌을

---

537) 고종(高宗): 한나라 11대 황제.

538) 선왕(宣王): 중국 삼국 시대의 위나라 명장인 사마의(司馬懿)이다.

539) 험윤(玁狁): 은(殷)나라 말, 주(周)나라 초에는 귀방(鬼方)으로 일컬었고 주나라 중엽 이후로 험윤으로 일컬었는데, 후대의 흉노이다.

540) 광무제(漢光武): 동한(東漢)의 개국 황제, 정치가, 군사가인 유수(劉秀)이다.

541) 당태종(唐太宗): 당(唐)의 제2대 황제. 이름은 세민(世民). 실질적인 창건자로 평가받고 있다.

542) 돌궐(突闕): 6세기 중엽부터 약 200년 동안 몽골고원을 중심으로 활약한 투르크계 민족.

543) 목왕(穆王): 주(周)나라의 제5대 왕. 이름은 희만(姬滿)이고, 소왕(昭王)의 아들이다. 기원전 10세기경 사람으로, 『사기』에는 50살 때 즉위해 55년 동안 재위했다고 되어 있다.

544) 견융(犬戎): 고대 중국의 은(殷)·주(周) 때에 서쪽 지방에 있던 융족(戎族)의 일파.

545) 훈육(薰鬻): 중국 하대(夏代)에 북적(北狄)을 일컫던 말.

546) 거란(契丹): 퉁구스와 몽고의 혼혈족으로 알려진 동호계(東胡系)의 한 종족명.

547) 토번(吐藩): 당송시대에 서장족(西藏族)을 이르던 이름. 당 덕종은 주자(朱泚)가 반란을 일으키자 토번에게 군대를 요청하면서 안서와 북정(北庭)을 주겠다고 약속하였다. 반란이 진압된 뒤 토번이 이 땅을 요구하자 덕종은 주려고 하였다. 『자치통감강목(資治通鑑綱目)』.

548) 휘종과 흠종: 송나라가 금(金)나라에 멸망 당한 뒤 상황(上皇)인 휘종과 흠종이 금나라에 잡혀가서 돌아오지 못했다. 흠종의 아우 강왕(康王)이 남경에서 1127년에 즉위하였는데 이때부터가 남송 시대이다.

말함은 모두 화친을 함으로써 나라가 욕을 당하였기 때문이며, 화친을 주장함은 모두 정벌을 함으로써 분쟁의 실마리를 열었기 때문이다. 그렇다면 어떻게 하여야 이적을 대우함에 그 도(道)를 얻어 나라가 욕되지 않고 분쟁을 일으키는 근심이 없겠는가?[549]

답변

게을리 하지 않고 황폐하지 않은[無怠無荒][550] 덕이 쇠한 이래로 왕은 도리어 경화(梗化)[551]하고, 잘못을 좇아도 허물하지 않고 오는 사람을 막지 않은 도리[不拒不追之道][552]를 잃어서, 귀화하여 붙은 자들이 난을 일으키기에 이르렀습니다. 그리하여 풍진으로 화하(華夏)가 아득하고 의관이 오랑캐에게 치욕을 당한 일은 어느 시대에나 있었습니다. 제가 한스러워 하는 점은 일찍이 지난 역사에서 상책이 있는 바를 연구하지 않은 적이 없었으되, 가슴속에 품고 있은 지가 오래되었다는 것입니다. 지금 밝게 하문하심이 이에 미치기에 저는 비록 군대의 일을 익히지는 않았지만 우활한 소견으로 집사를 위해 말씀드리겠습니다.

적이 이르되, 『서경』에서는 "만이가 중하를 어지럽힌다.[蠻夷猾夏][553]"라고 하였으며, 『시경』에서는 "융적을 이에 막는다.[戎狄是膺]"[554]라고 하였으니, 이적이 일어난 시초가 멀고, 만이(蠻夷)의 화가 일어난 지 오래되었습니다. 천지와 더불어 생겨나고 중국과 병립하여 절대 다스릴 수 없는 백성이 되어 범과 이리처럼 문밖에서 소란을 피우고, 방외에 굴복시키기 어려운 종자가 되어서 옹저(癰疽)[555]가 가슴속에 맺혔습니다. 그렇기 때문에 왕이 세상을 다

---

549) 위의 대책문은 김정국(金正國, 1485~1541)의 『사재집(思齋集)』에 「왕자대이적(王者待夷狄)」이라는 제목으로 실려 있다. 몇 군데 상이한 곳이 있으나 내용은 대체적으로 위와 같다.

550) 『서경』「대우모」에 "도를 어기면서 백성들의 칭찬을 구하지 마시며 백성들을 거스르면서 자신이 바라는 것을 따르지 마소서. 게을리하지 않고 황폐하지 않으면 사방의 오랑캐들도 와서 왕으로 받들 것입니다.[罔違道, 以干百姓之譽, 罔咈百姓, 以從己之欲, 無怠無荒, 四夷來王.]"라고 하였다.

551) 경화(梗化): 완고해서 교화가 덜 된 나머지 조정의 명령에 복종하지 않고 거역하는 것을 말한다.

552) 『맹자』「진심 하(盡心下)」에 "부자께서 교과를 설치함은 지난날의 잘못을 좇아도 허물하지 않으며 오는 자들을 막지 아니하여 만일 배우려는 마음을 가지고 오면 받아 주실 뿐이다.[夫子之設科也, 往者不追, 來者不拒, 苟以是心至, 斯受之而已矣.]"라고 한 말에서 나온 것이다.

553) 『서경집전(書經集傳)』「순전」에, 제순(帝舜)이 "고요야, 만이(蠻夷)가 중하(中夏)를 어지럽히며 약탈하고 죽이고 밖을 어지럽히고 안을 어지럽히므로 너를 사(士)로 삼는다.[皋陶! 蠻夷猾夏, 寇賊姦宄, 汝作士.]"라고 하였다.

554) 『시경』「비궁(閟宮)」에 "융적을 이에 막고, 형서를 이에 응징하니, 우리를 감히 막지 못하는구나.[戎狄是膺, 荊舒是懲, 則莫我敢承.]"라는 내용이 있다.

스림에, 혹 군대를 일으키고 무리를 동원하여 그 방자한 기세를 토벌하기도 하였으며, 혹은 사신을 보내 폐백을 받들고서 형제의 의리를 맺기도 하였으니, 고금이 이적을 대하는 방법은 이 두 가지에서 벗어나지 않습니다. 그러니 정벌을 하거나 화친하는 까닭은 각기 그 마땅함이 있을 것입니다. 우리의 위엄이 완고한 저들을 두렵게 할 수 있고 우리가 처한 시기가 천심과 합일될 수 있는데, 방구석에서 코를 골며 자는 것을[鼾睡]556) 부끄럽게 여기고 어느 한 쪽이 복종하지 않는 것을 분히 여기면, 정벌은 이에 반드시 하게 되어 있습니다. 그렇게 하면 크게 사나운 자들도 벌이나 전갈의 독 같은 무력이 좌절되어 신무(神武)의 위엄에 엎드리게 될 것입니다. 참으로 만일 이런 점을 살피지 아니하고 복종하지 않은 것에 분노하고 밖을 섬기는 것을 부끄럽게 여겨 (남들이) 두려워할만한 위력을 갖추지 않고 부질없이 정벌이란 명분만 따른다면, 전사자들이 초야에 여기저기 뒹굴게 되어 수레로 다 옮기지도 못하게 되어 위태롭고 멸망할 기세가 어찌 이르지 않겠습니까! 우리의 힘이 저들의 포악함을 제어할 수 있고 우리의 형세가 때에 잘 맞아, 그들을 견양(犬羊)557)처럼 하찮게 여겨 그 대소를 견주지 않고, 힘을 기르고 때에 따라 감추고558), 병든 백성들을 쉬게 하면 화친은 이에 반드시 하게 되어 있습니다. 그렇게 하면 오랑캐는 딴 마음 먹는 것을 그만두고(결문으로 해석 불안정) 단청(丹靑) 같은 약속을 따를 것입니다. 만일 혹 이것을 염두에 두지 않고, 안일을 힘쓰고 고식지계를 편안히 여기고서, 신뢰할 수 있는 은의를 닦지 않고 다만 화친의 명분만을 사모한다면, 금이나 비단 같은 것으로 저들의 욕심을 채울 수가 없을 것이니, 쇠란의 징조가 어찌 형성되지 않겠습니까? 이 때문에 정벌한 것은 비록 같지만 흥망성쇠는 다른 길로 귀결이 되며, 화친한 것은 비록 같지만 치란이 다르게 나뉘게 되는 것입니다.

　비록 그러하나, 정벌은 분노에서 나오고 화친은 두려움에서 연유하는 것입니다. 산을 넘

---

555) 옹저(癰疽): 큰 종기를 통틀어 이르는 말.

556) 송 태조가, 강남에 웅거하던 남당(南唐) 이욱(李煜)이 복종하지 않으므로 치니, 남당에서는 서현(徐鉉)을 보내 공격을 늦추어 줄 것을 누차 청하였다. 그러자 태조는 "강남이 무슨 죄가 있겠는가? 다만 천하가 일가인데 잠자는 옆자리에 다른 사람이 코고는 것을 용납할 수 없기 때문이다. [江南亦何罪, 但天下一家, 臥榻之側, 豈容他人鼾睡]." 하였다. 『정사(桯史)』.

557) 견양(犬羊): 오랑캐 등 외적(外敵)을 멸시하여 부르는 칭호이다.

558) 현재의 상황에 순응하며 역량을 축적하고 있다가 때가 되면 실력을 발휘하는 것을 뜻한다. 『시경』 「주송(周頌)」에 "아 성대한 천자의 군대로 도를 따라 힘을 기르고 때로 감추어 때가 되어 크게 밝아진 뒤에야 이에 큰 갑옷을 입으셨도다.[於鑠王師, 遵養時晦, 時純熙矣, 是用大介.]"라고 한 데서 온 말이다.

고 물을 넘어 머리를 조아리며 조공을 바친다면, 절로 노여워할 만한 단서가 없을 것이니, 무슨 일로 전쟁을 하겠습니까? 폐백을 바치고 번국(藩國)으로 칭하고 복종한다면 절로 두려워할 만한 기미가 없는 것이니, 무슨 일로 돈과 비단을 바치겠습니까? 『서경』에 이르기를 "명왕이 덕을 삼가자, 사방의 오랑캐가 다 조회한다."559)라고 하였으며, 전(傳)에 이르기를 "중국에 도가 있으면, 사방의 오랑캐를 지켰다."560)라고 하였으니, 천하국가를 다스리는 자가 진실로 밝은 왕의 덕을 다하면, (그 교화가) 사방으로 미칠 것이요[西被而東漸]561) 중국의 도가 중외로 가득차서 넘칠 것입니다. 그렇다면 신하로 복종하기에도 겨를이 없을 것이거늘 또 어찌 정벌을 염려할 것이며, 혹 뒤질세라 분주할 터이니, 또 어찌 화친을 말하겠습니까? 그렇다면 틈을 만들 근심이 없어 (따르는 사람들이 반대하는 사람에게) 몽둥이를 만들어 공격하게 하는 것이 덕에 달려 있지 않겠습니까? 나라를 욕보게 할 잘못이 없어서 붓에 의지하여 공격하는 것이 도에 달려 있지 않습니까?

밝게 하문하심으로 인하여 저의 소견을 아뢰겠습니다. 귀방(鬼方)이 완고하게 굴복하지 않자 고종이 정벌하여 굴복시켰고, 험윤(獫狁)이 중국을 침범하자 선왕이 정벌하여 축출하였고, 교지(交趾)가 토벌되자 광무가 중흥하여 더욱 강성해졌고, 돌궐을 섬멸하여 태종의 공업은 날로 융성하였습니다. 주나라 목왕(穆王)이 견융(犬戎)을 정벌하였으나 황복(荒服)562)이 오지 않았으며, 진시황이 북호(北胡)를 물리쳤으나 소장(蕭牆)563)에서 화가 일어났고, 남송이 금·원을 뇌물로 회유하려했으나 오히려 그 침략을 받았습니다. 군사를 일으킨 것이 하나같이 똑같고 군대를 동원한 것도 똑같은데, 흥망성쇠가 같지 아니함은 무엇 때문입니까? 훈육(獯鬻)의 기세가 강성하였으나 대왕이 섬겨서 그 백성을 편안히 하였고, 곤이가 업

---

559) 『서경』 「여오(旅獒)」편에 나온다.
560) 『춘추좌씨전(春秋左氏傳)』 소공(昭公) 23년에 "옛날에 천자는 왕도정치를 펼쳐서 사방의 오랑캐를 막았다.[古者天子, 守在四夷]"는 말이 나온다.
561) 『서경』에 "동쪽으로는 바다에까지 번져 갔고, 서쪽으로는 유사 지역에까지 입혀졌으며, 북쪽과 남쪽의 끝까지 이르렀다. 그리하여 그의 풍성과 교화가 사해에 다 미치자, 우가 검은 규를 폐백으로 올리면서 순 임금에게 그의 일이 완성되었다고 아뢰었다.[東漸于海, 西被于流沙, 朔南曁, 聲教訖于四海, 禹錫玄圭, 告厥成功.]"라는 말이 나온다.
562) 황복(荒服): 옛날 중국에서 천하를 9개의 주(州)로 나누었을 때, 그 주(州) 밖에 가장 멀리 떨어져 있었던 땅을 말하는 것으로, 천자의 감화가 미치지 않는 먼 나라를 말한다.
563) 소장(蕭牆): 자기 담장 안에서 일어나는 변을 이른다. 『논어』 「계씨편」에 "계씨의 화가 전유(顓臾)에 있지 않고 소장(蕭牆)의 안에 있다."라고 하였다.

신여겼으나 문왕이 섬겨서 그 천리를 즐겼으며, 흉노에게 뇌물을 주어 고조의 천하가 평안해졌으며, 거란과 화친하여 진종의 백성이 편안하였으며, 진무제가 선비(單卑)564)를 받아들여서 후환을 남겼으며, 덕종이 토번과 화친하여 약함을 보였으며, 흠종과 휘종이 여진과 함께 하였으나 매수되었으니, 그 재물을 바친 것도 똑같고 폐백을 바친 것도 똑같은데, 치란이 같지 않은 것은 무엇 때문입니까? 정벌이 같다면 그 흥함도 의당 똑같지 않을 수 없으며, 그 망함도 또한 똑같지 않을 수가 없는데, 혹 융성하기도 하고 혹 쇠망하기도 한 것은 참으로 괴이한 일입니다. 화친한 것이 똑같으니 그 다스림도 똑같지 않을 수가 없으며, 그 어지러움도 마땅히 똑같지 않을 수가 없는데, 혹 치세를 이루기도 하고 혹 어지럽기도 하니, 참으로 괴이한 일입니다. 제가 들으니, 정벌은 한갓 군사를 일으키고 군대를 동원하는 사이에 있는 것만이 아니라, 정벌의 요체는 (두 가지가 있으니) 위엄으로 정벌하는 것과 때에 맞게 정벌하는 것이 있다고 합니다. 또한 화친은 한갓 재물을 바치고 폐백을 봉행하는 사이에 달려 있는 것이 아니라, 화친의 요체는 (두 가지가 있으니) 힘으로써 화친하는 것과 형편으로써 화친하는 것이 있습니다. 위엄으로 제압할 수 있고 때가 맞아 움직일 수 있어서, 정벌하면 침공하여 함락되지 않는 것이 없고, 싸우게 되면 반드시 이겨서 만세의 복을 이룰 수 있습니다. 힘이 비록 이길 수 있고 위엄으로 굴복시킬 수 있는데도 화친을 하면, 구하되 응하지 않음이 없고 말하되 순응하지 않음이 없어서 일시의 이로움이 될 것입니다. 이것으로 논하고 이것으로 판단한다면, 옛날 제왕의 득실은 명감(明鑑)565) 가운데에서 벗어나지 않을 것입니다.

고종은 상나라 왕실의 미약한 때를 만나 나라를 중흥시킬 일념으로, 상은 과분하게 주지 않고 형벌은 남용하지 않았으며566), 형·초(荊楚)를 평정하고 기강을 바로잡았습니다. 선왕(宣王)567)은 여왕(厲王)568)의 공렬을 계승하고 난을 평정할 뜻을 분발하여, 사방의 나라를 안

---

564) 원문에는 '선비(單卑)'로 되어 있으나 '선비(鮮卑)'의 오기로 보인다.
565) 명감(明鑑): 인재를 알아보는 밝은 감식안이다.
566) 『춘추좌씨전』「양공 26년」 조에 "나라를 잘 다스리는 자는 상을 과분하게 주지 않고 형벌을 남용하지 않는 법이다. 상을 과분하게 주면 바르지 못한 사람까지 상을 받을 염려가 있고, 형벌을 남용하면 착한 사람까지 형벌을 받을까 염려된다.[善爲國者, 賞不僭而刑不濫, 賞僭則懼及淫人, 刑濫則懼及善人.]"라는 말이 나온다.
567) 선왕(宣王): 서주(西周)의 국군(國君). 성은 희(姬)씨고, 이름은 정(靜), 靖)이며, 여왕(厲王)의 아들이다. 여왕이 나라 사람들에 의해 쫓겨났을 때 소공(召公)의 호가(虎家)에 숨어 있었다. 여왕이 죽자 귀국하여 즉위했다. 군려(軍旅)를 정비하고 윤길보(尹吉甫)를 기용하여 험윤(玁狁)을 격퇴했다. 방숙(方叔)과 소호(召虎) 등에게 명령해 형초(荊楚)와 회이(淮夷) 일대에서 군사 작전을 벌여 승리를 거두었다. 그 후 서융(西戎)에서 작

정시켜 문왕, 무왕의 영토를 회복하였으며, 회서(淮西)지역을 평정하고 동도(東都)에서 제후들과 회맹하였으니, 그 위엄이 사방에 떨쳤다고 할 수 있습니다. 그러나 하찮은 귀방(鬼方)[569]이 한쪽 귀퉁이에서 소란을 피우고, 미련한 험윤(獫狁)이 크게 감히 난동을 부리자, 이때는 과연 대응할 수 없어서 3년을 곤경에 처해 있다가 쌓인 죄악과 방자한 폭거에 대한 죄를 토벌하기 위해, 6월에 군대를 일으켜[570] 호경(鎬京)과 삭방을 침략해 오는 기세를 저지하였습니다. 염운(炎運)[571]이 쇠미해질 무렵에 백수(白水)[572]에서 왕기를 회복하여 칼을 뽑아 들고 팔뚝을 걷어붙여 군웅을 한 번에 격파함에, 천지가 다시 새로워졌으니 누가 감히 우리를 업신여기겠습니까? 위엄이 진동하였다고 말할 수 있겠습니다. 그러나 교지가 강회(江淮)에서 수레를 막고[573] 돌궐이 사막에서 준동하자, 이때는 과연 대응할 수 없는 형세였기에 이에 복파(伏波)[574]장군에게 명해 토벌하게 하고, 이정(李靖)[575]을 보내 격파하였습니다.

아, 우리의 위세가 이와 같은데 저들이 침범하였으며, 천시(天時)가 이와 같은데 이에 응하였으니, 이것은 정벌의 도(道)에서 얻은 것이 아닙니다. 목왕(穆王)이 즐기고 놀기를 한도 없이 하여[576] 말의 자취가 천하에 두루 미쳐 항상 황죽가(歌竹歌)[577]를 부르자, 만민이 도탄에

전을 벌였지만 얻은 것도 없이 대량의 인력과 물자만 소모했다. 46년 동안 재위했다. 소목공과 방숙, 윤길보, 중산보 등에게 안류의 정치를 맡기자 왕의 교화가 크게 일어나 주나라 초기의 성대한 모습을 회복했다고 한다.

568) 여왕(厲王): 춘추 시대 주(周)나라의 국군(國君). 성은 희(姬)씨고, 이름은 호(胡)다. 주목왕(周穆王)의 4대손이다. 아들이 선왕(宣王)이다.

569) 귀방(鬼方): 은(殷)나라를 적대했던 변방의 부족 이름인데, 『주역』「기제(旣濟)」 구삼효(九三爻)에 "은나라 고종이 귀방을 정벌하여 삼 년 만에 승리하였다.[高宗, 伐鬼方, 三年克之.]"는 말이 나온다 .

570) 주나라 선왕(宣王)이 6월에 윤길보(尹吉甫)에게 명하여 군대를 거느리고 험윤(獫狁)을 정벌하도록 한 것을 말한다. 『시경(詩經)』「유월(六月)」에 "험윤이 자신을 헤아리지 않고 초 땅과 획 땅에 정연하게 거처하면서 호경(鎬京)과 삭방을 침략하여 경양에 이르렀다.[獫狁匪茹, 整居焦穫, 侵鎬及方, 至于涇陽.]"라고 한 말이 있다.

571) 염운(炎運): 한나라 운명. 한 고조가 화덕(火德)으로 왕이 되었다 하여 한나라를 염한(炎漢)이라 일컬었다.

572) 백수(白水): 중국 산시성[陝西省] 웨이난[渭南]에 있는 현(縣).

573) 약한 자가 자기의 힘도 헤아리지 않고 강자에게 덤빈다는 말. 춘추 시대 제 장공이 사냥을 가는데 버마재비가 앞다리를 쳐들고 수레를 항거하였다는 '당랑거철(螳螂拒轍)' 고사가 있다. 『장자(莊子)』「추수(秋水)」.

574) 복파(伏波): 후한 사람인 마원(馬援)이다. 복파장군(伏波將軍)으로 교지(交趾)를 정벌했다.

575) 이정(李靖): 당 고조와 태종을 잇달아 섬기며 큰 공을 세운 명장. 후인이 그의 용병법을 기록한 『이위공문대(李衛公問對)』가 전한다.

576) 『서경』「오자지가(五子之歌)」에 "태강(太康)이 시동(尸童)처럼 아무 일도 하지 않고 안일하게 즐기기만 하여 그 덕이 없게 하자, 백성들이 모두 두 마음을 품었는데도 즐기고 놀기를 한도 없이 하여, 낙수의 밖까지 가서 사냥을 하고 백 일 동안이나 돌아오지 않았다.[太康尸位, 以逸豫滅厥德, 黎民咸貳, 乃盤遊無度, 畋于有

빠질까 근심하여 서이(徐夷)가 난을 일으킴에578) 나라의 국력이 소모되었습니다. 진시황이 육경을 불살라579) 하늘을 진노케 하고 신의 분노를 사기에 이르러서, 백성들이 어육이 되는 화를 입어 무리가 배반하고 친한 이가 떠나가게 하자, 군웅이 봉기하여 함곡관이 장차 함락되려 하였습니다. 남송 때는 나라의 운명이 어지럽게 되어 조석지간에 목숨을 연장하기에 급급하였고, 간신들이 득세하여 국토를 하루에도 백리씩 잃었습니다. 하늘이 화를 내린 것을 뉘우치지 않아 위급함이 들이닥쳤으니, 위력이 충족했다면 과연 어떠하였겠으며 시기가 적절했다면 과연 어떠하였겠습니까?

그러나 견융이 복종하지 않음을 분히 여기고, 모사들이 덕을 빛내는 꾀를 물리치자, (진(秦)의 무왕은) 북호(北胡)가 우환이 될까 염려되어 몽념(蒙恬)580)의 10만의 군대를 일으켰으니, 금원(金元)의 이해관계에 현혹되어 '식양재피(息壤在彼)'581)의 맹세를 저버렸습니다. 비록 백랑(白狼)582)을 얻었으나 황복(荒服)583)을 잃은 손실을 메우지는 못했으며, 비록 천리를

洛之表, 十旬弗反.]」라는 말이 나온다. 태강은 하(夏)나라 계(啓)의 아들이다.
577) 황죽가(黃竹歌): 주 목왕이 황대(黃坮)의 평택(苹澤)에서 사냥할 때 날씨가 몹시 춥고 우설(雨雪)이 퍼부어 얼어 죽은 사람이 있음을 듣고 애절한 뜻을 노래하였는데, 그것이 황죽시(黃竹詩)이다.
578) 서이(徐夷)가 왕호(王號)를 참칭하고는 구이를 이끌고 주나라를 쳐서 서쪽으로 황하(黃河) 가에까지 이르렀다. 목왕(穆王)은 그들의 기세가 한창 치성한 것을 두려워하여 동쪽 지방의 제후들을 나눈 다음 서언왕(徐偃王)에게 이들을 다스리게 하였다.
579) 『사기(史記)』「진시황본기(秦始皇本紀)」에 "이에 선왕의 도를 폐하고 백가의 말을 불태워 백성을 바보로 만들었다.[於是廢先王之道, 焚百家之言, 以愚黔首.]"라는 말이 나온다.
580) 몽염(蒙恬): 진시황이 천하를 통일한 뒤 30만 군대를 이끌고 융적(戎狄)을 구축하며 만리장성을 쌓았는데, 그 위세가 흉노를 진동시켰다 한다. 『사기(史記)』.
581) 중국 전국 시대 진(秦)나라 무왕(武王)이 장군 감무(甘茂)를 시켜서 한(韓)나라 의양(宜陽)을 치게 할 때에 감무가 말하기를 "증삼의 어머니도 증삼이 살인을 했다는 말을 믿지 않다가 세 번째 사람이 와서 또 말하니, 베 짜던 북을 내던지고 달아났습니다. 증삼같이 현능한 사람과 그 어머니의 신뢰로도 세 사람이 의심을 하니 어머니가 아들을 믿지 못했습니다. 지금 신의 현능함은 증삼만 못하고 신에 대한 왕의 신뢰는 증삼의 어머니만 못하며 신을 의심하는 자는 세 사람뿐만이 아닙니다. 신은 왕께서 신을 못 믿고 북을 내던질까 걱정이 됩니다." 하니, 무왕이 말하기를 "다른 사람의 말을 듣지 아니할 것이다. 그대와 맹서를 하겠다." 하였다. 이에 식양(息壤)에서 무왕이 감무와 맹서를 하였다. 감무가 의양을 공격했는데, 5개월이 지나도록 함락시키지 못하자, 무왕이 공손연(公孫衍) 등의 말을 듣고는 감무를 소환하니, 감무가 말하기를 "식양이 저기에 있습니다![息壤在彼]" 하니, 무왕이 "맹서한 적이 있다." 하였다. 이에 군대를 동원하여 다시 감무를 시켜 공격하게 하여 드디어 의양을 함락시켰다. 이 내용은 『사기』 권71 「감무열전(甘茂列傳)」, 『전국책(戰國策)』「진책(秦策)」 등에 실려 있다. 이후로 식양은 맹서의 징표, 증거 등의 뜻으로 쓰였다.
582) 백랑(白狼): 요녕성(遼寧省)에 있는 한(漢)나라의 현 이름.
583) 황복(荒服): 왕기(王畿)에서 멀리 떨어진 2천 리에서 2천 500리 사이의 지역.

개척하였으나 지도(軹道)에서 흰 수레를 타는 것을[軹途之素車]584) 면하지 못했습니다. 비록 한 때의 분을 풀려고 하였다가 결국 "순망치한(脣亡齒寒)585)"의 지경에 이르렀습니다. 아! 부진(不振)한 위력으로 남을 두렵게 하려하고, 스스로를 돌이켜 반성해야 하는 때에 타국을 침략하려 한다면, 정벌의 요체를 얻었다고 할 수 있겠습니까? 대왕께서 왕업의 기초를 닦고 후직(后稷)의 실마리를 이어서 '빈(邠)'이라는 땅에서 인(仁)을 베풀자 저자로 모여들듯 백성들을 얻었습니다. 문왕이 다친 사람을 돌보듯 백성들을 아끼자, 아름답게도 자식처럼 달려와서[子來]586) 서방에 교화를 펼쳐 삼분의 이를 소유했으니, 힘이 참으로 대단했습니다. 훈육이 침략하고 곤이가 날뛰기를 마치 개와 쥐가 훔치는 듯이 하였으니 한 번에 소탕할 수 있었으나 백성을 기르는 토지 때문에 사람을 헤치는587) 일은 차마 서로 다투지를 않으면서, 때를 기다리고 조용히 힘을 키우면서588) (상대방을) 섬기기에 힘썼습니다. (그렇다면) 어진 군대로 적을 토벌하는 것이 비록 (우리 측) 원로들을 모아 설득하는 때보다 통쾌하겠지만 세력을 볼 때 불가하였습니다. 곧은 것으로 굽은 것을 정벌하는 것이 비록 사냥 등으로 지내는 날보다 편하지만 세력을 볼 때 가능하지 않았습니다. 당시의 세력을 보면 또한 굽히는 것이 없는 것이겠습니까? 이런 이유로 주옥(珠玉)을 주며 섬기고 가죽이나 비단으로 받들면서, 한편으로는 백성의 마음을 결속시키고 (또) 한편으로는 저들이 교화되도록 하였으니, 이것이 어찌 사친(私親)의 요점을 얻은 것이 아니겠습니까?

한고조는 좁은 집에서부터 천하를 손에 넣었고, 일개 포의로부터 만승(萬乘)의 천자가 되

---

584) 진(秦)나라 2세 호해(胡亥)가 자살하고 나서 진왕 자영(秦王子嬰)이 즉위하였다. 한왕(漢王)이 자영에게 사람을 보내 항복할 것을 권유하자, 자영은 이를 승낙하고서 백마에 소거(素車)를 타고 나왔다. 이때 자살을 하려는 의도에서 목에 끈을 맨 채 지도라는 정자(亭子) 곁에서 한왕에게 항복하였다. 『사기(史記)』「진시황본기(秦始皇本紀)」.

585) 순망치한(脣亡齒寒): 입술이 없어지면 이가 시리다는 뜻. 즉 서로 의지하고 있어 한쪽이 사라지면 다른 쪽도 안전을 확보하기 어려운 관계를 나타내는 말이다.

586) 『시경』「문왕지십(文王之什)」에 "영대를 경영하기 시작하여 헤아리고 도모하시자 서민들이 와서 일하여 하루가 못되어 완성되었네. 경영을 급히 하지 말라하나 서민들이 자식처럼 달려오네.[經始靈臺, 經之營之, 庶民攻之, 不日成之, 經始勿亟, 庶民子來.]"라고 한 데서 보인다.

587) 『맹자』「양혜왕 하」에 "백성을 다스리는 자는 백성을 기르는 토지 때문에 백성을 해치지 않는 법이다.[君子不以其所以養人者害人]"라는 말이 나온다.

588) 원문의 '양회(養晦)'는 '도광양회(韜光養晦)'를 가리키는 말로, 재능을 밖으로 드러내지 않고 어둠에서 덕을 기른다는 의미이다.

어, 진나라를 멸망시키고 초나라를 격파하기를 우레와 바람처럼 아주 신속하게 했습니다. 진종589)은 융성한 삼대의 뒤를 이어 사해를 어루만져 승평의 운세가 지속되었으며, 정사가 잘 거행되어 뜻대로 되었으니, 힘이 참으로 대단했습니다. (그후) 흉노가 침범하고 거란이 국경을 놀라게 하였으나, 이들의 반란을 제거하는 것은 어려운 일이 아니었습니다. 그러나 오 년 동안의 풍진에 병난이 일어나지 않다가 황하를 건너 온갖 고생을 하여 백성들이 거듭 곤경에 처했습니다. 그렇다면 십만의 군대가 횡행한 것이 비록 위엄이 사해에 가해지던 때보다 신속하였으나 형편은 불가하였으며, 수레 한 척도 돌려보내지 않은 것이 비록 북성에서 이름을 떨칠 때보다 용맹하였으나 형편이 불가하였다면, 그 당시의 형세가 또한 굽힐 만한 바가 있어서 그런 것이 아니겠습니까? 이러한 까닭으로 장권(章眷)을 보내어 어루만지고, 이용(利用)에게 명하여 친애하게 하여서, 한편에서는 백성을 편안히 하고 다른 한편에서는 저들의 칼날을 멈추게 하였습니다. 아! 반드시 이길 만한 힘이 있는데도 그 힘을 믿지 않고, 불리한 때인데도 그 형세를 따른다면, 이는 화친의 요체를 얻은 것이라 할 수 있겠습니까?

진(晉)나라 무제(武帝)590)가 폐시(廢弒)591)의 뒤를 잇고 전쟁과 정복의 실마리를 답습하여, 위에서는 탐닉에 빠져 황폐해지고 아래에서는 (결문으로 해석불가) 하였습니다. 덕종은592) 천운이 어려운 때를 만난데다가 시기하는 천성을 멋대로 두어, 국사는 날로 그릇되고 반란은 장차 (결문으로 해석불가) 하게 되었습니다. 휘종과 흠종은 구오(九五)593)의 기회를 만났으나 (불행하게도) 곤경의 때를 당해, 하늘의 진노가 더욱 깊고 간웅이 술수를 부리니, 힘이 과연 어떠했겠습니까? 그러나 어리석게도 강융(羌戎)이 마구 뒤섞여 있는 통에 곽흠(郭欽)594)의 깊은 생각을 거절하였으며, 토번의 반측(反側)595)의 계획을 믿고 연상(延賞)의 사설

---

589) 진종: 중국 북송의 제3대 황제.
590) 무제(武帝): 서진(西晉)을 건국한 초대 황제. 이름 사마염. 한대의 유명한 역사가 사마천을 배출한 명문 사마 가문의 후손으로 사마의의 손자며 사마소의 아들.
591) 진 무제는 삼국시대 가장 강성했던 위(魏)의 실권자인 사마소가 265년 죽자 진왕(晉王)과 상국(相國)의 자리를 물려받았으며, 그해 말 위(魏) 원제(元帝)의 선양형식으로 왕위를 찬탈하여 낙양에 도읍을 정하고 진(晉)을 건국하였다.
592) 덕종(德宗): 중국 당(唐)나라의 제9대 황제(재위 779~805). 이름 이괄(李适).
593) 구오(九五): 주역에서 오효(五爻)는 임금의 자리를 상징한다.
594) 곽흠(郭欽): 후한(後漢) 왕망(王莽) 때 진외 장군(塡外將軍)으로 유명한 자.
595) 반측(反側): 두 마음으로 이리 붙고 저리 붙는 것.

을596) 열어주었고, 여진족들의 반란의 음모에 빠져서 충직한 신하의 확론(確論 확약하여 의논함)을 거절하였습니다. 비록 당장 눈앞이 편안하였으나 자만한 화를 피하지 못했으며, 비록 한 모퉁이를 보전하였으나 갑자기 군대의 추격을 당하는 해악을 받게 되었으며, 비록 조석으로 연장되었으나 결국 북쪽으로 쫓겨가는597) 고통을 받게 되었습니다.

아! 적을 꺾을만한 힘을 가지고 남을 회유하려고 하고 부진(不振)한 형세로 남에게 교만하게 함이 있다면, 화친이 그 요체를 얻었다고 할 수 있겠습니까? 이로써 보건대, 고종과 선왕은 그 요체를 얻어 중흥하였으며, 광무제와 태종은 고종과 선왕을 배워서 그 복을 함께 하였습니다. 목왕과 진왕은 이와 반대로 하여 쇠망하였으며, 남송의 여러 임금도 진왕과 목왕을 따라서 그 화를 같이 하였습니다. 그렇다면 위엄과 시기의 적절함이 정벌에 있어서 어찌 중대하지 않겠습니까? 대왕과 문왕은 그 요체를 터득하여서 치치(致治)를 이루었고, 고조와 진종도 대왕과 문왕을 배웠기에 그 복을 같이 한 것입니다. 진(晉) 무제와 덕종(德宗)은 이와 반대로 하여 나라를 어지럽게 하였으며, 송나라 휘종(徽宗)과 흠종(欽宗)도 진 무제와 덕종을 추종하여 그 화를 같이 하였습니다. 그렇다면 힘과 형세가 화친에 있어서 어찌 지극히 중요하지 않겠습니까? 흥망의 기준은 이에서 결정되며, 치란의 (기미도) 이에서 판가름 나는 것입니다. 정벌의 명분은 비록 같지만 그 실지는 같다고 말할 수 없으며, 화친의 명분 역시 같지만 그 실지는 같다고 말할 수 없습니다. 그 실지가 같지 않으니 흥망이 같지 않은 것은 괴이한 일이 아니며, 그 실지가 같지 않으니 치란이 같지 않음도 이상할 것이 없습니다.

아, 고금의 천하가 오랑캐를 대하는 책략이 같지 않아, 사대부들은 반드시 화친을 주장하였고 무관들은 반드시 정벌을 말하였습니다. 화친을 주장하는 자들은 나라가 모욕을 당했다

---

596) 장연상(張延賞): 당나라 때 재상. 일찍이 한 대옥(大獄)을 속히 판결하기 위해 미리 옥리를 엄히 경계시켜 놓고 다음날 등청하여 보니, 책상 위에 조그마한 첩자(帖子)가 놓여 있었는데 거기에 "돈 3만 관으로 이 옥사를 불문에 부쳐 주기를 빈다.[錢三萬貫, 乞不問此獄]"이라고 쓰여 있으므로, 장연상이 크게 노하여 다시 옥사를 재촉했더니, 그 다음날에는 5만 관을 말하였으므로, 장연상이 또 크게 노하여 옥사를 더 재촉했는데, 또 그 다음날에는 10만 관을 말하였으므로, 이때에 이르러서는 장연상이 그 옥사를 불문에 부치고 그만두자 자제들이 그 까닭을 물으니, 장연상이 말하기를, "돈이 10만 관이면 신명과 통할 수 있어 돌이키지 못할 일이 없는 것이라, 내가 재앙이 미칠까 두려워서 그만두지 않을 수가 없었다.[錢十萬貫, 可通神矣, 無不可回之事, 吾懼禍及, 不得不止.]"고 했다는 이야기가 전한다.

597) 북송(北宋) 정강(靖康) 1년(1126)에 휘종과 흠종 부자가 함께 금나라의 겁략(劫掠)을 받아 오국성(五國城)으로 쫓겨갔다가, 그 후 다시 돌아오지 못하고 그곳에서 모두 죽었던 일을 말한다.

고 꾸짖고, 정벌을 말하는 자들은 분쟁을 일으킨다는 것으로 헐뜯어서, 한편에서는 전쟁을 일으켜야 한다고 하고, 한편에서는 금백(金帛)으로 강화하여야 한다고 합니다. 광활한 대지에 오랑캐 먼지가 진동하고 넓은 중국 대륙에 융마가 서로 부딪치니, 참으로 한탄할 만합니다. 그렇다면 왕이 이적(夷狄)를 대하는 방법은 정벌뿐이며, 중국이 오랑캐를 막는 것은 화친뿐입니까?

묘족의 교화는 무간(舞干)598) 뒤에 이루어졌으며, 서려(西旅)599)의 큰 개는 길이 뚫린 뒤에600)이르렀습니다. 그렇다면 정벌하지 않고서도 저들을 대우할 수 있었던 것은 덕(德)이 아니겠습니까? 화친하지 않고서도 저들을 막을 수 있었던 것은 도(道)가 아니겠습니까? 덕(德)은 자신의 몸에 근본하나 남에게 미치는 것은 멀며, 도(道)는 자신에게 행하는 것이나 사물에 미치는 것이 넓습니다. 만일에 우리가 하늘에 부여받은 것을 밝혀 명왕(明王)의 덕을 다하고 우리가 이치의 마땅함을 행하여 중국의 도를 닦아서, 인의가 행해져서 교화할 만한 실지가 있으며 기강이 밝아져서 버릴만한 계기가 없다면, 피발좌임(被髮左袵)601)의 무리도 모두 왕의 신하가 될 것이며, 남쪽 무더위 북쪽 추위가 있는 곳이라도 왕의 토지가 아님이 없을 것입니다. 그러니 어찌 나라가 치욕을 당한 뒤에 이들을 대우할 것이며, 분란이 있은 뒤에 이들을 다스릴 필요가 있겠습니까? 이는, 정벌은 오랑캐를 대하는 좋은 계책이 아니고 바로 우리의 덕이 쇠한 데에 원인이 있는 것이며, 화친은 오랑캐를 다스리는 상책이 아니고 바로 왕도의 상실로 기인한 것임을 알 수 있습니다. 넓은 하늘 아래 주인이면서 신첩의 위에 거한 자가 그것이 옳은 것임을 알아서 대책을 생각하지 않을 수 있겠습니까?

---

598) 옛날 순 임금이 문덕을 크게 펼치고, 방패와 새 깃을 들고서 두 섬돌 사이에서 춤을 추었더니,[舞干羽于兩階] 70일 만에 묘족(苗族)들이 감복하였다는 고사가 있다. 『서경(書經)』「대우모(大禹謨)」.

599) 서려(西旅)는 서융(西戎) 안의 한 나라. 그곳에서 나는 개를 무왕에게 바쳤는데, 태보(太保)의 직에 있던 소공(召公)이 불가하다고 간했다. 『서경(書經)』「주서(周書)」「여오(旅獒)」.

600) 진 혜왕(秦惠王)이 촉을 정벌하고 싶었으나 길이 없기에, 꾀를 내어 돌로 다섯 마리 소를 깎아 만들고 소의 항문 밑에 금을 놓아두었다. 촉 사람들이 과연 속아서 돌소가 황금똥을 눈다고 여겨 다섯 사람의 역사, 즉 오정 역사(五丁力士)를 시켜서 돌소를 끌고 오게 하니, 이에 촉 땅으로 통하는 길이 생겼고 혜왕이 장의(張儀) 등을 파견하여 촉을 정벌했다. 『사기(史記)』「진본기(秦本紀)」.

601) 좌임(被髮左袵): 머리를 풀고 오른쪽 옷섶을 왼쪽 옷섶 위로 여미는 것으로, 미개한 오랑캐의 풍속을 가리키는 말. 『논어(論語)』「헌문(憲問)」에 "공자가 말하기를 '관중이 환공을 도와 패왕 노릇하여 천하를 한 번 바로잡게 하였으니, 백성이 지금까지 그 덕택을 받았다. 관중이 없었다면 우리가 머리를 풀고 옷섶을 왼편으로 여미게 되었을 것이다."라고 하였다.

저는 집사 선생의 질문을 받고 고인의 득실을 대강 말씀드렸습니다. 또한 글의 끝에 비로소 지금의 일로써 말씀드리는 것이 괜찮겠습니까? 우리나라는 남쪽으로는 섬 오랑캐와 인접해 있고 북쪽으로는 야인과 닿아 있어, 덕으로 교화하고 도덕으로 복종시켜서, 재물을 헌납하고 정성을 바친 지가 지금까지 이백 년이 되었습니다. 그런데 근래 이래에 남쪽에는 성을 짓밟은 도적이 있는가 하면, 북쪽에는 기회만 되면 약탈을 일삼는 강도들이 있습니다. 비록 이들이 벌이나 전갈처럼 하찮아서 국가가 염려할 바가 되지 않는다고는 하나, 갑자기 잘못되는 일이 있어서는 아니 됩니다. 지금의 형세를 가지고 지금의 형세를 살펴보았을 때 정벌을 하는 것이 좋겠습니까? 화친을 하는 것이 좋겠습니까? 정벌을 하고 화친을 하는 것 중에 어느 것이 옳고 어느 것이 불가한지 모르겠기에 고인의 일로써 말씀드리겠습니다. 만약 정벌을 가지고 말하면, 고종과 선왕을 법으로 하고 위엄과 형세를 헤아려서, 목왕 등 여러 임금을 경계한다면 광종과 태종이 미처 하지 못한 바를 굽어볼 수 있을 것입니다. 만약 화친하는 것으로 말하면, 대왕과 문왕을 법으로 하고 힘과 형세를 헤아려서 진무제 등의 여러 임금을 경계로 삼는다면 고종과 진종이 미처 하지 못한 바를 무시하지 않을 것입니다. 비록 그러하나 정벌은 신민이 크게 바라는 것이 아니며, 화친도 신민이 가장 원하는 것이 아닙니다. 그렇다면 게으르지 않고 황폐하지 않은[無怠無荒]602) 덕이며, 잘못을 좇아도 허물하지 않고 오는 사람을 막지 않은 도리[不拒不追之道]603)입니까? 지금 성군께서 위에 계시고 지혜로운 재상이 아래에 있어서, 논의하기에 충분하고 준비도 충분합니다. 제가 이상과 같이 올린 말씀은 또한 밝게 하문하신 이외의 답변이기는 하지만, 어찌 '치세에도 근심하고 밝은 임금에 대해서도 위태롭게 생각한다[憂治世而危明主]'604)는 유의(遺意)가 아니겠습니까?

삼가 이상과 같이 답변 드리는 바입니다.

---

602) 『서경』「대우모」에 "도를 어기면서 백성들의 칭찬을 구하지 마시며 백성들을 거스르면서 자신이 바라는 것을 따르지 마소서. 게을리하지 않고 황폐하지 않으면 사방의 오랑캐들도 와서 왕으로 받들 것입니다.[罔違道, 以干百姓之譽, 罔咈百姓, 以從己之欲, 無怠無荒, 四夷來王.]"라고 하였다.

603) 『맹자』「진심 하(盡心下)」에 "부자께서 교과를 설치함은 지난날의 잘못을 좇아도 허물하지 않으며 오는 자들을 막지 아니하여 만일 배우려는 마음을 가지고 오면 받아 주실 뿐이다.[夫子之設科也, 往者不追, 來者不拒, 苟以是心至, 斯受之而已矣.]"라고 한 말에서 나온 것이다.

604) 소식(蘇軾)의 「전표성주의서(田表聖奏議序)」에 "옛날의 군자는 반드시 치세에도 근심하고 밝은 임금에 대해서도 위태롭게 생각했다.[古之君子, 必憂治世而危明主.]" 하였다. 『고문진보(古文眞寶)』.

육폐

질문

우리나라는 성신(聖神)이 계승하면서 대대로 태평성대를 누려, 성명(聖明)이 위에 계시고 어진 신하들이 힘써 보익하여 아침저녁으로 치세를 도모하여 융성하였다. 그런데 근년 이래로 순후한 풍속은 점점 떨어지고 세대가 점점 내려갈수록 온갖 폐해가 일어나서 여러 말로 다 지적하기가 어렵다.

우선 그 요점을 추려서 말하면, 인심은 옛날과 같지 않고 간교는 날로 심해져서 법을 두려워하지 않고 법도 혹 무너지게 되었으니, 어떻게 하면 사람들이 모두 충신을 위주로 하고 절로 법을 받들어 행할 수 있겠는가? 풍속이 순후하지 않고 상하가 서로 능멸하고, 업신여기는 것이 습관이 되었으며, 고발이 다투어 일어나고 있으니, 어떻게 하면 사람들이 모두 남의 허물을 말하는 것을 부끄러워하고 예의와 겸양으로 서로 존경할 수 있겠는가? 유술(儒術)은 밝혀야 하는데 퇴폐가 날로 심해져 구이지학(口耳之學)605)을 일삼고 그 일에 부지런히 종사하지 않으며, 경술에 대해 듣지 않고 문장을 보지도 않으니, 어떻게 하면 유도를 권장하고 재주 있는 큰 인물을 배출하여서 문명의 교화를 빛나게 할 수 있겠는가? 어떻게 하여야 가능하겠는가?

병무(兵務)는 떨쳐 일으켜야 하는데 사기가 떨어진 지 이미 오래며, 군수 물자는 텅 비었고 군량미는 조달하기 어렵고, 한정(閑丁)606)으로 인해 세금은 새고, 병사들은 궐액607)이 많다. 만약 물자를 저축하고 한정을 찾아내어 급할 때 쓰고자 한다면 어떻게 해야 가능한가? 양전(量田)608)은 마땅히 거행해야 하는데 작은 폐단을 염려하여 오랫동안 시행하지 못하였고, 오

---

605) 구이지학(口耳之學) : 귀로 듣고 입으로 지껄이는 천박한 학문. 귀로 들은 것을 그대로 남에게 이야기하여 조금도 자기를 이롭게 하지 않는 학문을 말한다.
606) 한정(閑丁) : 고의로 국역(國役)에 나가지 않는 장정을 이른다.
607) 궐액(闕額): 정해진 액수보다 모자람.
608) 양전(量田): 전답을 측량하는 것.

래된 땅은 여전히 조세를 납부하나 새로 개간한 땅은 그렇지 않아서, 백성들의 원성이 날로 많아지고 국가의 재정도 또한 텅 비었다. 이런 폐단들이 백성들에게 미치지 않게 하면서 양전법을 고쳐서 상하의 병폐를 면할 수 있는 그 대책은 어디에 있는가? 역로(驛路)는 마땅히 회복해야 하는데 조모(凋耗 쇠퇴하고 쓸쓸함)의 폐단은 팔도가 모두 그러하고, 우정(郵亭)609)은 보존된 것이 드물고, 일기(馹騎 역마)도 갖추어 있지 않아, 운송은 책임을 다하기 어렵고, 공문서 전달도 제대로 되지 않으니, 전치(傳置 역마)가 폐해지지 않고 인마가 피로하지 않게 하여 풍부한 실효를 거두려면 그 대책은 어디에 있는가?

답변

역(易)에 이르기를 "백성의 풍속을 관찰하여 교화를 베풀었다."610)라고 하고, 전(傳)에 이르기를 "정치를 하는 것은 사람에게 달려 있다."611)라고 하였으니, 이것이 어찌 교화를 밝혀서 그 풍속을 순후하게 하고, 사람을 얻어서 그 일을 맡긴다면 선치(善治)를 일으키고 폐정(弊政)을 개혁하는 것이 아니겠습니까? 지금 집사 선생께서 특별히 다스리는 근본을 들어 육폐(六弊)에 대하여 하문하심에, 묻기를 기다리는 많은 선비는 풍속을 교화하고 백성을 편안히 하고자 한 바가 지극합니다. 저는 비록 나물밥을 먹고 지냈지만 눈길 닿는 곳마다 가슴이 아파 눈물을 흘리고 지붕을 쳐다보며612) 팔뚝에 불끈 힘을 준 지가 오래되었으니, 감히 개연히 한 말씀을 드리지 않을 수 있겠습니까? 제가 듣건대, 『주역』에 이르기를 "가르치려는 생각이 끝이 없네."613)라고 하였고, 『서경』에 이르기를 "오직 그 합당한 사람"614)이라고 하였으니, 교육이 세속을 교화하는 것과 사람이 폐정을 보완하는 일이 어찌 우연이겠습니까? 교

---

609) 우정(郵亭): 역촌(驛村)의 객사를 말한다.
610) 『주역(周易)』 「관괘(觀卦)」 상(象)에 "선왕이 이 관괘를 보고서, 사방을 순행하며 두루 살피고 백성의 풍속을 관찰하여 교화를 베풀었다.[先王以, 省方觀民, 設敎.]"라는 말이 나온다.
611) 『중용장구』 20장에 나온다.
612) 지붕만 쳐다본다는 것은 곧 꾀를 낼 방법이 없어 다만 지붕만 쳐다보며 탄식한다는 뜻이다.
613) 『주역』 「임괘(臨卦)」의 '상왈(象曰)'에 보인다.
614) 『서경(書經)』 「함유일덕(咸有一德)」에 "관직을 맡기되 현자와 재능이 있는 자로 하시며, 좌우에 오직 합당한 사람을 등용하소서. 신하는 위를 위해서는 덕을 위하고 아래를 위해서는 백성을 위해야 하니, 어렵게 여기고 신중히 하시며 조화롭게 한결같이 하소서.[任官惟賢材, 左右惟其人, 臣爲上爲德, 爲下爲民, 其難其愼, 惟和惟一.]"라고 한 말이 있다.

화가 밝아지면 세도가 바르게 되기를 기대하지 않아도 저절로 바르지 않음이 없으며, 그 마땅한 사람이 있으면 폐정(弊政)은 폐단을 없앨 생각을 굳이 하지 않더라도 저절로 없어질 것입니다.

　이 때문에 옛날의 임금 중에 마음을 가다듬고 지치(至治)를 구한 사람은, 세상 풍속이 순후하지 않음을 근심하지 않고 오교가 밝지 않은 것을 근심하였으며, 폐정이 많은 것을 근심하지 않고 나라를 다스릴 수 있는 인재를 얻지 못할 것을 근심하였습니다. 세도가 순후하지 못하여 풍속이 투박해지고 사습(士習)이 점점 나빠지는 것은 다른 데서 구할 것이 아니라 오교를 밝혀서 교화해야 합니다. 폐정이 많아 공사가 모두 공허하게 되고 여러 백성들이 고통을 받으면 다른 데서 구할 것이 아니라 그 마땅한 인재를 얻어 맡겨주어야 합니다. 마치 그물의 벼리가 들리자 그물의 코가 벌어지게 되고, 옷깃을 들면 갖옷이 따르는 것과 같아서, 힘을 쓰는 것이 지극히 간결한데도 성취하는 것이 빠르며, 일을 함에 수고하지 않아도 그 효과 역시 클 것입니다. 그렇다면 금일의 세도(世道)가 순후하지 못한 것을 변화시키는 데는 요체가 (따로) 있으며, 금일의 폐정(弊政)이 보완할 만한 것이 하나가 아님은 (따로) 이유가 있는 것입니다.

　진실로 가르침을 밝혀 풍속을 교화하면 박한 자가 돌이켜 순후하게 되고, 마땅한 인재를 얻어서 그 폐단을 보완하면 비어 있는 것은 실하게 할 수 있고, 병폐가 있는 것은 편안하게 바꿀 수 있습니다. 가르침이 풍속을 변화하는데 가장 관건이 되는 것이 여기에 있지 않겠습니까? 사람이 폐단을 보안하는 것보다 더 큰 것이 없다는 것이 옳은 말이 아니겠습니까?

　청컨대 밝게 하문하심으로 인해 아뢰겠습니다. 우리나라는 건국된 지 이미 오래 되어 성신(聖神)이 계승하여 도덕이 융성하고, 자손에게 끼치는 꾀가 지극히 정미롭고 지극히 주밀하며, 정성스럽게 살피어 잘못함도 없고 잊지도 않아서[不愆不忘]615) 태평성대를 누렸습니다. 이리하여 금일에 이르러 이조(二祖)616) 팔종(八宗617)의 대업을 계승하고 백년 승평의 홍운(鴻運 큰 운수)을 어루만지며, 소의간식(宵衣旰食)618)으로 정신을 가다듬고 지치를 도모하

---

615)『시경』「대아」가락(假樂)에 이르기를 "잘못되지 않고 잊어버리지 않음은, 모든 것을 옛 법대로 따르기 때문이다.[不愆不忘, 率由舊章.]"라는 구절이 있다.
616) 이조(二祖): 조선의 세조(世祖)와 선조(宣祖) 두 임금을 말한다.
617) 팔종(八宗): 조선의 정종, 태종, 세종, 문종, 단종, 예종, 성종, 중종 등 여덟 임금을 말한다.
618) 소의간식(宵衣旰食): 임금이 새벽에 일어나고 밤늦게 밥을 먹는다는 뜻으로 임금이 정치에 부지런한 것을 말한다.

며, 덕이 같은 신하가 보좌하여[619] 조정에 거하며 진언하는 신하가 이목지신(耳目之臣)[620]의 반열에 있습니다. 부지런히 강구하고 힘써 가부를 결정하는 것이 무엇인들 지치(至治)를 이루길 도모하여 힘써 융고 시대를 만회하고자 하지 않은 것이 있겠습니까? 마땅히 주나라 기산(岐山)의 봉황이[621] 성덕에 울고, 당나라 숲의 기린이 태평성대에 노닐어야 하는데, 어찌하여 근년 이래로 세도가 날로 무너지고 폐정에 사단이 많고 인심이 서로 속이고 풍속이 무너지고, 유술(儒術)이 밝지 아니하여 문도(文道)가 썩었으며, 병무(兵務)가 떨쳐지지 않아 무비(武備)가 결여되었으며, 경계(經界)가 바르게 되어야 하는데 부정하다는 탄식이 나오고, 우전(郵傳 우편으로 전하는 것. 역마)이 실해야 하는데 부실하다는 염려가 있어서, 밝은 때의 병폐와 성치(盛治)의 비루함으로 여기는 것입니까?

저는 교화가 이미 밝은데 세도가 오히려 박하며, 마땅한 사람을 다 얻었는데 폐정이 오히려 남아 있는 것을 모르겠습니다. 인심이 옛날과 같지 않으면, 간교가 심해져서 충신이 행할 만한 것임을 알지 못하며, 꾀와 속임수가 늘어나서 법령이 두려워할 만한 것임을 생각하지 못하게 됩니다. (그래서) 호발의 작은 다툼이 칼자루를 쥐는 데까지 이르며, 눈을 흘기는 여가에 문득 다른 길로 나가며, 심간(心肝)이 아침에는 같은 마음이었다가 오히려 밀치면서 돌멩이를 던져[反擠下石][622] 저녁에는 원수가 되어서 소나 말처럼 끌어매고 파리처럼 찾아다니고 개처럼 구차해집니다.[蠅營狗苟][623] 풍속이 순후하지 못하면 상하가 서로 능멸하여 예의와 겸양을 숭상할 줄을 몰라서 사치하는 풍속이 서로 높아져서 귀천의 구분을 생각하지 못하게 됩니다. (그래서) 털을 불어서 감춰진 흠을 찾아내며[吹毛覓疵][624] 남의 허물을 말하

---

619) 『서경』「태서 중(泰誓中)」에, "나에게는 정치를 잘 보좌하여 다스리는 신하 열 명이 있는데, 그들과 나는 마음이 같고 덕이 같다.[予有亂臣十人 同心同德]"라고 한 주 무왕의 말이 실려 있다.

620) 이목지신(耳目之臣): 간관(諫官).

621) 『국어』「주어(周語)」에, 주(周)나라가 일어날 때에 기산에서 봉황이 울었다고 한 말이 전한다. 또 세상에 전하는 말에 의하면, 태왕이 기산을 옮겨감으로 인해서 주나라가 일어나게 되었다고도 한다.

622) 한유(韓愈)의 「유자후묘지명(柳子厚墓誌銘)」에 "어느 날 갑자기 털끝만큼이라도 작은 이해에 관련이 되면, 언제 보았느냐는 듯 눈길을 돌리고는, 함정에 빠졌어도 손을 한 번 내밀어서 구해 주려고 하기는커녕 오히려 뒤로 밀치면서 돌멩이를 던지기까지 한다.[一旦臨小利害, 僅如毛髮比, 反眼若不相識, 落陷穽, 不一引手救, 反擠之, 又下石焉.]"는 구절이 나온다.

623) 승영구구(蠅營狗苟): 승영은 파리 떼가 윙윙거리며 아무리 쫓아도 다시 덤벼드는 것을 말한 것이고 구구는 개가 주인이 아무리 쫓아도 다시 눈치를 보며 구차하게 계속 따라오는 것을 말하는 것으로, 여기서는 곧 사람이 물욕에 이끌려 염치없이 비굴하게 처신하는 것을 비유한 말이다.

기를 좋아하며, 능력 있고 재주 있는 자를 시기하며, 이 버릇이 구함(構陷 모함)하는 데까지 이르르며, 유유낙낙(唯唯諾諾)625)으로 처음에는 서로 좋다가도 쑥덕쑥덕 조잘조잘 대며 고알(告訐)626)하게 되며, 성품대로 방자하게 행동하고 방자한 욕심과 기탄이 없게 됩니다.

유술(儒術)로써 말하자면 순후한 풍속은 숭상하지 않고 한갓 부박한 풍습만을 양성하여 아직 어린 나이를 면하지 못했는데도 먼저 청자(靑紫 고위 관원)의 생각을 품게 됩니다. 겨우 갑자을축만을 따지다가 급하게 과거의 문장을 배우고, 성현의 경전을 표절하기만 하고 미언오지(微言奧旨)를 강구하는 데는 마음이 없고, 퇴폐하고 좇아 노니느라 절차탁마를 하지 아니하고, 방탕하고 해이해져 일찍이 마음을 수렴하지 않았다가, 결국 지극한 대도(大道)와 지극한 이치는 이미 세상에 어둡고 문장과 덕업은 옛날에 부끄럽게 됩니다. (그렇다면) 지금부터 어떻게 하면 유지할 수 있겠습니까?

병무(兵務)로 말하자면, 일찍이 전란으로 놀랐는데도 군대에 궐액(闕額)이 많고, 노천에서 고생한 날이 많은데도 군대에는 군량미가 보이지 않고, 무기는 비록 단련되었으나 부서지거나 없어진 것이 태반이며, 군량미 저축을 많이 해야 한다고 말하지만 허갈(虛竭)한 것은 충당하지 못하며, 양정(良丁)을 피하는 자가 많아 한갓 수괄(搜括)의 허명만 있고, 식량은 지속되기가 어려워 군량미라고 호칭하기에도 부끄럽습니다. 파리한 병사들은 화살을 등에 지고 나약한 병졸들은 갑옷을 입었으나, 마침내 당당한 기세는 이미 없고 혹 무예를 연마하는 즐거움에 대해 듣지 못했는데, 혹 다급한 일이라도 발생하게 된다면 어떻게 유지하겠습니까?

왕정은 반드시 경계로부터 시작하기 때문에 양전(量田)에는 그 법이 있어야 하는데, 머뭇거리며 (여러 가지에) 구애되어 거행하기를 꺼려하여 동남의 경계가 분명하지 않고, 고조부 때의 문서를 증명하기가 어려워서 나약한 자는 힘센 자들에게 땅을 빼앗기고, 빈궁한 자들은 부유한 자들에 의해 토지가 겸병되는 경우가 많습니다. 묵은 땅에 잡초가 무성해졌으나 여전히 원래대로 조세를 거두고 있으며, 새롭게 개간한 땅은 정당한 전지(田地)가 되었지만 새로운 세금에 대하여는 묻지도 않으니, 위아래 사람들에게 근심을 끼친 지가 이미 오래되었습니다.

---

624) 모든 방법을 다하여 남의 잘못을 찾아 드러냄을 비유하는 말이다.

625) 유유낙낙(唯唯諾諾): 네. 네. 그렇습니다와 같이 대답하고 응수하는 것을 말한다.

626) 고알(告訐): 남의 잘못을 들추어내어 고발하는 것.

조명(詔命)은 반드시 우전(郵傳 역참)으로써 먼저 힘써야 하는데, 옛 역마에는 (마땅한) 제도가 있으나 침탈하고 빼앗아 가서 회복하기 어려운 지경이 되었는데도 한갓 분주하게 수고만 하였지 어루만지는 은혜를 입지 못하였습니다. 한 마을의 초가집 절반은 쑥 더미에 덮여 있고, 몇 간 되는 공관은 이미 도로가에 퇴폐하였으며 역마의 타고 다니는 말은 성한 말이 없고, 결국 운반하는 것은 계속 있는데도 매양 지체될까 염려가 되고, 구치(駈馳)자가 바쁘지만 매양 책임을 다하기 어려울 것을 염려하니, 쓸모없는 폐단은 구제하기 어려울 지경에 이르렀습니다. 대저 이와 같이 하면 임금이 기뻐하지 않으며 재상이 근심할 것은 분명한 일입니다. (그러니) 집사께서 어찌 부지런히 하문하여 대책을 구하는 방책을 강구하고자 하지 않을 수 있겠습니까? 저는 하늘을 이고 있으나 그 높이를 헤아리지 못하고 바다를 바라보기는 하나 그 깊이를 헤아리지 못하기 때문에, 한갓 풍속이 투박한 것만을 볼 뿐이지 그것이 투박하게 된 까닭을 알지 못하며, 한갓 정치에 폐단이 많은 것을 볼 뿐이지 폐단의 원인을 알지 못합니다. (그러하니) 또 어찌 감히 연석(燕石)을 싸가지고[627] 현포(玄圃)[628]라 자랑할 것이며, 어목(魚目)을 가지고서[629] 창해에 노닐 수 있겠습니까? 비록 그러하나 가생(賈生)[630]의 충성은 풍속을 교화하는 데 절실하였으며, 유공(劉公)[631]의 분함은 폐법을 버리는 데서 생겼으니, 어찌 우물 안 개구리로써 스스로 기대하고 감히 이를 문지른 이야기를[捫虱之談][632] 숨

---

627) 연석(燕石): 중국 연산(燕山)에서 나는 옥 비슷하면서도 옥이 아닌 돌.

628) 현포(玄圃): 위로 천계(天界)와 통한다고 일컬어지는 곤륜산의 정상에 있다는 신선의 거처를 말한다. 여기에 옥이 많이 쌓여 있다고 한다.

629) 연석과 어목은 모두 옥과 비슷하지만 옥이 아닌 물건들이다. 송나라의 어리석은 사람이 옥돌과 닮았지만 돌멩이에 불과한 연석(燕石)을 보옥인 줄 알고 주황색 수건으로 열 겹이나 싸서 깊이 보관하며 애지중지하다가 주(周)나라의 어떤 나그네에게 비웃음을 당하였다. 『후한서』「응소열전(應劭列傳)」

630) 가생(賈生): 전한(前漢) 때의 정치, 문인, 학자인 가의(賈誼)를 말한다. 시문에 뛰어나고 제자백가에 정통하여 문제의 총애를 받아 약관으로 최연소 박사가 되었다. 1년 만에 태중대부(太中大夫)가 되어 진(秦)나라 때부터 내려온 율령·관제·예악 등의 제도를 개정하고 전한의 관제를 정비하기 위한 많은 의견을 상주하였다. 그러나 주발(周勃) 등 당시 고관들의 시기로 장사왕(長沙王)의 태부(太傅)로 좌천되었다. 자신의 불우한 운명을 굴원(屈原)에 비유하여 「복조부(鵩鳥賦)」와 「조굴원부(弔屈原賦)」를 지었다. 4년 뒤 복귀하여 문제의 막내아들 양왕(梁王)의 태부가 되었으나 왕이 낙마하여 급서하자 이를 애도한 나머지 33세의 나이에 죽었다.

631) 유공(劉公): 미상.

632) 동진(東晉)의 대장(大將) 환온(桓溫)이 관중(關中)을 쳐들어갔을 때, 당시 곤궁한 소년 왕맹(王猛)이 환온을 찾아가 알현한 자리에서 한편으로는 천하의 일을 여유로이 담론하고 또 한편으로는 이[蝨]를 문지르면서 방약무인한 기백을 보였던 데서 온 말인데, 여기서는 단지 국사를 담론하는 데 비유한 것이다.

기겠습니까? 대저 풍속을 교화하는 방법에는 가르침을 밝히는 것보다 좋은 것이 없으며, 폐단을 보완하는 요체는 인재를 얻는 것보다 좋은 것이 없습니다. 가르침을 밝혔는데 풍속이 교화되지 못한 것을 아직까지 본 적이 없으며, 인재를 얻었는데도 폐단이 고쳐지지 않은 것을 아직까지 들은 적이 없습니다. 그렇다면 오늘 여섯 가지의 폐단을 다스리는 것이 어찌 밝게 가르치고 인재를 얻는 밖에서 나올 수 있겠습니까? 인심은 일찍이 착하지 않음이 없는데 지금은 옛날 같지 않고, 풍속은 일찍이 선량하지 않으면 안 되는데, 지금은 순후하지 않습니다. 유술이 밝지 않고 점점 투미(偸靡 투박하고 사치스럽다)하게 변한 것이 어찌 이유 없이 그렇게 되었겠습니까? 교화가 밝아지지 않아서 그러한 것입니다.

병무(兵務)는 일찍이 떨치지 않으면 안 되는데 지금은 추락하였고, 양전(量田)은 일찍이 실행하지 않으면 안 되는데 지금은 가로막혔습니다. 역로가 소생하지 못하여 점점 거의 없어지게 된 것은, 어찌 이유 없이 그러하겠습니까? (그것을 책임지고 맡을) 사람이 없어서 그러한 것입니다. 교화를 밝히지 않으면 인심, 풍속, 유술이 이와 같을 것이며, 그 인재를 얻지 못하면 병무, 양전, 역로도 또한 이와 같을 것입니다. 그러니 몸소 실천하여 가르침을 밝힐 방도를 생각하지 않아도 된다면 현명해져서 (다른 사람을 다스리는)[633] 관직을 담당할 수 있겠습니까? 진실로 능히 몸소 행하고 밝게 가르쳐서 박한 세도를 교화하면, 인심이 옛날 같지 않은 것은 옛날 같이 되어서 모두 충신을 위주로 하고 절로 법을 받들 것입니다. 그리고 풍속이 순후하지 않은 것은 순후하여져서, 모두 남의 허물을 말하는 것을 부끄럽게 여겨 예의와 겸양을 숭상할 것입니다. 유술이 절로 밝아져서 호변(虎變)[634]의 효과를 거두면, 큰 재목이 배출되어 치도(治道)를 빛낼 수 있을 것이니, 어찌 오늘의 근심하는 바를 근심하겠습니까? 진실로 능히 명철해져서 훌륭하게 다른 사람을 임명하여 폐정의 근원을 다스리면, 병무가 떨쳐지지 않은 것이 떨쳐져서 쌓인 것이 여유가 있고 수괄(搜括 샅샅이 모음)이 마땅함을 얻어

---

633) 『서경』「고요모」에 "아, 모든 일을 이같이 하는 것은 요 임금도 어렵게 여기셨던 것이다. 사람을 알게 되면 명철해져 다른 사람을 훌륭하게 임용할 수 있다.[吁, 咸若時, 惟帝其難之, 知人則哲能官人,]"라고 하였다.

634) 호랑이 등의 무늬가 다채롭게 변하듯이 대인이 악을 버리고 선으로 옮겨가서 그 아름다움이 더욱 드러남을 뜻하는데, 큰 인물의 출처와 행동은 그 변화를 헤아릴 수 없음을 비유하는 말로 흔히 쓰인다. 『주역』「혁괘(革卦)」에 "구오는 대인이 범이 변하듯 함이니, 점치지 않아도 믿음이 있다.[九五, 大人虎變, 未占有孚.]"라고 한 데서 나왔다.

서 유사시에 쓰일 것입니다. 양전이 거행되지 않은 것은 거행되고 병폐는 백성에게 미치지 않아, 능히 양전을 고쳐서 상하가 병폐로 여기지 않게 될 것입니다. 역로(驛路)가 절로 소생하면 역참이 폐해지지 않도록 보전할 수 있고, 인마(人馬)가 모두 풍족하면 풍부한 실효를 거둘 수 있을 것이니, 어찌 오늘 근심하는 바를 근심하겠습니까?

아! 교화를 밝히는 논의는 처음에는 세상에 없는 기발한 모의가 아니나 그 효과는 저와 같으며, 인재를 얻는 설법도 세속을 놀라게 하는 기이한 말이 아니나 그 징험이 이와 같습니다. 저 훌륭한 음식을 훌륭한 도구에 비유한 것이 어찌 부질없이 그런 것이겠습니까? 비록 그러하나, 교화를 밝힘은 정성을 다하는 것보다 귀하며, 인재를 얻음은 밝게 등용하는 데에 달려 있습니다. 진실로 정성을 다하지 않으면서 한갓 교화를 밝히려고만 하고, 진실로 밝게 등용하지 않으면서 한갓 인재를 얻고자만 한다면 (인심이) 옛날 같지 않고 (풍속이) 순후하지 않게 될 것입니다. 나는 끝내 옛날 같지 않고 순후하지 않을 것임을 확신합니다. 유술(儒術)은 어떻게 해야 밝아질 수 있겠습니까? 떨쳐 일어나지 않고 행해지지 않은 것은 끝내 떨쳐 일어나지 않고 행해지지 않을 것임을 확신합니다. 노역(路驛)은 어떻게 해야 회복되겠습니까? 그렇다면 오늘 마땅히 알아야 할 점은 정성을 다해서 교화를 밝혀야 할 것이 아니며, 밝게 등용하여서 인재를 얻는 근본으로 삼아야 할 것이 아니겠습니까?

집사의 질문에 저는 이미 대략 한두 가지를 말씀드렸습니다만, 글의 끝에 또 올릴 말씀이 있습니다. 전에 이르기를 "먼저 하고 뒤에 할 것을 안다."[635]라고 하였고, 또한 "급선무가 있었기 때문이다."[636]라고 하였으니, 천하의 일이 어디를 가든 본말과 경중의 구분이 없겠습니까? 지금 여섯 가지로 살펴보건대, 풍속을 병들게 하고 정치를 해롭게 하지 않는 것이 없는데, 만약 그 사이에서 경중과 본말을 논한다면 어찌 마땅히 먼저 해야 할 바가 없겠습니까? 인심이 옛날 같지 않고 풍속이 순후하지 않은 것은 다름이 아니라 모두 유술(儒術)이 퇴폐해지고 타락하였기 때문입니다. 유술(儒術)이 만일 그 바름을 얻어서 교화가 세상에 크게 밝혀진다면 순후하지 않은 풍속은 저절로 순후한 데 이를 것이며, 옛날 같지 않은 인심은 저절로

---

635) 『대학』의 "먼저 하고 뒤에 할 것을 알면 도에 가까울 것이다.[知所先後, 卽近道矣.]"에서 나온 말이다.
636) 『맹자』「진심 상(盡心上)」에 "지혜롭기 그지없었던 요 임금과 순 임금도, 모든 대상에 두루 다 이를 적용하지 못하였으니, 그것은 급선무가 있었기 때문이었다.[堯舜之知而不徧物 急先務也]"라는 말이 있다.

옛날로 회복될 것입니다. 인심이 이미 옛날과 같고 풍속이 이미 순후해지면 위에 있는 사람은 군자 아님이 없고, 아래에 위치한 사람은 바른 사람 아님이 없을 것입니다. 이로써 사람을 얻으면 그 얻은 사람은 모두 군자이며, 이로써 사람을 등용하면 등용한 사람은 모두 바른 사람일 것입니다. 그러니 병무(兵務)가 떨치게 하는 데 어찌 칼을 능란하게 하는 자가 없겠습니까? 저 양전(量田), 역로(驛路) 등의 일은 특별히 조치하는 가운데 나머지(부수적인) 일일 뿐입니다. 그렇다면 마땅히 먼저 해야 할 것은 유술(儒術)이 아니겠습니까? 마땅히 급히 해야 할 것도 유술(儒術)이 아니겠습니까? 저는 그러므로 이미 교화를 밝히고 마땅한 인재를 얻어서 풍속을 교화하고 폐단을 구하는 요체로 삼아야 하며, 다음으로는 정성을 다하고 밝게 써서 교화를 밝히고 마땅한 사람을 얻는 방식으로 삼아야 하며, 마지막으로 유술로써 다섯 가지의 근본으로 삼아야 한다고 봅니다. 저의 말이 지극히 질박하고 속되어 일정한 법식에 합당하지 않을 것입니다만 삼가 바라건대 집사께서 진취시켜서 가르쳐 주십시오.

성현사업

질문

성현의 도(道)는 하늘에 근본을 두고 있고 성현의 마음은 사업에 나타나는 것이므로, 그 뜻을 얻어서 세상에 행함에 부절을 합한 것과 일치하였으니, 이른바 '전대의 성인과 후대의 성인이 그 법도는 똑같다.[前聖後聖 其揆一也]'637)는 것이다. 그 일로써 말하면 또한 같지 않은 바가 있는 것은 무엇 때문인가? 이윤638)이 신야(莘野)639)에서 밭을 갈고, 부열(傅說)이 판축(板築)640)에 몸을 숨긴 것은, 그 뜻이 장차 그렇게 몸을 마치려 한 것인데 성탕(成湯)의 빙폐(聘幣 초빙하는 폐백)와 무정(武丁)641)의 방구(旁求)642)가 없었다면, 장차 나와서 행세(行世)하지 못했을 것이다. 공자가 천하를 주유하고 맹자가 제나라와 양나라 사이를 허둥지둥 경황없이 돌아다녔는데, (그렇다면 그들이) 하고자 한 것은 무엇인가? 주렴계643)와 정명도644)

---

637) 『맹자』「이루 하(離婁下)」에서 맹자는, 순 임금과 문왕이 살던 지역이 서로 천여 리나 떨어져 있고 살던 시대가 천여 년이나 차이가 있어도 뜻을 얻어 중국에 시행한 것이 마치 부절(符節)을 합한 듯이 똑같음을 들어 "앞선 성인과 뒷 성인이 그 법도는 한 가지이다.[先聖後聖, 其揆一也.]"라고 하였다.

638) 이윤(伊尹): 상나라의 명 재상으로, 탕 임금을 도와 하나라 걸왕을 멸망시키고 선정을 베풀었다.

639) 신야(莘野): 중국의 옛 땅 이름으로, 이윤이 유신의 땅에서 밭을 갈았다고 한다.

640) 부열(傅說): 은(殷)나라 고종(高宗)의 재상이며, 판축은 공사 현장에서 담장이나 성을 쌓는 일을 말한다. 고종이 부암의 공사 현장에서 일하던 부열을 발탁하여 재상을 삼은 일이 있다. 『서경(書經)』.

641) 무정(武丁): 은나라 20대 임금 고종을 말한다. 현신 부열(傅說)을 얻어 재위 59년 동안 천하에 왕도 정치를 구현하였던 임금이다. 『사기(史記)』.

642) 방구(旁求): 훌륭한 인물을 구하기 위해 널리 찾는다는 뜻이다. 은 고종이 자신을 도와줄 어진 신하의 모습을 꿈속에서 보고는, 초상화를 그려서 널리 찾은 결과[以形旁求], 부암(傅巖)의 들판에서 부열(傅說)을 얻어 재상으로 삼은 고사에서 유래한 것이다. 『서경(書經)』.

643) 주렴계: 중국 북송 시대의 유학자인 주돈이(周敦頤). 자는 무숙(茂叔), 호는 염계(濂溪). 그의 저서에『태극도설(太極圖說)』·『통서(通書)』등이 있는데, 이 책은 남송의 주자에 의해서 세상에 알려지게 되었다. 그의 학문은 정호·정이 형제가 이어 받았으며, 송학(宋學)의 시조가 되었다.

644) 정명도: 중국 송나라 도학자인 정호(程顥)이다. 성리학과 양명학 원류의 한 사람. 자는 백순(伯淳), 시호는 순공(純公). 명도 선생으로 호칭되었다. 대대로 중산(中山)에 거주하였으나 후에 하남(河南)에 이주하였다. 정이가 그의 동생이다.

가 주군에 나가서 백성들을 다스렸으되 더럽게 여기지 않았고, 이천645)은 항상 벼슬하고자 하지 않았고, 회암(晦菴)646)은 관직에 제수되면 매번 이를 사양하였는데, (그렇다면) 그 뜻은 과연 어떠한 것인가? 이윤, 부열, 공자, 맹자의 일은 반드시 그럴 만한 까닭이 있어서 가리켜 말한 것이다. 송나라의 사현(四賢)647)이 성현의 도를 전승하여 사업에 드러낸 것이 마땅히 같아야 하는데, 혹 같지 않은 것은 무엇 때문인가? 제생이 성현의 도를 배움은 그 장차 무엇을 사모해서이며 어떤 일에 종사하기 위함인가? 바라건대, 유사가 나를 몰라준다고 숨기는 바가 있다고 말하지 말고, 제생의 뜻을 보이라.

답변

운뢰(雲雷)의 시국 경륜할648) 소원을 가슴에 품고, 남이 알아주지 않는 슬픔을 품고서[井渫之惻],649) 매양 옛날 성현의 '때에 따라 행하고 그치는[時行時止]650)' 도를 생각하여 일찍이 공경하지 않은 적이 없었으니651) (그러한 생각이) 가슴 속에 있은 지 오래되었습니다. 지

---

645) 이천: 송나라의 대학자 정이(程頤)를 가리킨다. 자는 정숙(正叔). 호는 이천(伊川). 시호는 정공(正公). 정호(程顥)와 함께 주돈이에게 배웠고, 형과 아울러 '이정자(二程子)'라 불리며 정주학의 창시자로 알려졌다. '이기이원론(理氣二元論)'의 철학을 수립하여 큰 업적을 남겼다.

646) 회암(晦菴): 중국 남송의 유학자 주희(朱熹). 주자라는 존칭으로도 불린다. 자는 원회(元晦), 중회(仲晦). 호는 회암(晦庵), 회옹(晦翁), 운곡노인(雲谷老人), 창주병수(滄洲病叟), 둔옹(遯翁) 등 여러 가지가 있다. 중국 복건성 우계에서 출생했으며 19세에 진사가 된 후 여러 관직을 지내면서 맹자, 공자 등의 학문에 전념하였으며 주돈이, 정호, 정이 등의 유학 사상을 이어받았다. 그는 유학을 집대성하였으며 오경의 진의를 밝히고 주자학을 창시하여 완성시켰다.

647) 사현(四賢): 주희(朱熹)·장식(張栻)·여조겸(呂祖謙)·육구연(陸九淵) 등 네 사람을 송나라의 사현이라고 한다.

648) 어렵고 힘든 시기에 태어나 잘 경륜하여 어려움을 극복하였다는 말이다. 운뢰(雲雷)는 바로 둔괘(屯卦)이니, 『주역』의 「둔괘」는 세상이 고난 속에 빠져서 형통하지 못한 것을 상징하는데, 그 상사(象辭)에 "구름과 우레가 서로 만나 이루어진 괘가 둔이다. 군자는 이 상을 보고서 경륜하여 고난을 극복한다.[雲雷屯, 君子以經綸.]"라고 하였다.

649) 『주역』「정괘(井卦)」 구삼(九三)에 "우물을 깨끗이 쳤는데도 먹지를 않으니 내 마음이 슬프다. 임금이 밝아서 길어다 먹기만 하면 모두 복을 받으리라.[井渫不食, 爲我心惻, 可用汲, 王明, 並受其福.]"라는 말이 있으니, 재지(才智)를 품었으나 세상이 알아주지 않기 때문에 초야에 묻혀 지냄을 뜻한다.

650) 『주역』「간괘(艮卦)」 단사(彖辭)에 "간은 그친다는 뜻이니, 때가 그칠 만하면 그치고, 때가 행할 만하면 행하여 동정이 그때를 잃지 않아야만 그 도가 광명해진다.[艮止也, 時止則止, 時行則行, 動靜不失其時, 其道光明.]" 한 데서 온 말이다.

651) 『주역』「관괘(觀卦)」에 "손만 씻고 제수를 올리지 않았을 때처럼 하면 백성들이 정성을 다하여 우러러 존경하리라.[盥而不薦, 有孚顒若.]"라고 하였는데, 정성껏 공경함을 말한다.

금 집사 선생께서 '함림정길(咸臨貞吉)'652)의 때를 만나 '대인이견(大人利見)'653)의 성대함을 사모하고, '용덕시사(龍德時舍)654)'의 쇠한 때를 슬퍼하며, 특별히 성현이 세상에 행한 남다름을 말씀하시어 성현의 사업이 그 법도는 같다는 논지를 듣고자 하시니, 하문하신 것은 마침 제가 원하는 바입니다.

가만히 생각하건대, 도(道)의 큰 근원은 하늘에서 나온 것이어서 오직 성현이라야 따르고, 마음의 전체는 사람에게 달려있어서 오직 성현이라야 능히 보존합니다. 잘 따라서 행으로 드러나고, 보존함에 일에 나타납니다. 그러므로 세대가 서로 차이남이 천년이나 되지만[世之相後, 千有餘歲]655), 그 뜻을 얻어 세상에 행함에 있어서는 마치 부절이 꼭 합치되는 것과 같습니다. 그러나 그 자취를 살펴보면, 전성(前聖)의 계획이 혹 후성(後聖)의 일과 다르며, 후현(後賢)의 일이 혹 전현(前賢)의 행과 다르니, 전일의 행이 옳으면 후일의 일이 잘못된 것이고, 후일의 일이 옳으면 전일의 일이 잘못된 것입니다. 비록 그러하나, 만고에 상행(常行)하여 멈추지 않는 것은 도(道)이며, 천성(千聖)이 서로 전하여 저버리지 않은 것은 마음이므로, 도는 하나의 도이며 마음은 하나의 마음인 것입니다. 그렇다면 백성과 더불어 도를 행하는 것이 몸을 닦아 세상에 드러내는 것과 (비교하여) 무엇이 다릅니까? 세상을 구제할 것을 간절히 바라는 자는 도로써 자임(自任)하는 자와 (비교하여) 무엇이 다릅니까? 그렇다면 (즉 앞의 논의에 따르면) 도도 본래 동일한 것이며 마음도 본래 동일한 것입니다. 그렇다면 행사(行事 행위 등)가 동일하지 않은 것이 어찌 반드시 동일한 것은 동일하지만 동일하지 않은 것은 동일하지 않은 것이겠습니까? (이런 것이) 어찌 성현들께서 '즐거우면 행하고 근심스러우면 떠난다'는656) 실정이 아니겠습니까?

---

652) 『주역』 「임괘」의 초구에 "초구는 느껴서 임함이니 바르게 해서 길하니라.[初九, 咸臨貞吉.]"이라 하였고, 상전에 이르기를 "함림정길은 뜻이 바름을 행함이라.[咸臨貞吉, 志行正也.]"하였다.

653) 『주역』 「건괘(乾卦)」 구오(初九) 효사(爻辭)에 "나는 용이 하늘에 있으니, 대인을 만나는 것이 이롭다.[飛龍在天, 利見大人.]" 한 데서 온 말로, 이는 곧 성군이 현신을 만나는 것을 의미한다.

654) 『주역』 「건괘(乾卦)」에 "나타난 용이 밭에 있다는 것은 때가 버리는 것이다.[見龍在田, 時舍也.]"라 하였으니, 때가 맞지 않음을 말한 것이다.

655) 『맹자』 「이루 하(離婁下)」에 "살았던 지역의 거리가 천여 리나 떨어져 있고 세대의 차이도 천여 년이나 나지만 뜻을 이루어 중국에서 도를 행한 점에서는 부절을 합한 듯 일치한다.[地之相去, 千有餘里, 世之相後, 千有餘年, 得志行乎中國, 若合符節者.]"에서 인용한 것이다.

656) 『주역』 「건괘(乾卦)」 문언(文言)에, "옳다는 인정을 받지 못해도 답답해하지 않아 태평한 세상에는 나아가

청건대 밝게 하문하심으로 인하여 나열하여 아뢰겠습니다. 처음에 하늘에 오르고 나중에는 땅속으로 들어감은[初登于天, 後入于地][657] 때가 밝지 못하여 어둡고 불리해서이니, 신야에서 밭을 갈고[658] 판축에 몸을 숨긴 것은,[659] 마땅히 아름다움을 품고 정도를 따른 것입니다.[含章可貞][660] 나는 용이 하늘에 있고[飛龍在天][661] 같은 기운끼리 서로 찾음은[同氣相求][662], 천하가 밝은 때를 만나서 그 나아감에 허물이 없어서이니, 삼빙의 지성에[三聘之勤][663] 응하고 한 번 꿈속에서 만나 찾아간 것은[赴一夢之交][664], 마땅히 집에서 먹지 않음이 길합니다.[不家食吉][665] 잠겨 있는 용은 쓰지 말라 함은 양이 아래에 있음이니[潛龍勿用, 陽在下也][666], 때가 보익할 수 없기 때문입니다. 그렇다면 (공자가) 천하를 두루 주유하고, (맹자가) 제나라와 양나라를 두루 다님은 마땅히 갈 바를 조심한 것입니다. 그러나 군자가 부지런히[乾乾][667] 한 것은 제 때에 쓰이고자 함인데 하물며 성인이 훌륭한 일을 할 수 없는 때가 없음이겠습니까! 천하가 타락하자 도(道)로써 바로잡으려 하였으니, 이것은 스스로 시험하고자 한 것입니다. 그렇다면 소식영허(消息盈虛)의 이치를 숭상하여[668] 순행한 자

도를 행하고 근심스런 세상에는 물러난다.[不見是而無悶, 樂則行之, 憂則違之.]"하였다.

657) 『주역』의 <명이괘(明夷卦)>상육에 이르기를 "상육은 밝지 아니하여 그믐이니, 처음에는 오르고 나중에는 땅에 들어가도다.[上六, 不明晦, 後入于地, 失則也.]" 하였다. 이에 대한 상(象)에 이르기를 "처음에는 오른다는 것은 온 사방의 나라를 비춤이요, 나중에 땅에 들어간다는 것은 법도를 잃은 것이다." 하였다.

658) 이윤이 유신의 땅에서 밭을 갈았다고 한다.

659) 은(殷)나라 고종(高宗)의 재상인 부열(傅說)이 판축에서 일을 하였는데, 고종이 부암의 공사 현장에서 일하던 부열을 발탁하여 재상을 삼은 일이 있다. 『서경(書經)』.

660) 『주역』「곤괘(坤卦)」에 "육삼효는 내면에 아름다움 머금고 마음이 곧고 바르다.[六三, 含章可貞.]"라고 하였다.

661) 『주역』「건괘(乾卦) 구오(九五)>에 "용이 날아올라 하늘에 있으니, 대인을 만나는 것이 이롭다.[飛龍在天, 利見大人.]"라고 하였다.

662) 『주역』「건괘(乾卦)」문언(文言)의 "같은 소리끼리 서로 응하고 같은 기운끼리 서로 찾나니……이것은 각자 자신에 맞는 성향을 따르는 것이다.[同聲相應, 同氣相求,……則各從其類也.]"라는 말이 있다.

663) 임금이 현인을 초빙하는 예를 말한다. 탕 임금이 이윤을 세 차례 초빙하러 갔다는 고사에서 나온 말이다. 『맹자』「만장 상」.

664) 고종 무정(武丁)이 꿈에 성인을 보고 부암의 공사 현장에서 일하던 부열을 발탁하여 재상을 삼은 일을 말한다. 『서경(書經)』「열명 상(說命上)」.

665) 『주역』「산천대축괘(山天大畜卦)」에 "대축은 바름이 이롭다. 집에서 먹지 않으면 길하니, 대천을 건너는 것이 이로우니라.[大畜利貞, 不家食吉, 利涉大川.]" 하였다.

666) 『주역』「건괘(乾卦)」'상전(象傳)'에 나오는 말이다.

667) 『주역』「건괘(乾卦)」구삼효(九三爻) 문언(文言)에 "군자가 종일토록 부지런히 힘쓰고 저녁까지도 두려워하면 위태로우나 허물이 없다.[君子終日乾乾夕惕若, 厲無咎.]"라고 한 것이 있다.

는 천덕과 합일된 것이며, 진퇴존망을 알아서 그 바름을 잃지 않는 자는 오직 성인뿐일 것입니다.669) 그렇다면 밭 가운데 처하고670) 부암(傅岩)의 들판에 벽돌을 쌓은 것은671) 이 도(道)와 일치하는 것이며, 장성(將聖)672)이 천하를 주유하고 대현(大賢)이 밥을 얻어먹음은673) 이 마음과 일치하는 것입니다. 세상이 말세가 되고 성현의 도(道)가 오래도록 어두워졌으나 천운이 순환하고 인심이 민멸되지 않아, 다시 천심을 보게 되고 벗이 오니 허물이 없습니다.[朋來無咎]674) 다행히 광풍제월(光風霽月)의 현인과675) 서일상운(瑞日祥雲)의 선비가676) 모두 행의와 달도(達道 모든 사람이 지켜야 할 도덕)의 뜻을 가지고 세상을 구제하고 백성을 편안히 할 도를 행하였습니다. 비록 세상에 따라 변치 않으며 명성을 이루려 하지 않음을[其不易乎世, 不成乎名]677) 알았으나, 버림을 받아도 원망하지 않고 곤액을 당해도 근심하지 않으며, 낮은 벼슬이라고 하여 사양하지 아니하고 하찮은 주현(州縣)이라고 하여 더럽게 여기지

---

668) 『주역』「박(剝)」괘에 "순해서 그침은 상을 바라봄이니, 군자가 소식영허 천도의 운행을 숭상함이라.[順而止之, 觀象也, 君子尙消息盈虛天行也.]라는 구절이 있다.

669) 『주역』「건괘(乾卦)」 문언전(文言傳)에 "항이라는 말은 나아감만 알고 물러날 줄을 모르며 보존함만 알고 망할 줄을 모르며 얻을 줄만 알고 잃을 줄을 모르니, 오직 성인인가? 진퇴와 존망의 이치를 알아서 정도를 잃지 않는 자는 오직 성인일 것이다.[亢之爲言也, 知進而不知退, 知存而不知亡, 知得而不知喪, 其唯聖人乎. 知進退存亡而不失其正者, 其唯聖人乎也.]"라는 구절이 있다.

670) 신야에서 밭 갈던 이윤을 말함이다.

671) 고종 무정(武丁)이 꿈에 성인을 보고 부암의 공사 현장에서 일하던 부열을 발탁하여 재상을 삼은 일을 말한다. 『서경(書經)』「열명 상(說命上)」.

672) 장성(將聖): 공자를 가리킨다. 공자의 제자 자공(子貢)의 "우리 선생님은 실로 하늘이 이 세상에 내려 성인이 되게끔 하신 분이다.[固天縱之將聖]"라는 말에서 유래한 것이다. 『논어(論語)』「자한(子罕)」

673) 맹자의 제자 팽경(彭更)이 "수레 수십 대와 종자 수백 명을 이끌고 제후에게 얻어먹는 것이 너무 지나치지 않느냐.[後車數十乘, 從者數百人, 以傳食於諸侯, 不以泰乎.]"라고 묻자, 맹자가 도리에 어긋나면 밥 한 그릇도 받으면 안 되지만 도리에 맞으면 천하를 받아도 지나치지 않다고 대답한 말이 『맹자』「등문공 하(滕文公下)」에 나온다.

674) 『주역』「복(復)」괘에, "벗이 오니 허물이 없다[朋來無咎]." 하였다.

675) 송나라 황정견의 「염계시서(濂溪詩序)」에 "용릉(舂陵)의 주무숙(周茂叔)은 인품이 매우 고상해서, 마치 광풍제월(光風霽月)처럼 가슴속이 쇄락하기만 하다."고 평한 내용이 나온다. 무숙은 염계 주돈이의 자(字)이다.

676) 주자가 일찍이 명도 선생에 대해 찬하기를, "상서로운 해와 상서로운 구름 같고 화창한 바람과 단비 같다.[瑞日祥雲, 和風甘雨.]"라고 하였다.

677) 『주역』「건괘(乾卦)」의 초효(初爻)에 "세상에 따라 변치 않으며 명성을 이루려 하지 않아 세상에 은둔하되 근심하지 않고, 남으로부터 인정을 받지 못하여도 고민하지 않아, 즐거운 세상이면 도를 행하고 걱정스러운 세상이면 떠나가서, 뜻이 확고하여 뽑을 수 없는 것이 잠룡이다.[不易乎世, 不成乎名, 遯世无悶, 不見是而无悶, 樂則行之, 憂則違之, 確乎其不可拔, 潛龍也.]"라고 하는 구절이 있다.

않고,678) 보통의 취향에 뜻을 두고 하나의 사물이라도 구제하겠다는 마음을 보존하였으니, 이것이 이른바 '큰일에는 불가하고 작은 일에 가하다'679)는 것입니다.

법도에 벗어나지 않는[規圓矩方]680) 선비와 조용히 예법을 지킨 선비로 말하자면 모두 선민으로 고상하게 행동하며[先民高蹈]681), 짐은 무겁고 갈 길이 멀다는 생각을 가지며[任重道遠]682), 말은 반드시 진실되고 미덥게 하며, 행동은 모두 예의를 따라 하며, 중용을 따르고 광대함을 이루며[道中庸而致廣大],683) 들은 바를 존중하고 아는 바를 행하며, 구차하게 벼슬하기를 바라지 않고 편안하게 의에 따라 처신하여 도덕인의가 마음 속에 쌓여들어 (자연스럽게 아름다워 지기에) 다른 사람들이 꾸며주는 것을 원하지 않습니다.684) 내가 수레 모는 것을 법도로 하여[範我馳驅]685) 그 바름을 잃지 않아서 몸을 굽혀 갑자기 출세하기를 바라지 않으니, 이것이 이른바 '예가 아니면 밟지 아니한다[非禮不履]'686)는 것으로 뜻이 바르

---

678) 『맹자』「공손추 상(公孫丑上)」에 "유하혜는 더러운 임금을 부끄러워하지 않았고 보잘것없는 벼슬도 낮게 여기지 않았으며 나아가서는 어짊을 숨기지 않아 반드시 그 도로써 하였으며 버림을 받아도 원망하지 않았고 곤액을 당해도 근심하지 않았다.[柳下惠, 不羞汙君, 不卑小官, 進不隱賢, 必以其道, 遺佚而不怨, 阨窮而不憫.]"라고 하는 구절이 있다.

679) 『주역』「소과(小過)」에 "소과는 형하니 정함이 이롭다. 소사에 가하고 대사에는 불가하니, 나는 새가 소리를 남김에 소리가 오르지 않고 내려가면 크게 길하리라.[小過亨利貞, 可小事, 不可大事, 飛鳥遺之音, 不宜上宜下, 大吉.]" 하였다.

680) 이천 선생 화상찬에 "규는 둥글고 구는 방정하니 승은 곧고 준은 고르다.[規圓矩方, 繩直準平.]" 한 대목에서 온 말로 근엄하여 법도에 맞음을 표현한 것이다.

681) 고도(高蹈): 세속을 떠나 몸을 깨끗이 보전하는 것.

682) 『논어』「태백(泰伯)」에 "선비는 뜻이 크고 굳세지 않으면 안 된다. 왜냐하면 등에 진 짐이 무겁고 앞으로 가야 할 길이 멀기 때문이다. 인을 자기의 임무로 인지하고 있으니 그 짐이 또한 무겁지 않겠는가. 죽은 뒤에야 그만두는 것이니 그 길이 또한 멀지 않겠는가.[士不可以不弘毅, 任重而道遠, 仁以爲己任, 不亦重乎, 死而後已, 不亦遠乎!]"라는 증자의 말이 나온다.

683) 『중용장구』에, "군자는 덕성을 높이고 문학을 말미암는 것이니, 광대함을 이루고 정미함을 다하며, 고명함을 다하고 중용을 말미암는다.[君子尊德性而道問學, 致廣大而盡精微, 極高明而道中庸.]"라는 말이 나온다.

684) 『맹자』「告子上」에 "인의에 배부르기 때문에 남의 고량지미를 원하지 않으며, 좋은 명성과 넓은 명예가 몸에 베풀어져 있기 때문에 남의 비단 옷을 원하지 않는 것이다.[飽乎仁義也, 所以不願人之膏粱之味也, 令聞廣譽施於身, 所以不願人之文繡也.]"라는 말이 나온다.

685) 『맹자』「등문공 하(滕文公下)」에, 조간자(趙簡子)의 명으로 조간자가 총애하는 신하를 위해 수레를 몰던 왕량(王良)이 "내 그를 위해 수레 모는 것을 법대로 하였더니 종일토록 한 마리의 짐승도 잡지 못하였고, 이번에는 그를 위하여 부정한 방법으로 짐승을 만나게 하였더니 하루아침에 열 마리의 짐승을 잡았다.[吾爲之範我馳驅, 終日不獲一, 爲之詭遇, 一朝而獲十.]"라고 말한 내용이 보인다.

686) 『주역』「대장(大壯)」괘에 "상에 이르기를, 우레가 하늘 위에 있는 것이 대장이니, 군자가 이로써 예가 아니

기 때문입니다. 그렇다면 세상을 좋게 하여도 자랑하지 아니하며, 덕이 넓어 교화하는 자는[687] 때에 따라 함께 행하는 것이요,[688] 아는 것을 안다 하고 따를 줄을 아는 자는 더불어 의리를 보존할 수 있습니다. 그렇다면 자주 동장(銅章)[689]을 차고 나가기를 달게 여기지 아니한 자는 도가 같은 것이요, 혹 물러나기도 하고 혹은 사양하기도 하나 귀결은 그 몸을 깨끗이 하는 자는 그 마음이 같습니다.

종합하여 살펴보면 하늘이 성현을 낸 것이 또한 무수하나 성현이 자임(自任)한 것은 어떻다 하겠습니까? 천지를 위하여 마음을 정립하고, 생민을 위하여 명을 세우며, 만세를 위하여 태평 시대를 열고[690], 자기 몸을 바르게 하여 상대가 바르게 되며[691], 요순시대 군민으로 만들고 이 세상을 당우(吳虞)의 성대한 시대로 올려놓아, 무궁한 후세에 큰 이름을 빛내는 것이[692] 대저 어찌 본심이 아니겠습니까? 그러나 임금이 현자를 높이지 못하는 것도 또한 치세의 시대가 되지 못해서입니다. 그러므로 비록 성현의 재덕이 펼쳐질 수 없어도 그 커다란 포부는 참으로 애석합니다. 다행히도 아형(阿衡)[693]이 성탕에 대하여, 양필(良弼)[694]이 고종에 대하여 서로 뜻을 얻은 것이 상나라에서 아름다웠으니, (이것은) 마침 때가 그리 되었기 때문입니다. 만약에 성탕과 고종을 만나지 못했다면 틀림없이 도를 굽혀서 남을 따르지 않고 또한 그대로 일생을 마쳤을 것입니다.

아! 공맹(孔 · 孟)이 행하여 그치지 아니한 까닭은 천하를 한집안으로 만들고, 중국을 한 사

면 밝지 않느니라.[象曰, 雷在天上, 大壯, 君子以非禮不履.]"라는 글이 보인다.

687) 『주역』「乾」괘에, "간사한 것을 막고 그 정성을 보존하며 세상을 착하게 하여도 자랑하지 않으며, 덕을 넓게 하여 화하게 한다.[閑邪存其誠, 善世而不伐, 德博而化.]"라는 글이 보인다.

688) 『주역』「손괘(損卦)」 단사의 "덜고 보태고 채우고 비게 하는 일 등을 그 일을 해야 할 때 함께 행할 것이다.[損益盈虛, 與時偕行.]"라는 말에서 나온 것이다.

689) 동장(銅章): 지방 수령이 지니는 구리로 만든 관인(官印)이다.

690) 『근사록』「위학(爲學)」에 장자가 이르기를 "천지를 위하여 마음을 정립하고 생민을 위하여 도를 정립하며, 옛 성인을 위하여 끊어진 학문을 잇고 만세를 위하여 태평 시대를 열어야 한다.[爲天地立心, 爲生民立道, 爲去聖繼絶學, 爲萬世開太平.]"라고 하였다.

691) 『맹자』「진심 상」에 "대인인 자가 있으니, 자기 몸을 바르게 하여 상대가 바르게 되는 자이다.[有大人者, 正己而物正者也.]" 하였다.

692) 한유(韓愈)의 「쟁신론(爭臣論)」에 "우리 임금을 요순과 같이 만들어 무궁한 후세에 큰 이름 빛낸다.[致吾君於堯舜, 熙鴻號於無窮也.]" 하였다.

693) 아형(阿衡): 은나라 이윤의 관명으로, 대신 또는 재상을 가리킨다.

694) 양필(良弼): 은나라 고종이 꿈에 어진 보필[良弼]을 얻고 깨어나서 부열(傅說)을 찾아내었다.

람의 몸처럼 만들어서[695] 난신적자로 하여금 제멋대로 세상에 행세하지 못하게 하고, 사설과 음사(淫辭)로 하여금 인심을 해치지 못하게 하고자 하였으니, 이것이 어찌 요순의 도를 즐기고 배를 만들어서 건너는 자와[696] 더불어 그 도가 같고 그 마음이 같지 않겠습니까? 정사를 돌봄에 정밀하고 사무는 도리를 다하고, 취하는 바에 대하여는 박하게 하고, 백성을 얻는 데에 후히 한 자는 염계(濂溪)[697]이며, 용덕이 바른 자리에 있어[龍德正中][698] 베풂이 널리 미치고, 소문을 들은 자는 성심으로 복종하고, 덕을 보고 마음으로 따른 자는 백자(伯子)[699]입니다. 그렇다면 동주(東周)[700]의 뜻과 왕제(王齊)의 뜻을 함께한 자는, 그 도가 같고 그 마음이 같을 것입니다. 하물며 파직을 들은 날에 즉시 먼 길을 떠난 것은 이천(伊川)이요, 구관(勾管 맡아서 관리함)을 즉시 사양하고 봉사(奉祠)[701] 역시 사양한 자는 회암(晦菴)[702]입니

---

695) 『예기』 「예운(禮運)」에 "성인이 천하를 한집안으로 만들고, 중국을 한 사람의 몸처럼 만들 수 있는 것은 의식적으로 그렇게 하려고 해서가 아니다. 반드시 사람의 마음을 알아서 옳은 방향으로 인도하고, 이롭고 해로운 것에 통달한 뒤에야 그렇게 할 수 있는 것이다.[故聖人耐以天下爲一家, 以中國爲一人者, 非意之也, 必知其情, 辟於其義, 明於其利, 達於其患, 然後能爲之.]"라는 말이 나온다.

696) 은나라 고종이 부열을 발탁하여 재상의 일을 맡기고 자신을 가르쳐 주기를 당부하면서 "만약 큰 시내를 건너고자 한다면 너를 배와 노로 삼으리라." 하였다. 『서경』.

697) 염계(濂溪): 중국 북송 시대의 유학자인 주돈이. 자는 무숙(茂叔), 호는 염계. 주돈이는 중국 성리학의 틀을 만들고 기초를 닦은 인물로 평가된다. 그는 도가와 불교의 주요 인식과 개념들을 받아들여 우주의 원리와 인성에 관한 형이상학적인 새로운 유학 이론을 개척했고, 그의 사상은 정호·정이 형제와 주회 등을 거치며 이른바 정주학파라고 불리는 중국 유학의 중심적 흐름을 형성했다. 때문에 그는 한나라 때의 훈고학을 거치며 끊어졌던 성(性)과 도(道)에 관한 철학적 논의를 되살려 유학을 새롭게 부흥시킨 인물이라는 평가를 받는다.

698) 『주역』 「건괘(乾卦)」 육효(六爻)를 변화가 신묘불측하다 하여 모두 용으로 상징하였는 바, 용덕은 훌륭한 덕으로 천자나 군자의 덕을 상징한다. 건괘 문언(文言)에서 "용의 덕을 가지고 중정한 자리에 있는 것이다.[龍德而正中者也]" 하였다.

699) 백자(伯子): 정호(程顥)를 말한다.

700) 『논어』 「양화(陽貨)」에, "나를 제대로 써 주기만 한다면, 내가 그 나라를 동방의 주나라로 만들 수 있을 텐데.[如有用我者, 吾其爲東周乎.]"라고 탄식한 공자의 말이 보인다.

701) 봉사(奉祠): 사록(祠祿)에 편입됨을 말한다. 송대에는 사록이라는 관위를 설치해서 관직을 그만둘 노령자들에게 도교궁관(道敎宮觀)을 관리시키되, 실제의 사무는 맡기지 않고 이름만을 빌려 관료의 봉록을 받게 했다. 왕안석이 신법에 반대하는 노관료를 현직에서 물러나게 하기 위해 사록의 정원을 거의 무제한으로 확대시켰다. 연로자나 관직에 뜻이 없는 자는 자진해서 사록을 맡기를 신청하기도 했다. 『송사(≪宋史≫)』 「관직(職官)」.

702) 회암(晦菴): 송나라의 유학자 주희(朱熹). 자는 원회(元晦) 또는 중회(仲晦)고, 호는 회암(晦庵)과 회옹(晦翁), 운곡산인(雲谷山人), 창주병수(滄洲病叟), 둔옹(遯翁) 등을 썼다. 존칭하여 주자라 한다. 정호와 정이의 학문

다. 그렇다면 쓰이면 행하고 버려지면 은둔하고[用行舍藏]703), 곧은 도를 지키려다 자기를 굽히지 않은 것은 그 도가 같고 그 마음이 같습니다. 그렇다면 혹 그 임금을 만나 도를 행하기도 하고, 혹 때를 만나지 못해도 세상일을 잊지 못하여, 혹 세상에 나가서 이 백성을 구제하기도 하고, 혹 물러나서 그 도(道)를 선하게 하기도 하였으니, 그 요점은 어찌 도가 같으며 마음이 한결같지 아님이 있겠습니까? 내가 어찌 그 사이에 흠잡을 것이 있겠습니까?

집사의 질문에 저는 이미 앞에서 대략 아뢰었으나 다시 제가 뜻한 바를 글의 끝에 올립니다. 역에 이르기를 "그쳐야 할 때는 그치고 행해야 할 때는 행하여 동정이 그때를 잃지 않으니 그 도가 광명하다."704)라고 하였습니다. 이윤과 부열이 나가서 세상을 경영한 것은 한 때의 다행이며, 공자와 맹자가 천하를 주유하며 유세한 일은 한 때의 불행입니다. 주자(周子)와 정자(程子)가 여러 번 주군을 맡은 것은 때가 비록 불가하였으나 뜻을 얻어 도를 행한 경우이며, 정자(程子)와 주자(朱子)가 관직이 주어질 때마다 사양한 것은 때가 또한 불가하였으나 도를 높인 경우이니, 이들이 어찌 그쳐야 할 때 그치고 행해야 할 때 행하여 동정 간에 그 때를 잃지 않은 자가 아니겠습니까? 지금은 위로 탕임금과 고종 같은 성인이 있고 아래로 이윤과 부열 같은 보좌하는 신하가 있어, 밝은 임금과 어진 신하가 서로 만나 소왕대래(小往大來)705)하여 후진의 뛰어난 인재를 널리 불러 여러 관직에 배치하였습니다.[旁招後彦, 列於庶位]706) 저는 참으로 다행스럽게도 몸소 친견하였으니, 제가 사모하여 따르고자 한 것이었지, 어찌 감히 옛 성현이 만나지 못한 것으로써 자처하겠습니까? 저는 눈썹을 추켜 뜨고 소매를 높이 하고서 항상 고종이 부열에게 명한 한 말씀을 외웁니다. (그 말씀에) 이르기를 "옛날 선정 보형이 우리 선왕을 흥기시켜707) 말하기를, 내가 나의 임금을 요순처럼 만들지 못하면 마음속으로 부끄럽고 수치스러워서 마치 시장 안에서 종아리를 맞는 것처럼 여겼으며, 한

을 계승하고 주돈이와 장재 등의 학설을 차용하여 북송 이래 이학을 집대성했다.

703) 『논어』「술이(述而)」에 "써 주면 나가서 도를 행하고 써 주지 아니하면 도를 품고 은둔해 살아간다.[用之則行, 舍之則藏.]"라고 한 데에서 온 말이다.

704) 『주역』「간괘(艮卦) 단(彖)」에 나오는 말이다.

705) 『주역』「태괘(泰卦) 단(彖)>에 "작은 것이 가고 큰 것이 오니 길하여 형통하다.[小往大來, 吉亨.]"라고 하였다.

706) 『서경』「열명 하(說命下)」에 보인다.

707) 『서경』「열명 하(說命下)」에, "옛날 선정 보형이 우리 선왕을 흥기시켰다.[昔先正保衡, 作我先王.]"에서 인용되었다.

사람의 가장이라도 생활의 안정을 찾지 못하면 이것은 바로 나의 잘못이다. 아형(阿衡)으로 하여금 상나라에서 아름다움을 독차지하게 하지 말라"[708] 라고 하였으니, 저는 이 말에 깊이 감동하였습니다.

　　삼가 이렇게 답변 드립니다. [709]

---

708) 『서경』「열명 하(說命下)」에 보인다.
709) 이 옆에 '주역의 말을 인용했는데 그 마땅함을 얻지 못했다.(用周易說, 不得其宜興亡)'라고 가필되어 있다.

역대흥망

질문

답변

삼가 생각건대 성시(盛時)에 과거를 설치하여 인재를 선발하였습니다. 집사 선생께서 시관이 되어 문제를 내시면서 특별히 우환을 미연에 염려하는 방법과 역대의 사적을 나열하시고 다시 언외(言外)의 논의를 가지고 질문을 하셨습니다. (제가) 미리 예단하여 다음과 같이 서술합니다. 제가 비록 불민하지만 감히 옛 것을 살피고 오늘을 헤아려서 밝게 하문하신 남은 뜻을 아뢰지 않을 수가 있겠습니까? 제 생각에는 천하가 생긴 지 오래됨에, 한 번은 다스려지고 한 번은 혼란하였으되, 그 혼란은 저절로 혼란하게 된 것이 아니라 틀림없이 아주 사소한 데에서 시작되거나 은복(隱伏)된 가운데서 싹이 터서, 날로 더해지고 달로 심해져서 마침내 치성하는 데까지 이르러서 막을 길이 없게 된 것입니다.

이러한 까닭으로 총명과 지혜가 있는 이들은 남이 미처 보지 못하는 것을 먼저 보고, 남이 미처 듣지 못한 것을 홀로 들으며, 사소한 것을 연구하여 그 기미를 밝히며, 그 시작을 근원하여 그 끝을 예단할 수 있습니다. (또한) 마음속으로 짐작하고 헤아리며, 실행할 때에 계획하고 배치하여, 능히 세상이 변하는 기미와 경장(更張 개혁 정치를 말함)의 규모를 묵묵히 행함에 남들은 알지 못합니다. 그러나 지극히 밝은 이가 아니면 사소한 것을 살피지 못하며, 지극히 강한 이가 아니면 동요를 제어하지 못하는 것이니, 알고서도 의심하고 두려워서 어려움을 회피하는 자는 잘못된 것이며, 알지 못하고서 경거망동하게 행동하는 자도 또한 잘못된 것입니다. 반드시 아직 드러나지 않은 것에 대해 밝게 살피며, 장차 그러할 것에 대해 강하게 제어한 뒤에야, 작게는 후회되는 싹이 트지 않을 것이며, 크게는 재앙과 실패가 이르지 않을 것입니다. 융고(隆古) 시대에 치세(治世)가 된 까닭과 후세에 난세(亂世)가 된 까닭은,

무엇인들 두 가지가 능한가 아닌가로 말미암지 아니한 것이 있겠습니까?

청하건대 밝게 하문하신 데 대하여 말씀드리겠습니다. 당우(唐虞) 삼대가 융성할 때에는 밝은 임금과 어진 신하가 서로 잘 만나 다스리는 기구를 모두 확장하고, 풍동(風動)의 교화로 인해 백성들이 화락하였습니다. 비록 문(文)으로 질(質)을 대체한 폐단이710) 있었다고는 하지만 아득하게 오래된 일이라서 참으로 논의할 수가 없습니다. 진나라 영정(嬴政)711)에 이르러 서융(西戎)의 후예로서 육국(六國)712)이 약해진 틈을 타서 백성을 어육이 되도록 몰아넣어 간과(干戈)의 힘으로 승리하였습니다. 이에, 여좌(閭左)713)를 모집하여 군대를 강하게 하였으며, 천하에 군현제를 실시하여 나라를 부강하게 하였습니다. 참요의 허황함을 믿었으며 만 리 먼 곳까지 장성을 쌓아서 그 걱정되고 우려되는 바를 두루 방어함에 이르지 않은 곳이 없었습니다. 그러나 만세토록 제왕이 될 계획은 마침내 용렬하고 못난 자의 손에 떨어지고 말았으니, 진나라가 힘쓴 것은 그 요체를 얻었다고 할 수 있겠습니까?

한나라가714) 새로운 터를 잡고 세상에 전한 지 오래 되지 않아 재력 있는 부를 바탕으로 망한 진나라의 전철을 답습하였습니다. 이에 장수를 선발하여 이광715)과 곽거병716)을 봉하고, 군졸을 훈련하여 재목감에 어울리는 관리를 선발하여 만 리 머나먼 곳에서 흉노를 물리쳤으며, 사막 이남(고비사막 남쪽 지역)의 밖으로 왕정(王庭)717)이 없어졌으니, 어려움에 대

---

710) 원문의 "有文敬質"은 "有文更質"의 오사로 보인다.

711) 영정(嬴政): 중국 최초의 황제. 성은 영(嬴), 이름은 정(政). 기원전 246년부터 기원전 210년까지 재위하는 동안 기원전 246년부터 기원전 241년까지 여불위가 섭정을 하였고, 기원전 241년부터 기원전 210년 붕어할 때까지 친정을 하였다. 불로불사에 대한 열망이 컸으며, 대규모의 문화탄압사건인 분서갱유사건을 일으켜 수 양제와 더불어 중국 역사상 최대의 폭군이라는 비판을 받았다. 하지만 도량형을 통일하였고 전국시대 국가들의 장성을 이어 만리장성을 완성하였다. 분열된 중국을 통일하고 황제 제도와 군현제를 닦음으로써, 이후 2천년 중국 황조의 기본 틀을 만들었다.

712) 육국(六國): 연(燕)·제(齊)·초(楚)·조(趙)·위(魏)·한(韓) 등을 이른다.

713) 여좌(閭左): 진(秦)나라 때에 부역 등을 면제받고 이문(里門)의 좌측에 살던 빈약한 민가를 말하는데, 진 시황은 이 빈약한 민가에서까지 수졸을 징발하였다.

714) 한나라는 화덕(火德)으로 일어났으므로 염한(炎漢)이라 한다.

715) 이광(李廣): 한나라의 장수. 이광이 우북평 태수(右北平太守)로 임명되자 흉노족이 그를 피하여 몇 년 동안이나 침입하지 못했다고 한다. 『한서(漢書)』「이광전(李廣傳)」

716) 곽거병(霍去病): 한 무제의 명장으로 흉노를 토벌하였다.

717) 왕정(王庭): 중국 서북 지역의 오랑캐 군장(君長)들이 막사를 설치하고 정사를 보면서 관할하는 지방으로, 전하여 오랑캐 지역을 말한다.

비하여 장구하게 계획한 것은 지극하지 않은 것이 없었습니다. 그러나 고황제(高皇帝 유방)

가 말 위에서 이룩한 사업과718) 갑자기 왕망(王莽)719) 같은 역적이 찬역한 것은, 한나라가 중

히 여긴 바가 과연 그 마땅함을 얻었다고 할 수 있겠습니까?

　동도(東都 후한)·영평(永平 명제의 연호) 때에 황문(黃門 내시)의 수를 늘여 배치하자, 정

중(鄭衆)720)이 일을 처리한 뒤로 손정(孫程)과 조승(曹勝)721)의 무리가 국정을 참단(參斷)하

고 세력이 조야에 떨쳤습니다. 전후로 걱정했던 것은 다만 환관들의 난리에 있었으나, 마침

내 구정(九鼎)722)을 옮긴 자는 노회(老獪)한 아만(阿瞞)723)이지 않습니까! 진(晋)나라가 동쪽

으로 수도를 옮긴 뒤 오호(五胡)가 몰려와 소란을 피웠는데, 관롱(關隴)724)의 석륵(石勒)725),

진양(晉陽)의 유연(劉淵)726), 부견(符堅)727)이 장안에서 군대를 일으켰고, 모용(慕容)씨가728)

업중(鄴中)에서 우뚝이 일어나자 육침(陸沉)729)의 탄식이 여러 사람에게서 나왔으나, 마침

내 신기(神器 제위를 말함)를 옮긴 자는 유유(劉裕)730)가 아닙니까? 당나라가 우려한 것은,

환관이 번진(藩镇)의 정권을 중히 여겨서 그 난리를 제어하려 한 것이었으나, 도리어 미대난

도(尾大難棹)731)의 폐단이 있었습니다. 송나라가 우려한 것은 붕당이 한갓 억누르고 물리치

---

718) 육가(陸賈)가 한 고조 유방에게 시서의 중요성을 강조하자, 유방이 "나는 말 위에서 무력으로 천하를 얻었
　　다. 시서 따위가 무슨 필요가 있겠는가.[乃公居馬上而得之, 安事詩書,]"라고 매도했던 고사가 있다. 『사기』「
　　육가열전」

719) 왕망(王莽): 중국 전한(前漢) 말엽의 참주(僭主)이다. 책략을 써서 평제(平帝)를 죽이고 한나라를 빼앗아 국호
　　를 신(新)이라 하고 즉위하였으나 내치(內治)와 외교(外交)에 실패하여 15년 만에 멸망하였다. 『한서(漢書)』.

720) 정중(鄭衆): 동한 개봉 사람으로 자는 중사(仲師). 12세에 『좌씨춘추』를 배우고, 『춘추난기조례』를 지었다.
　　대사농(大司農) 벼슬을 지냈으므로 정 사농(鄭司農)이라 불리며 그 후에 정현이 있음으로 해서 선정(先鄭)이
　　라 일컫기도 한다. 『후한서(後漢書)』.

721) 손정(孫程)과 조승(曹勝): 동한 때의 환관.

722) 구정: 우 임금이 수토를 평정하고 구주(九州)의 쇠를 모아서 만든 아홉 개의 솥으로 상제와 귀신에게 제사
　　지내는 제기로 사용했는데, 하나라와 은나라를 거치면서 국권을 상징하는 보물로 간주되었다.

723) 노회(老獪)한 아만(阿瞞): 조조(曹操)를 일컫는 말이다. 아만은 그의 아명이다.

724) 관롱(關隴): 관중(關中)과 농(隴).

725) 석륵(石勒): 진(晉)나라 때 중국을 침범하여 후조(後趙)를 세운 갈인(羯人 : 중국의 변경 민족)이다.

726) 유연(劉淵): 오호 16국의 하나인 전조(前趙)의 시조.

727) 부견(符堅): 전진(前秦)의 임금. 대거(大擧)하여 동진(東晉)에 침구(侵寇)할 때에 큰소리쳐 말하기를, "나의 숱
　　한 군사로 채찍만을 강에 던져도 족히 흐르는 강물을 끊으리라."하였다.

728) 모용씨(慕容氏): 중국 동북부 지방에서 4세기경에 연(燕)나라를 세운 선비(鮮卑)족 중의 하나이다.

729) 육침(陸沈): 육지에 물이 없는데도 빠졌다는 말로, 은거를 비유한 말이다

730) 유유(劉裕): 남조(南朝)의 송 무제(宋武帝).

는 일에 급급하여 그 무략(武略)을 소홀히 하는데 있었더니, 마침내 금나라와 원나라로 분할되는 환란을 당하게 되었습니다. 아! 진나라가 힘쓴 것은 이와 같되 재앙이 일어난 것은 이에 있지 않았으며, 한나라가 우려한 바는 저와 같되 혼란이 싹튼 것은 거기에 있지 않았습니다. 사대(四代)의 말에732) 이르러서 화란이 일어난 것은 모두 계책이 여기에 미치지 못해서 생겨난 것입니다.

진실로 집사께서 질의하시는 바를 제가 마땅히 분별해 보겠습니다. 제가 거듭 생각하여도 광진(狂秦 광포한 진나라라는 말)은 무도함이 대단하였으니, 그 위태함을 도모하고 환란을 염려하는 방책이 있다는 말을 듣지 못한 것이 조금도 괴이할 것이 없습니다. (그러므로) 제가 무엇을 덧붙여서 집사의 질문을 번거롭게 하겠습니까?

저 한나라의 여민(餘民 살아남은 백성들)들은 전쟁터에서 곤혹을 당하여 간과 뇌가 땅 위에 흩어지고, 혼백이 이역 땅에서 떠돌아다니거나, 재앙과 참화가 일어나고 병력을 남용하자 원망과 원통함이 들끓었습니다. 이에 신망(新莽)733)이 몸을 낮추고 겸손하고 공손하다는 명성으로 중외에 이름이 알려지자, 제부(諸父)에게 의탁하고 영준한 자들과 결탁하여, 위엄과 기세가 날로 융성하고 작위가 점점 높아졌으니, 그가 보위에 오르는 데에 또한 무슨 어려움이 있었겠습니까? 당시의 군신으로 하여금 외양보다 내면을 더 중시하게 하고, 의리를 숭상하고 절의를 높이게 하였다면, 눈앞의 구차한 일에 급급해하지 않고 위험을 도모하고 환란을 염려하였을 것입니다. (그들이) 모두 매복(梅福)734)의 선견지명과 같았다면, 점대(漸臺)735)에서 효수하는 신속함은 여러 날을 기다리지 않고도 보았을 것입니다.

동도(東都)의 사민이 환관의 손에 한바탕 쓸려나갔다가 당고(黨錮)736)의 참화에 거듭 곤혹

---

731) 미대난도(尾大難掉): 꼬리가 커서 흔들기 어렵다는 말로 신하의 세력이 커지면 제어하기 어렵다는 뜻으로 쓰인다.
732) 사대(四代): 위나라, 주나라, 제나라, 진나라를 말함.
733) 신망(新莽): 서한 말에 제위를 찬탈하고 국호를 신(新)으로 바꾼 왕망(王莽)을 가리킨다.
734) 매복(梅福): 한(漢)나라 사람. 매생(梅生) 혹은 매선(梅仙)이라고도 한다. 왕망이 정사를 전횡하자 처자를 버리고 떠나 구강(九江)으로 갔는데, 신선이 되었다고도 하고 오시(吳市)의 문졸이 되었다고도 한다. 『한서(漢書)』.
735) 점대(漸臺): 한(漢)나라 때 건장궁(建章宮)의 태액지 가운데 건립했던 대(臺) 이름인데, 높이가 20여 길이나 되었다 한다.
736) 당고(黨錮): 후한 말기에 환관이 정권을 전담함을 분개하여 이를 공박한 지사들이 환관들의 미움을 사서 종신 금고의 형을 받았던 일을 말한다.

을 당하여 근본이 시들고 말라 온 천하가 쓸쓸하였습니다. (이때) 조조(曹操)가 당대 으뜸가는 웅걸한 자태와 세상에서 보기 드문 지혜를 가지고, 명분으로는 군주를 보호한다고 하였지만 반역의 뜻을 몰래 품고서 공취전벌(攻取戰伐 공격하여 취하고 전쟁하여 승리함)을 일삼다가, 마침내 구석(九錫)[737]의 총애를 입었으니, 그가 한정(漢鼎)[738]을 옮기는 일이 어찌 어려웠겠습니까? 당시의 군신으로 하여금 명기를 소중히 여기고 간교함을 제어하게 하여, 위태함을 도모하고 환란을 염려함이 모두 허소(許召)[739]의 선견지명을 들어 썼다면, 도리어 목숨을 바칠 겨를조차 없었을 것이니, 어찌 조금이라도 마음속에 두 마음을 품었겠습니까? 전오(典午)[740]의 위업이 천백여 년 동안 지속되자 오랑캐가 침범하지 않는 때가 없었습니다. (그러나) 저것이 이른바 '남면(南面)하고 복종한' 자는 모두 군신의 도를 알지 못하고 마구 날뛰고 멋대로 하여 그 의리를 알지 못하였습니다. (그런데) 유유(劉裕)[741]가 출중한 재주로 여러 오랑캐와 싸우면서 그들의 허점을 엿보았다가 공략과 진수(鎭守)를 때에 맞게 하여 (결국) 신기(神器)[742]가 옮겨갔으니, 이는 그럴만한 이유가 있었던 것입니다. 이것은 모두 원제(元帝)가 왕도(王導)[743]와 더불어 그 회복하는 계책을 잃고 미리 방어하지 못했기 때문입니다.

당나라의 번진(藩鎭)에 대한 염려, 송나라의 붕당(朋黨)의 재앙은 모두 작은 것을 지키고 큰 것을 버린 데 있으며, 이것을 급히 여기고 저것을 소홀히 한 데서 말미암은 것입니다. 반

---

737) 구석(九錫): 중국에서 천자가 공로가 큰 제후와 대신에게 하사하던 아홉 가지 물품을 말한다. 거마(車馬), 의복, 악칙(樂則), 주호(朱戶), 납폐(納陛), 호분(虎賁), 궁시(弓矢), 부월(鈇鉞), 울창주(鬱鬯酒)이다.

738) 한정(漢鼎): 한나라를 뜻한다. 고대 중국의 하우(夏禹) 때에 구주의 쇠를 거둬들여 솥을 주조하고, 이를 구정(九鼎)이라 하였는데, 그 후로 나라를 얻는 자의 보물로 전해졌기 때문에 이른 말이다.

739) 허소(許召): 후한 평여 사람. 자는 자장(子將). 어려서부터 명망이 높았고, 특히 인물 평론하기를 좋아하였다. 일찍이 조조가 미천했을 때 허소를 찾아가 아주 정중한 태도로 자신의 인물평을 해 주길 요구하였으나, 허소는 조조의 위인됨을 비루하게 여겨 대답하지 않았다. 그러자 조조가 어떤 기회를 틈타 허소를 협박하므로, 허소가 마지 못하여 조조를 평하기를, "그대는 태평 시대의 간적(姦賊)이요, 난세의 영웅이다."하였다. 『후한서(後漢書)』.

740) 전오(典午): 사마(司馬)의 은어이다. 사(司) 대신 전(典), 마(馬) 대신 오(午)로 대체한 것이다. 진(晉)나라를 말한다.

741) 유유(劉裕): 남조의 송 무제.

742) 신기(神器): 제위를 상징하는 옥새와 같은 보물.

743) 왕도(王導): 진(晉)나라 원제(元帝) 때의 명승상으로 조야에서 중보(仲父)라고 일컬었으며, 유조(遺詔)를 받들고 명제와 성제를 보좌한 사직지신이다. 서진(西晉) 말년에 중원을 잃고 강남으로 피난을 온 신하들이 단양 신정에서 모임을 갖고 서로 통곡하며 눈물을 흘리자, 승상 왕도가 "서로 왕실에 힘을 바쳐 중원을 회복할 생각을 해야 할 때에 어쩌자고 초나라 죄수처럼 서로 울기만 하는 것인가."라고 꾸짖었던 고사가 전한다.

란을 일으킨 장수와 강한 권력을 가진 신하가 천하에 벌려 있으니 유계(幽薊)744)의 반란을 대략 알 수 있습니다. 장막에서 시나 짓고 무략을 경쟁하지 않으니, 금원(金·元)의 환란이 생긴 것도 이유가 있는 것입니다. 당·송의 군신으로 하여금 나라를 지키고 다스리는 데 그 요체를 얻게 하였다면, 어찌 그 뒤에 혼란이 생겼겠습니까? 이로써 보건대, 사기(事機 일의 가장 중요한 기틀)의 기미와 화란의 잠복이 비록 까마득하고 어슴푸레하지만, 무형(無形)한 것보다 유형(有形)하지 않은 것이 없으며 드러나지 않는 것보다 (더 잘) 드러난 것이 없습니다. (그리하여) 총명한 지혜가 출중한 자들은 여러 계책을 자세히 살펴서 미리 알 수 있으니, 전화위복의 방법이 어찌 이에서 벗어나겠습니까? 기수(氣數)의 설은 돌아갈 곳이 없는 데에서 나오는 것이지 선성(先聖)의 가르침이 아니니, 어찌 오늘 말할 것이 있겠습니까?

아! 계책으로 인재를 구하는 자는 계책으로 때를 구제하는 것을 귀히 여기며, 말로써 일을 논하는 자는 말로써 폐단을 혁파하는 것을 귀히 여깁니다. 다만 지난 옛날을 상고하기만 하고 지금을 살피지 않는다면, 어찌 시대를 구하고 폐단을 혁파하는 데에 보익(補益)되는 바가 있겠습니까? 한·진·당·송이 지금으로부터 수천여년 전인데 모두 폐단이 쌓여 재앙이 생김을 면치 못하였으니, 그렇다면 말세의 때에 어찌 염려되는 단서가 없겠습니까? 저 이른바 병성(兵城)과 엄수(閹豎)745)의 폐단, 번진과 붕당의 재앙은 모두 오늘날 보이는 바가 아닙니다. 그렇다면 장차 무슨 일을 걱정하고 어떠한 화란을 염려하여 미리 대응해야 합니까?

그러나 천하에 일의 기틀은 한이 없고 나라를 다스리는 임금이 처리할 정무가 워낙 많으니, 어찌 유독 앞서 헤아린 환란에만 있겠습니까? 하물며 헤아린 폐단은 모두 민심이 옛날 같지 않는 데서 말미암은 것입니다. 천재(天災)가 지금까지 일어나고 성문(星文 별자리)과 진전(震電)의 이상한 조짐이 계속해서 나와 자주 보이며, 완고하고 패려(悖戾)한 풍문이 자주 들리는데, (이러한 일은) 특별히 치세에서는 보이지 않는 법입니다. 하전(廈氈 임금이 거처하는 곳) 사이와 낭묘 위에서 만일 한 가지 일이라도 행하여 그 폐단을 염려하고, 호령을 한 번 발하여 우환을 염려하여 부류에 따라 응용하고 깊이 생각하여, 작게는 영선(營繕)746), 부렴

---

744) 유계(幽薊): 유주(幽州)와 계주(薊州)
745) 엄수(閹豎): 내시를 말한다.
746) 영선(營繕): 건물 따위를 수리하고 증축하는 것을 말한다.

(賦斂)747)의 번거로움과 가혹함을, 크게는 사정(邪正 부정과 바름)과 왕직(枉直 굽히고 곧음)의 진퇴에 대하여 돌아보아야 합니다. 그러면 백성의 휴척(休戚 행복과 불행)과 하늘의 견책에 더욱 삼가 부지런하고 공경하고 두려워한다면 장차 참찬화육(參贊化育)748)의 공을 이루고 음양풍우가 조화롭게 되어서, 재앙이 변해 상서로운 일이 되고 흉년이 변하여 풍년이 될 것이니, 어찌 재앙과 우환이 싹트는 것을 염려하여 미리 대응할 것이 있겠습니까?

집사의 질문에 저는 이미 앞에서 대략 진술하였으며, 글의 끝에 또 드릴 말씀이 있습니다. 『서경』에 이르기를 "오직 기미를 살피고 안정을 취해야 한다.[惟幾惟康]"749)라고 하였으며, (또) "드러나지 않았을 때에 도모해야 한다.[不見是圖]"750)라 하였고, 『시경』에 이르기를 "나라의 선악을 중산보751)가 알았다.[邦國若否, 仲山甫知之]"752)라고 하였습니다. 만일 일의 기미가 싹트고 화란의 기미가 있으면 자세히 살펴서 제어하고 잘못된 것을 엄단하여 그 마땅함을 조치한다면, 아직 드러나지 않은 것은 스스로 소멸되고 이미 나타난 것은 도리어 멈추어서, 일신에는 후회하는 실수가 없을 것이며 나라에는 상망(喪亡)의 염려가 없을 것입니다. 그러나 반드시 밝은 군주와 어진 신하가 서로 한 마음으로 협력하고 함께 걱정하고 그 마음을 같이 한 연후에 그 방법을 얻을 수 있을 것입니다. 저의 의견은 이상과 같습니다.

이상으로 삼가 답변 드립니다.

---

747) 부렴(賦斂): 조세 등을 나누어 매겨서 거두는 것을 말한다.
748) 참찬화육(參贊化育): 천지의 화육(化育). 즉 자연계의 생성을 돕는다는 뜻으로, 제왕의 덕화가 자연과 부합됨을 일컫는 말이다.
749) 『서경(書經)』「익직(益稷)」에 "몸가짐을 편히 하고서 오직 기미를 살피고 안정을 취해야 한다.[安汝止, 惟幾惟康.]라고 우(禹)가 순(舜) 임금에게 권유하는 말이 나온다.
750) 『서경(書經)』「오자지가(五子之歌)」에 나오는 내용으로, "한 사람이 세 가지 잘못을 하였으니 원망이 어찌 밝은 데에 있겠는가. 드러나지 않았을 때에 도모해야 한다.[一人三失, 怨豈在明, 不見是圖.]라고 하였다.
751) 중산보: 주나라 선왕 때의 명신이다.
752) 『시경』「증민(烝民)」에 이르기를 "엄숙한 왕의 명령을, 중산보가 받들어 행하도다. 나라의 선악을, 중산보가 밝히는도다. 이미 밝고 또 현철하여, 그 몸을 보전하는도다. 밤낮으로 게을리 하지 않아서, 천자를 섬기는도다.[肅肅王命, 仲山甫將之, 邦國若否, 仲山甫明之, 旣明且哲, 以保其身, 夙夜匪懈, 以事一人.]" 하였다.

환시

질문

환시(宦寺 환관·내시)의 벼슬은 그 유래가 오래되었다. 천문의 상을 본떠서 임금 가까이 모시면서 궁문에서의 출입을 금하고 내외의 말을 통하게 하니, 그 소임은 비록 하찮은 일이지만 관여하는 바는 또한 막중하다. 옛날에는 관호(官號)의 연혁이 통일되지 않았으나 설국(設局)하여 맡은 일은 역대로 같았다. 궁정(宮正)·궁백(宮伯)·황문(黃門)·상시(常侍) 등의 칭호는 어느 시대에 시작된 것이며, 내시(內侍)·급사(給事)·내반(內班)·전두(殿頭)와 같은 관직은 또한 언제부터 나왔는가?

임금 가까이에서 친밀하게 모시고 가까이에 출입하니 그 형세가 어쩔 수 없는 까닭으로, 명령하여 부리면 일을 마땅하게 처리함이 있고, 명령을 받으면 거스르는 걱정이 없어야 한다. 상지(上智)[753]를 가진 군주가 아니면 환관에게 일을 맡기지 않을 수가 없는데, 권세를 주어 난망(亂亡)의 화를 초래한 경우가 종종 생긴다. 권세를 멋대로 하고 충량(忠良)한 자를 질투하며, 현자를 참살(讒殺)한 자는 누구인가? 자제들을 가르쳐 길러 무소(誣訴)[754]하게 상서하여 당고(黨錮)[755]의 화를 일으킨 자는 또한 누구인가? 심지어는 군무(軍務)에 참여하기까지 하고, 임금의 총애가 지나치자 교만해져서 마침내 인주(人主)로 하여금 부자의 은혜를 비호할 수 없게 하는 자도 있다. 공이 있는 사람을 질투하고 변방의 환란을 아뢰지 아니하여, 임금이 낭패하게 되어 곤경에 빠진 경우도 있다. 권세를 멋대로 전횡하고 자신의 뜻대로 군주를 폐립(廢立)시키니, 천자를 보기를 자기 제자처럼 여기는 자도 또한 있다. 이러한 지경에

---

753) 상지(上智): 상지는 힘쓰지 않아도 저절로 중도에 맞는 것을 말한다. 『논어』 「양화(陽貨)」에, 공자가 "상지(上智)와 하우(下愚)의 사람은 기질을 바꿀 수 없다." 하였다.

754) 무소(誣訴): 없는 일을 꾸며서 소송을 제기함.

755) 당고(黨錮): 후한 환제와 영제 때에 사대부인 이응(李膺), 진번(陳蕃) 등이 태학생들과 연합해서 권세를 쥔 환관들을 숙청하려다가 오히려 붕당을 결성하여 조정을 비방한다는 죄목으로 수백 명이 죽고 유배당한 사건이다. 『후한서』 「당고열전(黨錮列傳)」.

이르게 된 연유를 들을 수 있겠는가?

　이 중에 심한 자는 앞에서는 임금의 비위를 맞추며 대기하고 있다가 권세를 훔칠 것을 꾀하며, 작은 원망도 반드시 보복하려 한다. 벌레 같은 족속도 부귀영화를 꾀하며, 상벌(賞罰)의 권한을 가만히 자신들의 손아귀에 넣어, 마침내는 나라가 혼란에 빠지고 자기도 화를 당하는 자를 어찌 낱낱이 헤아려 말할 수 있으랴!

　환관의 재앙은 역사서에 끊이지 않았으니, 마땅히 이들을 가례(家隷 집 종)로 대우하고 가까이 하되 친압하지 않는 것이 옳다. 그러나 진심으로 직간(直諫)하되 마치 여강(呂彊)756)처럼 하고, 겸양하고 상을 마다하기를 마치 정중(鄭衆)757)처럼 하고, 장승업(張承業)758)의 왕실에 충성을 다한 것과 마존량(馬存亮)759)의 천품이 단정하고 어짊은 또한 모두 환관의 본보기라고 할 수 있다. 환관을 신용하지 않으면 혹 사람을 등용하는 데 차별이 없어야 하는 도에 [無方之道]760) 어긋남이 있을까 두려우니, 이는 어떻게 처리해야 하는가?

　말하자면, 충량(忠良)한 자를 등용하고 사악하고 아첨하는 자를 쫓아내면, 형여(刑餘 환관)·측미(側微 미천함)의 사람은 등용할 만한 자가 틀림없이 적을 것이고, 그 전령에 복종하는 것도 또한 마땅히 많지 않을 것이니, 어떻게 하면 중도를 얻어서 둘 사이의 폐단이 없게 할 수 있겠는가?

　우리나라에 이르러서 액정서(掖庭署)761)를 설립하여서 아침저녁으로 추창(趨蹌)762) 하는

---

756) 여강(呂彊): 후한 영제 때의 환관인데, 영제가 그를 도향후(都鄕侯)로 봉하려 하자, 그는 감히 당치 않다는 뜻으로 굳이 사양하고, 인하여 상소를 올려 간절하게 직간했다. 『후한서(後漢書)』.

757) 정중(鄭衆): 후한 때의 환관.

758) 장승업(張承業): 당나라 희종 때의 환관. 그는 법 집행에 공정하고 엄격하기 때문에 진왕(중국고대 왕작)에게서 중용 받았다. 이극용이 죽을 때 아들 이존욱을 부탁한 사람이다. 이존욱도 장승업을 형으로 섬겼고 장승업도 그를 위해 많은 계책을 내었다. 921년에 이존욱이 황제가 되려 하자 병든 몸으로 간하였는데 받아들여지지 않았고, 그 다음 해에 죽었다.

759) 마존량(馬存亮): 당나라 때의 환관인데, 헌종 때 좌신책중위로 소현명(蘇玄明)의 난을 평정하는 데에 가장 큰 공을 세워 이백호에 실봉(實封)되었고, 특히 당나라 때의 중인(中人) 가운데 가장 충근(忠謹)하기로 이름이 높았다. 『당서(唐書)』.

760) 『맹자』 「이루 하(離婁下)」에 "탕왕은 중도를 잡고 행하였으며, 유능한 인재는 출신 성분을 따지지 않고 등용하였다.[湯, 執中, 立賢無方.]"라는 말이 나온다.

761) 액정서(掖庭署): 태조 원년에 창설하였으니, 궁내(宮內)의 전갈(傳喝)·공어 필연(供御筆硯)·궐문 쇄약(闕門鎖鑰)·금정 포설(禁庭鋪設) 등을 맡아보던 관아. 관원은 사갈(司喝)·사약(司鑰)·부사약(副司鑰)·사안(司案)·부사안(副司案)·사포(司鋪)·부사포(副司鋪)·사소(司掃)·부사소(副司掃) 등이며 종6품에서

곳으로 삼았는데, 관호의 호칭은 또한 어느 시대에 시작되었는가? 그들의 임무는 겨우 수라를 요리하고 궁궐의 정호(庭戶)를 청소하는 일들을 맡았다가, 중간에 혹 초선(貂蟬)763)같이 귀하게 총애를 받은 자가 있어서 외람되게 옛날에 (환관에게) 사품(四品) 이상의 관직을 부여한 경우도 있었으니, 이것은 까닭이 있어서인가? 비록 이들이 화려한 옷을 입고 고귀한 작위를 가지더라도 (이들에게) 권세를 맡기지 않는다면 용환(用宦)의 도에 해로움이 없는가? 혹 이러한 총애로 말미암아 권세를 믿고서 교만하고 방자한 폐단이 없을 수가 없으니, 그들을 통솔하는 데 방법이 있을까? 제생은 고금의 일을 배우고 통달하여 시사를 보는데 익숙할 것이니, 반드시 이것을 말할 수 있을 것이다. 그 말을 듣기를 원하노라.

답변

일이 결단하기 어려운 것은 친애하는 사람보다 더한 게 없으며, 마음이 현혹되기 쉬운 것은 친숙한 처지보다 더한 게 없습니다. 친애하면 권고(眷顧 돌아봄)하고 거듭 애석히 여기는 생각이 있게 마련이고, 친숙하면 피부로 절박하게 느끼고 점차로 젖어들게[膚受浸潤]764) 됩니다. 이 때문에 쉬이 현혹되면 기망(欺罔)에 빠지는 해로움이 뜻밖에 발생하며, 결단하기 어려우면 조종하고 견제하는 화가 귀로 듣고 눈으로 보는 데서 생기니, 이것은 고금에 늘 있던 근심거리이며 재해 중에서 구제하기 어려운 것입니다. 쉬이 현혹되는 폐해를 막고자 한다면 '명(明)'에 불과할 뿐이며, 결단하기 어려운 폐해를 막고자 한다면 '무단(武斷)'에 불과할 뿐입니다.

집사 선생께서 천개(天開)의 날에 구름처럼 모여든 선비들에게 책문을 내시고, 환관의 선악이 시세의 화복에 크게 관계된다는 것을 밝게 아시고는, 전대의 다스리기 어려웠던 환란을 낱낱이 거론하시어, 지금 환관들을 잘 통솔하는 계책을 듣고자 하십니다. 저 또한 형창(螢窓)765)의 포의요, 초야에 묻힌 한사(寒士)766)로서 서책을 음미하고 역사책을 보며 무릎을 치

종9품 사이로 인원은 2명 내지 9명.
762) 추창(趨蹌): 예도에 맞도록 허리 굽혀 빨리 걷는 것.
763) 초선(貂蟬): 옛날에 시중(侍中)이나 중상시(中常侍) 등 귀근(貴近)한 신하들의 관에 장식하던 담비 꼬리와 매미 날개를 말한 것으로, 전하여 귀근한 신하를 가리킨다.
764) 『논어』「안연(顏淵)」에 "점차로 젖어들 듯한 참소와 피부로 절박하게 느끼게 하는 호소를 해도 효과가 없다면 그런 사람은 총명하다고 이를 만하다.[浸潤之譖, 膚受之愬, 不行焉, 可謂明也已矣.]"라고 한 구절이 보인다.
765) 형창(螢窓): 진(晉)나라 때 차윤(車胤)이 밤에 개똥불을 모아서 그 빛을 이용하여 글을 읽으며 고학하였던 고

며 탄식하였으니, 일찍이 도거(刀鋸)와 같은 미천한 자들이 일세를 장악하고, 사림의 화근을 사주하여 종사에 그르침을 조장하는 것을 분하게 여긴 것이 하루 이틀이 아닙니다.

지금 밝게 하문하심을 받들어, 감히 속에 온축한 바를 다하고 (집사 선생) 앞에서 깊이 헤아리지 않을 수 있겠습니까! 대저 궁문에서의 출입을 금하고, 수랏상을 준비하고 청소하는 일을 담당하고 내외의 말을 통하게 하며, 전적으로 제왕의 심부름을 맡아서 하니, 환시(宦寺)의 벼슬이 관계하는 바는 또는 막중합니다. 이 때문에 환시인과 네 별[767]이 임금 자리 옆에 가까이 있으면서 자미원(紫薇垣)[768]에 벌여 있으니, 하늘이 폐하지 못하는 것을 볼 수 있습니다. 주(周)나라 때는 궁백(宮伯)·궁정(宮正)의 명칭이 있었고, 한나라 때는 황문(黃門)·상시(常侍)의 호칭이 있었으며, 당나라 때는 내시(內侍)·급사(給事)의 벼슬을 설치하였고, 송나라 때는 내반(內班)·전두(殿頭)의 직책을 설국하였으니, 임금이 (환시를) 폐하지 못하였음을 또한 볼 수 있습니다. 비록 그러하나, 후세의 어리석은 임금은 일을 맡기고 권력을 주어서 앉아서 그 화를 불러일으킨 것이 연달아 나오고 좇아서 답습하였으니, 어찌 비통함을 이길 수 있겠습니까.

저는 청컨대 낱낱이 말씀드려보겠습니다. 원제(元帝)를 속이고 요직에 있으면서 주감(周堪), 장맹(張猛), 유갱생(劉更生)의 무리를 참소해서 해치고, 또한 소망지(蕭望之)를 참소하여 정위(廷尉)[769]를 불러 와서 태부(太傅)를 살해하게 한 자는[770] 바로 홍공(弘恭)과 석현(石顯)[771] 등의 무뢰한입니다. 양기(梁冀)[772]를 죽일 것을 모의하고 공을 세워 위엄이 드높았으

사에서 온 말이다.

766) 한사(寒士): 가난하거나 권력이 없는 선비.

767) 네 별: 창룡(蒼龍)·백호(白虎)·주작(朱雀)·현무(玄武) 넷을 이른다.

768) 자미원(紫薇垣): 북두성의 북쪽에 있는 성좌(星座)이다. 종종 천제가 거주하는 곳이란 데서 전하여 천자의 대궐을 가리키기도 한다.

769) 정위(廷尉): 중국 진(秦)나라 때부터, 형벌을 맡아보던 벼슬.

770) 원제의 태부는 소망지(蕭望之)이다. 그는 선제(宣帝)의 유명을 받들어 어린 원제를 세우고 옛 법도로 인도하여 바로잡은 것이 많은 충신이다. 유향(劉向) 등과 함께 당시에 정권을 농락하던 환관(宦官) 홍공(弘恭)과 석현(石顯) 등을 제거하려다가 그 일이 누설되는 바람에 도리어 홍공 등에게 붕당이라는 탄핵을 받고 하옥되었다. 소망지는 음독자살하고 유향은 10여 년 동안 폐고(廢錮)되었다. 『한서(漢書)』 「소망지전(蕭望之傳)」.

771) 홍공(弘恭)과 석현(石顯): 한 원제 때 총애를 받던 환관들. 이들이 참소하여 대신을 해치고 정권을 장악하였으므로 권세 부리는 환관의 뜻으로 흔히 쓰인다.

772) 양기(梁冀): 후한 순제 때 양 황후(梁皇后)의 오빠이다. 아버지 양상(梁商)을 대신하여 대장군이 되고 권력을 남용하였으며, 질제(質帝)를 옹립하였으나 자신의 권력 남용을 비판했다는 이유로 독살하고 환제를 다시 옹

며, 천지에 이들의 권세가 가득하여 (마침내는) 조정에서 임금의 세력을 기울게 만들고는 일일오후(一日五侯)[773]를 세상에 만들었으니, 바로 선초(單超)·좌관(左悺)·서황(徐璜)·당형(唐衡) 등의 방자한 무리입니다. 자기 동생이 죽은 것에 유감을 가지고[774] 많은 선비들을 모함하고, 풍각점[775]에 능했던 장성(張成)[776]을 꾀고 뇌수(牢修)[777]에게 무고하는 글을 올리게 해서 당고의 화[黨錮之禍][778]를 불러일으켜 마침내 사백 년 국운을 망하게 한 것은, 장양(張讓)[779]의 간사함 때문입니다. 후비[780]와 결탁하여 인주를 견제하였으며, 인주의 은총이 지극한 틈을 이용하여 군무에 중한 일을 참결(參決)하여, 마침내 (당 현종을) 남내(南內)[781]에

립하였다. 그 후 중상시(中常侍) 선초(單超) 등에 의해 실각하여 구속되자 자결하였다. 당시 명상이던 이고(李固)를 살해하였다.『후한서(後漢書)』「양기열전(梁冀列傳)」.

773) 일일오후(一日五侯): 동시에 똑같이 봉후(封侯)된 다섯 사람이라는 뜻이다. 여기서는 후한 환제(桓帝) 연희(延熹) 2년(159)에 조칙을 받들어 대장군 양기(梁冀)와 그 도당을 소탕하고 봉후된 선초(單超)·서황(徐璜)·구원(具瑗)·좌관(左悺)·당형(唐衡) 등 중상시(中常侍) 5인을 가리킨다.

774) 장양의 동생 장삭(張朔)을 이응이 죽인 것을 말한다. 이하 부분에 대해서는『자치통감』후한 환제(桓帝) 9년 조 참조.

775) 풍각점: 옛날에 사방 사우(四方四隅)의 바람 부는 것을 보아서 점치던 것을 말한다.

776) 장성(張成): 환제 때의 방사(方士) 아래 주를 참고.

777) 뇌수(牢修): 장성(張成)의 동생으로 이응을 비방하는 상주서를 올리게 했다.

778) 당고의 화[黨錮之禍]: 후한 시대 때 환관들에 의하여 여러 선비들이 도륙당한 화를 말한다. 후한 10대 황제 환제는 환관 단초(單超)의 힘을 빌려 외척 양기(梁冀)를 쓰러뜨렸는데, 이를 계기로 환관이 내정에 간섭하고 지방관을 독점하여 갖은 횡포를 자행하였다. 이에 지방과 태학의 유생들은 진번(陳蕃)과 이응(李膺) 등을 중심으로 정치의 득실을 비판하며 환관세력에 지속적으로 대항하였다. 이때 마침 풍각점(風角占)에 능했던 장성(張成)의 아들을 이응이 살인죄로 처형하자, 이에 장성이 환관 후람, 장양과 함께 밀모하여 자신의 동생 뇌수(牢修)에게 상주서를 올리게 했다. 그 상주서는 이응과 태학생들이 '붕당을 만들어 조정을 비방한다'고 모함하는 내용을 담고 있었다. 이에 환제는 이응·범방(范滂) 등 관료 2백여 명을 국정을 문란하게 한다는 죄목으로 체포하여 종신금고(終身禁錮)에 처하였다. 환제를 이어 영제(靈帝)가 즉위하자, 외척 두무(竇武)가 권력을 잡고 진번·이응 등을 중임하여 환관세력을 일거에 제거하려고 모의하였으나 환관세력에게 공격당하여 진번이 살해되고 두무는 자살하였다. 이때의 대탄압으로 이응·두밀(杜密) 등 1백여 명이 살해되고, 수백 명의 관료가 금고형에 처해졌다.

779) 장양(張讓): 한 영제가 "장 상시(張常侍)는 나의 아버지이다."라고 말할 정도로 총애를 받고 극도의 부귀 생활을 누린 환관이다. 영제가 죽은 뒤에는 대장군 하진(何進)을 죽였으며, 원소(袁紹)가 입경하자 소제(少帝)를 데리고 도망치다 강물에 몸을 던져 죽었다.『후한서(後漢書)』「장양(張讓)」.

780) 당 숙종의 황후이다. 숙종이 태자였을 때에 총애를 얻었고, 숙종이 즉위하자 숙비(淑妃)에 봉해졌다. 이보국과 결탁하여 국정에 관여하였다. 758년에 황후에 올라 자신의 소생을 태자로 삼고자 태자 이예(李豫)를 모해하려고 하였다. 나중에 이보국과 불화하여 숙종이 죽은 뒤에 이보국에 의해 시해되었다.

781) 남내(南內): 당 현종이 만년에 거처했던 흥경궁(興慶宮)을 가리킨다. 안녹산의 난리 때에 현종이 촉(蜀)으로 파천했다가 난이 평정된 뒤에 다시 경사(京師)로 돌아와서는 상황이 되어 흥경궁에서 쓸쓸히 만년을 보냈다.

서 쓸쓸히 지내면서 정성(定省)782)의 예를 비우게 하였으며783), 고가(藁街)784)에서 참혹하게 죽고 사랑하며 키워준 은혜를 저버리게 한 사람은, 바로 이보국(李輔國)785)이라는 흉인입니다. 융숭한 총애를 입고 현직의 반열에 두루 서용되자, 이곽(李・郭)786)의 천하를 되돌린 큰 공을 질투하였고 토번이 치달려오는 것을 숨겨서, 마침내는 왕경(王京)이 오랑캐의 손아귀에 함락되어 임금의 수레가 관서(關陝) 너머에서 낭패를 당한 것은 정원진(程元振)787)이 제멋대로 했기 때문입니다. 권력을 계속 농단하여 재물을 쌓아두고 베풀기를 두텁게 하면서, 폐위하고 옹립하기를 멋대로 하기를 마치 장기와 바둑을 바꾸듯이 하였으며, 정책국노(定策國老)788)라 하여 제멋대로 방자하게 하는 마음이 있었으며, 문생천자(門生天子)789)라 하여 눈을 가리고 머리를 흔드는 탄식이 있게 되었습니다.

전후로 말한 여섯 가지의 일이 모두 그 손에서 나온 것은 바로 구사량(仇士良)790)이라는

---

782) 정성(定省): 혼정신성(昏定晨省)의 줄임말로, 저녁에는 부모의 잠자리를 마련해 드리고 새벽이면 문안함을 이른다.

783) 당 숙종(唐肅宗)이 즉위한 후 상원(上元) 원년(760)에 이보국이 숙종의 명이라 속이고 상황(上皇) 현종을 서내(西內)에 연금해 두고 외신(外臣)과 통하지 못하도록 한 일이 있다.

784) 고가(藁街): 한나라 때 장안에 있던 거리의 이름이다. 당시에 속국들의 사신이 묵는 관사가 이곳에 모여 있었는데, 죄인의 머리를 이곳에 달아매어 사람들에게 보였다. 전하여 사람들이 많이 다니는 거리에 죄수의 머리를 효시할 때 쓰이는 말이 되었다. 『한서』 「진양전(陳湯傳)」에 "질지(郅支)의 목과 명왕(明王) 이하의 목을 베어 고가(藁街)에 달아 모든 나라에 보여 주어야 한다." 하였다.

785) 이보국(李輔國): 중국 당나라의 환관으로, 안녹산의 난이 일어나자 나중에 숙종이 되는 태자를 보필하여 황위에 오르게 하였고, 이 공으로 권력을 장악하였다. 이후 숙종이 위독하였을 때 장 황후가 태자를 밀어내고 자신의 아들을 황위에 올리려는 음모를 미리 알아차리고는 장 황후를 죽이고 태자를 황위에 오르게 하였다. 점차 권력의 횡포가 심해져 조정에서 쫓겨났고 그로부터 얼마 후에 피살되었다.

786) 이곽(李・郭): 당(唐)나라의 명장 이광필(李光弼)과 곽자의(郭子儀)를 가리킨다. 안사의 난을 평정한 중흥 제일의 공신들로, 천하의 안위(安危)가 한 몸에 달려 있던 위걸이다.

787) 정원진(程元振): 당나라 때의 환관이다. 대종(代宗)을 옹립한 공로로 표기대장군에 오르고 빈국공에 봉해졌으며, 금위군을 총지휘하여 세력이 막강해지자 온갖 부정과 비리를 자행하였다. 이로 말미암아 기강이 무너지고 군사들 역시 사기가 극도로 저하되어 있던 중 토번・당항의 침공을 받고 황제가 섬(陝) 지방으로 파천하게 되자, 그를 처단해야 한다는 여론에 밀려 삭탈 관직당하고 전리(田里)로 추방되었다. 그 후 삼원(三原)에서 부인의 복장을 하고 장안으로 들어와 역모를 꾸미다가 발각되어 유배 가는 도중에 죽었다. 『신당서』.

788) 정책국노(定策國老): '황제를 옹립한 나라의 원로'라는 뜻으로 당 경종 때부터 선종 때까지 환관이 권력을 잡고 황제를 마음대로 세웠는데, 환관 양복공(楊復恭)이 조카에게 보낸 편지에서 자신을 가리켜 한 말이다.

789) 문생천자(門生天子): 당나라 말엽에 환관이 국정을 마음대로 휘두르며 황제를 폐지하기도 하고 세우기도 하였는데, 환관이 황제 보기를 시험관이 문생(門生)을 보듯 한다고 하여 생긴 말이다.

790) 구사량(仇士良): 당 순종 때 환관으로서 동궁을 모시다가 동궁이 헌종으로 즉위한 뒤 이후 문종 때까지 20여

도적 때문입니다. 이것은 고금을 통틀어 환관이 일으킨 재앙 중에서 큰 것이며 환관 중에 으뜸가는 괴수입니다. 대저 조고(趙高)791)같은 이는 사후(伺候)792)하면서 권세를 훔쳐 농단하였으며, 고력사(高力士)793)는 이백이 신을 벗게 한 수모를 품고 참소하였으며, 왕수징(王守澄)794)은 감로의 변[甘露之變]795)으로 말미암아 이훈(李訓)796)을 죽였습니다. (또한) 전영자(田令孜)797), 유계술(劉季述)798)은 족속을 끌어들여 부귀를 꾀하였으며, 한전회(韓全誨)799), 동관(童貫)800)은 나라를 어지럽히고 몸을 죽인 자이니, 이런 무리가 참으로 많고 세상에 이어서 나온 것은 거의 일일이 거론할 수 없습니다.

년간 권력을 농단하여 두 명의 왕과 한 명의 비(妃), 네 명의 재상을 모의하여 죽인 인물이다. 『신당서(新唐書)』「구사량전(仇士良傳)」.

791) 조고(趙高): 진시황이 죽은 뒤에 이세 황제(二世皇帝) 호해(胡亥)의 총애를 독점하며 대권을 장악한 환관 출신 승상이다. 그가 사슴을 말이라고 속이는 등 천자를 농락하면서 마음대로 위세를 부리는데도 누구 하나 나서서 제어하지 못하였으며, 급기야 이세 황제를 죽이고 자영(子嬰)을 천자로 세웠으나 거꾸로 자영에게 죽음을 당하고 멸족되었다. 『사기(史記)』.

792) 사후(伺候): 윗사람의 명령을 따름. 혹은 문안드리는 일을 말한다.

793) 고력사(高力士): 당 현종 때 환관. 소잠(蕭岑) 등을 평정한 공으로 은총과 신임이 지극하였다. 이백이 청평사(淸平詞)를 지을 때에 고력사를 시켜 신을 벗기게 한 까닭으로 혐의를 품고 참소하여 마침내 이백을 파출(罷出)시키는 데 이르렀다.

794) 왕수징(王守澄): 당 헌종 말년의 환관. 헌종이 죽자 목종을 세우고 권세를 휘둘렀는데, 문종이 즉위하여 그 세력을 제거하려다 실패한 뒤 마침내는 독약을 먹여 죽게 하고는 그 죽음을 비밀에 부치고서 양주 대도독을 증직하였다. 『신당서(新唐書)』.

795) 감로의 변[甘露之變]: 당나라 문종 때 환관이 전횡하자 재상인 이훈(李訓)과 정주(鄭注) 등이 금오 청사 위 석류나무에 감로가 내렸다고 꾸며 환관들이 진위를 살피러 올 때에 이들을 없애려 하였는데, 때마침 바람이 일어 장막이 뒤집혀 복병이 있음이 드러나는 바람에 환관 구사량(仇士良) 등의 반격을 받아 이훈과 정주가 피살되고 일이 실패로 돌아간 일을 가리킨다. 『후한서(舊唐書)』「문종본기하(文宗本紀 下)」.

796) 이훈(李訓): 당나라 때의 재상. 835년 환관을 주살하려고 계획하는데(감로의 변) 실패하고 환관들의 반발을 당했다.

797) 전영자(田令孜): 당 희종 때의 환관. 황소의 난을 피해 희종을 따라 촉으로 갔다가 환도한 뒤 광좌(匡佐)의 공을 인정받아 천하에 권세를 떨쳤으며, 뒤에 다시 왕중영(王重榮)이 이극용(李克用)의 군대를 끌어들여 장안을 함락하자 희종과 함께 성도(成都)로 갔는데, 소종(昭宗)이 즉위한 뒤에 아들로 삼았던 왕건(王建)에게 피살되었다. 『신당서(新唐書)』.

798) 유계술(劉季述): 당 희종 때의 환관. 당나라 소종 광화 3년(900)에 유계술이 난을 일으켜 태자인 덕왕(德王) 유(裕)를 세우고 소종을 폐위하여 감금하였다.

799) 한전회(韓全誨): 당나라 환관.

800) 동관(童貫): 송 휘종 때 환관. 그는 임금의 총애를 받아 병권을 장악하여 흉노를 치러 하롱으로 들어가 고골룡에 이르러 장수 유법(劉法)을 시켜 삭방(朔方)을 치게 하였으나 패하자, 이를 부끄럽게 여겨 이겼다는 거짓 보고를 하였다. 그 후 군정이 문란해져 금군(禁軍)이 다 도망하였다. 『송사(宋史)』「동관전(童貫傳)」.

대저 환관의 악행은 고금이 같으며, 환관의 해악은 매우 많았습니다. 시세군주(時世君主)는 항상 그들을 사랑하여 그들의 술책에 빠져들기 쉽고, 그들과 더불어 친하게 노는 것을 기뻐하여 그 그릇됨을 살피지 못하고 마침내 과오를 행하여 스스로 화망(禍亡)을 취하니, 그 죄가 어찌 오로지 환관에게만 있겠습니까? 어진 자가 그 사이에 나오기도 하였으니, 정중(鄭衆)801)의 간인을 목 벤 충심, 여강(呂彊)802)의 진언을 다한 강직함, 마존량(馬存亮)803)의 적을 죽인 공로, 장승업(張承業)804)의 절개를 지키다 죽은 의리와 같은 것은 진실로 장려할만한 것이니, 보익(輔益 보태고 도움이 됨)됨이 있다고 말할 수 있습니다.

비록 그러하나, 환관은 음유(陰柔)한 자질로 사악한 술책만을 꾀하고 학문의 일을 알지 못하고 오로지 아첨하는 마음만 있습니다. 그러니 (그 중에서) 어진 자가 출현한 것은 진실로 다행이나 (이로 인해) 사악한 무리를 의심하지 않게 됩니다. 하물며 친현(親賢)의 마음이 굳건하지 못하고 사악에 빠지는 뜻이 좀먹기 쉬운 상황에서, 혹 요행으로 어질기를 바라면서 감히 의심 없는 악행을 믿음에 있어서이겠습니까! (환관은) 음식을 준비하고 청소하며 심부름을 맡길 뿐이요, 현불초(賢不肖 현명함과 불초함)가 어떠한 지를 묻는 것은 마땅하지 않습니다. 유능한 인재를 등용함에 출신을 따지지 않는[立賢無方]805) 도가 어찌 환관을 설치한 것을 두고 한 말이겠습니까?

대저 인군의 덕(德)은 명(明)과 무(武)일 따름이니, 명(明)하지 못하면 그 마음의 사정(邪正 부정과 바름)을 살피지 못하고, 무(武)하지 않으면 그 죄의 선악을 판단하지 못합니다. 반드시 명무(明武)의 덕을 스스로 다한 연후에야 환관의 재앙을 막을 수 있습니다. 큰 거짓은 진실과 비슷하니[大詐似信]806) 충량(忠良)하다고 여겨 신용해서는 아니 되며, 큰 간사는 충성

---

801) 정중(鄭衆): 후한 때의 환관.

802) 여강(呂彊): 후한 영제 때의 환관인데, 영제가 그를 도향후(都鄕侯)로 봉하려 하자, 그는 감히 당치 않다는 뜻으로 굳이 사양하고, 인하여 상소를 올려 간절하게 직간했다.『후한서(後漢書)』.

803) 마존량(馬存亮): 당나라 때의 환관.

804) 장승업(張承業): 당나라 희종 때의 환관. 그는 법 집행에 공정하고 엄격하기 때문에 진왕(중국고대 왕작)에게서 중용 받았다.

805)『맹자』「이루 하(離婁下)」에 "탕왕은 중도를 잡고 행하였으며, 유능한 인재는 출신 성분을 따지지 않고 등용하였다.[湯, 執中, 立賢無方.]"라는 말이 나온다.

806) 송(宋)의 여회(呂誨)가 왕안석을 논하기를, "크게 간사함이 충성인 것 같고, 크게 속이는 말이 믿음을 주는 듯하다.[大姦似忠, 大詐似信]'라고 하였다.『송사(宋史)』

과 비슷하니[大姦似忠]807) 사악하고 현혹된다고 여겨 다 버려서는 아니 됩니다. 부릴만한 환관이 없으면 조정의 신하 중에 충성된 자를 가려 뽑아 등용하고, 사악한 자를 살펴서 물리치는 것 만한 것이 없으니, 가령 조정의 위에서 어진 자가 책임을 맡고 사악한 자가 멀리 추방된다면, 환관 중에 충성스러운 자를 등용하고 환관 중에 사악한 자를 다 축출할 필요가 없습니다. 그래도 천하는 저절로 다스려질 것이며 천하는 저절로 편안해질 것이니, 어찌 구구하게 환관을 쓰고 버리는 폐해에 대하여 힘쓸 것이 있겠습니까?

아! 이미 이루어진 일은 말하지 않으며, 끝난 일은 지적하지 않는 것이니808), 역대의 자취는 이미 대략 앞에서 말씀드렸기에 청컨대 지금의 폐단에 대하여 아뢰겠습니다. 삼가 생각하건대, 우리나라는 성신(聖神)이 서로 계승하고 중희누흡(重熙累洽)809)하여 오늘에 이르기까지 대체와 대강이 이미 바르고 온갖 일이 다 확장되었습니다. (그리하여) 치치(致治 태평의 정치가 되게 하는 것)가 융성하여 당우(唐虞) 때처럼 화락하며, 제도가 갖추어져 성주(成周) 때처럼 찬란합니다. 환관에 관한 제도를 정하고 환관의 재앙을 막는 것에 있어 지극히 상세하고 지극히 정밀하였습니다. 처음에는 통제하는 것이 점차 (결문으로 해석 불가) 하다가 (나중에는) 지순(持循 항상 잊지 않고 준행함)하여 점차로 익숙하게 되니, (이는) 선왕의 제도를 간과한 것이며, 난망(亂亡)의 조짐과 관계가 있습니다.

아! 대궐에 설치하여서 궁궐 안에서 아침저녁 지키게 한 것은 조종의 원려한 뜻이 아니겠습니까? (환관의 품계는) 삼품으로 제한을 두고 총애하는 초선(貂蟬)이라도 품계를 넘지 말게 한 것은 조종의 좋은 법이 아니겠습니까? 비단 귀히 여길 뿐만 아니라 또 그를 추종하여 존중하기까지 하며, 엄수(閹豎)810)의 위세를 빌려서 위엄을 행사하기도 하니, (그때는) 두려워할 일이 장차 멀지 않은 것인데, 어떻게 말하겠습니까? 봉군(封君)이 된 자가 있고, 책훈(策薰)된 자가 있어서 지위가 숭품(崇品)811)에 이른 자가 있으며, 관직이 제조(提調)의812)직책에

---

807) 위의 각주 참고.
808) 『논어』 「팔일(八佾)」에, 노 애공(魯哀公)이 재아(宰我)에게 사(社)에 대해 묻자, 재아는 백성들에게 전율(戰慄)을 느끼게 하려고 주(周)나라에선 밤나무 [栗]를 사용하였다고 잘못 대답하자, 공자가 그 소식을 듣고 "이미 이루어진 일이라 말하지 않으며, 끝난 일이라 지적하지 않으며, 이미 지나간 일이라 탓하지 않는다. [子聞之曰, 成事不說, 遂事不諫, 旣往不咎.]"라고 말하여 재아를 꾸짖었다.
809) 중희누흡(重熙累洽): 대대로 현명한 임금이 나와 은택이 계속 이어져 내려오는 것.
810) 엄수(閹豎): 모두 내시를 가리킨다.

까지 이른 자가 있습니다. 대간을 협제(脅制)하는 것이 내시와 같고, 전선(銓選 인사행정)에 청탁을 하는 것이 공고(公孤)[813]와 다름이 없습니다. 내지(內旨)라고 받들고 법당을 창건하는 것을 감독하여도 조정에서 막지 못하며, 옛 대궐을 새로 고친다고 궁궐을 불질러도 나라에서 죄를 주지 아니하며, 수랏상에 올리는 물건을 감시한다고 하면서 백사의 관원에게 온갖 수모를 겪게 하며, 고향에 금의환향(錦衣還鄕)[814]을 하면서 한 도(道)의 물품을 거둬들이니, 어찌하여 네 환관의 어진 품성을 갖추지 않고 여섯 환관의 (사악한) 마음을 따르고자 하는 것입니까? 이것이 이른바 '팔꿈치나 겨드랑이 밑의 벌과 전갈이요, 소매 속의 뱀과 전갈'[815]이니 어찌 두렵지 않겠습니까?

초선(貂蟬)[816]으로 총애를 받고 귀히 여김을 받으면서 권세를 맡지 않은 자가 없었으며, 임용되는 신뢰가 있으면서 권세를 믿고 교만하고 방자한 폐해가 없는 자가 없었습니다. 오늘날의 계책은, 학문을 좋아하고 선을 좋아하는 선비를 많이 친해하는 반면 환관을 만나고 연회를 베푸는 날을 줄이고, 큰 덕이 있는 선비를 많이 대하는 반면에 환관과 총애하는 자들과 가까이 할 시간을 줄이는 것 만한 것이 없습니다. 명(明)으로 살피고 무(武)로 결단하여, 비록 현명한 자가 있더라도 총귀(寵貴)하지 않으며 비록 공로가 있는 자라도 포숭(褒崇)하지 않으며, 조금이라도 죄가 있으면 축출하고 조금이라도 악이 있으면 배척하여, 조종의 법을 한결 같이 따르고 조종의 뜻을 한결 같이 준수한다면, 어찌 환관들이 제멋대로 하는 것을 두려워할 것이며, 어찌 두려워할 만한 화환(禍患)이 있겠습니까? 당태종은 환관은 4품 이상의 관직에 오를 수 없다는 법을 간곡히 반복하였는데도 자손들이 이를 지키지 않아서 마침내 환관 때문에 패망하게 되었으니, 후손된 자가 어찌 경계하지 않을 수 있겠습니까!

아! 구양수(歐陽修)[817]가 말하기를, "환관의 재앙은 여총(女寵)보다 심하다."고 하였습니

---

811) 숭품(崇品): 종1품 이상을 뜻하는 말로, 품계 이름에 모두 '숭(崇)' 자가 있기 때문에 붙은 말이다.

812) 제조(提調): 종1품 또는 2품의 품질을 가진 사람이 되는 경우를 일컫는다. 정1품이 되는 때는 도제조, 정3품의 당상(堂上)이 되는 때는 부제조라고 하였다.

813) 공고(公孤): 태사(太師)·태부(太傅)·태보(太保)인 삼공과 소사(少師)·소부(少傅)·소보(少保)인 삼소를 말함.

814) 금의환향(錦衣還鄕): 비단옷을 입고 고향에 돌아온다는 뜻으로, 출세를 하여 고향에 돌아가거나 돌아옴을 비유적으로 이르는 말.

815) 이것은 가까운 신변에서 뜻하지 않게 환란이 발생하는 것을 말한다.

816) 초선(貂蟬): 옛날에 시중(侍中)이나 중상시(中常侍) 등 귀근(貴近)한 신하들의 관(冠)에 장식하던 담비 꼬리와 매미 날개를 말한 것으로, 전하여 귀근한 신하를 가리킨다.

다. 이는 인주(人主)가 환관, 궁첩과 조석으로 지내다보면 위오(違忤 거스리는 것)의 근심은 없고 친애하는 정이 생겨서 점차로 그 속으로 빠져 들어가서 외정(外庭)의 신하가 보필하여도 알지 못합니다. 급기야는 그 세력이 형성되고 위중해진 연후에 비록 원로대신이 있더라도 그 사이에 힘을 쏟을 수 없게 됩니다. 활활 타오르는 듯한 친압(親押)이 나중에 큰 들불로 번지는 것이며, 처음에는 졸졸 흐르며 무너지던 것이 나중에는 하늘을 뒤덮는 데까지 이르게 되는 것이니, 처음 발생하였을 때에 미연에 막아야 하지 않겠습니까? 옛사람이 이른바 '한 손으로 눈을 가리면 태산도 볼 수 없다'고 하였으니, 정녕 이것을 말하는 것입니다. 이 때문에 제가 이른 명(明)과 무(武)야말로 오늘 전하께서 환관을 통솔하는 급선무가 아니겠습니까.

저는 이 환관의 일에 대하여 가슴아파한 지가 이미 오래되었습니다. 집사의 질문이 마침 여기에 미침에 저의 의견을 다 말씀드리니, 어찌 숨길 것이 있겠습니까? 저 역시 유분(劉蕡)818)에 못지않은 강직함이 있으니, 원컨대 집사께서는 풍수(馮宿)819)의 허물을 본받지 마시기 바랍니다. 다시 질문하심에 '명무(明武)' 두 글자를 가지고 면류(冕旒)의 좌우에 바쳐서 환관을 통치하는 방법을 연구하신다면 조정에 다행이겠습니다. 다행이겠습니다. 원하옵건대 집사 선생께서는 진취시켜서 가르쳐 주십시오. 이상과 같이 삼가 답변 드립니다.

---

817) 구양수(歐陽脩): 북송의 문인. 자는 영숙(永叔), 호는 취옹(醉翁) 또는 육일거사(六一居士). 구양수는 10세 때 한유의 문집을 읽고 매료되어 서곤체(西崑體)가 유행하던 송나라 초기의 문단을 혁신한 송나라의 대표적 문학가이다.

818) 유분(劉蕡): 당나라 때 사람으로 본디 직언을 잘하기로 이름이 높았다. 일찍이 당 문종이 현량대책의 친시(親試)를 거행할 적에 유분이 환관의 폐해를 극언하며 종사의 위급함을 호소하자, 고관들이 한나라의 조조(鼂錯)나 동중서(董仲舒)도 여기에 미치지 못할 것이라고 탄복하였으나, 끝내는 환관의 권세를 두려워한 나머지 그를 낙제시킨 고사가 전한다. 『후한서(舊唐書)』「유분(劉蕡)」.

819) 풍수(馮宿): 당나라 때 시인. 당시 시관으로 있던 풍수는 환관들의 권세를 두려워하여 유분(劉蕡)을 감히 발탁하지 못했다고 한다.

귀신

질문

귀신의 덕은 훌륭하구나! (결문으로 해석 불가) 사설의 증거가 된다. 대저 보아도 보이지 않으며[820], 빠뜨릴 수도 없으며, 들어도 들리지 않는다. (결문으로 해석 유추) 크게는 음양의 반복을 주관하고 작게는 초목의 영락(榮落)을 실행케 한다. 양양하여 마치 신령이 있는 듯한[821] 것은 각각 성정이 있어서이며, (결문으로 해석 불가) 산천과 악독(嶽瀆)[822], 구릉과 분연(墳衍)[823]이 또한 (결문으로 해석 불가) 사람이 죽으면 혼(魂)은 위로 올라가고 백(魄)은 아래로 내려와서, 그 기(氣)가 이미 흩어지면 더 이상 정신이 없어져서 명막한 가운데 막히게 된다. 그래서 훈호처창(焄蒿悽愴)[824]하여 천하 사람으로 하여금 제명성복(齊明盛服)[825]하여 제사를 지내게 하는데, 이것은 과연 무엇 때문인가? 제사를 지낼 때에 분향을 하여 양(陽)에서 구하고, 강신을 하여 음(陰)에서 구하는데,[826] 이는 이미 흩어진 기(氣)를 다시 모아서 귀

---

820) 『중용』에 귀신의 덕에 대해 설명하기를 "보아도 보이지 않으며 들어도 들리지 않으나 사물의 근간이 되어 빠뜨릴 수 없다.[視之而弗見, 聽之而弗聞, 體物而不可遺.]"라고 하였다.

821) 『중용(中庸)』 16장(章)의 "양양(洋洋)히 그 위에 있는 듯하며 그 좌우(左右)에 있는 듯하다.[洋洋乎如在其上 如在其左右]"에서 나온 말이다. 양양(洋洋)은 유동 충만의 뜻. 마치 돌아가신 분의 귀신이 실제 계신 듯 여긴다는 뜻이다.

822) 악독(嶽瀆): 오악(五嶽)과 사독(四瀆)을 이른다. 오악은 중국의 다섯 명산으로, 태산(泰山), 화산(華山), 형산(衡山), 항산(恒山), 숭산(嵩山)을 가리키고, 사독은 네 개의 큰 물로, 양자강(揚子江), 황하(黃河), 회수(淮水), 제수(濟水)를 가리킨다.

823) 분연(墳衍): 물가의 땅을 분(墳), 낮고 평탄한 땅을 연(衍)이라 한다.

824) 『예(禮)』 제의(祭義)에 나오는데 그 주(注)에 "훈(焄)은 향취이고 호는 기(氣)가 증출(蒸出)하는 모양을 이름이다." 하였으며, 소(疏)에는 "이 향취가 뭉게뭉게 위로 솟아서 그 기운이 호연(蒿然)함을 이름이다." 하였다.

825) 『중용장구』 제16장에 "천하 사람으로 하여금 재계하고 깨끗이 하며 의복을 성대히 하여 제사를 받들게 하고는, 양양히 그 위에 있는 듯하며 그 좌우에 있는 듯하다.[使天下之人, 齊明盛服, 以承祭祀, 洋洋乎如在其上, 如在其左右.]"라고 하였다.

826) 주희의 『주자어류(朱子語類)』에는 "사람이 죽을 때에 이르면 열기가 위로 나오니 이른바 혼이 올라간다는 것이요, 하체가 점점 식으니 이른바 백이 내려간다는 것이다.……그렇기 때문에 제사에서는 분향을 하여 양에서 구하고 강신을 하여 음에서 구하는 것이다.[到得將死, 熱氣上出, 所謂魂升, 下體漸冷, 所謂魄降.……

신으로 만드는 것인가? 만약 정성이 있으면 신(神)이 있고 정성이 없으면 신(神)이 없다고 여긴다면, 이는 귀신의 유무가 애초 정해진 이치가 없이 다만 제사를 지내는 정성의 유무에 달려 있는 것인가? 사람이 죽으면 혹 정기(精氣)가 흩어지지 않고 다시 변화하여 사람이 된다는 것은 그 말이 비록 불경하나 또한 혹 그럴 듯한 이치가 있는가? 만약 과연 그러하다면 그것은 불가의 윤회설과 (그 같고 다른 점이) 어떠한가? 성인은 비록 신(神)을 말하지 않았으나 격물(格物)827)의 방법으로 궁리하지 못할 것이 없으니 원컨대 제생과 더불어 강론하려 한다.

답변

제가 생각하기에, 지극히 드러나면서 지극히 미묘한 것은 귀신의 체(體)이며, 지극히 미묘하면서 지극히 드러난 것은 귀신의 용(用)입니다. 그 체로 말미암아 지극한 이치의 묘함을 궁구하고 그 용(用)을 통달하여서 지극히 드러난 이치를 추측한다면, 귀신의 도를 논하는 것이 무엇이 어렵겠습니까. 지금 집사 선생께서 특별히 귀신의 덕을 들어서 문목으로 삼아 어리석은 저와 더불어 논의하고자 하시는데, 제가 사람을 알지 못하는데 어찌 귀신을 알겠습니까?

(다만) 저는 다음과 같이 말씀드립니다. 귀신의 체(體)는 태극이 아직 갈라지기 이전에 이미 은미하였으며, 귀신의 용(用)은 태극이 이미 갈라진 후에 뚜렷하였습니다. 이 때문에 창창하고 정미로운 것은 하늘이 되니, 이에 하늘에 신(神)이 있고, 비옥하고 비등한 기운은 땅이 되니, 이에 땅에 기(祇)가 있는 것입니다. 대저 이미 천신(天神)이 있은 연후에 또 발하여 여러 신을 만들었으니, 위로 해·달·별·추위·더위·물·가뭄이 이것입니다. 이미 지기(地祇)가 있은 연후에 또 발하여 여러 신을 만들었으니, 아래에 나열된 산·천·악·도랑·구릉·무덤이 이것입니다. 사람은 그 사이에서 천지의 이치를 받아 성(性)으로 삼고, 천지의 기운을 품부 받아 형(形)으로 삼아서, 살아서 사람이 되는 이치가 천지만물의 이치와 더불어 서로 상관되지 않은 것이 없으며, 죽어서 귀신이 되는 이치 역시 천지만물의 이치와 더불어 서로 상통하지 않은 것이 없습니다. 그렇다면 천지의 신을 감격시키는 것은 사람에게 달려 있으며, 해·달·별·추위·더위·물·가뭄의 신을 감동시키는 것도 또한 사람에게 달려 있

所以祭祀, 燎以求諸陽, 灌以求諸陰.]"라고 해설하였다.
827) 격물(格物): 사물의 이치를 궁구한다는 뜻이다.

거늘, 하물며 우리 사람으로서 우리 사람의 귀신을 감동시키는 일에 있어서이겠습니까! 이 때문에 상하대소가 서로 통하는 묘함이 있으니, 어느 것이든 일기(一氣)의 동정·합산이 근저로 삼지 않은 것이 있겠습니까? 비록 그러하나 만일 진실무망을 다하고 변치 않는 공을 이룩한 사람이 아니라면, 천지상하의 신을 감격(感格)[828]시킬 이치를 돌이킬 수 없을 것입니다. 그러므로 이 마음이 고요할 적에는 둘로 되지 않는 공부(즉 분산시키지 않는 敬 공부)를 하고 이 마음이 움직일 적에는 제멋대로 하는 것이 없는 공부(즉 진실무망의 誠 공부)를 착수한다면 천지를 본받아 마치 있는 듯한(볼 수 없는 귀신이 앞에 있는 듯한) 상황을 회복할 수 있어 (앞에서 말한) 몇 가지 종류의 귀신들에 대해 또한 성정을 볼 수 있고 공효(효과)에 이를 수 있을 것입니다. 하물며 종묘를 만들어 인귀(人鬼 : 사람이 죽은 뒤에 있는 귀신 즉 조상신)가 흠향을 하게 하는[829] 것이 어찌 진실무망한 성의 경계 밖에 있겠습니까?

저는 청컨대 변치 않는 도로써 귀신이 그렇게 하는 이치에 대하여 논하고 대저 후세 사설을 물리치는 증좌로 삼고자 합니다. 대저 보아도 그 형체가 있지 아니하고, 들어도 그 소리가 있지 아니하며, 크게는 음양의 왕복을 주관하고 작게는 초목의 영락을 실행하는 것이 천지 귀신이 행하는 바 아닌 것이 없으니, '만물의 본체를 이루고 있어 빠뜨릴 수 없다'[830]는 말을 알 수 있습니다.

옛날 성왕은 천지 백성의 표준을 만들고 백신(百神)을 흠향하는 주체를 만들어서, 위로는 고명한 하늘을 대신하고 아래로는 박후한 땅의 이치를 다하여 그 상하를 섬기는 도리가 지극함을 다하지 않은 적이 없었습니다. 청명하고 정결한 뜻은 애연히 대월(對越)[831]의 때에

---

828) 감격(感格): 나의 정성이 신을 감동시켜 오게 하는 것이다.

829) 『논어집주』「팔일(八佾)」에, 공자가 "내가 제사에 참여하지 않으면 마치 제사하지 않은 것과 같다.[吾不與祭如不祭]"라고 하였는데, 이에 대한 집주에 "군자가 제사함에 7일 동안 경계하고 3일 동안 재계하여, 반드시 제사 지내는 대상을 보게 되는 것은 정성이 지극하기 때문이다. 그러므로 교제(郊祭)를 지내면 천신(天神)이 이르고, 사당에서 제사 지내면 사람의 귀신이 흠향하는데, 이는 모두 자기로 말미암아 이루어지는 것이다. 그 정성이 있으면 그 신(神)이 있고, 그 정성이 없으면 그 신이 없는 것이니, 삼가지 않을 수 있겠는가.[君子之祭, 七日戒, 三日齊, 必見所祭者, 誠之至也. 是故郊祭則天神格 廟則人鬼享, 皆由己以致之也. 有其誠則有其神, 無其誠則無其神, 可不謹乎.]"라고 한 범조우(范祖禹, 1041~1098)의 말이 보인다.

830) 『중용장구』제16장에 "중용의 효능이 마치 귀신의 덕과 같으니, 성대하도다. 눈에 보이지 않고 귀에 들리지도 않지만, 만물의 본체를 이루는 요소로 엄연히 존재하기 때문에 결코 빠뜨려질 수 없도다.[鬼神之爲德, 其盛矣. 視之而不見, 聽之而不聞, 體物而不可遺.]"라는 내용이 나온다.

831) 대월은 대월상제(對越上帝)의 준말로, 상제를 대한다는 뜻이다.

빛나고, 유동하고 충만한 기운은 장사(將事 제사)에 창달하였습니다. 그러므로 교(郊) 제사를 지내면 하늘의 신이 절로 이르지 않음이 없고,[832] 토지 신에게 제사를 지내면 땅 귀신이 절로 흠향하지 않음이 없으니, 마치 양양히 그 위에 있는 듯한 상황이지만, 말해도 그 돈독한 묘함을 알지 못하고 추측하여도 그 감통(感通)[833]의 자취를 형상할 수 없습니다. 그러나 규찬(圭瓚)[834]의 기운에 가슴이 울렁거리고 서직(黍稷)의 냄새에 무젖는 까닭은, 어느 것이든 이것 아님이 없습니다. 다만 이것만이 아니라, 밝게 하늘을 따라 움직이는 것은 일월성신이요, 극음(極陰)에서 생겨나고 항양(亢陽)에서 나온 것은 추위·더위·수해·가뭄인데, 이 몇 가지의 신은 모두 마땅히 제사지내야 하는 것입니다. 일월성신은 박식(薄蝕)[835]과 절기를 잃게 되는 해로움을 없게 하며, 추위·더위·수해·가뭄은 극비극무(極備極無)[836]의 재앙을 끊게 합니다. 운무를 오게 하고 강우를 내리는 것은 산천과 악독(嶽瀆)[837]이며, 괴이한 조화를 일으키고 변화를 보여주는 것은 구릉과 분연(墳衍)[838]이니, 이 몇몇의 신은 또한 마땅히 제사지내야 하는 것입니다. 그렇게 하면 산천과 악독(嶽瀆)이 끝내 붕괴되거나 마르거나 넘치는 근심이 없을 것이며, 구릉과 분연(墳衍)은 도깨비로 변하거나 괴이함을 보여주는 요사한 일이 없을 것입니다.

이로써 보건대 성정의 이치는 고구할 수 있으며, 공효의 드러남도 또한 볼 수 있습니다. 아! 천지는 고원하며 일월산천의 등속도 또한 번거롭게 다 말할 수가 없습니다. 그렇다면 마

---

832) 한유의 「원도(原道)」에 "교 제사를 지내면 하늘의 신이 이르고, 종묘 제사를 지내면 귀신이 흠향한다.[郊焉而天神假, 廟焉而人鬼享.]"라고 한 말이 있다.

833) 『주역(周易)』 계사전(繫辭傳) 상(上)에 "조용히 움직이지 않고 있다가 감응하여 천하 모든 일에 마침내 통달하게 된다.[寂然不動, 感而遂通天下之故.]"라고 하였다.

834) 옥찬(玉瓚)이라고도 하는 술을 뜨는 국자이다. 규옥(圭玉)으로 자루를 만들고 황금으로 술을 뜨는 그릇을 만드는데 청금으로 밖을 장식하고 그 안을 붉게 칠한 것이다. 『시경』 「한록(旱麓)」에 "고운 저 옥으로 만든 규찬에, 노란 술이 담겼도다.[瑟彼玉瓚, 黃流在中.]" 하였다.

835) 박식(薄蝕): 해와 달이 빛을 내지 못하는 것을 '박(薄)'이라 하고, 해와 달의 한쪽이 이지러지는 것을 '식(蝕)'이라 한다.

836) 극비극무(極備極無): 우(雨)·양(暘)·욱(燠)·한(寒)·풍(風) 다섯 가지 중에 어느 하나라도 지나치게 많은 것을 '극비(極備)', 지나치게 적은 것을 '극무(極無)'라고 한다. 『시경(書經)』 「홍범(洪範)」.

837) 악독(嶽瀆): 오악(五嶽)과 사독(四瀆)을 이른다. 오악은 중국의 다섯 명산으로, 태산(泰山), 화산(華山), 형산(衡山), 항산(恒山), 숭산(嵩山)을 가리키고, 사독은 네 개의 큰 물로, 양자강(揚子江), 황하(黃河), 회수(淮水), 제수(濟水)를 가리킨다.

838) 분연(墳衍): 물가의 땅을 분(墳), 낮고 평탄한 땅을 연(衍)이라 한다.

땅히 발휘하여 극론(極論)할 것은 오직 우리 사람의 귀신뿐입니다. 귀신이라는 물건은 바로 이기(二氣 음양)가 굴신(屈伸)한 소이(所以)이니, 사람이 이 기(氣)를 품부 받아 천지 사이에 형성된 것은 이 기(氣)가 펼쳐진 상태이며, 죽음에 이르러서 혼(魂)은 위에서 노닐고 백(魄)은 아래로 내려와서 적연히 형체와 조짐(兆朕)이 없음은 이 기(氣)가 위축된 상태입니다. 이 기(氣)가 위축될 때에는 비록 정신이 명막(冥漠 아득하고 적막함)한 가운데에 막힘이 있어도 한 번 굽어지고 한 번 펴지는 이치의 소이는 일찍이 사생(死生)으로 멈추지 않습니다. 그러므로 사람이 진실로 그 정성을 다하고 변치 않는 향사를 다하여서 (귀신을) 감동시킨다면, 이미 굽은 기(氣)가 보이지 않고 들리지 않는 가운데 더욱 모이지 않을 수가 없으며, 이미 흩어진 정기가 마치 갱장(羹牆)[839]의 곁에 응결되어 임한 듯이 하여, 이목을 훈호(焄蒿)하게 하고 지기(志氣)를 처창(悽愴)하게[840] 할 것입니다. 이것이 천하 사람으로 하여금 재계하고 깨끗이 하며 의복을 성대히 하여[齊明盛服][841] 제사를 지내게 하는 까닭입니다.

대저 사람의 일신(一身)의 쓰임은 그 음양의 이치와 배합되지 않은 것이 없어서 왕래하는 중에 서로 관통합니다. 그래서 죽으면 천지 음양의 신(神)이 되기 때문에 결국 그 신(神)을 구할진대 음양의 물건으로써 하는 것입니다. 이 때문에 분향을 하여 양에서 구하고, 강신을 하여 음에서 구하는[842] 것입니다. 그렇게 하면 이것은 반드시 이미 흩어진 기(氣)를 모아서 귀신으로 삼을 필요가 없으며, 이미 흩어진 정기는 스스로 밝게 분향하고 강신하는 냄새에서

---

839) 죽은 사람에 대한 간절한 추모의 정을 말한다. 요 임금이 죽은 뒤에 순 임금이 3년 동안 사모하는 정을 이기지 못한 나머지, 밥을 먹을 때에는 요 임금의 얼굴이 국그릇 속[羹中]에 비치는 듯하고, 앉아 있을 때에는 담장[墻]에 요 임금의 그림자가 어른거리는 듯했다는 고사가 있다. 『후한서(後漢書)』.

840) 『예기』<제의(祭義)>에 "뭇 생명체는 반드시 죽고, 죽으면 반드시 흙으로 돌아간다. 이것을 귀(鬼)라고 한다. 뼈와 고기는 아래에 묻히고 이것이 야토(野土)가 되면 그 기운은 위로 올라가서 소명, 훈호(焄蒿), 처창(悽愴)이 된다. 이것이 바로 백물(百物)의 정기가 되니, 여기에 신(神)이 나타난다." 하였는데, 주자(朱子)가 이에 대해서 설명하기를 "귀신이 밝게 드러나는 것을 소명, 그 기가 위로 올라가는 것을 훈호, 사람의 정신을 두렵게 하는 것을 처창이라 한다." 하였다.

841) 『중용장구』 제16장에 "천하 사람으로 하여금 재계하고 깨끗이 하며 의복을 성대히 하여 제사를 받들게 하고는, 양양히 그 위에 있는 듯하며 그 좌우에 있는 듯하다.[使天下之人, 齊明盛服, 以承祭祀, 洋洋乎如在其上, 如在其左右.]"라고 하였다.

842) 주희의 『주자어류(朱子語類)』에는 "사람이 죽을 때에 이르면 열기가 위로 나오니 이른바 혼이 올라간다는 것이요, 하체가 점점 식으니 이른바 백이 내려간다는 것이다.……그렇기 때문에 제사에서는 분향을 하여 양에서 구하고 강신을 하여 음에서 구하는 것이다.[到得將死, 熱氣上出, 所謂魂升, 下體漸冷, 所謂魄降.……所以祭祀, 燎以求諸陽, 灌以求諸陰.]"라고 해설하였다.

모아지지 않을 수가 없으니 이것이 바로 귀신의 체용(體用)인 것입니다.

오호라! 미묘하고 또 드러남이여! 귀신의 체(體)는 볼 수 없으나 귀신의 용(用)은 미루어 알수 있습니다. 귀신의 용(用)은 미루어 알 수 없으나 귀신의 이치는 궁구할 수 있습니다. 이른바 '사물의 이치를 궁구하는 것이 무엇이냐 하면 거짓이 없고 변치 않을 뿐'입니다. 그렇다면 볼 수 없는 것이 귀신의 모습이며, 귀신의 기(氣)는 자연히 정성이 있는 데에 감동하여 이에 귀신이 있게 됩니다. 감동할 수 있는 것은 귀신의 기(氣)이니, 하나라도 정성이 없다면 귀신이 없게 됩니다. 그런즉 귀신은 혹 없기도 하고 혹 있기도 하니, 어찌 이른바 '애초 정해진 이치가 없이 특별히 제사에 정성이 있고 없는 여하에 달려 있는 것'이 아니겠습니까? 이 때문에 귀신이 되는 이치는 진실로 잠깐이라도 간단(間斷)이 없습니다.

후세에 이르러 도(道)가 쇠미하고 궤설이 극성을 부림에, 비록 영재와 명민한 지식을 가진 사람으로 불리더라도 한갓 일의 허망함만을 믿고서, 이기(二氣)의 굴신과 조화의 양능(良能)[843]을 살피지 않아서 사람이 죽어도 정신이 흩어지지 않고 다시 사람으로 된다는 말은 저는 감히 천지 사이에 또한 혹 이와 같은 이치가 있는지 알지 못하겠습니다. 대저 사물이 쇠하면 다시 흥성하지 못하고, 고목은 다시 무성하지 못합니다. 이 때문에 우주 간에 변화하고 생성하는 이치가 천변만화하는 것입니다. 오는 것은 지나가고 간 것은 다시 돌아오는데, 이는 타일에 지나간 것이 다시 돌아오는 것이 아니라 다른 사물인 것입니다. 늙은 사람은 죽고 젊은이가 태어나는데, 또한 타일에 죽은 자가 다시 살아온 것이 아니라 다른 사람인 것입니다. 그렇다면 어찌 피와 살을 가진 몸으로써 정기(精氣)가 이미 죽은 뒤에 흩어지지 않고 다시 사람으로 되는 이치가 있겠습니까? 그 또한 그 도(道)가 둘이 아니라고 생각하여 망령되이 사설에 스스로 빠지는 것이 아니겠습니까? 이 학설이 만약 행해졌다면 거의 모두 불가가 말한 윤회의 설로 귀결되는 것이 아니겠습니까?

집사의 질문에 대하여 앞에서 간략하게 진술하였습니다만, 글의 끝에 '처음에는 신(神)을 말하지 않을 것을 경계하였으나 격물(格物)[844]의 방법으로 궁리하지 못할 것이 없다'고 권하였기에, 저의 의혹은 이에 이르러 자심(滋甚)하여 저는 더욱 귀신의 바른 이치로써 그 여온

---

843) 양능(良能): 양지양능(良知良能)의 준말로, 사람이 선천적으로 구비한 재능을 말한다.
844) 격물(格物): 사물의 이치를 궁구한다는 뜻이다.

(餘蘊 다 드러내지 못한 뜻)을 드러내었습니다. (이로써 보건대) 귀신의 덕 됨이 도리어 성대하지 않습니까. 천지가 천지가 되는 까닭과 인물(人物)이 인물(人物)이 되는 까닭이 어찌 이 덕이 행한 바 아님이 있겠습니까? 이 때문에 하늘은 하늘이 되는 도(道)를 얻어서 해·달·별, 추위·더위·수해·가뭄이 각각 그 마땅함을 얻지 않은 것이 없으며, 땅은 땅이 되는 도(道)를 얻어서 산천·악독(嶽瀆), 구릉과 분연(墳衍) 또한 그 편안함을 얻지 않은 것이 없습니다. 사람이 사람이 되는 도(道)를 얻어서 살아서는 능히 만물의 주인이 되고 죽어서는 능히 천지의 신(神)이 되는 것입니다. 비록 그러하나 천지와 인물(人物)이 이와 같은 데에 이르는 까닭도 또한 실리(實理)에서 벗어나지 않을 따름입니다. 만일 이 실리(實理)가 충분히 발양되지 않는다면 크게는 양양히 위아래에 있는 듯한[845] 상황을 돌이킬 수 없으며, 작게는 성정공효(性情功效)가[846] 이르지 못할 것이니 사람으로서 희망이 있는 것입니까? 훈호처창(焄蒿悽愴)[847]의 감동도 귀신을 위한 말이니, 어쩔 수 없이 허무에 빠져서 사설(邪說)로 돌아가는 것입니다. 그러니 어찌 대저 '사물의 근간이 되어 이것을 빠뜨릴 수 있는 사물이 없다'는 것을 알겠습니까?

옛날에 자로(子路)[848]는 일찍이 공자께 귀신의 일에 대해 물은 적이 있는데, (그때) 공자는 '앎을 이루고 행실에 힘쓰라'는 방편을 알려주셨을 뿐 자세한 것은 말씀하지 않았습니다. 저 역시 지금 귀신에 관한 질문을 받고 또한 실리가 제 평상시 공부라고 여기고 또한 귀신의 근본을 알아야 한다고 여기는데, 집사 선생께서는 어떻게 생각하시는지요? 엎드려 바라건대 진취시켜서 가르쳐 주신다면 더 큰 다행이 없겠습니다.

---

845) 『중용(中庸)』 16장의 "양양(洋洋)히 그 위에 있는 듯하며 그 좌우(左右)에 있는 듯하다.[洋洋乎如在其上, 如在其左右.]"에서 나온 말로 마치 돌아가신 분의 귀신이 실제 계신 듯 여긴다는 뜻이다.

846) 성정공효(性情功效): 『중용장구』 제16장 귀신지위덕(鬼神之爲德)의 위덕(爲德)에 대한 주석으로, 성정(性情)은 곧 귀신의 체(體), 공효는 곧 귀신의 용(用)을 말한다.

847) 『예(禮)』 제의(祭義)에 나오는데 그 주(注)에 "훈(焄)은 향취이고 호는 기(氣)가 증출(蒸出)하는 모양을 이름이다." 하였으며, 소(疏)에는 "이 향취가 뭉게뭉게 위로 솟아서 그 기운이 호연(蒿然)함을 이름이다." 하였다.

848) 자로(子路): 공자의 제자. 십철(十哲) 중의 하나인 정치가. 이름은 유(由).

천도

문제

천도(天道)는 알기 어렵고 또한 말하기도 어렵다. 해와 달은 하늘에 붙어 있어서 하루 밤과 하루 낮의 시간에 움직이면서 빠를 때도 있고 느릴 때도 있는데, 이것은 누가 그렇게 하게 하는 것인가? 어떤 때는 해와 달이 함께 나오기도 하고 또 어떤 때는 일식과 월식이 있게 되는데 그 이유는 무엇인가?

오성(五星)849)이 위(緯)가 되고 나머지 많은 별들이 경(經)이 되는데, 이에 대해 또한 자세히 말할 수 있겠는가? 경성(景星)850)은 어떤 시대에 나타났었고 혜성851)은 또한 어느 시대에 발생하였는가? 어떤 주장에 의하면 만물의 정(精)이 위로 올라가 늘어서 있는 별자리[列宿]852)가 된다고 하는데 이 주장은 또한 무엇에 근거하는가? 바람이 발생하는 것은 어느 곳으로부터 기원하여 어느 곳으로 들어가는가? 어떤 경우에는 바람이 불어도 나뭇가지조차 울리지 못하고, 또 어떤 경우에는 나무를 꺾어버리고 집을 뽑아 버리어 소녀풍(少女風)853)이 되기도 하고 구모(颶母)854)가 되기도 하는데 이것은 무슨 이유인가? 구름은 어디로부터 발생하는가? 흩어져서 오색이 되는 것은 무엇의 감응인가? 그것은 어떤 때는 연기 같은데 연기

---

849) 오성(五星): 목성 · 화성 · 수성 · 금성 · 토성 이 다섯 개의 별을 지칭한다.
850) 경성(景星): 태평성대에 나타난다고 하는 상서로운 별을 지칭한다. 서성(瑞星) 혹은 덕성(德星)이라고 부른다.
851) 원문은 彗孛(혜패)로 되어 있는데 그 의미는 혜성(彗星)과 같다. 과거에는 이것이 불운을 의미한다고 여겼었다.
852) 열수(列宿): 하늘에 자리 잡고 있는 별자리를 말한다. 구체적으로 이십팔수를 말한다.
853) 원문은 소녀(少女)인데 소녀풍(少女風)을 지칭한다. 본래는 서풍을 말한다. 왜냐하면 팔괘 중의 태괘(兌卦)는 소녀이며 동시에 서방을 지칭하기 때문이다. 아울러 매우 약하고 부드러운 바람을 의미한다.
854) 원문은 颶母(구모)이다. 원래 구모는 구풍(颶風: 태풍)이 불어오기 전의 조짐을 말한다. 그래서 구풍의 어머니라는 의미의 구모라고 부르는 것이다. 전통적인 주장에 의하면, 이 구모가 오기 전에 무지개가 생기는데 이것을 구모라 한다. 단지 이 글에서는 소녀(少女)와 대구로 사용하고 있기 때문에 사실상 구풍(颶風: 태풍)을 지칭한다고 보아야 한다. 앞의 글에서 "나뭇가지도 울리지 못하는 바람[吹不鳴條]"과 "나무를 부러뜨리고 집을 날려 보내는 바람[折木拔屋]"을 말하고 있는데 이 중 "나뭇가지도 울리지 못하는 바람[吹不鳴條]"은 "소녀"를 지칭하고, "나무를 부러뜨리고 집을 날려 보내는 바람[折木拔屋]"은 구모를 지칭할 것이다.

도 아니면서, 성하게 생기고 흩어져 움직이는 것은 무슨 이유인가? 안개는 무슨 기(氣)가 발생하여 이루어진 것인가? 그것이 (어떤 때는) 붉은 색이 되고 (어떤 때는) 푸른색이 되는 것은 무슨 징조인가? 혹은 누런 안개가 사방에 꽉차있고 (혹은) 큰 안개가 낮에도 어두운 것은 또 무슨 이유인가? 뇌정벽력(雷霆霹靂)은 그 무엇이 이것을 조종하는 것인가? 그 빛은 번쩍번쩍 거리고, 그 소리가 (사람을) 두렵게 만드는 것은 무슨 이유인가? 혹은 사람에게 벼락이 치고 혹은 사물에 벼락이 치는 것은 또한 무슨 이치인가?

서리는 풀을 죽이고 이슬은 사물을 윤택하게 만든다. 서리가 되고 이슬이 되는 이유에 대해 들을 수가 있겠는가? 남월(南越)[855]은 지역이 온난한데 6월에 서리가 내려 변화가 혹독하였다. 당시의 일을 자세히 말할 수 있겠는가? 비라는 것은 구름에서 내리는 것인데 어떤 경우에는 구름이 빽빽한데도 비가 내리지 않는 것은 무슨 이유인가? 신농씨의 시대에는 비가 내리기를 원하면 비가 내렸다고 한다. 태평한 시기에는 (열흘에 한 번씩 내려 1년에) 36회의 비가 내린다고 한다. 천도(天道)도 시대와 사람에 따라 잘해주고 못해줌이 있는가? 어떤 때는 군사를 일으키면(즉 전쟁을 하면) 비가 내리고 (어떤 때는) (중요한) 소송을 결정하면 비가 내리는데 (이것은) 또한 무슨 이유인가?

초목(草木)의 꽃은 (그 잎이) 대부분 다섯이란 수로 이루어져 있는데 눈꽃만 유독 여섯으로 되어 있는 것은 무슨 이유인가? 와설(臥雪)·입설(立雪)·영빈(迎賓)·방우(訪友)의 고사를 또한 일일이 말할 수 있겠는가? 우박[雹]은 서리도 아니고 눈도 아닌데, 어떤 기가 모여서 된 것인가? 혹은 말머리만 하고 혹은 계란만 한 것이 내려 사람과 조수를 죽인 사건은 또한 어느 시대에 있었는가?

하늘이 만상(萬象)[856]에 대해 각기 그 기(氣)가 있어 (만상이) 이루어지는 것인가? (그렇지 않으면) 일기(一氣)가 유행하는데 (그것이) 흩어져서 만상이 되는 것인가? 만일 혹 변고가 발생한다면 (그것은) 하늘이 (정상적인 규칙을) 어겨서 이루어진 것인가? 인사(人事)[857]가 잘못되어 그런 것인가? 무슨 까닭으로 해와 달에는 일식과 월식이 없고, 별들은 궤도를 이탈하지

---

855) 남월(南越): 중국 고대의 남월국(南越國)을 지칭한다. 대략 현재의 광동·광서 일대를 지칭한다. 즉 중국의 남부지방을 말한다.

856) 만상(萬象): 만물을 말한다.

857) 인사(人事): 사람의 일을 말한다. 예를 들면 폭정과 같은 사항들이다.

않으며, 우레가 쳐도 (사람이나 만물에) 벼락이 치지 않고, 서리가 여름에 떨어지지 않고, 눈이 내려도 설해(雪害)가 되지 않고, 우박이 내려도 재앙이 되지 않으며, 광풍도 없고 장마도 없어 각기 그 순서에 따라 발생하여 끝내 천지가 제대로 자리 잡고 만물이 양육되는가? (또) 그 방법은 무엇에 연유하는가?

제생(諸生)은 경전과 역사에 널리 통달하였을 것이니 반드시 이에 대해 말할 수 있는 사람이 있을 것이다. 각자 자세히 진술해 보시오!858)

답변

저는 일개 포의(布衣)로서 보잘 것 없이 가난한 형편에[圭竇]859) 일찍이 천도(天道)를 강론한 적이 있어 (천도에 대해) 약간 이해하고 마음으로 통한 것이 있습니다. 오늘 밝게 질문을 하여 자세한 답안을 요구하시니 어리석지만 감히 입을 다물어 널리 답을 구하는 바람을 저버릴 수 있겠습니까!

저는 다음과 같이 생각합니다. 음양은 동일한 이(理)를 가지고 있고, 위와 아래는 동일한 기(氣)를 가지고 있습니다. 이(理)가 동일하기 때문에 이가 있는 곳은 (어디라도 그 이가) 조금의 차이도 없습니다. 기(氣)가 동일하기 때문에 기가 있는 곳이 어찌 이것과 저것의 다름이 있겠습니까? 그러므로 물상(物象)860)의 분명하게 드러난 것들은 참으로 이(理)에 근본을 두는 것이니, 그 이(理)가 되는 것에는 반드시 주장하는 것이 있습니다. 사응(事應)861)의 현저한 것들은 반드시 기(氣)에 말미암는데 그 기가 되는 것에는 또한 주재(主宰)하는 것이 있습니다. 이와 같으니 천지의 운행에 어느 것이 이와 기가 아닌 것이 있겠습니까? 그러나 그 이기(理氣)의 운행이라는 것이 또한 인사(人事)의 득실(得失)에 말미암습니다. 그러므로 (천지운행의) 빽빽하게 나열되어 드러나 있는 것이 비록 사람과 관련이 없어 보이지만, 그 길흉화복이 하늘에 나타난 것862)이 또한 인사(人事)가 어떠한지에 말미암지 않은 것이 없습니다. 왜

---

858) 이 문제는 본래 명종 13년 문과의 책문 즉 시험문제이다. 이 시험문제에 대한 명답안이 바로 율곡의 천도책이다. 본 문집에 보이는 문제는 명종시 문제와 극히 사소한 문자의 출입이 존재하나 내용상 동일하다.

859) 규두(圭竇): 미천한 사람이 사는 작은 집을 말한다. 『춘추좌씨전』 양공(襄公) 10년 조에, "보잘것없는 집에 사는 미천한 사람이 모두 윗사람을 능멸하니 윗사람 신분이 되기 어렵다." 하였다.

860) 물상(物象): 만물 만상을 말한다.

861) 사응(事應): 일과 대처라는 의미이나 일반적으로 넓은 의미의 인간의 생활을 지칭한다.

그러겠습니까? 천지와 만물은 본래 나와 한 몸입니다. 그래서 나의 마음이 올바르면 천지의 마음도 올바르게 되고, 나의 기(氣)가 순조로우면 천지의 기도 순조롭게 되는 것입니다. 그렇다면 별들이 경위(經緯)를 이루는 것이나 주야에 속도를 달리하는 것이 비록 하는 것이 없으면서도 그런 듯이 보이지만 그 경위가 되는 이유와 속도가 다른 이유를 궁구해보면 모두 그렇게 하는 이(理)가 있는 것입니다. 더욱이 바람과 구름과 비와 이슬이 기(氣)가 된 것이 어찌 아무 출발처도 없고 감응도 없다고 할 수 있겠습니까? 반드시 인사가 제대로 수행되었는지의 여부에 따라 천도가 따라서 변화되는 것입니다.

이런 이유로 이기(理氣)를 잘 볼 수 있는 사람은 이기(理氣)를 하늘의 일이라고 (여겨 도외시하여) 던져두지 않고 반드시 인사(人事)에서 구하여서, 한 가지 물상의 변동을 살펴 한 가지 인사(人事)의 잘못을 알고, 한 인사(人事)의 잘못을 근심하여 한 사물의 변화가 있을 것을 경계하며 천지의 이기를 미루어 (내) 도내(度內)[863]의 이기(理氣)로 삼아, 중화(中和)와 성경(誠敬)의 공효를 지극하게 하여 (천지의 조화를) 도와 (천지와 만물을) 자리 잡고 자라나게 하는 효과에 최선을 다합니다. 그러므로 (이렇게 하면) 마음과 하늘이 합해지게 되고 덕과 이(理)가 순조롭게 되어 화기(和氣)가 가득 쌓이게 되며 상서로운 조짐이 여기저기서 한꺼번에 모여 들게 되면 결국 천지는 화평하고 만물과 만민은 자기의 본성을 이루게 될 것입니다.

만일 경천(敬天)의 요점에 어둡고 치화(致和)의 근본을 몰라서 마음이 올바르지 못하고 기(氣)가 화평(和平)하지 못하면 천심(天心)이 어그러져서 비정상적인 기(氣)가 화기(和氣)를 손상하여 (천지만물을) 화육(化育)할 수 없을 뿐만 아니라 장차 또한 재난을 불러오게 되어 결국 멸망하게 될 것입니다. 정녕 이와 같다면 후대에 경륜의 책임을 담당하여 만민의 위의 자리에 앉아있을 사람이, 어찌 사람에게 있어서의 도를 다하여 천지에 세워도 잘못되지 않도록 최선을 다하지 않을 수 있겠습니까?

---

862) 원문은 "其其禎祥妖孼之見於天者之見於天者"이다. 『중용』에 "國家將興, 必有禎祥; 國家將亡, 必有妖孼"이란 말이 있다. 국가가 잘 되려고 할 때에는 반드시 좋은 조짐이 있고 국가가 망하려 할 때에는 반드시 나쁜 조짐이 있다는 의미이다. 위의 글의 의미는 하늘에 나타난 길흉화복의 조짐을 의미한다.

863) 도내(度內): '외시하다'라고 말할 때 도외(度外)의 반의어이다. 즉 자기 한도 이내라는 의미이다. 이 구절의 의미는 다음과 같다. 이기를 하늘의 일이니 나와 상관없다고 여기지 않고 나의 일이라 여겨 인사에 최선을 다해야 한다는 주장이다.

집사께서 내려 주신 문제에 근거하여 아뢰도록 하겠습니다. 번갈아 나타나고 돌아가며 빛을 내어 음(陰)이 되고 양(陽)이 되는 (가운데 가장) 정미로운 것은 해[日]와 달[月]입니다. 낮과 밤에 빠르기도 하고 느리기도 하여 (속도가 다른 것은) 비록 그 이유를 헤아릴 수는 없지만 그 느리게 하는 것과 빠르게 하는 것은 그렇게 (되도록) 시키는 것이 있을 것이니, (그렇다면) 반드시 이기(理氣)가 있어 그것을 주관하는 것입니다. 혹 (해와 달이) 함께 나오기도 하고 혹 (일식과 월식 같은) 먹음 현상이 생기는 것은 또한 아마도 이기(理氣)가 감응한 것이 순조롭지 않아 그런 것이 아니겠습니까? 오행(五行)에 대해서는, 각기 그에 해당하는 별이 있어 경(經)이 되고 28수가 위(緯)가 되었으니 그 이(理)가 된 것을 고찰해 볼 수 있습니다. 그리고 성신(星辰)[864]이 (비록) 멀리 있지만 그 (과거의) 궤적을 탐구한다면 천년(뒤나 앞의) 지일(至日)[865]을 알 수가 있으니 어찌 경위(經緯)의 이(理)를 의심할 수 있겠습니까? 경성(景星)은 별 가운데 상서로운 것이며, 혜성(彗星)은 별 가운데 요사스러운 것입니다.[866] (그래서) 하나는 옹희(雍熙)[867]에 보였고 하나는 쇠란한 시대에 나타나니 천심(天心)이 재앙을 내리거나 상서로움을 내리는 것을 알 수 있습니다.

만물의 정기가 올라가 열성(列星)[868]이 된다는 것은 비록 근거가 되는 것은 없으나 이치를 궁리하는 군자가 이치 밖의 말로써 추측할 수 없다고 버려둔다면, 비록 천도를 듣지 못한 사람이라도 참으로 그 이치를 연구하면 아마 터득할 수 있게 될 것입니다.[869]

바람[風]이란 것은 형태가 없는 것에서 나와 소리가 있는 것입니다. 진(震)에서 시작하여 곤(坤)으로 들어가니[870] 바람의 이치도 알 수가 있습니다. 바람이 불어도 나뭇가지조차 울리

---

864) 성신(星辰): 일월성신의 의미로, 하늘에 있는 모든 별들을 지칭한다.

865) 지일(至日): 동지 하지와 같은 날들.

866) 상서롭다는 것은 세상에 좋은 일이 있을 때 나타난다는 의미이고, 요사하다는 것은 나쁜 일이 있을 때 등장한다는 것이다.

867) 옹희(雍熙): 모든 백성이 부유하고 즐거운 상태를 말한다. 즉 태평성대를 지칭한다.

868) 열성(列星): 하늘에 나열되어 있는 별들.

869) 이 부분의 원문은 다음과 같다. "物精上而爲列星者, 雖無所據, 然窮理君子, 亦可以理外之說, 委之於不可推之地, 則雖未聞天道者, 苟考究其理, 庶乎其有得也." 단지 글자 판독에 문제가 있는 것인지 글 내용이 순조롭지 않다. 여기에서 "이치를 궁구한 군자도 터무니없는 주장으로 여기어 추리할 수 없는 영역으로 치부하였다."는 것은 율곡을 지칭하는 듯하다. 대략적으로 이것은 근거가 없으며 선유도 받아들이지 않았으니 천도를 제대로 모르는 사람도 이치를 따져보면 그럴 것이란 것을 알 수 있다는 정도의 의미일 것이다.

870) 바람이 진방 즉 동방에서 시작하여 곤방 즉 서남방으로 들어간다는 의미일 것이다.

지 못하는 것은 바람이 순(順)한 것이고, 나무를 부러뜨리고 집을 부수는 것은 바람이 역(逆)한 것입니다. 바람이 순한지 역한지를 근거로 하여 당시 상황이 다스려진 것인지 어지러운 것인지를 또한 알 수가 있습니다. 소녀풍과 구모풍은 일기(一氣)가 어긋나거나 순조로워서 그렇게 되지 않은 것이 없습니다. 산천(山川)에서 증발하여 위로 창천(蒼天)에 도달한 것이 구름이니 (증발한 것이) 흩어져서 떠 있는 것인데 그 색이 다섯 종류입니다. 황색은 풍년의 조짐이고 검은 색은 수재의 조짐이고 푸른색은 병충해의 조짐입니다. 흰색은 죽음과 상사(喪事)이고 붉은 색은 전쟁의 조짐이니, 또한 기에 의해 변형된 것이고 그 형태에 의해 조짐을 보이지 않는 것이 없으니 그 감응이 또한 영험합니다. (구름이) 뭉쳐있고 흩어져 있는 것은 또 그 화기(和氣)에 근거하여 변화되어 이루어진 것입니다.

안개에 대해 말씀 드리면, 이것 또한 산천(山川)의 기(氣)에 의해 발생한 것입니다. 그 색에도 푸른 것과 붉은 것의 차이가 있는데 옛 사람들에 의하면 일부는 전쟁이니 재앙의 조짐이 있다는 주장도 있습니다. 이것도 오색구름과 같은 종류가 아닐까 합니다. (임금에게) 총애를 받은 외척(外戚)이 동일한 날 다섯 명이나 후작(侯爵)에 봉해지자[871] 누런 안개가 사방에 가득했었고, 처음 생각이 갑자기 바뀌어 방자한 욕망이 생겨나자 큰 안개가 밤새도록 끼었었습니다. 이와 같은 것은 안개라는 것이 비록 순식간에 모였다 흩어져서 집중되고 퍼지는 것이 일정함이 없지만 재앙을 보여주고 경각심을 주는 의미는 지극하다고 말할 수 있을 것입니다.

양기가 안에 있어 나가지 못하면 뇌정벽력(雷霆霹靂)이 됩니다. 강렬한 빛과 커다란 소리는 비록 그것을 그렇게 하는 자를 분명하게 지목할 수는 없지만 그 이유도 일기(一氣)가 하지 않는 것이 없습니다. (이 중) 사람에게 벼락치고 물건에 벼락을 치는 것에 대해서는 선유(先儒)의 주장도 동일하지 않습니다. 어떤 주장에 의하면, 죄악을 징벌한다고 하고, 또 어떤 주장에 의하면 음양의 기가 그 사이에 주유하면서 우연히 그에 걸리는 것이라 합니다. 그 주장이 여러 가지여서 어리석은 저는 그것을 인용하여 일괄하여 설명할 수 없습니다.

가을[秋]은 형벌을 주관하는 계절이고 서리[霜]는 사물을 죽입니다. 봄[春]은 낳아 기르는 때이고 이슬[露]은 사물을 윤택하게 합니다. 이 또한 일기(一氣)가 유행하는데 인의(仁義)

---

871) 한(漢) 성제(成帝)는 같은 날 특별한 공로도 없는 자기의 외삼촌 다섯 명에게 후작을 주었다. 당시 사람들이 이것을 "일일오후(一日五候)"라고 부르며 풍자하였다. 여기에서는 이 사건을 지칭한다.

에 근거를 두어 생하게 하기도 하고 죽이기도 하여 (당연한) 이치를 어긋나지 않는 것입니다.872) 남월은 따뜻한 지역입니다. 그런데도 한 여름에 서리가 내리는 것은 혹독한 변고입니다. 반드시 그 당시에 (하늘이 위정자에게) 경고하는 것이 있었을 것입니다.

구름으로부터 내리는 것이 비입니다. 그런데 혹은 구름만 빽빽하게 있고 비가 내리지 않는 것은 음이 양보다 먼저 있어 양이 주도 작용을 하지 못하기 때문에 그 기(氣)가 화합이 되지 않아 그런 것입니다. 비가 오기를 바라면 비가 내린 것은 신농(神農) 때이고, (일 년에) 36회의 비가 내린 것은 태평성대의 기상입니다. 하늘이 어찌 사적으로 도와주어 그렇게 하겠습니까? 또 사람이 해야 할 일을 잘하고 있는지를 보아 상서로움으로 보여 준 것에 지나지 않습니다. 문죄(問罪)를 하며 군사를 일으키자 단비가 상쾌하게 내렸고, 억울한 재판이 해결되자 (가뭄에) 비가 내려 (만물을) 흠뻑 적셨습니다. 그러니 그 감응의 이치도 알 수가 있습니다.

초목의 꽃을 보면 그 잎이 대부분 다섯인데 유독 눈꽃만 여섯인 이유는 어찌 5는 양수이고 6은 음수이어서 그런 것이 아니겠습니까? 눈에 누웠던 원안(袁安)873)과 눈에 서 있던 양유(楊遊)874), 원보(元甫)가 손님을 맞이하고875), 자유(子猷)가 친구를 방문하였는데876), 어떤 것

---

872) 인의에서 인은 살리는 덕이 있고 의는 죽이는 기능이 있다. 즉 봄은 인에 해당하고 가을은 의에 배당된다.

873) 원안(袁安): 동한 시기의 정치가. 그가 벼슬하기 이전 어느 해 대설이 내렸다. 당시 현령이 민간시찰을 나가서 민정을 살펴보게 되었다. 대부분 집 앞의 눈을 치우고 먹고 살 궁리를 하거나 어떤 사람은 동냥을 다니곤 하였다. 그런데 원안의 집 앞에 이르자 문 앞의 눈도 치워지지 않았고 출입한 흔적도 없었다. 현령은 집 안의 사람들이 얼어 죽었으리라고 생각하여 관원을 시켜 눈을 치우고 집안으로 들어가자 원안이 꽁꽁 얼어 있었는데 아직 죽지 않았다. 왜 나오지 않았느냐고 물으니, "이런 때 모든 사람이 살기 어려운데 다른 사람에게 신세를 지고 싶지 않아서 그랬다."라는 대답을 들었다. 현령은 그를 덕이 있는 사람이라 여겨 효렴으로 천거하였다.

874) 일반적으로 정문입설(程門立雪)이라고 하는 고사이다. 양유(楊遊)는 정문고제인 양시(楊時)와 유작(遊酢)를 말한다. 이 둘이 이천선생에게 글을 배울 적에 선생님이 계신 곳을 찾아갔는데 선생님이 졸고 계셔서 밖에서 깨기를 기다렸는데 마침 눈이 왔는데 그럼에도 계속 눈 속에 서 있었다고 한다. 이천선생이 깨어나 이를 보고 놀라고 감동하여 더욱 열심히 교학을 하였다고 한다.

875) 원문은 "元甫之迎賓"이라 되어 있으나 "元寶之迎賓"의 오기이다. 이것은 난한회(暖寒會) 고사를 말한다. 당나라 거부였던 왕원보(王元寶)는 겨울날 대설이 내릴 때에는 집안의 종을 시켜 집으로부터 골목의 눈을 치워 길을 내고 몸소 마을 골목 어귀에서 서서 빈객에게 예를 갖추고 맞아 들였다고 한다. 집에는 술과 안주를 갖추어 추위를 따뜻하게 보낼 수 있게 하였다고 한다. 이 모임을 난한회라 한다.

876) 자유(子猷): 왕희지의 자(字)이다. 왕희지가 산음에 있을 적에 잠을 자고 깨어보니 온 세계에 하얀 눈이 내려 있었다. 술을 마시고 시를 읊다가 대안도가 생각이 나서 배를 타고 찾아가다가 문 앞에서 돌아왔다. 사람들이 그 이유를 묻자 "흥이 일어 갔다가 흥이 다해 돌아왔다. 굳이 대안도를 볼 필요가 있는가?[吾本乘興而行,

은 사람에게 구하지 않는 것이고 어떤 것은 스승에게 도를 질문하는 것이니, 그 친구를 만나고 홍을 구하는 것은 생각해 보면 알 수 있습니다. 서리도 아니고 눈도 아닌 것이 바로 우박입니다. 이것은 잘못된 기운이 모인 것입니다. 그래서 성인은 커다란 변고로 여겼습니다. 한(漢)나라 무제(武帝) 때에 말머리만 한 우박이 내렸고 선제(宣帝) 때에 계란만 한 것이 내려서 사람과 조수(鳥獸)를 죽인 일이 있었으니, 이것도 어찌 당시 인군의 잘못에 인하여 (하늘이) 경고를 내려준 것이 아니겠습니까?

아! 하늘과 땅 사이에 만물의 변화가 무궁한데 (만일) 이기(理氣)로써 추론하지 않는다면 그 논의가 근거가 없어져서 결국 불분명하고 어둡게 될 것입니다. 이런 이유로 성인(聖人)께서 천지가 (만물을) 덮고 실어주는 것과 만물이 변화가 발생하고 혼란해지는 것을 이기(理氣)의 사이에 추론하지 않는 것이 없는 것입니다. 그렇다면 앞에서 말한 것들은 혹은 이기가 올바르고 순조로운 것이며 어떤 것은 이기가 어긋나고 거스르는 것입니다. 그런데 그 올바르고 거스르는 것은 또한 아래에 있는 사람들의 일이 잘되고 못된 것에 달려 있습니다. 그렇다면 일월성신(日月星辰)과 풍뢰상박(風雷霜雹)이 절도를 지키게 하는 방법은 어디에 있겠습니까? 반드시 나의 마음을 올바르게 하고 나의 기(氣)를 화평하게 하여 (나의) 화순(和順)한 기가 (우리를) 덮고 있는 하늘에까지 무럭무럭 올라가 도달하게 한다면 천심(天心)도 이에 따라 올바르게 될 것이고 천기(天氣)도 이에 따라 화평하게 될 것입니다. (그렇게 되면) 천지를 제대로 자리 잡고 만물을 양육하는 것에 또 무슨 어려움이 있겠습니까? 그러니 저 천지를 바로 자리매김하고 만물을 양육하는 근본은 자잘한 일에 있는 것이 아니라 단지 인도(人道)를 충분히 다하는데 달려 있을 뿐입니다. 대저 하늘과 사람은 동일한 이(理)이고 드러난 것과 은미한 것은 간격이 없습니다. 어찌 인사(人事)를 다하였는데 하늘이 반응하지 않겠습니까? 이와 같다면 (자기의) 마음을 바르게 한 사람은 하늘의 근본도 바르게 할 수 있는데 (그 자기의) 마음을 바르게 하는 요점은 정성을 다하는데 있을 따름입니다. 그러므로 전(傳)[877]에 "천하의 지극한 정성만이 천지의 화육을 알 수 있다."[878]라고 한 것이니, 이것이야말로 만고의 우

興盡而返, 何必見戴?]"라고 하는 전고가 있다.
877) 전(傳):『중용』을 지칭한다.
878)『중용장구』에 "오직 천하에 지극히 성실한 사람이어야 본성을 다할 수 있으니, 본성을 다하면 사람의 본성

뚝한 방책입니다.

　어리석은 제가 답안지의 끝에 몇 말씀 올리고자 합니다. 저는 다음과 같이 들었습니다. 도가 만물의 이치에 흩어져 있는 것은 비록 (모든 곳에) 광범위하게 존재하지만 형태가 보이지 않습니다. 그러므로 도(道) 가운데 어떤 일은 비록 어리석은 부부라 하더라도 알 수가 있지만, 그 지극한 것은 성인도 모르는 것이 있습니다. 그렇다면 학자가 격물치지의 공부 없이 제멋대로 거대한 천도를 논한다면 이것은 주제를 넘는 공부와 유사하지 않겠습니까? 그러나 참으로 지성(至誠)의 덕이 있다면 지성(至誠)의 도를 알 수가 있습니다. 그러므로 "천지의 도는 한 마디로 말할 수가 있다."879)라고 하였으니, 이른바 한 마디 말이란 성(誠)입니다. 참으로 진실 무망한 경지를 실천하여 그 효과를 극대화하면 천하를 내 마음[方寸]에 넣을 수 있어서 모든 복잡다단한 만물의 이치를 다 파악할 수 있습니다. 하물며 일기(一氣)의 순역(順逆)이며 재앙과 상스러움의 다른 자취 등은 단지 논변 중의 작은 주제들일 뿐입니다.

　저는 위에서 열거한 이유로 천도(天道)의 운행은 모두 이기에서 말미암는 것이고 이기의 화평함과 화평하지 못함은 그 원인이 인도(人道)의 득실(得失)에 근원한다고 주장합니다. 엎드려 바라건대, 집사께서는 채택해 주시기 바랍니다.

　삼가 위와 같이 답안을 올립니다.

　을 다하게 할 수 있고 사람의 본성을 다하면 물건의 본성을 다하게 할 수 있고 물건의 본성을 다하면 천지의 화육(化育)을 도울 수 있고 천지의 화육을 도우면 천지에 참여할 수 있다.[惟天下至誠 爲能盡其性, 能盡其性, 則能盡人之性, 能盡人之性, 則能盡物之性, 能盡物之性, 則可以贊天地之化育, 可以贊天地之化育, 則可以與天地參矣.] 라고 하는 구절이 있다.
879) 『중용장구』 "천지의 도는 한 마디 말로 다할 수 있으니, 그 물건 됨이 변치 않는다. 그리하여 물건을 냄이 측량할 수 없는 것이다.[天地之道, 可一言而盡也. 其爲物不貳, 則其生物不測.]"라고 한 구절이 있다.

조수솔성

문제

조수는 성(性)을 따르고 우리 사람은 성(性)을 지키지 못한다.

하늘이 만물을 창조하였지만 유독 사람만이 사덕(四德)이란 성(性)[880]을 품수 받아 오륜(五倫)[881]이란 품목(品目)을 갖추고 있으니 인간의 지각능력이 참으로 (다른) 사물들과 다르다. 그런데도 자기가 받아 가지고 있는 천성을 온전히 발휘하지 못하기도 한다. 비록 지각이 있기는 하지만 (지각이 발달하지 못하여) 꿈틀거리며 편벽되거나 막혀있는 것은 사물[882]이다. 그런데 간혹 사물의 타고난 법칙의 일단을 능히 알기도 하는데 그 이유는 무엇인가?

그 한두 가지(의 예)를 들어 말을 해 보겠다. 개미나 벌떼는 군신의 도리가 엄격하여 의(義)가 있으며, 저구(雎鳩)[883]는 부부 사이가 친밀하여 구별(別)이 있으며, 까마귀는 부모를 봉양하니 보답하는 덕이며, 거위는 자기 어미를 곡할 적에 슬픔을 다하며, (다른 고양이의 새끼를) 젖을 먹여 키우는 것[884]은 환란(患亂)을 당하여 서로 돕는 것과 유사하다. 말을 할 줄 아는 닭은 친구 간에 강습을 하는 것과 비슷하다. 이런 것은 고유한 천성에서 연유하여 (밖에서) 감동[885]이 없어도 그러한 것인가?

더 나아가, 역적을 때린 원숭이와 절을 하지 않은 코끼리는 모두 주인을 사랑하는 의(義)가 있는 것이고, 뱀이 수후(隋侯)에 대한 것[886]과 거북이가 모보(毛寶)에 대한 것[887]은 참으로

---

880) 성(性): 인의예지를 말한다.
881) 오륜(五倫): 인간이 지켜야 할 윤리인 부자유친(父子有親)·군신유의(君臣有義)·부부유별(夫婦有別)·장유유서(長幼有序)·붕우유신(朋友有信)을 말한다.
882) 사물: 여기서는 주로 동물을 지칭한다.
883) 저구(雎鳩): 강이나 호수에 사는 새로 부부 사이의 금슬이 좋다고 한다.
884) 원문은 '相乳之貓'이다. 고양이가 다른 고양이의 새끼를 젖을 먹여 키운다는 의미로 한유(韓愈)의 「묘상유(貓相乳)」에 보이는 내용이다. 어떤 고양이가 새끼를 두고 죽자 다른 고양이가 이 아기 고양이에게 젖을 먹이는 등의 방식으로 키운다는 것이 대략의 내용이다.
885) 학습 등 외부적인 자극을 말한다.

은혜를 갚은 정성을 다한 것이다. 슬피 울면서 무덤에서 죽은 것은 실을 매준 제비[888]이고, 꼬리에 적셔서 불을 끈 것은 주인을 구한 개이다. 이런 사건은 비록 사람들에 감동을 받아 벌어진 일이나 또한 어찌 품부된 좋은 성품이 없이 그럴 수 있겠는가?

미물도 그러한데 사람 중에 미물만도 못한 자가 있으니, 태강(太康)을 막아서 돌아오지 못하게 한 하(夏)나라의 예(羿)[889]가 있고, 평제(平帝)를 짐주(鴆酒)[890]로 독살하고 끝내 그 (왕위를) 찬탈하는 일을 감행한 한(漢)나라의 왕망(王莽)[891]이 있었으니 군신(君臣)의 의리가 어디에 있는가? 아버지를 죽이고 스스로 왕위에 오른 양광(楊廣)[892]은 천성에 있는 부자지친(父子之親)을 해쳐서 한 것이고, 아내를 죽여 장군이 되기를 구한 오기(吳起)[893]는 인륜(人倫)

---

886) 이것은 중국의 고대에 전래되던 이야기로 조금씩 다른 여러 형태가 있다. 대략적인 내용은 다음과 같다. 한 나라 때 제후인 수후(隨侯)가 외국으로 출장을 나가는데 뜨거운 모래밭에서 한 마리의 뱀이 상처를 입어 피가 흐르는 채로 괴롭게 뒹굴고 있는 것을 발견하고 측은하게 여겨 급히 약을 발라 치유를 해 준 뒤에 가지고 있던 지팡이로 뱀을 몰아 물가로 가도록 하고 기력을 회복하여 도망을 갈 수 있도록 해 주었다. 수후가 돌아올 적에 다시 그 길을 지나게 되었는데 저번의 그 뱀을 다시 만나게 되었더니 그 뱀은 입에 커다란 구슬을 물고 있었다. 뱀이 은혜를 갚으려는 의도는 알았으나 그 구슬을 받지 않았다. 그날 밤 꿈에 자기 발밑에 뱀이 있는 꿈을 꾸어 놀라 일어나 보니 머리 옆에 커다란 야광주가 있어 전체 방을 밝게 비추고 있었다. 이것을 세상에서는 '수후보주(隨侯寶珠)'라 한다.
887) 이것도 중국 고대의 전설로 여러 유형의 이야기가 있다. 대략 다음과 같다. 진(晉)나라의 모보(毛寶)가 젊을 적 어느 날 강가에서 어부가 한 마리 하얀 거북이를 잡은 것을 보고 사서 강에다 방생을 하였다. 후일 모보가 예주자사가 되어 주성(邾城)을 지키게 되었는데 전쟁이 발생하여 패배하였다. 도주를 하다 강에 뛰어 들었는데 발밑에 무엇인가 딱딱한 물건이 느껴졌다. 그것을 타고 강가로 갔다. 강가에 올라가 돌아보니 옛날 방생을 해 주었던 하얀 거북이었다.
888) 남조 때 송(宋) 말엽, 창가(娼家)의 딸인 요옥경(姚玉京)은 과부가 되어 절개를 지키며 시부모를 모시고 있었는데, 언제나 한 쌍의 제비가 와서 집을 짓고 살았다. 한 번은 제비 한 마리가 새매에게 잡혀 죽자, 남은 제비가 슬피 울면서 집을 맴돌았다. 가을이 되자 그 제비는 옥경의 팔뚝에 앉아 작별을 고하는 듯하므로 옥경은 붉은 실로 다리를 묶어 주면서 "내년에 다시 오라." 하였는데, 이듬해 과연 다시 왔다. 그 후 옥경이 병들어 죽었는데, 이듬해 제비는 다시 와서 주인을 찾으며 슬피 울므로 집 식구들은 "옥경은 죽었으며 무덤은 남곽(南郭)에 있다." 하였더니, 그 제비가 무덤을 찾아가 따라 죽었다 한다. 『연여분기(燕女墳記)』 참조.
889) 하(夏)나라 임금 태강(太康)이 사냥을 즐기고 노닐면서 백성의 일을 잊어버리자 유궁(有窮)의 임금 예(羿)가 쫓아내었다. 『사기(史記)』.
890) 짐주(鴆酒): 짐새의 털로 담근 술. 사람을 살해하는 일종의 독약.
891) 왕망(王莽): 한나라 효원황후의 생질로, 처음에는 선정을 베풀어 재형(宰衡)이라고 일컬어지기까지 하였으나, 마침내는 평제(平帝)를 시해하고 유자(孺子) 영(嬰)을 세워 섭정을 하면서 가황제(假皇帝)라고 칭하다가, 뒤이어 찬탈하고는 국호를 신(新)이라 하였는데, 재위 15년 만에 광무(光武)의 정벌을 받고 죽임을 당하였다.
892) 양광(楊廣): 수 양제의 성명. 문제의 둘째 아들로 부왕이 병들어 있을 때에 부왕을 폐위시키고 뒤에 문제를 죽이는 등 학정을 하였다.

을 제일 먼저 멸한 자가 되었으며, 종무(鍾巫)가 제사지내고 은공(殷公)을 시해한 것과894), 언(鄢)이라는 땅에서 동생 단(段)을 이긴 것은895) 형제간의 은혜가 어그러진 것이며, 진여(陳餘)가 여록(呂祿)을 죽이고 치죄하자 붕우(朋友)의 도가 망가졌다. (방몽은) 예(羿)의 활 쏘는 기술을 모두 배우고 스승을 죽였으며,896) 구준(寇準)이 정위(丁謂)의 재주를 천거하였는데 뇌주로 좌천되었으니897) 그 배은망덕함이 이처럼 심하다. 어찌 가장 영명하다는 (사람의) 행위가 도리어 (본성이) 편색(偏塞)한 종류인 미물만도 못하는가?

사람이 하늘에서 품부 받은 것이 미물과 다른데도 미물은 도리어 사람이 할 수 없는 것을 할 수 있고 사람은 미물이 할 수 있는 것을 할 수 없으니, 알고 보면 미물이 품수 받은 것이 사람보다 풍부하고 사람이 품수 받은 것은 도리어 미물보다 부족한 것이 있는 것인가? 만물 가운데 유독 이 종류들만 좋은 성(性)을 획득하고 사람들 가운데 한갓 이 사람들만 병이(秉彛 떳떳한 본성)를 품수 받지 못한 것인가? 그렇지 않으면 사람과 미물들이 품수 받은 것은 동일한데 누구는 잘 지켜 잃지 않고 누구는 확충을 할 줄 모르는 것인가?

여러 군자들로부터 사물을 관찰하여 사람에게 돌이켜 보는 이론을 듣고 싶노라.

---

893) 오기(誤起): 전국 시대 초(楚)나라 장수. 노나라가 제나라의 침략을 받았을 적에 오기를 장군으로 임명하고 싶어 했으나 오기의 처가 제나라 사람이라서 의심을 하니, 오기가 잔인하게도 자기의 처를 죽여 결의를 밝히고는 노나라의 장군이 되어 제나라 군대를 대파한 고사가 있다. 『사기(史記)』「손자오기열전(孫子吳起列傳)」.

894) 『좌전(左傳)』 은공(隱公) 11년조에, "은공이 즉위하기 전에 정나라와 싸우다가 체포되니, 정나라 사람이 그를 정나라 대부 윤씨의 집에 가두었다. 그때 은공은 윤씨에게 뇌물을 주고 윤씨네 집을 지키는 신무(神巫)인 종무(鍾巫)에게 빌어 드디어 윤씨와 더불어 노나라로 돌아왔으며, 종무의 사당을 노나라에 세웠다. 은공 11년 11월에 은공은 종무를 제사지내고자 위씨(蔿氏)의 집에서 묵었는데, 휘(翬)가 도적으로 하여금 은공을 위씨의 집에서 죽이고 환공을 세워 위씨를 토벌하였다." 하였다.

895) 『춘추좌전(春秋左傳)』에 의하면, "춘추 시대 정나라 무공의 아들로서 무강(武姜)의 소생에 장공(莊公)과 숙단(叔段)이 있다. 장공이 모친인 무강의 요구에 응하여 숙단에게 경(京) 땅을 주었는데, 그 뒤 숙단이 세력을 확장시키는 것을 보고 신하들이 일찍 도모할 것을 건의했으나 장공이 듣지 않다가, 마침내는 반란 소식을 듣고서 언(鄢) 땅을 정벌하여 괴멸시켰다."라고 한다.

896) 방몽(逢蒙): 방몽이 예(羿)에게 활 쏘는 법을 배웠다. 예의 재주를 다 배우자, 천하에는 오직 예의 솜씨가 저보다 낫다고 생각하고 드디어 예를 죽였다 한다. 『맹자(孟子)』「이루 하(離婁下)」.

897) 구준(寇準)은 송나라 태종·진종 때의 재상으로 봉호는 내공(萊公)이다. 정위(丁謂)는 북송의 간신으로, 자는 공언(公言), 호는 손정(孫丁)이다. 송 진종의 총애를 받고 사공의 지위에 오르고 진국공에 봉해졌다. 진종이 병에 걸려 정위가 권세를 잡자, 구준을 참소하여 뇌주 사호참군(雷州司戶參軍)으로 좌천시켜 결국 그곳에서 죽었다. 뇌주(雷州)는 광동성 해강(海康)의 옛 이름이다.

답변

저는 자사자(子思子)[898]의 다음과 같은 말을 배웠습니다. "하늘이 명한 것을 성(性)이라 하고, 성을 따르는 것을 도(道)라 하고 도를 닦는 것을 교(敎)라고 한다."[899] (이 말에 의거하면) 천지가 존재하면 바로 이 이(理)가 존재하는 것이고, 이 이(理)가 존재하면 바로 이 인물(人物 사람과 사물)이 존재하게 됩니다. 이 이(理)를 근거로 위와 아래에 형상이 생긴 것은 천지(天地)이고, 이 이(理)를 근거로 그 천지의 사이에 천명을 품부 받은 것은 사람과 사물입니다. 그렇다면 천지는 이 이(理)를 근거로 이루어진 것이고 사람과 사물도 이 이(理)를 근거로 이루어진 것입니다. 그 중에서 천지에 형체를 이루게 한 것을 이(理)라 부르고 사람과 사물에 명을 받은 것을 성(性)이라 부르는 것입니다.

그러므로 애초에 명을 해준 근원을 찾아 올라가면 사람과 사물이 동일하게 천지의 성[天地之性]을 얻은 것이나, 기품(氣稟)에 구애되어 (천지지성을) 풍부하게 발휘하거나 인색하게 발휘하는 차이가 있으며, 형질(形質)이 (천지지성을) 가려서 (천지지성과) 통하거나 막히는 다름이 존재합니다. 진실로 사덕(四德)이란 성(性)과 오품(五品)이란 윤리를 온전히 할 수 있는 것은 사람이며 온전히 할 수 없는 것은 사물입니다. (사덕과 오품을 다) 갖출 수 있는 것은 사람이고 갖출 수 없는 것은 사물입니다.

간혹 사람이 능한 사람이 될 수 없어 그 성을 온전히 할 수 없을 수도 있으며, 사물은 능한 사물이 될 수 있어 그 (사물들이) 온전히 할 수 없는 것을 온전히 하는 경우도 있습니다. 사물이 능한 사물이 되어 그 인륜을 갖출 수 있기도 하고, 사람이 능한 사람이 될 수 없어 그 (사람이) 갖출 수 있는 것을 갖추지 못하는 경우도 있습니다. (이런 현상은) 진실로 인성(人性)에는 (하늘에서 타고난) 마음[900]이 있으나 귀와 눈과 코 (등 감각기관)의 욕망이 천명의 성을 해칠 수도 있기 때문이며, 사물은 마음[901]이 없어 천성의 한 부분을 보고 듣고 활동하는 사이에 없어지지 않기 때문입니다. 그래서 욕망이 있어 천리를 해치게 된다면 사람도 사물이 되는

---

898) 자사자(子思子): 자사(子思)에 대한 존칭이다. 자사는 공자의 손자 공급(孔伋)의 자(字)이다. 『중용』의 저자로 알려져 있다.
899) 이 말은 『중용장구』 첫머리에 나온다.
900) 내용상 양심(良心)을 지칭하는 듯하다.
901) 위의 각주와 마찬가지로 양심을 지칭하는 듯하다.

것이고, 욕망이 없어 천성의 한 부분이라도 온전하게 할 수 있다면 (이 부분은) 사물이면서 사람입니다. 참으로 사군자(士君子)는 인물(人物)의 성을 곡진(曲盡)하게 하는데 뜻을 두어 매일 (어떻게) 사물과 윤리를 밝게 관찰할 수 있는지에 대한 학문에 대해 강습하여 인도(人道)가 사물로 돌아가는 것을 부끄럽게 여겨야 할 것입니다.

지금 집사 선생께서 과거 시험 보는 선비들에게 책문(策問)을 하여 궁리(窮理)에 대한 문제를 내시면서 반드시 천명의 성[天命之性]이 사람에 근본을 하여 사물에 미루는 것으로 질문의 조목을 삼아서 (사람과 사물의) 지각(知覺)의 같고 다름을 근거로 자신에게 돌이켜 성을 다할 수 있는 논의를 듣고자 하시니 그 질문이 매우 심오하십니다.

저는 도학(道學)902)에 어둡습니다. 저는 저 자신에 대해서도 흐리멍텅하여 그 깊은 부분들을 아직 궁구해 보지 못하였는데 더욱이 사물에 있는 이(理)에 대해서 한 마디의 말이라도 할 능력이 있겠습니까마는 밝게 내려주신 질문에 근거하여 대략 답을 올리겠습니다.

천성(天性)의 의(義) 중에 군신(君臣)보다 큰 것이 없는데, 벌과 개미의 사회는 군신 관계와 유사한 점이 있습니다. 천성의 예(禮) 가운데 부부보다 큰 것이 없는데, 저구(雎鳩)는 별(別, 부부유별)이 있어 또한 부부유별 하는 데에 가깝습니다. 천리(天理)의 인(仁) 중에 부자(父子)만한 것이 없는데 돌이켜 부모에게 음식을 먹여주어 (그) 덕을 보답하는 까마귀가 있습니다. (부모의 죽음에) 곡하되 그 슬픔을 다하는 것에 거위가 있습니다. 천리(天理)의 인륜에 붕우(朋友)만한 것이 없는데 서로 젖을 먹여 키워주는 고양이는 어려움에 서로 구제해 주는 것이 어떻습니까?903) 말을 할 줄 아는 닭은 강습의 자질이 어떻습니까? 이것은 정말 천성에 본래 있는 것으로서 진실로 집사(執事)께서 말씀하신 "(밖에서) 감응한 것 없이 그러한 것"입니다.

원숭이[黑衣之郎]가 손으로 역적을 친 일904)과, 코끼리[牛身之獸]가 오랑캐에게 절을 하지 않은 것905)은 그 천성(天性)의 의가 구차하지 않아서 그런 것입니다. 털이 없는 미미한 족속도 구슬을 물고와 은혜에 보상하였고, 등껍질을 가진 동물의 우두머리도 (강을 건널 수 있는) 다리 구실을 해 주어 은혜를 갚았으니, 그 천성의 진실됨[誠]은 우연히 그런 것이 아닙니

---

902) 도학(道學): 성리학을 말한다.
903) 붕우지간에 환란이 발생하였을 때 서로 돕는 것과 매우 유사하다는 의미이다.
904) 흑의지랑: 흑의랑은 원숭이의 별칭.『사문유취(事文類聚)』'후(猴)'조「인귀조(人愧猴)」참조.
905) 우신지수:『휘원상주(彙苑詳註)』'상(象)'조「노목불배(努目不拜)」참조.

다. 실을 매고 슬피 운 제비가 무덤에서 죽은 것은 천성(天性)에서 우러나온 예(禮)이니 요씨의 제비입니다. (꼬리에) 물을 적셔 불을 꺼서 주인을 죽음에서 구하여서 천성(天性)의 의(義)를 알 수 있게 하는 것은 양생(楊生)의 개입니다. 이런 것들은 또한 모두 천성(天性)의 고유함에서 근원한 것이니 집사(執事)께서 사람들에게 감동하여 그렇게 되었다고 한 것은 특별히 그 한 가지일 뿐입니다. 그러나 (이런 것들은) 천지의 이(理)로 성(性)을 삼은 것이어서 사람의 이(理)는 사물에 비할 바가 아닙니다. 모든 것이 천지의 기(氣)를 형체로 삼지 않은 것이 없는데 사물의 형체는 사람에 짝할 바가 아니니 우선 사물의 이(理)는 접어 두는 것이 어떠하겠습니까?

다시 분명하게 말씀하신 질문에 근거하여 인사(人事)를 중심으로 자세히 말하겠습니다. (예는) (백성들이 태강의 폭정을) 참을 수 없다는 명분을 빌려 태강(太康)을 막고 하나라를 찬역하였으며, (왕망은) 재형(宰衡)[906]이란 자리에 있었으면서도 한나라 평제(平帝)를 독살하고 한(漢)나라를 빼앗았으니, 예와 왕망의 의(義)에 대해서는 물을 것도 없습니다. (양광은) 서모(庶母)를 도모하고 아버지에게 참화를 입혔으며, (오기는) 장군이 되기 위해 결국 아내를 베어 죽였으니 양광과 오기의 인의에 대해서는 말할 것이 없습니다. 형을 죽이는 모의에 참여하고 악을 키워 동생을 죽였으며, 환공(桓公)이 종무(鍾巫)에 대한 것과 장공(莊公)이 언(鄢) 땅에서 이긴 것은, 지혜의 적이 됨이 지극합니다. 신하는 각기 임금을 위해서 그로 하여금 죽이거나 죽는 일을 만듭니다. 의(義)는 사실상 국가보다 우선하기에 사사로움을 잊고 속이는 것이니 장이(張耳)의 진여(陳餘)[907]에 대해서와 역기(酈寄)의 여록(呂祿)[908]에 대해서는 구차하지 않은 신(信)이 될 수 있습니다. 신하가 되어 임금을 쫓아내는 것은 그 악이 용납될 수 없는 것이니 다른 사람이 나를 도모하는 것은 당연한 것입니다. 현명하지 않은 사람을

---

906) 재형(宰衡): 재형은 재상(宰相)의 이칭으로 은나라의 이윤이 아형(阿衡)이 되었고, 주나라의 주공이 총재(冢宰)가 된 데서 유래하였다.

907) 초(楚)·한(漢) 때에 장이(張耳)와 진여(陳餘)가 처음에는 지극히 친하다가 중간에 원수가 되었는데, 뒤에 장이가 저수(泜水)의 싸움에서 진여의 목을 베었다.

908) 역기(酈寄)는 전한 초의 재상 역상(酈商)의 아들이요, 자는 황(況)이다. 『십팔사략(十八史略)』에 의하면, 한나라의 제2대 혜제(惠帝)가 죽은 다음 여후(呂后)가 여러 여씨(呂氏)를 등용하여 한나라의 황실이 기울어졌는데, 대신 진평(陳平)과 주발(周勃)이 역기를 시켜 군권을 장악한 역기의 친구 여록(呂祿)을 권고해서 거느린 군사를 주발에게 인도하게 하니 여기서 주발 등은 군사력을 발동하여 여씨 일가 및 그 일당을 섬멸하고 한실(漢室)을 회복할 수 있었다.

천거하여 결국 나라를 잘못되게 하여 자신이 그 화를 당하는 것은 단지 자기가 한 행위에 대한 결과입니다. 예(羿)에 대해서는 자세히 말할 필요가 없습니다. 대개 섭공(葉公)의 충장(忠壯)으로도 이 점에 대해 잘 몰랐으니 더할 수 없이 애석합니다. (또) 예를 들면 방몽(逢蒙)의 난폭함909)과 정위(丁謂)의 사악함910)은 또 이를 것이 있겠습니까!

아! 천지(天地)에 형체를 받은 것을 이(理)라 하는데 천지(天理)의 지극한 것이 사덕(四德)보다 더한 것이 없습니다. 인물(人物)에 명(命)한 것을 성(性)이라 하는데 천성(天性)의 큰 것이 오륜보다 더한 것이 없습니다. 덕(德)에는 인의예지신이란 이름이 있고, 윤(倫 윤리)에는 군신·부자·부부·장유·붕우라는 칭호가 있습니다. 그런데 사람이 사람이 될 수 있는 것은 이 덕을 품부 받을 수 있기 때문이며 사람이 갖출 수 있는 것은 (바로) 이 윤리입니다. 사물들은 이 덕을 품부 받을 수 없고 이 윤리를 갖출 수 없습니다.

앞에서 말씀드린 내용에 의거하면, 벌과 개미는 사물이며, 저구새도 사물이며 제비와 거북이에 이르기까지 사물 아닌 것이 없습니다. 엄격한 것은 의(義)와 유사하며 구별을 하는 것은 예(禮)에 가까우며, 덕에 보답하고 슬픔을 다하는 것은 인(仁)이며 근심에 빠진 자를 구휼(救恤)하고 강습을 하는 것은 신(信)입니다. 손으로 때리고 절하지 않은 의(義)와, 구슬을 머금고 교량을 만들어 준 진실[誠]과, 무덤에서 죽은 예(禮)와, 주인을 구한 의(義)라는 것은 모두 사덕(四德)의 결과이고 오륜(五倫)의 단서로서 천성(天性)의 일단(一端)입니다. 뒤에 말씀드린 것에 의거하면, 예(羿)는 사람이며 왕망(王莽)도 사람이며 양광(楊廣)도 사람이며 오기(吳起)도 사람이며 노환(魯桓)도 사람이며 정장(鄭莊)911)도 사람이며 장이(張耳)도 사람이며 역기(酈寄)도 사람이며 방몽과 정위(丁謂)에 이르기까지 모두 사람입니다. 그런데도 (자기) 왕을 막고 하(夏)나라를 찬탈하였고, 임금을 독살하고 한(漢)나라를 빼앗았으니 의(義)의 이(理)가 어디에 있습니까? 서모를 도모하고, 아버지를 죽이며, 장수가 되기 위해 아내를 죽인

---

909) 방몽이 스승에게 활쏘기를 배운 뒤 천하에 자기 스승 이외에 자기보다 활을 잘 쏘는 사람이 없다 여겨서 스승을 살해한 이야기를 말한다.

910) 정위는 북송 시기 사람이다. 언변이 좋으며 시서와 바둑, 음악 등에 정통하였다고 한다. 왕명을 받들어 화재로 소실된 궁궐을 복원하는데 여러 잔꾀를 부려 일을 진행하였으나 후일 발각되어 기군망상의 혐의로 물러나게 된다. 일반적으로 재승박덕(才勝德薄)한 인물의 표본으로 거론된다.

911) 원문에 따라 번역을 하였으나 아마 노장(魯莊)으로 바로 잡아야 할 듯하다. 즉 노장공(魯莊公)의 고사를 말하는 것이다.

것에 인(仁)의 이(理)는 어디에 있습니까? 형[隱公]을 죽이고 동생[鄭 莊公]을 죽인 것은 인(仁)을 해친 일이고, 진여를 죽이고 여록을 속인 것은 신(信)에 구차한 것이 아닙니다. 활쏘기를 가르쳐 준 스승을 해치고, 천거해 준 주인을 폄하하는 불의(不義)는 이른바 사덕(四德)의 성(性)을 품부 받았으면서도 마치 품부 받은 것이 없는 것 같고, 이른바 오품의 윤리를 갖추고 있으면서도 갖추어져 있는 것이 텅 비어 있는 듯한 것이니 천성의 온전함은 (너무) 미약하여 이야기할거리가 없습니다.

종합적으로 살펴보겠습니다. 어찌하여 (사덕을) 품수 받을 수 있는 자가 도리어 성을 따를 수 없고, 품수 받을 수 없는 자가 (성을) 따를 수 있을 수가 있으며, (오륜을) 갖출 수 있는 자는 오히려 인륜을 밝히지 못하고, 갖출 수 없는 자가 인륜을 밝힌 것은 어째서입니까? 이것이 의당 집사(執事)께서 질문하신 (사물은) 사람이 할 수 없는 것을 하는데 (사람은) 사물이 할 수 있는 것을 하지 못한다는 질문일 것입니다. 제가 어리석으나 거듭 생각하여 이 문제에 대해 나름대로 아뢰겠습니다.[912]

하늘은 이 오륜으로 사람에게 명을 내리셨고 또한 이 이(理)로 사람에게 부여하였습니다. 사덕(四德)이란 성(性)과 오품(五品)이란 윤리(倫理)에 대해 살펴보면, 단지 사람만이 (그것을) 완전하게 가질 수 있고 사물은 온전할 수 없으며 오직 사람만이 (그것을) 갖출 수 있으며 사물은 갖출 수 없는 것이니, 하늘이 사람에게만 후하고 사물에 박한 것이 아니며 사람에게 풍부하게 주고 사물에 인색한 것이 아닙니다. 사람은 형기(形氣)의 순수함을 얻어 머리 모양은 하늘을 닮았고 다리 모양은 땅을 닮았으며 눈은 일월(日月)을 닮았으며 언어는 음양(陰陽)을 닮았으니 형기가 (천지와) 통함이 지극한 것이기 때문입니다. 그렇다면 동식물 등 지각이 발달하지 않은 것과 비교할 수가 없는 것이며[913], 이와 같은 형체로 이와 같은 지성(至性)을

---

912) 원문은 우선 "愚雖反復揆度有以容喙於其間也."라 판독된다. 단지 이 중 '復'자는 자형이 불명료하다. 내용상 '雖'도 자연스럽지 않다. '惟'의 오사(誤寫)로 보인다. 우선 그렇게 파악을 하고 해석을 하였다. 그리고 "容喙於其間"은 '이 문제에 대해 논술하겠다.'라는 의미인데 자기를 낮추는 방식으로 표현한 것이다.

913) 원문은 "非橫生蠢然者比"이다. 여기에서 '횡생(橫生)'은 본래 동물을 지칭한다. 그리고 식물은 '도생(倒生)'이라 한다. 왜냐하면 사람은 머리를 위로 두고 있는데 동물들은 옆에 두고 있으며 식물은 아래에 두고 있다고 생각하였기 때문이다. 고대 중국에서는 식물의 뿌리는 사람의 입과 같이 영양분을 흡수하기에 얼굴 부분이 거꾸로 아래에 있다고 생각하였다. '준연(蠢然)'은 지각이 발달하지 못하고 꿈틀거리는 모양을 말한다. 직접적인 것은 동물을 말하는 것이지만 내용상 동식물을 모두 포함하고 있다고 보인다.

품부 받았으니 당연히 갖출 수 있는 것이고 필연적으로 온전할 수 있는 것입니다.

단지 문제가 되는 것은 사람은 마음[心]이 있어 귀, 눈, 입과 같은 감각기관이 하늘이 명해 준 성(性)을 해쳐서 품수 받은 것은 비록 온전하지만 (발현 상에서 보면) 혹 온전하지 않을 수 있고 비록 갖추고 있지만 (실제 상에서 보면) 갖추지 못하고 도리어 사물이 할 수 있는 것을 하지 못하기도 한 것이니 이상할 것이 없습니다. 사물은 마음[心]이 없어 귀며 눈이며 입이며 코의 욕망이 없기 때문에 천성(天性)의 일단(一端)이 보고 듣고 움직이는 사이에 없어지지 않기에 품수 받은 것은 온전하지 않지만 (발현할 적에 어느 부분에서는) 온전할 수도 있으며, 품수 받은 것이 비록 갖추어지지 않았지만 (실제로 어느 때는) 갖추어질 수도 있어 도리어 사람도 하지 못하는 것을 할 수 있는 것이니 이상할 것이 없습니다. 저는 그래서 다음과 같이 주장합니다. "욕망이 활동하여 천성을 해친다면 사람도 사물이 될 수 있고, 욕망이 없어서 천성(天性)의 일단(一端)을 온전하게 한다면 사물도 사람이다." 그렇다면 개미와 벌의 의(義)는 욕망이 없기 때문입니다. 저구의 예(禮)는 욕망이 없기 때문입니다. 까마귀와 거위의 인(仁)은 욕망이 없기 때문입니다. 닭과 고양이의 신(信)은 욕망이 없기 때문입니다. 욕망이 없기에 원숭이와 코끼리의 의(義)가 된 것이며 욕망이 없기에 뱀과 거북이의 진실성[誠]이 된 것이며 욕망이 없기에 죽은 제비의 예(禮)가 된 것이며 욕망이 없기에 주인을 구한 의(義)가 된 것입니다.

아! 욕망이 없어서 (사람이 아닌) 사물도 사람이 할 수 없는 것을 할 수 있으니 무욕(無欲 욕망 없음)의 솔성(率性 성을 따름)에 대한 방법에 더할 나위 없이 좋은 것입니다. 나라를 빼앗고 싶은 욕망에서 예와 왕망의 불의가 된 것이며, 서모를 도모하고자 하고 장수가 되고 싶어 하는 욕망이 있기에 양광과 오기의 불인(不仁)과 불례(不禮)가 있으며 (왕위 계승의) 적장자를 빼앗고 싶은 욕망이 있고914) 왕위를 견고하게 하고자하는 욕망이 있기에 노환공(魯桓公)과 노장공(魯莊公)의 지혜롭지 못함[不智]915)이 된 것입니다. 임금을 위한 죽임도 있고 사사로움을 잊은 속임이 있으니 진여(陳餘)와 역기(酈寄)의 신(信)은 구차하지 않아 혹 무욕

914) 원문은 "有奪敵之欲"이다. 뒤의 내용으로 보아 노환공(魯桓公)이 형을 죽이고 왕위에 오른 것을 지시하는 듯 하다. 그렇다면 원문은 "有奪嫡之欲"으로 되어야 한다. 왜냐하면 적을 빼앗을 것이 아니라 왕위에 오를 정통 성을 빼앗을 것이 되기 때문이다. 전사(傳寫) 중에 발생한 필오(筆誤)일 것이다.

915) 노장공(魯莊公)이 적장자에게 왕위를 물려주지 않음이 결국 왕위를 약화시켜 의도와 달랐음을 말한다. 이것 을 지혜롭지 못한 처사라고 본 것이다.

(無欲)에 가까울 수도 있습니다.

아! 만일 욕심이 있으면 사람이 사물도 할 수 있는 것을 할 수 없기도 하니, 유욕(有欲)은 솔성지도(率性之道 성을 따르는 도)에 심각하게 해를 끼칩니다. 욕심이 있어 사람이 사물이 할 수 있는 것도 하지 못하기도 하고 욕심이 없어 사물이 사람이 하지 못하는 것도 할 수 있으니 이(理)와 욕(欲)의 변별이 중대합니다. 덕성의 존엄함을 온전하게 하는 것도 여기에 달려 있고, 오륜의 요점을 갖추는 것도 여기에 달려 있기 때문입니다.

집사(執事)께서 이것에 대해 질문을 하셨으니 솔성(率性)의 학문에 대해 그 근원을 보신 것입니다. 단지 이른 바 사물에 대해서는 단지 사람이 할 수 없는 것을 할 수 있는 점만 부각하시고 사물이 할 수 없는 것은 들지 않으셨으며, 사람에 대해서는 단지 사물이 할 수 있는데 할 수 없는 점만 부각하시고 사람이 할 수 있는 것을 들지 않으셨습니다. 저는 이에 대해 그 본말을 자세히 논구하여 대략 뜻을 보여 드렸습니다.

요약하면 다음과 같습니다. "사덕의 성을 품부 받은 자는 사람이고, 오품의 인륜을 갖춘 자도 사람입니다. 그럼에도 한번 욕심에 빠진다면 사람은 사람일 수 없어 사물이 할 수 있는 것도 할 수 없습니다. 사덕의 성을 인색하게 품부 받은 것은 사물이고, 오품의 윤리를 편벽되게 받은 것은 사물입니다. 그럼에도 욕심에 얽매이지 않으면 사물은 (훌륭한) 사물이 될 수 있어 사람이 할 수 없는 것도 할 수 있습니다." (이런 질문을 하신 집사께서) (쇠락한) 세도(世道)를 가슴아파하시며 후학을 잘 이끌려 하시는 뜻이 어찌 성대하지 않겠습니까? (『중용』에서 말한) 수도(修道)의 가르침에 대해 누구인들 세상 만물에 대해 분명하게 알고 인륜에 대해 자세히 관찰하여 인(仁)을 실천함에 부자에서 (그 인을) 다 실행하고 의(義)를 하여 군신에서 다하고 예(禮)를 하여 부부에서 다하고 지(智)를 하여 장유(長幼)에서 다하고 신(信)을 하여 붕우(朋友)에서 다하여, 경(敬)으로 시작하고 경(敬)으로 끝을 내어 상하를 일관하고 사물과 나를 통관하며, 겉과 속을 합일하고 안과 밖을 가지런하게 하여, 집사께서 내려 주신 질문에 어긋나지 않아서 우러러 마음을 다하고 사람의 도리를 다하고 사물의 본성을 다하는 교화에 도움이 되기를 바라지 않겠습니까?

아! 삭막한 과거장 빠르게 흐르는 시간 속에서 붓을 들어 모든 이치를 끌어내어 천지·인물(人物)·성명(性命)의 이(理)를 자세히 논구하고자 한다면 또한 억지로 지어내는 것이 아니겠습니까?

　제 입장은 위와 같습니다. 삼가 답안을 올립니다.

인재

질문916)

제목은 다음과 같다.917)

답안

저는 다음과 같이 들었습니다. 세상에 인재가 부족할 때가 없는데도 (인재를) 쓸 적에 항상 요점을 얻지 못할까 근심하게 되고, 현인이 스스로 나가는 도리는 없는데 등용할 적에 항상 공평하지 못함을 걱정합니다. 이것은 다스림에 해를 끼치는 보편적인 근심거리임과 동시에 지금 (정치 현실의) 절실한 폐단입니다.

집사께서 마침 이에 대해 질문을 하시니, 제가 비록 우둔하지만 감히 세상에 대해 울분을 토로하는 글을 진술하여 시대를 구하는 대책문(對策文 답안)을 올리도록 하겠습니다!

저는 다음과 같이 생각합니다. 인군(人君)은 한 몸으로 번거로운 온갖 일을 운용해야 하는데 혼자 처리할 수가 없습니다. 그래서 반드시 한 시대의 인재를 선택하여 함께 다스릴 임무를 부여하는 것입니다. 다스려지고 어지러워지는 것이 인재의 기용에 달려 있게 되니 중대한 일이 아니라고 할 수 있겠습니까? 깊고 깊은 구중궁궐에 살면서 사방의 선비를 오게 하니 (부르는 선비에 대해) 두루 알지 않을 수 없습니다. 그러므로 반드시 널리 등용할 만한 인재에 대해 자문하여 마치 목마른 듯한 정성에 부합되어야 하는데 (그럴 적에) 공(公)과 사(私)는 인재의 등용에 의해 나누어지니 또한 어렵지 않겠습니까? 그래서 자고이래로 천하 국가를 통치하는 사람은 현인을 구하는 것보다 급하게 여긴 것이 없어서 (현인을) 선택하여 기용하는 길을 넓혀 여러 관직을 나열하여918) 천직(天職)을 만들어 주는데, 혹은 미천한 사람을 쓰

---

916) 내용이 없이 단지 이렇게만 되어 있다. 내용을 생략한 것으로 보인다. 뒤의 답안으로 보아 인재선발에 대한 질문일 것이다.
917) 다음 글자는 판독이 되지 않는다. 이것도 내용을 생략한 것일 것이다.

기도 하고 혹은 연결되어 있는 사람을 등용하기도 하고, 혹은 과거 시험을 통해 진입시키기도 하고 혹은 초빙의 방식으로 기용하기도 하여, 아침에 봉황이 우는 상서로움이 있고 푸른 바다에는 버려진 진주가 없다는 탄성이 있어야 다스리는 도가 이루어질 것입니다. 비록 그러하지만 이기심이 일단 발동하면 공도(公道)는 씻은 듯이 사라집니다. 그렇게 되면 부질없이 사람을 등용한다는 이름만 있고 끝내 실질적으로 제대로 된 등용이 없게 됩니다. (그래서) 미천한 곳에서는 등용되는 일이 적은 근심이 있고, 벼슬을 하는 사람은 공로가 없는데도 녹만 받는다는 비난이 많게 되는 것은 그렇게 될 수밖에 없는 것입니다. 참으로 공도(公道)를 행할 수 있어서 그것으로 사람을 등용하는 요점을 삼는다면 쓰이지 않은 인재도 없고 등용되지 않는 현인도 없어서 사람을 기용하는 일이 모두 해결될 것입니다.

　밝게 하신 말씀에 근거하여 말씀을 올리겠습니다. 아! (『서경』의) 요전(堯典)과 순전(舜典)을 읽으면 요순시대의 성대함을 충분히 할 수 있으며, (『서경』의) 「입정편(立政篇)」을 보면 삼대(三代)의 융성함을 볼 수 있으니 참으로 더할 나위가 없었습니다. 이때 이후로 과거를 설치하는 방식으로는 현량(賢良)과 방정(方正)의 선출방식이 있었고, 천거하는 방식에는 명경(明經)과 효렴(孝廉)의 등용이 있었으니 한(漢)나라의 제도는 구비되어 있었다고 할 수 있습니다. 위의(威儀)는 몸가짐을 하는 것이요, 응대는 말로써 하는 것이며, 글씨는 해자를 취하고, 일도양단의 판결에서 시험하였으니 당(唐)나라의 제도는 또한 자세하다고 할 것입니다. (그러나 이것들이) 어찌 모두 삼대시대 (인재를) 등용하여 쓰던 아름다운 뜻에 합치하겠습니까? 그래서 겨우 순수한 선비[가의(賈誼)]만 얻었는데 끝내 강도(江都)에 내치고[919] 곡학아세하는 사람을 등용하였고, 나이 사십이 되지 않아 안연(顔淵)을 모방한 것을 보면 한(漢) 나라의 용인(用人)을 대략 알 수 있으니, 신언(身言)을 닦은 사람을 저버리지 않았던 것입니다. 무릇 문(文)서의 법제를 공교롭게 겉으로 잘 꾸며서 쓰는 자는[920] 혹 아전의 수준에 가까웠

---

918) 원문은 "烈於庶官"이나 의미가 통하지 않는다. '烈'은 '列'의 오사(誤寫)로 보아야 할 것이다.

919) 한 문제 때 가의(賈誼)가 권신의 배척을 받아 장사왕 태부로 좌천되었다. 장사는 동정호 남쪽 상강(湘江) 하류의 동쪽 기슭에 있는 도시이다.

920) 원문은 "夫外飾工於書制者, 或近於刀筆"이다. 여기에서 '서제(書制)'는 과거 시험에 쓰이는 형식적인 글을 의미한다. '도필(刀筆)'은 원래 필기구란 의미이나 여기에서는 '아전' 혹은 '명령에 복종만 하는 관리'를 의미한다. 즉 과거공부에만 치중하다가 과거에 합격하여 관리가 된 사람 중에는 양심이나 기백이 없는 관리가 나올 수 있다는 말이다.

으니 당(唐)나라의 사람을 쓰는 방법은 볼 만한 것이 없습니다. 한 시대의 인재를 모두 쓸 수 없다면 인재를 등용하는 방법이 어찌 공(公)에서 나왔다 하겠습니까? 그렇다면 한당(漢唐) 이후의 일은 참으로 집사에게 번거롭게 설명할 필요가 없을 것입니다.

저는 우선 옛날 제도에 대해서는 간략하게 말하고 지금의 상황에 대해 자세히 말하고자 합니다. 가능하겠지요?

저는 다음과 같이 생각합니다. 우리나라가 역대에 준용하여 함께 베푼 문과(文科)와 무과(武科)는 오히려 그물에 빠진 현인이 있을까 염려하고, 또 오히려 예를 지키는 선비가 누락될까 두려워하였습니다. 문음(門蔭)의 법은 곧 공이 있는 사람의 자손에게 편법으로 대를 이어 녹을 주겠다는 뜻입니다. 보거(保擧)921)라는 방법은 바로 『주관(周官)』922)에서 말하는 능한 사람을 천거하라는 가르침입니다. (이런 가르침은 결국) 한 가지 능력을 가진 사람까지 모두 등용되고 한 가지 기술을 가진 사람까지 모두 수용될 수 있는 것이니 사람을 등용하는 길이 정녕 넓다고 할 수 있습니다. (그러니) 화락한 신하들이 직분에 나열되어 있으며923) 현명한 무리들이 조정에 있어서 많은 인재들이 서로 양보하고 준걸과 빼어난 자들이 업무를 담당하고 있는 것이 당연하여 사람을 등용하는 것이 마치 부잣집에서 재물을 사용하는 것과 같습니다. 직분을 맡으면 삼가는 절도를 다해야 하는 것이니 어찌하여 인재 선발을 위해 평가할 적에 마땅히 쓸 능력이 없음을 괴로워하면서도 (등용된) 관리를 살펴보면 대개 녹만 축내는 용렬한 사람들로서 군주의 은혜가 (위에서) 막혀 나라의 근본924)에 이르지 못하게 하여 (나라가) 나날이 퇴락하는지요? 아! 아마도 공도(公道)가 폐지되어 그런 것인가요? 경연을 할 적에 매번 공도를 사용하라는 주장을 하면서 조금도 사사로움이 없는 말들을 해야 합니다. 사람을 등용하는 방법이 요령을 얻지 못해 그렇다고 할 것인가요? 그렇다면 청렴하고 충실한 사람을 선발하여 조정의 항렬에 있게 하면 사람들이 모두 만족스럽게 여길 것입니다. 그것도 아니면 인사(人事)에는 성쇠(盛衰)가 있어 그렇다고 할 것인가요? 그렇다면 인재(人才)를

---

921) 보거(保擧): 책임을 지고 인재를 추천하는 방식이다. 추천한 인재가 문제가 있을 적에는 연좌의 책임이 있다.
922) 주관(周官): 『주례(周禮)』의 이칭이다.
923) 원문은 "穆穆布烈"이라 되어 있으나 "穆穆布列"로 되어야 한다. 『통감』 등 역사서에 보이는 문구이며 『문선』에는 "穆穆列布"로 되어 있다.
924) 백성을 말한다.

다른 시대에 빌려서 사용하는 것이 아니라는 것은 옛날부터 그런 주장이 있는데 어찌 유독 현재에만 인재가 나오지 않을 수 있겠는지요?

(위에서 설명한) 세 가지 이야기를 근거로 살펴보면, 할 말이 없는데 (판독 불능) 지금의 폐단으로 살펴보면 커다란 차이가 있습니다. 이런 점에서 보면 집사의 질문이 시의적절한 것이며 제가 비분강개하여 아무것도 돌아보지 않고 세상을 바로잡을 방책을 올리는 까닭입니다.

아! 제가 나름대로 오늘날의 공도(公道)에 대해 살펴보니 다음과 같습니다. 청탁이 공공연히 횡행하는데 (인사를 담당하고 있는) 이조(吏曹)에서는 손을 쓸 수가 없습니다. (그래서) 권세가 있으면 (인품과 역량이) 별 볼일 없는 사람도 좋은 벼슬자리로 승진합니다. 이렇게 위로는 천총(天聰)[925]을 속이고 밖으로는 자기의 욕망을 실현합니다. 그러니 공도가 폐지되지 않았다고 말할 수 없습니다. (또) 제가 나름대로 요즘 사람을 등용하는 것을 보니, 한 사람의 칭찬과 비난을 근거로 승진시키거나 물러나게 하며, 한 사람의 은혜와 원한으로 올리기도 하고 내리기도 합니다. 이와 같이 하여 아무개가 현명하고 아무개가 유능하다 하면 사람을 등용하는 방법이 요령을 얻었다고 할 수 있겠습니까? 이와 같은 관습으로 이와 같은 정책을 하면서 도리어 인재(人才)에 고금의 차이가 있다고 핑계를 대니 저는 그 말이 옳은지 알 수가 없습니다.

아! 폐단이 발생함에 이미 그 근원이 있으면 폐단을 구제하는데 어찌 방법이 없겠습니까? 저는 다음과 같이 생각합니다. 오늘날 (현실)을 위한 계책으로 군주께서 마음을 바로잡아 조정의 기강을 바로잡는 것 만한 것이 없습니다. 어진 재상을 임명하여 사방의 근본을 단정하게 하여 염치(廉恥)의 풍속이 진작되고 공도(公道)가 시행되게 할 것이며 선비를 좋아한다는 소문이 퍼져 어진 사람이 흥기하게 해야 할 것입니다. 그렇게 되면 관작이 악덕한 사람에게 이르는 일이 없을 것이며, 부귀한 집안의 자제가 술수를 통해 벼슬하려는 생각을 끊을 것입니다. 관작을 사적으로 친한 사람에게 주지 않고 친인척이 (친인척을 활용하여) 후한 녹봉을 받으려는 마음이 없게 될 것입니다. 그런 연후에 공평 청렴하고 분명하고 지혜로운 사람을 선택하여 (인사를 담당하는) 이조(吏曹)의 임무를 주어 훌륭하고 효제(孝悌)하는 현인을 등용

---

925) 천총(天聰): 군주의 눈과 귀를 말한다.

하시며, (판독 불능) 낮은 벼슬을 가리지 말고 (훌륭한 사람은) 특별 진급시켜 주어서 (시골의) 초택(草澤)에까지 이르게 해 주시기 바랍니다. 그렇게 하면 조정에는 훌륭한 선비가 많고 재야에는 버려진 현인이 없게 되는 성황(盛況)을 진실로 이루기 어렵지 않을 것이니, 또 어찌 함께 다스리는데 마땅한 사람이 없을 것을 근심하게 되겠습니까?

집사의 질문에 대해 제가 앞에서 대략을 진술하였습니다. 답안의 끝 부분에 평소 시사(時事)에 대해 울분을 느꼈던 부분을 진술하겠습니다.

아! 조정이란 선비의 근본이요, 선비란 국가의 근본입니다. 지금 선비들의 습관을 살펴보면 처량한 기러기보다 못하여 비록 논변을 해야 할 일을 만나더라도 조용히 화를 피하고자 하여 직언(直言)을 하려 하지 않습니다. 이런 이유로 고위직에 있는 사람들은 거리낄 바가 없는 것이니 이것이 바로 공도(公道)가 폐지되는 이유입니다. 그래서 뇌물이 공공연히 횡행하고 이기심이 성대해져서 사람을 등용할 적에 이상한 의론이 많이 있고, 제수하고 천거할 적에 마음에 있는 사람을 뜻에 두니 사람을 쓰는 것이 직분을 잃는 것이 이 때문입니다. 현실의 폐단 중에 어느 것이 이것보다 심각하겠습니까? 집사께서 혹 그러하다고 여기신다면 논설의 올곧음과 조정 의론의 정당함에 대해 깊이 집사에게 바라는 바가 있습니다. 저는 별 보잘것 없는 한 선비로서 붓을 놀려 당세의 일에 대해 논하면서 응당 피해야 할 것을 피할 줄을 모르니 참으로 우활함이 되지 않습니까? 집사께서 너그럽게 대해 주시기만 바랍니다.

삼가 위와 같이 답안을 올립니다.

926)이율곡927)이 젊을 때 꿈에서 관청에 들어갔는데 어떤 관리가 문서를 검열하고 있어서 (무엇을 보는지요? 하고) 질문을 하자, 다음과 같이 말하였다. "인간 세상 사람들의 수명의 장단은 모두 여기에 기록되어 있다." (그러고는 다음과 같이) 한 구절을 써주었다. "사향노루가 봄 산을 지나니 풀이 절로 향기롭다." 아마도 율곡 선생이 이 세상에 머무는 것이 사향노루가 산을 지난 것과 같이 (짧은 시간이고) 남기는 것은 (향기로운) 이름뿐임을 말하는 것일 것이다. 공이 돌아가실 때 나이가 겨우 49세이다.928)

가정(嘉靖)929) 경신(庚申)930)년에 어떤 사람이 꿈을 꾸었는데 두 마리 봉황새가 하늘에 날아올랐는데 그 꼬리가 불에 타며 올라갔다. 그해 별시(別試)에서 민덕봉(閔德鳳)931)이 일등을 했고, 구봉령(具鳳齡)932)이 이등을 했고, 정염(丁焰)933)이 삼등을 하였다.

---

926) 이하는 대책문이 아니라 대책문을 적은 책의 끝에 적어놓은 일종의 잡문들이다.

927) 이율곡: 1536~1584. 조선 중기의 유학자이자 정치가인 이이(李珥). 본관은 덕수, 자는 숙헌(叔獻), 호는 율곡(栗谷)·석담(石潭)·우재(愚齋). <동호문답>, <성학집요> 등의 저술을 남겼다. 우리나라의 18대 명현 가운데 한 분으로 문묘에 배향되어 있다.

928) 윤기헌(尹耆獻)이 저술한 『장빈거사호찬(長貧居士胡撰)』에도 이와 같은 내용이 실려 있다. 즉, "율곡 선생이 어려서 꿈에 상제를 뵙고 금으로 된 족자 하나를 받았다. 열어보니, 아래와 같은 시구가 있었다. '용은 새벽 골로 돌아갔으나 구름은 오히려 젖었고, 사향노루는 봄 산을 지나갔으나 풀은 절로 향기롭다.' 이것을 들은 여러 사람들이 기이한 조짐이라 하였다. 선생이 작고한 다음에야 식자들은 비로소 그것이 상서롭지 못한 것임을 알았다. 용이 돌아간다, 사향노루가 지나간다 한 것은 빨리 죽을 조짐이요, 구름이 젖고 풀이 향기롭다 한 것은 그가 남긴 혜택과 이름만이 홀로 남게 될 것을 가리킨 말이다. 대현의 일평생은 하늘이 이미 정한 바가 있으니, 한탄스러울 따름이다."라고 되어 있다.

929) 중국 명나라 세종 때의 연호(1522~1566).

930) 1560년이다.

931) 민덕봉(閔德鳳): 1519~1573. 본관은 여흥, 자는 응소(應韶), 시호는 문장(文莊). 1560년에 별시 문과에서 장원으로 급제하였다. 사헌부의 지평과 헌납 등을 지냈다. 1573년 명나라 사신을 영접하기 위하여 나갔다가 객사(客舍)에서 죽었다.

932) 구봉령(具鳳齡): 1526~1586. 본관은 능성, 자는 경서(景瑞), 호는 백담(柏潭), 시호는 문단(文端). 이황의 문하에 들어가 수학하였다. 대사성, 전라도 관찰사, 충청도 관찰사 등을 지내고 대사성과 대사헌을 거쳐 병조참판 등을 지냈다. 시문에 뛰어나 고봉(高峯)과 비견되었고, 또한 <혼천의기(渾天儀記)>를 짓는 등 천문학에도 조예가 깊었다.

933) 정염(丁焰): 1524~1609. 본관은 창원, 자는 군회(君晦), 호는 만헌(晩軒). 23세 때 정황(丁熿)의 문하에 들어가 수학하였다. 성균관 직강을 거쳐 안성 군수, 광주 목사, 고부 군수를 지냈다. 정여립의 모반 사건을 평난한 공로로 1590년(선조23) 통정대부에 가자(加資)되고 원종공신 1등에 녹선되었다.

만력(萬曆)934) 갑신년(甲申年)935)에 민몽룡(閔夢龍)936)이 꿈을 꾸었다. 대나무 숲에서 호랑이가 뛰어 오르는데 그 꼬리를 잡게 되었다. 그러더니 과연 하위 성적으로 급제를 하고 박호(朴篪)937)가 장원을 하게 되었으니 이상한 일이다.

우리 집에 두 개의 보물이 전해 내려오니

5대토록 자손들이 종풍을 계승하고 있노라.

유명한 조상의 글씨는 마음에 바른 획을 가졌고

부인은 쌍가락지를 낀 흔적이 있다.938)

안방을 바르게 하는 부덕(婦德)은 가숙(家塾)939)을 따르고

나라를 위해 죽는 신하의 충성은 효자 집안에서 나온다.

두 가지 물건940)이 지금까지 전해 내려와 끔찍하게 여기니

---

934) 중국 명나라 신종 때의 연호(1573~1619).

935) 1584년이다.

936) 민몽룡(閔夢龍): 1550~1618. 본관은 여흥. 자는 치운(致雲), 호는 운와(雲窩). 1593년 장령, 이어 병조 참지·예조참의·호조 참판·대사간 등을 역임하고 1606년(선조 39) 예조 판서로 진주사가 되어 명나라에 다녀왔다. 1611년(광해군 3) 경기도 관찰사, 그 후 좌참찬 등을 역임, 뒤에 이조 판서·우의정 등에 임명되었으나 부임하지 않았다. 광해군의 폐모론에 적극 찬동하여 인조반정 후 관작을 주탈(追奪) 당했다.

937) 박호(朴篪): 1567~1592. 조선중기의 문신. 본관은 밀양. 자는 대건(大建). 1584년(선조 17) 친시문과에 장원 급제하였다. 시험관 박순이 어린 나이에 장원이 된 것을 의심하여, 시간을 정하고 운자를 불러 시험하니 즉석에서 시를 지어 그를 놀라게 하였다. 임진왜란이 일어나자, 수찬(修撰)으로 이일(李鎰)의 종사관이 되어 상주에서 싸우다가, 동료 윤섬(尹暹)·이경류(李慶流)와 함께 죽었다. 직제학이 추증되었다.

938) 원문 "夫人環著手雙痕"은 아마도 송상현의 두 애첩의 일을 지칭하는 듯하다. 송상현에게는 금섬(金蟾)과 이양녀(李良女)라는 두 애첩이 있었다. 김섬은 동래성이 함락되고 송부사가 순절하자 여종 금춘과 함께 부사에게 달려가다 적에 잡혔으나 사흘 동안 적을 꾸짖다가 죽음을 당했고, 이양녀는 포로가 되어 왜군의 욕을 거부하자 절부(節婦)라 칭하며 일본으로 데려갔다. 일본에서도 수청을 거부하자 송송을 받아 도요토미 히데요시는 그를 우대하며 일본 부녀자들의 풍기를 지도하게 하였다. 후일 강화회담의 결과로 귀국하여 송부사를 위해 삼년상을 하였다. 이 두 분은 송상현의 묘소 곁에 모셔져 있다. 국가에서 정려비도 내려와 있다. 아마 그런 이유로 시에서 부인(夫人)이란 칭호를 사용한 듯하다. 또한 여기서 쌍가락지는 두 개의 보물인 충(忠)과 열(烈)을 말한다. 조상 내외의 덕행을 말한다.

939) 집안에 설치된 서당 즉 가내 교육을 말한다.

940) 부덕과 충신을 의미한다.

각기 총부(冢婦)941)와 종자(宗子)들에게 전하거라.

해운 판관 윤명은(尹鳴殷)942)

숭덕(崇德)943) 3년 11월 24일 계(啓)944)

---

941) 총부(冢婦): 적자(嫡子)의 정처(正妻), 즉 맏며느리를 말한다.

942) 윤명은(尹鳴殷): 1601∼1646. 본관은 파평, 자는 이원(而遠), 호는 사정(思亭). 사간원정언, 사헌부지평, 병조
좌랑, 교리 등을 역임하였다. 1637년(인조 15) 서천(舒川)군수, 청주목사 등의 외직을 거쳐 사헌부집의, 동부
승지를 지내고 1645년(인조 23) 전라도관찰사가 되었다. 1646년에 사망하였다. 부모에 대한 효성이 지극하
여 사후인 현종 때 효자 정려가 내려지고 참판으로 추증되었다.

943) 중국 청나라 태종 때의 연호(1636∼1643).

944) 계(啓): 문체의 명칭으로 윗사람에게 올리는 글의 일종. 계(啓)란 '연다'는 뜻으로 자기의 뜻을 윗사람에게 개
진(開陳)하는 것이다.

천곡수필 원문

此册, 卽先祖忠烈公手毫也. 認是宗家所傳, 而淪轉至此, 其於幹守, 宗支何別, 十一代曾孫萬變, 旣見而請之, 則余以何辭諉之耶? 從以酬奉, 拳拳服膺, 守而勿失, 至當至當也矣.

歲崇禎四壬申七月初六日, 十七寸支叔秀一.

趙徽 六卿

金億岭 出處

李邊道 將畧

閔忠元 道

朴郁 將

金命元 隱逸

閔忠元 軍政

黃大受 科擧

金命元 夷狄

同前 六弊

金得地 聖賢事業

崔繼勳 歷代興亡

徐崦 宦寺

安夢得 鬼神

尹天民 天道

具鳳岭 鳥獸率性

姜克誠 人材

曙色初開玉殿春,

位分龍虎夾階陳.

中官賜罷天廚醞,

浥露宮花滿首新.

丁應斗貳相, 未第時, 夢中作及登第一.

六卿

問

六卿之設, 昉1)於何代耶? 設官分職, 各有所, 而必以六者爲之統紀, 何歟？六者之中, 亦有輕重緩急之分歟? 聖帝明王, 建置責任, 代各不同, 而靖共爾位, 以2)左右厥辟, 績效之可紀3), 可歷指而言之歟4)? 漢·唐以下, 六部之名, 猶夫古也, 而其治化之未能紡絥者5), 抑何歟6)？我朝聖神開承, 一遵隆古之制, 庶務衆職, 總之以六曹7), 其委任責成, 可謂專矣. 然而未聞先正之臣, 有能盡其職分, 得如詩書所稱者焉, 而其因循癏曠之疵, 有愧往昔, 則到斯今, 尤有甚焉. 操銓衡者, 惟請托是視, 而恢拓賄賂之蹊逕8), 主度支者, 惟稅斂是急, 而駈迫流徙之溝壑, 奢僭陵慢之風日長, 而禮爲虛文, 侵漁割剝之害月深, 而兵爲空籍9), 拘牽權勢, 而犴獄皆冤滯之訟, 奔驚末利. 而市井盡淫巧之工. 六者之弊, 一至於此, 獨何歟? 將侵尋馴致, 而不覺其非歟? 沈痼已深, 雖欲醫治, 而無其術歟? 抑有可變之路10), 可革之機11), 而任其責者, 莫肯用力於其間歟? 伊欲用人以公, 而民皆安集, 階級不紊, 而行伍充壯12), 冤枉畢13)雪, 而工不车利, 使百工允釐, 庶績其熙, 將何修而可臻是歟? 諸生有志當世, 思欲展布所蘊者, 久矣. 他日經綸事業, 將以今日之策■ ■14).

---

1) 『성암유고(省菴遺稿)』에는 '昉'으로 되어 있음. '昉'으로 해석해야 타당하다.
2) 『성암유고(省菴遺稿)』에는 '以'가 빠져 있다.
3) 『성암유고(省菴遺稿)』에는 '其績效之可記者'로 되어 있다.
4) 『성암유고(省菴遺稿)』에는 '可歷指而言歟'로 되어 있다.
5) 『성암유고(省菴遺稿)』에는 '而其治效之不能彷彿者'로 되어 있다.
6) 『성암유고(省菴遺稿)』에는 '抑'이 빠져 있다.
7) 『성암유고(省菴遺稿)』에는 '摠之六曹'로 되어 있다.
8) 『성암유고(省菴遺稿)』에는 '徑'으로 되어 있다.
9) 『성암유고(省菴遺稿)』에는 '而兵皆虛簿'으로 되어 있다.
10) 『성암유고(省菴遺稿)』에는 '機'로 되어 있다.
11) 『성암유고(省菴遺稿)』에는 '路'로 되어 있다.
12) 『성암유고(省菴遺稿)』에는 '備'로 되어 있다.
13) 『성암유고(省菴遺稿)』에는 '必'로 되어 있다.
14) ■■: 마모가 심해 알 수 없다. 다만 『성암유고(省菴遺稿)』에는 '卜之'로 되어 있다.

對

愚也寄迹周庠, 振讀[15]漢時, 有可爲長太息者, 六矣. 今執事■■[16], 策四方之俊, 而擧六卿之職, 傷今思古, 而欲問救弊之術, 時哉時哉, 正諸生吐露之秋也. 竊謂周公定官制, 而明天地春夏秋冬之義, 成王訓百官而有治教禮政禁土之命, 則六卿者, 爲國家者之所不可廢者也. 夫以一身之尊, 而居億兆之上, 兆民至衆也, 萬機至廣也, 不可以一人而理之也, 綱維不張也, 體統不立也, 亦不可庶事之無其統也. 於是乎, 懼邦治邦教之不行也, 則命冢宰司徒而掌之, 懼邦禮邦政之不擧也, 則置宗伯司馬而委之, 懼邦禁邦土之不理也, 則設司寇司徒而主之. 其爲責至重而爲任至大也, 然則, 賢然後至大之任可擧, 而至重之責可塞也. 苟非其賢則器小而責則重, 德乏而任則大, 只忝厥任, 而政不得無弊矣.

是故, '待人而治', 揚雄氏有是言也, '人存政擧', 吾夫子著是訓也, 苟得其人, 而居六卿之職, 則六卿之職擧, 而弊源何由而起乎? '政隨人非', 劉向之言也, '不平謂何', 小雅之詩也. 苟非其人, 而尸六卿之位, 則六卿之職廢, 而弊源由此而起矣. 考已往之迹, 而救方來之弊者, 盍反其本哉?

請隨明問所及而陳之, 應泰階六符之列, 而制百世難改之官, 大矣哉. 六卿之設也, 四岳之職, 百揆之官, 肇見於唐 · 吳[17], 而其司徒典樂, 亦六卿之一也. 其設創於是也, 載於周禮, 紀之周官, 大備於成周, 而凡百執事伸六卿之總, 則其詳昉於此也. 至於隨事立官, 各有其政, 則其官至衆也, 其務至煩也, 而苟無統領之地, 則渙散難尋, 細瑣不一, 不得不以六者爲之統紀也, 而六者闕■[18]一, 則猶天地之春而無夏, 夏而無秋也, 此統紀之必以是六者■■[19]. ■[20]天然後, 地得其序, 有天地然後, 春夏秋冬, 各以其次, 效功■■[21], 人之分重輕緩急之序, 於体天設名之際, 而周公定之詳矣, 成王教之明矣, 愚何容喙於其間, 而亦何必遺其所問之本意而煩爲是泥古之說也?

三代以上, 上有聖明之帝王, 下有賢哲之臣隣, 君以責之, 臣以任之, 統百官均四海者, 得其人

---

15) 이 글자 옆에 '액완(扼腕)' 두 글자가 가필되어 있다. 액완은 '성이 나거나 혹은 분해서 주먹을 불끈 쥔다'는 뜻이다.
16) ■ ■ : 마모가 심해 알 수 없다. 문맥상 '先生'으로 보인다.
17) 吳 : '虞'의 뜻이다.
18) ■ : 글자의 마모가 심하여 알 수 없으나 문맥상 '其'로 보인다.
19) ■ ■ : 위의 두 글자는 마모가 심하나 문맥상 '之職'로 보아야 할 듯하다.
20) ■ : 위의 글자는 마모가 심하나 문맥상 '有'로 보아야 할 듯하다.
21) ■ : 글자의 마모가 심하여 알 수 없다.

矣, 敷五教擾兆民者, 得其人矣, 其人得而神人治上下和, 其人得而六師統邦國平. 至於詰奸慝 · 刑暴亂而司寇其人也, 時地利, 居四民, 而司空其人■ 22), 則當時'靖共爾位, 左右厥辟'者, 何如哉? 時雍之績, 於變之效, 嵬嵬乎不可尚矣. 降及歷代, 惟漢 · 唐可稱, 而六部之名, 猶三代若也, 然而徒有其名, 而未得其人.

丞相之職, 兼吏部之責, 而曲學之孫弘, 不知治邦之要道, 內史之官, 古宗伯之任, 而姑息之王珪, 不能正閨門之慚德, 其德化之隆, 未得彷佛於帝王之一端, 則有志於經斯世而澤斯民者, 忍爲當時言哉!

恭惟我朝聖祖開基, 神孫承統, 一政令之徹, 非三代則不法也, 一制度之立惟唐 · 吳23)是式焉, 設六卿之官, 立百司之統, 庶務於是乎揔焉, 衆職於是乎繫焉, 其委任之可謂專, 而責成之可謂重也. 宜乎治軼唐 · 虞, 美駕商周, 而奈之何未聞有一先正之臣, 能盡其職分之當爲, 而得與詩書之所稱者, 並美而同体乎? 蓋有之矣, 愚未之聞歟? 當聖祖太平之日, 而其因循癏曠之疵, 不能無愧於隆古之盛, 則況今之時, 何等時也? 進用賢能, 獎勸人才, 吏部之責也, 而公心雲掃, 私意星馳, 戚畹之姻婭也. 門閥之子第也, 口臭尙乳而位列曹郞, 頭髮纔乾而職業州縣, 金多, 則市井之人而擢東西之班, 財富, 則暗劣之人而登淸顯之位, 屈指朝廷, 滿目靑紫, 而非權勢之門, 則惟賄賂之人, 奔競之蹊經, 可謂成矣乎! 輕徭薄賦, 上下相資, 戶部之任也, 而法非助徹, 時甚春秋無名之濫稅也, 法外之私欲也, 催科督徵, 而急於星火, 割剝無遺, 而害及雞豚, 貧者則無恒心, 而繈屬於道路, 富者則被侵漁, 而將至於提攜, 見者寒心, 聞者傷神, 而人非鄭俠之忠, 則誰上流民之圖流徙之丘壑已塡溢矣?

春官之職, 在於表上下序貴賤, 而倡優賤妾, 得蒙后妃之服御, 市井之徒, 爭尙王孫之驕貴, 下而淩上, 幼而侮長, 循此而漸長也, 則以妾而謀其主, 爲弟而弑其兄, 則當今之禮, 非特虛文而已也.

夏官之責, 在於撫行伍 · 鎭國家, 而上番之軍, 困於胥徒之侵迫, 留防之卒, 疲於主將之橫漁, 衣食不繼, 流亡相屬. 非特如此而已也, 强爲管莊之托, 而老弱偏留, 長作州縣之役, 而不寓於農, 則今日之兵, 不但空籍而已也. 權勢曲庇而不察訟情之是非, 苞苴公行而不辨獄事之冤枉, 無辜之怨籲天, 冤呼之聲動地, 以至傷天地之和, 召水旱之災, 甚矣. 刑官之不治也, 其於申冤枉 · 禁

---

22) ■ : 글자의 마모가 심하여 확인이 불가능하나 문맥상 '也'로 보인다.

23) 吳: '虞'의 뜻이다.

暴亂之義, 何如哉? 奔驚末利, 而未見相資之古道, 爭尙奇巧, 而惟務湧價之奇技, 無益之作日事, 有用之營未見, 以至王子第宅, 結構連雲, 尙方雕鏤, 剝椓騰空, 致公私之俱弊, 召財用之靡費, 痛矣. 工曹之無人也, 其如抑本末居四民之道, 何如哉?

噫, 六者之弊, 有甚於此耶? 用人之公, 何獨行於古之吏部, 而不行於今之吏部也? 安集之教, 何獨行於古之戶部, 而不行於今之戶部也? 古之階級, 何修而不紊, 而今之階級, 何由而紊乎? 古之行伍, 何道而充壯, 而今之行伍, 何事而贏弱歟? 冤枉, 何修而雪於古也? 而何以不雪於今也? 牟利, 何道而不失於古也? 而何事而不見於今也? 吾嘗反覆思之而未得故也. 第未知今之吏部, 如古之天官歟? 今之戶部, 如古之地官歟? 今之任禮官者, 如古之爲宗伯者歟? 今之任兵官者, 如古之任司馬者歟? 今之刑官, 亦如古刑官歟? 今之工部, 亦如古工部歟? 若使今之六卿, 如非古之六卿, 則不可不擧, 如古之六卿者, 爲今之六卿也. 得吐哺握髮之人, 而委銓選之責, 則所用者, 皆才能, 而桃李不植於私門矣. 得節用愛民之人, 而任度支之人, 則將見公私俱足, 而菽粟如水火矣. 任春官者, 得敷敎在寬之人, 則秩秩之禮, 行於上下之間矣. 任夏官者, 得惟明克允之人, 則奸宼之徒, 不得干敎化之中矣. 欽哉, 惟恤之人在刑部, 則刑措不用, 而囹圄可以空虛矣. 不作無益之人爲工曹, 則執藝相諫, 而工得理矣. 可變之機, 在是也, 可革之路, 在是也, 夫豈多言哉?

愚非以今之六卿, 非是人也, 方今君以聖明之資, 而盡擇人之道, 則居於其職者, 莫非其人也. 所患惟在於莫肯用力也, 不以沈痼之已深爲難治, 不以醫治之無術爲迂言, 無侵尋馴致之失, 而有盡心盡力之忠, 則不易人而六卿之職擧矣.

執事之問, 愚既略陳於前, 而於篇終切有獻焉, 書不云乎, "元首明哉, 股肱良哉." 又不云哉, "元首叢脞哉, 股肱惰哉, 萬事墮哉." 然則欲庶事之康者, 得其相足矣. 而執事之問, 徒及六卿, 而不及於相者, 何歟? 抑引而不發, 試諸生三隅之反乎? 庶事之多至煩也, 而六部爲庶事之統, 六卿之置至精也, 而三公爲六部之領, 是故欲度事之治者, 不憂庶事之不理, 而憂六卿之非人, 欲六卿之得者, 不憂六卿之不賢, 而以不得相爲憂. 堯以不得舜爲憂, 舜以不得禹·皐陶爲憂, 良以此也. 堯得舜而百工允釐, 則六卿豈有不治之弊哉? 舜得禹·皐陶, 而庶績其凝, 則六卿豈有不治之弊乎? 方今上有堯·舜之君, 下有稷·契之臣, 則愚之所說, 雖迫於贅, 而所見則如是不諱.

出處

問

伊尹·孔子·孟子·子陵·陳搏·韓愈·朱熹·太公

對

　愚也, 螢窓十載, 尙論千古, 究古人行事之跡, 而未嘗不致意於其間, 今執事之問及此, 愚雖膚淺, 其敢無說以負厚望也哉? 竊謂君子之生斯世也, 抱道德之蘊, 懷經濟之才, 富貴有所不屈, 貧賤有所不移, 故汲汲於自守而不慕乎人爵, 自守於隱約之中也. 雖然, 受皇天付界之重, 任天下理亂之寄, 其責在於安斯民也·濟斯世也, 則豈可果於忘世也哉? 是以古之賢聖, 雖以道自任, 而不屑於功名, 拯溺濟屯之心, 亦未嘗小弛於中則懷寶迷邦, 豈賢聖之心哉?

　惟在相時而行, 慮事而止, 終始不失其宜, 而義之與比, 而懷道德而忘天下者, 非義也, 慕功名而不自修者亦非義也. 必也其行也以義, 其止也以義, 所行義之一字, 然後處心行事之跡得矣. 姑就明問而推明焉. 伊尹莘野之一耕叟也, 應成湯之聘而不憚五就之煩, 太公渭川之一釣叟也, 値周文之獵而不辭後車之載. 轍環天下席不暇暖者, 孔子也, 傳食諸侯三宿出晝者, 孟子也, 把一竿而釣桐江者, 非子陵乎? 談黃白而臥華山者, 非陳子乎? 唐之韓愈上書自薦, 宋之晦菴封奏論事. 噫! 聖賢行事, 或類于干時, 或冒于類進, 反不如高遁遠引之士. 此千載不能無疑, 而觀其用心之跡, 論其行已之正, 則萬世公論, 吾亦得以容喙矣. 伊尹耕有莘而樂堯·舜之道, 太公釣渭濱而慕唐·吳[24]之德, 苟非仁也, 天下不顧, 苟非道也, 千駟不視, 則二人之心, 果有志於功名乎? 適遭桀惡不悛之後, 商罪貫盈之日, 憫天下之濁亂, 憂生民之塗炭, 一應成湯之聘, 一遇文王之獵, 以行堯·舜之道於商周之天下, 其功業之盛·行已之正, 豈其徒潔其身之比乎?

　孔子以天縱之聖, 丁周室衰亂之際, 孟子以亞聖之資, 値戰国風雨之日, 天理滅矣, 人心斁矣,

---

24) 吳: 虞의 뜻이다.

苟非有志於拯救, 則豈天生聖賢之意乎? 況天下無不可爲之時, 亦無不可化之人, 此聖賢汲汲於行道濟世之心也, 豈可效碌碌之徒果於忘世也哉? 嚴陵之動星象而歸富春, 陳搏之自墜驢而返華山, 桐江垂釣旣無補於漢家, 神仙黃白終有愧於吾道, 則聖賢無可無不可之德, 豈可同年而語哉? 韓昌黎心切救時, 朱晦菴志專致君, 詞章三上於權門, 封奏累進於九重, 凡此數者, 莫非行道濟世之心, 則上書豈類乎干時, 封奏奚同於冒進也? 然韓愈之道德, 旣不能盡善, 則其處心行事之道, 果無愧於數聖賢乎, 難矣哉. 君子之生斯世也, 不知道德之爲可樂, 而徒知功名之爲可好, 則必至於冒進, 不知濟世之爲義, 而徒知潔身之爲美, 則必至於亂俗. 故古之聖賢, 旣以是道修之於一身, 又以是道行之於天下, 大可以垂之於萬世, 小可以明之於一時, 則爲君子者, 奚可高遁遠引不思所以濟世救民之責乎? 故伊尹也 · 太公也 · 孔子也 · 孟子也, 旣以道德存之於身. 又以道德施之於後, 則可謂多得於斯者矣. 獨悵夫以孔 · 孟之聖, 終不見用於世也, 其所以栖栖也汲汲也, 何莫非是道也. 朱子 · 韓子也, 其道德雖或有淺深之不一, 而亦無非憂時傷道之心, 而其時昏其君暗, 亦不見容, 可勝惜哉! 陳希夷 · 嚴子陵, 雖非時中之君子, 其心亦遁世之志, 則其視忘世之士, 亦有間矣. 執事於篇終, 又敎之曰: "諸生皆有志於道德, 處心行事, 當取法者, 何人歟?" 愚也, 感執事之問而爲之說曰: "伊尹商之賢臣也, 太公周之良弼也, 君臣相遇, 共臻至化, 德被於當時之天下, 功垂於萬世之生民, 功業之盛, 卓冠千古, 士之達也. 孟子以生知之聖, 蘊經邦之畧, 陳吾道闢邪說, 不能行道於一時. 朱子以上智之資, 懷濟世之心, 扶吾道陳正論, 而終見竄謫之患, 士之窮也. 夫伊尹之功業旣如此, 孟 · 朱之道德又如此, 則士君子生斯世也, 當以數君子自期也. 雖然顏淵曰: "仰之彌高, 鑽之彌堅." 孟子曰: "自生民以來, 未有盛於夫子也." 愚之所願則學孔子也.

　謹對.

將略

問

云將略.

對

游於海者, 識海之淺深, 適於山者, 知山之高厚. 愚也, 俎豆之一豎儒耳, 詩書焉粗習, 軍旅焉未學, 而今執事之問偶及於將略之同異, 則是未游海者, 而講其淺深, 未適山者而問其高下, 何足以知之? 然而'利用禦寇'記於易, '子行三軍'載於典, 則是固儒者分內事也, 敢不樂告以求正乎? 竊思之制百萬之命係一人之身者, 將也, 則將之於國家, 豈不大矣哉? 軍之司命而国之楨幹, 其在內則爲王爪牙, 而有捍衛之功, 其在外則折衝千里, 而有鎭鑰之固. 故自古爲國者, 固重其選, 而必擇是人, 然後推轂而應專制閫外之命, 授鉞而專四方征討之擧. 是知能爲有無於國家者, 旣如此其重, 則臨機制變於其心者, 又不可以不審, 故擇元戎以養國威者, 存乎君, 運籌策以敵王愾者, 在乎將, 將之於謀略固制勝克敵之大端也, 尤所當重而不可易之也.

是以運智行籌, 出人之所不能測, 臨危應機, 制人之所不能服, 隨時而各異其算, 同時而不一其策, 轉敗而爲勝, 救亡而爲存, 變化如鬼神, 而莫知端倪, 脗合如符節, 而不差毫釐, 立威於帷幄之中, 而制人於千里之遠, 談笑於樽俎之間, 而挫銳於山河之外, 敵國之命, 制於吾謀, 勝負之形, 兆於吾智, 則謀略之中, 固有不易傳不易形之妙在於不言之間, 而有非淺近者所可比也. 雖然, 詭遇能獲者, 不獲乎範我馳駈, 則權謀所勝, 雖能偸得一時之功, 而有愧於仁義之師, 而固非王者之擧, 故其功雖貴, 而道不足尚也審矣.

是故古昔聖賢, 能推誠而服人, 聖帝明王, 能不戰而屈人兵, 何莫非敷文德而□²⁵⁾越一家修仁義而天下不爭者歟? 嗚呼! 兵尚乎貫革, 德衰於善陣, 爭城爭地, 而殺人盈野盈城, 則兵不血刃,

---

25) □: 문맥상 '吳'로 보인다.

而人自歸服, 猶有彼善於此, 豈非兵家權謀制勝之長策乎? 然則爲人上而操軍國之兵者, 盍亦監於是哉?

請因明問所及而陳之, 揖遜之化息矣, 而征討之擧作矣, 驅民於干戈之域, 措世於戰爭之場. 於是, 六韜之略, 出於太公, 兵法之說, 起於孫·吳, 各鬪其智, 爭逞其謀, 而先聖舞干因壘之化, 盖蔑如焉, 則其著書立言, 以嫁奇功於後世者, 盖可知矣. 苟能據其事跡而考其成功, 則於其謀略之同者, 而変化叵測者有焉, 果能得古人不傳之妙歟? 乃若立威, 必自貴近者, 始莊賈齊君之嬖, 而穰苴疎賤之臣也, 以疎賤而苻嬖倖, 法有所必沮, 故一失其期而特施刑焉. 軍法雖嚴, 而嫌疑不可以不遠. 衛靑起自賤隷, 而一朝得軍國之柄, 遽施私惡於人, 以快其憤, 則衆心有不可以憚壓. 故蘇建雖有失律之罪, 而不用鈇焉, 人之爲惡, 必有所賴, 旣失所賴, 不能稔惡. 大夫皇甫文者, 乃高峻之羽翼, 李佑者, 乃元濟之主謀, 故寇恂之戮皇甫文也, 剪其羽翼, 以消縮反逆之腸. 李愬之釋李佑也, 獲其所恃, 以成平進, 定亂之功, 輕表元帥, 按衆相望交歡, 陸子飮之酒而絶猜疑焉. 汾陽大人, 單騎至虜, 交手葛蘿入其帳而推赤心焉. 然則三國鼎峙, 兵戈不戢, 則羊子之以信待人者, 務寧一國之民也. 花門負約, 引衆犯境, 則郭公之推誠責虜者, 以尋水火之盟. 孔明出師, 號令精明而有長驅中原之勢, 而出於五丈之原, 固司馬懿之所畏, 而反有無事之言者, 乃安諸將恐畏之心. 關羽行軍, 彷彿孫·吳, 而反據荊州要害之地, 實魯肅之所忌, 而乃鎭江陵·荷擔之心, 夫制敵先據其要害. 李左車之言, 陳耳若聽而用之, 則韓信雖智且勇, 必不能破趙會食. 用兵貴用其奇謀, 徐道覆之計, 盧循若採而行之, 則劉裕雖強且衆, 亦不能隨冝應赴. 將略非儒者所嘗致力, 而當機亦不可不用其智, 故希文之走元昊也, 以口舌代斧鈇, 伯純之却離不也, 以忠憤制勁虜也, 智慮之善, 謀計之良, 無愧於古人之有將略者矣. 夾谷之會, 俘□[26]亂好, 孔子相之, 而一言折之者, 義理之勇也. 蠻獠之孽, 犯化湖南, 晦翁鎭撫, 而擧族歸順者, 仁恩之化也. 又有大於是者, 其聖王之師乎! 奉天命討有罪, 故是天理而不可以犯者, 故夏桀毒痡, 而成湯之師, 升自陑, 商辛暴虐, 而武王之兵, 會牧野焉, 則聖人伐暴救民之意, 可知也. 嗚呼! 師律不明, 軍政不講, 君而不知用將之道, 臣而不識制敵之謀, 投之以大則大敗之, 投之以小則小敗之, 卒致國滅而君奔, 甚者至於口不言兵者, 比比有之. 吁! 可惜也. 彼於將略之緖, 猶不聞焉, 則況於帝王仁義之師者乎!

噫! 是皆已往之事而無切於實用, 而執事之問, 何詳於古而略於今耶? 將以見諸生據古業今之

---

26) □: 문맥상 '夷'로 보인다.

策乎, 今之爲將者, 其可謂無愧於古人耶? 目不知制變之書, 耳不慣金鼓之聲, 平居則厚祿重賞, 足以養妻子而長驕傲, 臨敵則舉首鹿駭, 足以受敵侮而喪國威者, 滔滔皆是, 往者乙卯之變, 可以知矣.

天佑我東, 三方塵靜, 島夷山戎, 負賣納欵, 盡爲臣僕, 上下相賀, 以爲太平. 故不知將才之大關於國而置之於遊戲之地, 脫有邊塵, 從强塞而起, 以如此之將, 投之於矢石之間, 則其將望風, 投降之不暇, 孰能執戟, 身先爲国死綏者乎? 愚嘗深原其意, 則非獨爲將者之罪也. 唐之債帥之譏, 今殆甚焉, 則上之勤厲而取用者, 果若合於古人用將之道耶? 今計不過一切反今之失, 而復古之法, 可也. 所謂古法者, 何也? 明而擇之, 信而任之而已. 擇之明則人不干以私, 任之信則人皆盡其智矣. 夫所謂古之名將之必得而行當應機而騁勇矣. 於篇終而有献焉. 策士者, 將以取謀論古欲以醫今, 則執事之問古, 既已詳矣. 愚生之醫今, 其可忽耶? 又以今日之事, 陳之, 嗚呼! 兵者出於民, 而將者司兵民之命也.

我東國生靈之憔悴, 未有甚於此時, 饑饉以喪其業, 兵火以失其居, 丘壑乎顛仆, 四方乎流離, 而當專制閫外之命者, 所當哀矜而恤之, 仁恩而畜之, 今也計不出, 此毒暴之剝割之, 生靈幾何不至於潰散耶? 然則安民, 乃是今日救急之策, 而擇將實爲濟民之謀, 則所當汲之先之, 其不在於固邦本擇將帥乎? 將才既得, 則齊民並受其賜, 樂其抱[27]醪之惠, 而有死長上之心, 安其奠居之樂, 而有並倨之志矣.

愚之言, 雖近於儒者之迂談, 而實切於今日之弊, 若能轉而聞之上, 使吾大東之民, 蒙其至治之澤, 此執事引君之實也, 格君之效也. 至於童觀小儒, 可謂貢一言於明時, 而不愧壯行之志也. 執事進而教之.

謹對.

---

27) 抱: '投'의 오기로 보인다.

道德

問

吾道之在天下, 未嘗一日或亡. 惟其托於人者, 或續或絶, 故行於世者, 或明或晦, 上自舜·禹受授, 下至孔·孟傳授, 其明道一也. 而吳[28)]·夏之治, 至於無爲, 孔·孟之德, 卒老于行, 其故何由? 曰漢曰唐, 以吾道爲己任者, 代各有之. 然皆未免有未醇之譏, 所謂不醇者, 指何事而言之歟? 宋朝濂·洛·關·閩諸君子, 應五星聚奎之瑞, 續千載不傳之緒, 使吾道, 煥然復明於世, 其致治之效, 宜與唐·虞三代無異, 而反不及者, 何歟? 東方素稱文獻之地而以文章鳴世者, 雖或不乏而以眞儒著名者, 誰歟? 以我朝言之, 聖祖開国, 神孫守成, 其所以維持講明者 惟吾道耳, 宜乎眞儒之以吾道自任者, 蔚然輩出, 而首善之地, 無格致誠正之士, 朝廷之上, 少明體適用之人者, 何歟? 何以則眞儒出, 而吾道行教化明而風俗正歟? 諸生, 幼學壯行之志久矣, 其各悉著于篇.

對

愚也濫巾章甫, 跡乔吳[29)]庠, 窺陳篇而扞格, 求大路而摘塡[30)], 慨然而竊嘆曰: "華勛邈矣, 姫姒逖焉, 道之不行久矣." 今承明問, 適及于此, 吾道之不明者, 自今日明矣, 吾儒之不興者, 自今日興矣. 噫! 夏蟲不可以語氷, 井蛙不可以語海, 愚何敢奉大對乎? 雖然有問不答非禮, 則冒陳聾瞽之說, 仰塵明問之旨曰: "道原於上玄下黃之始, 而其體也立, 其體雖立, 而其所以日用常行之理, 隱而不彰, 蘊而不兆, 如天地之始闢而淑氣未瀉, 如日月之初昇而清輝未蝕, 如水之在地, 如木之在山, 故聖人首出庶物, 超然獨立, 俯仰而觀察, 遠近而求取, 推之於一心而戶牖於萬古, 行之於一身而日星於百代, 然則道不虛行, 待人而行, 道不弘人, 人能弘道,

故其人存, 則教明化隆, 而出天者明使斯道, 日月乎萬古之長夜, 耳目乎時人之聾瞽矣. 其人

---

28) 吳: '虞'의 뜻이다.
29) 吳: '虞'의 뜻이다.
30) 塡: '埴'의 오기로 보인다.

亡, 則道晦學蝕, 而出天者昏廢戶牖, 而不由曚日星而未覬矣. 夫如是, 則托之於人者, 或續或絕, 故行之於世者, 有明有昏, 然而濬其源而流必長, 培其根而枝必茂, 則轉移風化之原, 闡明斯道之機, 寔在乎上焉者耳.

是以古之聖帝明王之禦世酬物也, 君以治之, 師以明之, 躬以行之, 心以得之. 茫乎天運於不言之中, 窅爾神化於不動之上. 吾道之行, 掀天揭地, 超出乎百代之表, 教化之明, 風行海流, 太被乎九圍之內, 天地事物之理, 日用人倫之道, 粲然而大明, 井然而不紊矣.

噫! 世之遠也, 人之亡也, 其人有不存, 故其理有不明, 其體有不立, 故其用有不行. 經殘教弛, 反天而禽, 昧道懵學, 反人而獸, 道不在遠而人自不察, 騎驢而覓駬, 負子而求子, 人心旣訛, 世道日汙, 教化何由而復明, 治道何由而復古乎? 然而求木之直者, 必固其根, 則爲人上而任教化之責者, 豈委諸世末風撓而不思所以救之者乎? 道者, 萬世無弊, 則非道之使然, 人自不率也. 苟能名教而振作之, 施化而鼓舞之, 正一時之心, 新一世之學, 則治隆於上, 而俗美於下, 眞儒蔚然而興, 大道煥然而明, 黼黻乎文明, 笙鏞乎治道, 後世不古之道, 可挽而古之, 後世不醇之道, 可變而醇之矣, 時君世主, 盍反其本哉? 愚聞先正之說曰: "爲治而不法三代, 則苟焉而已" 請擧三代之治 · 孔 · 孟之道, 然後下及漢 · 唐以下之事焉. 重華之舜‘惟精惟一’, 祗德之禹 ‘克勤克儉’, 二聖傳授之道大矣. 天縱之聖 · 亞聖之賢, 相傳一道, 相授一統, 孔 · 孟傳授之道明矣. 而上而爲君, 故吳[31]夏之治, 風動四方, 格於上下, 下而爲臣, 故孔 · 孟之德, 道窮天地, 輟駕故里, 祗以激千古, 斯文之大慟者也. 自玆以降, 學絕道廢, 而善治不復, 時撓世末, 而聖道不行, 其君無精一之學, 其臣有繅繪之技, 千古傳授之學, 寂無一線之承, 可勝惜哉. 然而盈於天地之道, 磅礴於無形, 不以世而有損益也. 故賴有漢之仲舒, 下三年之帷, 究聖賢之書, 承已絕之學, 明已晦之道, 以醇正之文, 策天人之理, 似有功於吾道, 而灾異之說, 竟歸於謬妄, ■[32]烏足取乎? 唐之韓愈, 以豪傑之才, 生絕學之後, 獨旁搜而遠紹, 將回瀾而障川, 文起八代之衰, 道濟天下之溺, 張皇乎幽眇, 觝排乎異端, 似亦有功於吾道, 而原道一篇, 闕於格正之功 則其所講論者, 不過乎文章言語之間矣, 駁乎無議爲也, 不醇之譏, 烏可免乎?

惟幸文不喪天, 道不墜地, 萬古斯文之統, 幸屬趙宋之盛, 滌五代之昏翳, 構斯文之景運, 濂 ·

---

31) 吳: ‘虞’의 뜻이다.

32) ■: 문맥상 ‘則’으로 보인다.

洛 · 關 · 閩, 諸儒輩出, 窮性命之原 開圖書之奧, 揖堯 · 舜於夢寐之間, 思孔 · 孟於講論之餘, 陞梯六經, 羽翼千聖, 千載相傳之統, 不錯其旨, 百王相授之言, 不迷其歸, 白日於雲霧, 明鏡於塵垢, 吳[33]夏之治 可以並駈而齊驚矣. 下焉不尊, 誰使然哉. 設使承可爲之機而得志於一時, 則於變之道, 不獨光於唐 · 吳[34]之日月, 風動之化, 不獨行於三代之宇宙. 而惜乎當君子道消之日, 或指以黨錮, 或指以僞學, 使經綸大志, 不得施設, 言之可爲於悒.

嗚呼! 詠唐風者, 慕帝堯之至德, 則況爲其國之人而不知其國之事, 可乎? 惟我大東, 文明之治, 禮義之聲, 久鳴於天下. 名人魁士, 相繼代作, 爭裂綺繡, 互攀日月, 高視萬物之表, 雄峙百代之下. 文章之士, 雖或不乏, 而以真儒著名者, 則文昌倡之於前, 牧隱 · 陽村光之於後, 爲一時理學之所宗, 而立身事業, 如彼其卑鄙, 則儒非儒也, 道非真也, 何足齒議於其間哉? 然則其惟我国家乎, 聖祖創之, 神孫述之, 纉昭副明, 前繼後承, 內建成均四學, 外設州郡鄉校, 于以重首善之地, 于以勵賓興之士. 恢瑾佩蘭者, 鼓舞於堯天之下, 蘊道抱德者, 涵泳於舜日之中, 真儒出而鳴世焉. 大道行而煥然焉. 歷二祖之作成, 承八宗之培埴, 以至于聖上之重光, 深宮密席之所講明者, 莫非明道之要, 廣廈細氈之所討論者, 無非庸世之猶. 宜乎已明之道, 益明於曩時, 已行之教, 已行於前日, 真儒輩出, 而任斯道於一身, 風化自清, 而升一世於文明, 奈之何格致誠正之士, 不見於首善之地, 明體適用之人, 罕覯於朝廷之上? 若以謂明道之未得其機而然也, 則聖上之所以明之者如此, 抑以謂興化之未得其要而然也, 則聖上之所以行之者如此, 愚未知何由而致此, 何由而致此歟! 愚於蓬蓽之中, 竊有大疑, 於是, 欲以陋懷之所抱, 仰質於皐比之下者久矣. 乃敢僭爲之說曰: "明道之要, 施化之方, 雖曰至矣, 而已成之文教, 奄墜於地, 在己之學術, 不勉於身, 士風不淑, 儒道日汙, 面牆是甘, 而罔念夕死之訓, 牛裙是袵, 而未有白首之志, 僅離髫髦, 而懷青紫之心, 纔免繼裸, 而習科程之事, 割章斷句, 免櫬楚之罰, 棄大擇小, 爲占等之囤, 其於淵源之旨, 蘊奧之義, 鹵莽而已, 滅裂而已, 相與梳顏而蠟面, 禹步而舜趨, 則格致之道闕如也, 正修之學掃如也, 以至於朝廷之上, 無經明行修之士, 明體之學, 何由而出, 適用之才, 何由而興乎? 悠悠乎風塵, 靡靡乎偸俗, 求道者如此, 則出天者可知, 出天者如此, 則出道亦可知乎. 窮而在下, 安能講論而私淑? 達而在上, 安能施設而張國乎? 夫如是, 則首善之地無怪夫誠正格致之無聞也, 朝廷之

---

33) 吳: '虞'의 뜻이다.
34) 吳: '虞'의 뜻이다.

上無怪夫明體適用之無聞也, 將世降時渝之, 自有其數而不能回耶! 抑經殘教弛之, 自有其會而不能變耶! 聖上之所以扶植栽培者, 至矣盡矣, 而求諸士習之失, 則大非聖治之象矣. 理亂之機, 安危之失在是, 先生安得不形於下問而欲聞救之之策乎? 謬計以爲在上, 而任君師之責者, 可不惕然而思有以化之乎? 天下之事, 不患於有其弊, 而惟患乎難救, 不患乎難救, 而猶患乎救之不得其要耳, 苟欲得其道, 舍教化而何以哉? 易曰: "觀民設教", 書曰: "敬敷五教", 誠能教明於上, 則化成於下, 化成於下, 則人爭究經, 士皆求道, 人心自淑, 世道自淳, 不爲物慾之累, 深知義理之樂, 皆知心學之當務, 痛漢儒之不醇, 欽宋朝之文明, 學周 · 程而居敬, 師朱 · 張而窮理, 存養而省察, 克己而復禮, 酬酌於事物, 施設於国家者, 無非格致之道, 無非適用之學矣.

愚既以巷辭村語, 略陳於前矣, 又抽遺意以尾之曰: "君者, 盤也, 盤圓而水圓, 君者, 盂也, 盂方而水方", 不有以倡之, 孰得以和之? 不有以導之, 孰得以趍之? 必有導之倡之, 然後能和能趍, 而其倡導之事, 豈在下者之所能哉? 必也心誠求之, 反之於身, 明其體而適其用, 修其身而正其心, 以爲明教施化之根柢, 又從而鼓舞之振作之, 則風草之偃35), 桴鼓之應, 自其所不能已也, 豈無上有好者而下必有甚者乎?

恭惟主上殿下垂拱九五之尊, 尚友千古之上者, 無非講明聖學之旨, 則聰可至於聽鬪蟻, 明可至於燭淵魚矣. 然而一日之勤則一日之堯 · 舜也, 一日之怠則一日之桀 · 紂也, 盍亦以堯 · 舜之學, 加文王緝熙之功, 使存諸中者, 無一毫之雜, 而德爲聖人, 使發於外者, 昭光風之化效, 臻至治于以造士, 則士者之心術正而不趍於邪境, 學術亦純而不雜於邪說矣. 夫如是則道學必復於世, 而棫樸之人材, 藹藹於今日矣, 何必待文王而興乎? 真儒輩出而駸駸乎唐 · 吳36), 大道復明而進進乎三代矣. 如是而吾道之不明, 教化之不行者, 吾未之聞也, 吾未之見也. 蓬門所抱, 當不止此, 而風庭37)寸晷, 掛一漏萬.

謹對.

---

35) 偃: '偃'의 오기(誤記)로 보아야 한다.
36) 吳: '虞'의 뜻이다.
37) 庭: '簷'의 오기로 보인다.

將

問

云將.

對

　　愚也窮棲湖海, 藏一部史記於名山大川壯麗可愒之處, 登覽形勝, 撫古人守戰之跡, 揖遜樽俎, 思千里折衝之威, 長吁扼腕, 盖亦有年矣. 今承執事先生, 迨國家之閑暇, 戒綢繆於陰雨, 歷擧前代將材, 邃及當今之患, 其所以慮患於未萌, 保邦於未危, 克詰戎兵之盛意乎. 愚雖不閑軍旅, 敢不一吐胸中之奇乎.

　　竊謂兵者, 天下之凶器, 而戰者, 天下之危事也. 握天下之凶器, 行天下之危事, 以一介爪牙之身, 立萬死干戈之地, 社稷之安危, 保於馬上, 三軍之勝敗, 決於尺劍, 則爲將之道, 不亦難乎. 是以行師用兵, 則奇謀秘計, 萬變不同, 臨敵對陣, 則呼吸之間, 有雷有風, 其所以臨機制變, 出奇無窮者, 苟非雄偉不常者, 能應之如神乎. 夫如是故, 兵難遙度, 戰無重法, 而奇正相生, 神妙不測, 或有餘而示之不足, 或不戰而屈人兵者, 才智出衆者也. 亦有輕敵而制勝, 仗義而服衆者, 忠勇之過人者也. 寬嚴不同, 而成功則一, 智勇殊跡, 而應變則同, 此所以運用之妙存乎一身, 酬酢萬變者, 不過曰才與智而已. 古人曰: "上將先伐謀", 又曰: "心戰爲上, 兵戰爲下", 豈不信哉? 然則將無才智則將非其將, 而擇將之道, 亦可想矣.

　　請因明問所到而陳之, 若夫南陽臥龍, 乃三代上人物, 懷王佐之才, 八陣長算, 暗合於太公之六韜, 木牛流馬, 妙奪於造化之神變, 庶將淸中原而復漢室, 其視司馬仲達, 猶一婦人以巾幗, 有畏蜀如虎之譏, 營星已隕, 又有以死走生之謠. 孟獲之輩, 比如蚍蜉撼樹, 七番擒縱, 只是一戲也. 此則才智出衆之將, 天授非人力也.

　　李·郭之於懷恩, 或倚之以集事, 或裁之以法, 其代將也, 壁壘旌旗, 精彩一新. 此則治軍寬嚴有異, 而至於中興唐室, 則大勳同焉, 然光弼之猜忌根愎, 卒至憂憤成疾, 則其視郭汾陽, 開心見機, 不戰而屈人兵, 忠貫日月, 猜忍沮謀者, 語不可以同日矣. 若夫李晟之戴繡帽臨敵 · 韓世忠之棄驄馬出陣, 豈徒以暴虎馮河爲勇也哉? 其忠肝義膽, 上足以濟國家之急, 其挺身自表, 下足以激將士之心, 此非臨大節而不可奪者乎? 至若岳武穆, 則平生大節, 只在四字'風行電邁', 所向無前, 期收地於燕雲, 動天聲於北陬. 故盖以小擊衆而遇敵不同, 此其忠憤所激卓冠千古者也, 耿弇之忠, 雖在不以賊遺君父, 而平郡屠城之功, 只一行馬之勢也, 安敢不讓於岳王之神算乎? 何況韋叡, 身爲梁武之將? 雖得一時之捷, 其功烈如彼, 其卑則不過爲匹夫之勇也, 何足爲今日道哉?

惟我大東北連犬羊之境, 東接島倭之國, 列聖以來, 冠帶北俗, 梯航南蠻, 河絕虜馬之嘶, 海息鯨鯢之波, 蒼生高枕於壽域, 金革不驚於四方者, 于今數百年矣. 奈何昇平日久, 恬嬉成風, 蠢爾海外之寇, 直搗東南之鎮, 作爲萬古無窮之辱. 又有西北之夷, 時逞窺覦之計, 貽聖上宵旰之憂, 謀臣未得安寢於帷幄, 戍卒未能解甲於邊境, 有識之士寒心而莫敢言, 此宜明執事所當長慮而却顧汲汲於救之之策也.

嗟乎, 廟堂之上, 帷幄之中, 其所以制敵之方, 備禦之策無不盡矣. 然明者, 難圖於無見, 智者, 制變於未然, 徒以區區之號令, 不揣其本而齊其末, 則愚未知其可也. 爲今之計, 莫若以敵國爲外懼之資, 以內修爲克壯之猷, 嚴以自修於有實無形之地, 以應敵於萬全無患之日, 則西北之慮, 東南之吳[38], 不煩兵而自定, 任一將而削平矣. 又何有將不得人兵不禦敵之患乎?

於篇終又有獻焉, 用兵之道, 雖在於將得其人, 而任將之道, 要在人主之明以照之, 誠以求之, 如周宣任方叔 · 召虎, 則中林之武夫盡是, 公侯之干城 · 兩階之干羽, 亦致頑苗之來格, 安知頗 · 牧不在禁中耶? 一借前箸, 則胸中經緯, 不止於此矣.

謹對.

---

38) 吳: '虞'의 뜻이다.

隱逸

愚聞魯郊之鳥, 饗大牢而觀之, 陷井之蛙, 聞東海而適之, 豈非所饗異乎所安, 所聞駭乎所見乎? 愚也有志當世, 致意斯民, 而執事先生, 遽問以古人之高逝, 是何異樂鷃以鍾鼓, 載鼷以車馬乎? 魯郊之眩, 勢所然也, 陷井之驚, 烏得免乎? 雖然有問不答非禮, 而狂 夫獻言擇焉, 則敢以涇·渭於山野者, 推之. 在易夬之象, 曰: "揚于王庭," 蠱之上九, 曰: "高尚其志", 豈非輔世長民, 固出於素願, 而高蹈遠引, 亦稱於一節乎?

是以, 古之君子, 以有爲之資, 而龍潛草野, 將大施之器, 而蠖屈畎畝, 深藏不市, 麋鹿之與居, 恬靜無求, 猿猱之與處. 然其所以逝世者, 非盡果於忘世也, 或出於時之使然, 或由於志之所發. 時有利害之不同, 志有高下之不一, 故辭世而避聖者有之, 雖隱而救亂者有之, 推一局或成其羽翼, 起草廬或許以駈馳, 不屑大夫而樹風節, 翩然北門而脫塵囂, 假岩穴, 未免盜名之譏, 托方外, 終貽不正之誚, 紛紛得失, 各有深淺者, 何莫非時之使然志之所發乎? 雖然野無遺賢, 固是聖治之像, 而岩有隱蘭, 初非國家之福. 獨立不懼者, 聽其入山之深, 肥遯自絕者, 從其入林之密, 可不思所以羅而致之者乎? 星辰非能自高也, 而引而高之者天也, 聖賢不能自用也, 而登而用之者君也. 故衡門之樂雖至, 而求賢搜逸之主回之, 扣槃之志雖賢, 而尊德樂道之君致之. 然則爲人君而欲以杞包瓜者, 可不加屈體之禮, 盡側席之誠, 以回棲霞昧昧之樂, 以奪臥雲皎皎之志乎!

請因明問而復之, 百姓昭明, 格于皇天, 唐·吳[39]之化至矣, 而巢·許洗耳, 天與人歸, 八百同心, 三代之治隆矣. 而夷·齊采薇何耶? 堯之天下, 非重華莫克, 而吾身之自視缺然, 則其可受乎? 棄瓢箕山, 豈有他哉? 君臣之義, 昭揭萬古, 而吾身之可以扶之, 則其可已乎? 餓死首陽, 志有在矣, 酒池之牛飲極矣, 而聖人自乎亳, 炮烙之淫刑酷矣, 而天吏起於西, 除暴救亂. 此其時矣, 吊民罰罪亦其棘矣, 則秉耒有莘者, 豈終於畎畝, 垂釣清渭者, 豈止於竿綸乎? 要湯之說, 好事之言也, 釣周之譏, 無稽之說也. 商顔四老, 避秦焚坑, 高歌紫芝, 無意人間而見鶴書之赴隴, 翩然肯

---

39) 吳: '虞'의 뜻이다.

來, 南陽一叟, 晦跡亂世, 長吟梁甫, 不求聞達, 而遭三顧之殷勤, 慨然以起. 國儲將廢, 天下事急, 則留侯之術, 不暇論也. 炎祚告訖, 大義壁立, 則薛能之誚, 可謂左矣.

東都已末, 偸靡之習已固, 奸雄朶頤九鼎之輕, 一髮樹立風節, 適今日之大幾, 則嚴光之加足, 志非他矣. 五代搶攘, 干戈之患不息, 蕭衍禦國, 昏亂之漸已形, 見機色擧, 不竢終日, 則弘景之掛冠, 可謂勇退, 而宰相之稱終及於山中, 則何足取哉? 跡假鍾皐, 心糜好爵, 而鳴騶入谷, 纓冠就車, 貽猿鶴之怨, 攢峯巒之誚, 彦倫之志, 可知矣. 身處終南, 念榮名利, 而朝命及洞, 束帶趁塵, 招捷經之譏, 致澗壑之羞, 藏用之志, 亦可知矣. 前貞後瀆, 烏得免一時之笑乎? 陳搏與太祖, 有並駈中原之志, 而一朝陳橋黃袍有歸, 則墜驢長往, 便作方外之士, 种放借逸士之名, 承天子之寵, 而貪邪著實, 將不容時議, 然後拂衣還山, 可謂鄙矣. 鵝伸驚縮之莫救, 何有可言之志哉?

噫, 古人已矣, 論之無益, 則所當詳陳而極言者, 其維當今乎! 恭惟我朝列聖相承, 求賢出治, 磩岩之下, 已無牢關之人, 海濱之間, 已絶垂綸之士, 得人之化, 可謂至矣. 逮我聖上誕承丕基, 勵精圖治, 股肱之佐, 無非純厚之老, 耳目之官, 皆是正直之人, 濟濟之美, 穆穆之布, 將無讓於隆古, 而慮有遺珠之在海, 餘杞之在山, 屈己之求, 勤於宵肝之間, 側席之訪, 著於經綸之際, 宜乎. 舍賁之車者, 彈冠於尺書, 括坤之囊者, 彙征於束帛, 而奈何丁寧之教屢下, 而棲霞者未見翩然, 懇惻之旨日降, 而臥雲者不聞拔茅, 以負聖上如渴之誠, 以孤朝廷不次之意耶! 若以謂聖上之求之者, 未至於至誠, 則所以待之者如彼, 抑以謂聖上之求之者, 盡出於至誠, 則既無一士之赴命, 何歟!

愚於蓬蓽之中, 竊有大疑, 於是, 欲以管穴之見, 仰贊於左右者久矣. 乃敢僭爲之說曰: 士生斯世, 有大抱負, 孰不有致君澤民之志, 濟世行道之心乎? 其所以枯槁山林未嘗卑節下意者, 雖曰: 志有所在, 然其心之所樂, 其體之所安, 豈異於人哉? 誠不能與世, 從類俯仰, 故甘心自絶而不悔也. 是以古之好賢樂善之主, 知其然也, 察其由也, 不謂彼不肯來, 而惟患吾求之不誠, 不怒[40]彼不我即, 而惟恐吾禮之不盡, 孜孜講求, 勉勉加意, 必起於岩穴, 竟徵於山野, 垂不世之丕績, 著無前之休光者, 在古可徵, 而在今可學也. 誠能加已致之誠, 盡已示之禮, 一事之涉於虛文者, 務必去之, 一令之合於實意者, 務必盡之, 優容朴直之言, 而不以一辭之未合而斥之, 廣納疎遠之說, 而不以一計之未盡而退之, 導之以行其道, 引之以施其學, 篤意丘園, 不懈於民之開心, 訪納不施

---

40) 怒 글자 옆에 '意'가 가필되어 있다.

其訑之,[41] 則山林晦名者, 願進闕下, 以泉石之蹤, 而紆紫拖青, 以煙霞之質, 而離蔬釋屬, 伸其窮守之志, 行其達施之學, 措國勢於不撥, 熙鴻號於無窮矣. 安有'婦喪其茀'之是憂'輿脫其輹'之足慮乎?[42] 我聖上求之之誠, 待之之禮, 可謂極盡無餘矣.

愚之不佞, 敢以此勉之者, 以聖人自反之德望於聖上者也. 愚也來自山林, 未嘗磨礱世務, 握筆有言, 未保不觸忌諱, 則粗陳於前者, 固可駭也, 而又爲妄獻於篇尾, 詩曰 : "鮮克有終", 易曰 : "有始有卒" 豈不以有初者莫保有終, 善始者難於善終乎? 今日之求賢如是, 招俊如是, 則可謂有其初善其始矣. 而人心操舍之無常, 一念怠忽之可畏, 誠願念一紀致治之勞, 思萬機臨履之務, 推今日搜逸之誠, 而持之於永久, 以今日求賢之禮, 而將之以無强, 旣見之後, 常如未見之誠, 旣使之後, 亦如未使之心, 則莘野豈有秉耒之叟? 淸渭豈有垂釣之翁乎? 皆能觀國之光, 貴世之道, 莫不效其職施其抱, 爲國家之利器, 贊請明之盛治矣. 彼數子之徒, 務遯世而未能事功者, 何足道哉? 君門千里, 布衣之言, 無路自達, 則其敷奏之猷, 獻替之謨, 敢不望於明執事乎. 伏惟執事恕其枉僭焉.

謹對.

---

41) 이 글 옆에 '초야에 은둔함에 빛을 감춘 자가 다투어 나타난다.[遯草野, 韜光者爭出]'라는 글자가 부기되어 있다.
42) 이 옆에 "如賢保善, 不獨全美於前, 而辭猿謝鹿, 亦將流聲於後矣"의 내용이 부기되어 있다.

軍政

問

治生於亂, 危生於安, 軍政之修, 所以安不忘危也. 三代以上尙矣. 漢·唐以後, 有意於修軍政者, 可歷言其得失歟! 惟我東方, 僻在海隅, 三國鼎峙之際, 疑若力分勢弱, 而以隋家之富強, 猶致覆全軍於薩水, 以唐家之盛武, 不能拔一城於安市, 其時軍政之修, 可得聞其詳歟! 高麗操雞搏鴨, 成統合之功, 壤地之大, 士馬之盛, 冝百倍於前, 而中葉以後, 或見侵於契丹, 或被驅於紅巾, 都邑不守, 奔竄靡定, 何歟? 恭惟我朝, 列聖相承, 保邦未危, 制治未亂, 其於修軍政一事, 固無餘法矣. 頃自倭變之後, 加意講究, 申劃令甲, 已無所不至, 而今者新立科條, 凡可操弓者類抄而勸懲之, 且令各備弓矢槍釰, 欲使村巷大小之民, 以時練習, 其果行之而無弊歟! 如使軍政修, 而弊不及民, 其道何由? 願聞其說.

對

愚聞周公有'詰爾戎兵'之訓, 召公有'張皇六師'之誥, 兵之於國大矣哉. 惟其審治亂之由, 察本末之冝者, 可與言兵矣. 今執事先生, 特擧軍政一事, 泝洄往古, 爰及當今, 欲聞救弊之策. 噫, 此實肉食之臣所難處, 夫豈鏤金之儒所可議者哉?

雖然有問不答非禮, 而狂夫獻言可擇, 則冒陳聾瞽之說, 仰塵明問之旨曰︰治不足恃, 治有時而或亂, 安不足恃, 安有時而或危, 是以帝王之禦天下也. 立衛國之道, 而制未現之機, 修軍旅之政, 而保未危之邦, 國之大事, 豈外於是乎? 治亂之機在是, 安危之決在是, 外寇之亂略, 以之而可遏, 關防之鎖鑰, 以之而可守矣. 夫如是, 則軍政之修, 不於已亂之後, 而先之於未亂之時, 不於已危之後, 而先之於未危之時. 排患釋難之必於是, 遭變應卒之必於是, 然則豈可以時安世泰而忘其所以修之者哉? 其所以修之之道, 有其本焉, 有其末焉. 明邊養時晦之道, 盡坐作進退之節者, 本也, 循一時姑息之計, 嚴射禦擊刺之者, 事末也. 苟或不先之於本而先其末, 不先之於實而先其名, 則轉已治之天下而爲之亂, 轉已安之天下而就之危矣. 必也以孝悌忠信之道, 而爲之教焉, 推禮義仁政之化而爲之養焉, 然後衛內而捍外, 有儆而有翼, 足食而足衣, 親上而死長, 國以之堂堂, 兵以之井井, 轉已亂之天下而爲治, 轉已危之天下而就之安矣. 苟或本之當先, 末之當後, 而規規焉選抄之方, 切切焉練習之道, 則吾未見其有不43)得也! 噫! 時君世主, 盍反其本哉?

請條明問之目而陳縷焉. 唐·吳44)盛矣, 三代隆矣, 兵寓於農, 農寓於兵, 兵民相保, 效臻至理, 當時之治, 誠可想矣. 世已末矣, 時已下矣, 漢有材官蹶張之士, 唐有府兵衛兵之制, 宋有殿直防秋之法, 而在漢而分部焉, 於唐而三變焉, 至宋而不競焉, 皆由於軍政之不得其修, 則得失之由, 從可知矣. 惟我大東, 國於一隅, 檀箕世遠, 三國鼎峙, 力分而勢弱, 分崩而離柝矣. 然而隋煬帝席富強之業, 而全軍輿尸於薩水, 唐宗籍威武之盛, 而一城不拔於安市, 則豈無有以致之者哉? 臨機而失策者, 文德之將也, 完城而固守者, 大人之忠也, 則軍政之修, 槩可論矣. 高麗王氏, 啓運草昧, 操雞搏鴨, 成混一之功, 締造邦家, 建五百之基, 天聲大振於溟海, 君靈遠暨於殊俗, 朣朧乎壤地之大焉, 殷殷乎士馬之盛焉. 宜其百倍於前, 重見於曩時, 世轉中葉, 武備漸解, 契丹侵凌, 播遷之禍斯慘, 紅巾跴躪, 長驅之勢莫遏, 人已散矣, 不能復合, 國已敗矣, 不能復收. 吁, 朽木生虫, 空穴來風, 則契丹之侵, 紅巾之亂, 無非後嗣之失德也. 扼腕千古, 狂舌何補? 姑就我朝之事而言之可乎.

恭惟我朝重熙累洽, 歷年二百, 人不知兵, 傳世十聖, 世無失德, 加之以聖上存心磐石, 係念苞桑, 深宮密席之所講明者, 無非制兵之規, 廣廈細氊之所討論者, 無非保邦之道, 絃誦四境, 桑麻百里, 俗已興於禮樂, 民不驚於干戈, 桓桓之師, 翼翼之勢, 固無缺漏之患矣. 宜乎犰狖成群, 熊羆如林, 篋裡留關山之月, 兵前起草木之風矣. 頃者, 東夷構孽, 南服告警, 將軍嬰城而衂死, 士卒倚矛而自困. 自是厥後, 朝廷深懲既往之失, 思制奄忽之警, 孜孜焉講究, 勉勉焉加意. 申劃令甲, 因成定規, 興滯而補蔽45)完缺而收散. 是雖近於見兔而顧伏46), 亡羊而補牢, 實萬世靈長之筭矣. 今者, 新創科條, 以爲恒式, 凡可操弓者, 率皆遴選占家, 拈出適成騷然, 備弓矢而防不虞之變者, 皆是閭閣之賤隷, 帶槍釰而備不時之需者, 亦是村巷之愚夫, 以是而勸懲之, 以是而練習

---

43) 不: 원문에는 '不'이 없으나 의미상 들어가야 할 것 같아 첨가하였다.
44) 吳: '虞'의 뜻이다.
45) 蔽: '弊'의 오기로 보인다.
46) 伏: '犬'의 오기로 보인다.

之, 思患之慮至矣, 陰雨之戒盡矣. 雖然政無不弊, 弊無不救, 請以迂遠之見, 爲先生籌之.

竊嘗聞之, 三代之兵, 若時雨然者, 以仁心而行仁政也. 又嘗聞之, 不敎民而戰, 是謂殃民, 敎養而生息之謂也. 苟能殫撫養之方, 而盡訓練之術, 則可以折衝而禦侮, 可以威邊而防患矣. 練習有時, 而盡淬鍔之方, 指揮□[47]卒而明刑名之節, 軍容肅肅, 師律整整, 于以干城於王室, 于以屏障於邦家, 仰惠鮮之化, 而定死綏之志, 軍政日修, 而兵額日敷, 內外之相維, 彼此之相保, 如子弟之衛父兄也, 如手足之捍頭目也, 兵民有鶊嶁之勢, 而自無救弊之端. 于是而充之, 則保障之力益固, 尹鐸之戶數, 何必損也? 三軍之氣益莊矣, 無忌之士卒, 何必減也? 此則愚之■[48]所本也, 其□[49]雜選釰馬之技, 類抄射禦之徒, 抽東而補西, 虛內而事外者, 是氣數之末耳. 捨其本而趨其末焉, 事雖肯而理實左, 則天下安有是也? 夫如是, 則盍亦先本而後末, 居重而禦輕乎? 末苟立矣, 軍政之道, 次第[50]條達, 而區區緖餘之末, 雖有添漏之罅, 皆可由此而制彼矣.

愚也既以巷言村謀, 略陳於前矣. 又抽遺意而尾之曰, 羲易之爻曰, "長子帥師" 夫將者, 三軍之司命係焉, 社稷之安危関焉. 苟能將得其人而付之以敎兵養兵之要, 則總戎焉亦能以養兵爲己之任, 以敎兵爲己之責矣. 市租饗士, 何待於李牧? 銀的敎射, 何待於世衡乎? 養之敎之而軍政克修, 吹之煦之, 而弊不及民矣. 倘以狂斐之言, 轉聞于上, 則豈非瀼山瀆海之一助乎?

---

47) □: 문맥상 '兵'으로 보인다.
48) ■: 글자의 마모가 심해 알아볼 수 없다.
49) □: 글자가 있었으나 후에 지운 것이다.
50) 次茅: 원본에는 '次茅'로 되어 있으나, 뜻이 통하지 않아 '茅'를 '第'로 고쳐서 번역하였다.

科擧

問

取士之道, 在於科擧, 科擧之名, 昉於何代歟? 設科之目, 代各不同, 其可歷指而悉數之歟? 其取人之法, 抑有得失之可言歟? 隆古之時, 不由科目, 而賢材輩出, 蔚爲世用, 何道而然歟? 降及後世, 患公道之不行, 而設爲科擧, 取士之規, 宜出於至正, 而典貢擧者, 不能無徇私之患, 爲士子者, 不能無用術之弊, 其故何歟?

我國家, 自祖宗朝, 至于今日, 莫不率由典章, 取士之法, 可謂至公, 而得人之美, 於斯爲盛. 奈之何, 近年以來, 奸僞日滋, 巧詐橫生, 舞術僥倖者, 接跡於中外, 觸法抵罪者, 相望於前後, 以病我淸明之治歟? 伊欲使取人之道, 大公至正, 上不循私, 下不用術, 得士之盛, 無愧於前古, 其道何歟? 諸生於修己治人之學, 講之有素, 其各悉陳.

對

擧杖而呼狗, 無恠夫狗之不來也, 張弓而呪鷄, 無恠夫鷄之不至也. 潛魚擇淵, 高鳥候柯, 則取士之無其誠, 用人之無其道, 公私之雜糅, 邪正之混進, 而謂之得取士之道, 可乎? 今執事先生, 當禰鶚乘風之日, 際莊鵬運海之秋, 特擧科擧之權輿, 欲聞古今之得失, 爨下之桐, 不可彈也, 溝中之木, 不足用也. 贅辭飛言, 徒自塵穢視聽, 而科擧之弊, 亦嘗耳聞而目擊之矣, 敢不倒廩傾囷, 羅列而進也.

竊謂發於天理者, 公也, 出於人慾者, 私也. 天理之公, 根於■■■[51]固有, 人慾之私, 生於物我之相形, 不可使或間者, 公心也, 不可使或■■[52]者, 私意也. 人已不立, 則形骸有彼此之別, 物我不分, 則比鄰有藩牆之隔, 眇綿不察, 而胡越異歸, 毫釐有差, 而千里致謬, 是以文明之世,

---

51) ■■■: 글자의 마모가 심해 정확한 판독이 어려우나 '人心之'로 보아야 할 듯하다.
52) ■■: 글자의 마모가 심해 정확한 판독이 어려우나 '公正'으로 보아야 할 듯하다.

以公滅私, 故事得其宜, 治得其正, 庸暗之世, 以私勝公, 故事失其宜, 治失其正, 爲治之君, 可不有以存天理之公, 而遏人欲之私乎? 權衡設而不可欺以輕重者, 惟其平也, 繩墨設而不可欺以曲直者, 惟其正也, 欲法古昔之所以治, 必先法公道之所以行, 欲祛時世之所以弊, 必先祛私意之所以行. 如是則取士者以公道而取, 用人者以公道而用, 士之進以公退以公, 庶無循私害公之弊乎.

請因明問所及而陳之, 三[53]元八凱之奮用, 三宅三俊之登進, 傅岩築老得於夢寐之間, 莘野耕叟起於湯幣之勤, 而朋來簪盍, 拔茅彙征者, 何莫非應時之賢 協世之良, 則科擧之名, 三代以前, 未有聞也. 周文郁郁, 製備度具, 司徒教三物而賓興之, 司馬辨官材而定其論, 周之得人, 於斯爲盛. 漢有孝悌 · 力田 · 賢良 · 方正, 與夫德行 · 明經 · 明法 · 任事之科, 唐有生徒 · 鄕貢 · 宏詞博學, 與夫明法 · 明等[54] · 一史 · 三史之科, 宋有進士 · 俊士 · 行義 · 節操等擧, 蔚然人材之興, 煥乎賢士之盛, 冠冕廟堂, 領袖士林者多矣. 然而選擧之不公, 任用之循私, 徒有選擧之名, 而反失選擧之實, 故陳湯擧茂才, 而有不奔父喪之罪, 徐淑擧孝廉, 而未免冒年之責. 孝廉之科, 設於東漢而有擧, 孝廉濁如泥之誚, 中正之科, 設於曹魏而有名正, 實奸府之譏, 至有昌黎名儒, 三至禮部, 何蕃碩士, 終身不第, 齊皥以貴, 而不得擧, 王參元以富而不得擧. 錢徽典擧而私擢李宗閔之親, 奚達珣[55]典擧而陰取楊國之子, 東坡反遺李薦, 歐公誤取劉璋, 呂惠卿以己意發第, 王介甫以私學取士, 曳白空紙之刺, 黃茅白葦之習幷興, 此宜王文正公, 所以擧科場條貫, 投地而不取也.

恭惟我國家金科玉條, 聖創神述, 取人之法, 用士之道, 各有條目, 無不詳盡, 子卯午酉之有擧, 經術詞章之並用, 鳳不及栖, 龍不暇伏, 劍宣其利, 鑑獻其明, 大山長谷之■■■■[56]輩之中, 彈冠而起, 聳袂而出, 聯名鄕曲之英, 得參會省之試, 釋葛中林, 爵爲時揀者, 無慮其幾.

奈之何, 近年以來, 公道烟滅, 私意星馳, 嚴規峻法, 競作奸究之囊橐, 煩科紛律, 祇爲巧詐之嚆矢, 爲試官而操弄批考, 惟意輕重上下次第, 惟視親疎, 爲士子而奔走攀附, 曲求得失致賂下吏, 潛圖高低, 場未設而先揣甲者之居甲, 榜未出而豫知乙者之居乙, 有籍蔭權貴之門而得參者, 有結好試量之員而居首者, 多財者易於捷巍科, 心巧者得以謀高第, 中外同道, 文武皆然, 舞奸巧

---

53) '三' 옆에 '八'이 가필되어 있는데, 문맥상 '八'이 옳다.
54) 等: '算'의 오기로 보인다.
55) 본문의 奚達珣은 達奚珣의 오기로 보인다.
56) ■ ■ ■: 글자의 마모가 심해 판독이 불가능하다.

之術, 肆邪曲之謀, 犯祖宗金石之典, 病朝家清明之化, 踵相接而轍相循乎?

　愚也中夜而起, 反覆而思我國之法, 大抵皆文具而已, 徒名而已, 情不可勝法, 而有以情而廢法, 私不可勝公, 而有以私而滅公者. 文官之侍從者, 則委考士之任於內, 守令之剛明者, 則專試人之柄於外, 祖宗之良法美典, 至詳至密, 而近來典貢擧者, 多出於冗雜, 而該曹注議之際, 有同塞員而填闕, 監司差定之間, 不卞涇濁而渭清, 則過眼終迷日五色之嘆落, 却親情賣至公之嘲, 將何時而已耶? 昔宋白典春官, 而蘇 · 王中選, 程羽掌選擧, 而張 · 寇聯名, 皆足以致一代人材之盛, 爲數世大用之具矣. 方平司文, 則賦尙典要, 歐公持衡, 則文變渾雅, 人才之盛衰, 文章之美惡, 皆係於主司之如何耳. 然則欲救科擧之弊, 宜愼任典擧之官, 而一以大公至正者, 委其任, 勿以循私用情者, 專其柄, 如是而後, 爲試官而不至於枉黜曲陟, 爲士子而不至於巧捷幸中, 而杜牧豈至於再屈, 元結必售於禮郎矣? 不然則雖日新事目月申令規, 而無益於旣私之人心也.

　執事之問, 愚旣略陳於前矣. 於篇終, 又有獻焉. 愚嘗意用人之路一也, 取士之途同也. 門蔭之不公, 有甚於科擧之弊, 而執事之問, 不及於此意者, 將擧一而反三歟! 擧重而捨輕歟! 朝泣楚璧, 暮皷秦瑟, 古人所刺, 而今亦有之. 擧頭公廷, 提袖王門, 識者所譏, 而今亦有之. 寧不慨懷? 國家設保擧之制, 用公薦之法, 其所以籲俊之方至矣. 以至於今, 公道板蕩, 私意盛行, 奏政之日刺 ■■[57]), 亦鴈麻之際, 請札公行, 顧之科擧旣如此, 顧之門蔭又如是, 此士之所以難進也. 如愚生者, 十載鷄窓, 抱丹桂之恨, 半生靑灯, 懷碧桃之怨, 思欲張危膽, 括狂舌排塵世而叫閶闔者久矣. 今荷大問, 敢不露其情素.

　謹對.

夷狄

問

王者待夷之道, 征伐和親而已. 考之於古, 高宗之於鬼□[58], 宣王之於玁狁, 漢光武之於交趾, 唐太宗之於突厥, 皆以征伐而興隆. 周穆王之於犬戎, 秦始皇之於北胡, 南宋之於金元, 皆以征伐而衰亡. 大王之於薰鬻, 文王之於昆夷, 漢高之於兇奴, 宋眞之於契丹, 皆以講和而致治. 晋武之於羌胡鮮卑, 唐德宗之於吐蕃, 宋徽·欽之於女眞, 皆以講和而致亂, 征伐一也, 而興衰有異, 和親一也, 而治亂不同, 何歟? 大抵言征伐者, 皆以和親爲辱國, 主和親者, 皆以征伐爲開釁, 何以則待夷狄得其道, 而無辱國開釁之患歟?

對

無怠無荒之德衰而來王者反爲梗化, 不拒不追之道失而歸付者至於構亂, 風塵暗於華夏, 衣冠辱於膻腥者, 代各有之, 愚之恨, 未嘗不起於往史, 究上策之所在, 藏一得於胸中者久矣. 今承明問適及於此, 則愚雖未閑軍旅, 請以迂踈之見, 爲執事籌之.

竊謂書曰: "蠻夷猾夏", 詩稱"戎狄是膺", 夷狄之始遠矣, 蠻夷之禍久矣. 與天地俱生, 與中國並立, 爲絕代不牧之民而豺虎於門欄, 爲方外難服之種而癰疽於心複, 故王者之御世也, 或興師動衆, 以討其憑凌, 或遣使奉幣, 以結其昆弟, 古今待夷之道不過乎玆兩科, 而其所以征伐和親者, 各有其冝, 吾威之可以讋彼之頑, 吾時之可以合天之心, 恥鼾睡之在榻, 憤一方之不庭, 而征伐之必於是, 則孔棘者, 挫蜂蠆之毒, 而伏於神武之威矣. 苟或不察乎此而不服之是憤, 事外之是狃, 不修可畏之威, 徒詢征伐之名, 則暴露不救於輿尸, 危亡之勢, 其不至乎. 吾力之可以制彼之悍, 而吾勢之有所居於時, 視之如犬羊, 不較其大小, 養之以時晦, 務息其瘡痍, 而和親之必於是, 則匪茹者, 戢反側■■[59], 而順於丹青之信矣. 苟或不念乎此而偷安之是務, 姑息之是■[60], 不

---

58) □: 문맥상 ‘方’으로 보아야 할 듯하다.

修可信之恩, 只慕和親之名, 則金繒不盈於溪壑, 衰亂之釁, 其不成乎. 是所以征伐雖同, 而興衰歸於殊途, 和親雖同, 而治亂分於異轍者也.

雖然, 征伐出於可怒, 和親由於可畏, 梯山航海, 稽顙輸誠, 則自無可怒之端, 何事於干戈? 奉貢執贄, 稱藩納款, 則自無可畏機之, 何事於金帛乎? 書曰"明王愼德 四夷咸賓", 傳曰"中國有道, 守在四夷.", 爲天下國家者, 誠能盡明王之德, 西被而東漸, □61)中國之道, 洋中而溢外 則臣服之不暇, 尙何征伐之是慮, 奔走之恐後, 尙何和親之足論乎? 然則無開釁之患, 而可以制挺而撻之者, 不在於德乎, 無辱國之失, 而可以杖筆而鞭之者, 不在於道乎?

請因明問, 所及而白之. 鬼方梗化, 高宗伐而克之, 獫狁侵陵, 宣王征而逐之, 討交趾, 而光武之中興益盛, 殲突厥而太宗之功業益隆, 穆王伐犬戎而荒服不至, 秦皇劫北胡而蕭牆禍起, 南宋賂金元而反受其鋒, 其爲興師一也動衆一也, 而興亡之不一, 何耶? 獯鬻倔强, 大王事而安其民, 昆夷侮慢, 文王事而樂其天, 賂匈奴而高祖之天下平定, 和契丹而眞宗之民物阜安, 晉武納單卑而遺患, 德宗親吐藩而示弱, 欽·徽與女眞而見賣, 其爲行貨一也, 奉幣一也, 而治亂之不同, 何歟? 征伐一也, 則其興也, 宜無不同, 其亡也, 宜無不一, 而或至於興隆, 或至於衰亡, 可怪也歟! 和親同也, 則其治也, 宜無不同, 其亂也, 宜無不同, 而或至於致治, 或至於構亂, 可怪也歟! 愚聞征伐不徒在於興師動衆之間, 而有征伐之要, 曰威也, 曰時也, 和親不徒在於行貨奉幣之間而有和親之要, 曰力也, 曰勢也, 威可以制, 時可以動, 而征之則攻無不下, 戰無不克, 而致萬世之補矣. 力雖可勝, 威有所屈, 而和之則求之無不應, 言之無不順, 而爲一時之利矣. 以是而論之, 以是而斷之, 則古昔帝王之得失, 難逃於明鑑之中矣.

盖高宗屬商室之微, 銳中恢之志, 賞不濫而刑不僭62), 平荊楚而正紀綱, 宣王承厲王之烈, 奮撥亂之志, 蕃四國而復文武之境土, 平淮西而會諸侯於東都, 威可謂振矣. 而蕞爾鬼方猖然一隅, 蠢玆獫狁誕敢爲■■■63), 時果不可應乎. 勞三年而討稔惡肆暴之罪, 興六月而遏侵鎬及方之勢, 炎運告替, 回王氣於白水, 提釰奮臂, 雙群雄於一破, 天地重新, 誰敢我侮? 威可謂振矣. 而交趾拒轍於

---

59) ■■: 글자의 마모가 심해 판독이 불가능하다.

60) ■: 문맥상 '安'으로 보아야 할 듯하다.

61) □: 문맥상 '盛'으로 보아야 할 듯하다.

62) '濫'과 '僭'의 오류로 보인다. 이것은 '賞不僭而刑不濫'으로 고쳐야 할 듯하다.

63) ■■■: 글자의 마모가 심해 판독이 불가능하다.

江淮, 突厥致蠹於沙漠, 時果不可應乎. 命伏波而討之, 遣李靖而破之.

噫, 吾威若此而彼犯之, 天時若此而斯應之, 非得於征伐之道乎. 穆王盤遊無度, 遍馬跡於天下, 恒歌黃竹, 愁萬民於塗炭, 徐夷作亂, 海內虛耗. 始皇殘滅六經, 致天怒而神怨, 魚肉生靈, 使衆叛而親離, 群雄蜂起, 函關將裂. 南宋國步板蕩, 延壃命於朝夕, 奸臣眩亂, 土日蹙於百里, 天不悔禍, 威迫旋踵, 威果何如, 時果何如? 而憤犬戎之不廷, 却謀夫耀德之謀, 懼北胡之爲患, 起蒙恬十萬之師, 眩金 · 元之利害, 敗息壤在彼之盟, 雖得白狼而未補荒服之不至, 雖闢千里而無救軹途之素車, 雖快一時而終致唇亡而齒寒. 噫, 以不振之威而欲人之畏, 以自反之時而兵人之國, 可謂得征伐之要乎? 大王肇基王跡, 纘后稷之緒, 施仁邠土, 得歸市之人, 文王如傷, 致子來之美, 敷化西方, 有三分之二, 力可謂殷矣. 其獯鬻之侵暴, 昆夷之陸梁, 如狗鼠之偷竊, 可一舉而勤之, 而以養人而害人, 不忍於交爭, 以夷明而養晦, 方務於服事, 則以仁討賊, 雖快於屬耆老之日, 而於勢則不可, 以直伐曲, 雖便於甘遊畋之時, 而於勢則不可, 當日之勢, 不亦有所屈乎? 是以, 事之以珠玉, 拳之以皮幣, 一以結民之心, 一以致彼之化, 玆非得私親之要乎?

高祖化環堵爲四海, 登布衣於萬乘, 顚秦躙楚, 雷厲風飛. 眞宗承三葉, 殷富之餘, 撫四海, 昇平之運, 政修事擧, 頤指如意, 力可謂殷矣. 其於匈奴之構兵, 契丹之警邊, 是不難盪覆掃除, 而五年風塵, 瘡痍未起, 過河暴露, 生民重困, 則十萬橫行, 雖快於威加四海之日, 而於勢則不可, 隻輪不返, 雖快於聲振北城之時, 而於勢則不可, 當日之勢, 不亦有所屈乎? 是以, 遣章眷而□[64]之, 命利用而親之, 一以安其民, 一以戢其鋒. 噫, 以必勝之力, 而不恃其力, 以不利之時, 而惟適其勢, 玆得於和親之要乎?

晉武承廢弑之餘, 襲戰伐之緒, 荒沉于上, ■ ■[65]于下. 德宗値天步之艱難 任資性之猜忌, 國事日非, 叛將 ■ ■[66]. 徽 · 欽當九五之會, 屬顚躙之時, 天怒益深, 奸雄舞術, 則力果何如, 而昧羌戎雜處之害, 而拒郭欽之長慮, 信吐蕃反側之計, 而辟延賞之邪說, 陷女眞射天之謀, 而拒忠直之確論, 雖安目前而未救滋蔓之禍, 雖保一隅而俄受縱兵之毒, 雖延朝夕而終致北狩之痛.

噫! 以將摧之力而欲人之懷, 以不振之勢而驕人之勢, 可謂和親之得其要乎. 由是觀之, 高宗 · 宣王得其要而中興, 而光武 · 太宗學高宗 · 宣王而共其福者也. 穆王 · 秦皇反是而衰亡, 而南宋

---

64) □: 문맥상 '撫'로 보아야 할 듯하다.
65) ■ ■: 글자의 마모가 심하여 판독이 불가능하다.
66) ■ ■: 글자의 마모가 심하여 판독이 불가능하다.

諸君踵穆王·秦皇而同其禍者也. 然則曰威曰時之於征伐, 豈不重且大乎? 大王·文王得其要而致治, 而高祖·眞宗學大王·文王而共其福者也. 晉武·德宗反是而致亂, 而徽·欽二宗踵晉武·德宗而同其禍者也. 然則曰力曰勢之於和親, 豈不重且大乎? 興亡之則, 於玆決矣, 治亂之幾於玆判矣, 征伐之名雖一, 而其實不可謂之一矣, 和親之名雖同, 而其實不可謂之同矣. 其實不一則興亡之不一, 無恠也, 其實不同則治亂之不同, 無惑也.

嗚呼! 古今天下, 論待夷之策者不一, 而搢紳之士, 則必以和親爲主, 介胄之夫, 則必以征伐爲言. 主和親者, 詆之以辱國, 言征伐者, 訾之以開釁, 一以干戈爲事, 一以金帛是講, 堂堂大地, 胡塵澒動, 蕩蕩區夏, 戎馬墜突, 可勝嘆哉! 然則王者之待夷, 至於征伐而已, 中國之禦戎, 至於和親而已乎? 苗民之格, 見於舞干之後, 西旅之獒, 致於通途之日, 則不以征伐而可以待之者, 非德乎? 不以和親而可以禦之者, 非道乎? 德者本於身而及人者遠, 道者行於己而及物者廣, 苟能明吾之得於天者, 而盡明王之德, 行吾之當於理者, 而修中國之道, 仁義行而有可化之實, 紀綱明而無可棄之機, 則被髮左衽之流, 皆爲王臣矣. 炎風朔雪之鄕, 莫非王土矣. 豈必辱國而後待之, 開釁而後御之乎? 是知征伐非待夷之至計, 而乃由於吾德之衰也, 和親非禦戎之上策, 而乃由於王道之失也. 主普天之下居臣妾之上者, 可不知其然, 而思所以處之乎?

愚也, 就執事之問而粗論古人之■■[67], 於篇終, 始以當今之事言之, 可乎? 惟我國家南隣島夷, ■[68]連野人, 德以化之, 道以服之, 致其獻琛輸誠者, 垂二百年于玆, 而近來以來, 南有屠城之賊, 北有伺隙之寇, 雖曰蜂蠆之小毒, 不足爲國家之所憂, 而亦不可邈然而不爲之所也. 以今日之勢而考今日之勢, 則可以征伐乎, 可以和親乎, 其征伐, 其和親, 未知孰爲可, 孰爲不可, 則惟以古人之事, 言之曰若至於征伐, 則以高宗·宣王爲法, 揆諸曰威曰勢, 而以穆王等數君爲戒, 則可以俯視乎光武·太宗之未盡者矣. 若至於和親, 則以大王·文王爲法, 揆諸曰力曰勢, 而以晉武等數君爲戒, 則亦可不屑乎高祖·眞宗之未盡者矣. 雖然, 征伐非臣民之所大望, 和親亦非臣民之所上願, 則其無怠無荒之德, 不拒不追之道乎? 方今聖君在上, 賢相在下, 論之熟矣, 講之精矣. 而愚之此言, 又出於明問之外者, 豈非憂治世, 而危明主之遺意歟?

謹對.

---

67) ■■: 문맥상 '得失'로 보아야 할 듯하다.
68) ■: 문맥상 '北'으로 보아야 할 듯하다.

六弊

問

惟我國家, 聖繼神承, 重熙累洽, 聖明在上, 賢佐勵翼, 夙夜圖治, 可以隆興矣. 近年而來, 淳漸爲灘, 世遠趍降, 百弊俱起, 難以彌縷, 姑撮其要重者而言之, 人心不古, 奸巧日滋, 恬不畏法, 法或隨毀, 何以則人皆以忠信爲主, 自能奉行歟? 風俗不厚, 上下相陵, 侮慢成習, 告訐爭起, 何以則人皆恥言人過, 而禮讓相尚歟? 儒術不可不明, 而頹靡日甚, 口耳爲事, 不勤其業, 經術無聞, 文章不見, 如何勸勵有道, 宏才輩出, 以賁文明之化, 如何而可耶? 兵務不可不振而墜廢已久, 而軍資虛竭, 粮糧難費, 閑丁脫漏, 兵多闕額, 如欲儲峙有裕搜括得宜, 以爲緩急之用, 則如何而可耶? 量田所當擧行而慮有小弊, 久未得申, 陳舊猶稅, 新墾不賦, 民怨既多, 國計亦虛, 使之弊不及民, 而能改其量, 得免上下之病, 其策何在? 驛路所當蘇復而凋耗之弊, 八道皆然, 郵亭罕存, 駉騎並闕, 運轉難任, 馳驅將絶, 使之傳置不廢而人馬不困從致殷富之實, 其策安在?

對

易曰: "觀民設教" 傳曰: "爲政在人", 豈不以明教而厚其俗, 得人而任其事, 則可以興善治而革弊政乎? 今執事先生, 特■■[69)治■[70), 六弊下詢, 待問之多士, 其欲化俗安民者至矣. 愚雖藿食■■[71)於目擊之時, 扼□[72)於仰屋之日久矣, 敢不慨然吐一說. 竊聞, 易曰: "教思無窮", 書曰: "惟其人", 教之於化俗人之於補弊, 豈偶然哉? 教化明則世道不期正, 而自不得不正, 其人存則弊政不期祛, 而自不得不祛矣.

是以, 古之人君銳意求治者, 不患夫世道之未淳, 而惟患吾教之不明, 不患夫弊政之不一, 而惟

---

69) ■■: 문맥상 '擧其'로 보아야 할 듯하다.
70) ■: 문맥상 '本'으로 보아야 할 듯하다.
71) ■■: 문맥상 '流涕'로 보아야 할 듯하다.
72) □: 문맥상 '腕'으로 보아야 할 듯하다.

患夫其人之未得. 惟其未淳也, 風偸俗薄, 士習趍下, 則不求於他, 而明吾教而化之. 惟其不一也, 公虛私困, 齊民受病, 則不求於他, 而得其人而付之. 如提綱而目張, 挈領而裘順, 用力至簡而收功也速, 爲事不勞而見功也多. 然則今日之世道, 可變其未淳者, 有要, 今日之弊政, 可補其不一者, 有由矣. 苟能明教而化其俗, 則薄者可反而厚矣, 得人而補其弊, 則虛者可轉而實矣, 病者可變而安矣, 教之最關於化俗者, 不在此乎? 人之莫大於補弊者, 不其然乎?

請因明問而白之. 恭惟我朝建運旣久, 聖繼神承, 道隆德洽, 貽厥之謀, 至精至密, 監于之誠, 不愆不忘, 重熙累洽, 式至今日, 纘二祖八宗之丕構, 撫百年昇平之鴻運, 宵衣旰食, 勵精圖治, 同德之佐, 居廟堂之上, 盡言之臣, 處耳目之列, 其所以孜孜講求眷眷可否者, 何莫非圖臻至治務回隆古歟? 宜乎周歧之鳳, 鳴於盛德, 唐藪之麟, 遊于大平, 而奈之何, 近年以來, 世道日降, 弊政多端, 人心詛詐, 風俗頹敗, 儒術不明, 而文之道蠱, 兵務不振, 而武之備缺, 經界當正, 有不正之嘆, 郵傳當實, 而有不實之憂, 以爲明時之病, 盛治之陋乎?

愚未知教化已明而世道猶薄, 得人已盡而弊政猶在耶! 人心之不古也, 則奸僞巧滋, 不知忠信之可行, 謀猷孔譎, 罔念法令之可畏, 毫髮之爭, 至於按釰, 睚眦之隙, 便成異路□[73], 出心肝, 朝同襟也, 反擠下石, 暮仇敵也, 牛維馬縶, 蠅營狗苟焉. 風俗之不厚也, 則上下相陵, 不知禮讓之可尙, 奢侈相高, 罔念貴賤之當辨, 吹毛覓疵, 喜言乎人過, 猜能忌才, 馴致乎構陷, 唯唯諾諾, 初相好也, 緝緝翩翩, 轉告訐也, 任情恣行, 肆欲無忌焉.

以言其儒術也, 則不尙■[74]之■[75], 徒養浮薄之習, 未離貂[76]齕, 先懷靑紫之念. 纔窺甲乙邃學, 科程之文, 聖經賢傳, 則剽竊之是事, 微言奧旨, 講求之無心, 頹靡隨嬉, 不復切磋, 放蕩縱弛, 未嘗收斂, 卒至大道至理, 已晦於世, 而文章德業, 有愧於古, 過此而往, 何以維持乎?

以言其兵務也, 則風塵未嘗不驚, 而兵多闕額, 暴露未嘗不廣, 而軍無見糧, 戎器雖鍊, 而破缺者居半, 積粟雖講, 而虛竭者未充, 良丁脫漏, 徒有搜括之名, 糇糧難繼, 有愧軍資之號, 羸兵負羽, 弱卒被甲, 卒至堂堂之勢已去, 而超距之樂未聞, 脫有警急, 何以維持乎?

王政必自經界始, 故量田有其法, 而因循拘礙, 憚於擧行, 東南之畝不明, 高曾之券難徵, 孤弱

---

73) □: 글자가 있었으나 후에 지운 것이다.

74) ■: 글자의 마모가 심하여 판독이 불가능하다.

75) ■: 글자의 마모가 심하여 판독이 불가능하다.

76) 貂: '齠'의 오기로 보인다.

被呑於強壯, 貧窮見倂於豪右, 舊陳鞠爲茂草, 而猶懲舊稅, 新墾已成菑畬, 而不問新賦, 貽病上下爲日久矣.

詔命必以郵傳先, 故置驛有其制, 而侵漁剝割, 難乎蘇復, 徒有奔走之勞, 未蒙撫摩之惠, 一村茅茨半沒於蒿蓬, 數間空館已頹於道傍, 騎無疾馬步無健卒, 轉運者, 連絡而每患於遲滯, 駈馳者, 旁午而常病於難任, 凋耗之弊, 至於難救焉. 夫如是, 則主上不得怡, 而宰相以爲憂者, 固也. 執事之安得不勤於下問而欲聞救之之策乎? 愚也戴天, 而不量其高, 望海而未測其深, 故徒能見俗之偸簿, 而不知其所以簿, 徒能見政之多弊, 而不知其所以弊, 又安敢褒燕石而誇玄圃 · 戴魚目而遊滄海乎? 雖然賈生之忠, 切於化俗, 劉公之愼, 發於祛弊, 則豈以井蝸自期而敢諱捫虱之談乎?

夫化俗之方, 莫良於明敎, 補弊之要, 莫善於得人, 明敎而俗不化者, 未之見也. 得人而弊不革者, 未之聞也, 則治今日六者之弊, 豈出於明敎得人之外哉? 人心未嘗不淑, 而今則不古, 風俗未嘗不善, 而今則不厚, 以至儒術不明, 漸成偸靡者, 豈無所因而然哉? 以敎化不明而然也.

兵務未嘗不振, 而今則墜廢, 量田未嘗不行, 而今則沮閣, 以至驛路未蘇, 漸成凋耗者, 豈無所因而然哉? 以其人不存而然也. 不明其敎, 則人心風俗儒術也如此, 不得其人, 則兵務量田驛路也如此, 其可不思所以躬行而明敎則哲而官人乎. 誠能躬行而明敎, 以化世道之薄, 已人心之不古者古, 皆以忠信爲主, 而自能奉法矣. 風俗之不厚者厚, 咸知恥言人過, 而禮讓相尙矣. 儒術自明, 以收虎變之效, 宏材輩出, 可賁□[77]之治矣, 何患乎今日之所患乎? 誠能則哲而官人, 以治弊政之源, 則兵務之不振者振, 儲峙有裕, 搜括得宜, 以爲緩急之用矣. 量田之不擧者擧, 弊不及民, 能改其量, 得免上下之病矣. 驛路自蘇, 可保傳置之不廢, 人馬俱足, 可致殷富之實矣, 何憂乎今日之所憂者乎?

嗚呼, 明敎之論, 初非不世之奇謀, 而其效也如彼, 得人之說, 亦非駭俗之奇語, 而其驗也如此, 彼粱肉之比利器之喩, 豈徒然哉? 雖然, 明敎貴於盡誠, 得人在於用明, 苟不盡誠, 而徒欲敎之明, 苟不用明, 而徒欲人之得, 則不古不厚者, 吾知其終於不古不厚矣. 儒術, 安得以明乎? 不振不行者, 吾知其終於不振不行矣. 路驛, 安得而復乎? 然則今日之所當知者, 非盡誠以爲明敎之地, 非用明以爲得人之本哉!

執事之問, 愚旣略陳一二, 而於篇終又有獻焉. 傳曰: "知所先後", 又曰: "急先務也", 天下之

---

77) □: 판독이 불가능하다.

事, 何適而無本末輕重之分乎? 今以六者觀之, 莫非病俗害治, 而若論輕重本末於其間, 則豈無所當先者乎? 人心之不古, 風俗之不厚, 非他, 而皆由於儒術之頹靡, 儒術苟得其正, 而敎化大明於世, 則不厚之風俗, 自至於厚也. 不古之人心, 自復於古也, 人心既古, 風俗既厚, 則在上者莫非君子, 而在下者莫非正人矣. 以之而得人, 則所得者, 皆君子, 以之而用人, 則所用者, 皆正人, 而兵務之振, 豈無遊刃者乎? 彼量田驛路等事, 特措置中緖餘耳, 然則所當先者, 非儒術乎? 所當急者, 非儒術乎? 愚故既以明敎得人, 爲化俗救弊之要, 次以盡誠用明, 爲明敎得人之方, 終以儒術爲五者之本, 辭極質俚, 不合程式, 伏惟執事, 進而敎之.

聖賢事業

聖賢之道, 本諸天, 聖賢之心, 著於事, 其得志而行乎世, 若合符節焉. 所謂'前聖後聖其揆一也', 若以其事言之, 亦有所不同者. 其故何歟? 伊尹耕于莘野, 傅說隱于板築, 其志若將終身也, 而使無成湯之聘幣, 武丁之旁求, 其將不出而行世耶! 孔子周流天下, 孟子遊事齊·梁, 遑遑栖栖, 欲有爲者, 何歟? 濂溪·明道, 臨莅州郡, 不以爲浼, 而伊川常不欲仕, 晦菴拜官輒辭, 其志果何如也? 伊·傅·孔·孟之事. 必有所以然, 可指出而言歟! 宋之四賢, 傳聖賢之道, 其見於事者, 宜無不同, 而或不同者, 何歟? 諸生學聖賢之道, 其將何所慕而何所從耶? 幸毋曰有司之不我知而有所隱也, 將以觀諸生之志.

抱雲雷經綸之願, 懷風水井渫之惻, 每念古聖賢時行時止之以道, 未嘗不有孚顒, 若於中心者久矣. 今執事先生, 得咸臨貞吉之時, 慕大人利見之盛, 慨龍德時舍之衰, 特發聖賢行世之有異, 欲聞事業一揆之論旨哉, 問矣適我願也.

竊謂道之大原出於天, 而惟聖賢能率之, 心之全體在乎人, 而惟聖賢能存之, 率之而見於行, 存之而著於事, 故世之相後, 千有餘歲, 而其得乎志行乎世也, 若符節之無不脗合者焉. 然而就其跡而觀之, 則前聖之計, 或異乎後聖之事, 後賢之事, 或異乎前賢之行, 前日之行, 是則後日之事, 非也. 後日之事, 是則前日之事, 非也. 雖然萬古常行而不息者, 此道也, 千聖相傳而不背者, 此心也, 道一道也, 心一心也, 則與民由之者, 何異乎修身顯世者乎, 救世誠切者, 何異乎以道自任者乎, 然則道苟同也, 心苟同也, 則其於行事之不一者, 何必同其可同者, 而不同其不同者, 是豈非聖賢'樂則行之憂則違之'之情乎?

請因明問而列白之. 初登于天, 後入于地, 時乎不明而晦而不利有□□78), 則有莘之耕, 版築之隱, 宜乎含章可貞也. 及其飛龍在天, 同氣相求, 時乎天下之明而其進無咎, 則應三聘之勤, 赴一夢之交, 宜乎不家食吉也, 潛龍勿用, 陽在下也, 而時乎不可以有輔也, 則天下之轍, 齊·梁之車, 宜乎愼所之也, 然而君子乾乾欲及時也, 而況聖人無不可爲之時! 天下之溺, 盖欲拔之以道, 則宜乎欲自試也, 然則尙消息盈虛而順行者, 所以合乎天德也, 知進退存亡而不失其正者, 其惟聖人也. 則處畎畝之中, 築傅岩之野, 同此道也, 將聖之轍環, 大賢之傳食, 同此心也. 世入叔季, 聖道久晦, 天運循環, 人心不泯, 復見天心, 朋來無咎. 幸光風霽月之賢, 瑞日祥雲之儒, 皆以行義達道之志, 行濟世安民之道, 雖知其不易乎世不成乎名, 而遺佚不怨, 阨窮不憫, 不以小官而辭, 不以卑縣而逸, 留意於一般之趣, 存心於一物之濟, 此所謂不可大事而可小事者也.

至若規圓矩方之彦, 從容禮法之士, 皆以先民高蹈, 任重道遠, 言必忠信, 動遵禮義, 道中庸而致廣大, 尊所聞而行所知, 不欲其苟仕寧, 焉以其義就焉. 道德仁義, 充積於中, 而不願人之文繡也, 範我馳驅, 無失其正, 而不欲枉己驟進也. 所謂非禮不履, 志以正也. 然則善世而不伐, 德博而化者, 與時偕行也. 知知之知從從之者, 可與存義也, 則頻佩銅章, 不屑就也者, 道之同也, 或退或辭, 而歸潔其身者, 心之一也.

合以觀之, 則天之生聖賢也不數, 而聖賢之所以自任者, 爲如何哉? 爲天地立心, 爲生民立命, 爲萬世開太平, 正己而物正, 堯·舜其君民, 躋斯世於唐·吳[79], 熙鴻號於無窮者, 夫豈非本心哉? 然而君之不能尊賢也, 時之不能常治也, 故雖聖賢之才德不能施, 其抱負之大, 可勝惜哉! 惟幸阿衡之於成湯, 良弼之於高宗, 相得益章, 專美有商, 則以時發也, 若不遇成湯·高宗, 則必不枉道而循人, 亦終焉已矣.

嗟呼! 孔·孟之所以行而不止者, 以天下爲一家, 以中國爲一人, 欲使亂臣賊子, 不肆行於世, 邪說淫辭不害乎人心, 玆豈非與樂堯·舜之道, 作舟楫之濟者, 同其道一其心乎?

爲政精密, 務盡道理, 薄於所取, 厚於得民者, 濂溪也, 龍德正中, 厥施斯普, 聞風誠服, 覿德心醉者, 伯子也, 則與東周之意, 王齊之志者, 同其道一其心乎. 而況聞罷之日, 卽取遠道者, 伊川也, 勾管卽辭, 奉祠亦辭者, 晦菴也, 則與用行舍藏, 直道而不枉己者, 同其道一其心乎. 然則或得其君而行其道, 或未得其時而不能忘其世, 或出而濟斯民, 或退而善其道, 要其歸, 則何莫非道之

---

78) □□: 공란이 있으나 판독이 불가능하다.

79) 吳: '虞'의 뜻이다.

同也, 心之一也, 吾豈有間然於其間哉?

執事之問, 愚旣略陳於前, 而復以愚生之所志者, 爲篇終獻焉. 易曰: "時止則止, 時行則行, 動靜不失其時, 其道光明", 伊 · 傅之所以出而經世者, 時之幸也. 孔 · 孟之所以周流遊事者, 時之不幸也. 周 · 程之屢試於州郡者, 時雖不可而志則行也, 程 · 朱之不行輒辭者, 時亦不可而道則尊也, 茲豈非止則止行則行或動或靜而不失其時者乎? 今也, 上有湯宗之聖, 下有伊 · 傅之佐, 明良相遇, 小往大來, 旁招後彦, 列于庶位, 愚何幸身親見之, 則愚之所慕而欲從者, 何敢以古聖賢不遇者自處哉? 愚所以軒眉聳袟, 常誦高宗命傅說之言曰: 昔先正保衡, 作我先王曰: 予不克俾厥后惟堯 · 舜. 其心愧恥, 若撻于市, 一夫不獲, 則曰時予之辜, 罔俾阿衡, 專美有商, 愚於是說, 深有感焉.

謹對.

歷代興亡

問

云.

對

恭惟盛時, 設科取士, 執事先生, 臨圍發策, 特擧慮患之方, 以及歷代之迹, 而繼之以言外之論欲問, 預措先爲之說. 愚雖不敏, 敢不考古揆今, 以復明問之餘意乎? 竊謂天下之生久矣, 一治而一亂, 其亂也非自亂也, 必有基緖於毫忽之微, 萌蘖於隱伏之中, 日以漸月以重, 終至於熾大而莫之救也.

是故, 聰明睿知之才, 先見於人所未見, 獨聞於人所未聞, 研其微而炳其幾, 原其始而要其終, 揣摩籌度於方寸之間, 區畫處置於後施之際, 能使轉移之機, 更張之規茫乎默運, 而人莫之知也. 然非至明, 不能察其微, 非至剛, 不能制其動, 知而疑畏避難者非也, 不知而輕擧妄行者亦非也, 必也明以察之於未形, 剛以制之於將然之後, 小而無悔吝之萌, 大而免禍敗之及. 隆古之所以常治, 後世之所以常亂者, 何莫非由二者之能不能乎?

請因明問所及而陳之, 唐·吳[80]三代之盛, 明良相遇, 治具畢張, 風動之化, 皞皞熙熙.

其終也, 雖有文敬質之弊, 遐哉邈乎, 固不可議爲, 至於嬴秦, 以西戎之裔, 乘六國之衰, 驅民於魚肉之域, 制勝於干戈之力, 於是, 召募閭左而强其兵, 郡縣天下而富其國, 信讖謠之僞, 城萬里之遠, 其所以慮患而周防者, 無所不至, 而萬世帝王之計, 卒墜於闒茸之手, 秦之所務者, 其可謂得其要乎? 炎漢開基, 傳世未久, 席財力之富, 襲亡秦之轍, 於是, 選將帥而封李·霍, 鍊軍卒而擇材官, 却匈奴於萬里之遠, 掃王庭於漠南之外, 其所以備難而長慮者, 無所不至, 而高皇馬上之業, 遽移於莽賊之簒, 漢之所重者 其可謂得其宜乎?

---

80) 吳: '虞'의 뜻이다.

東都·永平之際, 增置黃門之數, 自鄭衆用事之後, 孫程·曹勝之輩, 參斷帷幄, 勢傾中外, 前後所憂者, 只在於閹豎之構亂, 而終移九鼎者, 非老瞞乎! 晉氏既東, 五胡雲擾, 關·隴之石勒·晉陽之劉淵·符堅, 起兵於長安, 慕容崛起於鄴中, 陸沉之嘆, 不出於數子, 而竟輸神器者, 非劉裕乎? 唐之所患者, 宦官欲重藩鎭之權, 以制其亂, 而反有尾大難掉之弊. 宋之所患者, 朋儻徒急排抑之務, 忽其武略, 而終見金·元割據之患. 嗚呼, 秦之所務者如此, 而禍之所起, 不在於此, 漢之所慮者如彼, 而亂之所萌, 不由於彼, 至於四代之末, 禍患之作, 皆起於計慮之所不及.

此固執事之所疑, 而愚生之所當辨也. 愚也反覆而思之, 狂秦之無道極矣, 其於圖危慮患之策, 無怪乎憂憂乎無聞. 愚何容贅[81]而煩執事之問哉? 若夫漢之餘民, 困於矢石之間, 肝腦塗地, 而魂飛異域, 禍慘窮黷, 而冤怨沸騰, 新莽以折節濂恭之聲, 流播中外, 憑諸父而結英俊, 威勢日隆, 而爵位漸尊, 其取大物也, 何難? 使當時之君臣, 輕外而重內, 崇義而尚節, 不急於目前之規規, 其爲圖危而慮亂, 皆如梅福之先見, 則漸臺梟首之快, 不須多日而見矣.

東都士民, 一蕩於宦豎之手, 再鏖於黨錮之慘, 根本萎薾, 而天下蕭然, 曹操以盖世之雄, 間代之智, 名爲衛主, 而潛懷不軌之志, 攻取戰伐, 無非已由, 而卒受九錫之寵, 其移漢鼎也, 何難? 使當時之君臣, 重名器而制奸猾, 其爲圖危而慮亂, 悉如許召之先見而駕御, 則反爲授首委質之不暇, 安有一毫疑貳之萌於中乎? 典午之業, 前後千百有餘年, 胡羯之憑陵, 無歲無之, 彼所謂南面而稱服者, 皆不知君民之道, 豕突狶縱而無其義, 劉裕以出眾之才, 際群胡之爭, 伺其釁而抵其隙, 攻略鎭守之適其機, 神器之輸, 盖有由矣. 此皆元帝與王導, 失其恢復之策, 而不能預爲防也.

唐之藩鎭之患, 宋之朋黨之禍, 皆由於守其小而遺其大, 急於此而忽於彼, 叛將强臣, 羅列天下, 則幽·薊之亂, 盖可知矣. 帳中賦詩, 武略不競, 則金·元之患, 亦有由矣. 使唐·宋之君臣, 能盡保邦制治之得其要, 則安有厥後之貽亂乎? 由玆以觀, 事機之微, 禍患之伏, 雖云杳冥慌惚, 而莫不有形於無形, 能著於不著, 聰明才之智出類者, 可能鑑照數計而預爲之所矣, 轉危之安之道, 豈外於是也? 氣數之說, 出於無所於歸而非先聖馴, 則何足爲今日道哉?

噫! 以策求士者, 所貴以策而救時, 以言論事者, 所貴以言而革弊, 徒考往古, 而不揆於今, 則何有於救時革弊而有所裨益? 漢·晉·唐·宋之距今日, 如千餘載, 而皆不免積弊而禍生, 則叔季之末, 豈無可慮之端也? 彼所謂兵城閹豎之弊, 藩鎭朋黨之禍, 皆非今日之所見, 則將憂何事慮

---

81) 贅: '喙'의 오기인 듯하다.

何患而預爲之所也? 然而天下之事機無窮, 君國之政緒多端, 豈獨在於前藪者之患哉? 而況藪者之弊, 皆由於民心之不古, 天災之隨至方今, 星文震電之異, 層出而疊見, 頑囂悖戾之風, 比比而聞, 殊非治世之所見, 廈氈之間, 廊廟之上, 苟能行一事而慮其弊, 發一號而憂其患, 觸類而思之, 長慮而却顧, 小而營繕賦斂之煩苛, 大而邪正枉直之進退, 生民之休戚, 上天之譴告, 無不加之以祇勤盒之以敬畏, 則將見成參贊化育之功, 致陰陽風雨之和, 而易災疹爲嘉瑞, 化凶歉成豐穰, 何慮乎禍患之萌而預爲之所也?

執事之問, 愚既略陳於前, 於篇終掛有獻焉. 書曰: "惟幾惟康", 曰: "不見是圖", 詩云"邦國若否, 仲山甫知之", 苟能事幾之萌禍患之微, 察之明而制之斷, 商略措置之得其宜, 則未形者自消, 已著者還弭, 而身而無悔悟之失, 國而免喪亡之患矣. 然必明君良相, 同寅協恭, 同其慮而齊其心, 然後能濟其術. 愚見如是.

謹對.

宦寺

問

宦寺之官, 其來尙矣. 盖取象乎天門, 而旁侍乎宸極, 于以掌闈壺之禁, 通內外之言, 其任雖褻, 而所關亦重, 故官號之沿革不一, 而設局任事, 歷代皆同, 宮正‧宮伯‧黃門‧常侍之名, 昉於何代, 而內侍‧給事‧內班‧殿頭之設, 亦出於何時耶?

其近侍之密, 出入於親, 勢不得而已, 故使令則有稱愜之宜, 受命則無違忤之患, 自非上智之主, 莫不任之以事, 授之以權, 馴致亂亡之禍者, 比比有之. 夫專擅枘勢, 妬嫉忠良, 讒殺賢者, 誰歟? 教成子弟, 上書誣訴, 以致黨錮之禍者, 又誰歟? 至於參預軍務, 寵過而驕, 遂使人主, 不能庇父子之恩者有之, 忌嫉有功, 不奏邊患, 以致乘輿狼狽, 幸陝者有之, 權勢驕橫, 廢立由己, 目天子爲門生者, 亦有之, 其所以致此之由, 可得聞歟? 此其甚者, 而承迎伺候, 圖竊權柄, 睚眥之怨, 必期報復, 螟蛉之族, 亦圖華貴, 使賞罰之柄, 潛移於下, 卒之國亂身戮者, 其可歷指而言歟!

宦寺之禍, 史不絕書, 宜待以家隷, 近而不押, 可也. 然盡心直諫如呂彊, 謙退辭賞如鄭衆, 張承業之竭忠王室, 馬存亮之天資端良者, 亦皆以宦寺例觀之. 不爲信用, 則恐或有違於用人無方之道, 此則其何以處之?

若曰, 忠良者用之, 邪佞黜之, 則刑餘側微之人, 可用者必少, 其傳令服役, 亦且不瞻, 何以則能得其中而無二者之弊歟? 至于我朝, 置院掖庭, 以爲夙夜趨蹌之所, 官號之稱, 亦昉於何代歟? 其爲任, 僅得調劑膳羞, 掃除庭戶, 而間有貂蟬貴寵者, 似濫於古之毋過 四品之制, 此則抑有說乎? 雖使衣冠爵秩之華貴, 而不任權勢之地, 則無害於用宦之道乎. 其或因此寵貴, 無不恃勢驕恣之弊, 則御之亦有道乎? 諸生學古通今, 目慣時事, 必有能言是者, 願聞其說.

對

事之所難斷者, 莫過於親愛之人, 心之所易惑者, 莫甚於狎習之地, 親愛則有眷顧重惜之念, 狎習則有膚受浸潤之漸, 是以易惑則陷溺欺罔之害, 發於意慮之外, 難斷則操持脅制之禍, 起於耳目之下, 此古今之通患, 而禍害之難救者也. 欲救易惑之病, 則不過曰明而已矣, 欲救難斷之病, 則不過曰武而已矣.

執事先生, 當天開之日, 策雲集之士, 炳識其宦寺之善惡, 大關乎時世之禍福, 歷擧前代難制之患, 欲聞當今善御之策. 愚也螢囱布衣, 草野寒士, 咀嚼乎黃卷, 擊節乎青史, 嘗慎刀鋸賤物, 掌握一世, 俑士林之禍, 基宗社之債者, 不日月矣. 今承明問, 敢不竭其底蘊而熟數之於前乎! 夫掌閨閣之禁, 而供備灑掃, 通內外之言, 而專任使令, 則宦寺之官所關者, 亦重矣. 是以, 寺人四星, 近乎帝座之旁, 而列乎紫薇之垣, 天之不能廢者, 可見矣. 周有宮伯 · 宮正之名, 漢有黃門 · 常侍之號, 唐則置內侍 · 給事之官, 宋則設內班 · 殿頭之職, 君之不可廢者, 亦可見矣. 雖然, 後世庸君, 任事而授權, 坐招其禍者, 踵相接而轍相循也, 可勝痛哉!

愚請歷言之, 欺罔元帝, 列居樞要, 讒害堪 · 猛 · 更生之徒, 又訴望之, 召致廷尉, 使有殺太傅之名者, 弘恭 · 石顯之暴也. 謀殺梁冀, 功立威炙, 炎薰於四海, 傾主勢於朝廷, 一日五侯作俑乎世者, 超 · 琯 · 璜 · 衡之橫也.

街予季之死, 陷以寧之士, 誘張成風角之魁, 獻牢修誣訴之書, 以興黨錮之禍, 遂亡四百之籙者, 張讓之姦也. 締結后妃, 箝制人主, 乘其寵愛之盛, 參決軍務之重, 遂使南內淒涼, 曠定省之拜, 藁街慘酷, 背拊育之恩, 則李輔國之兇也. 深荷隆寵, 猥厠顯列, 忌李 · 郭旋天之功, 匿吐蕃長駈之杞, 遂使王京, 淪陷於羯奴之手, 鸞輿窘步於關陝之外者, 程元振之擅也. 權柄繼弄, 積財厚施, 廢立至篤, 如轉奕棊, 定策國老, 有專擅縱恣之心, 門生天子, 有閉目搖首之嘆, 前後六易, 皆出其手者, 仇士良之賊也. 此古今宦禍之大, 而閹賊之魁者也. 若夫趙高之伺候而竊弄, 高力士之讒李伯脫靴之辱, 王守澄之殺李訓甘露之變, 田令孜 · 劉季述之引族屬圖華貴, 韓全誨 · 童貫之亂國而戮身者, 寔繁有徒而接跡於世, 殆難以盡擧也. 大抵閹寺之惡, 古今同轍, 閹寺之禍, 前後相接, 時君世主, 常爲之昵處, 而易入於其術, 喜與之狎遊, 而不察乎其非, 遂爲詿誤, 自取禍亡, 其罪豈專在於宦寺乎? 雖有賢者, 出於其間, 如鄭衆誅奸之忠, 呂彊盡諫之直, 馬存亮誅賊之功, 張承業死節之義, 誠爲奬嘉, 可謂輔益. 雖然, 夫宦者, 以陰柔之質, 濟邪佞之術, 不知學問之事, 惟以妖媚爲心, 則仁賢之出, 固幸矣, 邪佞之衆, 無疑矣. 況親賢之心難固, 陷邪之志易蠱, 欲求萬幸之賢, 而敢恃無疑之惡乎, 所當備灑掃而已, 任使令而已, 不當問賢不肖之如何也, 立賢無方之道, 豈設宦官云乎哉!

　大抵人君之德, 明與武而已, 非明則無以察其情之邪正, 非武則無以斷其罪之善惡矣. 必能自盡於明武之德, 然後宦寺之禍, 可以杜矣. 大詐似信, 勿以忠良而信用也, 大姦似忠, 勿以邪佞而盡去也. 服役無人也, 則莫若擇其朝臣之忠者而用之, 察其佞者而黜之, 使朝廷之上, 賢者在任, 佞者遠去, 則不必登用宦者之忠, 盡黜宦官之佞, 而天下自治矣, 天下自安矣, 何用區區用力於宦寺用舍之弊哉?

　嗚呼! 成事不說, 遂事不諫, 歷代之跡, 旣已略陳於前矣, 請以當今之弊白之. 恭惟我朝聖神相承, 重熙累洽, 式至于今日, 體大綱已正, 萬目畢張, 致治之隆極, 唐 · 吳[82]之熙熙, 制度之備邁, 成周之郁郁, 其於定宦寺之制, 杜閹寺之禍者, 至詳至密, 第以統御浸■[83], 持循浸熟, 有過先王之制者矣, 有關亂亡之兆者矣.

　嗚呼! 置院禁掖, 以爲夙夜乎內者, 非祖宗之遠慮乎? 三品爲限, 不寵■[84] ■[85]蟬之秩者, 非祖宗之良法乎? 非徒華貴之而已, 又從而尊重之, 閽豎之假勢而作威也, 恐將不遠也. 何以言之? 有封君者, 有策薰者, 位至崇品者有之, 官至提調者有之, 脅制臺諫, 有同豎兒, 請托銓選, 無異公孤, 有承迎內旨, 監創佛尼之宇, 而朝廷不能禁焉, 有新改舊闕, 大失宮禁之火, 而國家不能罪焉? 有監視膳御之物, 而折辱百司之員, 有錦還桑梓之鄉, 而責收其一道之供, 何無四宦之賢而欲循六豎之心乎? 此所謂肘腋之蜂蠆, 懷袖之蛇蠍, 可不懼哉? 未有貂蟬之寵貴, 而不任以權勢之地者也, 未有任用之信, 而無恃勢驕恣之弊者也. 今日之計, 莫若親好學樂善之士多, 而接宦官宴安之日少, 對鴻輔碩德之臣多, 而近宦官褻押之時少, 明以察之, 武以斷之, 雖有賢明者, 而不爲之寵貴, 雖有功勞者, 而不爲之褒崇, 少有罪焉則黜之, 少有惡焉則斥之, 一依祖宗之法, 一遵祖宗之意, 則何有縱恣之是懼, 何有禍患之可畏哉?

　唐太宗毋過四品之說, 丁寧反覆, 而子孫不守, 遂因以宦官亡焉, 爲後嗣者, 可不戒哉! 嗚呼! 歐陽修曰: "宦寺之禍, 甚於女寵", 盖謂人主與宦官宮妾, 朝夕與處, 無違忤之患, 有親昵之情, 駸駸然入於其中, 外庭臣輔, 莫之知也, 及其勢成而威重也, 然後雖有元臣故老, 莫敢用力於其間,

---

82) 吳: '虞'의 뜻이다.
83) ■ 글자의 마모가 심하여 판독이 불가능하다.
84) ■ : 문맥상 '貴'로 보인다.
85) ■ : 문맥상 '貂'로 보인다.

炎炎之蘖, 終至於燎原, 涓涓之潰, 終至於滔天, 可不息之於初發, 塞之於未然乎? 古人所謂'一指蔽目不見太山', 正謂此也. 是故, 愚之所謂明與武者, 非今日殿下御宦官之急務乎.

愚也有痛於此者久矣. 執事之問, 適及於玆焉, 則愚之畢獻其說, 寧有隱乎? 愚也不避劉蕢之直, 願執事毋效馮宿之尤, 轉以問之, 以明武二字, 獻于冕旒之左右, 以究御宦之道則 ■ ■[86], 幸甚朝廷幸甚, 願執事進而教之.

謹對.

---

86) ■ ■ : 글자의 마모가 심하여 판독이 불가능하다.

鬼神

問

鬼神之爲德, 盛矣哉! ■[87]■ ■[88]世, 邪說之爲左也. 夫見之而不有, 所不能遺者, 可□[89]聲, 大而主陰陽之往反, 小而體草木之榮落, 洋洋如在者, 各有情■, ■■■■■■, ■■■■■, ■■■■■■[90] 山川嶽瀆, 丘陵墳衍, 亦■■■■■■■■■■, ■■■■■[91]人之死也, 魂升魄降, 其氣已散, 更無精神, 滯於冥漠之■ ■[92], 所以焄蒿悽愴, 使天下之人齊明盛服, 以承祭祀者, 果何物耶? 祭祀之時, 燎以求諸陽, 灌以求諸陰, 是使已散之氣, 復聚而爲鬼神耶, 若以爲有其誠則有其神, 無其誠則無其神, 是鬼神之有無, 初無定理, 特在於祭祀之誠不誠何如耶? 人死或有精氣未散, 復化而爲人者, 語雖不經, 亦有或然之理耶? 若果有之, 其與佛氏輪回之說何如耶? 聖人雖不語神, 格物之方, 無所不窮, 願與諸生講論之.

對

愚謂至顯而至微者, 鬼神之體也, 至微而至顯者, 鬼神之用也. 盖由其體而以究至理之妙, 達其用而以推至顯之理, 則何難乎鬼神之道之論哉! 今執事先生, 特擧鬼神之德, 以爲發問之目, 而欲與顓蒙備論之, 愚也不知其人, 焉知其鬼?

竊爲之說曰: 鬼神之體, 隱於太極未判之前, 而鬼神之用, 著於太極已判之後, 故蒼蒼而垂精者, 爲之天, 則於是有天之神焉, 膴膴而騰氣者, 爲之地, 則於是爲地之祇焉. 夫旣有天神, 然後

---

87) ■ : 글자의 마모가 심하여 판독이 불가능하다.
88) ■ ■ ■ : 글자의 마모가 심하여 판독하기가 어려우나 문맥상 '闢其後'로 보인다.
89) □ : 글자의 마모가 심하여 판독이 불가능하다.
90) 마모가 심하여 판독이 불가능하다. (杜闍寺之禍者, 至詳至密, 第以統御浸■라 한 것은 앞 장의 내용이다. 본 내용과 무관하다.)
91) 마모가 심하여 판독이 불가능하다. (兆者矣嗚呼置院이라 한 것은 앞 장의 내용이다. 본 내용과 무관하다.)
92) ■ ■ : 글자의 마모가 심하여 판독이 불가능하다.

又發而爲群神者, 有之於上, 日月星辰寒暑水旱是也. 既有地祇, 然後又發而爲群神者, 列之於下, 山川嶽瀆丘陵墳衍是也. 人於其間, 受天地之理, 以爲性, 稟天地之氣, 以爲形, 生而爲人之理, 未始不與天地萬物之理, 爲之相貫, 死而爲鬼之理, 亦未始不與天地萬物之理, 爲之相通, 然則格天地之神, 在於人, 感日月星辰寒暑水旱之神, 亦在於人, 而況以吾人而感吾人之鬼乎?

是以, 上下大小, 彼此相通之妙, 何莫非一氣之動靜合散者以爲之根柢乎? 雖然, 苟非盡無妄之實, 而做不貳之功者, 則不能回感格之理於天地上下之神矣. 是以, 能做不貳之功, 於此心之靜, 而著無妄之實, 於此心之動, 則天地而可以回如在之情狀, 而其於數者之類之神, 亦可以見性情而臻功效矣. 況廟焉而人鬼享, 豈外於其爲物不貳之外哉?

愚請以不貳之道, 且論鬼神所以然之理, 而以闢夫後世邪說之爲左也. 夫見之而不有其形, 聞之而不有其聲, 大而主陰陽之往反, 小而體草木之榮落者, 莫非天地鬼神之所爲, 則可以知體物而不可遺之驗矣.

古昔聖王爲天地生民之極, 作百神歆享之主, 上代高明之覆, 下載博厚之載, 其所以事上下之道, 無所不用其極, 淸明精潔之意, 藹然於對越之時, 流動充滿之氣, 暢達於將事之日, 故郊焉而天神自不得不格焉, 社焉而地祇自不得不歆焉, 其所以洋洋如在之情狀, 言之而不可知其交孚之妙, 推之而不可形其感通之跡矣. 然其所以動盪於圭瓚之氣, 洽浹於黍稷之臭者, 何莫非斯也. 不特此也, 昭然明隨天而運者, 日月星辰也, 生於極陰, 出於亢陽者, 寒暑水旱也, 而惟此數者之神, 皆得其所以祭之宜焉, 則日月星辰, 無薄蝕失序之害, 寒暑水旱, 絕極備極無之災矣. 致雲霧降雨露者, 山川嶽瀆也, 幻忺異示災變者, 丘陵墳衍也, 而惟此數者之神, 亦得其所以祭之宜焉, 則山川嶽瀆, 無卒崩乾溢之患, 丘陵墳衍, 無幻變示忺之妖矣.

以此而觀之, 其爲性情之理可究, 而功效之著, 亦可見矣. 嗚呼! 天地高遠, 而日月山川之類, 又不足爲之煩說, 則所當發揮而極論者, 其惟吾人之鬼乎! 夫鬼神之爲物, 乃二氣之所以屈伸, 則人之稟是氣以形於天地之間者, 此氣之伸也, 至於死也, 魂遊於上, 魄降於下, 而寂然無形兆者, 此氣之屈也, 而其氣之屈也, 雖有精神之滯於冥漠之間, 其所以一屈一伸之理, 未嘗以死生而有息. 故人苟能精其無妄, 盡其不貳享祀, 以感之, 則已屈之氣, 不得不更聚於不覩不聞之中, 而既散之精靈, 怳若凝臨於羹牆之邊, 焄蒿耳目, 悽愴志氣矣! 此所以使天下之人, 齊明盛服, 以承祭祀者也. 夫人之一身之用, 莫不配其陰陽之理, 相貫於往來之中, 而死即爲天地陰陽之神, 故求其神必以陰陽之物矣. 是故求諸陽而以燎, 求諸陰而以灌, 則是未必聚已散之氣, 以爲鬼神, 而已散之精氣, 自不得不聚於燎之明灌之臭, 卽鬼神之體用.

嗚呼! 微且顯矣. 盖鬼神之體, 不可見, 而鬼神之用, 可以推矣. 鬼神之用, 不可推, 而鬼神之理, 可以格矣. 所謂格之者何, 無妄不貳而已矣. 然則不可見者, 鬼神之形也, 而鬼神之氣, 自然感之於有誠, 而斯有鬼神矣. 所可感者, 鬼神之氣也, 而一有不誠, 則斯無鬼神矣. 然則鬼神之或無或有, 豈非所謂初無定理特在於祭祀之誠不誠如何? 而其所以爲鬼神之理, 則固無一霎之間斷矣. 至於後世, 至道衰微詭說熾行, 雖號爲英才敏識者, 徒信夫事之虛妄, 而不察夫二氣之屈伸, 造化之良能, 而至有人死, 而精神未散, 復化爲人之語, 則愚不敢知, 天壤之間, 亦或有若此之理耶! 夫物之衰者, 不得以更至於盛, 枯者, 不得以更至於榮, 故宇宙間, 百千萬變, 化化生生之理, 來者過而往者反, 則此非他日過者之復反, 而他有物矣. 老者死而少者生, 則亦非他日死者之復生, 而他有人矣. 然則豈以血肉之身, 精不散於旣死之後, 而有復化爲人之理乎? 其亦不見其道之無二, 而妄自陷於邪說者乎? 此說若行, 則幾何其不胥而爲佛氏輪回之歸耶?

執事之問, 粗陳於前矣. 於篇終, 始之以不語神之戒, 隨之以格物, 無所不窮之勸, 愚生之惑, 至此而滋甚, 愚更以鬼神之正理, 益發其餘蘊焉, 鬼神之爲德, 顧不盛矣哉. 天地之所以爲天地, 人物之所以爲人物者, 何莫非此德之所爲也哉? 是故, 天得爲天之道, 而日月星辰, 寒暑水旱, 無不各得其宜矣, 地得爲地之道, 而山川嶽瀆, 丘陵墳衍, 亦莫不爲得其寧矣. 人得爲人之理, 而生能爲萬物之主, 歿能爲天地之神矣. 雖然天地也人物也之所以至於若此者, 亦不外乎實理而已矣. 苟非此實理之充滿發揚, 則大而不可回乎洋洋如在上下之情狀也, 小而不可致乎性情功效之臻也, 人而不可望乎! 焄蒿悽愴之感也, 而爲鬼神之說者, 不得不陷於虛無而爲邪說之歸矣, 豈能知夫所以爲物之體而物不能遺者乎?

昔子路嘗問子鬼神之事矣, 夫子告之以致知力行之方, 而不語其詳, 愚也今承鬼神之問, 亦以實理爲愚生平日之功夫, 而且以爲知鬼神之本焉, 執事以爲何如? 伏惟進而敎之, 不勝幸甚.

天道

問

天道難知亦難言也. 日月麗乎天, 一晝一夜, 有遲有速者, 孰使之歟? 其或日月並出, 有時薄蝕者何歟? 五星爲緯, 衆星爲經, 亦可得其詳言歟? 景星見於何時, 而彗孛之生, 亦在何代歟? 或云萬物之精, 上爲列宿, 此說亦何據歟? 風之起也, 始於何處, 而入於何所歟? 或吹不鳴條, 或折木拔屋, 爲少女爲颶母者, 何歟? 雲者, 何自而起? 散爲五色者, 何應歟? 其或似煙非煙, 郁郁紛紛者, 何歟? 霧者, 何氣所發, 而其爲赤爲靑者, 何徵歟? 或黃露四塞, 大霧晝昏者, 亦何歟? 雷霆霹靂, 孰主張是? 而其光燁燁, 其聲虢虢者, 何歟? 或震於人, 或震於物者, 亦何理歟? 霜以殺草; 露以潤物, 其爲霜爲露之由, 可得聞歟? 南越地暖, 六月降霜, 爲變酷矣. 當時之事, 可得詳言之歟? 雨者, 從雲而下, 或有密雲不雨者, 何歟? 神農之時, 欲雨而雨, 太平之世, 三十六雨, 天道亦有私厚歟? 或師興而雨, 決獄而雨者, 亦何歟? 草木之花, 五數居多, 而雪花獨六者, 何歟? 臥雪 · 立雪 · 迎賓 · 訪友之事, 亦可歷言之歟? 雹者, 非霜非雪, 何氣之所鍾歟? 或如馬頭, 或如鷄卵, 殺人鳥獸, 亦在何代歟? 天之於萬象, 各有其氣而致之歟? 一氣流行, 散爲萬象歟? 如或反常, 則天氣之乖歟? 人事之失歟? 何以, 則日月無薄蝕, 星辰不失躔, 雷出不震, 霜不夏隕, 雪不爲沴, 雹不爲災, 無烈風無淫雨, 各順其序, 終至於位天地育萬物′ 其道何由?

諸生博通經史, 必有能言是者, 其各悉陳!

對

一介布衣, 贅身圭竇, 竊嘗講於天道, 而粗有理會神契者矣. 今承明問, 若是其丁寧, 則愚其敢緘口以負厚望哉!

竊謂: 陰陽一其理, 上下同其氣, 理一也, 故理之所在無毫髮之差. 氣同也, 故氣之所寓無彼此之殊! 是以物象之昭著者, 固本於理, 而其所以爲理, 則必有主張者焉. 事應之顯明者, 必由於氣,而其所以爲氣, 則亦有主宰者焉. 若是則天地之運行也, 何莫非理與氣哉! 然其理氣之運行, 亦由於人事之得失, 故其森列布著者, 雖若無與於人而其禎祥妖孼之見於天者, 亦莫非由於人事之如何耳. 何者? 天地萬物本吾一體, 故吾之心正而天地之心亦正, 吾之氣順而天地之氣亦順矣. 則星辰之所以爲經緯, 晝夜之所以爲遲速, 雖若無所爲而爲之者, 究其所以經緯所以遲速, 則皆有其理者, 而況風雲雨露之所以爲氣者, 豈無所自而亦豈無所感乎? 必因其人事之修否而天道從而變矣.

是以善觀理氣者, 不以理氣委之於天而必求諸人事, 察一物之變而知一事之失, 念一事之失而警一物之變, 推天地之理氣, 爲度內之理氣, 而盡中和誠敬之功, 極參贊位育之效, 故心與天合, 德與理順, 而和氣充積, 瑞應駢集, 竟至於天地泰而民物遂矣.

其或暗於敬天之要, 昧於致和之本, 而心不得其正, 氣不得其平, 則天心乖愆, 戾氣傷和, 非徒不能化育, 亦將召災致變, 而終亦必亡矣. 夫如是則後之任經綸之責位民物之上者, 寧不務盡其在人之道, 建諸天地而不悖乎哉.

請因明問而白之: 代行迭明而陰陽, 其精者日月也. 其有遲速於晝夜者, 雖不可測其理也, 然其遲也速也之使然, 則必有理氣者爲之主焉. 或有並出者, 或有薄蝕者, 亦豈非理氣之所感不順而然哉? 至於五行, 各有其星而爲之經焉, 廿八列宿爲之緯焉, 則其所以爲理者亦可考矣. 而星辰之遠也, 苟求其故, 雖千年之日至可見矣, 則何疑於經緯之理! 景星, 星之瑞也, 彗星, 星之妖也. 而一則見於雍熙之世, 一則示於衰亂之時, 則天心之降災降祥亦可想矣.

物精上而爲列星者, 雖無所據, 然窮理君子, 亦可以理外之說, 委之於不可推之地, 則雖未聞天道者, 苟考究其理, 庶乎其有得也. 若夫風者, 出於無形而有聲者也. 起於震而入於坤, 則風之理亦可知矣. 吹不鳴條者, 風之順者也, 折木拔屋者, 風之逆者也. 因風之順逆而其時之治亂亦可見矣. 至於爲少女也爲颶母也, 亦莫非一氣之乖順而有以致之者歟! 蒸於山川而上薄蒼冥者, 雲也. 散而浮也, 其色有五, 黃則豐, 黑則水而青之蟲也, 白之死喪, 赤之兵象, 亦無非因氣而變形, 因形而示兆焉. 則其應亦可驗矣. 其或郁郁紛紛者, 亦因其和氣而化成矣. 至於霧, 則亦山川之氣所發, 而其色有青赤之不同, 而古人或有兵災象之說, 是亦五色雲之類也歟! 尊寵外戚一日五候則黃霧四塞焉, 初心遽移, 侈欲方萌則大霧晝昏焉. 如是則霧之爲物, 雖聚散之倏忽, 卷舒之無定, 而其示災警責之意, 可謂至矣.

至若陽在內而不得出, 則爲雷霆霹靂焉, 則燁燁之光, 虩虩之聲, 雖未必的指其主張者, 而其所以然者, 則亦莫非一氣之所爲也. 震人震物之說, 先儒之論亦有不同, 或以爲懲罪罰惡, 或以爲陰陽之氣, 周流兩間而偶有觸之者云爾, 則其說多門, 愚不可援引而一之也. 秋爲司刑之節, 而霜乃殺物, 春爲生養之時, 而露爲滋潤, 則是亦一氣流行, 主於仁義而或生或殺之不失其理焉. 南越, 地暖也. 而降霜於盛夏, 則其爲變酷矣. 其必由於其時之譴告者乎! 從雲而下者, 雨也. 而或密雲不雨者, 陰先於陽而陽不能唱, 故其氣至於不和而然也. 欲雨而雨者, 神農之時也. 而雨三十六者, 治世之象也. 天豈有私厚而然哉? 亦不過視人事之修而示之以祥焉者也. 問罪興師而甘澍沛然; 冤獄得決而雨澤優渥, 則其感應之理, 亦可知矣.

草木之有花, 五數居多, 而雪花獨六者, 豈非五爲陽而六爲陰之故哉? 臥雪之袁安, 立雪之楊遊, 元甫之迎賓, 子猷之訪友, 或以不干於人, 或以問道於師, 則其餘會友探興之意, 亦可想矣. 非霜非雪者, 雹也. 而戾氣之所鍾, 故聖人以是爲變之大者焉. 漢武之時, 有如馬頭者焉, 宣帝之時, 有如雞卵者焉, 而殺人鳥獸者, 亦豈非因時君之失而警告者乎?

嗚呼! 天地之間, 物變無窮, 不以理氣推之, 則其論無據, 而終至於恍惚茫昧矣. 故聖人於天地之所以覆載, 物理之所以變動者, 莫不推測於理氣之間而已矣. 然則向所云云者, 或有理氣之正且順者焉; 或有理氣之乖且逆者. 而其正也逆也, 亦莫不由於在下之事有得失也. 然則日月星辰風雷霜雹之不失其節者, 其道安在? 必也正吾一心, 和吾一氣, 使和順之氣薰蒸透徹於上天之載焉, 則天心從而正, 天氣從而和矣. 而位天位育萬物又何難焉! 然其位育之本, 不在於事爲之末, 而祇在於克盡人道而已. 夫天人一理, 顯微無間也. 豈有人事盡而天不應者乎? 夫如是, 則正心者格天之本, 而正心之要亦在於盡誠而已矣. 故傳曰: "惟天下至誠, 爲能知天地之化育", 此萬世之良策也.

愚於篇終, 抑有獻焉, 愚聞道之散在物理者, 費而隱, 故道中一事, 雖以夫婦之不肖亦與知焉; 及其至也, 雖聖人, 亦有所不知者焉. 則學者無格致之功而妄欲論天道之大, 則是不幾於躐等之學乎. 然苟有至誠之德, 則可以知至誠之道矣. 故曰: "天地之道, 可一言而盡也." 所謂一者誠也, 苟能從事於眞實無妄之地, 而極其功效, 則可以籠天下於方寸, 而該物理之綜錯矣, 況一氣之順逆, 災祥之異跡者, 特論辨中一細事耳.

愚故以天道之運行, 皆由於理氣. 而理氣之和不和, 歸之於人道得失之間也. 伏惟執事採擇焉.

謹對.

鳥獸率性

問

鳥獸率性, 吾人失性.

天生萬物, 惟人稟四德之性, 備五倫之品, 其知覺固異於物, 而或不能全其秉彝之天.

雖有知覺, 而蠢然偏塞者, 物也. 而間或有能識其物則之一端者, 其故何歟? 試擧其一二而言, 則蜂蟻之君臣嚴而有義, 雎鳩之夫婦摯而有別, 烏之反哺, 報之德也, 鵞之哭母, 致其哀也, 相乳之貓, 有似乎患難之相恤, 能語之雞, 有似乎朋友之講習. 此則有得於天性之固有, 非有所感而然歟?

至於搏賊之猿, 不拜之象, 皆有愛主之義, 蛇之於隋侯, 龜之於毛寶, 能致報恩之誠. 悲鳴而死墳者, 繫縷之燕也, 濡尾而止火者, 救主之狗也. 此則雖爲人所感之致, 亦豈無稟賦之良性而然耶? 物則然矣, 人不如物者有之, 距太康而使不得反者, 於夏有羿, 鳩平帝而卒成其簒者, 於漢有莽, 君臣之義安在? 殺父自立, 楊廣之所以賊天性之親也. 殺妻求將, 吳起之所以滅人倫之首者也. 鍾巫之弑, 于鄢之克而兄弟之恩乖, 陳餘之殺呂祿之治而朋友之道缺. 盡羿之道而竟殺于師, 薦謂之才而見貶于雷, 其所以背恩忘德若是其甚, 是何最靈之所爲, 反不及於偏塞之類乎? 人之所稟於天者, 旣與物不同, 而物則能人之所不能, 人則不能物之所能, 物之所稟果豐於人, 而人之所稟, 反有嗇於物耶? 於物之中, 獨得良性者此類, 而於人之中, 獨不受秉彝者此人歟? 抑人與物所稟者同, 而或能守而不失, 或不能擴而充之歟?

願從諸君子欲聞觀物反人之說!

對

愚聞子思子之言曰: "天命之謂性, 率性之謂道, 修道之[93]教". 自有此天地, 卽有此理, 自有此理, 卽有此人物. 以是理而形於上下者, 天地也, 以是理而命於其兩間者, 人與物也. 然則天地以

---

93) 위의 원문이 실린 『중용장구』에는 '之' 뒤에 '謂'가 있다. 아마도 오사(誤寫)로 보인다.

是理也; 人與物亦以是理也, 而形於天地, 則謂之理, 命於人物, 則謂之性. 故原其初之所以命, 則人與物同得天地之性也. 而氣稟拘之, 有豐嗇之異, 形質蔽之, 有通塞之殊. 固其於四德之性・五品之倫, 能全者, 人也, 不能全者, 物也. 能備者, 人也, 不能備者, 物也. 間或人不能人, 而不能全其性; 物有能物, 而能全其不能全. 物有能物, 而能備其倫, 人不能人, 而不能備其能備者, 誠以人性有心, 而耳目鼻之欲, 或戕其⁹⁴⁾天命之性, 物有無心, 而天性之一端, 不泯於視息生動之間爾. 是以有欲而戕天理, 則人而物也, 無欲而全天性之一端, 則物而人也. 此固士君子有志於盡人物之性, 而每日講習於明物察倫之學, 恥人道之歸於物.

今執事先生, 策瓚圍之士發窮理之問, 而必以天命之性, 本之於人, 推之於物, 而舉爲問目, 欲聞知覺之異同, 反身盡性之論, 旨哉言乎! 愚也, 昧道矇學, 其於在已尚茫然未窮其蘊奧, 則況於在物之理而能容贅一辭乎?

請因明問所及而略言之. 天性之義, 莫大乎君臣也. 而蜂蟻之有嚴, 蓋似焉. 天性之禮, 莫大乎夫婦也. 而雎鳩之有別, 亦幾焉. 天理之仁, 莫父子若也. 而反哺之報德者, 有烏焉. 哭致其哀者, 有鵝焉. 天理之倫, 莫朋友若也. 而相乳之猫, 於患難之恤, 何如也? 能語之鷄, 於講習之資, 何如也? 是誠因天性之固有, 而信如明執事所謂非有所感而然者也. 至於黑衣之郞, 手搏逆賊, 牛身之獸, 不掃孽虜, 則其爲天性之義, 非苟然也. 倮族之微, 含珠償恩, 甲蟲之長, 成梁報惠, 則其爲天性之誠, 非徒爾也. 繫縷悲鳴, 必死於墳, 則感天性之禮者, 姚氏之燕也. 濡水止火, 救主之死, 則知天性之義者, 楊生之狗也. 此亦莫非因天性之固有而執事所謂爲人所感之致, 則特其一綮爾. 然而莫非性天地之理也. 而人之理非物之比也, 莫非形天地之氣也, 而物之形非人之匹也. 則姑捨諸物理之何如, 而更因明問所及, 請就人事, 而盡言之. 假名於不忍, 距太康而篡夏, 托跡於宰衡, 鴆平帝而奪漢, 則羿・莽之義, 不足問也. 圖母而禍慘於父, 求將而愛割於妻⁹⁵⁾, 則廣・起之仁義, 不足言也. 與謀弑兄, 長惡殺弟, 而桓之於鍾巫, 莊之於克鄢, 爲智之賊至矣. 臣各爲主而俾致於殺死, 義實先國而忘私以紓, 而張耳之於陳餘, 酈寄之於呂祿, 爲信不苟可矣. 以臣逐君,

---

94) 원문에 '其'가 있으나 문법상 없어야 할 글자로 보인다.

95) 원문의 글자 판독이 쉽지 않다. 아마도 "求將而受割於妻" 혹은 "永將而愛割於妻"로 보이나 모두 의미가 통하지 않는다. 내용상 "求將而逐割於妻"로 보아야 할 듯하다. '逐'와 '受'의 우리 음이 동일하기에 발생하는 현상으로 보인다. 『사기』의 「오기열전」에는 "… 吳起取齊女爲妻, 而魯疑之. 吳起於是欲就名, 遂殺其妻, 以明不與齊也."라고 되어 있다.

其惡不容, 則人之謀已, 固其所也. 薦非其賢卒以誤國, 則身被其毒, 但其餘也. 而羿未必詳矣. 盖以葉公之忠壯, 而有昧於此, 則不勝惜哉! 若逢蒙之暴戾, 丁謂之憸邪, 又何足道也!

嗚呼! 形於天地者, 謂之理, 而天理之至, 莫至於四德, 命於人物者, 謂之性, 而天性之大, 莫大於五倫. 德有仁義禮智信之名, 倫有君臣父子夫婦長幼朋友之稱. 而人之所爲人者, 能稟此德也, 人之所以能備者, 此倫也. 爲物者, 不能稟此德也, 不能備其倫也. 而由前所言, 則蜂蟻則物也, 雎鳩則物也, 以至燕與龜, 無非物也. 而有嚴者似乎義, 有別者幾於禮, 報德致哀者仁也, 恤患講習者信也, 搏手不拜之義, 含珠成梁之誠, 死墳之禮也, 救主之義也者, 無非四德之流 · 五倫之緒, 而天性之一端也. 由後所言, 則羿則人也, 莽則人也, 楊廣則人也, 吳起則人也, 魯桓則人也, 鄭莊則人也, 張耳人也, 酈寄人也, 以至蒙與謂, 無非人也. 而距后篡夏 · 鴆帝奪漢, 而義之理安在? 圖母殺父 · 求將殺妻而仁之理何有? 弒兄殺弟之賊仁; 殺餘紿祿之不苟於信; 戕學射之師; 貶薦擧之主之不義也者, 所謂稟四德之性而所稟者闕如; 所謂備五品之倫而所備者曠如也, 而天性之全, 邈乎無以議爲也. 合而觀之, 則是何能稟者, 反不能率性, 而不能稟者, 或能於率, 能備者, 反不能明倫, 而不能備者, 或能於明者, 何歟? 此宜執事能人之所不能 · 不能物之所能之問, 而愚雖反復揆度有以容喙於其間也.

天以是理而命於人, 亦以是理而賦於物. 其於四德之性 · 五品之倫, 獨專於人而不全於物, 獨備於人而不備於物者, 非天厚於人而薄於物也; 豊於人而嗇於物也. 人得形氣之純, 頭顧象天, 足方象地, 目象日月; 言象陰陽. 其形氣之通極矣, 則有非橫生蠢然者比, 而以如是之形, 賦如是之至性, 不得不備也, 不得不專也.

惟所患者, 人惟有心而耳目口鼻之欲, 有以戕其天命之性, 則所稟雖全而或不能全, 雖備而或不能備, 反不能物之所能者, 無怪也. 物惟無心而無耳目口鼻之欲, 天性之一端, 不泯於視息生動之間, 則所稟雖不全而或能全; 所稟雖不備而或能備, 反能人之所不能者, 無怪也. 愚故曰: 有欲而戕天性, 則人而物也, 無欲而全天性之一端, 則物而人也. 然則蜂蟻之義, 以其無慾也, 雎鳩之禮, 以其無慾也, 烏鷺之仁, 以其無欲也, 雞貓之信, 以其無欲也. 無欲而爲猿象之義, 無欲而爲蛇龜之誠, 無欲而爲死燕之禮, 無欲而爲救主之義.

嗚呼! 能無欲而物或能人所不能, 則無欲之於率性之道盡矣. 奪國之欲而爲羿 · 莽之不義; 有圖母求將之欲而爲廣 · 起之不仁不禮, 有奪敵之欲, 有固位之欲, 而爲桓 · 莊之不智, 有爲主之殺, 有忘私之給, 則餘·酈之爲信不苟, 而或近於無欲也.

嗚呼! 一有欲而人或不能物之所能, 則有欲之於率性之道, 其害深矣! 有欲而人不能物之所能, 無欲而物或能人之所不能, 則甚矣理欲之辨也! 全德性之幾, 在於是, 備五倫之要, 在於是.

執事之問, 旣及於此, 則其於率性之學, 洞見其原也. 獨於所謂物者, 第擧其能人之所不能者,[96] 於所謂人者, 第擧其不能物之所能者而不擧其能人之所能者. 愚於是有以詳究其首末而略覰其意矣. 若曰: 稟四德之性者, 人也, 備五品之倫者, 人也. 而一陷於欲, 則人不能人而不能物之所能也. 嗇四德之性者, 物也, 偏五品之倫者, 物也. 而不累於欲, 則物或能物而能人之所不能. 而傷世道誘後學之意, 不亦盛乎! 其見於修道之敎也, 孰不欲明於庶物而察於人倫, 爲仁而於父子也盡, 爲義而於君臣也盡, 爲禮而於夫婦也盡, 爲智而於長幼也盡, 爲信而於朋友也盡, 始之以敬, 終之以敬, 徹上下·通物我·一表裏·齊內外, 而以無負執事垂問之義, 仰裨於盡心盡人盡物之性之化哉? 嗚呼! 風簷迅晷, 摘寸毫抽萬理, 欲以詳論天地人物性命之理者, 不亦强顔耶? 所見如是.

謹對.

---

96) 이 옆에 "而不擧其所不能者"가 가필되어 있다.

人材

問

云云－－題曰－<u>任希重</u>－－－－－－<u>姜伯實</u>－－－

愚聞：世無乏人之時, 而用之常患於失要; 賢無自進之理, 而<u>舉</u>之常病於不公. 此則害治之通患, 而當今之切弊也.

執事之問, 適及於是. 愚雖不敏, 敢陳慨俗之辭, 而進救時之策乎!

竊謂, 人君以一人之身, 運萬幾之煩, 而不可以獨理, 故必擇一代之才, 以寄共理之任, 而治亂之所係, 則人才之用, 不亦大乎? 居九重之深, 來四方之士, 而不可以遍知, 故必廣疇咨之問, 以副如渴之誠, 而公私之所分, 則用人之道, 不亦難乎? 是以自古爲天下國家者, 莫不急於求賢, 而以廣選用之途, 烈于庶官, 而以供天職之修, 或揚於側陋, 或拔於茅茹, 或由科目而進, 或因徵辟而起, 朝陽有鳴鳳之瑞, 滄海無遺珠之嘆, 而治道成矣. 雖然利心一開, 公道掃如, 則徒有用人之名, 而終無適用之實. 空谷少縶駒之憂 居官多伐檀之誚者, 勢所然也. 苟能行其公道, 而以爲用人之要, 則才無不用, 賢無不進, 而用人之能事, 畢矣.

請因明問所及而白之. 嗚呼! 讀<u>堯</u>·<u>舜</u>二典, 而足以知<u>唐</u>·<u>吳</u>[97]之盛, 觀立政一篇, 而見三代之隆, 則信乎不可尚已者矣. 自是以降, 設科則有賢良方正之選, 薦辟則有明經孝廉之擧, 則<u>漢</u>之制可謂備矣. 威儀則以身, 應對則以言. 取書於楷範, 試判於剖決, 則<u>唐</u>之制, 亦云詳矣, 而豈皆合於三代選用之美意乎? 是以僅得醇儒終擯江都而進阿世之曲學, 年未四十冒擬<u>顏淵</u>, 則<u>漢</u>之用人, 蓋可知矣. 修於身言者未逸, 夫外飾工於書制者, 或近於刀筆, 則<u>唐</u>之用人無足觀也. 一時之人才, 既不得盡用, 而所用之道, 豈出於公乎? 然則<u>漢</u>·<u>唐</u>以下之事, 固不足爲執事煩爲之說也. 愚姑略古而詳今可乎?

---

97) 吳: '虞'의 뜻이다.

恭惟我國家, 遵歷代之所共設文武之兩科, 而猶慮漏網之賢, 猶脫禮士之羅. 門蔭之法, 即治歧世祿之意也; 保舉之方, 即周官舉能之訓也. 以至於一能之畢用 · 一藝之畢收, 而用人之路可謂廣矣! 宜乎穆穆布烈而群賢在朝, 濟濟相讓, 而俊乂在官, 用人如富家之用財, 臨職盡恪僅之節. 奈之何注擬之際, 苦乏適用之能, 百司之中, 例多尸祿之庸, 而使聖澤滯而不究邦本, 日以凋瘁乎? 噫! 將謂公道之廢而然歟? 則經席之上, 每勉用公之猷, 而無一毫私言之或發! 將謂用人之道未得其要而然歟? 則廉謹之選, 接迹於朝行而人皆樂善矣! 抑將謂人事之有盛衰而然歟? 則才不借於異代者, 古有其說而豈獨不出於今之時也哉!

以三者而觀之, 則宜無可言之事, 而以今時之弊 ■ ■[98], 則大有所逕庭焉. 此宜勤執事之問, 而愚生之所當慷慨不遂忌諱, 而直諫醫俗之方者也.

嗚呼! 愚竊見今世之公道焉, 請托公行, 而銓曹無所措其手足, 權勢所在, 則闒茸得以蹠夫顯仕, 如是而上欺天聰, 外恣己欲, 則[99]公道未可謂不廢也. 竊見今之用人焉, 以一人之毀譽, 爲進爲退, 以一人之恩怨, 以陟以黜, 如是而謂某爲賢, 謂某爲能, 則用人之道, 可謂得其要乎? 以如是之習, 行如是之政, 而反諉諸人才有古今之異者, 愚未知其可也.

嗚呼! 弊之所出, 既有其源, 則弊之可救, 豈無其道乎? 愚謂爲今之計, 莫若正君心以正朝廷之綱, 任賢相以端四方之本, 廉恥之風振而使公道行焉, 好士之聲聞而使賢者興焉, 爵罔及於惡德而綺紈絕媒進之念, 官不及於私昵而姻婭無腆仕之心, 然後擇公廉明智之人, 授銓曹之任舉循良愷悌之賢, 烈內□□[100]迁敘不拘於疎品擢用, 或及於草澤, 則朝多吉士 · 野無遺賢之盛, 固不難致, 而又何患共理之無其人乎!

執事之問, 愚既略陳於前, 而於篇終請以素嘗慨然於時事者陳之. 嗚呼! 朝廷者士之本, 而士者國之本也. 今夫士習之索, 甚於寒雁, 雖在論說之地, 見今可言之事, 而嗒嘿避禍, 莫肯直言, 故凡在高位者, 無所忌憚, 而此公道之所以廢也. 是以賄賂公行, 利心亦盛, 而舉人之際, 多有殊議, 除注之間, 惟意所欲, 而用人之失職, 此由也. 當時之弊, 孰有甚於此者乎? 執事倘以爲然, 則論說之直 · 廷擬之當, 深有望於執事也! 愚也, 以一介之士, 操一寸之管, 論當世之事, 而不避忌諱, 不亦訐乎? 第執事恕之!

謹對.

---

98) ■ ■: 문맥상 '觀之'로 보아야 할 듯하다.

99) 옆에 '公道'라는 두 글자가 가필되어 있다.

100) □□: 본래 글자가 있었으나 뒤에 지운 것으로 보인다.

李栗谷, 少時, 夢入官府, 有吏點閱文簿, 問之則曰: 陽人壽命長短皆錄於此. 寫與一句, 曰麝過春山草自香. 盖言其在世如麝之過山, 而所留者名耳. 公卒時春秋僅四十九.

嘉靖庚申, 人有夢兩鳳升空, 火燒其尾而上. 其年別試, 閔德鳳爲第一, 具鳳齡第二, 丁熖第三.

萬曆甲申, 閔夢龍夢竹林中, 有虎騰躍, 乃提其尾, 果得榜末, 而朴箎爲狀元, 異矣.

吾門有二傳家寶, 五世承宗子姓孫.
名祖筆持心正畫, 夫人環著手雙痕.

正閨婦德從家塾, 殉國臣忠出孝門.
兩物猶存今愛惜, 各傳冢婦與宗昆.

海運判官尹鳴殷
崇德三年十一月二十四日 啓

천곡수필 영인본

泉谷手筆

一 이글을 쓰신분

선조 임진왜란
시 동래부사
로쉬 왜군과
싸우신
"송상현"선생
님의 글씨이
다

(泉谷手筆)

二 여글을 가지고 거시든
황현 쓴 강쇠면
송 용 준 씨

此册自先祖以來至于我祖先宗家而傳於

傳於此世所譜守宗支分於十一代實

祖為浮先兄而詩之余與婚譜

白川以琴車拳於尋考失正考

也美歲

崇禎四庚申七月初二十七日支林書

金億嶺　徵　云卿　出庚

閔忠元　將署　遵

李遵道　將署

朴郁　將

金命元　隱逸

閔忠元　軍政

黃大受　科氣

金命元　夷狄

同前　六奏

金得此　王兵事業

崔継勲　歴代興巨

徐崃　官寺

姜夷誠　人村

尹天民　天道

安夢尹　曇鄉

滄色初分玉蕊臺

住谷魂緋夷怊陳

中官賜歷乞尉醒

泛霧吉花辞

閒

六卿之設肪於何代耶後世不戢各有兩司又以六者為
之流汜何紋六者之中岦有輕重清晁之…
置責任代各不同而諸其甬任以序者眾辟清敦之可已乎
歷揯而言之紋漢唐以來六部之名揯大遑而其治化之求
能洶洴者抑何紋今朝主神劑東遵隆古之制庻務公我
總之興甫其委任責戢可謂專矣於末世先正之臣有能
為其戢今溽如誥畫西稱者為司其田渖廪瘴之疵多愧
洴苦則到斯今尤有甚焉擭銓衡者惟祿托是裪司欧極
賄賂之蹊逕至庋支者惟祿慾是意司駈迫流使之補礬
虔僔陵漫之風日長而礼為意文侵習俛制剝毒鴛柒…
兵為空辭權勢司行樍貨寬潭之弦將侵習君明戢…
市井尖溢巧之工六者之樂一至扵此㮚何紋將侵君戢
司不息覺其非牧汸涸已漢雖火醫治司岦其術絲神亦能
可變之路可革吏樇而任其責者莫肯用为於其心欧俛检

用人以公而民皆安其階級不紊而行伍充斥軍實

利使百工允釐庶績甚盛將何修而可臻是歟諸生宜至備

子思作展布兩盡諸久矣仲叔經綸事業將以令□之東

對愚也寄近庶振賾漢時有可為長太息者六矣今

先生秉四方之後而舉六事之戰倘今思古心仰救弊之體

時我□匹誠生吐露之秋也寇諞周公定官制以明天地春秋

予之篆成王訓而居而有治義礼改禁上之命則六事為國家書

之兩可廣嘉也夫以一身之尊而居任也之上此民皆在仲身操

至廣也不可以人而理之也綱維不張此體流不至也不可展事之愚

其流也修是乎俱邦治邦故之不行也則令家寧司徒司掌之

俱邦礼邦政之不舉也則置宗伯司馬司委之俱邦禁邦士之

不理也則設司寇司徒而主之其絕責可塞也苟非其矣則咒小而

矣張沒至大之任可舉而至重之責而為任至大州故則

責則重德之而任則大呂香職任而改小得矣與矣是故使人

而治楊雄氏有是言也人存政舉夫子書是訓也皆得其
人司居六官之戰則六官之戰亂司藥源何由司起乎政臣人非訓
向之云也不平浮何小雅之弱也苟非其人司尸六官之戰
廢司藥源由此而起矣考已注之逆而救方本之藥者盡及其
本武諸隱明問而及而陳之痼恭神六符之列而制百姓難政
之官大矣哉六官之設也四岳之戰百撲之官肇見於唐吴司其
司徒典系與云六官之一也其役劍於是也弗於周礼祀之周官大
備於成周而亡百執事帥六官之濾則其詳防於此也盂扵退
事立官各司其政則其官至於其務至煩也司苟善統領之山
則俊撒雜易司細瑣而不一不得不以六官制大
一則檣天地之春而無夏之而無秋也此統紀之又以是元壽
天發後地得其序有天地然後有春夏秋冬谷以其次故政
人之今重輕後憲之序於体天役名之係司周公定之詳灸或王
最之明矣亞何容啄於其司司痼及遠其西间之本立而頼陽

是泥古說也。三代以上，有聖明之帝王，下有賢哲之臣僚君

責之臣以任之，統百官均四海者，將其人矣。敦五教授地民者固

主人矣。其人濤而神人治上下和其人傳司六師，沉邦平天將

誥折惡刑暴亂而司寇其人也。時地利居民司司空其人

則當時諸共左右厥司者，何如我時官之績，秩變之新

覽之乎而南矣。降及歷代惟漢唐可孤司六卿之名猶三代者

也雖有其人多為末傳其人函相之戰畫更部之責司曲學之

孫弘不知治邦之要？内史之官古宗伯之任而怙息之王建不

吉於斯斯民者恩為當時言裁恭惟我朝聖祖刑基

能匹闔門必斷治化之陳末傳汗汗於帝王之一端則有

神孫承統一政令之徹非三代則不法也一制度之主惟唐吳是或為

後六寸之官立百司之統廢務作是乎總為我戰作是乎繁為其

委任之可謂專司責或之可謂重也須乎治軟唐吳美駕南周

而泉之何末今有一先正之臣能井其戰分之當為司傳興弱出

之兩得者並美而同體乎蓋前之矣王未之帥歟富室祖太平之

日而其困酒癖嬌之疵不能無愧於隆古之時何

特時也遇用賢能獎勸人才吏部之責也而公心雲拘私之里

馳械曉之烟烟也門閣之子弟也口臭尚乳而任列甫卿頭曼溪

乾而戰第如孫金多則市井之人而擢東西之班財富則情勞

之人而蔘淂顯之任歷指物匹滿目書憲而非權勢之門則惟

賄賂之人舟號之殘沮可謂矣乎輕滛淂賦上下相資戶部之

任也而法非助滛時甚春秋無名之濫稅也法於之私欲也催科督

激而惡作星火割剝無遺而害及雞豚矣者則無恒以而權屬於

道斑届者則被侵漁而將至於提撩兒者村以帥者衛神而人

非鄰俠之五則誰上流民之屬流涉之丘盜矣書官交戰

在於表上下序貴賤而偃侵賤姜淂蒙后杷之权御市井之淩

爭尚王孫之驕貴下而凌上幼而侮長循此而斷長也則必姜而淇

其王篤宗而栽其兄則富今之礼非特違文而已也夏官之責在於

振門伍籍、國家而上番之軍困於奔徒之侵迫閭閻之卒疲於

將之掊漁衣食不涸流已相屬非特如此而已也強為管莊之

托而老弱偏罷長徃物外之後而不守於農則今四之兵不但空籍

而已也椎勢曲庇而不察公情之是非豈非並行而不辨徹事之害

枉無事之怨顧天寃呼之採薄地以至佃天地之神名水旱之災

甚矣刑官之不治也其於申寃枉禁暴亂之義何必我奔鶩求利

而击見相資之古道爭南奇巧而惟務薄價之奇技無益之注事

弓用之螢盡也以至王子崇宅結構連雲高方雕鏤剝極騰昝

致公私之俱興台財用之廉賚庸矣工賈之為人也其如神本居

四民之道何如哉啞六壽之與有甚於此朳用人之公何枉行於古之

吏郡而不行於今之吏郡也安集之義何獨門於古之戶部而不行於今

之戶郡也古之階級何修而不奪至今之階級何由而奪乎古之伍

何道而亢壯而今之行伍何事而贏弱歟寃枉何修為雪於古也而

何以不雪於今也牟利何道而不失於古也而何事為見於今也至

實受覆恩而未得故也業未知今之吏部如古之天官歟今之戶部歟

之地官歟今之禮官者如古之為宗伯者歟今之任兵官為宜

之任司馬者歟今之刑官如古刑官歟今之工部如古工部歟

使今之六卿如非古之六卿則不可不舉如古之六卿者為今之六卿也

得哺握蹙之人而委掄進之責則兩用皆才能而桃李不植

托松門矣得用愛民之人司任度支之人則將見公私俱之饒

栗如地矣得任春官者得教養在寬之人則秩三之禮行於上

下之矣得任夏官者得惟明克允之人則甲冑不得干教化

中矣設惟恤之人在刑部則刑措不用而圉圉可以靈臺矣不徒

無益之人為工專則執藝相陳而工得揮矣可更之祥在垔也

可革之結在是也夫揮人之道則居於其戰毒莫非其人也所

今君以聖明之資而未揮人之道則不以淡適之已涤為維洽不以醫洽之言

患惟在於莫肯用力也

術為匹多無侵昌馴致之失而有舟必共力之忠則不易人而六

口之戰舉矣執事之問愚見略陳於前而於篇終切有敢焉書不
云乎元首明哉股肱良哉又不云乎股肱惰哉

陸贄弦則於廢事之廉者浮其相之矣司執事之問達及六卿司不
及於相者何欲抑引而不及試滿生三隅之反乎廢事之多至煩

也而六卿為廢事之流六口之置至精卅而三位為六部之領是義
狂慶事之治者不憂廢事之不理而憂六口之非人作六口之溥者

不憂六口之不矣而以不溥相為憂走以不溥舜而舜以不溥焉馬
陶為憂良以比也浮舜而百工九釐則六口豈有不治之與我

舜浮禹舉陶司廢漬其凝則六口豈有不洽之與乎本上有矣
對愚也禁因土其鄰志許于古宪夫行事之路而末審不致臺於

舜之君上有稷契之臣則愚之兩說雖迂拙而是則必是不講
問伊尹孔子孟子以陸陳搏韓愈宋意於召

其百令執事之問及屯愚雖庸膚淺其敢云況以圓厚聖也哉
尚謂君子之生斯世也抱道治之蘆懷經濟之才富貴有所不

風其賤有兩不移故汲汲於自守司不慕乎人爵自守於隱約之
中也雖然受皇天付畀之重任天下理亂之寄其責在於安斯
民也濟斯世也則豈可果於巨室乎是以吉之矣至雖當道自任而
不屑於功名挺溺涌沱之心以丰膚小弛於中則懷室迷邦豈矣至
之氣惟在相時而止蓋事而止終始不失其亞而篤之與此而懷
道德而已天下希非義也蓋功名而不自修者以非義也其行也
以義其止也以義兩行義之二字孰没支心行事之際得矣猶就助
問而推明焉伊尹莘野之一耕叟也應國图之聘而不憚五就之
煩太谷渭川之一釣叟也值帝文之桥而不辭後車之共輔環
天下席不暇暖者孔子也行食滿傚三宿生畫者盂子也把一
笙而釣桐江者非子陵乎渓喜的司舟卧舟山者非陳子乎唐之韓
愈上書自薦及不如高遠引之士屯丰耕不能無疑而觀其用心
于類進之晦菴封奏許曰咥至矣行事或頻于于時或
之於論其行已之正則第生公論至之溽川容家矣伊尹耕
莘莘

而不堯舜之道太公釣渭濱而慕唐虞之治苟非行也天下爲
頓苟非道也千駟不顧則二人之心果有志於功名乎適遇湯
惡不悛之後商罪貫盈之日憫天下之濁亂憂生民之塗炭一
應成湯之聘一遇文王之擧以行堯舜之道於商周之天下其功業
之盛行己之正豈其淺淺其力之比乎孔子以天縱之聖丁周室
衰亂之際孟子以亞聖之資値戰國民兩之日天理滅矣人心敝
矣苟非有志於拯救則豈天生聖賢之言乎況天下無不可爲
之時亦無不可化之人此聖賢及於行道濟世之心也豈可放緣緣之徒果
於忌世也哉子陵之動星象而同富春陳摶之白騾驢而返華山
桐江嚴釣殆無補於漢家神仙貞白緣多愧於吾道之則聖矣
無可無不可之治豈可同年而語哉韓昌黎心切救時朱晦菴志
尊致君謂章上於權門封奏果進於九重亦此數者莫非行
道濟世之心則上書豈類乎干時封奏異同於冒進也彼韓
愈之道德爲不能盡善則其寡以行事之道果無愧於如聖

矣乎雖矣我君子之生斯世也不知道治之為可乎而治知矣
之為可好則及至於屑進不知治之為篆而後知治之為
矣則及至於亂俗故古之生矣忍以是道修之於行又以是治
行之於天下大可以電之於義者小可以明之於一時則為君子者
美可以高道遠引不里而以濟者救民之責乎故伊尹也太公也
孔子也孟子也忍以道治存之於分又以道治強之於後則可治
多得於斯者矣抽怯夫以孔孟之主所不見用於世也其而以栖
三也汲々也何莫非是角也宋子朝子也其道治雖我有淺深
之不一而以無非孝時団道之以而其道治雖非時中之君子其以治道去之
可脤備哉陳希矣四子陵雖非時中之君子其以治通去之
志則其視忌世之士以有可惡執事於簡絲又或之曰謂生
皆有志於道治必之變而行事高取清者何人欺丑也應執事之
而為之說曰伊尹商之矣臣也太公周之良弼也君臣相遇其
臻至化治被於當時之天下功夷於萬世之生民功業之盛

卓冠千古士之匡世也孟子以生知之至體經邪之事陳多道

澄邪說不能口道於一時朱子以上稿之溪豚海□之拔爭

道陳正許司綜之寧讀之惠士之富也夫伊申之可棄免妣

此孟朱之道治又如彼則士君子生斯世也當以汲君子自期

雖拯頽泗曰佛之殉高贊之殉至孟子曰自生民以來未至盛

於夫子也孟子之兩顧則學孔子也難對

問云一

對將於海者淺海之淺深通作山者知山之高厚孟也翅呈之一

堅儒耳詢書焉孰習軍振焉未學而今執事之問偶及於將略

之同異則是束將海者而講其淺深未通山者而問其高下何

足以知之抵而利國懲寇泥於三軍對作典儒則是固儒

者分内事也敢不示岩以求正乎富恩之制百事之命係一人之

為者將也則將之於國家豈不火矣哉軍之司命而国之楨幹

其在内則為壬衽牙而有捍衛之功其在於則折衝千里而有鎮

綸之固故自古為國者固言其遠而又擇是人使後推嚴而應專制

聞命之命授戒而專弓征討之舉是知能為有言於國家者弓

及於此其主則臨機闖變於其間者又不可以不審故擇元戎以養

國威者存乎君匪等眾以歃王氣者在乎將之作謀略固

制勝克敵之大端也尤而當重而不可易之也是以運籌策等

出人之所不能測修危廬徉制人之而不能犯適時而各異其

美同時而不一其兼轉敗而為勝救已而為存變化如覓神而

莫知誰倪汲令知将節而不羞壑立威於帷幄之中而制人

制於多謀勝負之形也於多智則謀略之中周有不易行

抲千里之遠淡咲指迴之而拄我於山河之所敵國之屏

迅能復者不復乎範家馳駈則權謀勝雖能偷溥一時之說

之功而号慨於仁義之師而固非王者之舉故其可雖貴而道

不呈高也審魚号是欲善主矣能推誠而服人匪帝則王能不

戰而屈人兵何莫非教文德而

欲進呼兵尚乎貫單德襄於善陣事城爭協而殺人盈野遍城

則兵盈刃而人自�😐順稍有故善於中堂非岳家權漢劇勝之

長策于拯則為人上而操國軍之兵者盖心臨於是我諸明問

而及而陳之撝迤之化息矣六韜之略出於太公兵法之說起於其善書

擂之於戰爭之橋於是又六韜平由里之化蓋莫如焉則其善書

各斷其者爭呈其謨而先王辇平由里之化蓋莫如焉則其善書

王言以墓奇功於後之書盖可知矣苟能搜其方以考其成功

則於其謀略之同蒼而變化匹卿者有焉果能得古人不守之妙欤

力若之威及自貴近者猶壯貫有君之腹而穰苴陳賊之臣也陳

賊而後愿偉法有兩又沮故一失其一期而特施刑馬軍法難昭而

燧殺不可以未遠衛等起自賤隸而一初得軍國之柄逞施私惡

於人以快其憤則众必有不可以憚屢故穌違雖呂失律之罪焉

不用誅焉人之為惡又多而教惡不能除惡大夫皇甫文

者乃高峻之扞冀
也而其羽翼以清滿反逐之相
成乎渾定耽之功輕衰元帥按衆相望文歡陸子飲之酒而絶糧
鼓鳴於陽大人單騎至鷹交手葛藟入其帳而推赤心焉於則
三国鼎峙兵戈不戰則牛子之以待人者務事一国之民也花門
負約引衆犯境則郭令之推誡責庸希以終火之盟孔明出師
難令精明西呈長駆中原之勢而出於五丈之扈固司馬懿之兩畏
而反呈善多之言者為安諸将恐畏之心渭羽り軍紛沸孫呉而
及授荊州之要虑之地實專甫之而忌而乃號江陵荷擔之災
為採而り之則列裕鞞強血食亦不能陷匝匝赴将略非便者兩
希亟勇及不能破趙孟食用兵責用其奇謀燦迄霞之計盧淇
帝預力而當樣以不可不用其智故希文之麦元昊也以口古代夸戰
伯沌之却勇不也以悲憤制勁虜也箱二五之善湛計之良姜愧乍

而置之於連載之地說呂蔓產注強盧而起以知此之將授之於失

居之召則其將墮民投陳之不暇孰孫執戟為先為国死淹者

乎且睿溱原其立則非獨為將者之罪也唐之債帥之遙今始

甚為則上之勤屬而取用者果多合於支矣困將之道邛今引於

遙一切及今之失而復古之居可也而邛古治者何也則而擇之信而

之各將之又得而りぜ當摩西騁勇兵於篇列而有献焉莫不

者將以取謀詐古祈以醫今則執事之洵古免已詳矣五生之

醫今其可忽邛又以今日之事陳之鳴呼兵者生於民而將者

司兵民之命也承東旺生勇之道悴焉呂甚於此時飢饉以表

其業兵火以失其居兵嗟乎顛什四万乎流連而富專劇潤

邛之命者雨庸氣務而恒之仁息而畜之午也引不出此毒暴之

剥劇之生竟筌何不至於潰撤邛孫則安民乃是今日救意之業

而擇將實為済民之湛則雨庸汲之先之其不在於固邦本擇將

師乎將才免得則府民並受其賜而甚拖醪之重而至死長
上之心安其奠居之所而有並將之志矣孟之子雖近於儒者之
道淺而實切於今日之弊若能轉而申之上使吾大東之民蓋其
至治之澤則此執事引君之實也格君之效也至於童觀小儒
可謂貢一言於朝待而不愧壯門之志也執事進而教之謹案

道　八谷

問吾道之在天下未嘗一日或亡惟其托於人者或續或絶故行於
世者或明或晦上自堯舜禹受授下至孔孟傳授其明道一也而
虞夏之治至於無爲孔孟之德卒老乎行其故何由曰漢曰唐以
吾道爲己任者代各有之然皆未免有未醇之譏而謂不醇者
指何事而言之歟宋朝濂洛關閩諸君子應五星聚奎之瑞
續千載不傳之緖使吾道煥然復明於世其致治之效宜與
唐虞三代上無異而反不及者何歟東方素稱文獻之地而以文
章鳴世者雖或不乏而以實而著名者誰歟以象而言之至
祖開國神孫守成其所以維持講明者惟吾道耳宜乎

矣其人已則道隨學餘而出天者居慶戶牖而不由曙日星而未襯矣

夫煜是則托之於人者我亦續焉故行之於著有明有象張而尊

其混而流及長培其根司枝及咸則轉移風化之原瀾斯進之

師朔之彩以行之心以滂之范乎天運於不言之中宿乎神化於不動之

上乎道之行揆天揭地超出乎百代之表敎化之明思行海流太被

爭九圍之內天地事物之理日用日邁孳孶而大明井孔而不彖矣

唯之盡此人之器其人有不存故其理有不明其體有不盡其

用有不行涇殘敎弛及天而衛昧道噂學及人而數道不在畫而

人自不察騰驤而覓騂貟于而求子人心忽忘出道日污敎化

何由而後明治道何由而後古乎於而木之真者必固其根則爲人

上而任敎化之責者豈委諸末風達而不里兩以救之者乎道爲

爲之妄樂則非道之使孜人自不辜也苟能明藏而振止之施化而

勢之舞之正一時之心新一生之學則治隆於上而俗美於下矣師蔚

然而與大道煥於而明輔散乎文明莖備乎治道後又不言之道可接
而言之後又不醇之道可變而醇之矣時君又主盡及其本我亞此先
臣之說曰為治而不法三代則苟為而已諸亂三代之治而孔孟之道猶沒
下及漢唐以下之事為舜舜之舜惟精惟一祇德之粵於克儉
二王傳授之道大矣天陵之王亞王之矣栖待一道相授一統孔亞傳授
之道明矣而上而為患故吳友之治氣動四方格于上下之而為臣故
孔孟之治道窮天地輪駕故里祇以徵于吾斯文之大暢若也自前
以降學絕道灰而善治不復時沒世求而王道不行其君無精一之
學其臣有儒絡之技于吉傳授之學守無一線之沙等勝惜哉
張而盈於天地之道隆碌於三那不以王而有損益也故敎有漢之
仲舒下三千之帷寬空矣之書永已絕之學明已晦之道以醇臣之
文策天人之理以有功於吾道而災畢之說竟怕於潔妄則焉
足取乎唐之弊愈以崇佛之才生絕學之後矯孝授而達經將
回淳而障川文起八代之衰道涌天下之屬張皇乎迷卬眦掀乎

異端似亦有功於吾道而原道一篇關於格正之功則其所講論者大
過乎文章言語之間矣歐乎無議焉也不醇之譏焉可免乎性乎文
不衰天道不隊坤茲古斯文之統乎屬趙宋之盛滌五代之衰騎構
斯文之宗運濂洛關閩諸儒輩出窮性命之原闡幽之奧擇其蘊
於美寐之西里孔孟於講論之餘繼紬六經羽翼乎千古斯相傳之
統不錯其旨而王相授之言不迷其炯向日於雲霧明鏡於塵垢矣
夏之治可以并駕而稱雋矣下焉不為誰使張我沒使承可西之權而濟
志於一時則於變之道不獨先於唐虞之明月光動之化不獨行於三代之
宇宙而惜乎當君子道消之日或指以虛偶或指以僞學使經綸大志
不得施設言之可為於悒嗟呼詠歌者慕希堯之至治則況為其
國之人而不知其嘆之事可乎惟我大東文明之治禮義之邦久鳴於天下
名人魁士相繼代作爭張綺繡互攀日月高標萬物之表雄峙百代之
下文章之士雖或不乏而以先而著名者則文昌侶之於前牧隱陶村光
之於後而一時理學之所宗而立為事業如彼其卑鄙則儒非儒也道非

生也何足為議於其間哉則其惟我國家乎至祖剏之神孫述之績
紹前明於淵洨承內建政均累於四學以建首善之地于以
勵賓興之士恢瑾佩蘂者鼓舞於天之下德道抱治者涵泳於舞
日之中尚猶出而鳴之為大道行而煥焉為歷三祖之庄或承八宗之培慎
以至于主上之重先淮窟盞席之兩溝明者莫非廣廈細疆
之兩討詮者豈非牖之楹皿乎已明之道益明於曩時已川之炎
已行於前日尚猶葷出而任斯道於一分風化自達而外一也於文明
奈之何格致誠正之士不已於首善之地明體通用之人竿觀於迴之庄
以以行明道之末得其梓而施也則董之兩以為如世柳以汲興化
之末得其要而施也則主上之兩行之斋於五末智何由而致此
默五於達葷之中寓有火疑於是汲以禮懍之四拖仰覽於卑以比之下
者久矣乃敢備為之說曰明道之要施化之方雖曰污田至炎而已或之之炎
奉勝於物在邑之學術不然而道曰污而富柔甘而開舍
夕死之利半禍是離而末男白首之志僅維醫骸而怲書崇之心餘

免雜雜而習科程之事割章斷句免撏撦之罰尋大擇小爲也
嵜之圖其於淵源之奇擬奧之義鹵莽而已滅裂而已相其施
類而錯面禹步而霖趨則格致之道闕如也正修之學摛如也以至於
俞道之上無經明行修之士明體之學何由而出適用之才何由而興
乎進進乎風靡靡乎偸俗亦道者如此則出天者可知出天者如
此則率道可知乎窮而在下安能講於而私淑達而在上安能施設
而張國乎夫如是則首善之地無怪夫誠正格致之善修也而達之上無
惟夫明體適用之善修也將以除時淪之自有其欲而不能回抑
經綸哉弛之自足其己云而不能變孫垂上之所以扶植栽培者至矣其
矣而亦諸士習之失則大非至治之象矣理亂之機安危之失在是先
生要得不形乎下問而行以救之之策乎謂計以爲在上而任君師之
責者可不惕然而思有以化之乎天下之爲不患於有其弊而惟患乎
維救不患乎維救而惟患乎救之不得乎要可苟行得其道含富化
而何以哉爲曰勸民從教曰敬敷五教誠能教明於上則化成於

下化成於下則人爭競徑士皆承道人心皆淑正道自得不為物慾

之累漸知義理之宗皆知以學之庸務痛漢術之不膽欲味之之

文明學圜程而居敬師朱張而窮理存養而省察克己而復礼翻

豳於事物施沒於國家者無非格致之道無非通用之其王忍

巷辟邪陋略陳於炙又抽遺意以廣之曰君者無也圜而水

圜君者盂也盂方而水方不有以偶之就得以和之不有以導之就得

以趨之及昏迷之狂僕陵能和能趨而其偶道之事豈在下者

之所能裁及也以誠求之友之於功明其體之通其用修其方而正其

以為明及施化之根抵又沒而敎舞之振作之則咸草之攄梓敎

之道自其而不能已也豈非有好者而下及有甚者乎恭惟王殿下

龜拱九五之尊南友子古之上者無非講明正學重尋則聰可及於所

斷諫明可至於烤測魚矣犹而一日之勤則一日之進廣世一日之息則一日

之集対也盂以美舜之學加文王溥堅之功使存誠中恙無一毫之雜

而在為聖人使友於好勵先風之化敎臻邑治于以造士則士者

之心術正而不趨於邪境學術純而不雜於邪說矣夫如是則

道學又復於...而緘横之人材尚之於會矣何以待文王而興乎

出術拳出駿乎唐虞三代矣旣是而求道

之不明教化之不行者吾未之也...逢門而挹廟不止此

而民直十暴掛一偏第謹焉

問之ニ

此愚や窮推測海莊一部史記於少川此鹿可也

之變登覽形勝搏走人守戰之略指弧棒姐愚手里折

衡之感長甲順腕蓋忘有年矣合承執事先生述圈

家之開俗戒維學書階兩風拳前代形材遊及於今之

速其所以慮悪為保邦於未危兒克詰戎兵之鏊焉

手愚班不聞軍旅於一吐胷中之素謀窮渭吾吾天

下之五兎以戰地天下之兎也槍之作之田曉行天下之兎

事以一介瓜手之身立萬死于戈之地社稷之安兎保也

馬上三軍之緣敗決於大鈍則為將之道不必雖乎是以師

用兵則奇漢秘計等變不同臨敵禦陣則呼吸之變有應前

感其而以臨擇制變出三奇言窮者苟非雄偉不虜者能處之

如神乎天妙是故兵雖遲度戰言言法而奇正相生神妙不測

輕敵而制隊仗義而投於苟立勇之逆人者也寬哭不同而以功則

我有餘而示之不足我不戰而屈人兵者才短出之者也有

一智殊臨而應變則同也兩以運用之妙存乎一另酬離尋

變者不遲身其智而已走曰上將先代謀又曰必戰為上兵戰

為下宣不待我弱則將老才短則非其將而擇將之道之守

想哭諸因以洵而到而陳之多夫南功卧龍力三代上人物壞王

作三才八陣長笑嶠合於太公言六輔木生流烏妙廉於造化之神

變庶將清中原而後漢言其視司馬仲達於歸人帽子

晨蜀炎虎之譁螢星已隕又有以死走生之滿豈復之華比

如鯢鯨撥梯七番橋樣弓是一威也哭則才智生衆之將天

授非人力也李郭之挺虎恩或我同心集之或我裁之法其代將
也運軍指揮特新一新此則治軍覽四有畏而至於中興唐
室則大勳同馬張光弼之樓忌很慢爭至毫憤戒疾則其
視郭汾陽開心見樓不戰而坐人兵士貫日月楮忍溫溉者諸
不可以開自矣為夫李義之戴褊帽歸歸坐坐之景駭馬坐陣
崔虞以暴虎馮河西勇也我其士行義憾上足以清吐豪之忌其
挺身自表下足以激將士之心此求怡大節而不可集者乎至矣矣戴
穆則平生夫大節事在罩罩民行震邁兩回無前期收地於范慶秀
天郗於北取故盖以小轉名而函敵不同此其士情而激卓冠千姜
仍安敢不讓於岳王之神籌乎何況帝廣為梁武之特雖汉
時之捷其功烈如彼其黑則不過四天之匹夫之勇也何足以今可道哉
維彖大東北連大軍之境束接島倭之吐列吾以耒冠書北俗搆舫
南要河絶虜馬 漸漸息轍鯢之狼蒼生高枕於萬域金草木

驚扵四方者于今為百年矣慮何莫平日久恬憘或虞鑑尔淺扵

之宼直擣束南之喉注目之事古益高之戚扵又有西北之夷時匡窺

觀之計聾盲上寄听之臺謀居于溥為寢扵帷幄敗年耒能靜了

扵壹境有淺之士主心而莫敢言此亞明執為虜長驅西却顧

濟之策蒂弗矣張明者雉高扵善見智者制變扵未形之備

區之意念扵擠其本而蔣其耒則亞未欠其可也而莫彩

以敵咄為之懼之美以内修之夷壯之敵以自修扵有實善形之地

以頹敵扵差全之意慮之以則車束南之美不煩兵而自定

任一將而制平兵又何有將不得人兵不禦敵之患手扵篇兵又

有獻焉用兵之道雖在扵將得其人而任將之道要在人主之

明以然以誠以耒之水閣宣任方十名虎則中林之武夫之是一儀

之千城為濟之千羽以致禛苗之耒格安定願牧不在禁中卯

一僃扵勸則罾中任儒不止扵此矣謹為

問云一

家之禍福豈不慎哉聽其丘山之深肥遯自絶者從其丘林之處可不思
所以羅而致之者乎星辰非能自高也而引而高之者天也匡矣不能自用於
而登而用之者君也故衡門之下雖至而求矣搜逸之王母之招禦之志雖
金而尊德樂道之君致之然則爲人君而將以杞包瓜者可不加厚禮之禮
丹側席之誠留棲霞味之之下以廉卧雲之之志乎謙恩明閒而復
之自性昭明格乎皇天唐虞之化至矣而巢許洗耳天與人因之而同心
三代之治隆矣而夷齊采薇何如是之天下非重許糞而委身之自
視缺然則其可受乎秦漢以下山豈有仰哉君臣之義昭揭萬古而善於
之可以扶之則其可已乎餓死首陽志有在矣涵仰之光欽極矣而至人
自乎宦炮烙之淫刑酷矣而天吏起於丹除暴救亂此其時矣帝民覇
罪之其棘矣則秉來有莘者豈終於畎畝耄釣渭者豈止於竿綸
乎要因之說好事之言也釣周之謀無稽之說也商顏四老避秦坑高
歌紫芝無意人間而見留書之趙既然皆來南爲一史撥亂云
長吟梁甫不求少達而遭三顧之殷勤慨然以起旺儲將展天下事

嘉則醫儀之術不嫌詐也矣詐者豈詐大養壁之剛薛能之謫可謂左
矣東考已柔偷靡之習已南奸雄亞頗大馬之輕一驗揆之風節逼
今日之大筆則叫光之加之志非他矣五代擅權于戈之憲不息書行
御唯昏亂之漸已刑已輕色舉不誅術曰則弘柔之操氣可謂勇豈而
寧相之孫及扵山中則何足取我飾徹種皁必麋好爵而鳴腸八谷陵
冠就事貼猿郤之怨損峯密之諸美化之志可知矣功安終南念
桌名利而朝命及洞東蕃趋產按捷經之譁致測盤之篝藏用之志
止可知矣前貞沒凛烏淨兒一時之咲乎陳搏與太祖有至駐中辱
之志而一名陳搏亥祖有內則隊驢長涯便住方扵之亡神狄借送玉
之名永天子之氣而貪祁吏黔崎不客時滾狄沒掛永还山可謂鄙
矣鶩仲鼇偏之冀救何有可言之志哉噎克已矣詐之無益則四富
諍陳而柽三若其淮富今乎未惟我私到生相永未出洽碾岩之
下已善平閱足人海凌々子之已往重偽之士浮人此可謂玉矣蠡我生誰
永不基勖精禽冶股肱之佐言非浅厚々老耳目之官暗是正直之

人淊淊之炎穆之之布将言讓於隆吉而言有遺珠之在海餘杞之在
山麈之永勤於宥眄之囙惻蓆之詩著於經綸之際皿乎金貴車者辭
廷於尺書掊坤之囊者軍征於束帛而奈何丁寧之敦屢下而棲霞者
亦無款我愍惻之奇曰溝而臥震者不帥接峯以員玊上如湯之誠
以孫朝廷不次之言卯弟以詔玊上之來者冉出於至誠則兎无一士之赴命何歎矣
若如彼抻以詔書之來者冉出於至誠則兎无一士之赴命何歎矣
乃聯僃為之説曰士生斯之有大擬於是作以管穴之見仲貿於左吾者久矣
作逢華之中富有大疑於是作以管穴之見仲貿於左吾者久矣
り追之以乎其西以枯橋山林未嘗甲帥下言者誰曰志有而在
先其己之兩束其體之而安堂畀於人教誠不能與之送欽俯仰故
甘心自絶而不悔也是以言之妌朿善之主知其挔也簰其由也不
沼彼不肯末而惟耈吾永之不滅不恐彼不我即而惟恐吾礼之不
冉致講永勉之加之必起於若六徵於山野竟不岂之盂瀆耈無壽
之住先耈在壽徵而在今可擧妣誠弘加己致之誠冉己示之礼一事

之涉於言文者務及玄々之一念々合於實々言者務及其々修實本書遺
之言々(而)不以一辭々之未合而斥之廣狹疏遠之說而不以一辭々之未其而退之
尊之以行其道引之以施其學篤之丘園不憐於我々之心納不
施其說々則山林晦名者願進制下以泉石之跡而行崇拔事以煙(遯尊野攝光者爭入林高)
霞之質而難蔬穢屠伸其實學々之志行其達施之學措唯勢於
不拔遯鴻飛於魯窮矣安有炳表其粹々是憂與從其々轅
之足望乎家室上求之々誠待之々禮可謂極其矣無餘矣丕之(抑吳將善不拔今義於前而辭張朝廉之將深墊於後矣)
不倦敢以此勉之者以望人自反之流津於室上者也丕也來自山林未嘗
廣誕之務握筆之言未保不能忘肆則粗陳於前者固可駭也
而又不安獻於篇尾詩曰鮮克有終又曰有始有年豈不以有初者
莫保有終善始者難於善終乎今日之求矣如是始後如是則
可謂有其初善其始矣而人心操舍之無常一念息忽之可畏誠願
念一紀致治之業甲萬機俛履之務推今日搜逸之誠而持之於永
久以今日求賢之禮而將之以無強爲見之後常如未見之誠爲使

軍政題視上

之後如束縛之心則華野豈有束萊之憂漢渭山豈之義約之爲
平章能觀旺之光貴之之道莫不效其戰抱其拖于家之利
先須清明之盛治矣破數子之後務∅去而丰能事功者何足道
敦君子千里帝衣之言妄語則其教養之歙献裕之漠敢不
壓圹明執事乎伏惟執事恕其狂僭焉謹焉
泂治生於亂危生於安軍政之修而以安不忘危也三代坐南
矣漢唐以後有立於修軍政爲可歷言其得失於惟家東方偶
在海以三旺馬崎之際努力分勢弱而以清家之屆強猶致
震全軍於灘水以唐家之盛武不能接一城於安市其時軍改
之修可浮少其詳於高麗操鷄搏鴨或渡合之巧壤州之大
砬中考之盛匝百倍於前而中葉後或見侵於契冊或被駐於
制治未亂其於修軍政一事固無餘法矣頃自倭變之後加以
溝壑申畫今甲之妄而不至而今者新立科條凡可操了爲類擬布
紅中考巳否守南寧凌何歙本惟家於列置相承保邦未危

之而無弊歟如使軍政修而弊不及以其道何由願以其說

勸懲之血令各備弓矢槍劍竹竿使村巷大示之瓦以時陳習其束衍

對曰沙南公有諸乎我兵之訓名公有張里六師之諸兵之行呼大

矣裁惟其審治亂之由審奔求之宜者可其三兵矣今執事先生

特舉軍政一事沂四澄愛及庸令以救英之策哇此實肉食

之臣而維變夫當鑄金之儒而可謀者裁雖有問不答非礼而桎

夫獻言可揀則冒陳龍駭之說御產明問之曰治不是特治有

時而或亂安不是特而安有時而或危是以帝王之御天下也主衡

呼之道而制未倪之樣修軍振之欧而保未危之邦呼之大事當在

朴是乎治亂之樣在是安危之夾在是分寇之亂略以之而可過閱

付之鍊輪以之而可守矣夫如是則軍政之修不朽已亂之後而先之

朴末亂之初不朽已危之於而先之於未危之時排惠釋雞之夾朴

是遠變庶年之夾朴是故則當可以時安芚於而是其府以修之者武

其兩以修之之道有其本焉有其末焉明遠券時悔之道以共生住進

遐之節者本也猶一崎枯鳥之升四射懸擊則之者事也為我不
先之於奔而先其求不先之於實而先其名則轉已治之天下而為
之亂轉已安之天下而就之危矣及也以孝弟以養而推
礼義仁政之化而為之養鳥孤後衛內而捍於有偹而有義足食
足衣親上而死長矣此之產兵以之井之轉已亂之天下而為治轉已危
之天下而就之安矣苟或本之庸先末之庸後而視之天下而進抄之方物
之鳥陳留之道則吾未見其前得也噫時君之主盡及其奔執之諸條
明治之目而陳漢馬唐吳盛矣三代隆矣兵常於農之富於兵
民相保欲臻至理庸時之治誠可想矣宋已末矣時已下矣漢有材
官彌張之去唐有府兵漸兵之制味有嚴直防秋之法而在漢而分部
鳥未唐而三變鳥至末而不競鳥晤由於軍政之不得其修則彌失
之由後可知矣犹於備儲壽席庶強之業而全軍興尸於薩水唐
多崩而雜枚矣犹而備儲壽席庶強之業而全軍興尸於薩水唐
床籍威武之盛而一城不援於安市則豈無有以致之者執恰樺

而失策者文治々將帥寛城而固守者大人之由也則軍政々修舉
可謂矣高麗王氏啓運草昧揉鷄搏鴨成混一之功締造邦家
五百之基天孫大振於瀛海君冕盡蹶於殊俗睢々乎攘功之大焉
殷々乎士馬之盛焉豈其百倍於前至乃於晏時世轉十葉武備
弛解契丹侵凌播遷之禍斯慘紅巾蹂躪長驅之勢莫遏人
已散矣不能復合財已敗矣不能復收朽木生虫空穴來風則契
丹之侵紅巾之亂無非後嗣之失治也扼腕千古狂舌何補姑就我
朝之事而言之可乎恭惟我聖祖受命歷年二百人不知兵詩
書十世世無失治加之以聖上存心體天保念生靈深恵宸廟之
所講明者無非制兵之規處々細陳之而討論者無非保邦之道
須備四境桑麻百里俗已安於禮樂民不驚於干戈槍々之師要々
之勢固無缺漏之患矣豈乎貔貅成群熊羆如林邃裡留淵山
之月兵前起草木之兵矣噫者東夷構釁于南約告警將軍嬰
城而衄死士奔倚帝而自固自是厥後播遷淺懲忽生之失里制

奄忽之警攻之焉補完勉之焉加之申畫令甲因成定視興滿而
補救完缺而恢撤是以罪近於尺兵而頗伏已矣而補牢實為也
買長之等兵令者新劍科條以為恒式亢可操之者尋常選選
占家拈出通成醒於備之失而防於吳之變者皆是汎周之賊錄
軍棉劍而備不時之需者以是村卷之丈夫以是而勸懲之以是而
練習之里患之宣至兵陰而之戒卉兵輔於政言不藥之言不救
諸以適違之急為先生善之之高庸州之三代之兵為宵而孤者
以仁心而行仁政也又庸州之不義民而戰是汚殘民義養而生息之
彤帅苟能彈格養之方而共刻練之術則可以折衝而德俗可以威
之節軍容肅之師律整之于半械竹吾室于以屏障於邦家師
連鮮之化而支死綏之志軍政日修而兵藾日以相進彼此
之相保如于布之衛父兄以如手足之捍頭月以兵民有鵝屬之勢而
自言救藥之端于是而克之劍保障之力益周戶練之戶瓷何及

損也三軍之氣益此矣無愧之士卒何又咸伙此則亞之此軍本也

其雜選銳馬之技類拟討禦之陵抽東而補西處内而事

公者是氣如之素捨其本而趨其末馬事雖肯而禦肖而理實屋

則天下安有是也夫如是則盡二先本而後末庶全而禦輕乎是

苟立矣軍政之道次弟條達西區二諸綠之去雞乃添編二轉可

由此而制彼矣乃乃之女曰長子帥師夫將者三軍之司命儻馬社稷之安危

之曰蕃乃之女曰長子帥師夫將者三軍之司命儻馬社稷之安危

漢馬苟能將得其人而待之以威兵養兵之要則繼我馬此能

以養兵為已之任以畜兵為已之責矣亦神鸞士何待於孝牧羊

的於射何待於世衡乎養之者之而軍政克惨吹之而勢不

及民多倚以狂斐之乎轉帅于上則堂非瀍山濱海之一助乎

問取士之道在扵科舉二二之名昉扵何代欤後科之目谷

不同其可歷指而悉數之欲其取人之法抑有得失之可言欤恤

古之時不由科目而矣材筆出蔚為士用何道而扵欤降及後世

科
舉

惠公道之不行而沒為科舉取士之選宜出於至正而典貢舉

者不能無絢私之惠為士者不能無用術之弊其故何歟家旺

家自祖宗以至于今曰臬不謹由典章取士之法可謂至公而得人

之美於斯為盛奈之何近年以來奸偽日滋巧詐橫出舞術

倖佞者接踵於中外觭法抵罪者相繼於前後以病我清明之治

欤伊所使取人之道大公至正上不循私下不用術得士之盛言

愧於前古其道何欤諸生於脩已治人之學講之有素其各悉陳

對舉杖而呼枸無恠夫枸之不來也張子而呪鶉無恠夫鶉之不至也

薦魚撢洞高鳥候柯則取士之無其道用人之無其道公私之雜

緣邪曰之混進而誘取士之道可乎今執事先生庸補鶉魚

氓之曰降糟鵰運海之秋特舉科舉之權興於口弊今之得失

襲下之桐不可彈也溝中之木不芻用也贊辭尼言使自產稠祝咿

而科氣之藥之者可以習聳之矣敢不傾阻羅列而進也窮

詞我於天理者公也出於人慾者私也天理之公根柢

閩齋

人聽之生私作物豕之相制不可使或亡者公心也不可行

私立也人已不立則形骸有彼此之別物豕不分則比隣有藩牆

之蔽則綿不察而胡越異恫意鼙而千里致遠是以文明

之文以公滅私故事得其宜治得其正庸時之舉以私朕公爰與夫

其理治失其正為治之君可不有以存天理之公而不斯以曲直者惟

衡後而不可欺以輕重者惟其平也澠墨後而不可斯以曲直者惟

其正而行法古昔之所以治及先法公道之所以行竹祛時宝之而

以弊及先祛私立之而以行如是則取士者以公道而取用人者以

公道而用士之進以公退以公所無循私害公之弊平生清田明岡而

及而陳之主元八凱之舉用三宅三俊之登進傅設孝者得於

夢寐之而舉野耕牧起於畎畝之勤而朋來簪盍畢征

者何莫非原時之矣懍乎之良則科舉之君三代以前未有以而商

文献~制備度具司馬辨官材而定其實興之司馬辨官材而定其

許周之得人於斯為盛漢有孝弟力田矣良才正其夫德行明

經明法任事之科唐有生徒貢宏詞博學其夫明法明筭

一史三史之科宋有進士行義節操等氣蔚然人材之興盛

乎矣士之盛冠冕廟堂領袖士林者多矣然進氣之不公任用之

循私陵夷進舉之名而反失進氣之實故陳汤舉彀才而有

不專父表之罪徐淑氣孝廉而有先冒年之責孝廉之科後有

東漢而有舉孝廉濁如优之諺中正之科後有

實奸府之謀至有昌黎名儒三五礼部何蕃碩士後身不業容

韓以賁而不淂氣王參元以富而不淂氣諺曲舉而稱擢孝宗

閔之親氣逆徇典氣而信取楊旺之子東坡及遺李薦臥公濮

取刘蕡呂惠卿以己荐策王行甫以稱學取士虽白空紙之刺

炙氣白常之習并興此虽王文正公兩以氣科塲條貫授劝而

不取也本惟我家金科玉條壬劉神迷取人之法用士之道

各有條目己無不詳卉子孙午酉之有舉經術詞章之并用鳳

不及栴龍不暇休閱宜其利鑑献其明大山長谷之氣

東崖

輩之中彈冠而起從袂而出聰名以曲之英得參等〻省〻之試
釋褐中林麟爲時上棟者云〻至其攀秦之何近年以來公道
烟滅私意星馳四覩峻法竟法奸宄之囊橐煩科條律祇爲
巧詐之嚆矢爲試官而操其批考惟意輕重上下次第惟視
親昵爲士子而癖之攀附曲求得失致賂下吏潛圖高低場末
後而先搦甲者之居甲榜未出而預知乙者之居乙有藉世除權貴
之門而得參者有倩好試量之負而居首者多財者易於捷巍
科以巧者得以僥高第中於同道文武皆於舞奸巧之術肆邪曲
之濫把祖宗金石之典病於家淸明之化雖相接而轍相循乎至也
中者而起反覆而由象唯〻之法大抵皆文具而已徒名而已情不可勝法
而有以情而廢法私不可勝公而有以私而滅公者文官之付送者則
委考士〻之任於內侍令〻之則朋者則專試人〻之柄於我祖宗之良
法美典至詳至密而近來曲貢亂者多出於冗雜而該曹任濫之
際有同塞貪而堪前監司差定之罔不下涇濁而渭淸則過眼浹

迷曰五色之嘆落却親情賣至公之啝將何時而已耶昔宋白

典春官而蘇王中選程羽孚選亂而張寇聯名皆是以致一代人

材之盛為數世大用之具矣才不司文則賦尚典要歐公持衡

則文變渾雅人才之盛兼文藝之美惡皆係扵主司之將身揚

則行敖科舉之樂區悋任典亂之官而一以大公至正者委其任勿

以循私用情者專其柄如是而沒為減官而不至扵杜黙曲陳為

士子而不至扵巧捷扵中而牧杜堂至扵再歷元結及舊扵礼卽矣

不獨則雜日新事日月申令視而無為扵色私之人世執事之間

玉亦略陳扵前矣私蒍烖济又有献焉玉肯立用人之話一世駁士

之連同也行恭之不公有甚扵科亂之樂而執子之問不及扵此

立者將舉一而及三致畢言而撐軽欵忽注竧廛暮敗桒

愚夫人而剌零令以有之桒颉公連提袖王门滅考而今

与有之府不悅怃旺家後俣亂之制用公薦之法其而以顧俊

之才至矣以至扵今公道根荡私之盛乃襲政之白剌

氚昌

麻之際諸札公行頌之科亂免如此頌之門簇又如身此土之所

以難進也如虫生者十毒勲寇挑冊棑懷中虫生者灯派碧地之

怨里形張危贍括柱否排蔘垂而呼高漯者父炎今為大問歟不

露其情意濯濯乎

問王者待夷狄之道征代和親而已矣古高宗之於鬼

宣王之於獫狁光武之於交趾唐太宗之歐咄以征伐而

興隆周程王之於犬戎秦始皇之於北胡南越之於金元皆以

征代而卷巨大王之於昆夷漢高之於匈奴宋之

之於與毋啗以溝和而頗和中致治曹武之於羌鮮卑唐江

宗之於吐蕃宋澂歙之稔为当以溝和而致亂征伐一也而興衰

有異和親一也而治亂不同何歟大抵言征伐者皆以和親而辱

吐王和親者皆以征伐为渊馨何以剝待夷狄得其道而無辱

吐渊馨之惠歟

對无怠无荒之治義而末王者反为梗化不推不道之道失而㤤付

者至於構玩風塵暗於邦家衣冠厮役於爐腥者代各有之至
之懼未嘗不起於泮史策之而在藏口得於晉中者尤多今
承明尚通及於世則王輔未聞軍振請以達殊之元為執事篤
之窮經書曰蠻夷猾夏敵稱我狄是庸束秋之怡違矣蠻夷
之秋久矣其於天地俱生學中吐並之為泡代不牧之田而射兔於
河東為方於雜紀之程而癰疽於心後故主者之怖也載興師
寄衆以討其憑凌或遣使奉幣以浩其昆市走今待束之道
不退乎前而兩科而其兩以征伐和親者今有其皿吾威之可觀
波之禎多時之可以合天之心耻斯頭之在楅憤一矛之不逞而江
伐之又於是則孔粹者拄犧豐一毒而伏於神武威夷苟或
寒平屯而不服是憤事於之是狃不修可畏之威徒洶征伐
之名則暴窮不救於興事尸危已之勢其不至乎多力之可以制彼
之悍而吾勢之有西居於時視之如矢羊不較其大小養之以時臨
務息其懷庚而和親之又於是則匪茹者戢反側⋯⋯順於

丹青之信臾苟或不念乎此而偷安之是務姑息之易十不修可

信之恩又暴和親之名則金幣不盈於漢楚惡孔之象其不成乎

是所以征伐雖同而興意凶於殊逸和親雖同而治亂分於異轍

者也雖先征伐出於可怒和親由於可畏檄山航海稿顏輸誠

則自之可怒之端何事於干戈奉貢執贄稱藩納欵則自尊

畏憚之何事於金帛乎書曰明王慎德四夷咸賓傳曰中旺有道守

在四夷夫天下旺家者滅能共明王之治西被而東漸洽中旺之道

洋中而溢乎則良敗之不暇尚何征伐之是尋奪志之怨汲尚何

乎言辱旺之失而可以枕簟而鞭之者不在於道乎諸田明知而

和親之之許乎湖農之恵而可以制揖而撻之者不在於治

及而白之見亦梗化高宗戈而尅之狐狼段陵宣征而逐之詩

交址而克武之中與益盛耀突厥而太宗之功業益隆穆王戎

太戎而羞叔不至拳皇却也胡而蕭牆秋起南宋賂金亢而及受

其孽其為兵師一也而興巳之不一何於程嬰俣強大

王事而安其民 昆夷傲慢文王事而柔其天 賂匈奴而高祖之天下平定
和契丹而失、宗之民物阜安 晋武納單于而遺患 德宗親吐
蕃而示弱戢徵 其如失、而見責 其為以貨一也 奉幣一也而治亂之不
同何歟 征伐一也 則其興也宜無不同 其亡也宜無不一 而或至於興
隆或至於衰亡 可推也歟 和親同也 則其治也宜無不同 其亂也宜
無不同而或至於致治 或至於構亂 可推也歟 且以征伐不使在於興
師勢亡之可而有征伐之要 曰威也 曰時也 和親不使在於行貨奉
幣之可而有和親之要 曰力也 曰勢也 威可以制 時可以動 而征之則攻
無不下戰無不克而致差差之補矣 力雖可勝 威有所屈而和之則
末之無不危 無之無不順而為一時之利矣 以是而行之 以是而斷之則
古昔帝王之得失 雖遜於明鑑之中矣 蓋高宗屬南宮之佚統
中恢之志 賞不濫而刑不僭乎 荊楚而正紀綱 宣王承厲王之烈 懲舊
撥亂之 蓄四國而復文武之境土 平淮西而會諸侯於東 考成
可謂振矣而寡尔鬼方猖狂一隅蠢茲梱抗詎敢為患 時患

不可虖承業三年而討稽惡隸暴之罪與六月而遇恩禍及
方之勢矣運告督曲王氣於白水擬劍麾肩爰羣雄於一破
天帅重新誰敢我俾威可謂振矣而交延推轍於江淮突厥
致蠢於此而彼犯之天時務此而斯虖之非浮於征伐之道乎稚
吾威莠此而彼犯之天時務此而斯虖命伐彼而討之遣李諸而破之喳
王無並三慶適馬孫於天下恒歌羣竹竝羣武於津葰係夷隹
乱海内彦耗殘滅六涅致天將而神怨魚肉生靈使衆
叛而親難羣雄練起幽關將珠南宋吒步板茼匝軀帛於札夕
奸佳睽乱士日壓於百里天不怖秋威迫旋經威果何如時果何如
而憤犬戎之不遷却漢夫輝冶漢懼北如之為惠赴慕悃七事
之師睽金元之利害敗息壤在彼之盟雜淨白狼四耑補蒼釈
之不至雖涸千里而無救輕逢素車雜快一時而終致辰巳而
鹵寒曀業振之威而於人之衷以自反之時而兵人之旺可謂浮征伐
之要乎大王肇基王孫領后段之滿拖仁鄰出浮网而之之文

王如能致于柬之美敷化西方有三分之二力可謂殷矣其推緊

之侵暴昆夷之陸梁如枸界之偏寄可一舉而以勤之而以養人而害

人不忍於交子以柬明而養鳴才務於欺事則以伐賊雖快於屬

者老之曰而作勢則不可以直伐曲雖便於甘迤政之時而作勢則

不可庸曰之勢不乖有西座乎是以之以珠玉拳之以皮帑一以結

民之心一以致彼之化為非得私新之要乎高祖化瑈堵為四海登

而承於茅憲秦瓔甚屇居風為其宗永三慮殷富之餘拮

四恆乎手連改修乃乱頤指如言力可謂殷矣其於畫收之權

兵勢毋之警是不祖盪度枸除而五耳風產瘼瘓未起迨河

暴盜生民言困則十多核以雖快於威加四海之日而作勢則不可

隻輸不返雖快於拼振北城之時而作勢則不可庸曰之勢則不可

西庭乎是以進軍眷而之令利用而親之一以安其民一以戢其彝

嗟以父嗟之力而不恃其力以弓利之時而雖通其曰為得於和親

之要乎書民永鷹戟之餘襲戰伐之緒峟況于上久乙于下

陽居極天步之艱難任資性之橋悉旺之日非敢將之

徵欽當九五之云屬顛蹶之時天怒益涂奸雞兼術則力

果何如而眛於戎狄之唐而推郭欽之長蓋信此書及側之

計而研距虜之邪說隔以先射天之謀而推上直之確於雜安

目前而末救滿蔓、秋雞保一隅而像受從兵之毒雞近和

夕而猶致北將之痛症以將摧之力而於人之依以不振之勢而

驕人之勢可詔和親之得其要承由是觀之高宗當王得其

要而中興而光武太宗學高宗宣王而並其福者也穆王奉皇

及是而襄已南宋諸君逞穆王奉皇而同其秋者也然則曰威

日時之征伐於堂不重血大平大王文王得其要而致治而徵欽三宗經

學大王文王而其福者也宗反是而致乱而徵欽三宗經

蓋武傷宗而同其秋者也然則男曰勢之於和親堂不重血大平其

上之則於為決矣治乱之筆於茲判矣征伐之名雖一而其實奇詔

之一矢和親之名雖同而其實不一則興已之

不一言性也其實不同則治乱之不同言意也嗚呼古今天下許待夷

之策者不一而搢紳之士則及以和親為王仁而害之夫則及以征伐為一

三王和親者誠之以辱吐言征伐者豈言之以開釁一以干戈為事一

以崖是溝壑之大地胡蓬頌蕩為區夏我馬墜突可勝嘆

我乾則王者之待夷至扵征伐而已中吐之嘩我至扵和親而已矣

苗民之格已扵舞干之後西振之藝致扵通途之有則不以征伐而

可以待之者非德乎不以和親而可以樂之者非道乎德者本扵

而其明王之濟以臺之廣扵建者而修中吐之道仁義行而有可

功而及人者道道者扵已而及物者慶苟能明多之得扵天者

化之實妃澗明而無可奈之樣則被髮左袵之流皆為王居矣

發氣朝雲之以莫非王土矣堂及辱吐而浚待之闡釁而浚淪之

乎是知征伐非待夷之至升而乃由扵主善天之下居居而多淪之裏也和親非樂

我之上策而乃由扵王道之失物主善天之下居居而多淪之裏也和親非樂

其扵而里兩以史之乎丑也就執事之問而粗述扵古人之旨

於每紛始以庸今之事之之可乎惟泰哇家南漢島以

野人德以化之道須須之致興獻孫翰諫者臺三百年于茲而國家

以美南有膠城之賊北有曰獫之寇雖曰陳鼇之以為之雨也以今日之勢而考今日之勢不

家之兩叟而已不可遠松西以不可遠松則以征伐不可以和親乎其征伐其以知氣為可就為不

則可以征伐乎以可以和親乎甚征伐其以知氣為可就為不

可則惟以支之之言之曰其至於征伐則以高崇宣五為法撿

諸見威曰勤而以穆王等數君為戒則可以府倘乎凱武宗之

未共者矣之至於和親則以大王文王為法撿諸曰力以勢而以曹民

等數君為戒則以不唇乎高祖之主共者矣雖孔征伐非

臣民之兩大理和親以非臣民之兩上顧則其言曰君臣之違不拒

不追之道乎今吾君在上矣相在下而於之親矣共共之義而互之

比言又生於明問以君豈非矣以治之而危明主之遺之欽謹對

向惟我以家主淵神承主無累洽主明在上矣佐勖買鳳夜畫

何以涯興矣匠年而未浮漸為灘之違趙降百藥俱起難

六弊

以醜陋姑操其要言者而言之人心不古奸巧日滋悟不畏法〻哉

廬毀何以則人皆以五信爲主自能奉行歟今俗不厚上下陷陵傲慢

成習告訐爭起何以則人皆恥言人過而礼讓惟尚歟伎術不可

不明而頹靡日甚日再爲事不勤其業經術言之文章不足如行

勸勵有道宏才輩出以貴文明之化如何而可耶兵務不可不振而

隊伍已久而軍資虛竭糇糧難費闕丁從漏兵多闕額如

行儲峙有裕搜括得宜以爲緩急之用則如何而可耶量田

富擧〻而至有小弊久未得申陳舊積稅新疊不賦民怨甚

多吐訴〻虛使之弊不及民而能改其量得免上下之病其

策何在驛路所富蘇復而凋耗之弊八道皆然郵亭罕存

驛騎並闕運轉難任馳驅將絶使之傳置不廢而人馬不

困從致殷富之實其策安在

對 易曰觀民設教傳曰爲政在人豈不以明教而厚其俗得人

而任其事則可以與善治而革弊政乎今執事先生特策〻治

六樂下詢待問之多士其於化俗安民者至矣王雖靡食洲漆

於目擊之時扼　　於仰屋之日久矣敢不悅然吐一說以書曰

藏里言露書曰惟其人藏之於化俗人之於補藥豈得我藏

化明則之道不期正而自不得不必其人存則藥改不期於而自不得不

祉矣是少古之人君說言求治者不患夫之道之未淳而惟其未淳

藥之不明不患夫藥改之不一而惟患夫其人之未淳惟其未淳

於民偷俗薄士習趨下則不求於仰而明多藏而化之惟其不一

於公無私困脅民受病者可變而安矣藏之最勵九化俗者

多於則今日之道可變其未淳者有要今日之藥改可補其不

目駁擊頷而襄順用力至多而收功也速為事不苦而見切也

一者有由矣荀能明藏而化其俗則薄者可及而厚矣淳人而補不

藥則虛者可轉而實矣病者可變而安矣藏之最勵九化俗者

不在此乎人之莫大於補藥者不其依乎達田明問而白之恭惟

我朝建運運既久至淵神永道隆洽洽貽厥之謨至精至家藍

于之誠不總不已至熙累洽式至今日纘二祖八宗之丕構於百年
昇平之鳴運宵衣旰食勵精當治同德之佐居廊廟之上其言
之臣受耳目之列其所以孜孜講求者可否者何莫非當臻至
治務回隆古欲四乎周岐之鳳鳴于盛治唐虞之儀鳳于大平
而奈之何近年以來世道日降弊政多端人心澆訛風俗頹敗伎術
不明而文之道廢兵務不振而武之備缺經界當正而有不正之嘆
軍政當實而有不實之憂以爲明時之病盛治之歷乎且未知
教化已明而其道轉薄浮人已甚而弊政在於人心之不古也則
奸僞巧滑不知立信之可謂謀敵孔譎罔念法令之可畏毫髮之
爭至於挾私睚眦之隙便成異路 出心肝朝同襟也及其下
石鼻仇敵也牛腫馬鬣蠅營狗苟焉民俗之不厚也則上下相凌
不知禮讓之可尚層傍相高罔念貴賤之當辨吹毛覓疵者也三
乎人過情誹忌才則致乎構陷唯唯諾諾初相好也僞謠轉
告訐也任情恣心肆行無忌焉以之于伎術也則不尚心盡之行

徒慕浮薄之習未離貊貉先懷奉憲之念終窺甲乙之堂奧
科程之文至經矣傳則剽竊之是事徵言奧旨講求之無乃頹靡
隨熾不復切磋敎蕩從弛未嘗收斂年至大道至理已晦於世
而文章德業有愧於古矣比而往何以維持乎以言其兵務也則屯
萑未嘗不驚而兵多潰亂暴露未嘗不廣而軍無見糧戒器雖錄
而破缺者居半積聚雖講而虛竭者未充良丁統漏法有搜括之
名糴糧雖繼有愧軍資之號亂兵負羽弱年被甲年至耋耋之
勢已去而趨避之術未必脫有警急何以維持乎王畝及自經界始故
量田有其法而因循拘碍憚於舉行東南之田不明高曾之券雖
徵孤弱被吞於強壯貧窮見併於豪右舊陳鞠爲茂草而猶徵
舊稅新墾已成當畬而不問新賦貽病上下爲日久矣潞命又以勸
侍先故置驛有其制而侵漁剝割難乎蘇復法有奔走之
苦未蒙指摩之重一村蕭茨半沒於蒿蓬安可空飭已頹於道
傳騎無疾馬步無健卒轉運者連絡而好患於逢滯駈馳

者壽年而常病扵難任凋耗之獘至扵雜救焉夫如是則王上不

得恬而率相以為憂者固也執事之安得不勤扵下問而明教之

乎業求至也以戴天而不量其高瞰術而未測了深故達能見俗之愉

蕩而不知其而以蕩達緣見政之多獘而不知其而以獘又安敢

農菜石而誇言圖戴魯目而畫濁涉乎雖扵貴生之忠切扵化俗

劉公之憤反於祛獘則堂以幷鵯自期而敢請扴蟲之誤求夫化

俗之方莫良扵明盖補獘莫善扵得人明盖而傑不化者未之已

也達人而獘不革者未之必也則恰今日六者之獘堂出扵明盖得人

之扵我人心事盖不淋而今則不古居俗事盖而今則不厚以至

儒術不明漸成成偷靡者堂言而田而張我以盖化不明而扴也

兵務丰盖不振而今則隊庾量田丰盖不以而今則皿凋以至舜踏

未蘇漸成凋耗者堂言而田而扴我以其人不存而扴也不明其盖

則人心成俗儒術也如此不得其人則兵務量田隆踏也如此其可不

里而以躬行而明盖則哲而官人乎誠脫躬行而明盖以此遲遑之勢

人心之不古者古皆以忠信為主而自能春法矣民俗之不厚者
厚咸知孤言人過而礼讓相尚矣術術自明以收虎變之效竟材
輩出可貴智耶之治矣何惠乎今日之兩惠乎誠能則哲而官
竟之用兵量田之不舉藥不及民能改其量得免上下之病
矣驕踏自縣可保傳置之不廣人烏俱足可致殺屆之實矣何憂
乎今日之兩憂者嗚呼明發之論初非不世之奇德而其教也如彼
得人之說亦非駭俗之奇渌而其驗也如毛彼潔肉之比利咒之喻豐
法孫裁雖拙明發責於身誠渌人在於用明苟不奉誠而渌於誠行發
之明苟不用明渌於人之得則不古不厚者多智術於代不古不厚矣
侯術安得以明乎不振不行者多知其渌於不不振不行矣路驛安得
而沒乎然則今日之兩虧智者非弃誠以為明發之虭非用明以為
得人之本裁執事之問孔及略陳一三而於為沂又有獻焉得曰
知兩先沒又曰竟先務也天下之事何通而無本末輕重之分乎

今以六者觀之莫非病俗害治而者作輕重本末作其多則豈

无兩當先者吏人心之不意俗之不厚非也而皆由作儒術之頹靡

侯術苟得其正而意化大明作世則不厚之念俗自至作厚也不古

之人心自次於古也人心乃古風俗兔厚則在上者莫非君子而在

下者莫非足矢以之而得人則而得者皆君子以之而用人則而用

者皆匹夫而兵務之振豈无游刃者事故量田驛路等事特携

置中渚雖耳抗則兩當先者非侯術乎而當寇者非侯術乎且故

乃以明故得人為化俗救弊之要次以央減用明為明故得人之方洂

以侯術為五者之本辭秕賀俚不合程式伏惟執事連而故之

問主賢之道本諸天之心甞於其得志而以乎之著合

符節焉而得前主沒言燊一世以乎之之弓而以同者

乃故何欸伊尹耕于莘野傳說隱于板築等至芳將復之方也而

使无年因之騁幣民丁之事求乎將不生為以又卯孔子周流天

下至于畏匡─柳於有意者何欸海溪明堂金裏豊㊞

郡不以為... 伊川嘗不於仕時義... 良輒辭而志果何如

也伊傅孔言之... 又有而張可措出為言... 欲宋之四... 待主

... 之道... 見於事者... 言不同... 我不同者何欲諸生學主之

道于將何而象而何而從... 毋曰有司之不... 長... 乃隱也

將以觀諸生之志

對... 經綸之願憂民... 井... 之惻... 舍主... 時止之道

... 書... 執事先生得咸悔貞... 之時

慕... 人不見之盛... 舍之裹... 主... 世... 有... 於... 惟主

業一... 之行... 問... 通... 顧... 語道... 之... 出於天... 惟主

矣能... 之心之金体在... 唯主矣... 之寧之... 存之

著... 之故... 相沒于... 好... 于得車志... 書... 待師之

... 金者... 就于... 觀之則... 書之計我... 承... 沒主之

沒矣... 我... 行前曰... 是則沒曰... 非也沒曰之

事是則前曰... 非也雖然為古常... 不息者此道也子主相待而不

上之下

背者比以道一道也心一心也則其民由之者何畏乎脩之顯者乎

救之謀切者何畏乎道自任者乎孰則道為同也以謂同也則乎此

行事之不一者何必同乎可同者而不同者不同者豈是非乎矢承

則行之是乎則遠之之情事達由明問乎列白之初登于天後乎李地

時乎不明乎脇乎不利有　　則有事之耕服等之儒皿乎含事

貞也及乎死魄在天同氣相求時乎天下之明乎進言处則居三

脇之勤起一夢之交宜乎不家食吉也乎潛就勿用因在下也乎時乎

不可以有輔也則天下之轍有　柴之車皿乎悵而之也独乎君乎龍乎

乎及時也乎况吏人言不可為之時天下之溺盖行援之以道則宜

乎行自試也孙則尚尚息盈君乎順乎者而以合乎天涯也知進

退存已而不失其正者其作矢也則受獻動之中等傳去之野尚

此道也將乎之轍環大矢之傳食同此以也乎主人叔李重道以脇天運

循環人乎不泯後已天乎朋末言答乎光民壽月之矢稱曰祥蜜之

儒以以行義進道乎志川溺乎必民之道輔知其不回師也不狂

爭名而遺俠不慰阨窮不憫不以單孑以況留主於一
般之趣存心於一物之間也而謂不可大事而可小事者也至於觀圜
矩方之異從容禮法之士皆以先民高蹈任重道遠言及五信之事遂
禮義由中庸而致廣大等兩中而行而知不行其為任存為以其義
就為道治仁義充積於中而不顧人之交浦也乾我馳驟善失其正
而不行枉已躁進此詔非禮也強則善失不傳
而化者其時偕行也知之知逆之者可與存義也則頻佩惆
章而不屑就也者道之同也或退或辟而惆懆其芳者心之一也合
以觀之則天之生民主矣不數而主矣兩首任者為如何我為天
坤立心為生民主命為萬之開太平正已而物正克舜其於民躋
斯之於唐虞興鴻號於無言者夫豈非丰心我強而君之才德之大
善矣也時之不能席治也故雖至矣不能抱予抱員之大
可縢懷哉推乎阿衡之於成功良狗之於高宗相得益章專美
有高則以時友也多不遇或自高宗則爻不枉道而循人之徒焉

而已矣嗚呼孔孟之所以行而不止者以天下為一豪以中吐為一
人欲使亂臣賊子不肆行於世邪說淫辭不害乎人心豈非
其亦光舜之道佐冊檀之滂者同其道一乎以乎為政特急務
共道理薄於兩取厚於淳民者海漢也龍德正中顧施斯善
如風誠於執德者伯子也則學東周之主王者之志者同乎
道一乎以乎而及如羅之日即取遠道者伊川也勾管即辭乎
祠點辭者膝養也則其用行舍藏直道而不枉已者同其道一其
心乎弦則或得其君而行其道或未得其時而不能已其乎或出
而涌斯民或退而善其道要其所以則何莫非道之同也之一
也多堂有可弦於乎武執事之問愚光略陳於前而復以五
生之兩志者為繭濟獻焉乃曰時止則止時行則行多靜不失其時
其道光明伊傅之所以止而經主者時之事也孔孟之兩以周流游事
者時之不幸也南程之屢試於郡者時雖不可而志則行也程朱
之不輒辭者時以不可而道則等也為堂非止則止行則行於幾勳

或靜而不失其時者乎今也上有湯堯之君下有伊傅之佐而

良相臣子小洩大未嘗括後彖列于廉任臣何臣乡親見之小新

臣之兩慕而作從者何敢以古臣矣不遇者自愛哉臣兩不靳眉

澤秋帝滴高宗命傅說之言曰昔先正保衡作我先王曰予弗克

伊厥后惟堯其舜異其心愧恥若撻于市一夫不獲則曰時予之辜

因伊阿衡專美有商愚於是說深有感焉謹對

對恭惟聖時談科取士執事先生悃園厲策特舉高惠之方以及

問云

歷代之近而逮之以言於之論於問題措先生為之說臣雖不敏敢不考

古撥今以復明問之餘立平高詔天下之生久矣一治而一亂其亂也

非自亂也民有基渚於衰亂之微漸漸乎於隱伏之中日以漸月以運

終至於熾大而莫之救也是故驅明睿知之才先見其人兩書先覺独此枝

人兩未必研其漸而炳其幾原其始而要之於終揣摩等度於方寸之內

逗盡變置於後揆之添能使轉移之權更張之規范乎默運而莫

之知也然非至明不能察至微非至剛不能制至動知而疑畏亦雖

者非也不知而輕舉妄引者而非也及也明以察之作則以制之

作將孫之後以而無慚谷之謂大而免秋敗之及隆吉之西以学諭後至

之西以孚乱者何為非由二者之能不孙乎清田明徇而及而陳之唐英

三代之至明良相西治具軍張風勃之化鱓~起~乎傍而雖有文敬

貿之藥遜制退孚固不可議為至作羸泰以取戎之畜豈六吐之襄颥

民作魚內之城削膝作干戈之力抃是名慕閖左而強其兵郡而天下

而富子吐信藏濫之偽城多軍之書乎而以立連而禸防者無而不至而多

士帝之計年隊作閖左軍之四稱者多可許得乃要乎芊漢

湖基冷� 末火席財力之届龍襄上秦之轍作作恭陳之墓漢之西章

軍年而操村官枋政收作萬里之連枋王遊作漢衛之公子而以備雄

而长之至者云西不至而高皇馬上之業遠移将帥乃封李霍鍊

者乃可訐得乎年軍東芳永年之隊溥置支門之數自郷众用事之

陵孫程專騰之芊軍街惟輕势乎西前後西憂者呂在竹衛

之構亂而終移九鼎者非老瞞乎晉氏旣東五胡震撼河隴之石勒

晉陽之劉淵符堅起兵於長安慕容崛起於鄴中陸沈之患而坐於

以制其亂而堯舜非劉裕乎慶之而連者謂官官狂重藩鎭之權

姣子而堯舜神光非非劉裕乎慶之而連者謂官官狂重藩鎭之權

至武曌而終旣金元劉授之患嗚呼秦之兩務者如此而秩惠之兩在

於比漢之兩坐者如波而亂之兩靡留於陂至於四代之末秩惠之注

嘈起於討盡之兩不爲出園執事之兩疑而孟生之蕭吾云姓毐毒一

及覆濟而思之狂蓁之無道極矣於爲危至患之蕭吾云姓毐毒一

乎義豈曷何容贊而煩執事之問哉夫漢之餘民困於矢石之

勾行猶渲坤而魂多界城秩怜窮而虎怨沸騰新幷折卽

漁奉之撻流播中於惷滿又活羹後威勢龐而爵任澶臺尊其取

大物也何雑使庸呵之君曾輕於而重內崇義而尚節不豈於目前之

視一其爲高危而亞亂咍如楷禖之先見則漸臺景首之狀不須多

日而见矣東爲士民一鳥於官壁之手再廛於佣調之修根本業當

而天下莫能禦曹操以蓋世之雄百代之智名為衛王而潛懷不軌之志
攻取戰伐無非已由而年受九初之寵于移漢魏也何難使當時之君
臣重名冤而制朽惘其為圖危而至孔寒如許色之先見而駕御則
及為授首委貿之不暇安有一毫疑貳之萌于中宇曲予之業前後于
百有餘年胡鞨之患陵之筆事之彼西謂南面而稱孤者皆不知君民之
道承家猶從而無意義刻裕以出眾之才除摩胡之爭伺其釁而抵
其隟攻晷態守之圖其撥神咙之輸蓋有由矣此晉元帝其喜
失其憒渡之策而不能預為討也唐之藩鎮之患宋之朋倚之秋端
由於守其小而遺其大毫扵此而立扵彼叛將強臣羅列天下則幽薊
之玩蓋可知矣帳中賦動武略不覚則金元之患心有由矣使唐家
之君自能共保邦制治之得其要則安有朋後之貼玩乎由莪以
觀事權之微秋處之伏韓云布耳惟悔而莫不有形扵無形能為
扵不著聰明才福之出類者可孜譎照數計而類為之兩免
之安之迫豈扵是也氣次之說出扵無而扵因而非先王之刻則何矣

爲今日道哉噫以策求士者所貴以策而救時以言論事者所貴以
言而革弊尋徒考往古而不擦於今則何有於救時革弊而有所
裨益漢晋唐宋之跡今日如千條戴而皆不免積弊而秋生則
叔季之末豈無可言之端也彼所謂兵械閭閻之弊蕩鐵朋倘之
秋皆非今日之所見則將爲何多言何患而積爲之所也然而天下之爲
樣無窮君任之政諸多端豈株在於前者之患哉而況如者之
弊皆由於民心之不古天災之隨至方今星文震電之異層生而疊
見頑嚚特戾之風比比而冲殊非治世之所已屢經之言廊廟之
上爲能以一事而言其弊蔑一號而憂其患觸類而申之長言
而却頑小而營繕賊歛之煩苛大而邪正枉直之進退生民之休
戚上天之譴告無不加之以祇勸益之以敬畏則將見成參贊化育
之功致治協氣而之和而乃災殄爲嘉祥化凶歉成豐穰何言乎
秋患之萌而種爲之所也勤事之問豈忍略陳於前於爲綜拼有
獻焉且曰惟筭惟康又曰不已是圖詩云邦任若否仲山甫知之

宦寺

貴使賣爵之柄潛移於下年之旺乱為戴者之可歷撸而言欲

官寺之秋史不絕書疷待以家隷近而不打可庁秩夬以直陳知

名體酒莊辞賣如鄭衆張承業之謁主王虔馬存亮之天壽

諸良者点惛以官寺倒観之不西信用則怒我有逮於用人無方之

逍此則其何以変之為曰立良者用之邪俊黠之則刑餘側微之人等

用者及少其傳令服後心不賄何以則能得其中而心三者之辭欤

至于我朝置院様道以為風史趨瑄之所官籍之称心盼扵代何欤

甚為任儘得補削膳蕭扴陳逋户而召有豁蟬貴瓶者似臨扵

古之毎逹四品之制此則拂有況求雖使衣冕爵秩之為貴而不

任権埶之㹴則無害扵用官之道丞其或田此罷貴垚不恃埶驕

怒之弊則㹬之心有道牵諸生学窗今目慣時事又有殊㸃是者

顧仰乎呪

對事之兩雜断者莫逹扵親光之人心之西為惑者莫甚扵狎習之

抑親光則有眷顧重惜之念狎習則有庸受浸淫之漸是以為

惑則隔溺欺罔之害滋甚行之意之於雜斷則操持費制之秋起於
耳目之下比古今之通患而秋害之雜救者也任救為惡之禍則不遠
曰明也已矣任救雜斷之禍則不遠曰武也已矣執事先生庸天開音
莫露其身之士任救雜斷之禍則不遠曰武也已矣執事先生庸天雜
制之患於竹慮今善節寺之善患大關乎時世之秋禍歷華前代雜
輕節乎之史審憤刀槙賊物摩揎一世倡林之秋基宗社之債者
不日矣今承明向敢不竭其底蘊而執載之於前乎夫摩斷潤之
禁而世備洫扨通內お之言而專任使令則宦寺之官而關者心至
矣是以寺人四星近乎帝座之尊而列乎崇養之垣天之不能辰者
見矣園弓室伯室臣之名漢有黃门常侍之號唐則置内侍焰宰
之官宋則設内班嚴頭之戒君之不可辰者心可見矣雜孩後世
庸君任事而授權出拍其秋者臣相接而轍相洷也可瞬痛哉愚諫
應言之欺同元希列唐樞要擠害捶更豈洼入訴沲乞欬迁
尉使有殺太傅之名者弘恭石顯之暴柙諫殺梁算

切之威永炎

薰於四海傾手勢於朝廷一日五侯汪備乎世者趙猖擅衡之權也
銜予季之死陷以學之士誘張成風角之魁獻穿陰誣訴之書以興
黨錮之禍遂已四百之籙者張讓之姦也締結后妃鉗制人主示
羅鬼之盛參決軍務之重遂使南内凄涼嚬定省之禮北叢街慘酷
樹肯之恩則李輔國之亂也深為隆氣根厠顛列忌李郭旋天之功匿
吐蕃長驅之枕遂使主京淪陷於鶴牧之手蹇輿窮步於關陝之路者
程元振之擅也權柄綰焉積財厚於庶主至号如轉棋甚定策國老
有專擅縱恣之心生門天子有閉目搖首之嘆前後六再增出其手
者仇士良之賊也比古今宦寺之大而濁賊之魁者也若夫趙高之同
儕而竊焉高力士之潛李輔國之辱王守澄之殺李訓甘露之變
田令孜劉季述之引援屬蜀再賁韓全誨童貫之亂唯予戮乃者寔
緣有後乃擾殄於世殆難以彝舉也大抵閹寺之惡古今同轍閹寺
之禍前後亦擾時君世主帝乃之昧之爰乃乃入於其術嘉其之狎迹
乃不察乎其非遂乃誅戮自取禍也其罪豈專在於宦寺乎雖君

矣若出於其心如勤劬以誅姦之立呂彊其陳之直馬存荒誅賊之功

張永業死帥之義誡為獎嘉可詔輔益雖拴夫宦者以諳柔之質

潘祁俊之術不知學問之事惟以妖媚為心則仁矣之出固乎矣祁俊

之衆無疑矣況親矣之心固雖蹭祁之志勾盡終承弟矣之矣而敢恃

無疑之思乎兩宦備酒捣司往使合司已不虧問矣不肖之將也立矣

無方之道豈諺宦官云秉或大抵人君之漠明世或司已非明則無以察

其情之祁正非或則無以斷其罪之善悪矣必能與於明或之德後

宦官之秋可以杜矣大詆似信勿以出良司信用也大姦似出勿以祁

俊而黜之使朝廷之上矣者在任俊者盡去則不必釐用官者之立

共黜宦官之憾而天下自治矣天下自安矣何用區ー用力拵官事

用金之弊或嗚呼或事不祝遂少不陳歷代之踪免已略陳拵卅矣

諸當今之弊自之林惟我朝雲神相承至於熙思冶或至于今ロ体

大綱已正萬目畢張致治之隆極唐矣之熙ー制度之備逢成圖已

郁～其於定官寺之制杜閹寺之秋者至詳至審業以流御侵以
持循浸熟有逞先宝之制者矣有闕亂巳之此者矣嗚辭置辟
禁振以為風俗乎內者非祖宗之遠意乎三品為限不疑　鞸之
秩者非祖宗之良法乎非凌替貴之而巳又浸而尊重之閹豎之儆
勢亟威也恐將不遠也何以言之有封君者有筆勒者住至崇品
若有之官至提調者有之勞制臺諫有同壁兒諸批詮選無異此
孤有承迎內嵒監劃沸尼之宇而朝廷不能禁焉有新改旧澗大失
庖禁之火而吐家不能罪焉有監視騰御之物而折辱百司之負易
錦覺素檸之口而責收其一道之供何以四官之矣而行循六壁之心
承七兩說尉腋之蜂蠆帳袖之蚖蠍可不懼哉末有貂蜂之蚖貴易
不任以權勢之地者也末有任用之信而無恃勢驕恣之弊者也曰之
計莫若親好學承善之士多而接宜官宴安之日少募鴻輔碩涼
之臣多而近宣官襲打之時少明以察之武以断之雖弓矢明者而不
為之餓貴雖有功此多者而不篤之豪紮少有罪焉則黜之少已惡

馬則斥之一依祖宗之法一遵祖宗之立則何至悖逆是懼何至秋
患之可畏哉虞宗母違置昌之說丁寧反復司子孫不守遂因以官
官臣馬爲後嗣者可不戒哉嗚呼區因悄日官寺之秋甚於以官
蓋緣人主其官憲多朝夕與文喜遠將之懟有親眤之憑駭
弦不於于中分遠自輔奠之知也及其勢咸重也絃後雖弓
元臣故老敢用力於其間災之襲所至於憶原治之潰汗至於
渝天可不息之於初勇塞之於未乎玄人兩語之
正語此也是故玉之兩語明其武者非今日嚴下御官官之惠務乎
愚也有痛於此者久矣執事之洞通及於馬則愚之單獻之說
尊予隱予愚也不遠到賁之直顧報予毋效爲宛之先轉以沁之
以明武二子獻于愚猻之左右也宛御官之首
甚願執事進卵益之蓮去
凶兒神之漓虛矣武帚渺其海世邪說之爲左也夫卫之而不有
兩不能遺者可 捧大而主隱陽之洩及山而体草末之榮落

鬼神

洋洋如在者各乎惟州杜闔寺之秋者至諱至審業以流御渡之

川岳瀆丘陵墳衍之氣精以蕴於其中者□□□此者矣鳴呼置諸

人之死也魂氣外魄降其氣已散吏言精神消於冥漠之□□□□

嵩懷懷使天下之人齊明盛服以承祭化若果何物卯祭祀

之時愫來諸灌以求諸信是使已散之氣復聚乎為鬼神卯

為人者誠則有至神言至誠則無至神是鬼神之有無諸

定理特在於祭祀之減不減何如卯人死或有精氣未散復化而

之說何如卯是雖不經心有或孤之理卯孝果有之乎其佛民輪回

對愚淌至顯而至微者鬼神之体也至淺乎是顯者鬼神之用也盖

由其体而以窮至理之妙達其用而以推至顯則何雖乎鬼神之道

之論哉執事先生特舉鬼神之幽以為臂乃之目以行其類蒙備之

之丘也不知其人焉乎智乎鬼窩為之說曰鬼神之體隱於太極未判之

前而鬼神之用著於太極已判之後故舊而更精者為之天則於

是昬天之神焉臨之而騰之氣者為之地之則於是而地之祇焉夫兔有天

神祇後又後而為群神者有之於上曰月星辰寒暑水旱是也

乃有地祇後後又後而為群神者列之於下山川岳瀆丘陵墳衍是也

人於其間受天地之理以為性稟天地之氣以為形生而為人之理未

始不與天地萬物之理為之相貫死而為鬼之理氣未始不與天地萬

物之理為之相通故則格天地之神在於人感曰月星辰寒暑水旱

之神盡在於人可況以吾之靈而感吾之鬼乎是以上下天小彼此相通之

妙何莫非一氣之為靜合散者以為之根祇乎雖然為其無妄

之實而做不貳之功則者不能田感格之理於天地上下之神矣是

以能做不貳之功於此心之靜而篤無妄之實於此心之動則天地

而可以曲如在之情狀而其於如者之類之神乜何以乜性情而臻以

矣況廟焉而人鬼享於此豈非物不貳之孰哉諸以不貳之道

皿溢鬼神而以孜之理而以洞夫後世邪説之為左也夫乜之而不貳之

乎形中之而不有于辨大而主隆物之後又山而体草木之榮落

者莫非天地鬼神之所為則可以知体物而不可遺之驗矣古昔聖

王為天地生民之極注百神欽享之主上代高明之覆下載博厚之

勢其所以上下之道云云不用其极清明精愨之云充滿於其越之

時流蕩充滿之氣暢達於将事之日故郊焉而天神自不得不格焉

社焉而地祇自不得不歆焉其所以洋之如在之情状言之而不可知

子交爭之妙推之而不可形其感通之跡矣然其所以著温作圭

積之氣冷洪於赤穣之泉者何莫非斯也不特此也昭於明照天

司運者四月星辰也生於元信出於元者寒暑水旱也而惟氏

政者之神嗜得其所以筝之冠焉則日月星辰云薄蝕災停之

害實暑水旱泡枕備极云之災矣致雷霧滂而露者山川岳瀆

也幻性畢示災変者丘陵墳衍也而惟之神而得其所以

祭之冠焉則山川岳瀆云年崩乾溢之憂丘陵墳衍云幻変示怔

之妖矣以此而觀之其為性情之理可究而功效之著心可卫矣嗚

呼天地高卓而日月山川之類又不足為之煩洗則所庸焚揮

而極論者其惟吾人之鬼乎夫鬼神之為物乃二氣之兩以屈伸則人之稟是氣以形於天地之間者此氣之伸也至於死也魂遊於上魄降於下而其形無形地者此氣之屈也而其氣之屬也難乎捉神之漓於眞漠之昏其兩以一屈一伸之理未嘗以死生而有息故人苟能捉乎其中可死而不貳享祀藏之則已屈之氣不得不更驗於不覩不聞之中以死散之糟粕悦為凝情修析箋墻之意君耳目懷懷志氣矣此兩以使天下之人有明盛捉眾祭祀者也夫人之一易之用莫不配其信功之理相貫於往来之中而死則為天地信功之神故未其神必必信功之物矣是故求諸陽而以慄求諸陰而以潅則是未必聚已散之氣以為鬼神而已散矣盖鬼神之氣自不得不聚於煉之明潅之臭弓鬼神之体用焉呼歠血顯矣盖鬼神之体不可見而鬼神之用可以推矣鬼神之用不可推而鬼神之理可以格矣兩認格之者何嘗不貳而已矣猶則不可見者鬼神之形也而鬼神之氣自能感之於斯弓深而斯有鬼神矣兩可感者鬼神之氣的焉一有弗深則斯世鬼神矣

然則鬼神之或言或有豈非兩說初豈定禮特在於祭祀之誠不

誅焉而其兩以為鬼神之理則固豈一憂之可斷哉至於沒世而不察

至道裏浙流沉熾行雖艱為英才拔茂者流信夫事之寇長矣而不察

夫二氣之屈伸造化之良能而至有人死而精神未散後化為人之譌則

愚不敢知矣壞之君子或有為此之理卯夫物之裏者不得以更來者

盡枯者而泄者不得以更來至於宇宙之百千第變化之生生之理來者

送而泄者及則此非仲尼曰還者之後反而地有物焉老者死而以精不

生則之非仲尼曰死者之後化為人之理矣其道之言三而矣

散於免死之後化為人之理矣不見其道之言三而矣

自陷於邪說者承此說矣行則等何了不香而地餅氏輪迴之凶神

執孟之間枢陳於前矣於哉怡之以不語神之戒但之以格物矣而不屬

之勸愚生之惑至此而滿其愚又覺神之正理益茂了餘盧為鬼

神之為虛願不盡矣哉天地之兩以為天地人物之兩以為人物者何矣非

此德之兩為也則是故天得而天之道而日月星辰寒暑昜水旱之云

不合浮其冠灸地浮而地之道而山川岳瀆丘陵墳衍皆不而浮
其膚灸人浮而人之理而生於物物之主發於為天地之神灸雖然
天地人物此之兩以至於此者以不於求實理而已灸苟非此實理
之元滿友物則大而不可圍平洋一塵上下之情狀也小而不可致承
惟情功教之臻也人而不注乖事嵩慷慷之感也而有鬼神之說
者不得不論於虛嘉而邪說之惘乎豈非邪笑兩川而物之體而
物不於遺者平幕子路問子鬼神之多灸夫子告之以致知力行
之方而不詳其詳乎也乎永鬼神之乎以實理而易生乎日之貿
可以為知鬼神之本焉執事以何如伏惟之而灸之不勝乞甚
河天運雖知承雜言也日月�>乎天一坐一衣有遶者就使之
欽其或日月並出有時乎蝕若何欽五星為津灸星為躔乍可浮
其詳言欽承星凡於何時而其字之生乎在何代欽或云萬物之
糟上為列宿此說以河撑於月之赴也焰扥何灸而一扥何所分
或次不嗚條或折木後尾逢乎等風母若何於曆者何自而分地

天道

散為五色者何庭所其或以烟九起烟郁之發～者何所霸為何
氣而發而至為末之書為何潑所或萎落四霍大霧出雷者心
何所雷霆書霸熱至張是而至光燔～之群飯～者何所或震
去於人或震於物者～何裡飯霜以殺草霹以涅物至為霜為霽之由
可待沖所南越地暖六月陰霜之變酷矣窗分之多可得詳三所
兩者洋所而下或有露霜不雨者何所神農之於修雨而太平
之世半六兩天道之有私厚所或師興雨決撤心而為心何所草
木之花五數居多而雪花擂以者何所臥雪主雪亞守匆友之之
心可歷言之飲霸者非雪之雨鏈所或如馬於或如賤印
殺人鳥獸之産何代飲天之於多豪爭至氣為致之所一氣流行散
之羣豪所如或反多則天氣之乖所人多之失所何則日月翌等
融星辰不失躍雷止不震雷而不及積雪力心陰霍初而尖之烈風
業灌兩各順其多終毛於往天地前萬物其道何由諸生博通
源史必有所言是者至名惡陳

居天民

對一在布衣贊方由審窩薩於天道而粗弖理言神契者衣
每明凶咎是其丁寧則且其敢滅口以反厚津哉窩鐸後功一答
理上下同乎氣世故理之所在無處麼緣之差氣同中故氣之所窩世
彼此殊是以物象之昭著者固本於理而其所以為理則必呈主張者焉
事應之顯明者又由於氣爲其所以為氣則之有主張者焉是則
天地之運行也何莫非理其氣哉然乎理氣之運行必由於人事之厚
失故其森列布蒂者雖乎豈其與於人而其禎祥恍夢之已於天壽
以莫非由於人事之將乎何者天地萬物率於一體故乎之心正而
天地之心亦正乎之氣順而天地之氣亦順矣則星辰之所以為經緯
出朱之所以為遲雖乎豈乎而之者惫乎而以陸續而以遲
速則皆有乎理者而兄風雷內霽之所以為氣者豈無所自而亦
豈當而感乎及因其人事之修否而天道從而變矣是以善觀理
氣者不以理氣委之於天而求諸人事寓一物之變而知乎之失
一事之失而觀乎物之變於天地之理氣爲慶內之理氣而为中和焉

敎之功極矣有位育之致歟心與天合德其理順而和氣充積端經聯
集矣至扵天地泰而民物遂矣甚哉�敎天之要嘛扵致聖本而
心不得不正氣不得其平則天心乖愆歲氣扐和扵陵不然化育系
將召灾致變而淅心必上矣夫如是則沒之任淫綸之責位民物之上
者寧不務爲乎在人之道達滿天地而不悖乎哉諸田明問而白之代
扵猶其導也連也之使化則必有理氣者為之主焉或有並上者戒
行迷明而信扬其精者曰月也其子主連迷扵出一次者雖不可測乎理
也紀其奪也彗星也連也之雨感不顺而扥哉已扵五列各有其室而
有薄蝕者以皇派理氣之兩感不顺而扥哉已扵五列各有其室而
爲之淫焉廿八列宿為之緯焉則其兩以為理者心可考矣而星辰
之遠也爲小故雖千事百可見矣則何疑扵須綠之理景星
~之神也彗星~之妖也而一則已扵雍熙之世一則示扵衰亂之時則
天心之陳祥亦可想矣物精上而列星者雖芒而授徐窈
理畵子~可以理扵之次委之扵不可推之扬則　雖赤竹天道者猶
者究其理展而乎有得也夫夫風者出扵妄而有辭者也起

於震而入於坤則風之理与可知矣

久不鳴縣者氣之順者也折木撓

屋者風之道者也因風之順逆而其時之治亂可已矣至於為少

之也為颶母也心莫也一氣之乘而弓以致之者於鰲於山川而上

薄蒼冥者雲也散而浮也而色有五焉則豐凶則於而書之出也

白之死表赤之兵象之無非田象而更形田形而承祀焉則其産

也可驗矣其或鬱之浮者因必其和氣而化成矣於霧則之山川

之氣兩後而其色有書赤之不同而吉或有兵象之沈是以五色

雲之類也形多飜然而感一百五便則黃霧霿霿霿焉初心邊移移於方

霜則大霧於霿焉如臭則霧為物雖於聚散之候魚愈舒之等

定而其承矣警責之言可得矣因在內而不得止則而雷靈

雪霾焉則嬌々之先煮々之詳雖赤必的掃其々主張煮而其以秩

若則之莫非一氣々雨為也中震人震物之沈先而之許以有不同或以川

以懲罪罰惡或勞慮物人氣圉深而可何有觸之者云尔則其

訛多以至不可援引而一之也於為司刑之節而庸乃較物書以生焉

之時而露乃滿潤則是以二氣流行主於仁義而或發之不以其

理為南越地暖已而陰霜於變爰則其為變酷矣其必由於非時之祗

當希承泛雲而下為雨也而或密雲不雨者陰先於陽而陽不能唱故

其氣至於不和而弦也於兩而者神農之時也而三千六者治世之家

也天豈有私厚於武哉此不過視人事之修而示之以祥為者也問罪

興師而甘澍滂沱虎獄清決乎兩凍優滙則其咸應之理可知矣

草木家有花五穀居多而雪花柱六者豈非五為陰而六又後之故哉

卧雪之袁如主晉之楊游元甫之幽賓子飲之新友或以不干於人或

以問道於師則其修為友操興盡心之言乙可想矣非霜非雪者盡也而威

氣之而餘故主人以是而變之大者為漢武之時有如馬頭為宜帝之

時有如雞那為而殺人鳥獸者亦豈非因時君之尖而警告乎嗚呼

天地之萬物變豈寡不以理氣捂之則其論豈接而終乞於悅怕花味矣故

主人於天地之兩以覆載物理之兩以變多者莫不推測於理氣之乃而

已泉蛟則則向兩云之者或有理氣之乃乙順者為或有理氣之乘血

道者而其正也道也然莫不由於在下之多者得失也抗則日月星辰氣

雷廂庵之不失其節者其道安在及也正吾一心和吾一氣使和順之氣

薰蒸透徹於上天之裁焉則天心逆而正天氣逆而和矣乃陰天佳育多

物又何非馬枝乎往育之本不在於多為之本而祇在於克矣人道而已

夫天一種顕學守乎也豈有人事矣而天不應者乎夫如是則正心者格

天正本而正心者在於共謀己矣故得曰惟天下至誠而乃正心者格

地之化育也善世之慮策如正於篤所抑有献焉忍以道之散在物理

希貴而隱故道中一事雖以夫物之不市亦其知篤及其至乃而辭正人

而旦四不知希焉則學希譽格致之切而妻於許天道之大則是不矣

道可一言而共西詔一嘉律也為孫沒子於生實嘗妾之地而極其功

敎則可以籠天下於寸而該物理之緣錯矣況二氣之順道宜祥之

旦緞者特論辯也細子身吾故以天道之運儿皆由於理氣為理

氣之和不和惝之於人道得失之可也伏惟執事採擇焉謹對

性失人吾　　性章獸鳥

鳥獸率性 吾人失性

以天生萬物惟人稟四德之性備五倫之品其知覺固貴於物而或不能全其秉彝之天雖不知覺而蠢然偏塞者物也而間或有能識其物則之一端者其故何歟試舉其一二而言則蜂蟻之君臣如而有義雎鳩之夫婦摯而有別烏之反哺報之德也鷙鳥之哭母致其哀也相乳之猫有似乎慈雉之和恤能語之鸚有似乎朋友之講習此則有得於天性之固有非有所感而能然至於搏賊之猿不知之象皆有衛主之義蛇之於隋侯龜之於毛寶能致報恩之誠悲鳴而死墳者[illegible]陵之犬也濡尾而止火者救主之狗也此則雖五人所感之致而豈世稟賦之良性而能乎物則於失人不如物者有之雖太康而使不得及者於晉有舁鴆乎帝而卒成其篡者於漢有莽君臣之義安在殺父自立楊廣之所以賊天性之親也殺妻求將吳起之所以滅人倫之首者也種巫之戮于鄢之先而兄弟之恩乖陳餘之殺呂祿給之而朋友之道缺矣羿之道而竟殺于師嵩謂之才而見賊于雷其所以背恩忘德是其甚是何最靈之所為反不及於偏塞之類乎人之所稟於天者初無與物不同而物則能人之所

不能人則不能物之而能物之而禀果豐扵人而人之所禀及有嗇扵物

即扵物之平推得良性者此類而扵人之中推不受秉棄者此人乎

揆人其物而禀者同而或能守而不失或不能攝而免之所顧汯諸君

子等嘗觀物及人之說

對曰吁子里主言曰天命之謂性率性之謂道修道之敎自有也

天地即有此理自有此人物以是理而形扵上下者天地也以

是理而命扵其兩者人與物也扵則天地以是理也人其物而

形扵天地則謂之理命扵人物則謂之性故原其初之兩以命則人其物同

得扵天地之性也而氣禀拘之有豐嗇之異形頭殼之殊故其

扵四德之性五品之偏能全者人也不能全者物有殊物而殊

物也曶或人不殊人而不能全其性物有殊物而殊人曶不能全

而殊備其偏人不能人而不能備于殊備者誠以人性有心而耳目鼻之

扵或我其天命之性者曶忽而天性之一神不泯扵視息生動之

甲尓是以有形而我天理則人而物也言扵而全天性之一神則物況人

也七国士学有春於與人物之性而教日講明於明物察倫之事
恥人道之畼於物氣机事先生業職圍之士後厥厘之問而又以氏
命之性本之於人推之於物而舉气凶目修知聞之典同反乃共
性之滿古或言乎丟也咁道讓学其於在巳固范物未寄其浦奥
則究於物之理而能容賛一群乘諳明問兩及而略言之天性之義
莫夭乎君屋也而蝶蟻之有如盖似鳥天性之礼莫大乎夫怕鳴
之有於忿慕鳥天理之仁莫父子莫也而及哺之扱湻者有鳥鳥哭致亐
哀為有鳥為天理之倫莫閉友多也而相乳之猶於慈雞之恤何如也
孩諳之終於謙留之資何如也是誅由天性之固有而信如明物執事咖
謂非有兩感而捸者也志於黑表之師手搏道賊牛为之軟不扣尊屬
則其巧天性之奉菻勾秌也课孫之溺舍眛濱恩甲亩之長成梁取
車則其巧天性之禪菻凌尔也蘖凄必鳴及死於搏則感天性之礼
若姊氏之慈也漓水上火救王之丸則知天性之義者物生之拘也此亦
莫非因天性之固有而執事兩沕為人所感之致則特其一忒尔弦

而莫非性天地之理也而人之理非物之比也夫莫非天地之氣也而物之所
托人之區也則姑捨諸物理之何如而又因明問兩反諸就人事加丸言之
懺存乎不忍非太康而慕夫托迅乎寧衡鳩平亊而廉漢則畢萃之象
不足問也畜田而秋條乎父永恃而愛割乎壽則處起之仁義不足言也
是漢裁死長惡亊而柦之乎鞋亞莊之乎克馳々爲賊之賊五矣
臣各爲主而俾致乎殺死蒙寡先因而已私乎治而張耳之乎陳餘
獻壽之乎呂禄爲信不爲一矣以昌逐君其惡不容則人之謀已固
其洒也薦非其頣年以諶哶則乃被其毒但得其餒也而羿求必詳矣蓋
以弊公之志亊而有味乎比則不滕惜哉爲逢蒙之暴展丁灣之恰邪
又何足道也嗚呼邪於天地莫謂之性而天狸之至莫乎托四德命乎
人物者謂之性而天性之大莫夫乎五倫德有仁義礼智信之名
偷有君臣父子夫婦長幼朋莪之稱而人之所爲人者能秉此德也人之
而以能備若比倫也爲物者不能秉此德也不能備其倫也而由前
兩言則雖僃則物中雖僃物則物中以至萬三非物也弓有四端

竹承義有所者筆札扴德致聚友仁也恤壽薄羽者後此搏手
不相之義倉殊戚梁之戚戚墳之礼也救主之篡也者三此四德之
流五倫之溥而天性之一神也由後而言弔罪則人也肅則人也楊慶
則人也異趣則人也尊桓則人也邠姓則人也張身人也鸒寄人也
以至兼與酒豈非人也而雖后巢夏鶴帝棄漢句義之理安在蓋此
殺父孔將救爭之賊仁殺餘絲禄之不為竹
信救導射之師敗薦峰之主之不義也者而謂稟四德之性而兩審者
謂如也兩謂溥及品之倫而兩備者驕如也而天性之全追乎三以議可也
及不能明倫而不能備者或能竹明者何歟此亟執事能人之兩不能不
含而觀之則是何能稟者及不能章竹而不能稟者或能竹寧能備者
能物之兩能之間而且雖反次掦廈有以容稟竹其曰也天以是理而
命竹人以以是理而賦竹物其竹四溥之性五品之倫抽專竹人而不全竹
物極備竹人而不備竹物者孔天厚竹人而薄竹物也豐竹人勺薄竹物
也人得刑氣之沈頑顓象天足牙象地目象日月言象隐勺其竹氣

之通極矣則有九橫生叢拈者此而以如是之所賦如是之至性不得不備
也不得不專也惟而患者人惟有心而耳目口鼻之竹有以救其天命之
性則而稟雖全而或不能全雖蘭而或不能備反不能物之而能者無性
也物惟無心而無耳目口鼻之竹天性之一諭不泯竹視見出物之竹
則而稟雖不全而或能全而稟雖不備而或能備人之而不能
者無性也故曰有竹而救天性則人而物也無竹而全天性之一諭
則物而人也孤則悼像之義以義無怒也雖鵯之礼以無怒也鳥
鷲之仁以其無竹也鵜猫之信以其無竹也無竹而為援彖之義無義
而可晩萬之誠無竹而為殺逆之礼無竹而為救主之義鳴呼能堂
竹而物或能人而不能則無竹之竹寧性之道身多
之竹而為群蕃之竹不義有菌毋亦將之竹而為廣起之竹不仁不礼有
秦敵之竹固住之竹而為相壯之竹不智有為主之殺有忠秘之俗
則餘勦之為信不苟而或近竹無怪也鳴呼一有竹而人或不能物之
而能則有狂之竹寧性之道其當深矣有竹而人不能物之而死亡

於而物或能人之而不能則甚矣理性之猶也全德性之妙在於
是備五品之要在於是執事之可見及於此則其於率性之學問

尺其原也獨於而謂物者等舉其能人之而不能者於而謂人者

常舉其不能物之而不奉其能人之而不能者於是有以

詳究其首求明顯其立矣為曰稟四海之性者人也備五品之倫者

人也而一而於而則人不能人而不能物之而能也蕃四海之性者物

也備五品之備者物也而不思於而則物或能物而能人之而不能

而於世道淳漓學之立不蒙廬守其已於而備道之義也就不於明於

麈物而察於人備為仁而於父子也共為義而於君臣也共為礼

而於夫婦也共為智而於長幼也共為信而於朋友也於之以敬

綜之以欲徹上下通物泰一義襄有內於而以言員執事電曰之義

仰稞於共必共人共物之性之化哉鳴呼風著迅莠摺寸竄抽等

裸於以詳論天地人物性命之程者不以強顏於而已如是謹等

問云一

題曰 三平之

辟則有明漢孝廉之舉則漢之制可謂備矣威儀則必為廉

零則以言取書於楷範試判於判決則唐之制亦云詳矣而世

皆合於三代選用之義至是以僅得醇而存澆江芳而進何也

曲學事末罕闕擬額澄則漢之用人蓋可知矣修於方言者未

遠夫於飾玉於書制者或近於刀筆則唐之用人豈足觀也一時之

才忽不得卉用而兩用之道豈出於此乎弦則漢唐以下之事固

不足為之執事炳焉之弛也五姑略古而詳今可乎恭惟我旺家遵歷

代之西共設文武之勇科而柱立端潤之矣恍脫礼士之羅弓慈之法

即治歧世祿之言也淨舉之方即開官舉能之副也以至於一能之畢

用一藝之畢收而用人之路可謂廣矣並手程之而烈而群矣在於滿

相讓而後人在官固人如宿家之用財修敗卉恪隆之節泰之何注

撫之除此豈之通用之能有司之中倒多尸祿之庸而使言漢滯而不克

邦本曰以潤群丞唯將謂公道之戾而弦敏則經席之上安勉用公之

敢而豈一毫私言之或護將謂用人之道未得其要而弦敏則必屬

謹■■之逆接迹於朝行而尚踏于無矣抑将謂人事之有盛
衰而乾欤則才亦備扵得民者古有其説而当独不出扵今之時也
武必三者石觀之川庶莫可言之事此口个府■■■大有而
匡迁焉戈皿勤執事之問而五生之庸懈怳不■■高■而五陳醫
俗之方者也嗚呼五宮見今世之公道焉諸抗公川而鈴衛無而措乎
紅則米可謂不底也宮是今之用人焉以■之敗譽石進石退以二人之
縣焉以涉以艱如是而謂其可矣渴■石能則用人之道可謂渥乎
要車以如是之習行■■之政而反諒陽人才有去令之異者圣屎
知其可也嗚呼縣之西生忽有其源則弊之可救当無其道矣盖浸
風振而使公道行焉好士之辭巾而使呉者興焉爵園及扵惡德
而浄沉絕媒進之余官不及扵秩眠而畑煙無腥仕之心兹後操以
庭明祐之人授銓衡之任奉擁良愷怦之賢列内
之任奉擁良愷怦之賢列内
上迋歌■

拘於諛品擇用或後推舉廉利於多言士野舉遺家堂圖

不難致而又何惠共理之善言人也執事之問曰免賂陳發而

於蕭濟清以素厚陂於於時事者陳之幽幽難任說之地矣

而士者旺之本也以夫士習之深愚於審陽雖在蕭說之地矣

可言之事而喋喋巡秋莫肯立言故凡在高位者与兩居怪死時

公道之兩川度也是曬仿利世慕而舉人之隙多有練德以

注之間惟言兩於巧用人之失敗也以滿時之藥執有昌以

此者承執事倡以為強風淪民之間後有注於執事

也五十帖以一何文畫榜一寸之簡淪庸世之事而不如是練而

半手執事以人書為

李栗谷少時夢入官府有史點撿文簿問之則曰陽人壽命長短
皆錄於此寫與一岫曰厨過有山草自香盖言其在世如廳
之過山而所留者名耳 公卒時春秋僅四十九

嘉靖庚申人有夢兩鳳升空火燒其尾而上其年別試
閔德鳳為第一其亂鵠第二丁熞第三 萬曆甲申

閔夢龍夢竹林中有兩騰耀乃提其尾果得榜首

朴罪為快元異矣

吾門有二傳家寶　名祖筆持心正畫
五世承宗子姓孫　夫人環着手雙痕
正倒婦德後家鈜　兩物猶存今爱惜
殉國臣忠出孝門　各傳家□婦與宗昆

啓

三年十一月二十日

海運判官尹鳴殷敬呈

▪부록 책문의 내용과 형식

_ 對策文 小考

『泉谷手筆』의 이해를 위해

임진왜란 때 동래에서 순절하신 충렬공(忠烈公) 송상현(宋象賢) 선생은 우리민족의 역사에 커다란 족적을 남기고 강렬한 충혼(忠魂)을 일깨워 주셨다. 이 부분은 굳이 다른 부연설명이 필요 없을 정도로 한국 사람이라면 모르는 이가 없을 정도이다. 그러나 애석하게도 선생의 유물은 현재 별로 없다. 더욱이 선생의 사상을 직접적으로 알려줄 수 있는 문집 등의 자료가 영성하여 선생을 흠모하고 연구하고자 하는 이들을 안타깝게 하고 있다. 아마도 왜구(倭寇)가 우리의 금수강산을 유린(蹂躪)하는 전란(戰亂)의 시기에 장렬(壯烈)한 삶을 살았던 것과 관련이 있을 것이다.

이런 불행 중에 그래도 다행스럽게 선생의 수적(手迹)인『천곡수필(泉谷手筆)』이 전래되어 내려와 상당히 양호한 상태로 보관 되어 있다. 이것은 뒤에 있는 일부의 글들 – 후에 부가된 것들 –을 제외하면 대책문(對策文)으로 되어 있다. 그러므로『천곡수필(泉谷手筆)』은 송상현 선생이 수시로 필록(筆錄)하신 대책문 모음집이라 할 수 있다. 왜냐하면 천곡(泉谷)은 선생의 호(號)이기 때문이다. 그렇다면『천곡수필(泉谷手筆)』을 이해하기 위해서는 대책문(對策文)에 대한 기본적인 지식이 있어야 한다.

(1) 대책문(對策文)의 의미(意味)

대책문을 가장 쉽게 설명하자면, 문제와 그에 대한 답안이다. 과거 전통시기 인재선발을 할 적에 시험을 보았다. 우리가 일반적으로 말하는 과거(科擧)라는 것이 그 중요한 방식 중 하나이다. 이처럼 시험을 볼 때, 당연히 문제가 출제된다. 문제는 "策曰 : … " 이라는 형식으로 나오게 된다. 군이 번역을 하자면 "문제는 다음과 같습니다. …"라고 할 수 있다. 그렇다면 '책(策)'이란 바로 문제를 의미하는 것이다. 문제가 나오면 당연히 그 문제에 대(對)해 답변을 하여야 한다. 동문서답(東問西答)을 하는 것은 올바른 대답이 아니기 때문이다. 이처럼 답안을 작성할 적에 "對曰 : … "이라는 형식으로 작성을 하게 된다. 군이 의미를 밝히자면 "답안은 다음과 같습니다."이다.

그렇다면 대책문은 크게 두 개의 글로 구성된다. 즉 "策曰"이라는 문제와 "對曰"이라는 답안이다. 그런데 이 글의 중점은 답안에 있을 것이다. 왜냐하면 답안을 보고 현능(賢能) 여부를 판단해야 하는 것이고, 일반적인 학자들 입장에서 보면 책문(策文)을 지을 일은 별로 없고 주로 대문(對文)을 공부하고 익혀야 하기 때문이다. 이런 이유로 이런 글을 대책문(對策文)이라 한다. 즉 '책문에 대해 답변하는 글'이란 의미이고, 현재 우리가 알기 쉽도록 말을 바꾸자면 '출제된 문제에 대한 답변'이라 할 수 있다.

(2) 대책문(對策文)의 유래(由來)와 효용(效用)

『서경(書經)』에 다음과 같은 말이 있다.

> 고요(皐陶)가 말하였다. "아! (훌륭한 정치는) 사람을 아는데 달려있고[在知人], 백성을 편안하게 하는데 달려있다.[在安民]"
> 우(禹)가 대답하였다. "참으로 그렇네요! 이 두 가지를 잘하는 것은 요(堯) 임금님도 어려우셨을 것입니다. 다른 사람을 아는 것은 명석함이니 (현능한) 사람에게 벼슬을 줄 수 있을 것이며, 백성들을 편안하게 한다면 혜택을 주는 정치이다.[知人則哲, 能官人; 安民則惠 …] …"

위 글 중 "知人則哲, 能官人; 安民則惠 …"의 의미를 좀 더 분명하게 보기 위해 공영달(孔穎達)의 설명을 들어보자. "다른 사람의 선악을 아는 것은 크게 지혜로운 것이 되니 능히 관직을 수여함에 올바른 사람을 얻을 수 있다. 백성들을 편안하게 한다면 혜택을 주는 정치이니 인민들이 귀순(歸順)하게 될 것이다."

동아시아 전통사회에서 인재를 발굴하여 관직을 주는 것을 통칭하여 '선거(選擧)'라고 불렀다. 위 글은 기본적으로 이 '선거(選擧)'와 '안민(安民)'의 중요성과 관계를 설명하고 있다.

대책문(對策文)은 의도와 배경을 보면, 멀리는 안민(安民)과 연관이 있고 직접적으로는 관인(官人) 즉 선거(選擧)와 관련이 있다. 통치자 입장에서 보면 지인(知人)을 통해 관인(官人)을 하여야 한다. 이 중 지인을 하는 주요(主要)한 방법 중 하나가 바로 대책문(對策文)이다. 이처럼 대책문의 본래적인 의도는 지인(知人)을 통한 관인(官人)이며 그 이념의 배경에는 안민(安民)이 있는 것이다.

그렇다면 대책문이 지인(知人)의 수단이 된 것은 언제부터일까? 한대(漢代)부터이다. 구체적으로는 한나라 문제(文帝) 시기로부터 시작되어 무제(武帝) 때에는 정식화되고 규격화되기에 이르렀다. 그리고 대책문으로 인재를 선발하는 방식은 동아시아의 가장 주된 방식이 되었다. 중국은 명청(明淸)시기에 이르기까지 끊임없이 이 방법이 주된 인재선발 방법이었고 우리나라인 고려·조선도 마찬가지이다. 물론 형식과 내용 등에는 부단한 변화가 발생하였다.

원래, 한대(漢代)의 선거(選擧)방법은 주로 찰거제(察擧制)이다. 즉 일정한 자격을 갖춘 사람이 국가에 사람을 추천하는 방식이다. 이 찰거제를 보완하는 방법으로 대책문이 사용되었다. 뿐만 아니라 국가에서 중요한 사건이 있거나 해결하기 어려운 일이 발생하면 전국에 방법을 강구하는 글을 올리게 하였다. 이럴 경우에도 대책문이 활용된다. 왜냐하면 국가에서 '책문(策文)'을 내리면 학자나 관리들이 '대문(對文)'을 올리기 때문이다. 이런 이유로 한대(漢代)의 대책문은 주로 정치나 시사에 관련된 주제로 이루어진다. 많은 사람이 아는 유명한 대책문으로는 동중서(董仲舒)의 천인삼책(天人三策)이 있다.

후대에는 찰거제가 폐지되고 고시선발제가 주류를 이루면서 대책문은 더욱 선거의 중요한 수단이 되었다. 당송 이후 거의 모든 관료선발은 대책문이 주류를 이루었다고 말해도 과언이 아닐 것이다. 명청 시기 과거 시험에 쓰이는 문체인 팔고문(八股文)은 보다 형식화되고 규격화된 대책문이다.

여기에서 한 가지를 더 살펴보아야 한다. 대책문에서 '책문(策問)'은 형식상 군주 혹은 국가를 대변한다고 볼 수 있다. 그리고 '대답(對答)'은 일반적으로 관리 선발에 응시하는 사람의 글이다. 그렇다면 국가의 입장에서 보면, 대책문은 인재선발의 방법이지만, 일반인의 입장에서 보면 관리가 되는 수단 즉 입사지도(入仕之道)이다. 당시 벼슬에 뜻을 두거나 아니면 지식인이 되게 위해서 반드시 갖추어야 할 기예(技藝)이자 소양(素養)이었다.

이 점은 전통시대 우리나라도 마찬가지였다. 벼슬에 뜻을 두었거나 당시 지식인이 되기 위해서는 반드시 대책문을 열심히 익혀서 능숙하게 작성할 수 있어야 했다. 이 점은 『천곡수필(泉谷手筆)』을 이해하기 위해서도 매우 중요하다.

(3) 대책문(對策文)의 형식(形式)

이미 위에서 살펴본 바와 같이, 대책문은 국가고시에 사용되는 시험방식이다. 엄격한 형식이 없을 수 없다. 그리고 후대로 올수록 보다 엄격한 형식을 요구하게 된다. 팔고문(八股文)을 살펴보면 이런 점을 쉽게 알 수 있다.

여기에서는 기본적인 형식을 살펴보겠다. 현재의 시험지와 비교해 보면 비교적 쉽게 대책문의 형식을 이해할 수 있다. 현재의 시험(논술시험)은 일반적으로 다음과 같은 방식으로 만들어진다. 만일 다섯 문제를 출제한다고 생각하면 문제 앞에 ①②③④⑤ 와 같은 방식으로 번호가 주어지고 답안지에도 문제를 다시 쓰거나 아니면 이 번호를 쓴 뒤 자기의 답변을 서술하면 된다.

그런데 과거의 책문은 그렇지 않다. 현재와 같은 번호 ─ 즉 ①②③④⑤ 와 같은 ─ 가 없다. 대부분 앞에 격식을 갖추는 문장이 온 뒤에 바로 문제가 서술된다. 한 문제가 아니라 여러 문제가 서술된다. 당시에 비록 번호와 같이 문제의 숫자나 차례 등을 나타내는 형식은 없었지만 이에 대한 용어가 있었다. 첫 번째 문단을 '제일도(第一道)', 두 번째 문단을 '제이도(第二道)' … 다섯 번째 문단을 '제오도(第五道)'라고 불렀다. 마지막 문단에는 일반적으로 "그대들의 생각은 어떠한가? 자세히 서술하라. 짐(朕)이 친히 볼 것이다." 등의 글이 온다. 물론 없을 수도 있다. 원래의 책문은 형식상 군주가 출제하는 것이므로 군주 즉 짐(朕)이 질문하는 형식으로 이루어져 있다.

대답은 책문에 대한 대답이다. 여기에도 처음에는 예의를 갖추는 격식 차린 말 혹은 겸사 혹은 자기의 어떤 회포 등을 서술하는 글이 실린다. 그 다음 책문(策問)의 순서에 따라 답변을 하고 끝에 다시 총괄하거나 격식을 차린 말을 한다. 마찬가지로 각 문단을 '제일도(第一道)', 두 번째 문단을 '제이도(第二道)' … 라는 방식으로 분류한다. 물론 이것을 직접 답안지에 쓰는 것은 아니다.

일반적으로 각 문단이 시작할 적에 "臣聞 : …" 이라는 형식을 갖춘다. 그리고 모든 답안 내용이 끝나면 "臣謹對" 혹은 "謹對"라고 기록한다. 직역을 하면 "삼가 답변드립니다."이나 사실상 "위 내용이 제 답안입니다. 답안 마칩니다."라는 의미이다.

조선시대의 대책문을 살펴보면, 명청시기 팔고문의 형식을 따르지 않고 전통적인 대책문(對策文)의 형식을 따르고 있으며 형식적 규제는 약간 더 자유로웠던 것으로 보인다. 뿐만 아니라 책문자(策問者)가 군주가 아닌 시험관일 경우가 많다. 그것은 훨씬 더 사실에 가까운 형식이라 보여진다. 과거 군주의 이름으로 나가는 책문도 사실상 시험관들에 의해 기안되고 작성되는 경우가 많았을 것이기 때문이다.

(4) 대책문(對策文)과 『泉谷手筆』의 가치

『천곡수필(泉谷手筆)』은 천곡 송상현 선생이 수록(手錄)한 대책문 모음집이다. 아마도 좋은 대책문이 보일 때마다 그것을 친수필록(親手筆錄)하였기 때문에 '수필(手筆)'이란 이름을 사용하였을 것이다.

그렇다면 송상현 선생은 왜 대책문들을 필록하였을까? 이것은 이미 앞에서 설명한 내용과 현재의 『천곡수필(泉谷手筆)』을 살펴보면 그 의도를 알 수 있을 것이다. 우선 이미 앞에서 설명한바 대로, 대책문은 전통시기 동아시아에서 행해졌던 주요한 선거방식이었다. 일반적으로 임관(任官)의 주요한 판단 자료는 대책문 작성의 수준이었다. 그리고 『천곡수필(泉谷手筆)』을 살펴보면, 대체로 한국의 역대의 우수한 대책문을 모은 것임을 알 수 있다. 즉 책문에 대한 모범답안들이라 보면 큰 문제가 없을 것이다. 그리고 아주 드물기는 하지만 일부 대문(對文)에는 여백에 평가 등을 간략하게 적어놓기도 한다. 이것은 『천곡수필(泉谷手筆)』의 의도와 동기를 짐작할 수 있게 한다. 즉 송상현 선생이 과거를 준비하기 위해 작성하였거나 대책문 연마를 위해 준비한 자료집이라 볼 수 있을 것이다. 선생 삶의 역정을 볼 때, 일종의 수험 준비 자료일 가능성이 높아 보인다.

비록 『천곡수필(泉谷手筆)』이 모두 선생의 자작문(自作文)은 아니지만 그럼에도 높은 가치가 있다. 우선 충렬공(忠烈公) 송상현(宋象賢) 선생이 직접 기록한 유물이란 점이다. 선생의 필체가 남아 있는 수택본이란 점만 해도 『천곡수필(泉谷手筆)』은 후대에 길이 전해질 가치가 충분히 있는 작품이다. 아울러 글씨는 숙련되고 아름답다. 상당한 수준의 필치이다. 자여기인(字如其人)이라 하였던가! 운필에 구차함이 없이 자유롭다.

그리고 『천곡수필(泉谷手筆)』은 우리나라 대책문에 대한 모음으로서 연구의 가치가 있다. 중국의 대책문과 일치하지 않는 특징들이 보인다. 우선 형식이 중국보다는 훨씬 자유롭다. 매우 기본적인 대책문의 원칙은 지켜지지만 그 이외에는 일반적인 의론문적인 특징과 별반 차이가 없다. 이 부분은 조선의 조정이 명청의 복잡한 형식의 대책문을 요구하지 않은 것이 중요한 원인이겠지만 동시에 조선시대 사자(士子)들이 실용적이고 질박함을 숭상한 것과도 무관하지 않을 것이다.

이 이외, 주제가 매우 다양하다. 중국의 대책문은 주로 정치와 시사에 집중되어 있다. 특히 초기의 대책문은 그러하다. 『천곡수필(泉谷手筆)』에 보이는 책문(策問)의 범위를 보면 역시 정치 등 현실적인 문제에 대한 문제가 중심이지만 지금의 입장에서 보면 예를 들면 조수(鳥獸)나 천도(天道)와 같은 자연과학의 주제에 해당하는 문제들도 있다. 이것은 물론 주자학의 격물치지와 밀접한 관련이 있을 것이다. 그리고 대답을 보아도 성리학적인 내용이 주류를 이루고 있다. 자연과학의 주제뿐만 아니라 다른 부분도 성리학적인 영향이 농후하다. 그럼에도 논의 주제가 광범위하다는 것은 중국 대책문과 비교해 볼 때 상대적인 특징이다. 이것은 물론 『천곡수필(泉谷手筆)』의 특징이라기보다는 조선시대 대책문의 특징으로 보아야 할 것이다. 이렇듯 중국의 대책문과 비교하여 나타나는 차이점은 차후 소상한 연구가 진행되어야 할 것이다.

끝으로 한 가지를 더 말하고자 한다. 이미 앞에서 언급하였듯이 대책문은 관인(官人)과 밀접한 관련이 있는 문체(文體)이다. 그리고 그 배경적 이념에는 안민(安民)이 들어있다. 이것은 출제자나 답변자 모두에게 해당되는 내용일 것이다. 본 『천곡수필(泉谷手筆)』의 내용만으로 송상현 선생의 장거(壯擧)에 대한 조짐이나 기상을 읽기가 쉽지 않지만 어린 시절부터의 대책문 훈련과 수록(手錄)은 후일 우국안민(憂國安民)의 대절(大節)과 무관하다고 할 수 없을 것이다.

광복 70주년
청주 개신동 연구실에서
마음을 가다듬고
삼가 쓰다.

서대원

譯註 泉谷手筆

초판 1쇄 인쇄일	2017년 1월 11일
초판 1쇄 발행일	2017년 1월 13일

원저	송상현
	여산송씨 지신공파 충렬공 천곡종중 (礪山宋氏 知申公派 忠烈公 泉谷宗中)
옮긴이	조영임 서대원 이영남
펴낸이	정진이
편집장	김효은
편집/디자인	우정민 백지윤 박재원
마케팅	정찬용 정구형
영업관리	한선희 이선건 최인호 최소영
책임편집	백지윤
인쇄처	국학인쇄사
펴낸곳	국학자료원 새미(주)
	등록일 2005 03 15 제25100-2005-000008호
	서울특별시 강동구 성안로 13 (성내동, 현영빌딩 2층)
	Tel 442-4623 Fax 6499-3082
	www.kookhak.co.kr
	kookhak2001@hanmail.net

ISBN	979-11-87488-37-8 *93800
가격	25,000원